Das weiße Land der Seele & Samarkand

Das Buch

Das weiße Land der Seele: Sibirien, Anfang der neunziger Jahre. Olga Kharitidi verlässt ihre Klinik in Nowosibirsk, um mit ihrer kranken Freundin Anna in das Altai-Gebirge zu den dort lebenden Schamanen zu reisen. Die Heilerin Umaj wird Olgas große Lehrmeisterin. Sie lässt die junge, moderne Wissenschaftlerin teilhaben an ihrer uralten geheimen Weisheit ...

Samarkand: Als die russische Psychiaterin Olga Kharitidi eines Tages in einem alten Holzhaus vor den Toren von Nowosibirsk den geheimnisvollen usbekischen Heiler Michael kennenlernt, ahnt sie noch nicht, dass diese Begegnung ihr Leben und ihre Heilmethoden für Traumata und Verletzungen der Seele dramatisch verändern wird. Sie folgt einer Einladung ins exotische Samarkand und erkundet mit seiner Hilfe die dortigen jahrtausendealten mystischen Geheimnisse über den Umgang mit emotionalen Wunden ...

Die Autorin

Olga Kharitidi wurde in Sibirien geboren, studierte in Nowosibirsk Medizin und arbeitete dort als Psychiaterin. Auf ausgedehnten Studienreisen erforschte sie die alten Heilungsmethoden Sibiriens und Zentralasiens und konnte so eine neue Methode zur Heilung psychischer Traumata entwickeln. Heute ist sie praktizierende Psychiaterin in den USA, hält weltweit Workshops und Vorträge zum Thema »Trauma-Umwandlung« und lebt in Minneapolis.

Olga Kharitidi

Das weiße Land der Seele
&
Samarkand

Aus dem Englischen von Sabine Schulte,
Charlotte Breuer und Norbert Möllemann

List Taschenbuch

Besuchen Sie uns im Internet:
www.list-taschenbuch.de

Dieses Taschenbuch wurde auf FSC-zertifiziertem Papier gedruckt.
FSC (Forest Stewardship Council) ist eine nichtstaatliche, gemeinnützige
Organisation, die sich für eine ökologische und sozialverantwortliche Nutzung
der Wälder unserer Erde einsetzt.

Sonderausgabe im List Taschenbuch
List ist ein Verlag der Ullstein Buchverlage GmbH, Berlin
1. Auflage Januar 2009
2. Auflage 2009
Das weiße Land der Seele:
© für die deutsche Ausgabe Ullstein Buchverlage GmbH, Berlin 2005
© 1996 für die deutsche Ausgabe
by Paul List Verlag GmbH & Co. KG, München
© 1996 by Olga Kharitidi
Titel der amerikanischen Originalausgabe: *Entering the Circle*
(HarperSanFrancisco [HarperCollins Publishers Inc.], San Francisco)
Übersetzung: Sabine Schulte
Samarkand:
© für die deutsche Ausgabe Ullstein Buchverlage GmbH, Berlin 2005
© 2003 für die deutsche Ausgabe
by Ullstein Heyne List GmbH & Co. KG, München/List Verlag
© 2001 by Olga Kharitidi, M.D.
Titel der amerikanischen Originalausgabe:
*The Master of Lucid Dreams. In the Heart of Asia.
A Russian Psychiatrist Learns How to Heal the Spirits of Trauma*
(Hampton Roads Publishing Company, Inc., Charlottesville, VA, USA).
Published by arrangement with Linda Michaels Ltd.,
International Literary Agents.
Übersetzung: Charlotte Breuer und Norbert Möllemann
Umschlaggestaltung: RME Roland Eschlbeck und Kornelia Rumberg
nach einer Vorlage von Hauptmann und Kompanie Werbeagentur,
München – Zürich *(Samarkand)*
und rgb, Hamburg *(Das weiße Land der Seele)*
Satz: Franzis print & media GmbH, München
Gesetzt aus der Sabon
Papier: Munkenprint von Arctic Paper Munkedals AB, Schweden
Druck und Bindearbeiten: CPI – Clausen & Bosse, Leck
Printed in Germany
ISBN 978-3-548-60855-6

Das weiße Land der Seele

Anmerkung der Autorin

Dieses Buch ist ein wahrheitsgemäßer autobiographischer Bericht über einen Abschnitt meines Lebens. Eine merkwürdige Verkettung von Umständen führte mich damals fort von meiner Arbeit in einer psychiatrischen Klinik in Nowosibirsk, Sibirien, hin zu einer Reihe von schamanischen Erfahrungen und Offenbarungen in die von alters her geheimnisvolle Gegend des Altaigebirges. Die Ereignisse haben sich, mit geringfügigen Ausnahmen, so zugetragen, wie sie in diesem Buch geschildert werden. Ich habe nur wenige Veränderungen vorgenommen, um die Intimsphäre von Familienmitgliedern und Freunden zu schützen. Alle kursiv gesetzten, im Präsens verfassten Passagen stammen direkt aus meinen Tagebüchern. Die Dialoge habe ich mir eingeprägt und dann später so wahrheitsgetreu wie möglich niedergeschrieben.

Die Zeichnungen im Buch geben – stilisiert – Tätowierungen auf einer Mumie wieder, die in einem uralten Grab im Altaigebirge gefunden wurde, und zeigen andere Kunstgegenstände aus ebendiesem Grab.

Olga Kharitidi

Wenn es in unserem Universum jemals etwas
  gegeben hat
Wenn in den Winden,
In den Bäumen oder Büschen etwas war,
Das aussprechbar war und das die Tiere einst
  mit anhörten,
lass dieses heilige Wissen zu uns zurückkehren.

ATHARWAWEDA
(VII–66)

Die Überlieferung besagt, dass diese Hymne als Sühne vorgetragen wurde von jenen, die glaubten, heiliges Wissen unter unrechten Bedingungen weitergegeben zu haben.

Endlich hörte der Regen auf, und die Wolken zogen weiter, fortgeweht von kräftigen Ostwinden. Draußen hatte sich der Straßenlärm gelegt, und es war schon fast dunkel. Durch die offene Balkontür trug der frische Wind den angenehmen Geruch von nassen Blättern und feuchtem Asphalt in meine Wohnung.

Ich schaltete das Licht aus und trat auf den Balkon, um einen letzten Blick auf den Abendhimmel zu werfen. Die ganze Stadt lag vor mir und sah aus wie ein ungeheuer großes Passagierschiff, dessen Bullaugen hell erleuchtet waren. In Wirklichkeit war diese riesige, funkelnde Stadt jedoch nur ein kleiner Erdensplitter, ihre Lichter ein Nichts gegenüber den Tausenden von glitzernden Sternen, die über mir in der klaren, friedlichen Nacht erstrahlten.

Als ich dort am Geländer meines schmalen Balkons stand und die milde, duftende Luft einatmete, sah ich, dass ein Stern plötzlich größer und heller wurde als alle anderen. Der Himmel schien aufzureißen, in einem gewaltigen Wirbel, so, als würde der Trichter eines riesigen Tornados auf mich zurasen, bis er mein Gesichtsfeld ausfüllte.

Ich spüre, wie sich mir eine ungeheure, unbekannte Kraft nähert, und ich weiß, dass ich wieder einmal an einen anderen Ort, in eine andere Zeit gerufen werde. Es ist zu spät, um zu fliehen oder Angst zu empfinden. Das Ungewöhnliche ist mir inzwischen allerdings auch so vertraut, dass ich mich vielleicht selbst dann nicht fürchten würde, wenn ich Zeit dazu hätte.

Augenblicklich verändert sich die Szenerie. Eben noch war der klare Nachthimmel über mir, jetzt füllt helles Sonnenlicht mein Gesichtsfeld aus. Ich schwebe hoch über der Erde, über einem Ort, den ich noch nie gesehen habe. Mein Verstand arbeitet jetzt anders, als wäre ich ein neuer Mensch und hätte keine Erinnerung an die Vergangenheit. Ich habe keine Angst, ich bin aufmerksam und empfänglich. Ich weiß, dass ich aus einem bestimmten Grund hierhergebracht wurde. Diesem Wissen vertraue ich und warte.

Als ich mich dem Erdboden nähere, sehe ich eine grasbewachsene Ebene unter mir. Das Gras ist frühlingsgrün, es steht hoch, ist voll von jungem Leben und neigt sich im Wind. Ich rieche den Duft der Wiese, und diese rein körperliche Wahrnehmung hilft mir, alle anderen Gedanken fallenzulassen und mich auf das Hier und Jetzt zu konzentrieren.

Plötzlich erregt lautes Trommeln rechts von mir meine Aufmerksamkeit. Mein Geruchssinn hat mir bereits einen Zugang zu diesem mir unbekannten Ort geschaffen, jetzt verdichtet mein Gehörsinn das Wahrnehmungsnetz. Mein Körper bewegt sich mühelos in der Luft, ich wende mich nach rechts und folge dem Klang der Trommelschläge. Die Szene, die sich mir darbietet, ist so phantastisch, dass ich sie mir niemals hätte ausdenken können.

Zehn Männer im Alter zwischen fünfundzwanzig und vierzig Jahren tanzen unter mir im Kreis. Sie tragen das

Haar zu langen Pferdeschwänzen zusammengebunden. Ihre Kleidung erscheint mir fremdartig: gedämpfte, weiche Erdtöne, verziert mit geometrischen Mustern; noch nie habe ich etwas Derartiges gesehen. Das Trommeln geht ununterbrochen weiter. Die Bewegungen der Männer sind anmutig, und doch liegt in ihrem Tanz eine unverkennbare Dringlichkeit. Als ich mich nähere, um sie besser sehen zu können, erkenne ich, dass in der Mitte des Kreises eine junge Frau liegt. Die Männer bewegen sich im Tanz um sie herum, umkreisen sie mit einem Ausdruck höchster Konzentration auf den Gesichtern. Außer dem gleichmäßigen Klang der Trommel ist kein Geräusch zu hören.

Zuerst verstehe ich nicht, warum die Männer mir so ungewöhnlich erscheinen. Als ich dann aber die Einzelheiten der Szene wahrnehme, wird mir klar, dass ihre Gesichter eine Bewusstheit und eine Verbundenheit mit dem Geschehen ausdrücken, die die Menschen in unserer modernen Welt verloren haben. Ich begreife, dass sie Geschöpfe einer längst vergangenen Zeit sind, ich weiß, dass ich etwas miterlebe, das vor vielen tausend Jahren geschehen ist.

Immer noch schwebe ich über dem Kreis der Tänzer, bewege mich nun langsam abwärts, um herauszufinden, warum ich hier bin. Während ich hinunterschwebe, wird die Frau, um die sich Tanz und rhythmisches Trommeln drehen, deutlicher sichtbar. Ihre leblose Gestalt ist unglaublich schön. Die Einfachheit ihres gelbgrauen Gewandes steht im Gegensatz zu dem üppigen Schmuck, der ihren Hals und das Oberteil ihres Kleides ziert. Die Ketten sind zwar primitiv gearbeitet, aber die Edelsteine, die darin glitzern, sind von erlesener Qualität. Ich weiß, dass die Frau gerade erst gestorben ist.

Ich versuche, mir ein Bild von dem zu machen, was hier vor sich geht und was ich hier tun soll, und sehe

mich um. Mein Blick wird von einer alten Frau ange-
zogen. Sie sitzt auf einer kleinen Holzkiste neben einem
jurteähnlichen Zelt mit einem Spitzdach aus Grasge-
flecht. Sie raucht Pfeife und blickt ständig zwischen dem
Kreis der Tänzer und dem Himmel hin und her. Ihre
Aufmerksamkeit ist überall gleichzeitig. Man würde ihr
physisches Alter auf etwa hundert Jahre schätzen, ihre
Erscheinung jedoch ist alterslos. Die Haut der Frau ist
dunkel und von Falten gezeichnet, gefärbtem Pergament
vergleichbar, das viele Leben lang ständiger Sonne aus-
gesetzt gewesen ist. Ihre Augen sind schmal, wie die vie-
ler Mongolen. Sie verengen sich zu Schlitzen, wenn die
Alte blinzelnd an ihrer Pfeife zieht.

Ihre Rolle in dieser Zeremonie ist unabhängig von
den körperlichen Bewegungen der anderen. Der Rhyth-
mus, den ihr Wesen ausstrahlt, ist viel langsamer als der
der Tänzer. Sie atmet ruhig, und manchmal hebt sie den
Kopf langsam zum Himmel, als würde sie etwas erwar-
ten. In dem Augenblick, als ich das denke, blickt sie
mich an, und ich weiß, dass sie mich gesehen hat. Es
liegt eine Kraft darin, von dieser Frau erkannt zu wer-
den, und es ruft eine eigenartige Mischung aus Freude
und Furcht in mir hervor.

Ich schwebe noch immer in geringer Höhe über dem
Erdboden. In meinem Kopf bildet sich eine Frage,
während ich spüre, wie diese Frau mich fixiert. ›Wer bin
ich, und warum bin ich hier?‹ Da bricht der Trommel-
rhythmus ab, und die Männer beenden ihren Tanz. Alle
blicken gleichzeitig zu mir empor und beginnen eine Art
Sprechgesang. Ihre Sprache ist mir unbekannt, dennoch
dringen die Worte »Weiße Göttin! Die Weiße Göttin ist
da!« zu mir durch. Ich erkenne diese Worte nicht etwa,
weil ich ihre Sprache verstehe. Die Bedeutung der Wor-
te wird mir von dem durchdringenden Blick der alten
Frau eingeflößt. Wellen durchströmen meinen Körper.

Meine Aufmerksamkeit kehrt zu den Männern zurück, die den Kreis um die schöne Frau nun vergrößert haben, so dass ich mühelos neben ihr einen Platz einnehmen kann. Die Männer sehen mich an, den Kopf in den Nacken gelegt, und ich spüre ihre Erwartung. Nichts von all dem erstaunt mich. Sollte mich das Staunen überkommen, dann erst später, wenn ich mich auf meinem Balkon wiederfinden würde.

Der Körper, in dem ich schwebe, ist ein riesiger Frauenkörper, der zehnmal so groß ist wie ich. Weiß und schwerelos bin ich, wie eine Wolke. Ich weiß zuinnerst, dass ich hierhergebracht wurde, um diese tote Frau wieder zum Leben zu erwecken.

Ich lasse mich auf den Boden nieder. Als ich ihrem Körper nahe genug bin, berühre ich die dicken schwarzen Zöpfe, die ihr zartes, goldbraunes Gesicht umrahmen. Ich kann sehen, dass sie auf der Grenze zwischen Leben und Tod schwebt, und ich weiß, dass es in meiner Macht steht, sie aus diesem Schwebezustand zurück ins Leben zu bringen. Ich nehme ihren schlaffen Rumpf in die Arme und hebe sie in eine sitzende Position. Irgendwie weiß ich, dass ich sie in dieser Stellung festhalten muss, damit der Strom des Lebens in ihren Körper zurückfließt. Wenn sie allein aufrecht sitzen kann, wird sie ganz zurückgekehrt sein.

Meine Hände bewegen sich um ihren Kopf und ihre Brüste. Sie führen diese Gesten von selbst aus, im Takt eines alten Rituals, und mir ist bewusst, dass dieselben Handgriffe vor Tausenden von Jahren von anderen ausgeführt worden sind. Die Bewegungen rufen die Energie der jungen Frau zurück und bringen sie ins Gleichgewicht, und als ich das Gefühl habe, dass sie gestärkt ist, lasse ich sie los. Jetzt kommt sie langsam von selbst zurück, vorübergehend schwimmt sie zwischen Bewusstlosigkeit und Bewusstsein. Ihr Körper heilt sich *selbst, unterstützt von einer unbekannten Kraft, die mit meiner Hilfe zur Verfügung gestellt wird.*

Nachdem ich meine Arbeit beendet habe, werde ich von einer unsichtbaren Energie emporgetragen und schwebe wieder über dem Schauplatz. Höher und höher fliege ich. Gerade als die Szene unter mir in der Ferne verschwimmt, sehe ich noch einmal die Augen der alten Frau. Ihr Blick ist immer noch auf mich gerichtet, immer noch raucht sie Pfeife, und sie weiß, dass ich hier bin und wer ich bin. Ich lese Dankbarkeit in ihrem Gesicht. Im Augenblick der Rückkehr, als alles sich auflöst, erkenne ich in der alten Frau Umaj wieder, meine alte Freundin und Lehrerin, in einer anderen Erscheinungsform.

Ich stehe auf meinem Balkon, über mir der strahlende Nachthimmel. Der Übergang von meiner Reise in die ›Realität‹ – falls eines tatsächlich realer ist als das andere – vollzieht sich schnell und vollständig. Obwohl ich eine Frau bin, die in der modernen Welt des zwanzigsten Jahrhunderts lebt, habe ich inzwischen gelernt, diese Erlebnisse, die mir früher so fremd waren, zu akzeptieren.

Plötzlich höre ich in meinem Kopf die Worte: ›Diese Menschen lebten in ferner Vergangenheit. Mit ihren Ritualen und Zeremonien, die sie vor vielen Tausenden von Jahren praktizierten, vermochten sie die Schranken von Raum und Zeit zu überwinden. Sie konnten die Energien von zukünftig lebenden Menschen erreichen und diese Energien in ihre Zeremonien integrieren.‹

Ich erinnere mich, wie der Trichter im Himmel zu Beginn meiner Reise aussah und wie mein Erleben sich verändert hatte, als ich mich über diesem uralten Land schwebend wiederfand. Ich höre dieselbe Stimme noch einmal: ›Sie wussten, wie man auf Belowodjes Schiffen reist‹, und ganz kurz sehe ich einen kleinen Lichtpunkt, der schnell über den dunklen Himmel zieht. Nach wenigen Sekunden ist er verschwunden. Als er fort ist, verweilt mein Blick bei den Tausenden von Sternen, die jetzt noch ein Geheimnis mehr bergen.

Die Reise ist abgeschlossen, und ich befinde mich wieder in meiner kleinen Wohnung mitten in Sibirien. Hier hat alles begonnen, vor mehr als einem Jahr, als ich an einem scheinbar ganz normalen Wintermorgen aufwachte und zur Arbeit fuhr, nicht ahnend, dass sich mein ganzes Leben verändern sollte. Ich erinnere mich so deutlich an diesen Tag, als sei es erst gestern gewesen.

An diesem Morgen klingelte mein Wecker, wie an fast jedem Morgen, um Punkt sechs. Der Bus, der mich in die psychiatrische Klinik bringen würde, in der ich arbeitete, fuhr genau in einer Stunde von der U-Bahn-Station ein paar Straßen weiter ab. Es war der letzte Bus, mit dem ich rechtzeitig zu Dienstbeginn ankommen würde, ich konnte mir nicht leisten, ihn zu verpassen.

Heute fiel es mir besonders schwer aufzustehen. In meiner Wohnung war es kälter als gewöhnlich, draußen war es noch dunkel, schwere Schneewolken verdeckten die Sterne, die sonst vielleicht die Nacht erhellt hätten. Die bittere Kälte in meinem Zimmer war ein sicheres Zeichen dafür, dass etwas mit der Zentralheizung nicht stimmte, und das wiederum bedeutete, dass ich möglicherweise noch Tage ohne Heizung würde auskommen müssen. Solche Gedanken im Kopf, kroch ich aus meinen warmen Decken und bereitete mich auf einen langen Arbeitstag vor. Nach einem schnellen Frühstück, das aus geröstetem Brot und Kaffee bestand und mehr dem Aufwärmen als der Nahrungszufuhr diente, erledigte ich die morgendliche Hausarbeit.

Mit einem Seufzer schloss ich meine Wohnungstür, ich dachte an die lange Fahrt, die ich jeden Morgen durchstehen musste, um zu meiner geliebten Arbeit zu gelangen. Ich trat auf die glatte, vereiste Straße hinaus, und mein kalter Atem hing wie Streifen vor mir in der frostigen Luft. Es hatte die ganze Nacht geschneit, und der Hausmeister hatte sich noch nicht in den kalten Morgen hinausgewagt, um die Berge von verwehtem Schnee von den Fußwegen um das Mietshaus wegzuschaufeln. Die Schneewehen und eisige Böen erschwerten das Vorwärtskommen. Ein kalter Schauer durchlief mich, ausgelöst von Wind und Schnee und der trüben, unfreundlichen Stimmung dieses Morgens. Die hohen Mietshäuser um mich herum wirkten wie riesige, dunkle, leblose Ungeheuer. Von den vielen Fenstern waren nur wenige erleuchtet, jedes davon ein Zeichen menschlichen Lebens in diesem sibirischen Steindschungel.

Die U-Bahn-Station war fünfzehn Minuten von meiner Wohnung entfernt. Ich ging schnell, mit gesenktem Kopf, um mich so gut wie möglich vor dem Wind zu schützen. Der Schnee sah zwar weich und schön aus, aber als er mein Gesicht, meine Hände und meinen Mantel bedeckte und dann seinen Weg auf die nackte Haut meines Halses fand, durchlief mich wieder ein eisiges Frösteln.

Im Takt meiner eiligen Schritte sang ich mein übliches Wintermorgenlied. Ich murmelte die Worte vor mich hin, in dem Singsangrhythmus der Priester und Zauberer. »Heute will ich einen Sitzplatz. Heute will ich einen Sitzplatz.« Zu dieser Jahreszeit gehörte sehr viel Glück dazu, im Bus einen Sitzplatz zu bekommen, und ich sehnte mich so sehr nach dem Nickerchen, das ich halten würde, wenn ich die Gelegenheit dazu bekäme.

Ich bekam sie nicht. An der Haltestelle wartete bereits eine lange Schlange von Menschen, gespensterhafte Gestalten mit weißen, verschneiten Umrissen. Die Flocken glitzerten im matten Licht der Straßenlaternen und der roten Rücklichter von vorbeigleitenden weißen Erscheinungen, die wie Autos geformt waren und deren Motorengeräusche vom Wind verschluckt wurden. Als ich mich an diesem Morgen der Menschenmenge näherte, verschmolz sie zu einer einzigen Atemwolke, die einem langen, geschmeidig gewundenen Drachen ähnelte, der Tabakrauch ausspie und laut über den kalten Wind und den verspäteten Bus fluchte.

Ich hätte wissen müssen, dass ich mir zu dieser Jahreszeit keine Hoffnung auf einen Sitzplatz oder ein Schläfchen zu machen brauchte, weil viele Männer aus der Stadt hinaus an den zugefrorenen Fluß zum Fischen fuhren. Mein Bus überquerte jeden Tag den Ob, einen der größten Flüsse Sibiriens. Der mächtige, breite Strom teilte meine Stadt, Nowosibirsk, in zwei Teile. Drei weitgespannte Brücken waren gebaut worden, um die verschiedenen Stadtteile miteinander zu verbinden. Nach dem Bau der ersten Brücke, gegen Ende des letzten Jahrhunderts, hatte das Bevölkerungswachstum in der Stadt eingesetzt. Im Winter ist der Ob von einer dicken Eisschicht bedeckt, und die Männer, die mit Begeisterung fischen, können bis auf die Mitte des Flusses hinausgehen, um dort ihre runden Löcher ins Eis zu schlagen. Da sitzen sie dann mit ihren Kameraden auf dem kalten Eis zusammen und erzählen sich stundenlang Geschichten und Klatsch, während sie darauf warten, dass ein hungriger Fisch anbeißt. Die Busroute führte fast bis zum Krankenhaus am Ufer des Ob entlang, und heute, wie an fast jedem Wintertag, nahmen die früh aufgestandenen Fischer mit ihrer unhandlichen Ausrüstung das ganze Fahrzeug ein, saßen in ihren langen dunklen Wintermänteln auf den besten Plätzen, sprachen mit lauten, heiseren Stimmen und fluchten hin und wieder.

Ich arbeitete in einem großen psychiatrischen Krankenhaus. Es lag außerhalb der Stadt, weil man es schon immer für sicherer gehalten hatte, solche Kliniken in einiger Entfernung von bewohnten Gegenden zu errichten. Es kam mir so vor, als hätte ich an diesem Morgen mehr als zwei Stunden in dem eiskalten, ungeheizten Bus gestanden, schwankend, aber bewegungsunfähig in der Menge eingekeilt. Endlich erreichten wir meine Haltestelle am Krankenhaus. Ich stieg aus und schritt kräftig voran, um wieder Gefühl in meine tauben Beine zu bekommen.

Jeden Tag begrüßte mich das gleiche düstere Bild: dreizehn einstöckige Gebäude, alte, hölzerne, kasernenähnliche Baracken, gelblichgrün gestrichen, mit schweren, stark verrosteten Eisengittern vor den winzigen Fenstern. An diesem Ort verbrachte ich die meiste Zeit meines Lebens. Das war meine Klinik.

Als ich über den Hof ging, sah ich, wie etwa zwanzig Menschen das Gebäude verließen, in dem die Küche untergebracht war. Sie trugen große Metallbehälter, die das Frühstück für die Patienten enthielten, und beeilten sich, zu ihren Stationen zurückzukommen, in der vergeblichen Hoffnung, den Morgentee und den Brei warm durch die Kälte zu retten. Ich konnte sie kaum sehen, es war noch immer dunkel, aber auf dem Schnee war das Knirschen ihrer Schritte zu hören, und begleitet vom Geklapper der Gefäße schlugen sie verschiedene Wege zu den jeweiligen Gebäuden ein. Jeden Tag wurde der gleiche Brei serviert. Etwas anderes bekamen wir nicht. Die großen Gefäße mit zwei Metallgriffen und einem flachen Deckel erinnerten mich immer an Essensbehälter in Gefängnissen.

Es gab ein paar Patienten, deren Gesundheitszustand es zuließ, dass sie einfache Arbeiten auf dem Klinikgelände verrichteten. Diese wenigen Privilegierten trugen identische, langärmelige graue Pullover, auf dem Rücken war in großen Ziffern die Nummer ihrer jeweiligen Station aufgedruckt. Die Frauen hatten sich warme Kopftücher umgebunden; den Männern hatte man die Schädel kahlgeschoren. Einige waren lange Zeit meine Patienten gewesen. Obwohl es noch dunkel war, erkannten mich viele und riefen mir freundliche Begrüßungsworte zu. Andere, die neu waren und die mich nicht kannten, schwiegen.

Ich kam auf meine Station und bereitete mich auf die tägliche Besprechung am Morgen vor. Bis zu diesen Besprechungen war ich immer leicht angespannt. Die Krankenschwestern informierten mich über die Ereignisse der vergangenen Nacht, und ich musste auf alles gefasst sein. Heute war das nicht anders, und ich ertappte mich dabei, wie ich mir die vielen Probleme ausmalte, die möglicherweise aufgetaucht waren.

Als Erstes teilte mir die Nachtschwester in ihrem Bericht mit, dass sich ein Pfleger, der erst vor einem Monat von mir eingestellt worden war, betrunken hatte; er hatte im Rausch einen harmlosen, senilen Patienten zusammengeschlagen, der sich lediglich geweigert hatte, einen unbedeutenden Auftrag auszuführen. Der Pfleger hatte den Greis mehrmals mit seinen schweren Militärstiefeln getreten, so dass der alte Mann mit einer Milzruptur als Notfall in die chirurgische Klinik eingeliefert werden musste.

Ich hoffte, dass der arme Mann überleben würde. Irgendwie fühlte ich mich für den Vorfall verantwortlich, doch ich wusste, dass dem nicht so war. Die meisten Männer, die bereit waren, als Pfleger zu arbeiten, hatten im Gefängnis gesessen, und häufig brachten sie ihre Drogensucht und ihren Alkoholismus mit. Sie wechselten ständig. Wenn einer nach einem kriminellen Vorfall entlassen wurde, nahm ein anderer seinen Platz ein, mit den gleichen, vom Alkohol abgestumpften Gesichtszügen und dem gleichen Zynismus – keine guten Voraussetzungen für die Patienten in ihrer Obhut. Ich konnte mir nicht aussuchen, wen ich einstellte, und das Wissen, dass es mir nicht möglich war, meine Patienten besser zu schützen, erleichterte mir die Sache zumindest. In diesem Moment wurde der alte Mann gerade operiert, und ich sprach schnell ein stilles Gebet für ihn.

Dann berichtete die Krankenschwester von einem neuen Patienten, der um drei Uhr morgens von der Polizei ins Krankenhaus eingeliefert worden war. Ich las den Polizeibericht:

›Der Patient wurde im Wald gefunden, 25 Kilometer außerhalb der Stadt. Er lief auf den Eisenbahngleisen einem herannahenden Zug entgegen. Nach seiner Festnahme konnte er keinerlei Erklärung für sein Verhalten abgeben. Er beantwortete keine Fragen und fand sich in seiner Umgebung nicht zurecht. Ihm war nicht einmal klar, dass wir ihn festgenommen hatten. Kleidung: Soldatenuniform, schmutzig und zerrissen. Papiere: Bescheinigung, Soldat der Sowjetarmee.
Er führt Selbstgespräche. Seinen Worten kann entnommen werden, dass er um sich herum überall Außerirdische aus einem UFO sieht.‹

Ich war neugierig auf diesen Mann, aber es war Zeit für meine Morgenvisite auf der Männerstation. Ich würde ihn später besuchen müssen.

Auf der Station waren achtzig geisteskranke Männer in von blauen Deckenlampen schwach erleuchteten Zimmern untergebracht. Sie trugen alle die gleichen verschmutzten, weiten grauen Hosen mit schwarzen Längsstreifen. Jeder Raum beherbergte fünf bis zehn Patienten. Sie hatten keine Privatsphäre, es gab keine Türen. Im großen Saal der Langzeitpatienten lagen mehr als zwanzig Männer. Weibliche Hilfskräfte bemühten sich, die Station sauber zu halten, aber es war unmöglich, den stechenden Gestank von menschlichem Schweiß und Urin, Medikamenten und unangenehmer Stickigkeit zu beseitigen. Das war der übliche Geruch meiner Arbeit, und ich war seit langem daran gewöhnt.

Meine Patienten waren mir alle vertraut, sie waren fast so etwas wie meine Familie. Ich kannte alle Lebensgeschichten, von der frühesten Kindheit an bis zu dem Punkt, an dem eine Geisteskrankheit Erwartungen, Karriere und Familie – ein ganzes Leben – zerstört hatte und sie in die Isolation dieses sogenannten Irrenhauses getrieben hatte.

Jeder Patient reagierte anders. Einer bat mich während der Visite, sein Medikament geringer zu dosieren, weil er sich viel besser fühle. Ein anderer hörte mich nicht einmal kommen, weil in seinem Kopf ausschließlich Raum für seine inneren Stimmen war. Wieder ein anderer lachte ununterbrochen in einer Ecke still vor sich hin. Allen gemeinsam war nur das blasse, fast geisterhafte Aussehen, die dunklen Ringe unter den Augen. Diese Männer sahen nie den Himmel und atmeten nie frische Luft.

Ich ging von einem Patienten zum anderen, achtete auf Veränderungen des Gesundheitszustandes, gab den Krankenschwestern die täglichen Anweisungen für die Behandlung und beantwortete Fragen. Meine Gedanken kehrten kurzfristig zu dem neuen Patienten zurück. ›Ein Soldat‹, überlegte ich, ›sehr interessant. Könnten die Schrecken des Soldatenlebens diesen Mann dazu gebracht haben, eine Geisteskrankheit vorzutäuschen?‹

Geisteskrank zu spielen war ein bekannter Trick, mit dem viele Männer versuchten, aus der Armee entlassen zu werden. Normalerweise wurden die jungen Männer mit achtzehn, sofort nach Schulabschluss, zum Wehrdienst eingezogen. Sie kamen aus der Geborgenheit ihrer Familien und waren überhaupt nicht auf die schrecklichen Erlebnisse vorbereitet, die sie erwarteten. Sie wurden von den älteren Soldaten verspottet, gedemütigt und sogar geschlagen. Das war das ungeschriebene Gesetz der Armee. Alles, was man den anderen nicht antat, wurde einem selbst angetan. Viele Männer konnten das nicht akzeptieren. Manche, die damit nicht zurechtkamen, wurden tatsächlich psychisch schwer krank und mussten in geschlossene Anstalten eingeliefert werden. Andere, die das sahen, zogen daraufhin die relative Sicherheit einer psychiatrischen Klinik der Armee vor und simulierten deshalb Krankheit.

Ich betrat das Zimmer für die Neuaufnahmen. Auf den ersten Blick war mir klar, dass dieser Soldat wirklich krank war. Er saß in der Ecke, starr vor Angst, und glich eher einem verängstigten Tier als einem Menschen. Seine Körperhaltung drückte eine unglaubliche Anspannung aus. Ich frage mich immer wieder, woher die Geisteskranken diese ungeheure Energie bezogen. Wie erzeugten ihre Körper diese Kräfte?

Die gleiche Energie, die den Soldaten in diesem Moment in der Erstarrung festhielt, konnte auch die Quelle von Gewalttaten sein, die häufig dazu führten, dass Patienten sich selbst oder andere verletzten. Ich hatte bei vielen Patienten Variationen dieses Krankheitsbildes gesehen. Der arme Kerl trug noch die schmutzige, zerrissene Uniform, die auch der Polizeibericht erwähnte. Der Nachtschicht war es nicht gelungen, sie zu wechseln – sie hätten mehr Schaden angerichtet als genützt –, deshalb würde die Tagesschicht diese Aufgabe erledigen müssen. Auch jetzt noch riss der unruhige Mann, der auf dem Fußboden saß, an seiner Kleidung. Sie war aus starkem Tuch gefertigt, das die harten Bedingungen des Soldatenlebens aushalten sollte, und in normaler geistiger Verfassung hätte er sie unmöglich zerfetzen können.

Während ich ihn beobachtete, fuhr der junge Mann

fort, den Rest seiner Habseligkeiten zu zerstören. Mit leeren hellblauen Augen starrte er ins Nichts. Unsere Station mochte seinen Körper festhalten, aber er selbst war irgendwo anders.

Seine Lippen flüsterten unverständliche Worte. Ich stellte ihm die üblichen Fragen, ohne Antworten zu erwarten. Ich hatte keinen Zugang zu seiner ›Realität‹, wie immer sie gerade aussehen mochte, also dachte ich über die Dosierung des Medikamentes nach, das ich ihm spritzen wollte. Ich wusste, dass er mir später, wenn er bei klarem Verstand wäre, von dem, was er jetzt sah und erlebte, erzählen würde.

Er hieß Andrej, und ich schätzte ihn auf siebzehn oder achtzehn. Er war sehr mager. Vielleicht hatte er bei der armseligen Kost, die beim Militär üblich war, abgenommen. Sein hellbraunes Haar war beim Eintritt in die Armee kurzgeschoren worden und bedeckte seinen Kopf etwa streichholzlang. Dadurch wirkte sein Gesicht verletzlich und offen. Es hatte immer noch viel von einem Kindergesicht, in dem jetzt die nackte Angst stand. Er war noch ein Junge, sein Verstand war von den traumatischen Erlebnissen, die ihn nun wahrscheinlich sein ganzes Leben lang verfolgen würden, überwältigt worden. Im Moment würde eine mittlere Dosis Haloperidol, intravenös verabreicht, wohl ausreichen, um ihn zu beruhigen und seine Rückkehr in die Realität einzuleiten.

Mein nächster Patient war Sergej, ein hübscher, junger, kräftig gebauter Mann, der nach außen hin wirkte, als könne er bald nach Hause. Er sah fröhlich aus, sprach offen mit mir und berichtete kritisch von seinen Erfahrungen während seiner Krankheit. Bei der Arbeit auf der Station war er eine große Hilfe. Aber vielleicht war alles ein wenig zu schön, zu fröhlich, zu offenherzig. Er wollte leidenschaftlich gern nach Hause zu seiner jungen Frau, aber ich wusste, dass seine Psychose überwiegend mit seiner pathologischen Eifersucht zusammenhing.

Wie immer bei potentiell gefährlichen Patienten war der Chefarzt der Klinik um ein Gutachten gebeten worden. Er hatte eine Kombination von Medikamenten verordnet, die Sergejs bewussten Willen unterdrücken und ihn zwingen sollten, die Wahrheit zu sagen. Ich hatte ihm diese Präparate noch nicht gegeben, obwohl sie mir sicherlich seine tatsächlichen Absichten seiner Frau gegenüber verraten hätten.

Derartige Entscheidungen stürzten mich immer in das gleiche moralische Dilemma. Wie würde ich mich an Sergejs Stelle fühlen, wenn jemand ohne meine Einwilligung mit Hilfe von Medikamenten in meine Psyche eindringen würde, um Antworten auf alle Fragen zu erhalten, die ihm gerade in den Sinn kommen? Meine negative Einstellung zu dieser Methode war unverändert, und ich war immer beunruhigt, wenn solche Medikamente verschrieben wurden.

Hoffentlich konnte ich einen anderen Weg finden, um Sergejs Fall zu klären. Jedenfalls wusste ich bereits, dass ich mich mit seiner Frau treffen und darauf bestehen musste, dass sie sich scheiden ließen. Ich musste ihr klarmachen, dass sie so weit wie möglich von ihm entfernt leben musste. Seine Krankheit würde immer gefährlich bleiben, und die Gefahr, dass er in einem Anfall eifersüchtiger Wut sie oder jemand anders umbrachte, war zu groß. Das tragische Ende solcher und ähnlicher Konstellationen hatte ich schon zu oft erlebt.

Als ich meine Überlegungen zu Sergejs Fall vorläufig beendet hatte, hörte ich, wie die Krankenschwester mich in mein Büro zurückrief. Die Mutter meines neuen Patienten, des jungen Soldaten Andrej, war soeben eingetroffen. Sie war von der Armeeverwaltung benachrichtigt worden und hatte sich sofort auf den Weg gemacht. Meistens erschienen die Verwandten nicht so schnell im ›Irrenhaus‹, auch die Mütter nicht.

Sie hatte eine typisch russische Art. Sie und ihr Sohn ähnelten sich sehr, hatten das gleiche einfache, offene, derbe Gesicht. Auch die nervösen Bewegungen ihrer Hände, als sie vor mir stand, ihr dunkles Winterkleid zerknitterte und sich nicht traute, ohne meine Aufforderung Platz zu nehmen, erinnerten mich an ihren Sohn. Aus Andrejs Unterlagen wusste ich, dass sie mit ihrem Mann und ihren beiden Söhnen, von denen sich einer nun in dieser Klinik befand, in einem Dorf in der Nähe lebte.

Es war offensichtlich, dass sie noch nie in einer psychiatrischen Klinik gewesen war. Sie verstand noch nicht, was ihrem Ältesten zugestoßen war. Sie schien froh darüber, dass er den Militärdienst so schnell beendet hatte, und war dankbar für seine wohlbehaltene Rückkehr. Sie meinte, sich die nächsten zwei Jahre, die sie mit seiner Abwesenheit gerechnet hatte, keine Sorgen mehr um ihn machen zu müssen. Ihr war der Unterschied zwischen Schizophrenie und Grippe noch nicht klar.

Ihre erste Frage war die einer besorgten Mutter: »Sagen Sie mir, Frau Doktor, wann ist er wieder gesund?«

Wenn ich ihr gleich die volle Wahrheit gesagt hätte, hätte ich geantwortet: »Niemals.« Stattdessen sagte ich: »Es wird wahrscheinlich zwei Wochen dauern, bis sein Zustand sich normalisiert hat.« Ihr Gesicht strahlte plötzlich vor Glück. Später würde ich ihr erklären müssen, dass ich damit meinte, er sei dann von seiner derzeitigen akuten Psychose genesen.

In jedem Fall aber würde er ein anderer sein als vorher, wenn er zu ihr zurückkehrte. Zuerst vielleicht nur ein wenig anders, aber im Lauf der Zeit würden sich seine Persönlichkeit und sein Verhalten weiter verändern. Er würde nie wieder so sein, wie sie ihn in Erinnerung hatte. Wie konnte ich ihr sagen, dass ein Übel, das ohne Ansehen der Person Geist und Seele der Menschen zerstört, sich bereits in ihm eingenistet hatte? Aus Erfahrung wusste ich, dass die Schizophrenie eine Kralle war, aus deren Griff man niemanden vollständig befreien konnte.

Ebenso sagte mir meine Erfahrung, dass mir diese Mutter zunächst nicht glauben würde. Sie würde hoffnungsvoll darauf warten, dass ihr Sohn aus der Klinik zurückkehrte und sich mit der liebevollen Unterstützung seiner Familie wieder ganz erholte. Sie und sein Vater würden von ihm erwarten, dass er auf ihrem kleinen ländlichen Anwesen wieder bei der Arbeit half. Eine Weile würde er vielleicht fast normal wirken, bis dann eines Tages die Kralle wieder zupackte, und ihn auf anderen Bahngleisen einem anderen fahrenden Zug entgegenjagte. Irgendetwas dieser Art würde bestimmt geschehen, und von da an sähe die Mutter angstvoll dem Tag entgegen, an dem ihr anderer Sohn, ihr Kleiner, zum Militärdienst eingezogen würde. Für heute hatte sie genug gehört, und sie verließ mich, um ihrem Mann und zweiten Sohn die gute Nachricht zu bringen, dass Andrej in zwei Wochen zu ihnen zurückkehren würde.

Das Gefühl von Hilflosigkeit, von professioneller Unzulänglichkeit, von meiner fehlenden Allmacht als Ärztin gehörte zu den schwierigsten Aspekten meiner Arbeit. Ich konnte mich nicht an die Tatsache gewöhnen, dass ich mich angesichts der Krankheiten, die ich bekämpfte, häufig teilweise oder sogar ganz geschlagen geben musste. Ich wusste nicht, ob Fachärzte anderer Disziplinen in der Regel ebenso empfanden, für Psychiater jedenfalls war es ein wohlbekanntes Berufsrisiko. Um den geistigen Zustand eines Patienten wieder zu normalisieren, gab es keine Drogen, keine Medikamente und keine schnellen chirurgischen Eingriffe, wie für so viele andere Krankheiten. Ich nahm mir einen Moment Zeit, schloss die Augen, atmete tief durch und versuchte meinen Kopf freizubekommen. Als ich die Augen wieder öffnete, klopfte es.

Dankbar für die Unterbrechung rief ich: »Herein!« Mein Freund Anatolij trat ein, und ich war froh, dass mich jemand besuchte, mit dem ich mich gern unterhielt. »Hallo!«, sagte er. »Wollen wir Mittag essen und eine Tasse Tee trinken?«

Der Vormittag war schnell vergangen, und ich hatte nicht bemerkt, dass es bereits Mittag war. Die Mittagspause war beim Krankenhauspersonal sehr beliebt, denn während dieser Zeit konnten wir uns gegenseitig auf unseren Stationen besuchen, plaudern und gemeinsam essen, was wir uns von zu Hause mitgebracht hatten. Normalerweise gab es Butterbrote oder Salate, dazu eine Tasse starken Kaffee oder Tee. Nur zu besonderen Anlässen, wie zu Geburtstagen oder landesweiten Feiertagen, brachten wir unsere Lieblingsspeisen oder auch Kaviar mit, denn solche Dinge regelmäßig zu kaufen war zu teuer.

Ich mochte Anatolij. Er war jung, gut durchtrainiert und hatte braunes Haar und blaue Augen. Aufgrund seiner außergewöhnlichen Kreativität, Intelligenz und Sensibilität war er einer unserer besten Ärzte. Wir sprachen häufig über ihn. Seine Professoren und Kollegen hatten erwartet, dass er in der Psychiatrie Karriere machen würde, aber bislang war das nicht der Fall. Ich hatte oft daran gedacht, ihn einmal darauf anzusprechen, aber der Zeitpunkt war mir nie richtig erschienen. Heute beschloss ich, ihn danach zu fragen.

Er saß mit der traditionellen Tasse Tee vor mir auf dem Sofa, bekleidet mit dem obligatorischen weißen

Krankenhauskittel. Seine Augen waren wie gewöhnlich hinter einer dunklen Brille verborgen.

»Weißt du, Anatolij, viele glauben, dass du ein psychiatrisches Genie bist. Darf ich fragen, warum sich das noch nicht in deiner Karriere bemerkbar gemacht hat?«

Mit sichtlichem Vergnügen faßte er meine Frage als Kompliment auf. »Ich mache doch steil Karriere«, erwiderte er. Dann fügte er mit einem ironischen Grinsen hinzu: »Aber ich nehme an, du weißt, dass das hier kein psychiatrisches Krankenhaus ist?«

An seine Wortspielereien gewöhnt, ließ ich mir meine Verwunderung nicht anmerken.

»Das hier ist keineswegs ein Krankenhaus. Es ist ein riesiges Irrenschiff, und wir, die Besatzung, glauben tatsächlich, dass wir als Ärzte hier arbeiten. Wir glauben sogar, dass wir die Leute behandeln und heilen können. Aber ich halte es für keine so gute Idee, auf einem Irrenschiff Karriere machen zu wollen. Wir können schließlich nichts weiter tun, als blind auf dem Ozean der Realität zu navigieren, und das in dem Glauben, wir wüssten, was wir tun. Wir werden weiter in Richtungen steuern, die uns unbekannt sind, weil wir nicht anhalten können. Jeder von uns hier hat sich entschieden, auf diesem Schiff durch die Realität zu treiben, und jetzt können wir es nicht mehr verlassen. Weil es der sicherste Ort für uns ist, glauben wir, wir seien Ärzte und dazu in der Lage, Menschen zu helfen, die angeblich verrückt sind.«

»Glaubst du, dass es überhaupt kein Entkommen für uns gibt?«, fragte ich, denn ich durchschaute die List, mit der er einer ernsthaften Antwort auf meine Frage auswich.

»Na, vielleicht gibt es doch ein Fahrzeug, mit dem wir fliehen können. Du kannst es von hier aus sehen. Schau her!«

Mit boshaftem Grinsen zeigte er aus dem Fenster. Ich sah die vertrauten Umrisse des großen, alten Straßenbahnwracks, das draußen im Hof vor unserem Gebäude stand. Es hatte keine Räder mehr, und von der rostzerfressenen Karosserie ragten metallene Stromabnehmer sinnlos auf zum Himmel, streckten sich nach Leitungen, die es nicht mehr gab. Niemand wusste, warum man diesen Straßenbahnwaggon mitten auf dem Krankenhausgelände hatte stehen lassen.

Anatolij lachte. Er hatte mir immer noch keine direkte Antwort auf meine Frage nach seiner beruflichen Karriere gegeben, und seine Augen funkelten mephistophelisch. »Vielen Dank für den Tee und das Gespräch. Und jetzt muss ich wieder an die Arbeit und noch ein paar Fallgeschichten von Passagieren – pardon, ich meine von Patienten – fertigschreiben.«

Kapitel 2

Als ich später in meinem Büro die Schreibarbeiten erledigte und mich vor der langen Busfahrt zurück zu meiner kleinen Wohnung fürchtete, klingelte das Telefon. Ich nahm ab, und jemand sagte: »Hallo, Olga.« Ich erkannte Anna sofort an ihrer Stimme. Anna war Internistin, und wir waren seit vielen Jahren eng befreundet. Mittlerweile war ich sehr geübt darin, aus dem Klang und dem Rhythmus ihrer Stimme die vielen verschiedenen Stimmungslagen ihrer komplexen Persönlichkeit herauszuhören. Heute klang sie müde und besorgt.

Wie üblich plauderten wir eine Weile über Gott und die Welt. Hätte jemand unsere Unterhaltung zufällig mit angehört, hätte er sie trivial gefunden, aber jedes Mal, wenn wir miteinander sprachen, auch wenn es um unwesentliche Dinge ging, empfand ich erneut, wie wichtig mir unsere Freundschaft war. Es gab immer einen Satz, ein Gefühl oder einfach eine Schwingung zwischen uns, die bei mir eine freudige und lebhafte Stimmung hinterließ. Ich wusste, dass es ihr genauso ging.

Warum sie eigentlich anrief, wurde mir klar, als sie mich fragte, ob ich es zeitlich einrichten könne, ihren Nachbarn zu untersuchen, der befürchtete, unter einer schweren geistigen Störung zu leiden. Ich mochte ihr die Bitte nicht abschlagen, und so bat ich sie, ihn am nächsten Tag um drei zu mir ins Büro zu schicken. Da Anna mich noch nie im Krankenhaus besucht hatte, beschrieb ich ihr den Weg und notierte mir den Termin in meinem Kalender. Wir verabredeten uns für einen der nächsten Tage und verabschiedeten uns.

Am folgenden Tag um Punkt drei führte eine Krankenschwester einen jungen Mann in mein Büro. Zögernd blieb er in der Tür stehen.

»Guten Tag, Frau Doktor. Ich bin Nikolaj. Ihre Freundin, Anna Anatoljewna, hat mich an Sie verwiesen.«

Nikolaj war ein junger Sibirier mit einem hübschen mongolischen Gesicht. Mit zunehmendem Alter werden Gesichter wie seines von einer harten, maskulinen Strenge beherrscht. Dieser Mann war jedoch noch jung genug, um Anzeichen von Schüchternheit und Empfindsamkeit erkennen zu lassen, und im Moment war beides besonders auffällig. Es war ihm offensichtlich peinlich und unangenehm, im Sprechzimmer einer Psychiaterin zu stehen.

Der junge Sibirier, der vor mir stand, war nervös, sah aber keineswegs geisteskrank aus. Trotzdem, so dachte ich in diesem Augenblick, musste er das Gefühl haben, in ernsthaften Schwierigkeiten zu sein, da er Anna ins Vertrauen gezogen hatte und dann aus freien Stücken hergekommen war. Aus Erfahrung wusste ich, dass sehr wenige Menschen bereit waren, von sich aus psychiatrische Hilfe zu suchen. Geistiger Anomalität, so gering sie auch sein mochte, haftete ein ungeheures Stigma an. Das hielt die Leute nicht nur davon ab, Hilfe zu suchen, sondern führte auch dazu, dass Menschen, die Hilfe in Anspruch nahmen, ihr Möglichstes taten, um es zu verheimlichen. Wenn ihre Situation bei Freunden oder Kollegen bekannt wurde, hatte das unweigerlich gesellschaftliche Diskriminierung zur Folge.

Nikolaj trat ein und blieb mitten in meinem kleinen Büro stehen, er wirkte nach wie vor verlegen und unsicher. Ich bat ihn, sich zu setzen, und bot ihm den Stuhl vor meinem Schreibtisch an. Ich beobachtete ihn, während er Platz nahm. Er sah aus wie ein Fabrikarbeiter. Er trug einen ordentlichen dunkelgrauen Anzug, ein weißes Hemd und eine schwarze Krawatte. Offenbar betrachtete er unser Treffen als ein hochoffizielles Ereignis. Nervös saß er auf der Stuhlkante. Ich drängte ihn nicht, sondern wartete einfach darauf, dass er seine Geschichte erzählte. Er schwieg kurz, um seine Gedanken zu ordnen, und begann schließlich:

»Vielen Dank, dass Sie sich Zeit für mich nehmen. Die Geschichte, wegen der ich hier bin, hat vor ungefähr einem Monat angefangen.«

Er sprach russisch mit einem leichten, angenehmen Akzent, der verriet, dass er aus den Bergen stammte. Anna hatte mir bereits erzählt, dass er aus dem Altai kam, einer isolierten, ethnisch eigenständigen Bergregion mit einer eigenen Sprache. Es überraschte mich nicht, dass er mir einen typisch russischen Namen genannt hatte. An alle Angehörigen anderer Volksgruppen wurden routinemäßig russische Namen vergeben, wenn sie in der Sowjetunion einen Pass beantragten. Mit dieser boshaften Maßnahme bezweckte man, die Zerstörung ihrer Kulturen zu beschleunigen, indem man bewusst das Erbe auslöschte, das in den Namen weiterlebte.

Nikolaj sah mich nicht an, wenn er sprach. Es war klar, dass er immer noch sehr verlegen war, sich aber selbst versprochen hatte, mit mir zu reden, und entschlossen war, dieses Versprechen zu halten. Zweifellos fiel es ihm schwer, sich einer Fremden anzuvertrauen, und er fürchtete meine Reaktion auf seine Geschichte.

»Die Sache fing damit an, dass meine Mutter mich bat, nach Hause in mein Dorf im Altai zu kommen.«

Seine Miene verriet, dass er nur widerwillig über sein Dorf sprach. Das war normal. Viele junge Leute, die zum Arbeiten in die Stadt kamen, verheimlichten ihre ländliche Herkunft aus Angst, ausgelacht zu werden. Zögernd fuhr Nikolaj fort:

»Mein Onkel Mamusch war sehr krank geworden, und ich sollte meiner Mutter helfen, ihn zu pflegen. Wir waren seine einzigen Verwandten, und er hatte allein gelebt, außerhalb der Dorfgemeinschaft. Ich hatte nie mit ihm zusammen sein wollen, aber ich konnte meiner Mutter die Bitte nicht abschlagen. Mir blieb nichts anderes übrig, als unbezahlten Urlaub zu nehmen und nach Hause zu fahren.

Ich war zehn Tage dort. Mein Onkel starb am fünften Tag. Er war vierundachtzig und wusste, wie die meisten seiner Altersgenossen in unserem Dorf, dass seine Zeit gekommen war, und war gar nicht darauf aus, noch länger zu leben. In unserem Dorf glauben wir, dass Menschen in seinem Alter ihr Leben vollendet haben und sterben wollen. Ich habe meinen Onkel nie besonders gemocht, daher lag mir nichts daran, etwas an seiner Situation zu verändern, außer es hätte ihm geholfen, sein Ziel schneller zu erreichen. Denn ich wollte zu meinem Leben in der Stadt zurückkehren.«

Während Nikolaj erzählte, begann seine Stimme zu zittern, und er machte immer längere Pausen. Dauernd betonte er, dass er seinem Onkel nie sehr nahegestanden hatte. Ich fragte mich unwillkürlich, warum er immer noch so nervös war. Sein sensibler Charakter allein genügte nicht als Erklärung für seine tiefe Betroffenheit über den Tod eines betagten Verwandten, den er noch dazu kaum gekannt hatte. Seine Geschichte ergab noch keinen Sinn, aber ich stellte keine Fragen und unterbrach ihn nicht. Meine Aufgabe bestand im Moment nur darin, zuzuhören und ihn fortfahren zu lassen.

Nikolaj kam vom Hundertsten ins Tausendste, erzählte mir, wie schwierig es für seine Mutter gewesen war, den sterbenden Onkel zu versorgen, und was er getan hatte, um ihr zu helfen. Dann sprach er mit mir darüber, welche Krankheit sein Onkel wohl gehabt hatte, und wechselte von einer Erklärung zur nächsten. Ich sah ihm an, dass seine Ängste seinem Wunsch nach Heilung im Weg standen und dass er versuchte, den Mut aufzubringen, zum eigentlichen Kern seiner Geschichte vorzudringen.

Schließlich entschied ich mich, ihn zu unterbrechen und so zu versuchen, ihn an den eigentlichen Grund seines Besuches bei mir zu erinnern. »Nikolaj, Sie haben angedeutet, dass das, worüber Sie mit mir sprechen wollen, etwa vor einem Monat angefangen hat.«

Er nickte, ohne mich anzusehen.

»Was ist nach dem Tod Ihres Onkels passiert?«

»Das ist eine merkwürdige Geschichte …«

»Ich habe schon viele merkwürdige Geschichten gehört. Was ist an Ihrer so merkwürdig?«

»Glauben Sie an Schamanen?«, fragte er vorsichtig.

In diesem Moment wurde mir klar, dass möglicherweise ich, nicht er, in Schwierigkeiten geraten war. Ich wusste so gut wie nichts über Schamanismus. Der Begriff ›Schamane‹ rief in unserer Gesellschaft nur negative Assoziationen wach, er war ein Symbol für unangebrachte primitive kulturelle und spirituelle Überzeugungen. Ich musste mit meiner Antwort sehr vorsichtig sein.

»Leider weiß ich nur, dass Schamanismus etwas mit der alten Religion der sibirischen Völker lange vor dem Christentum zu tun hat. Mehr weiß ich nicht. Aber ich glaube an die Existenz von Menschen, die als Schamanen bezeichnet werden.«

Allmählich, immer noch, ohne mich anzusehen, schien

Nikolaj zu begreifen, dass ich ihm zuhörte, ohne seine Aussagen zu bewerten. Seine Anspannung ließ nach, und seine Stimme klang ruhiger.

»Mein Onkel war Schamane«, fuhr er fort. »Deswegen war ich nicht gern mit ihm zusammen. Er lebte ganz für sich allein am Rand des Dorfes. Viele Dorfbewohner glaubten, dass er starke schamanische Kräfte besaß, aber niemand war sicher, ob er diese Kräfte nur für gute Zwecke einsetzte. Und vielleicht hatten sie recht. Die Leute hatten Angst vor ihm und gingen ihm aus dem Weg; sie sprachen ihn nur dann an, wenn sie bei Problemen und Krankheiten seine Hilfe brauchten.

Ich selbst habe mich nie für diese Dinge interessiert. Von Kindheit an hatte ich nur den einen Wunsch, meinen Onkel und auch mein Dorf so schnell wie möglich zu verlassen. Auf dem Land gibt es nichts zu tun, vor allem im Winter nicht. Es ist kalt und langweilig. Ich hatte immer vor, gleich nach dem Schulabschluss in die Stadt zu gehen. Ich wollte zum Militär, wurde aber aus gesundheitlichen Gründen ausgemustert. Ich sehe furchtbar schlecht. Vielleicht verstehen Sie jetzt, wie froh ich war, als ich hier Arbeit fand. Ich arbeite jetzt seit fast einem Jahr, und für nächstes Jahr wurde mir schon eine Wohnung versprochen. Es ist selten, dass das so schnell geht. Im Moment wohne ich natürlich noch in einem Wohnheim.«

Ich wusste, dass die Namen der jungen Männer und Frauen, die Arbeit in einer Fabrik fanden, sofort auf eine Warteliste für eine eigene Wohnung gesetzt wurden. Manchmal dauerte es bis zu zwanzig Jahre, bis ein Name ganz oben auf der Liste stand. Gelegentlich gingen sogar Namen verloren, und die Betroffenen kamen nie in den Genuss einer eigenen Wohnung. Diese armen Leute mussten ihr ganzes Arbeitsleben in Wohnheimen verbringen, in denen sich normalerweise drei bis vier Bewohner ein kleines Zimmer teilten. Manchmal gab es für fünfzehn bis zwanzig solcher Zimmer zusammen eine kleine Küche, eine Dusche und eine Toilette. Ich verstand, wie viel es Nikolaj bedeuten musste, dass man ihm schon so bald eine Wohnung versprochen hatte.

Er fuhr fort: »Ich habe eine Freundin, und wir wollen heiraten. Eigentlich könnten die Träume meines Lebens jetzt allmählich in Erfüllung gehen. Und nun fürchte ich, dass alles verloren ist. Ich brauche wirklich Ihre Hilfe, Frau Doktor. Ich bin zu allem bereit, ich werde jedes Medikament nehmen, um meine Gesundheit wiederherzustellen. Meine geistige Gesundheit.«

Nikolaj sah mich verzweifelt und hoffnungsvoll zugleich an, ein Blick, der mir bei meinen Patienten selten begegnete. Ich konnte mir immer noch kein Bild von seiner Geschichte machen. Sein Onkel, der Schamane, war gestorben, und jetzt fürchtete er, dass er geisteskrank war. Sein Problem war mir nicht klar. Ich wollte noch nicht gleich auf eine Psychose schließen, auch wenn das, was ich bis jetzt von seiner Geschichte gehört hatte, diesen Schluss nahelegte.

Zögernd setzte er seine Erzählung fort: »Am Tag nach dem Tod meines Onkels wurde ich krank. Auf dem Sterbebett hatte er mich gebeten, die Zeit mit ihm allein zu verbringen. Die Vorstellung gefiel mir gar nicht, aber ich gab nach, weil es sein letzter Wunsch war. Er lebte in einem kleinen, finsteren Haus ohne Elektrizität. Dort hatte er eine Sammlung von sehr merkwürdigen Dingen: halbtote Pflanzen, Steine – manche davon bemalt –, seine Trommel, zerlumpte Kleider. Alles in seinem Häuschen war ungewöhnlich. Ich hatte Angst, aber auch das Gefühl, dass mir nichts anderes übrigblieb, als in seinen letzten Tagen bei ihm zu bleiben.

Dann begann mein Onkel, mit mir über Kraft zu sprechen – über schamanische Kraft. Das erste Mal sprach er mehr als zwei Stunden darüber. Ich hörte kaum zu. Für mich waren das Phantasien eines Sterbenden, ich versuchte also einfach höflich zu sein. Viele weitere Gespräche folgten. Ich erinnere mich kaum noch daran, nur an die letzte Unterredung.

Es war spät in der Nacht. Sein Zustand hatte sich zusehends verschlechtert, trotzdem wollte er niemanden außer mir sehen. Sein Atem ging schnell und schwer. Er sprach stockend und schien verwirrt zu sein. Ich wusste, dass er nicht mehr lange leben würde. Schließlich forderte er mich auf, zu ihm an sein Bett zu kommen. Das Zimmer war dunkel. Nur die Ecke, in der sein hohes, schmales Holzbett stand, wurde von einer Kerze erhellt, die auf einem kleinen Tisch zwischen seltsamen Amuletten und getrockneten Kräutern stand.

Mein Onkel lag unter einer warmen, bunten Flickendecke. Als ich an sein Bett trat, packte er mit seinen heißen, trockenen Händen meine linke Hand. Aus unerfindlichem Grund klang seine Stimme plötzlich kräftig und klar. Er sah mich durchdringend an. Sein Zustand hatte sich so drastisch verändert, dass ich einen Augenblick lang tatsächlich glaubte, er hätte seine Krankheit besiegt.

Langsam und mit großer Konzentration, ungefähr so, als würde er versuchen, mich zu hypnotisieren, sagte er: ›Schamanische Kräfte wohnen mit uns in dieser Welt, und sie müssen in dieser Welt zurückgelassen werden. Ich liege im Sterben, und meine Kraft wird mir dahin, wohin ich gehe, nicht folgen. Ich übertrage sie dir, denn so haben die Geister es bestimmt.‹

Während er sprach, spürte ich einen heftigen Krampf in der Hand, die er so verzweifelt umklammerte. Es fühlte sich an, als ob Flammen in meinem Körper loderten. Ich war so überrascht, dass ich erst später merkte, dass mein Onkel genau in diesem Moment gestorben war.

Mein Geisteszustand war mir völlig fremd. Ich konnte nicht genau sagen, was passiert war, und ich kann es immer noch nicht. Ich weiß zwar, dass das vielleicht nötig ist, damit Sie eine Diagnose stellen können, aber ich weiß nicht, was ich sonst noch sagen soll. Ich habe versucht, Licht in die Sache zu bringen, indem ich Bücher über Psychiatrie gelesen habe, aber ich musste damit aufhören. Es war viel zu schwierig für mich, den Sinn der Worte zu verstehen.«

Während seiner Schilderung hatte Nikolaj die Situation nahezu noch einmal durchlebt. Seine linke Hand schien sich zu verkrampfen, während er über den Tod seines Onkels sprach. Schweiß trat auf sein Gesicht, und er wirkte, als hätte er die Stimme seines toten Onkels wieder gehört, während er mir davon erzählte.

»Lassen Sie uns für eine Weile über etwas anderes als Ihren Onkel sprechen. Vielleicht können Sie mir ein bisschen mehr von Ihrem Leben in der Stadt erzählen?«

Mit sichtlicher Erleichterung ging er auf meinen Vorschlag ein. »Was soll ich Ihnen denn erzählen?«

»Erzählen Sie von Ihrer Arbeit; von Ihren Kollegen in Ihrer Fabrik. Wie ist Ihr Verhältnis zu ihnen?«

»Gut. Sehr gut.«

Ich betrachtete ihn schweigend. Er saß reglos und sehr gerade auf der Stuhlkante. Die Haltung verriet seine starke Anspannung.

»Es sind gute Menschen, aber sie sind ganz anders als die Leute in meinem Heimatdorf.«

»Wo liegen die Unterschiede?«

»Das ist schwer zu sagen. Ich habe noch nie richtig darüber nachgedacht. Ich spüre es nur. Sie trinken viel, sogar bei der Arbeit. Die Leute in meinem Dorf trinken auch gern Wodka, aber sie würden nach ein paar Gläsern nie so ausfallend werden und selbst nach vielen Gläsern nicht.«

Ich stellte mir diesen sensiblen jungen Mann unter seinen raubeinigen Arbeitskollegen vor. Sein Traum vom Leben in der Stadt war zumindest zum Teil nicht so in Erfüllung gegangen, wie er es erwartet hatte.

»Versuchen Sie, so zu sein wie Ihre Kollegen?«

»Nein, ich glaube nicht. Mir ist klargeworden, dass ich mich daran gewöhnen muss, hier zu sein. Es war mein Wunsch, in einer großen Stadt zu leben, aber ich habe mir viel mehr davon versprochen. Möglicherweise erwarte ich immer noch zu viel. Ich muss mich eben daran gewöhnen. Und ich muss gesund sein.«

Nach einer kurzen Pause, die ihm zu helfen schien, seine Kräfte zu sammeln, fuhr er mit seiner Geschichte fort: »Nach dem Tod meines Onkels hatte ich fünf Tage lang sehr hohes Fieber. Ich habe nicht gegessen, ich habe nicht gesprochen. Ich wusste nicht einmal mehr, wer ich war. Im Delirium sah ich ihn die ganze Zeit. Einem Bezirksarzt, der einen Hausbesuch machte und mir ein paar Spritzen gab, verdanke ich, dass das Fieber zurückging. Ich vergaß alles, was mir während meiner Krankheit durch den Kopf gegangen war, und obwohl ich mich noch sehr schwach fühlte, kehrte ich zu meiner Arbeit zurück.

Körperlich ging es mir von Tag zu Tag besser, aber gleichzeitig passierte etwas mit meinem Verstand. Ich begann die Stimme meines Onkels zu hören, und er verlangte von mir, dass ich mich an meine Träume erinnere. Inzwischen überfällt mich seine Stimme ohne Vorankündigung, jederzeit, überall. Es passiert, wenn ich mich mit jemand unterhalte oder im Bus zwischen Fremden sitze. Es macht mir jedes Mal Angst, und ich weiß, dass ich wirken muss, als wäre ich verrückt. Ich gerate in Panik und würde am liebsten weglaufen. Es ist inzwischen so schlimm, dass ich Angst habe, meine Arbeit zu verlieren.« Nach einem langen, tiefen Seufzer fragte er, ob er rauchen dürfe.

Normalerweise erlaubte ich es Patienten nicht, in meinem Büro zu rauchen. In Nikolajs Fall beschloss ich aber, eine Ausnahme zu machen. Ich hatte das Gefühl, dass es ihm helfen würde, sich zu entspannen und zu öffnen. Er nahm eine Packung filterlose Zigaretten aus seiner Jacke und suchte dann verzweifelt nach Streichhölzern, seine Hände griffen in alle Anzugtaschen, ohne Erfolg.

Ich stand auf und ging in die gegenüberliegende Ecke des Zimmers. Dort nahm ich die Streichhölzer und die Untertasse, die gelegentlich als Aschenbecher diente, vom Kühlschrank und reichte ihm beides.

An die kleine Luftklappe oben in meinem Fenster reichte ich mit der Hand nicht heran, deshalb benutzte ich eine lange hölzerne Stange, um sie ein wenig zu öffnen, bevor ich wieder zu meinem Schreibtisch zurückging. Am Ende der Stange befand sich ein geschnitzter Menschenkopf. Vor ein paar Jahren hatte ein älterer Patient ihn für mich angefertigt, der zwanzig Jahre lang geglaubt hatte, er sei Gott, und der unablässig versucht hatte, Menschen aus Holz zu erschaffen. Im letzten Jahr war er gestorben, alt und einsam, wie so viele unserer Patienten. Es gab keine Verwandten, die ihn beerdigt hätten, daher schickte die Klinik seine Leiche der medizinischen Fakultät, wo sie zu anatomischen Studien diente.

Ich erinnerte mich, dass das Sezieren der Leichen von dünnen, häufig abgemagerten alten Menschen am Anfang meines Medizinstudiums zu den Dingen gehört hatte, die ich emotional am schwersten verkraftete. Schließlich blieb mir nichts anderes übrig, als sie als wissenschaftliche Hilfsmittel zu betrachten und dabei möglichst zu vergessen, dass es einmal Menschen gewesen waren, die einsam gestorben waren ohne irgendjemanden, der sie in der Stunde ihres Todes getröstet hätte. Auch an der Universität, wo sie im Namen der Wissenschaft zu Objekten wurden, wurde ihren leblosen Körpern jeglicher Respekt versagt.

Eiskalte Luft strömte durch die schmale Fensterklappe in mein Büro. Nikolaj rutschte mit seinem Stuhl von meinem Schreibtisch weg und rauchte in tiefen Zügen.

›Was mache ich bloß mit diesem Mann?‹, fragte ich mich. Ich wusste, dass mir alles zur Verfügung stand, was ich brauchte, um eine psychiatrische Diagnose zu stellen und eine effektive Behandlung einzuleiten. Wenn Nikolaj ein offizieller, legal eingewiesener Patient gewesen wäre, wäre ich mehr oder weniger gezwungen gewesen, eine Reihe von Labortests anzuordnen, die mir gezeigt hätten, ob er unter den Nachwirkungen einer fiebrigen Erkrankung unbekannten Ursprungs litt, die als residuale hirnorganische Psychose mit episodischen Anfällen in Erscheinung traten. Aber in seinem Fall konnte ich flexibler sein und beschloss deshalb, zuerst etwas anderes auszuprobieren. Ich würde tun, was ich in Nikolajs Fall für richtig hielt. Je nach Ergebnis konnte ich dann immer noch auf eine der üblichen psychiatrischen Therapien zurückgreifen.

Ich fragte ihn, ob er zu einem Experiment bereit wäre. Er nickte, und ich fuhr fort: »Glauben Sie, dass Sie die Stimme Ihres Onkels auch in meiner Gegenwart hören könnten?«

Er inhalierte tief, und es war offensichtlich, dass es ihm nach der Zigarette besserging. »Es kann schon sein, aber ich weiß nicht, ob ich das selbst steuern kann. Die Stimme kommt von allein, ohne dass ich Einfluss darauf habe.«

»Vielleicht schaffen wir es zusammen.«

»Ich bin mit einem Versuch einverstanden.«

Ich trat auf den versteckten Knopf auf dem Fußboden neben meinem Schreibtisch und gab damit der Krankenschwester das Zeichen, in mein Büro zu kommen. Die Anlage war ursprünglich für Notsituationen mit gewalttätigen Patienten installiert worden, aber normalerweise verwendeten wir sie für die interstationäre Kommunikation im Krankenhaus.

Als die Schwester eintrat, bat ich sie, Nikolaj in den Hypnotherapieraum zu begleiten und dort auf mich zu warten. Er drückte seine Zigarette aus, stand auf und nahm seinen kurzen, schwarzen Schaffellmantel, den die Krankenschwester ihm reichte.

Vom Fenster aus beobachtete ich, wie die beiden durch den Schnee zum Hypnotherapieraum gingen. Sie sprachen miteinander, und ich fragte mich, worüber. Die Krankenschwester war eine erfahrene Fachkraft. Sie war vor einigen Monaten in Rente gegangen, hatte sich dann aber entschlossen, wieder zu arbeiten, um ihre drei Töchter finanziell zu unterstützen. Es war üblich, dass Eltern sich auch dann noch am Unterhalt ihrer Kinder beteiligten, wenn diese schon arbeiteten. Die Krankenschwester, die gewissenhaft und sparsam war, schaffte es, ungefähr alle zwei Monate neue Kleider für ihre Töchter zu kaufen. Manchmal kostete sie das mehr als die Hälfte ihres Lohnes, aber sie tat es gern. Ich war froh, dass sie wieder bei uns war.

Ich war gerade mit dem Ausfüllen und Unterzeichnen von Formularen fertig und wollte zum Hypnotherapieraum gehen, als der diensthabende Arzt mich aus der Aufnahme anrief. »Olga«, sagte er, »ich schicke dir einen sehr schweren Fall auf die Frauenstation. Sie kommt seit zwanzig Jahren regelmäßig zu uns. Die Diagnose lautet Schizophrenie. Das letzte Mal wurde sie vor zwei Jahren in unsere Klinik eingewiesen. Diesmal ist sie im letzten Stadium der Kachexie (physische Auszehrung). Anscheinend hat sie aufgrund ihrer geistigen Verwirrung mehr als einen Monat nicht richtig gegessen. Ich bereite die Medikationspläne für die Krankenschwestern heute Nacht vor, aber ich hätte gern, dass du dir die Patientin und ihren Mann ansiehst, bevor du heute gehst.«

»Wann kommt sie auf die Station?«, erkundigte ich mich.

»In anderthalb Stunden«, erwiderte er.

Ich erklärte mich bereit, sie zu untersuchen, und war erleichtert, dass mir vorher noch die Zeit blieb, mit Nikolaj zu arbeiten.

Der Hypnotherapieraum war aufgrund der Eigeninitiative aller hier angestellten Ärzte entstanden. Als ich meine Arbeit an der Klinik begann, war er bereits gebaut, und es war ein Wunder, dass er überhaupt existierte. Immer wieder hatte ich die legendären Geschichten von den engagierten Ärzten gehört, die Ausstattung, Baumaterialien, Möbel und Teppichboden organisiert hatten, um diese wichtige Einrichtung ins Leben zu rufen. Über Regierungskanäle wäre das nie möglich gewesen. Der Hypnotherapieraum war wichtig für meine Arbeit, und ich fühlte mich dort immer wohl.

Leise betrat ich den verdunkelten Raum und bewegte mich lautlos auf dem weichen Teppichboden. Eine kleine rote Lampe stand auf dem Fußboden in jeder Ecke des Raumes. Die Stille und der schwache rote Schein der Lampen halfen mir, geistig und emotional von den Geräuschen und Bildern der Außenwelt Abstand zu gewinnen.

Die Krankenschwester hatte Nikolaj schon vorbereitet. Er saß, nur noch mit seinem weißen Hemd und der Hose bekleidet, zurückgelehnt in einem weichen, tiefen Sessel in der Mitte des Raumes. Seine Anzugjacke, die Krawatte und die Stiefel hatte die Schwester in ein anderes Zimmer gebracht, wo am Ende der Sitzung alles für ihn bereitliegen würde. Er sah entspannt aus und bemerkte nicht einmal, dass ich den Raum betrat. Leise ging ich zu ihm hinüber und ließ langsam die Rückenlehne seines Sessels herunter.

»Wir können jetzt anfangen, Nikolaj. Es ist wichtig, dass Sie meine Fragen ehrlich und so genau wie möglich beantworten. Wenn Ihnen nichts einfällt, versuchen Sie nicht, sich etwas auszudenken. Unser Erfolg hängt nicht davon ab, wie viele Fragen Sie beantworten. Er hängt von etwas anderem ab. Und wir müssen nicht darüber sprechen, was das ist, sondern wir können darauf vertrauen in dem Wissen, dass es bereits gegenwärtig und für uns wahr ist und dass wir uns davon führen lassen können.« Meine Rede war absichtlich etwas obskur, denn ich musste Nikolajs Gedanken verwirren, um für meine Worte einen Zugang zu seinem Unbewussten zu schaffen.

Nikolaj schloss die Augen, seine Gesichtsmuskeln entspannten sich, während ich zu ihm sprach und meine Stimme tiefer und tiefer und mit jedem Wort langsamer und leiser werden ließ.

»Ich werde Ihrem Körper jetzt eine Frage stellen, die Sie nicht zu beantworten brauchen, Nikolaj. Sie müssen nicht einmal zuhören. Ich brauche von Ihrem Körper eine Zusage, dass er dazu beitragen wird, Sie während unserer Arbeit vor Stress zu schützen. Ich spreche jetzt direkt mit Ihrem Körper und bitte ihn, zu Ihrem Schutz mit uns zusammenzuarbeiten. Und ich warte auf eine Antwort.« Seine linke Hand zitterte ein wenig, und aus Erfahrung wusste ich, dass das ein Zeichen der Zustimmung war.

»Danke«, erwiderte ich daraufhin.

Dann fuhr ich fort: »Nikolaj, in der Vergangenheit habe ich oft versucht, mich an etwas Wichtiges zu erinnern, dann aber festgestellt, dass es mir nicht gelang.

Je mehr ich mich konzentrierte, desto weniger zugänglich wurde mein Gedächtnis, und ich versuchte es immer wieder, bis ich völlig erschöpft war. Dann gab ich auf und entspannte mich. Kurz darauf tauchte das Bild, das ich suchte, aus dem Unbewussten auf. Dieses Phänomen brachte mich dazu, die Kraft des Unbewussten zu verstehen und zu erkennen, dass es hilfreich sein kann, wenn wir lernen, mit ihm in Verbindung zu treten.

Wenn ich jetzt mit Ihnen spreche, verstehen Sie manches vielleicht nicht. Machen Sie sich deswegen keine Sorgen. Es ist nicht nötig, dass Ihr Bewusstsein die Bedeutung meiner Worte versteht, stören Sie daher den ruhigen und entspannten Zustand, der sich in Ihrem Geist und in Ihrem Körper ausbreitet, nicht mit dem Versuch, verstehen zu wollen. Ihr Unbewusstes wird verstehen. Ich möchte die Unterstützung der Kraft gewinnen, die zu Ihnen gesprochen hat, um Ihnen etwas Wichtiges zu erschließen. Das ergibt für Sie im Moment vielleicht noch keinen Sinn, aber ich will Ihnen helfen zu verstehen.

Erinnern Sie sich an das letzte Mal, als Sie die Stimme Ihres Onkels hörten? Antworten Sie bitte mit ›ja‹, indem Sie die linke Hand bewegen, oder mit ›nein‹, indem Sie die rechte bewegen. War es am Montag?«

Nikolajs rechte Hand bewegte sich schwach. »Dienstag?« Nein. »Mittwoch …«

Als ich bei Freitag ankam, bewegte sich seine linke Hand. »Versetzen Sie sich an den Ort, wo es passierte. Ist es dunkel dort, wo Sie sind?«

Nein.

»Sie befinden sich an einem gut beleuchteten Ort. Ich glaube, es ist Ihr Arbeitsplatz. Sie sprechen mit einem Kollegen.« Aufmerksam beobachtete ich die Reaktion seiner Linken und fuhr fort, wenn sie sich zustimmend bewegte. »Jetzt ist der Zeitpunkt gekommen, gleich wird Ihr Onkel sprechen. Sie können ruhig und entspannt bleiben, denn wir haben diese Erfahrung unter Kontrolle, und es kann nichts Schlimmes passieren.

Sie sind in Ihrer Erinnerung an dem Punkt angelangt, an dem Sie die Stimme Ihres Onkels hören können. Niemand an Ihrem Arbeitsplatz bemerkt etwas. Die Kollegen, mit denen Sie gerade gesprochen haben, gehen fort, lösen sich in nichts auf. Ihre Aufmerksamkeit wandert von den Kollegen zur Stimme Ihres Onkels.«

Seine Gesichtsmuskeln spannten sich an. Er atmete tiefer und schneller. Ich beugte mich vor, legte meine Hand auf seine Brust und sagte: »Meine Hand atmet jetzt zusammen mit Ihren Lungen, und wir können diesen Rhythmus langsamer werden lassen, langsam und ruhig – ganz allmählich, gemeinsam.«

Er beruhigte sich und sagte leise, fast flüsternd: »Ich höre ihn ...«

»Hören Sie auf alles, was seine Stimme zu Ihnen sagt. Seien Sie ruhig, und lassen Sie sich nicht einschüchtern. Meine Hand ist hier bei Ihrem Atem, und Sie können Hilfe von mir bekommen oder aufhören, wann Sie wollen. Aber Sie werden nicht aufhören müssen, denn Sie sind sicher und geborgen.«

Nikolaj sprach leise: »Jetzt macht er mir keine Angst mehr. Er ist anders als früher.«

»Hören Sie auf zu sprechen, Nikolaj. Sie sind nicht zum Reden hier. Sie sind hergekommen, um zuzuhören. Tun Sie das jetzt. Ich weiß zu schätzen, was Sie mir sagen, aber jetzt ist nicht der richtige Zeitpunkt dafür. Das machen wir später. Versuchen Sie im Moment nur, sich alles zu merken, was Ihr Onkel sagt, und seien Sie offen dafür.«

Eine halbe Stunde lang stand ich über den jungen Mann im Liegesessel gebeugt, mit meiner Hand auf seiner Brust. Es war ziemlich dunkel im Raum, aber ich konnte sein Gesicht sehen. Er war entspannt, und zuerst schien es, als würde er schlafen. Allmählich, als er begann, seine Erinnerung noch einmal zu durchleben, wurde sein Mienenspiel aktiver. Seine Augen bewegten sich schnell unter den geschlossenen Lidern. Zweifellos sah er intensive Bilder. Alle Gefühle, die er durchlebte, spiegelten sich in seinen Zügen; zu Anfang sah ich ihn staunen, entdeckte Neugier in seinem Gesicht; dann tiefe Traurigkeit, und ich dachte, dass er vielleicht anfangen würde zu weinen. Ich spürte, dass er sehr weit fort war und in seiner Erinnerung etwas Wichtiges durchlebte. Ich steuerte seinen Atem mit meiner Hand, verlangsamte ihn und war darauf vorbereitet, ihn zu wecken, wenn sein emotionaler Zustand mir gefährlich erscheinen sollte. Sonst würde ich ihn von selbst zurückkehren lassen, wenn er fertig war.

Schließlich atmete er lange und tief ein und erklärte: »Ich habe meine Reise beendet und bin jetzt bereit, zurückzukommen.«

Seine Stimme klang kraftvoller und selbstsicherer als zuvor. Ich sprach wieder mit ihm.

»Jetzt bitte ich Sie, mir aufmerksam zuzuhören, Nikolaj. Stück für Stück werden Sie sich daran erinnern, wie wir uns heute Nachmittag kennengelernt haben, als Sie ins Krankenhaus kamen. Sie werden sich jetzt wahrscheinlich ganz anders fühlen, weil Sie eine neue Erinnerung in sich tragen. Wenn Sie von Ihrer Reise zurückkehren und wieder in mein Büro kommen, werden Sie diese Veränderungen bemerken. Dann werden Sie sich daran erinnern, was mit Ihnen geschehen ist, und Sie werden mir davon erzählen. Wenn ich jetzt meine Hand von Ihrer Brust nehme, öffnen Sie die Augen und sind wieder ganz hier.«

Ich bemerkte, dass seine linke Hand die Armlehne umklammerte, und ich berührte sie sanft, um ihm zu helfen, sich zu entspannen. Ich trat zur Wand, schaltete das Deckenlicht ein und drückte den Knopf, um die Schwester hereinzurufen. Die roten Lampen schalteten sich automatisch aus.

Jetzt konnte ich die Gemälde sehen, die die Sibirische Galerie der Schönen Künste dem Krankenhaus geschenkt hatte. Es erschien mir immer wie ein kleines Wunder, dass so herrliche Bilder ihren Weg ausgerechnet hierher gefunden hatten.

Ein paar schöne Landschaften hingen an den Wänden, aber mein Lieblingsbild war das in Öl gemalte Porträt einer jungen Frau, deren Haar in der Mitte gescheitelt war und die prunkvolle spitzengesäumte Kleidung aus einem vergangenen Jahrhundert trug. Sie hatte ein freundliches, beruhigendes Gesicht, und wenn ich hier arbeitete, hatte ich bisweilen das Gefühl, dass sie mich bei meiner Arbeit unterstützte.

Die Krankenschwester half Nikolaj, aufzustehen und seine Jacke anzuziehen. Ich warf mir meinen Pelzmantel über die Schultern und machte mich auf den Weg zurück in mein Büro. Ich war recht zufrieden mit der Sitzung. Sie war sehr gut verlaufen, und ich hielt es für richtig, dass ich versucht hatte, Nikolajs inneren Konflikt ohne pharmazeutische Mittel zu lösen. Ich hoffte, dass dieses Erlebnis sich als das erweisen würde, was er brauchte, um diese Familienbeziehung zu klären, die ihm so mythologisch-religiös erschienen war.

Nikolaj sah ernst und irgendwie verändert aus, als er mein Büro betrat. Ein Teil seiner Verwandlung bestand darin, dass er jetzt völlig entspannt wirkte, so als würde er sich nicht mehr so viel aus seiner äußeren Erscheinung machen. Er hatte seine Krawatte in der Hand und saß gelassen auf demselben Stuhl, auf dem er vorher so nervös herumgerutscht war.

»Ich möchte Ihnen für Ihre Hilfe danken. Ich habe eine sehr wichtige Botschaft bekommen. Sie hat viel an meiner Einstellung verändert.«

Ich hörte aufmerksam zu und merkte gleichzeitig, wie mein Selbstwertgefühl wuchs. Mir kam der Gedanke, dass ich mich als Therapeutin glücklich schätzen konnte, solche Worte so oft von meinen Patienten zu hören.

»Es freut mich, dass ich Ihnen helfen konnte. Ich hoffe, dass Ihr Leben dadurch leichter wird und Ihnen gelingt, was Sie vorhaben.

»Aber alles hat sich verändert, Frau Doktor. Ich glaube, ich muss Schamane werden.«

Ich war fassungslos. Erstarrt saß ich auf meinem Stuhl und versuchte, mit keiner Regung meinen inneren Aufruhr zu verraten, während ich ihm zuhörte. Doch mein Selbstwertgefühl sank tiefer und tiefer, es verwandelte sich in Beschämung. Wie hatte ich das geschehen lassen können? Dieser Mann war zu mir gekommen, weil er Hilfe suchte, doch ich hatte mich unprofessionell verhalten und seine Wahnvorstellungen nur verstärkt. Ich hatte ihn im Stich gelassen, und plötzlich tat es mir für uns beide leid.

Nikolaj begann zu erklären: »Ich habe wirklich mit meinem Onkel kommuniziert. Ich hatte überhaupt nicht das Gefühl, dass er gestorben war. Er schien durch und durch lebendig zu sein, und er sprach mit mir wie ein normaler Mensch. Er diskutierte mit mir, und ich merkte, dass ich dem, was er sagte, in keinem Punkt etwas entgegenzusetzen hatte. Am Ende überredete er mich.

Ich weiß nicht, wie, aber er führte mir die vollständige Geschichte unseres Volkes vor Augen, so, wie ich sie noch nie betrachtet hatte. Mir wurde klar, wie schwer es für die Angehörigen meines Volkes ist, in Sibirien zu leben. Ich sah, wie sie unter dem ungeheuren Druck von außen und unter dem Einfluss böser Geister aus den eigenen Reihen ihre Religion und ihre Kraft verloren. Ich sah ein paar von meinen Freunden, die sich zum Kommunismus bekennen mussten, um Arbeit zu finden. Ich sah, wie ihre Seelen sie verließen und wie sie zu Werkzeugen des Bösen wurden.

Immer wieder ging ich mit meinem Volk auf die Reise, von Winter zu Winter, ohne Hoffnung, ohne Freude, ständig voller Furcht. Sie hatten sogar Angst, still zu ihren Ahnen und Beschützern zu beten, denn sie liefen Gefahr, ins Gefängnis gesteckt zu werden, wenn jemand es bemerkte. Frau Doktor, diese Vision, die Sie mir ermöglicht haben, hat etwas in mir geöffnet, das mir bisher verschlossen war. Jetzt habe ich einen Zugang dazu.

Mein Onkel hat mir keine Wahl gelassen. Er hat gesagt, dass ich unbedingt Schamane werden muss. Wenn ich das nicht tue, wird meine Krankheit furchtbar werden. Er sagt, dass ich der Einzige bin, der dazu in der Lage ist, und dass dann die Zeit des verlorenen Glaubens für mein Volk enden wird. Es ist meine Bestimmung, für mein Volk auf dieses Ziel hinzuarbeiten. Ich weiß immer noch nicht, was ich davon halten soll. Ich weiß nichts darüber, was es heißt, ein Schamane zu sein. Aber gleichzeitig spüre ich, dass es die richtige Lebensweise für mich ist. Ich werde Zeit brauchen, um genau zu erkennen, was meine Aufgabe ist.«

Es war seltsam, dass mir seine Worte nicht Angst machten, denn sie waren sehr gefährlich. Noch in nicht allzu ferner Vergangenheit hätten wir dafür beide ins Gefängnis kommen können. Selbst jetzt, im Zeitalter von Perestroika und Neuem Denken, konnten wir immer noch in große Schwierigkeiten geraten, wenn seine Worte dem Falschen zu Ohren kamen.

Aber ich hatte keine Angst. Ich merkte, dass ich mit vielem von dem, was er erzählte, etwas anfangen konnte. Ich wusste nicht viel über die Unterdrückung der verschiedenen Volksgruppen, aber ich wusste, was es hieß, seinen Glauben verleugnen zu müssen. Meine Großmutter in Kursk hatte mich heimlich in der russisch-orthodoxen Kirche taufen lassen, und ich war oft damit konfrontiert gewesen, dass ich der starken Anziehungskraft, die die Lehren Jesu Christi auf mich ausübten, keinen Ausdruck verleihen durfte. Mein Alltagsleben bot mir keine Gelegenheit, zur Kirche zu gehen oder mich mit frommen Menschen zu unterhalten. Niemandem war es gestattet, religiöse oder esoterische Literatur irgendwelcher Art, auch nicht die Bibel, zu besitzen. Hielt man sich nicht daran, brachte man die Sicherheit des eigenen Zuhauses in Gefahr.

Während ich Nikolajs starke Gefühle mitempfand, veränderten sich meine eigenen. Es ging mir nicht mehr darum, an Nikolajs Behandlung meine ärztlichen Fähigkeiten zu beweisen. Ich spürte, dass etwas Bedeutsames geschehen war, und alles, was ich mir wünschte, war, es zu verstehen.

Nikolaj unterbrach meine Gedanken, indem er sagte: »Mein Onkel hat mich gebeten, Ihnen eine Botschaft zu übermitteln.«

Der Gedanke erschien mir so verrückt, dass ich nicht antwortete.

»Mamusch hat zu mir gesagt: ›Sage dieser Frau, dass sie sehr bald dem Geist des Todes begegnen wird. Sag' ihr, dass sie keine Angst haben soll.‹«

Diese Botschaft gefiel mir überhaupt nicht. Für Weissagungen hatte ich noch nie etwas übriggehabt, und schon gar nicht für so schreckliche wie diese. Ich starrte auf Nikolajs Kleidung. Auch wenn sein Hemd inzwischen oben aufgeknöpft war und er keine Krawatte mehr trug, half mir dieser Anblick, mich daran zu erinnern, dass er kein Orakel war, sondern nur ein Fabrikarbeiter, der mit meiner Freundin befreundet war.

Meine Erfahrung sagte mir, dass unsere Sitzung im

Grunde vorbei war, und außerdem fiel mir ein, dass ich mich noch um die neu eingelieferte Patientin kümmern musste. Ich beschloss, das Gespräch mit Nikolaj schnell zu beenden. »Von einer Botschaft Ihres Onkels weiß ich nichts, Nikolaj, aber ich möchte Ihnen Erfolg wünschen, wozu auch immer Sie sich entschließen. Ich bin überzeugt, dass Sie in der Lage sind, die richtigen Entscheidungen zu treffen, aber wenn Sie weitere Hilfe brauchen, können Sie sich ruhig an mich wenden. Jetzt allerdings muss ich zu einem Notfall, der gerade eingewiesen worden ist.«

Nikolaj schien ebenfalls bereit zu sein, seinen Besuch zu beenden. »Ist gut, Frau Doktor«, erwiderte er. »Ich bedanke mich für Ihre Zeit und Ihre Hilfe. Vielleicht sehen wir uns wieder. Für heute verabschiede ich mich erst einmal.«

Sobald er mein Büro verlassen hatte, durchquerte ich eilig das kleine Zimmer, um das Fenster zu schließen, durch das immer noch eiskalte Luft hereinströmte. Einen Augenblick lang stand ich still am Fenster und sah auf das Krankenhausgelände hinunter. Meine Sitzung mit Nikolaj war ungewöhnlich gewesen, und ich würde Zeit brauchen, um sie zu verstehen und in meine bisherigen Erfahrungen einzuordnen. Ich beobachtete Nikolaj, wie er über das Gelände zur Bushaltestelle ging. Seine schnellen und entschiedenen Schritte deuteten auf einen Mann hin, der sich seiner Sache sicher war. Ich schloss das Fenster wieder mit der Stange, an deren einem Ende sich der von ›Gott‹ geschnitzte Menschenkopf befand.

Ich war für die Behandlung von zehn Patientinnen auf der Frauenstation verantwortlich, und es gehörte zu meinen Pflichten, jeder von ihnen alle zwei Tage einen Besuch abzustatten. Ich konnte mich nie entscheiden, ob ich lieber mit Frauen oder mit Männern arbeitete. Die Unterschiede waren immens.

Während meine männlichen Patienten oft interessante Menschen waren und manche im Rahmen der Arzt-Patient-Beziehung sogar zu Freunden wurden, gab es unter ihnen auch viele Kriminelle, deren Geisteszustand ausführlich beurteilt und in langen Berichten für das Gericht zusammengefasst werden musste. Das erforderte unverhältnismäßig viel bürokratische Schreibarbeit, die mir noch nie Spaß gemacht hatte. Obwohl ich die Notwendigkeit einsah, ärgerte ich mich darüber, dass dieser Papierkram mir viel Zeit raubte, die ich lieber mit meinen Patienten verbracht hätte.

Bei Frauen war die Abwicklung einfacher, aber meine natürliche Neigung, sie als Ehefrauen und Mütter zu sehen und mich in sie hineinzuversetzen, erschwerte es mir, den beruflich notwendigen inneren Abstand zu gewinnen. Ich merkte, dass die Arbeit mit Frauen meine innere Harmonie viel stärker bedrohte und ein viel stabileres emotionales Gleichgewicht erforderte.

Als ich die Frauenstation betrat, rief eine meiner Patientinnen nach mir. Sie hatte gerade ein Foto von ihrer Tochter aus dem Waisenhaus erhalten, in dem das Kind lebte, und ich sollte sehen, wie schön ihr kleines Mädchen war. Sie selbst war wahrscheinlich früher genauso schön gewesen, bevor die Krankheit ihr Zerstörungswerk begonnen hatte. Ich bedankte mich bei der Patientin und sagte ihr, dass ich mir das Foto später genauer ansehen würde, denn heute hätte ich viel zu tun.

Auf dem Flur der Station standen die Frauen für ihre tägliche Medikamentenration an, sie trugen langweilige, düstere Baumwollkleider, die von Patientin zu Patientin weitergegeben wurden, Jahr für Jahr. Die Krankenschwester gab jeder Frau die verordneten Pillen und achtete darauf, dass alles geschluckt wurde. Viele Patientinnen wollten nicht glauben, dass sie krank waren, und versuchten die Medikamente zu verstecken, anstatt sie einzunehmen. Die Schwester durfte sie keinen Moment aus den Augen lassen, und gelegentlich schrie sie die Frauen an, sie sollten sich beeilen oder den Mund weiter öffnen, damit sie nachkontrollieren und sich dann um die nächste Patientin kümmern konnte.

Einige Langzeitpatientinnen lagen auf ihren Betten im Gang. Es war normal, dass das Krankenhaus überfüllt war. Während ich durch den Flur ging, wollte mir fast jede Patientin etwas sagen. Ich begrüßte sie alle, konnte aber aus Zeitmangel leider nicht stehen bleiben, um mit ihnen zu sprechen. Mein Arbeitstag war fast vorüber, und ich wusste nicht, wie lange mich die neue Patientin in Anspruch nehmen würde.

Als ich mich der Notaufnahme näherte, hörte ich Geschrei von der Station, auf der die gewalttätigen Patientinnen untergebracht waren. »Ich weiß, wer du bist! Niemand weiß das außer mir! Aber ich weiß, wer sich hinter der Ärztin verbirgt!«

Die Frau, die so herumschrie, war noch sehr jung, trotzdem war sie eine der Patientinnen, die mit am längsten bei uns waren. Seit ihrer Kindheit war sie krank, und sie wurde mindestens zweimal im Jahr in die Klinik eingeliefert. Erst vor wenigen Tagen war sie wiedergekommen. Ich hatte sie noch nicht gesehen, weil ein anderer Arzt sie behandelte. Ich wusste, dass sie wieder schwanger war, vermutlich, weil sie die bedauerliche Angewohnheit besaß, sich auf Bahnhöfen herumzutreiben. Der Arzt, der sie behandelte, hatte beschlossen, die Schwangerschaft ohne ihre Zustimmung abzubrechen, nicht zum ersten Mal in ihrem pathologisch gestörten Leben. Es bestand keine Aussicht, dass sie jemals in der Lage sein würde, ein Kind großzuziehen.

Wenn geisteskranke Frauen bereits Mütter waren, wurde das Sorgerecht für die Kinder normalerweise einer der Jugendhilfeorganisationen übertragen. Immer, wenn so etwas veranlasst werden musste, versuchte ich, mich davon emotional zu distanzieren, aber es gelang mir nicht immer. Ich dachte dann oft an eine meiner früheren Patientinnen, die wie ich Olga geheißen hatte. Wenn sie geistig in normaler Verfassung war, war sie eine engagierte, liebevolle Mutter. Sie hatte ein sanftes, schönes, sehr weibliches Gesicht, und es war immer schwer, sie sich als das schreckliche, destruktive Wesen vorzustellen, in das sie sich in ihren psychotischen Phasen verwandelte. Während ihrer psychotischen Schübe bestand durchaus die Gefahr, dass sie ihre Kinder verhungern ließ oder sie zu Tode prügelte, wenn sie auf die Stimmen in ihrem wahnsinnigen Hirn hörte.

Ihre beiden Kinder, ein vierjähriger Junge und ein neunjähriges Mädchen, waren ihr vom Gericht fortgenommen worden, eine Entscheidung, die auf dem Gutachten einer psychiatrischen Kommission beruhte. Danach saß meine Patientin in einer Ecke auf dem

Stationsflur und weinte still vor sich hin. Ich hatte der Kommission angehört, und obwohl ich vollkommen überzeugt war, dass unsere Entscheidung richtig gewesen war, konnte ich mich der Schuldgefühle nicht erwehren, die mich immer peinigten, wenn ich Olga so verzweifelt in ihrer Ecke weinen sah.

Ich ging zur Station der gewalttätigen Patientinnen und sah durch das Fenster der halbverglasten Eingangstür die schreiende junge Frau. Sie stand auf der anderen Seite der Tür und klammerte sich mit beiden Händen oben an der Kante fest. Ihr kurzes schwarzes Haar war zerzaust. Ihre großen dunklen Augen hatten einen kranken Glanz. Sie hatte sich Lippen und Wangen mit einem leuchtend roten Lippenstift bemalt und wirkte erregt und außer sich. Ich hatte sie in der Vergangenheit mehrmals behandelt und wusste deshalb, dass sie nicht gefährlich war. »Katja! Ich möchte, dass du dich beruhigst. Du brauchst hier nicht so herumzuschreien.« Sofort wurde sie passiv und lächelte mich ironisch an, während sie sich in die Ecke des Zimmers neben ihr Bett zurückzog. Dort drehte sie sich um und hatte das letzte Wort:

»Na gut, Frau Doktor. Spielen wir Verstecken. Aber ich weiß, wer Sie sind.«

Die neue Patientin, wegen der ich gekommen war, lag in unserer Notaufnahme. Drei Krankenschwestern umringten ihr Bett und versperrten mir die Sicht, als ich eintrat. Sie war bereits an eine Infusionsflasche angeschlossen, die über ihr hing.

»Wie geht's, Frau Doktor?«, fragte eine Schwester, als sie zur Seite trat, um mich zu der Patientin zu lassen.

»Guten Abend. Wie geht es ihr?«

»Frau Doktor, sie stirbt«, sagte eine fremde Stimme. Ich wandte mich um und sah einen Mann, der sich in der Zimmerecke aus der Hocke erhob. Er war groß und schlank und hatte offensichtlich mehrere Tage lang nicht geschlafen. Sein Gesicht war blaß, mit dunkelgelben Ringen um die Augen. Er war glattrasiert und trug einen Anzug, aber sein gepflegtes Äußeres konnte seine Angst und seine Qual nicht verbergen.

Eine der Krankenschwestern beeilte sich, mir flüsternd die Situation zu erklären. »Bitte nehmen Sie es uns nicht übel, Frau Doktor, dass wir ihm erlaubt haben dazubleiben.« Es gab eine Vorschrift, die Verwandten den Zutritt zur Notaufnahme untersagte, und sie wurde selten verletzt. »Er hat uns angefleht, bleiben zu dürfen, und er war so verzweifelt, dass wir es ihm nicht verweigern konnten.«

»Würden Sie bitte in meinem Büro warten?«, fragte ich ihn. Seinem bekümmerten Gesicht war abzulesen, dass es ihm widerstrebte, das Zimmer zu verlassen. Er litt sehr und schien den Tränen nahe zu sein.

»Bitte, Frau Doktor«, flehte er mich an. »Erlauben Sie mir hierzubleiben. Sie stirbt …«

»Das glaube ich nicht. Ich muss Ihre – ist sie Ihre Frau? – untersuchen.«

»Ja, sie ist meine Frau.«

»Ich muss Ihre Frau untersuchen, und dann unterhalten wir uns. Bitte, warten Sie in meinem Büro auf mich.«

Ich war erleichtert, als er ohne weitere Diskussion einwilligte, und bat eine der Schwestern, ihn zu begleiten.

Jetzt konnte ich meine Aufmerksamkeit ganz der Frau zuwenden. Mein erster Eindruck war besorgniserregend. Von ihr war nicht viel mehr übrig als ein Skelett, das von schlaffer gelber Haut überzogen war. Ihre geschlossenen Augen lagen tief in den Höhlen. Ihr Atem ging flach und schnell. Neben dem Schlüsselbein steckte eine große Nadel in ihrer Haut, und die flüssige Nahrung tropfte langsam aus der Flasche über ihrem Kopf in einen durchsichtigen Schlauch in ihren Körper. Im Laufe der nächsten drei oder vier Tage sollte der ausgezehrte Körper durch diese Infusion einen Teil seiner Lebenskraft zurückerhalten. Die Patientin lag regungslos da, aber ich spürte, dass sie bei Bewusstsein war und ihre Umgebung wahrnahm.

Ich trat näher an ihr Bett und nahm ihre Hand. Sie war heiß und trocken. Ihr Puls war etwas höher als normal, abgesehen davon aber stark und rhythmisch. Ich untersuchte sie. Von ihrer physischen Erschöpfung durch die Unterernährung abgesehen, schien keine Lebensgefahr für sie zu bestehen. Ihre Organe wirkten so kräftig, dass sie bei sorgfältiger Behandlung wieder völlig genesen würde.

»Ich weiß, dass Sie mich hören können«, sagte ich zu ihr, während ich ihre Hand berührte. »Und ich bin sicher, dass es Ihnen bald viel bessergehen wird. Wir werden unser Bestes tun, um Ihnen zu helfen.«

Die Patientin reagierte, indem sie die Augen aufschlug und mit erschreckender Feindseligkeit zu mir emporsah. Ihre Augen waren von einem schönen tiefen Blau, doch sie blickten so hasserfüllt, dass ihr Gesicht zu einer Grimasse verzerrt war. Sie sagte kein Wort. Lange Zeit sah sie mich einfach nur an, und aus ihren Augen traf mich dieser Blick, der aus einer anderen Welt zu kommen schien. Es war kein menschlicher Blick, sondern wieder einmal ein Aufflackern der Krankheit, die meine Patienten vom Hellen ins Dunkel, vom Leben in die Nichtexistenz stürzte. Mir war die körperliche Berührung mit ihr unangenehm geworden, und ich zog meine Hand schnell zurück, als sie die Augen schloss.

Die Medikamente, die der diensthabende Arzt ihr verordnet hatte, schienen mir angemessen, daher wies ich die Krankenschwestern an, die Medikation beizubehalten.

Auf dieser Station teilte ich das Büro mit einem anderen Psychiater, der heute bereits gegangen war. Sein Büro war größer und nicht so gemütlich wie mein eigenes auf der Männerstation. In diesem Raum saß der Ehemann meiner neuen Patientin, als ich eintrat, und es schien, als befände er sich in tiefer Trance. Er starrte unverwandt auf ein Bild in einem kleinen, dunklen Holzrahmen, das er so in Händen hielt, dass ich es nicht sehen konnte.

Angesichts seines Kummers begann ich das Gespräch, indem ich sein verzweifeltes Bedürfnis ansprach, an der Seite seiner Frau zu bleiben. Wir trafen Vorkehrungen, damit er die Nacht bei ihr in der Notaufnahme verbringen konnte.

Er bedankte sich und bat mich dann, mir das Bild anzusehen. »Ich möchte gern, dass Sie das Bild aus der Zeit vor ihrer Krankheit sehen«, erklärte er. »Vielleicht hilft es, wenn ich Ihnen von meiner Ehe mit dieser Frau erzähle, die ich mehr als alles andere in meinem Leben liebe.«

Ich nahm das Bild entgegen, während er schnell weitersprach. Er redete ohne Pause, in einem langen, scheinbar nie endenden Atemzug. Er erzählte mir von Dingen, über die er vermutlich noch nie gesprochen hatte und die ihm bis dahin vielleicht nicht einmal selbst ganz klar gewesen waren. Er redete immer weiter, aus jener extremen emotionalen Verfassung heraus, in der Selbstreflexion und Stolz, die sonst hemmend wirken, vollkommen vergessen sind. Es war, als wäre er von einer Strömung ergriffen, die Menschen nur wenige Male im Leben mit sich reißt.

»Wissen Sie, meine Kollegen machen sich meistens über mich lustig. Weil ich eine verrückte Frau habe. Klar. Sie fragen mich nie nach ihr, sagen nie etwas Beleidigendes, aber ich spüre tagtäglich ihre Einstellung.

Zum Glück bin ich ein ausgezeichneter Mathematiker und genieße ein gewisses Ansehen. Ich bin Leiter eines großen Labors, und ich liebe meine Arbeit. Die einzigen Dinge, die mir im Leben wichtig sind, sind meine Frau und meine Arbeit.

Als wir jung waren und sie noch gesund war, hatten wir eine herrliche Zeit zusammen. Wir nannten es Liebe, aber inzwischen sehe ich das anders. Ich glaube, Liebe ist etwas ganz anderes als die Anziehungskraft der Jugend. Letztere vergeht so schnell, aber Liebe ist etwas, das wir uns ewig bewahren können. Während der vielen Jahre ihrer Krankheit habe ich nie mit ihr darüber gesprochen, aber ich weiß, dass sie mich nicht geliebt hat. Ich glaube sogar, dass sie mich irgendwann gehasst hat. Sie hat immer wieder versucht, sich umzubringen, auf jede nur erdenkliche Art.

Die Ärzte haben mir gesagt, dass ihr diese Selbstmordversuche von Stimmen in ihrem Kopf eingeredet werden, aber ich glaube, es war ihr eigener Wille. Ich verstehe nichts davon. Sie sind die Expertin. Vielleicht haben Sie eine wissenschaftliche Erklärung für mich. Ich glaube einfach, dass meine Frau sich an irgendeinem Punkt gegen das Leben entschieden hat und dass sie versucht, diese Entscheidung mit unüberwindbarer Energie in die Tat umzusetzen.«

Eine hübsche, junge blonde Frau sah mich aus der alten Fotografie an. Sie hatte eine altmodisch hoch aufgetürmte Frisur und trug ein weit ausgeschnittenes Kleid, das ihren schönen Hals frei ließ. Sie sah aus wie ein Filmstar aus den sechziger Jahren. Die einzige entfernte Ähnlichkeit zwischen dieser Frau und dem Skelett in der Notaufnahme bestand in der leuchtend blauen Energie, die die Augen ausstrahlten, auf dem Foto fehlte allerdings die kalte Wut in ihrem Blick.

»Iwan Sergejewitsch!«, sagte ich unwillkürlich.

»Warum sind Sie nicht eher in die Klinik gekommen? Ihre Frau hat über einen Monat nichts gegessen, aber Sie haben keine Hilfe geholt. Warum nicht?«

»Es war ihr Wunsch.« Er sprach jetzt sehr leise. »Sie hat mir nicht erlaubt, Hilfe zu holen. Sie wollte sterben.«

»Warum haben Sie sie dann jetzt doch noch hergebracht? Warum haben Sie sie nicht zu Hause sterben lassen?«

»Es tut mir sehr leid, Frau Doktor. Sehr leid. Ich hätte nicht so lange warten sollen, und ich sehe ein, dass ich an ihrem Zustand schuld bin. Es ist mir immer schwergefallen, gegen ihren Willen zu handeln. Es tut mir wirklich leid.« Iwan wirkte, als würde er gleich zusammenbrechen.

Ich hatte ein schlechtes Gewissen, weil ich diese Schuldgefühle bei ihm ausgelöst hatte, zumal ich nicht glaubte, dass sein Zögern sich als todbringend erweisen würde. Ich war sicher, dass seine Frau körperlich und vielleicht auch geistig bald wiederhergestellt wäre.

»Machen Sie sich keine Sorgen, Iwan Sergejewitsch. Ich bin sicher, dass Ihre Frau wieder gesund wird. Glücklicherweise haben wir alle notwendigen Medikamente auf der Station.«

Er machte sich nicht einmal die Mühe, so zu tun, als ob er mir glaubte. Er stand auf, denn er hatte es eilig, zu seiner Frau zurückzukehren, und ich ließ ihn gehen.

Ich nahm alle relevanten Daten ihrer Krankheit und ihrer Behandlungsgeschichte in ihre Krankenhausakte auf. Es war ein langer, anstrengender Tag gewesen, und ich freute mich auf mein Zuhause. Beim Verlassen der Station sah ich Iwan durch die offene Tür der Notaufnahme. Er war so mit seiner Frau beschäftigt, dass er mich überhaupt nicht bemerkte. Er drehte sie um und rieb ihren Rücken mit einem alkoholgetränkten Wattebausch ab, um das Wundliegen zu verhindern. Er wuss-te, wie sie zu betreuen war, und das wäre während ih-res Aufenthaltes eine große Hilfe für unser Pflegeperso-nal.

Wie immer stand mein Heimweg in einem angeneh-men Kontrast zu meiner morgendlichen Busfahrt. Das Krankenhaus war eine der ersten Haltestellen, und ich konnte mir in dem fast leeren Bus einen Sitzplatz aus-suchen. Wie so häufig, schaukelte mich die geruhsame Fahrt durch die Landschaft am Ende eines langen Ar-beitstages schnell in den Schlaf.

Bald darauf ging ich denselben Weg, den ich am Mor-gen gekommen war, zurück zu meiner kleinen Einzim-merwohnung und kochte mir ein einfaches Abendessen, bestehend aus Bratkartoffeln und einem Stück Fisch aus unserem Fluß Ob, das ich einem der Fischer, die mich jeden Morgen im Bus begleiteten, auf dem Markt abge-kauft hatte. Ich hätte zu dem Fisch und den Kartoffeln gern noch Gemüse gegessen, aber das war im Winter nicht erhältlich.

Nach meinem bescheidenen Mahl ging ich ins Bett und schlief schnell ein. Mitten in der Nacht erwachte ich plötzlich voller Angst aus einem Alptraum, der so intensiv gewesen war, dass er mir realer vorkam als mei-ne Wahrnehmung in wachem Zustand. Der Traum war so hartnäckig, dass er mich auch noch verfolgte, als ich mich im Bett aufgesetzt und das Licht angeknipst hatte. Noch immer konnte ich die kalte, ferne Stimme des un-bekannten orientalischen Mannes hören, der mir er-schienen war.

Wieder und wieder sagt er: »Ich will, dass du ihre Rei-se siehst!« Was er sagt, ergibt überhaupt keinen Sinn für mich, doch das bringt ihn nicht zum Schweigen. Dann verändert sich das Kräftefeld. Ich sehe eine Frau, meine neue Notfallpatientin, Iwans Frau. Ihre schöne weiße Gestalt steht in krassem Gegensatz zu dem beängstigenden, dunklen, leeren Raum, in dem sie schwebt. Sie bewegt sich langsam und anmutig und fliegt dabei höher und höher hinauf. Langsam wendet sie sich mir zu. Ihr Gesicht ist so schön wie früher. Ihr Körper ist normal und gesund mit einer lebendigen, fraulichen Figur, an der man keine Anzeichen von Krankheit erkennen kann.

Ich versuche dieser Vision zu entkommen, aber der Traum geht unaufhaltsam weiter. Der geheimnisvolle orientalische Mann steuert die Szenerie, die mit jedem Augenblick beängstigender wird. Jetzt sieht die Frau mich direkt an, ihr Blick ist triumphierend und höhnisch. Er hypnotisiert mich. Mir ist, als ob sie sich meines Willens bemächtigte.

»Sie ist eine ungewöhnliche, starke Frau«, sagt der Orientale mit heiserer Stimme. »Sie hat alles, was ihr aufgetragen war, ohne zu zögern und schnell getan. Sie hat getan, was alle hier tun, aber sie ist ehrlicher und tapferer als die meisten.«

Ich sehe zu, wie die Frau eine kniende Haltung einnimmt, einer großen weißen Gestalt zugewandt, die plötzlich über ihr erschienen ist. Ihr Gesicht nimmt einen ekstatischen, tranceähnlichen Ausdruck an. Jetzt sieht sie dem Foto aus ihrer Jugend sehr ähnlich. Die weiße Gestalt senkt sich langsam auf sie herab und bedeckt ihren jetzt auf dem Boden ausgestreckt liegenden Körper zur Gänze.

Das Gefühl, das beim Nacherleben dieser Vision entstand, war so intensiv, dass es allmählich den Einfluss, den der Traum auf mich hatte, verdrängte. Ich versuchte, mich so schnell wie möglich davon zu befreien. Um ganz wach zu werden und mich wieder unter Kontrolle zu bringen, wandte ich bewusst die stärksten Mittel an, die ich kannte. Ich führte mir vor Augen, dass alles nur ein Traum gewesen war und dass die Frau, die ich im Traum gesehen hatte, in Wirklichkeit in ihrem Krankenhausbett schlief, wo ich sie zurückgelassen hatte. Ich sagte mir, dass ich in letzter Zeit einfach zu erschöpft war und dass ich bald etwas dagegen würde unternehmen müssen.

Diese trickreichen Versuche, mich zu beruhigen, konnten meine Ängste allerdings nicht völlig vertreiben. Ich wurde das aus Faszination und Furcht gemischte Gefühl nicht los, das mich befallen hatte, als ich die eindrucksvolle Erscheinung der riesigen, fließenden weißen Gestalt sah, die meine Patientin bedeckt und verschlungen hatte.

Der Versuch, nach dem Traum noch einmal einzuschlafen, blieb ohne Erfolg. Ich konnte den Tagesanbruch kaum erwarten und nahm am Morgen den ersten Bus zur Arbeit. Ich wollte so schnell wie möglich die Arbeit im Krankenhaus wiederaufnehmen, denn ich hoffte, auf diese Weise die starken Widerhaken zu lockern, die der Traum in mein Bewusstsein getrieben hatte. Auf dem Weg in die Klinik bemühte ich mich, nicht daran zu denken, und konzentrierte mich stattdessen darauf, in Gedanken wieder und wieder die Schritte bis zur Station zu gehen. Die Station wäre ein sicherer Hafen, wo sich mein Alptraum endlich verflüchtigen und ich meine normale, furchtlose Gemütsverfassung zurückgewinnen würde.

Endlich stand ich vor der Stationstür. Oben auf dem Treppenabsatz wandte ich mich zur Seite, öffnete die Tür und trat ein. Die ersten Atemzüge in dieser Luft mit ihrer vertrauten Geruchsmischung aus Urin, Schweiß und Medikamenten waren mir heute nahezu willkommen, sie signalisierten mir den Eintritt in meinen geregelten Arbeitsalltag. Gleich würde ich mit anderen Menschen zusammen sein. Ich wäre gezwungen, meinen Verstand zu gebrauchen. Ich würde die Ärztin sein, die Psychiaterin, diejenige, die alles in der Hand hatte und für die seltsamen Stimmen und Bilder der Nacht unerreichbar war.

Es war sehr früh am Morgen. Meine Patientinnen schliefen noch in ihren Zimmern, und auf dem Gang brannte das blaue Nachtlicht. Alles war ruhig und friedlich und erschien mir nach meiner Aufregung fast unwirklich. Ich sah, dass die Tür zur Notaufnahme geschlossen war. Vielleicht hatte der arme Iwan während der Nacht ein wenig Schlaf gefunden.

Während ich zwischen meinen schlafenden Patientinnen entlangging, deren Gesichter sogar im Traum von den Krankheiten gezeichnet waren, war ich sehr erleichtert. Ich war auf meiner vertrauten Station. Alles war normal und unter Kontrolle.

Die diensthabende Schwester saß in ihrem Büro und schrieb ihren Bericht. Ich überlegte, wie ich ihr mein frühes Erscheinen erklären sollte. Da blickte sie auf, und ich sah sofort, dass sie ängstlich und bestürzt war.

»Frau Doktor! Warum hat man sie geweckt? Sie ist so unerwartet und so schnell gestorben! Ihre Leiche ist schon im Leichenkeller. Ich hatte sie gebeten, Sie nicht vor dem Morgen anzurufen. Es gibt für Sie nichts zu tun, was Sie nicht auch noch später erledigen können. Ach, Frau Doktor, es tut mir so leid, dass man sie geweckt hat.«

Ich lief zur Notaufnahme und stieß die Tür auf. Vor mir stand ein leeres Bett mit verknüllten Laken. Die Unordnung im Zimmer zeugte von den verzweifelten Versuchen der Nachtschicht, jemanden am Leben zu erhalten, der sterben wollte. Das Reanimationsgerät stand da, gebrauchte Spritzen, leere Pipetten lagen herum. Maschinen und moderne Medizin waren dem Geheimnis des Todes nicht gewachsen gewesen und hatten den Wettlauf verloren.

Verzweifelt klammerte ich mich an den Metallrahmen des Bettes, als die Schwester hinter mir eintrat. »Es kam völlig unerwartet. Zuerst eine Arrhythmie, dann ganz schnell Herzstillstand. Wir haben alles versucht, vergeblich. Ich verstehe das überhaupt nicht, Frau Doktor.«

Ich fühlte mich kraftlos und nickte nur, gedankenlos, um zu verstehen zu geben, dass ich ihre Worte gehört hatte. Ich wünschte mir, eine Weile in Ruhe gelassen zu werden, um meine Gedanken ordnen zu können. Ich verließ die Notaufnahme und machte mich langsam auf den Weg in mein Büro. Von dem, was um mich herum vor sich ging, nahm ich kaum etwas wahr. Ich schlug automatisch die richtige Richtung ein, wie jemand, der einen Weg schon tausendmal zurückgelegt hat.

Als ich mein Büro betrat, fragte eine Krankenschwester freundlich: »Frau Doktor, möchten Sie eine Tasse Kaffee?«

»Ja, bitte.« Eine Vase mit sieben Rosen stand auf meinem Schreibtisch. So schöne Blumen waren im Winter ungewöhnlich. In der nüchternen Umgebung meines Büros wirkten sie fehl am Platze.

»Ich habe etwas Zucker in das Wasser getan, damit die Blumen länger frisch bleiben«, sagte die Schwester, als sie mir die Tasse Kaffee brachte. »Sie sind von Iwan Sergejewitsch. Er ist zu einem Bestattungsunternehmen gefahren und mit diesen Blumen wiedergekommen. Er hat mich ausdrücklich gebeten, sie Ihnen zu geben. Können Sie sich vorstellen, wo er sie mitten im Winter aufgetrieben hat?«

Ich begriff, dass Iwan mir mit diesen Rosen sagte, dass er mir am Tod seiner Frau keine Schuld gab, trotzdem war ich von ihrem Tod noch zutiefst erschüttert. Meine merkwürdige Begegnung mit Nikolaj war gerade erst einen Tag her. Jetzt war ich nicht nur mit dem völlig unerwarteten Tod von Iwan Sergejewitschs Frau konfrontiert, sondern zusätzlich mit meinem geheimnisvollen und beängstigenden Traum, einer weiteren Dimension dieses Ereignisses. Den Obduktionsbefund der Frau erhielt ich ein paar Tage später, doch er erklärte nichts. Er enthielt keine plausible Todesursache, was mich sowohl erleichterte als auch erschreckte.

Es dauerte mehrere Wochen, bis diese Ereignisse allmählich in meiner Erinnerung verblassten. Bis dahin füllte ich mein Leben mit den üblichen Alltagsangelegenheiten, die so überaus hilfreich sind, wenn es darum geht, unsere Zweifel und Traumata zu vergessen. Doch ich spürte, dass meine früheren Erfahrungen in der materiellen Welt – meine Ausbildung, mein rationaler Verstand – möglicherweise nicht alles waren, was das Leben ausmachte. Etwas Neues war hinzugetreten, aber ich konnte es nicht benennen. Es faszinierte mich, und es gefiel mir. Rational konnte ich es nicht erfassen, daher ließ ich es einfach existieren und versuchte mein Leben so normal wie möglich weiterzuführen.

Kapitel 4

Wenige Wochen später rief Anna eines Tages an und lud mich für den Abend zu sich nach Hause ein. Obwohl wir uns mindestens zweimal in der Woche trafen, hatte ich bisher mit ihr noch nicht über Nikolaj gesprochen. Anna hatte einmal erwähnt, dass es ihm gutzugehen schien und dass er mir sehr dankbar für meine Hilfe war.

Wir trafen uns gleich nach der Arbeit und saßen wie gewöhnlich auf dem alten, schmalen Sofa in ihrer Einzimmerwohnung. Ich blätterte in der neuesten Ausgabe einer Filmzeitschrift, las Kritiken über neue Filme und überlegte, ob wir heute Abend nicht einmal ausgehen sollten, statt in der Wohnung zu sitzen und zu reden. Anna rauchte zu viel und schien nervös zu sein. Ich spürte, dass etwas sie bedrückte. Seit ein paar Monaten wusste ich, dass sie gesundheitliche Probleme hatte. Ihre Menstruation war schmerzhaft und unregelmäßig, mehrmals im Monat hatte sie Blutungen, und das schwächte sie. Anfangs hatte es nicht nach einer ernsthaften Störung ausgesehen, und ich war sicher gewesen, dass man sie schnell von ihren Beschwerden befreien würde. Wir stammten beide aus Arztfamilien, und ich wusste, dass ihre Eltern für sie Termine mit den besten Fachärzten der Stadt vereinbart hatten.

Schließlich sah Anna mich direkt an und sagte, die

Ärzte hätten immer noch nicht herausgefunden, was ihr fehlte. Sie hatten ihr eröffnet, dass eine weitere Reihe von Tests notwendig sei und dass sie mit einer Behandlung erst dann beginnen könnten, wenn sie genau wüssten, worin ihr Problem bestand.

In der Zwischenzeit hatte sich Annas Zustand sichtlich verschlechtert. Sie war blaß und sah manchmal nahezu verhärmt aus, sie schenkte ihrem Aussehen keinerlei Beachtung mehr. Ihr kurzes Haar war ungekämmt, ihre hellblauen Augen wurden nicht wie sonst durch sorgfältig aufgetragenes Make-up betont, und ihre Haut wirkte unrein und ungesund. Sogar in den wenigen Tagen, in denen ich sie nicht gesehen hatte, hatte sich ihr Zustand verschlimmert. Sie sprach davon, wie unendlich müde sie war und wie schwer es ihr fiel, morgens aufzustehen und zur Arbeit zu gehen.

Ich konnte mir nicht vorstellen, dass Anna noch viel länger auf eine gezielte Behandlung warten wollte, daher empfahl ich ihr, schnell etwas zu unternehmen. Ich riet ihr, ins Krankenhaus zu gehen, wo sie nicht nur unter professioneller Beobachtung stehen würde, sondern sich auch richtig ausruhen könnte.

Anna war auch der Meinung, dass sofort etwas geschehen müßte, allerdings wollte sie nicht ins Krankenhaus. Sie fragte mich: »Erinnerst du dich an Nikolaj, den jungen Mann, den du mir zuliebe behandelt hast?«

Ich nickte. Selbstverständlich erinnerte ich mich an ihn.

Sie fuhr fort: »Vielleicht erinnerst du dich auch daran, dass er mein Nachbar ist. Gestern habe ich ihn auf der Treppe getroffen. Er hat mich gefragt, wie es mir geht, und ich habe ihm alles erzählt. Ich war sehr niedergeschlagen wegen meiner Beschwerden, und ich glaube, er hat es gespürt. Er reist bald ab, um in sein Dorf im Altaigebirge zurückzukehren, und hat mich eingeladen, ihn zu begleiten. Er hat vorgeschlagen, dass ich mich dort um Heilung bemühe. Wahrscheinlich werden wir im April reisen, in ein paar Wochen, wenn der schlimmste Winter vorbei ist.

Jemand aus dem Altai hat ihm von einer Heilerin erzählt. Es heißt, sie könne jeden heilen. Ich verliere allmählich das Vertrauen in meine Ärzte, und ich frage mich, ob diese Frau mir vielleicht helfen kann. Nikolaj hat mir erzählt, dass sie auch Geisteskranke geheilt hat, deswegen habe ich gedacht, dass du auch interessiert sein könntest. Vielleicht können wir ja zusammen hinfahren. Kommst du mit? Das wäre eine große Beruhigung für mich.«

Ich sah Anna überrascht an, als sie zu sprechen begann, und mit jedem Satz staunte ich mehr. Ins Altaigebirge zu fahren erschien mir verrückt. Ohnehin plante ich, meinen Urlaub im Sommer in der warmen Sonne am Schwarzen Meer zu verbringen, nicht im April in einem entlegenen sibirischen Dorf, das wahrscheinlich noch unter Eis und Schnee begraben lag. Ich sagte Anna, dass ich unter keinen Umständen mitfahren könnte, dass sie es aber tun sollte. Bestenfalls konnte die Frau ihr helfen. Schlimmstenfalls würde sie aus der Stadt herauskommen und mit einem Freund eine Reise machen.

Doch als wir dann über andere Dinge sprachen, merkte ich, dass der Gedanke an die Reise mich nicht mehr losließ. Zuinnerst spürte ich eine leise Sehnsucht, diese Frau kennenzulernen, die Menschen heilte. Je mehr ich mich bemühte, nicht mehr daran zu denken, desto öfter kehrten meine Gedanken zu dieser Idee zurück. Eine Stimme in meinem Inneren sagte mir, dass diese Einladung ins Altaigebirge eine Tür zum Verständnis der seltsamen, unerklärlichen Ereignisse sein könnte, die ich in der letzten Zeit erlebt hatte. Etwas

73

Unbekanntes schien am Horizont meines Lebens aufzutauchen, und ich hatte mehr und mehr das Gefühl, dass ich es geschehen lassen musste.

Es schien mehr als ein Zufall zu sein, dass bald darauf, während der traditionellen morgendlichen Teerunde des Personals, mehrere Kollegen bemerkten, ich hätte zu schwer gearbeitet und sähe viel zu blaß aus. Es täte mir wahrscheinlich gut, mich ein Weilchen auszuruhen und einen Teil meines Urlaubs gleich zu nehmen. Erleichtert und aufgeregt, fasste ich den Entschluss, ins Altaigebirge zu fahren. Ich rief Anna sofort an, um ihr mitzuteilen, dass ich sie begleiten würde, und um unsere Reisepläne aufeinander abzustimmen.

Sie freute sich sehr und kam gleich auf die Einzelheiten der Reise zu sprechen. »Wir fahren nämlich schon morgen los. Ich weiß nicht, ob du noch eine Fahrkarte für den gleichen Zug bekommen kannst. Nimm doch einfach den nächsten Zug nach Bijsk, den du kriegen kannst, und gib mir die Zugnummer durch. Wir holen dich dann am Bahnhof ab und fahren den Rest der Strecke gemeinsam.

Ich bin so froh, dass du dich entschlossen hast mitzukommen, Olga. Heute dachte ich plötzlich, dass es verkehrt ist, mich auf diese Sache einzulassen, aber jetzt habe ich das Gefühl, dass es das einzig Richtige für mich ist. Ich habe keine Ahnung, wie dieser Heilungsprozess aussehen soll, und ich fühle mich viel wohler, wenn du dabei bist. Danke. Wir sehen uns dann in Bijsk.«

Ich bekam eine Fahrkarte für den Zug Nummer acht und sagte Anna Bescheid. Mein Zug sollte zwei Stunden später eintreffen als der von Anna und Nikolaj, aber sie versicherte mir, es würde ihnen nichts ausmachen zu warten. Nikolaj hatte mit einem Nachbarn aus seinem Dorf verabredet, dass er uns mit einem Auto vom Bahnhof abholte. Weil es kaum öffentliche Verkehrsmittel nach Schuranak, Nikolajs Dorf, gab, gelangte man am leichtesten mit einem Privatfahrzeug dorthin.

Ich packte einen kleinen Koffer mit dem Notwendigsten und nahm ein Taxi zum Bahnhof. Der Zug Nummer acht fuhr um zehn Uhr abends in Nowosibirsk ab und sollte am nächsten Morgen in Bijsk eintreffen. Während ich auf den Bahnhof und den dort wartenden Zug zuging, wurde mir unwillkürlich bewusst, dass mich überall ein Hauch von Frühling umgab, selbst zu dieser späten Abendstunde. Frühling klang aus den Schritten der Leute auf der Straße und aus dem Zwitschern der Vögel, in das sich das Tropfen des schmelzenden Schnees mischte. Die Abendluft war frischer als sonst, und die schneidende Kälte des Winters, die alles außer der wärmsten Kleidung durchdrang, hatte Nowosibirsk verlassen.

Der Bahnhof war wie immer überfüllt. Nicht einmal für ein Drittel der Fahrgäste und Besucher gab es Sitzgelegenheiten. Eltern schliefen mit ihren Kindern auf Zeitungspapier auf dem Fußboden und auf den breiten Fensterbänken vor den geschlossenen Fenstern. Kleine Kinder weinten auf den Armen ihrer Mütter, allerdings weniger verzweifelt als sonst, so, als wüssten sie, dass sich eine neue Jahreszeit ankündigte und dass bald der Sommer mit seiner Wärme wiederkehren würde. Sogar in der stickigen Bahnhofshalle, wo überall Menschen saßen und schliefen, herrschte eine angenehme, erwartungsvolle Atmosphäre.

Zu meiner Erleichterung fuhr mein Zug pünktlich ab. Im Abteil war es so schmutzig und stickig, wie ich es erwartet hatte, und ich war froh, dass ich nur eine Nacht dort würde verbringen müssen. Aus der Unterhaltung der Familie, die das kleine Abteil mit mir teilte, schloss ich, dass es eine Bergarbeiterfamilie war. Der Mann war wortkarg; seine Frau, die müde wirkte, bot mir ein Stück von ihrem gebratenen Huhn an, obwohl es kaum für sie reichte. Der zweijährige Junge schlief schon, als sie einstiegen, und wachte erstaunlicherweise auch in dem Trubel, den die anderen Fahrgäste beim Einsteigen verursachten, nicht auf.

Höflich lehnte ich das Hühnchen ab und bot ihnen zum Schlafen meine untere Liege an. Ich kletterte auf das obere Bett, froh, dass ich hier oben keine Fragen würde beantworten müssen: wo ich hinfuhr, wen ich besuchen wollte oder wie lange ich bleiben würde. Die Frau hätte sich offensichtlich gern unterhalten, aber ich hatte keine Lust dazu. Die ersten rhythmischen Geräusche und Bewegungen des Zuges wiegten mich in den Schlaf. Ich wusste, dass ich morgen in einer neuen Welt erwachen würde.

Der Klang eines Metalllöffels, der gegen Glas schlug, weckte mich am nächsten Morgen. Die Familie trank Tee, nachdem sie das Hühnchen von gestern aufgegessen hatte. Der Zug hatte Bijsk schon fast erreicht, darüber freute ich mich. Ich hatte gerade noch Zeit, mir in dem einzigen kleinen Waschraum schnell das Gesicht zu waschen, nachdem ich mit vielen anderen in einer langen Schlange davor angestanden hatte.

Der Zug fuhr bereits durch die Außenbezirke der Stadt, als ich mich wieder hinsetzte und aus dem Fenster schaute. Ich hatte nicht gesehen, welche Landschaft die Stadt umgab. Ich wusste, dass Bijsk hoch über dem Meeresspiegel lag, daher erwartete ich, zumindest in der Ferne Berge zu sehen. Stattdessen sah ich nur langweilige graue Wohnblocks, einer wie der andere umgeben von ein paar dürren Bäumen. Die Szenerie dort draußen ähnelte Nowosibirsk so sehr, dass mich alle Neugier verließ.

Mit einem letzten, heftigen Ruck kam der Zug im Bahnhof zum Stehen. Reisende blickten aus den Fenstern und reckten die Hälse, um nach denen Ausschau zu halten, die sie abholen sollten. Ich tat das Gleiche. Zu meiner Enttäuschung sah ich kein einziges vertrautes Gesicht auf dem Bahnsteig.

Ich hob meinen Koffer von der Gepäckablage und verabschiedete mich von meinen Reisegefährten. Als ich ausstieg, schlug mir die strenge Bergluft entgegen und bestätigte meine Befürchtung, dass der Frühling in Bijsk noch nicht Einzug gehalten hatte. Manche der kleineren Bäume waren noch ganz mit Schnee bedeckt, und die frühe Morgenluft war eisig. Noch bevor ich diesen Gedanken zu Ende gedacht hatte, kribbelte meine Haut unangenehm vor Kälte.

Ein schläfriger Gepäckträger erschien hinter einer riesigen Karre, die er laut rumpelnd vor sich herschob. Er trug eine Schürze, die vermutlich einmal weiß gewesen, mit der Zeit aber so schmutzig geworden war, dass sie jeder Beschreibung spottete; man konnte ihr überhaupt keine Farbe mehr zuordnen. Er fragte, ob er meinen winzigen Koffer zum Taxistand befördern solle.

Kaum hatte ich abgelehnt, da hörte ich Anna auch schon nach mir rufen. Sie lachte aufgeregt, als sie vom anderen Ende des Bahnsteigs auf mich zulief. »Du hast uns die falsche Wagennummer gegeben, und wir haben am anderen Ende des Zuges gewartet. Ich bin so froh, dass du da bist!«, sagte sie und umarmte mich.

Als wir uns dem Ausgang zuwandten, bemerkte ich Nikolaj, der still in der Nähe stand. Diesmal begrüßte er mich weniger förmlich, nicht als Ärztin, sondern eher als Freundin, und er sah anders aus – fröhlich, entspannt und selbstsicher. Er wirkte sogar älter, und sein schwarzes Haar war gewachsen, seit ich ihn das letzte Mal gesehen hatte. Er hatte es zu einem Pferdeschwanz zusammengefasst und trug warme Arbeitskleidung.

Ich begrüßte ihn, während er mir den Koffer aus der

Hand nahm, und wir traten auf die Straße. Die einzigen Fahrzeuge, die hier parkten, waren zwei alte Taxis, ein paar Privatwagen und ein khakifarbener Jeep. Der Fahrer des Jeeps stieg aus und kam auf uns zu. Er war groß und kräftig gebaut und trug schmutzige, kniehohe Gummistiefel, einen warmen Mantel und eine schwarze Kaninchenfellmütze mit Ohrenklappen.

Nikolaj stellte ihn uns als seinen Nachbarn Sergej vor. Sergej ließ uns deutlich spüren, dass er nicht gern hier war und dass er nur aus Pflichtgefühl gekommen war. Seine schroffe Aufforderung, in den Wagen zu steigen, machte uns klar, dass er es kaum erwarten konnte, in sein Dorf zurückzukehren.

Anna und ich kletterten gehorsam, wie es uns befohlen worden war, auf den Rücksitz. Anna flüsterte mir zu, dass Sergej, nach seiner autoritären Art zu schließen, wahrscheinlich gerade vom Militär entlassen worden sei.

»Der ist zu alt fürs Militär«, erwiderte ich, und wir kicherten beide. Der Motor des Jeeps hörte sich fürchterlich an, aber er schien gut zu laufen, und so traten wir den letzten Teil unserer Reise nach Schuranak an. Zu dieser frühen Stunde sah man keine Fußgänger auf den Straßen der Stadt, aber es waren bereits viele Autos unterwegs. Meist waren es alte, verbeulte Klapperkisten, deren Motoren noch mehr Krach machten als unserer. Gelegentlich fuhren große Lastwagen gefährlich dicht an uns vorbei und hinterließen schmutzig braune Abgaswolken, die noch lange in der frostigen Morgenluft hingen.

Endlich ließen wir die Stadt hinter uns, ohne etwas anderes gesehen zu haben als das, was sich mir vom Zugfenster aus dargeboten hatte. Wenn es in Bijsk irgendetwas Besonderes gab, hatte ich es nicht gesehen. Bald waren wir auf der Landstraße, um uns herum nur noch ein paar Lastwagen. Je spärlicher das Land bebaut war, desto bewaldeter wurde es. Bäume säumten die Straße, ragten immer größer und kühner auf und schienen die schmale Landstraße, auf der wir entlangfuhren, zu belagern.

Sergej wich den unangenehmen Schlaglöchern so geschickt aus, dass ich ihm seine unhöflichen Soldatenmanieren schnell verzieh. Er und Nikolaj saßen vorne und klatschten über Neuigkeiten aus dem Dorf. Anna und ich vertrieben uns die Zeit mit Gesprächen über gemeinsame Freunde. Nach und nach jedoch ließ der hypnotisierende Rhythmus der Fahrgeräusche uns alle verstummen, und wir verfielen von selbst in Schweigen.

Wir brauchten länger als drei Stunden nach Schuranak. Es kam mir nicht so lange vor, denn ich war in die Landschaft versunken, durch die wir mit unserem Jeep fuhren. Ich merkte, dass ich mich in einer Art Trancezustand befand. Der Schneematsch an den Straßenrändern wurde weißer und weißer, und die riesigen, immergrünen Bäume schienen vor den Fenstern des vorbeifahrenden Jeeps miteinander zu verschmelzen.

Ich lebte schon so lange in einer geschäftigen Industriestadt, dass ich vergessen hatte, was es bedeutete, in der Natur zu sein. Selbst meine wenigen Besuche auf dem Land hatten gesellschaftlichen Zwecken gedient, und während dieser kurzen Aufenthalte hatte ich nie Zeit gefunden, die Schönheit der Natur wahrzunehmen. Jetzt nahm der Wald, durch den wir fuhren, meine Aufmerksamkeit völlig gefangen. Ich spürte eine gewaltige Kraft in seinen mächtigen Bäumen mit den alten, knorrigen Stämmen, im dunklen Schwarzgrün der Koniferen und in den rhythmischen Bewegungen der Bäume, die die Vorstellung erweckten, sie seien eins mit dem Wind.

Wir fuhren um eine Kurve, und plötzlich gab die

Landstraße den ersten Blick auf das Panorama des Altaigebirges frei. Die Kette dieser uralten Berge, deren abgerundete Gipfel von Sonnenstrahlen erhellt wurden, bildete herrliche Muster aus Licht und Schatten. Die sanfte Schönheit, die so anmutig in den zerklüfteten Bergen zutage trat, war etwas, das ich noch nie gesehen hatte, und sie verschlug mir buchstäblich den Atem.

Die Straße wurde schmaler und kurvenreicher. Die Landschaft wirkte ursprünglich, so dass man sich kaum vorstellen konnte, dass es hier noch menschliches Leben gab. Doch als schließlich die ersten Häuschen des Dorfes auftauchten, sahen sie in dieser Umgebung ganz selbstverständlich aus. Wir fuhren an ein paar alten Holzhäusern vorbei, die in einem so großen Abstand voneinander standen, dass sie abgesondert und isoliert schienen, dennoch waren sie dicht genug beieinander, um mit dem Kern des Dorfes verbunden zu bleiben. Eine alte Frau trat aus einem dieser Häuser, um etwas in ihrem noch immer verschneiten Garten zu erledigen. Sie richtete sich auf, als wir vorbeifuhren, und betrachtete mit ernster Miene unseren Jeep. Schließlich hielten wir vor einem kleinen grünen Haus, das von einem Holzzaun verdeckt wurde.

»Wir sind da«, sagte Nikolaj und öffnete die Beifahrertür. Aus der hohen Umzäunung kam ein Bellen, das sich nach einem sehr großen Hund anhörte. Über den Zaun hinweg war die obere Hälfte einer Haustür zu sehen. Sie wurde geöffnet, und wir hörten eine Frauenstimme rufen: »Ich komme! Ich komme!«

Als wir aus dem Jeep kletterten, schrie sie den Hund an, er solle still sein und ihr aus dem Weg gehen.

Wir holten unser Gepäck aus dem Wagen und stellten uns in aller Ruhe neben den Zaun. »Es ist so schön hier«, sagte Anna und holte tief Luft. Ich nickte schweigend, und dabei erinnerten mich meine Augen und meine anderen Sinnesorgane daran, dass ich in der Vergangenheit irgendwann einmal eine Gegend kennengelernt hatte, die so fremdartig und unzivilisiert gewesen war wie diese hier, auch wenn mir jetzt nicht einfallen wollte, wo oder wann das gewesen war.

Endlich öffnete sich schwungvoll die Pforte – vor uns stand eine kleine Frau mittleren Alters, die sich einen Pelzmantel um die Schultern geworfen hatte. Ihr schönes, mondrundes Altaigesicht strahlte vor Herzlichkeit und Güte. Das war Nikolajs Mutter, Marija, und sie führte uns rasch aus der Kälte in ihr Heim.

Wir saßen um einen alten, dunklen Holztisch, tranken Tee und gewöhnten uns ein. Nach ein paar Stunden fühlten Anna und ich uns bereits recht wohl in unserer neuen Umgebung. Wir waren gleichzeitig müde und aufgeregt, und in Gedanken beschäftigten wir uns natürlich schon mit den nächsten Tagen. Nikolaj bewegte sich im Haus seiner Mutter offensichtlich ganz entspannt. Er begriff, welche bedeutende, sein Leben verändernde Verpflichtung er mit der Rückkehr in sein Dorf eingegangen war, und er war eindeutig zufrieden damit.

Schließlich senkte sich die Dunkelheit auf das kleine Dorf herab. Marija wartete die Dämmerung ab, bevor sie im Haus Licht machte. Später begriffen wir, dass sie allmählich nervös geworden war, sich aber bemüht hatte, uns das nicht merken zu lassen. In der Nachricht, die Nikolaj ihr durch einen Nachbarn hatte zukommen lassen, hatte es nur geheißen, dass er mit zwei Freunden nach Hause kommen würde, die beide Ärzte waren. Marija hatte daraufhin zwei Männer mittleren Alters erwartet, die Anzüge und Brillen trugen. So sah ihre Vorstellung von Ärzten aus. Sie hatte sich den ganzen Tag über Gedanken gemacht, wie sie die ernsten, intellektuellen Freunde ihres Sohnes empfangen sollte, und sich sogar ein paar Fragen zurechtgelegt, die sie ihnen stellen wollte. Doch nun saßen stattdessen zwei junge Frauen an ihrem Tisch, und sie hatte keine Ahnung, wie sie mit ihnen umgehen sollte.

Wenn wir bei ihr und Nikolaj die Nacht über in ihrem Häuschen blieben, würde das monatelang Gesprächsstoff für das ganze Dorf liefern. Sie konnte das Gerede schon hören: ›Warum hat Nikolaj nicht nur eine, sondern gleich zwei Frauen in sein Heimatdorf mitgebracht? Und wie konnte seine Mutter ihnen bloß erlauben, in ihrem Haus zu übernachten?‹

Und auch wenn der Klatsch der Nachbarn ihr gleichgültig gewesen wäre, war das Häuschen mit seinen zwei

Zimmern so klein, dass es ein ernstes Problem darstellte, dort vier Menschen unterzubringen. Langsam trank sie ihren Tee und versuchte, nach außen hin ruhig zu wirken, während sie fieberhaft überlegte. Wie sollte sie bloß mit der Überraschung fertig werden, die ihr Sohn ihr beschert hatte? Inbrünstig betete sie vor sich hin: ›O Tochter des großen Ülgen! Du, die du weise und gütig bist, hilf mir! Gib mir ein Zeichen, was ich tun soll.‹ Sie hoffte auf eine Antwort, bekam aber keine.

Ohne uns bewusst zu sein, in welcher Klemme unsere Gastgeberin steckte, wurden Anna und ich immer ungeduldiger, denn wir hatten mehr und mehr das Bedürfnis, uns auszuruhen. Marija war genauso nervös, und gleichzeitig war sie ärgerlich auf Nikolaj, der allerdings überhaupt nicht zu bemerken schien, in was für eine peinliche Lage er uns alle gebracht hatte.

Während Marija noch überlegte, fiel ihr Blick auf ein Tamburin, das rechts neben der Haustür hing. Dieses kleine Instrument hatte sie nach dem Tod ihres Bruders selbst angefertigt, weil ein paar Dorfälteste ihr dazu geraten hatten. Sie hatten ihr gesagt, sie müsse es tun, weil ihr Bruder ein ›KAM‹, ein Schamane, gewesen war und das Tamburin ihm helfen würde, hier auf der Erde zu bleiben. Es war eine wunderschöne Arbeit, und Marija war stolz darauf, auch wenn sie den Zweck dieses Instruments nicht ganz verstand.

Jetzt erinnerte das Tamburin sie an ihren Bruder und brachte ihr die Lösung, nach der sie so verzweifelt gesucht hatte. Die beiden jungen Frauen konnten in Mamuschs Haus übernachten. ›Natürlich!‹, sagte Marija zu sich selbst. ›Warum habe ich nicht eher daran gedacht!‹ Sie machte Nikolaj den Vorschlag, während sie weiter ihren Tee schlürfte. Meine Gedanken waren abgeschweift, und ich hörte ihre Worte nur mit halbem Ohr. »Das ist in Ordnung«, sagte ich, als mir klar wurde, dass eine Entscheidung über unser Nachtquartier gefällt wurde und dass ich vielleicht bald die Augen schließen konnte. »Wir übernachten dort, wo es Ihnen am wenigsten Umstände macht.«

»Solange es nicht draußen im Freien ist«, witzelte die müde Anna.

Nikolaj saß ein paar Minuten tief in Gedanken versunken in unserer Runde. Doch dann war auch er einverstanden und bat seine Mutter um Bettzeug. Wir bedankten uns bei ihr und gingen hinaus in die Nacht. Unser Ziel war das Haus eines toten Schamanen.

Der Himmel war hell erleuchtet von unzähligen Sternen und dem Halbmond über unseren Köpfen. Die Rufe der Nachtvögel, die aus dem Wald schallten, hätten uns anderswo vielleicht Angst eingejagt, aber hier gehörten sie zu der uns umgebenden Natur. Unsere nächtlichen Ängste überleben nur dort, wo sie geboren werden. Sie haben ihren Ursprung in den riesigen Städten, mit all den Spannungen und Aggressionen, die entstehen, wenn zu viele Menschen auf zu kleinem Raum leben müssen. Diese Orte waren viel furchterregender als der nächtliche Wald, der dieses winzige Dorf umgab.

Ein Mann und zwei müde Frauen gingen langsam den schneegesäumten Pfad entlang. Ab und zu sprachen oder lachten sie, während sie sich auf eines der abgelegensten Häuser des Dorfes zubewegten. Mamusch hatte sein Haus absichtlich ganz am nördlichen Rand des Dorfes gebaut, oben auf einem Hügel.

Nikolaj zündete eine Kerze an, als wir das Haus betraten, denn es gab dort keinen Strom. Im Inneren war alles mit einer dicken Staubschicht überzogen, aber die Luft war frisch. Das Haus bestand aus einem einzigen langgestreckten Raum mit nur einem Fenster in der linken Ecke neben einem alten, schmalen Bett aus dunklem Holz. Auf der anderen Seite des Raumes befand sich eine kleine Küchenecke mit einer Feuerstelle. Ein riesiges Bärenfell lag mitten auf dem Fußboden. Beinahe auf dem Kopf des Bären stand ein altes Paar Männerstiefel aus Rentierfell. Zuerst waren wir von der Fremdartigkeit des kleinen Hauses überrascht, aber nach und nach gewöhnten wir uns daran.

»Olga, schau mal her!«, rief Anna. Sie hatte eine merkwürdige Sammlung von Federn entdeckt, die zu einer Kopfbedeckung zusammengefügt waren, und dieses Gebilde hatte sie sich in einer albernen Laune, die von ihrer Müdigkeit und der leichten Nervosität herrührte, auf den Kopf gesetzt. Jetzt blickte sie lustig darunter hervor.

»Steht mir das? Bin ich das?«, fragte Anna. Der Federhelm war aus einer Eule hergestellt worden. Der Körper des Vogels samt Kopf, mit offenen Augen, Schnabel und Ohrbüscheln, bildete den oberen Teil. Die Flügel waren heruntergezogen und in Ohrenklappen verwandelt worden, die jetzt Annas Gesicht einrahmten.

»Das bist du ganz und gar nicht«, sagte Nikolaj. Er nahm Anna die Eule vom Kopf und legte sie in eine Ecke des Zimmers.

Anna hatte schnell eine Bestandsaufnahme gemacht und bat nun darum, in dem schmalen Bett schlafen zu dürfen, womit sie mir als einzige alternative Schlafgelegenheit das Bärenfell auf dem Fußboden überließ. Nikolaj stattete Bett und Bärenfell mit Laken und Decken aus und verschwand dann, um auf dem einsamen Pfad zum Haus seiner Mutter zurückzukehren. Anna und ich bliesen sofort die Kerze aus und sanken auf unsere Schlaflager nieder. Es war ein langer und interessanter Tag gewesen.

Ich war so erschöpft, dass ich auf dem Bärenfell fast zusammenbrach, und wusste es sehr zu schätzen, dass ich überhaupt irgendein Lager hatte, auf dem ich mich ausstrecken konnte. Nach ein paar Minuten stellte ich fest, dass das mit Gänsedaunen gefüllte Oberbett allein nicht warm genug sein würde, legte meinen Pelzmantel über die Decke und kuschelte mich dann in mein ungewöhnliches Bett.

An Annas tiefen Atemzügen erkannte ich, dass sie bereits schlief, mir aber fiel es schwer, mich zu entspannen. Der Wechsel von meiner gewohnten, bequemen Welt zu diesem Bärenfellbett im Haus eines toten Schamanen war so schnell geschehen, dass ich erst beim Schlafengehen merkte, wie sehr mich alles aufgewühlt hatte. Der schwache Geruch des Bärenfells, den ich zuerst kaum wahrgenommen hatte, irritierte mich mehr und mehr, und mir wurde unbehaglich zumute. Es fehlten die vertrauten Geräusche, die mich hätten entspannen und beruhigen können. Kein gewohntes, kaum hörbares Ticken der Uhr neben dem Bett; keine Nachbarstimmen, die durch die dünnen Wände meiner Wohnung drangen, kein Verkehrslärm von draußen. Mir war bis jetzt nicht klar gewesen, dass manches, was mich an meiner kleinen Stadtwohnung störte, dazu beitrug, dass ich ruhig einschlafen konnte.

Das helle Mondlicht, das durch das Fenster schien, beleuchtete die wenigen Gegenstände in dem fast leeren Raum. An der Tür war – einem Wachposten gleich – ein hoher Stapel Holz für die Feuerstelle aufgeschichtet. Rechts von mir sah ich den alten weißen Stuhl, auf den Nikolaj die Eule geworfen hatte. Der Federhelm schien zum Leben zu erwachen, als ich ihn im Halbdunkeln anstarrte. Schräg über mir, am Fenster, stand ein kleiner Tisch. Von meinem Platz auf dem Fußboden aus konnte ich nicht sehen, was darauf lag.

Links von mir lehnte eine ovale Handtrommel aus Tierhaut an der weißen Wand. Das Trommelfell war der Wand zugekehrt, und ich konnte nur die offene Unterseite sehen. Der Griff bestand aus zwei geschnitzten Holzstücken, die sich im rechten Winkel überkreuzten und in der Mitte zusammengefügt waren. Sie ergaben die stilisierte Figur eines Mannes. Das längere Stück bildete den Körper, der mit dem Kopf den oberen Rand der Trommel abstützte und mit den Füßen gegen den unteren drückte. Das Querstück formte Hände und Arme des Mannes, wobei durch die Finger jeder Hand neun Metallringe liefen. Die Trommel war groß, die längste Ausdehnung des Ovals betrug fast einen Meter. In der Mitte des Trommelfells, das konnte ich sogar von unten sehen, befand sich ein Riss, der wie ein absichtlich angebrachter Schnitt aussah. Ich stellte mir vor, wie laut dieses Instrument vor seiner Zerstörung geklungen haben musste. Als ich mir den Rhythmus vorstellte, hatte es den Anschein, als würde die Trommel auf mich zukommen, immer näher, bis ihre dunkle Form mein ganzes Gesichtsfeld ausfüllte und ich mir nicht mehr sicher war, ob ich wachte oder träumte.

Ich muss gleich darauf eingeschlafen sein und sehr tief geschlafen haben. Später erinnerte ich mich an einen merkwürdigen Traum. Ich stand vor einer schweren Holztür, die blankpoliert schimmerte. Die Tür war geschlossen. Ich streckte meine Hand aus, um sie zu berühren, und als ich meine Hand auf dem Holz spürte, wurde sie immer realer für mich. Je mehr ich sie bewegte, desto mehr wurde ich mir meiner selbst und aller meiner Sinne bewusst.

Mir wurde klar, dass ich nach wie vor schlief und die Szene träumte, gleichzeitig aber war ich bei vollem Bewusstsein und besaß einen völlig freien Willen. Ich wusste, dass ich die Macht hatte, mit der Hand die Tür zu öffnen und den dahinterliegenden Raum zu betreten. Im Herzen spürte ich eine süße Freude, und ich wollte, dass der Traum andauerte. Dann wusste ich plötzlich, dass noch jemand anders in meinem Traum war und in dem Raum hinter der verschlossenen Tür wartete und dass man mich auf der gleichen Bewusstseinsebene wahrnahm. Das machte mir Angst. Ich hörte auf, die Hand zu bewegen, und alles löste sich auf.

Als wir aufwachten, lag das friedliche Dorf in absoluter Stille da. Die Morgensonne schien hell durch das kleine Fenster. Selbst bei Licht verlor das befremdliche Haus des toten Schamanen seine beklemmende Atmosphäre nicht. Ich musste an die Geschichte denken, die Nikolaj mir im Krankenhaus erzählt hatte, die Geschichte vom Tod seines Onkels, wie er hier, in diesem Haus, gestorben war. Bei Menschen, die von Natur aus zu solchen Dingen neigten, konnte ein Ort wie dieser offensichtlich starken psychischen Stress auslösen. Nikolaj gehörte zu diesen Menschen. Während ich im Haus des Schamanen stand und ungeduldig darauf wartete, dass Nikolaj uns abholte, verstand ich seine Geschichte viel besser.

Glücklicherweise kam Nikolaj, kurz nachdem wir aufgestanden waren, und lud uns zum Frühstück bei seiner Mutter ein. Bevor wir aufbrachen, fragte ich ihn nach der Trommel. Im Morgenlicht beeindruckte sie mich sogar noch mehr als Stunden zuvor in der Dunkelheit. Trotz des Schnittes wirkte sie stark, machtvoll und lebendig.

»Das ist die Trommel meines Onkels. Ich habe nur einmal gesehen, wie er sie benutzte. Nach seinem Tod kamen ein paar von den Alten aus unserem Dorf. Sie erklärten meiner Mutter, was man nach dem Tod eines Schamanen alles tun muss. Dazu gehört auch, dass man seine Trommel zerstört. Das ist ein ungeschriebenes Gesetz. Sie sagten meiner Mutter, dass die Trommel nur einem einzigen Schamanen dienen darf. Nach dem Tod des Schamanen muss der Geist der Trommel durch eine

Öffnung, die ein Verwandter anbringt, fortgeschickt werden. Deswegen hat meine Mutter den Schnitt gemacht.

Heute werden wir Umaj besuchen, die Schamanin von Kubija, einem Dorf in der Nähe. Sie wird mehr über dieses Übergangsritual wissen, vielleicht fragen Sie Umaj danach.«

Wir waren froh, Mamuschs Haus verlassen zu können, das selbst bei Tageslicht noch fremdartig wirkte. Marijas freundliches kleines Häuschen, in dem sie geschäftig das Frühstück vorbereitete, bildete einen beruhigenden Kontrast. Marija kochte Eier, röstete Schwarzbrot, goß uns frische Milch ein, auf der sich Sahne abgesetzt hatte, und bereitete uns ein herzhaftes Morgenmahl, um uns für die Unternehmungen dieses Tages zu stärken.

Wir hatten keine Ahnung, was Nikolaj für diesen Tag geplant hatte. Wenn wir ihn fragten, wie wir nach Kubija kommen würden oder wie weit es war, überhörte er unsere Fragen geflissentlich. Er riet uns nur, die wärmste Kleidung anzuziehen, die wir mitgebracht hatten, und bat uns, ihm zu folgen. Marija gab uns ein Paket mit Brot und Käse mit.

Kapitel 6

Wenn ich gewusst hätte, wie kalt und anstrengend der Weg zu Umajs Dorf werden würde, wäre ich nicht mitgegangen. Wir stapften endlos durch tiefen Schnee, auf einer kleinen Bergstraße, die eigentlich nicht mehr war als ein schmaler Pfad, der manchmal fast unter der Schneedecke verschwand. Meine Lederstiefel waren dafür nicht geeignet, und nach kurzer Zeit hatte ich klitschnasse Füße.

Nach einer Stunde sagte Nikolaj immer noch nichts, und allmählich zweifelten wir daran, ob wir überhaupt fähig sein würden, unser Ziel zu erreichen. Ganz am Anfang lachten wir noch, aber bald setzten uns Kälte und Höhe zu, und die ersten Anzeichen von Erschöpfung machten sich bemerkbar. Die Schönheit unserer Umgebung konnte uns nicht mehr aufmuntern. Unsere Spekulationen darüber, wie es wohl wäre, auf diesem unwegsamen Bergpfad zu sterben, und ob man in diesem Fall unsere Leichen überhaupt finden würde, waren nur halb scherzhaft gemeint. Der Gedanke, dass man unseren Tod in der Stille dieses schneebedeckten, von riesigen Nadelbäumen gesäumten Bergsträßchens vielleicht nicht einmal bemerken würde, ernüchterte und half uns weiterzugehen, obwohl jeder Schritt schmerzte.

Anna sah als Erste den Rauch, der über einem kleinen Haus aufstieg. Sie machte einen Freudensprung und umarmte und küsste mich vor Aufregung.

Nikolaj bestätigte uns, dass wir Kubija erreicht hatten, und wir waren froh, dass er sein irritierendes Schweigen endlich gebrochen hatte. Während wir auf das Dorf zugingen, freuten Anna und ich uns darauf, demnächst in einem Haus vor einem warmen Feuer zu sitzen und nicht mehr in der Kälte durch den endlosen Schnee wandern zu müssen. Allerdings fiel mir auf, dass Nikolaj plötzlich nervös wurde.

»Ich muss euch etwas sagen«, meinte er schließlich. »Ich muss euch warnen: Ich weiß nicht genau, wie die Menschen hier auf euch reagieren werden.«

Wir starrten ihn an. Uns fehlten die Worte.

»Wir sind hier, um Umaj zu besuchen, die eine KAM ist. Wir selbst verwenden das Wort ›Schamane‹ nicht. Es ist nicht unser Wort. Schamane ist ein Begriff, den die Russen geprägt haben. Wir nennen solche Menschen KAMS. Das Problem ist, dass ihr Russinnen seid. Unser Volk hat ein gutes Verhältnis zu den Weißen, aber es ist oberflächlich. Vielleicht wird euch in Kubija niemand etwas über die KAMS und ihre Riten und Rituale erzählen. Und sogar noch wahrscheinlicher ist es, dass niemand euch erlauben wird zu beobachten, was bei den Heilungen tatsächlich passiert. Das habe ich nicht gewusst, als wir herkamen. Meine Mutter hat es mir erst heute morgen gesagt. Sie meinte, es könnte schwierig für euch werden, Umaj zu treffen.«

Nach all den Mühen, die wir auf uns genommen hatten, um an diesen unwirtlichen Ort zu gelangen, klang es einfach absurd, dass man Anna die Heilung, wegen der sie hierher gereist war, vielleicht verweigern würde. Ich musste lachen, aber Anna wurde zornig. »Das ist nicht lustig, das ist verrückt«, rief sie. »Ich bin schwer krank, und ich bin mit Olga in dieses gottverlassene, abgelegene Nest gekommen, weil ich mir davon Hilfe erhofft habe. Du warst es, Nikolaj, der uns eingeladen hat. Du warst es, der uns heute auf diese lange und gefährliche Wanderung durch die Kälte mitgenommen hat. Und jetzt erzählst du uns, dass wir vielleicht aus dem Dorf vertrieben werden? Und was dann? Sollen wir im Schnee erfrieren?«

»Warum hast du das getan?«, fragte ich Nikolaj fassungslos. »Sind die Menschen eures Volkes alle so verantwortungslos wie du?«

Ohne zu zögern, erwiderte Nikolaj: »Mein Onkel Mamusch hat mir gesagt, ich soll euch mitnehmen.« Während der junge Mann diese Worte sprach, legte sich seine Nervosität, und er wirkte ruhiger und selbstsicherer.

»Hervorragend!«, spottete Anna. »Hier stehe ich, mitten in der tiefgefrorenen Wildnis, mit einem Geisteskranken und einer Freundin, die angeblich Psychiaterin ist. Olga, hast du Nikolaj denn im Krankenhaus nicht untersucht?« Sie sah mich vorwurfsvoll an. »Selbst ich, die ich keine Fachärztin für Psychiatrie bin, könnte dir sagen, dass er offensichtliche Symptome von Geisteskrankheit aufweist.«

Es war mir unangenehm, dass Anna das gesagt hatte, und noch unangenehmer war mir die Erkenntnis, dass etwas Wahres an ihren Worten war. Nikolaj stand schweigend neben uns, und es tat mir leid, dass wir ihn so sehr in Verlegenheit gebracht hatten. Endlich sagte ich: »Anna, jetzt sind wir schon einmal hier. Wir haben uns darauf eingelassen. Jetzt umzukehren ist Unsinn, wir müssen uns erst einmal ausruhen. Uns bleibt nichts anderes übrig, als ins Dorf zu gehen.« Ich war etwas gelassener geworden und hoffte, dass meine Worte auch Anna helfen würden, sich zu beruhigen.

»Ich möchte euch etwas erzählen«, sagte Nikolaj. »Vor fast hundert Jahren haben sich hier Dinge zugetragen, die die Einstellung unseres Volkes zu Fremden stark beeinflusst haben. Menschen, die uns und unserem Land fremd waren, beschlossen, ihre Religion hier einzuführen. Eines Tages riefen sie die KAMS von nah und fern zu einem Ritual zusammen. Sie sagten ihnen, sie wollten Frieden zwischen ihrer Religion und unserer. Etwa dreißig KAMS kamen. Sie brachten nur ihre Trommeln mit. Die Fremden steckten alle KAMS in ein kleines Holzhaus. Dann übergossen sie das Haus mit Kerosin und zündeten es an.

Das Haus, in dem die KAMS waren, brannte stundenlang. Keiner der Dorfbewohner konnte etwas tun. Als es bis auf den Boden niedergebrannt war, standen drei KAMS auf und stiegen lebendig aus der Asche. Die Fremden waren zu Tode erschrocken. Sie versuchten nicht, die drei KAMS aufzuhalten, sondern liefen fort und sahen schockiert zu, wie die KAMS davongingen. Die drei KAMS wanderten in verschiedene Richtungen und übten weiter KAMLANIE aus. Doch seitdem vollziehen die KAMS ihre Rituale heimlich. Umaj ist eine Nachfahrin von einem der drei KAMS, die dem Feuer entstiegen.«

»Waren die Fremden Christen?«, wollte Anna wissen.

»Nein«, erwiderte Nikolaj, »die Christen kamen später und nach ihnen die Kommunisten.«

Ohne weiteren Wortwechsel schritten wir auf das still vor uns liegende Dorf zu.

Ich sah, wie Anna sanft Nikolajs Hand berührte, und hörte sie fragen: »Verzeihst du mir?« Ich wusste, dass sie von den Worten sprach, die sie wenige Minuten zuvor in ihrer Wut gesagt hatte. Nikolaj nickte und entzog ihr schnell seine Hand.

Das Dorf ähnelte Schuranak, aber die Häuser waren kleiner, und die Menschen hier schienen noch ärmer zu sein. Wir näherten uns einer alten Hütte, aus deren Schornstein Rauch aufstieg. Auf der Straße waren keine Menschen zu sehen; kein Hund bellte, um unsere Ankunft zu melden.

»Ich glaube, sie ist da«, sagte Nikolaj, als wir vor der Tür stehen blieben. »Am besten wartet ihr hier auf mich«, fügte er hinzu, als er die unverschlossene Tür aufschob und im Inneren des Häuschens verschwand.

Meine Füße wurden allmählich zu Eisklumpen. Anna holte eine Zigarette aus der Tasche und rauchte. Nervös warteten wir eine Weile, die uns wie eine Ewigkeit erschien. Endlich kam Nikolaj aus dem Haus und trat sofort auf Anna zu.

»Umaj heilt dich heute Abend.« Seine Worte schienen einen Augenblick in der Luft zu schweben, bis wir sie, besorgt, wie wir waren, aufgenommen hatten. »Umaj hat gesagt, ich soll dich in ein anderes Haus bringen, wo du auf sie warten sollst. Sie hat gesagt, sie hätte deinen Wunsch gespürt, deinen Körper zu heilen und dein normales Leben wiederaufzunehmen.« Nikolaj nahm Anna an der Hand und führte sie zu dem Haus auf der anderen Straßenseite.

»Warte, Nikolaj. Was ist mit mir?«, rief ich.

»Umaj hat gesagt, ich soll dich fragen, warum du hergekommen bist. Warte hier auf mich. Ich bin gleich wieder da.«

Ich war sprachlos und verwirrt. Diese einfache Frage hätte mich eigentlich nicht beunruhigen dürfen, aber sie tat es. Warum war ich hier? Das konnte alles nur ein seltsamer Traum sein. Auf der Reise hierher hatte ich das undeutliche Gefühl gehabt, dass ich mich auf eine Art mystische Erfahrung zubewegte, aber zu keinem Zeitpunkt hatte ich versucht, mir dieses Gefühl rational zu erklären. Ich konnte behaupten, ich sei als Touristin gekommen, hätte meine Freundin begleitet, um die Berge zu sehen. Aber das entsprach nicht der Wahrheit, und ich wusste, dass die Frau dort im Haus diese Antwort nicht akzeptieren würde. Wieder einmal war ich mit den Konsequenzen einer unbewusst getroffenen Entscheidung konfrontiert, und ich tat mir selbst leid.

Als Nikolaj plötzlich auftauchte und meine Hand berührte, fuhr ich zusammen. Ich sagte ihm, was mir als Erstes in den Sinn kam: »Ich bin hergekommen, weil ich von ihr lernen will.«

Er ging zurück ins Haus. Fast unmittelbar darauf tauchte er wieder auf und gab mir ein Zeichen, dass ich eintreten solle. Nach der strahlenden Helligkeit des Tages schien es im Inneren des Hauses auf den ersten Blick völlig finster zu sein. Als meine Augen sich umgewöhnt hatten, sah ich, dass das Haus nur aus einem großen Raum bestand, der abgesehen von zwei Frauen leer war. »Guten Tag –« war mir bereits entschlüpft, bevor Nikolaj mir hastig signalisierte, zu schweigen und mich in eine Ecke auf den Boden zu setzen.

Eine der beiden Frauen lag auf dem Bauch in der Mitte des Raumes. Ihr Rücken war nackt und wies Spuren von Erde und Kräuterresten auf. Die andere Frau sah älter aus. Sie war klein und hatte einen kräftigen, gesunden Körper. Ihre Kleidung wirkte fremdartig: ein langer Rock aus schweren Winterstoffen in verschiedenen Farben, auf dessen Rückseite Stoffpüppchen aufgenäht waren. Sie hatte dunkles Haar, das größtenteils von einem blauen Kopftuch verdeckt war, und ein altes, verrunzeltes mongolisches Gesicht. Ich schätzte sie auf etwa siebzig.

Sie schien mich nicht zu bemerken. Sie wirkte beschäftigt und konzentrierte sich darauf, einen ungewöhnlichen Gegenstand neben die liegende Frau zu platzieren. Es war ein schlichtes Dreieck, das aus drei jeweils knapp einen Meter langen Brettern bestand. Das frisch geschlagene Holz hatte noch die helle Farbe und den aromatischen Duft der Kiefer, von der es stammte.

In die flachen Seiten der Bretter waren Fische geschnitzt.

Ich begriff, dass es Umaj sein musste, die sich über die liegende Frau beugte, und dass gerade eine Heilung stattfand. Umaj stellte das Dreieck mit den Fischen rechts neben die Frau, so dass es sich zwischen den beiden Frauen und dem großen Hirschfell befand, das auf der anderen Seite des Dreiecks lag.

Nikolaj saß in der gegenüberliegenden Zimmerecke, und die gesamte Fläche um die beiden Frauen in der Mitte war frei. Umaj nahm eine kleine Trommel vom Boden und begann, sie leise zu schlagen. Anfangs war ihr Rhythmus ungleichmäßig und schwach und klang unbestimmt. Dann begann Umaj in ihrer Muttersprache zu singen. Die Worte ihres Liedes hatten einen flehenden Klang, und sie bewegte sich dazu anmutig um den reglosen Körper zu ihren Füßen.

Die Frau auf dem Boden gab keinen Ton von sich und schien zu schlafen. Von der Erde und den Kräutern abgesehen war ihr Rücken nackt. Obwohl die Temperatur im Haus nur ein paar Grad mehr betrug als draußen, sah ihr Körper entspannt und warm aus. Umaj ging um sie herum, beugte sich manchmal über sie und schlug die Trommel direkt über dem Rücken der Frau. Der Rhythmus ihres Liedes wurde deutlicher, die Worte lauter. Sie bewegte sich immer schneller.

Während ich ihre kraftvollen Tanzschritte beobachtete, dachte ich, dass sie doch jünger sein müsse, als ich anfangs geschätzt hatte. Der Trommelklang schwoll zu einer Lautstärke an, die unmöglich von einem so kleinen Instrument stammen konnte, so schien es mir zumindest. Umajs Stimme wurde unglaublich tief und kräftig. Es fiel mir schwer, in ihr die Frau zu erkennen, die sie zu Beginn des Tanzes gewesen war. Sie wirkte größer, stärker, aggressiver und männlicher, fast wie ein Krieger, der auf Leben und Tod mit einem mächtigen

Feind ringt. Sie sprang und drehte ihren Körper mit atemberaubender Schnelligkeit und Kraft. Ihr Lied verwandelte sich in einen Schlachtruf. Sie atmete tief und schnell, und in ihren Augen strahlte ein siegessicheres Leuchten. Dann packte sie die Frau grob bei den Schultern und schrie sie auf Altaisch an.

Die Frau erhob sich vom Boden auf die Knie. Ihr Haar hing in Strähnen herunter. Ihre Augen waren immer noch geschlossen, und sie schien sich in tiefer Trance zu befinden. Auf den Knien kroch sie zu dem hölzernen Dreieck. Die Öffnung des Dreiecks war gerade so groß, dass ein Mensch hindurchkriechen konnte, und sie steckte Kopf und Schultern hinein.

Nun schrie Umaj sie noch lauter an. Sie warf die Trommel fort und schob die Frau mit bloßen Händen immer weiter in das Dreieck hinein. Ihre Schreie wurden zu einem klagenden Singsang. Es war schwierig für die Frau, sich durch das Dreieck hindurchzuwinden. Ihr bloßer Körper zuckte und wand sich, als die rauen Kanten des frischgesägten Holzes ihr die Haut aufschürften. Umaj versuchte den Prozess noch schmerzhafter zu machen, indem sie das Dreieck vor- und zurückbewegte und so den Körper der Frau weiter aufkratzte, während sie ihn langsam durch die Öffnung schob.

Das Geschehen nahm mich völlig gefangen. Plötzlich wurden die in das Holz geschnitzten Fische für mich lebendig und schwammen auf den Seiten des Dreiecks von links nach rechts. Umaj setzte ihren Singsang fort, während sich die Mühen der Frau, durch das Dreieck zu schlüpfen, ihrem Ende näherten. Als sie fast ganz auf der anderen Seite war, sprang Umaj zu ihr hinüber und hob das Hirschfell an. Die Frau kroch darunter und war bald vollkommen bedeckt.

Umaj wurde daraufhin noch wütender und aggressiver. Schreiend und mit furchterregenden Gebärden hob sie das hölzerne Dreieck auf und zerstörte es. Dabei war ihr Blick so hasserfüllt, als würden sich Legionen von Feinden in dem Gebilde verbergen. Umaj trampelte darauf herum und bearbeitete es anschließend mit den Fäusten. Es klang, als würde sie es in ihrer Sprache mit derben Flüchen überhäufen. Als nur noch Reste der hölzernen Form übrig waren, machte Umaj das Gleiche mit ihrer Trommel. Bald lag nur noch Kleinholz um die Frau herum verstreut, die nach wie vor unter dem Fell auf dem Boden lag.

Umaj wandte sich an Nikolaj und sagte einen kurzen Satz in ihrer Sprache. Irgendwie begriff ich, dass Nikolaj gebeten wurde, der Frau unter dem Fell behilflich zu sein. Umaj selbst schien nun wieder einfach eine kleine, alte Einheimische zu sein, aber jetzt wusste ich, dass sie enorme Kräfte in sich barg. Sie setzte sich auf den Fußboden, zog eine Pfeife aus einer verborgenen Rocktasche und begann zu rauchen. Ruhig sah sie zu, wie Nikolaj der Frau half, aufzustehen und sich vollständig anzuziehen.

Die Frau sah müde und schläfrig aus. Sie schien Umaj überhaupt nicht zu bemerken und bewegte sich langsam und schwerfällig auf die Tür zu. Sie öffnete die Tür und ging ohne ein Wort oder eine Geste hinaus. Das erstaunte und beeindruckte mich. Ich hatte erwartet, dass sie ihrer Dankbarkeit Ausdruck verleihen, dass sie Umaj berichten würde, wie es ihr ging – irgendetwas, nur nicht, dass sie ihrer Helferin gegenüber diese absolute Gleichgültigkeit zeigen würde.

Ich drehte mich zu Umaj um, weil ich ihr die Reaktion auf die Art, wie die Frau den Raum verlassen hatte, vom Gesicht ablesen wollte. Aber ich hatte nicht damit gerechnet, dass sie mich ihrerseits mit einem scharfen, schlauen Blick musterte. Sie sagte ein paar

Worte zu Nikolaj und starrte mich weiter an, immer noch pfeiferauchend. Ich selbst konnte die Augen nicht von ihr abwenden und merkte, dass ich sie dümmlich anlächelte.

Nikolaj übersetzte mir ihre Worte. »Sie hat gesagt, es war gut, dass du ihr geholfen hast, die Fische dazu zu bringen, den Geist der Krankheit aufzunehmen und ihn in die Unterwelt zu bringen.«

Umaj stand auf und ordnete die Überreste des Heilungsrituals auf dem Boden neu an. Dann ging sie zu Nikolaj und führte ein kurzes Gespräch in ihrer Muttersprache mit ihm. Ich wusste, dass ich, selbst wenn sie Russisch konnte, kein russisches Wort von ihr zu hören bekommen würde.

Nikolaj wandte sich mir zu. »Sie möchte, dass du ihr in ein anderes Haus im Dorf folgst, wo sie übernachtet. Sie wohnt nämlich nicht in diesem Dorf. Niemand weiß, wo sie lebt. Dieses Haus, in dem wir jetzt sind, steht leer, seit die Familie, die darin wohnte, vor ein paar Jahren in die Stadt gezogen ist. Umaj kommt nur hierher, um zu heilen.«

Ich fragte, ob wir zu dem Haus gehen würden, in dem Anna auf uns wartete, denn ich hoffte, bei der Heilung meiner Freundin zusehen und vielleicht sogar helfen zu dürfen. Nikolaj meinte jedoch, er hätte keine Ahnung, wo Umaj mich hinbringen würde.

Während wir sprachen, war Umaj zur Tür gegangen und hatte sie geöffnet. Mir wurde bewusst, dass ich nicht gemerkt hatte, wie viel Zeit vergangen war, denn das Tageslicht war fast ganz geschwunden, und auf die Straße hatte sich lautlos die Dämmerung gesenkt. Umaj bedeutete mir, ihr zu folgen, und ich trat hinter ihr hinaus in das Zwielicht. Sie trug nichts weiter als ihren Rock und das große Kopftuch, keinen schweren Mantel, der sie vor der bitteren Kälte geschützt hätte. Rasch ging sie die vereiste Straße entlang, allerdings nicht in Richtung des Hauses, in dem Anna wartete.

Ich hörte, wie Nikolaj sagte: »Ich gehe zu Anna.« Ich folgte Umajs Gestalt, die zwischen hohen Schneewänden einen schmalen, in den Schnee getretenen Pfad entlangging. Aus ein paar Fenstern, an denen wir vorbeikamen, schimmerte Licht. In der kalten Nachtluft wirkte es warm und gemütlich.

Die Erlebnisse dieses Tages hatten mein Bewusstsein so sehr beansprucht und erweitert, dass meine Gedanken in Verwirrung geraten waren. Weder war ich müde, noch hatte ich Angst. Ich hatte zwar keine Ahnung, was nun auf mich zukommen würde oder was Umaj von mir erwartete, aber ich beschloss, nicht mehr darüber nachzudenken. Zum zweiten Mal innerhalb von zwei Tagen erkannte ich meine Empfindungen undeutlich als ein Echo aus einer anderen Zeit, aber ich konnte mich auch jetzt nicht erinnern, wo oder wann das gewesen war.

Endlich kamen wir zu einem großen Haus, das zwei Türen hatte, auf jeder Seite eine. In der linken Haushälfte brannte Licht, und ich sah, dass sich drinnen Menschen bewegten. Umaj ging zu der Tür auf der rechten Seite und öffnete sie mühelos.

Der Raum dahinter war fast vollkommen rund und abgesehen von einer einzigen Matratze, über die eine alte Decke gebreitet war, nicht möbliert. Es war dunkel, und irgendetwas, das ich erspürte, weckte bei mir eine deutliche Vorahnung von Gefahr. Wenn Umajs gelassenes Gesicht mich nicht beruhigt hätte, wäre mir noch unbehaglicher zumute gewesen. Irgendwie, ohne zu verstehen, weshalb, hatte ich bereits das Gefühl, Umaj gut zu kennen. Vielleicht lag es daran, dass ihr Gesicht mich ein wenig an meine Großmutter erinnerte, deren Gesichtszüge das mongolische Erbe vieler Russen spiegelten. Ich ließ Umajs Gesicht nicht aus den Augen und versuchte, ständigen Blickkontakt zu ihr zu halten, ohne den, das sagte mir mein Gefühl, die Angst in mir aufsteigen würde und ich verloren wäre.

Umaj schaltete das Licht an und bedeutete mir, mich auf das Schlafpolster zu legen. Ich schlug die verblichene bunte Flickendecke zurück und begann, meinen Mantel auszuziehen. Umaj machte mir ein Zeichen, dass ich damit aufhören solle, und so legte ich mich in meiner vollen Winterbekleidung unter die Decke. Der Fußboden bestand aus Lehm und war nicht viel wärmer als der Erdboden draußen, und ich spürte sofort, wie die Kälte von unten heraufkroch. Ich fragte mich, wie lange ich wohl dort liegen sollte.

Von meiner Matratze aus beobachtete ich, wie Umaj mitten im Raum ein Feuer entzündete und dann das Licht wieder ausschaltete. Es gab weder eine Feuerstelle noch einen Kamin, das Feuer brannte auf dem Lehmboden mitten im leeren Zimmer. Die emporlodernden Flammen sahen geheimnisvoll aus. Obwohl ich noch nie etwas Vergleichbares gesehen hatte, war ich seltsamerweise mit dieser Situation vertraut und begann, mich nach einer alten, unbekannten, vergessenen Zeit zu sehnen. Leise sang Umaj Worte, die ich nicht verstand, die aber voll Liebe und Hingabe an das Feuer gerichtet schienen.

Obwohl ich mich erst kurze Zeit unter den Menschen im Altai befand, spürte ich intuitiv, dass sie hauptsächlich in der Gegenwart lebten. Sie hingen nicht der Vergangenheit nach. Sie träumten nicht von der Zukunft. Umaj war ganz auf das ›Jetzt‹ konzentriert, und in diesem Augenblick bedeutete das, ein Feuer zu entfachen.

Als die Flammen flackernd den Raum erhellten, verschwand meine mühsam bewahrte innere Ruhe, und wieder schienen überall um mich herum Gefahren zu lauern. Ich konnte Umajs Augen nicht mehr sehen, denn sie weigerte sich, mich anzuschauen. Sie nahm etwas aus der Tasche und streute es ins Feuer. Wie ein hungriges Tier verschlangen die Flammen ihr neues Futter, loderten auf und sanken dann wieder auf ihre ursprüngliche Höhe zurück.

Umajs Lied veränderte sich, und plötzlich war mir, als käme ich in diesem Lied vor. Etwas geschah in meinem

Inneren. Meine Aufmerksamkeit wurde von dem Rauch gefesselt, der vom Feuer aufstieg. Ich konnte weder wegsehen noch an etwas anderes denken.

Gedankensplitter rasen mit unglaublicher Geschwindigkeit durch meinen Kopf. Nur zwei davon kann ich bewusst registrieren: ›Mir ist sehr kalt‹ und ›Das ist eine Psychose‹. Der zweite Gedanke löst Panik bei mir aus. Mich durchflutet das Gefühl, dass meine Welt mir verlorengeht. Mit aller Kraft versuche ich den Ort in mir zu finden, von dem aus ich sprechen kann. Ich weiß nicht, wie das geht: sprechen. Ich habe meine Stimme verloren. Was bedeutet es, wenn ich sage ›meine‹?

Plötzlich höre ich eine Stimme, von weit her. Sie ruft etwas. Ich verliere mein Ichbewusstsein und gebe auf, ohne eine Ahnung zu haben, was oder wer hierbleibt. Ich werde zu der Stimme, zu dieser rufenden Stimme hoch oben, die mit dem Rauch eines Feuers mitten in einem Zimmer in einem vergessenen Dorf in Sibirien aufsteigt. Meine letzten Anstrengungen, meine Welt wieder zusammenzufügen, münden in eine Verwandlung, die den Rauch und die Stimme eins werden lässt. Und jetzt sind die Stimme und das Feuer ich, und ich bin eine Schlange, die aus großer Tiefe gegen den Widerstand des Wassers nach oben strebt.

Gleichzeitig befällt mich ein neues Angstgefühl. Ich befinde mich unter Wasser und schwimme, so schnell ich kann, nach oben. Nichts als Wasser umgibt mich, tiefes Wasser. Ich schwimme immer schneller und bemühe mich verzweifelt, die Oberfläche zu erreichen.

Endlich ist der Moment da, in dem ich aus dem Wasser hervorbreche und an der Oberfläche des Ozeans weiterschwimme. Augenblicklich wird das Wasser zu einem Ort des Friedens und der Ruhe. Ich liebe diesen Ozean und könnte ewig darin weitertreiben. Nichts stört mich. Es gibt keine anderen Gedanken als Dankbarkeit diesem Wasser gegenüber, das mich jetzt trägt. Ich beginne zu schwimmen. Ich schwimme und schwimme, bis ich die Küste sehe. Mir wird klar, dass dieses geheimnisvolle Gewässer auf allen Seiten von Land umgeben ist und dass ich in einem großen, runden See schwimme. Jetzt erkenne ich, was sich am Ufer befindet. Es sieht aus wie eine Stadt. Ich kann Gebäude, Autos und Menschen unterscheiden. Wieder werde ich von Panik ergriffen. Das ist meine Stadt, das sind meine Freunde und Verwandten. Ich will nicht zu ihnen zurück. Ich möchte nichts anderes empfinden als das sanfte, strömende Wasser.

Eine leise weibliche Stimme durchdringt meine panische Angst. »Sei ganz ruhig. Ich werde jetzt zu dir sprechen.« Es ist Umajs Stimme. Ich weiß nicht, welche Sprache sie spricht, aber ich weiß, dass es Umaj ist, und irgendwie verstehe ich ihre Worte.

»Du bist jetzt in deinem inneren Raum, dort wo sich dein See des reinen Geistes befindet. Du bist zum ersten Mal bewusst hier. Jeder von uns besitzt diesen inneren Raum, aber bei den meisten Menschen wird er im Laufe des Lebens immer kleiner. Während wir durch das Leben gehen, versucht die Welt um uns herum diesen inneren Raum, unseren reinen Geist, zuzuschütten und abzutöten. Viele Menschen verlieren ihn ganz. Ihr innerer Raum wird von Legionen fremder Soldaten in Besitz genommen, und so verödet er.

Jetzt hast du diesen Raum in dir erfahren. Jetzt kennst du ihn. Du wirst keine Angst mehr vor der Welt um dich herum haben. Dein Raum wird niemals mit etwas anderem als mit dir selbst ausgefüllt sein, denn jetzt, da du ihn erfahren hast, erkennst du seine Atmosphäre und seinen Pulsschlag wieder. Du wirst ihn weiterhin erforschen. Später wirst du auch noch erfahren, dass es ein *bedeutsames inneres Wesen gibt, das dort wohnt. Du wirst dieses Geistwesen kennenlernen und verstehen wollen. Ich werde dir dabei helfen, wenn du dafür bereit bist.«*

Umajs Stimme ist beruhigend, und ich horche auf jedes Wort, während sie weiterspricht. »Was ich dir jetzt sagen werde, ist das größte Geheimnis, das ich weitergeben kann. Wir haben in unserem physischen Leben zwei Aufgaben. Die erste Aufgabe besteht darin, die physische Realität, in der wir leben, aufzubauen. Die zweite Aufgabe ist, unser Selbst zu schaffen – jenes eigentliche innere Wesen, das in der äußeren Realität lebt.

Beide Aufgaben erfordern gleich viel Zuwendung. Das Gleichgewicht zwischen beiden zu wahren ist eine heilige und anspruchsvolle Kunst. Sobald wir die eine Aufgabe vergessen, kann die andere uns gefangen nehmen und auf ewig zu ihrem Sklaven machen. So kommt es dann dazu, dass der See des reinen Geistes, die Heimat des inneren Wesens bei vielen Menschen am Ende leer und ausgestorben ist. Sie gelangen zu der Überzeugung, dass allein die äußere Welt ihre Aufmerksamkeit verdient. Früher oder später jedoch werden sie diese Haltung als Fehler erkennen.

Für dich allerdings besteht die Hauptgefahr darin, dass du ausschließlich dein inneres Selbst erkundest. Deshalb interessierst du dich schon seit langem für das Seelenleben anderer Menschen. Mit Hilfe des Wissens, das du bei deiner Arbeit gewonnen hast, hast du versucht, deine eigene Psyche zu verstehen. Du musst lernen zu akzeptieren, dass es wichtig ist, sich auch seine äußere Realität zu erschaffen. Glaube mir, dass dein Arbeiten an der äußeren Realität dich absolut und in gleicher Weise befriedigen kann. Fürchte dich nicht mehr vor der Küste um dich herum. Alles, was du dort siehst, hast du selbst zum Leben erweckt, und es ist lächerlich, vor seiner eigenen Schöpfung Angst zu haben. Ich werde dir helfen.«

Alles was mich umgibt, beginnt, sich aufzulösen. Nach und nach kehren Sehkraft und Bewusstsein in meinen Körper zurück, und ich erinnere mich, dass ich dieser Körper bin, der auf dem Boden liegt. Ich möchte schlafen und habe fast die Grenze zum Schlaf überschritten, als Umajs alte Hände mir eine Tasse dampfenden Kräutertee mit Milch reichen. Ich trinke die heiße Flüssigkeit schlückchenweise und schlafe, von der Wärme des Tees überwältigt, ein.

Das Nächste, was ich bewusst wahrnahm, war das Morgenlicht. Als ich aufwachte, merkte ich, dass ich immer noch auf dem Fußboden lag, zugedeckt mit meinem Wintermantel und der alten Decke, allein in dem fremden Zimmer. Ich musste meine ganze Kraft zusammennehmen, um mich zu erinnern, was am Vortag geschehen war. Alles hatte eine traumähnliche Qualität, und ich wusste, dass ich mich auf einem Grat zwischen zwei Welten bewegte. Ich musste einen anderen Menschen sehen, um mir selbst zu beweisen, dass ich noch lebte und geistig gesund war.

Hinter der dünnen Wand, die mein Zimmer von der anderen Haushälfte trennte, konnte ich zwei Männerstimmen hören, aber sie waren so gedämpft, dass ich nicht verstand, was sie sagten. Aufzustehen war nicht ganz einfach, und während meine Beine sich wieder daran gewöhnten, dass sie meinen Körper tragen mussten, stand ich ein paar Momente auf wackligen Füßen. Es gab kein Wasser, mit dem ich mir das Gesicht hätte waschen können, keinen Spiegel, keine Haarbürste.

Ich dachte daran, wie ich wohl aussah und wie schlecht Anna und ich auf eine Reise wie diese vorbereitet waren. Der Käse und das Brot fielen mir ein, die

Marija uns am vergangenen Tag in weiser Voraussicht mitgegeben hatte, und ich bekam Hunger. Ich beschloss, Anna zu suchen und so bald wie möglich mit ihr und Nikolaj zu frühstücken.

Mein wollenes Schultertuch war zerknittert, nachdem ich die Nacht darauf geschlafen hatte, aber ich war froh über die zusätzliche Wärme, die es mir spendete. Meine Stiefel standen neben der Matratze, und jemand hatte mir fürsorglich warme Wollsocken über die Füße gezogen.

Nachdem ich mein provisorisches Bett wiederhergerichtet und meine Stiefel angezogen hatte, trat ich in den hellen Tag hinaus. Die Luft war so wunderbar frisch, dass schon der erste Atemzug mich wieder beruhigte und heiter stimmte. Der blaue Himmel war mit weißen Wattewolken bedeckt, in den hohen Nadelbäumen, die mich umgaben, sangen die Vögel, und die fernen Berge sahen aus wie auf einer Postkarte. Alles um mich herum schien mir sagen zu wollen, dass es auf dieser Erde Flecken gab, wo die Welt noch in Ordnung war. Ich war froh, dass das Schicksal mich an einen solchen Ort geführt hatte.

»Einen schönen guten Morgen!«, rief eine Männerstimme von der Schwelle des Nachbarhauses.

»Guten Tag!«, erwiderte ich, um zu hören, ob die Erlebnisse des gestrigen Tages und der vergangenen Nacht meinen Tonfall verändert hatten.

»Ich heiße Viktor.« Er sprach akzentfreies Russisch, wodurch er sich ebenfalls als Besucher in diesem Dorf zu erkennen gab. »Unsere Hausbesitzerin hat uns gestern Abend gewarnt, dass eine alte Frau hier übernachten würde. Wir sollten nicht überrascht sein, was immer auch geschehen würde. Sind Sie diese Frau, die so alt und furchterregend sein soll? Wir wussten gar nicht, dass wir nebenan so attraktive Gesellschaft haben!«

»Beinahe«, entgegnete ich. »Mein Name ist Olga.«

Etwas an Viktors Worten, seiner Miene und seinem Tonfall veranlasste mich, auf der Hut zu sein. Sibirien war zwar wunderschön, aber viele Gegenden waren nach wie vor abgelegen und einsam. Fremde waren selten und offensichtlich ungebundene weibliche Fremde noch viel seltener. Eine Frau ohne Mann oder Familie, auf die in kritischen Situationen Verlass war, konnte in unangenehme oder sogar gefährliche Umstände geraten, und manchmal war Vorsicht geboten, um genau das zu verhindern.

Meine psychiatrische Erfahrung hatte zum Glück viele nützliche Seiten. Da ich jung war und überwiegend auf der Männerstation arbeitete, hatte ich notgedrungen schnell gelernt, männliches Interesse in Freundschaft ohne romantischen oder sexuellen Beigeschmack zu verwandeln. Instinktiv spürte ich, dass ich diesen grobschlächtigen Naturburschen mit dem hochgewachsenen, muskulösen Körper und dem tiefen, männlichen Lachen mit dem Thema intime Körperfunktionen so in Verlegenheit bringen würde, dass er alle anderen Phantasien, die ihm vielleicht durch den Kopf gingen, verdrängen würde.

»Ich fürchte, ich muss wirklich ganz schnell eine Toilette finden«, sagte ich. »Gibt es hier eine, die ich benutzen kann?«

Viktor deutete auf eine niedrige, schmale Hütte hinter dem Haupthaus, und ich begab mich schnell dorthin. Mit freundlicher Beschützermiene wartete Viktor auf meine Rückkehr. Nun stand sein Freund Igor neben ihm. Igor war das genaue Gegenteil von Viktor, klein und dünn, mit scharfgeschnittenen Gesichtszügen. Sie luden mich zu einer Tasse Tee und zum Frühstück ein, und die Aussicht auf Essen war so verlockend, dass ich nicht ablehnen konnte.

Als ich das Haus betrat, war ich unwillkürlich überrascht, wie anders das Ambiente war, das mich hier empfing. Dieser Teil des Gebäudes wirkte wie ein ganz normales Wohnhaus. Er war behaglich und geschmackvoll eingerichtet, mit vielen schönen, handgearbeiteten Gegenständen. Auf dem Tisch lag eine weiße, von Hand mit Blumen bestickte Tischdecke. Darauf stand ein großer, kupferner Samowar. Feine Baumwollgardinen ließen Licht durch die kleinen Fenster herein, und wir tranken aus Tassen aus echtem Porzellan mit alten russischen Mustern. Alles in dieser Wohnstube trug dazu bei, dass ich mich hier wohl fühlte, und ich merkte, wie ich ein wenig gelassener wurde.

»Haben Sie dieses Haus so geschmackvoll eingerichtet? Kaum zu glauben, dass zwei Bergsteiger wie Sie das alles so exquisit arrangieren können«, machte ich mich über die beiden Männer lustig.

»Sind Sie die Hexe, von der man uns gestern erzählt hat?«, entgegneten sie lachend. »Aber jetzt mal im Ernst, nur das dort drüben sind unsere Sachen«, fügte Igor hinzu und deutete auf eine Ecke, in der ich bereits den großen Stapel ihrer Bergsteigerausrüstung hatte liegen sehen. »Wir mieten dieses Haus nur als Basislager für unsere Bergtouren.«

Der Tee, den sie kochten, war sehr heiß, man hätte ihn kaum stärker machen können. Und sie hatten eine meiner Lieblingsmarmeladen, Sanddornmarmelade, die sie auf harten, knusprigen kleinen Keksen servierten. Nach meinen verstörenden Erlebnissen vom Vortag genoss ich es, mich einfach zu entspannen und unbeschwert zu plaudern. Ich wusste, dass ich in kurzer Zeit sehr viele neue Erfahrungen gemacht hatte, die ich verarbeiten musste, und dass darüber nachzudenken im Moment nicht unbedingt helfen würde.

Sanddorn ist in Sibirien weit verbreitet, und um diese

Frucht sind viele Legenden entstanden, die ich als Kind unzählige Male gehört hatte. Man verwendet Sanddornbeeren für alles, von der Behandlung eines kleinen Schnittes in einer Kinderhand bis zur Wunderkur gegen Krebs, und sie enthalten Unmengen an Vitaminen. Ich liebte sie vor allem wegen ihrer einzigartigen Farbe, einem leuchtenden Orange. Jeden Herbst fuhr unsere Familie in unser Landhaus, um diese Beeren zu pflücken.

Wir mussten beim Pflücken sehr vorsichtig sein, damit wir die dünne, zarte Schale nicht beschädigten, die unter unseren Fingern so leicht aufplatzte und den säuerlichen, klebrigen orangefarbenen Saft absonderte, der jede kleine Rille in unseren Händen erkundete. Die Beeren sind nicht leicht zu pflücken, denn die Sanddornsträucher sind voller Dornen. Nach der Ernte waren meine Finger immer mit Blutflecken übersät, und die abgebrochenen Spitzen der Dornen steckten tief in der Haut. Die Übung, Sanddornbeeren zu pflücken, ohne anschließend weder Dornen in den Fingern noch übermäßig klebrige orangegefärbte Hände zu haben, wird mir immer im Gedächtnis bleiben.

Mir wurde bewusst, dass meine neuen Bekannten miteinander geredet, gescherzt und weitergeredet hatten, während ich meinen Tagträumen nachhing, und ich zwang mich, wieder in die Gegenwart zurückzukehren. Die beiden schienen meine kurze Abwesenheit nicht bemerkt zu haben und fuhren fort, mir ihre Geschichten vom Bergsteigen zu erzählen. Während ich ihnen zuhörte, dachte ich mir, dass sie ihrem Sport wirklich verfallen waren und wahrscheinlich nur selten Gespräche führten, die sich nicht sofort ihren Erlebnissen im Gebirge zuwandten. Innerhalb kurzer Zeit erklärten sie mir ausführlich die großen und kleinen Unterschiede zwischen den Bergen im Kaukasus und in Zentralasien, und ich erlebte ihre schwierigsten Stunden noch einmal mit.

Detailliert und mit großer Anteilnahme erzählten sie mir von ihren Freunden, die auf Berggipfeln und Pässen ums Leben gekommen waren. Und natürlich sprachen die beiden viel von ihrem geliebten Altaigebirge.

Dennoch hatte ich auch an diesem komfortablen Zufluchtsort und in Gesellschaft dieser munteren Gesprächspartner das Gefühl von emotionaler Distanz zu allem, was um mich herum geschah. Zu einem anderen Zeitpunkt hätten ihre Erzählungen mich mehr gefesselt, aber jetzt merkte ich, wie meine Gedanken ständig zu den Erlebnissen des Vortages zurückkehrten. Nur einmal nahmen die verbalen Streifzüge der beiden meine Aufmerksamkeit ganz gefangen, nämlich als sie Belowodje erwähnten. Ich hatte viele Legenden über diesen Ort gehört. Belowodje bedeutet ›Land des weißen Wassers‹, und angeblich war es ein mystisches, verborgenes Land, das nur einige wenige Auserwählte gefunden und betreten hatten. Viele glaubten, es läge irgendwo im Altaigebirge. Manche waren der Meinung, dass Belowodje eine andere Bezeichnung für ›Shambala‹ war, jenes heilige Land, das in vielen indischen und tibetischen Mythen erwähnt wird und von dem aus, wie es heißt, die Heiligen die Welt regiert haben.

»Wussten Sie, dass sogar der Dalai-Lama kürzlich gesagt hat, er glaube, dass Shambala irgendwo im Altai liegt?«, fragte Viktor.

»Über die geographische Lage von Shambala weiß ich nichts«, sagte Igor, »aber ich bin sicher, dass Belowodje im Altaigebirge liegt. Ich habe viele Gipfel dieser Erde bestiegen, aber nirgendwo habe ich so weiße Flüsse gesehen wie hier. Wissenschaftler würden die Farbe wahrscheinlich mit irgendeiner merkwürdigen Zusammensetzung des Bodens erklären, aber ich glaube trotzdem, dass Belowodje nach diesen Flüssen benannt ist. Wenn ich ein Geist wäre, der die Welt regiert, würde ich es vom Altai aus tun. Das ist meiner Ansicht nach der einzige Ort, von dem aus man die übrige Welt regieren kann.«

Viktor schloss seine eigenen Überlegungen an: »In der gesamten Altairegion haben sich ungeheure Bodenrisse gebildet, die Millionen Jahre alte Schichten freigelegt haben. Manche sagen, dass durch diese Spalten Erdstrahlung an die Oberfläche gelangt und nach oben hin ausströmt, so dass der gesamte Altai davon wie von einem Schirm überdeckt ist. Wahrscheinlich ist das der Grund, weshalb der Altai sich so sehr von jeder anderen Gegend unterscheidet und warum selbst eingefleischte Leninisten wie wir das Gefühl haben, dass hier Wunder geschehen können.«

»Könnten Sie mir mehr von diesem geheimnisvollen Land erzählen?«, bat ich. Viktors Worte über Belowodje hatten mich tief berührt.

Nun ergriff Igor wieder das Wort. »Wir Fremden wissen kaum etwas darüber. Doch die einheimischen Völker kennen uralte Geschichten, in denen Menschen Geistern und geheimnisvollen Priestern aus diesem verborgenen Land begegnen. Wir selbst haben noch keine getroffen, aber wir sind überzeugt, dass es möglich ist.«

»Nennen die Menschen im Altai diese Priester Schamanen?«, fragte ich, denn ich dachte an Nikolaj und das Gespräch, das ich vor kurzem mit ihm geführt hatte.

»Die Leute hier haben mit uns nie über solche Dinge gesprochen. Vielleicht fragen Sie selbst danach. Ich glaube nicht, dass es noch Schamanen gibt. Aber wer weiß?« Schamanen interessierten Viktor offensichtlich nicht, und er ließ das Thema rasch fallen.

»Wenn Sie sich mit diesem unergründlichen Thema näher befassen möchten, habe ich hier etwas zu lesen für Sie. Die Hausbesitzerin hat es mir gegeben«, sagte Igor und reichte mir ein Heftchen von vielleicht fünfzehn Seiten, auf dessen Umschlag in großen Buchstaben ›Belowodje‹ gedruckt war.

Während die beiden Männer sich weiter unterhielten, schlug ich die Broschüre auf und begann zu lesen.

»Im Jahre 987 suchte der Großfürst Wladimir, der den Beinamen ›Helle Sonne‹ trug, in Kiew nach einer neuen Religion für sein Reich Rus. Er schickte sechs Gesandtschaften, die alle große Reichtümer mit sich führten, in weit entfernte Länder. Sie hatten die Anweisung, den Glauben dieser Länder zu studieren und dieses Wissen nach Rus zu bringen, damit der Großfürst die beste Religion für sein Volk auswählen konnte.

Kurz darauf besuchte ihn ein Wandermönch. Der Großfürst erzählte dem Wandermönch einen Traum, den er Nacht für Nacht und Monat für Monat träumte. In diesem Traum sprach ein alter Mann mit ihm und sagte, er solle eine siebte Gesandtschaft ausschicken, allerdings sagte der Alte nicht, wohin. Daher bat der Großfürst nun den Mönch, in die Welt hinauszugehen und in sieben Tagen herauszufinden, wohin der siebte Gesandte reisen sollte.

Der fromme Mann meditierte und fastete sieben Tage lang. Am siebten Tag erschien ihm im Traum der Priester des letzten Klosters, das er in Griechenland besucht hatte. Dieser erinnerte den frommen Wanderer an die alte Überlieferung, nach der es im Osten ein Land von ewiger Schönheit und Weisheit geben sollte, das Belowodje hieß. Nur den dazu Berufenen – wenigen auserwählten Menschen – wurde gestattet, dieses Land zu finden und es zu besuchen.

Diese Geschichte erzählte der Wanderer dem Großfürsten, und der freute sich sehr darüber. Er beschloss, eine Expedition, angeführt von Sergej, dem Wandermönch, nach Osten zu schicken, um dieses geheimnisvolle Land ausfindig zu machen. Sechs Männer aus vornehmen Familien wurden Sergej zur Unterstützung mitgegeben, und obendrein eine große Schar Diener und Träger. Die Zahl der Menschen, die zu dieser Pilgerreise aufbrachen, betrug dreihundertdreiunddreißig. Sie erhielten die Anweisung, in drei Jahren mit ihrer Botschaft zurückzukehren.

Im ersten Jahr trafen im Palast des Großfürsten zahlreiche Nachrichten ein, die mit viel Jubel und großer Hoffnung aufgenommen wurden. Im zweiten Jahr hörte man gar nichts. Im dritten Jahr auch nichts. Sieben, zehn, zwölf Jahre verstrichen ohne weitere Nachrichten von der Gesandtschaft. Anfangs suchten die Menschen noch den Horizont nach ihnen ab, denn sie warteten begierig auf die guten Nachrichten, die Sergej bestimmt bringen würde. Nach einer Weile befürchtete man jedoch das Schlimmste und hielt nicht länger Ausschau. Viele Menschen beteten und bereuten die Suche nach Belowodje. Als achtundzwanzig Jahre vergangen waren, begann man zu vergessen, dass überhaupt jemand ausgesandt worden war. Dann deckte die Zeit ihren Mantel über das Vergessen.

Neunundvierzig Jahre vergingen, und schließlich kam in Kiew ein alter Mönch aus Konstantinopel an. Wiederum Jahre später, als der Greis fühlte, dass sein Ende nahte, entschied er sich, sein Geheimnis preiszugeben. Es durfte nur mündlich von Mönch zu Mönch weitergegeben werden, denn es war heiliges Wissen. Der Alte sagte, irgendwann würden alle Menschen auf der Erde das Geheimnis kennen, aber erst dann, wenn der richtige Zeitpunkt gekommen sei. Dann würde ein neues Zeitalter beginnen.

Der alte Mönch erzählte folgende Geschichte: ›Ich bin derselbe Sergej, der vor sechsundfünfzig Jahren von Großfürst Wladimir ausgeschickt worden ist, um Belowodje zu suchen. Das erste Jahr verlief ohne Zwischenfälle. Wir kamen durch viele Länder und überquerten zwei Meere. Im zweiten Jahr zogen wir durch die Wüste, und das Vorwärtskommen wurde schwieriger. Viele Menschen und Tiere starben. Die Wege wurden unpassierbar. Wir konnten keine Antworten auf unsere Fragen finden, und viele von uns wurden immer unzufriedener.

Je weiter wir reisten, desto häufiger fanden wir Knochen von Menschen und Tieren. Schließlich gelangten wir an eine Stelle, wo der Boden ganz und gar mit Knochen bedeckt war, und alle weigerten sich weiterzuziehen. Gemeinsam fällten wir die Entscheidung, dass nur zwei Männer mit mir weitergehen sollten. Alle anderen würden nach Hause zurückkehren. Am Ende des dritten Jahres jedoch wurden meine beiden Gefährten krank, und ich musste sie unterwegs in einem Dorf zurücklassen.

Als ich nun allein weiterzog, stieß ich in einigen Dörfern auf Landeskundige, die mir erzählten, von Zeit zu Zeit seien Wanderer durch ihr Land gekommen, auf der Suche nach einem geheimnisvollen Land. Manche nannten es das verschlossene Land. Andere bezeichneten es als das Land des weißen Wassers und der hohen Berge oder als Land der Lichtgeister oder Land des lebenden Feuers oder als das Land der lebenden Götter. Die Legenden von Belowodje hatten tatsächlich alle Orte dieser Erde erreicht.

Endlich erzählte mir einer der Landeskundigen, die mich begleiteten, von dort, wo wir gerade stünden, könne man das geheimnisvolle Land in drei Tagen erreichen. Er selbst könne mich nur bis zur Grenze bringen. Von da aus müsse ich allein weitergehen, denn er würde sterben, sollte er die Grenze dieses Landes überschreiten. Also zogen wir weiter.

Der Weg den Berg hinauf war so schmal, dass wir hintereinandergehen mussten. Auf allen Seiten waren wir von hohen Bergen mit schneebedeckten Gipfeln umgeben. Nach der dritten Nacht sagte mein Gefährte, nun müsse ich meinen Weg allein fortsetzen. Nach drei bis sieben Tagen Fußmarsch in Richtung des höchsten Berggipfels würde, wenn ich einer der wenigen Auserwählten sei, ein Dorf vor mir auftauchen. Wenn nicht, würde ich von dem Schicksal, das mir dann bevorstand, jetzt lieber nichts wissen wollen. Daraufhin verließ er mich. Ich blickte ihm nach, bis seine Schritte im Nichts verschwanden.

Die aufgehende Sonne ließ die weißen Berggipfel erstrahlen wie Flammen eines auflodernden Feuers. Ich war das einzige Wesen in Sichtweite. Ich war allein mit meinem Gott, der mich nach dieser langen Reise hierhergeführt hatte. Unbeschreiblicher, himmlischer Jubel erfüllte mich. Ich wusste, dass ich von einem Geistwesen umarmt wurde. Ich legte mich auf den Weg und küsste die steinige Erde, während ich Gott von ganzem Herzen für seine Gnade dankte. Dann ging ich weiter.

Bald kam ich an eine Weggabelung. Beide Wege schienen zum höchsten Berggipfel zu führen. Ich wählte den rechten, über dem die strahlende Sonne stand. Betend und singend setzte ich meine Wanderung fort. An diesem ersten Tag kam ich noch an zwei weitere Weggabelungen. An der ersten versperrte eine sich windende Schlange einen der beiden Pfade, daher wählte ich den anderen. An der zweiten Gabelung blockierten drei Steine einen der beiden Wege. Ich nahm den Weg, der frei war.

Am zweiten Tag gelangte ich nur an eine Wegkreuzung. Diesmal teilte sich mein Weg in drei Pfade. Über einem davon flatterte ein Schmetterling, und den wählte ich. Am Nachmittag führte der Pfad an einem Bergsee entlang.

Am Morgen des dritten Tages erleuchteten die Strahlen der aufgehenden Sonne den weißen, schneebedeckten Gipfel des höchsten Berges und umgaben ihn mit feurigen Flammen. Meine Seele wurde bei diesem Anblick von Ehrfurcht erfüllt. Ich konnte meine Augen nicht von dem Feuer abwenden. Es wurde ein Teil von mir. Meine Seele vereinigte sich mit den Flammen, die den Berg umloderten, und das Feuer wurde lebendig. Weiße Gestalten drehten sich in kreisenden Tänzen und flogen in Flammenströmen zum Gipfel empor. Dann ging die Sonne hinter dem Berg auf, und die Vision, die mich gebannt hatte, löste sich auf.

Am dritten Tag stieß ich auf drei Weggabelungen. Neben der ersten strömte mir ein schönes, sprudelndes smaragdfarbenes Flüßchen entgegen, dessen weiße Gischt über unzählige Steine und übers Moos tanzte. Ohne zu zögern, wählte ich den Uferweg.

Um die Mittagszeit erreichte ich die nächste Kreuzung. Hier zweigten drei Wege ab. Einer führte an einem Felsvorsprung vorbei, der wie ein riesiges Götterbild geformt war, das den Weg beschützte. Ohne zu überlegen, nahm ich diesen Weg. An der nächsten Kreuzung, wo ebenfalls drei Pfade in drei verschiedene Richtungen abzweigten, wählte ich den Weg, der ganz in Sonnenstrahlen getaucht war.

Als an diesem dritten Tag die Dunkelheit anbrach, hörte ich merkwürdige Geräusche. Bald darauf erblickte ich an einem Abhang eine Hütte, die von den letzten Sonnenstrahlen beschienen wurde. Ich erreichte die Hütte, bevor es ganz dunkel war, betrat diese bescheidene Zufluchtsstätte und schlief dankbar ein.

Am nächsten Morgen wurde ich von Stimmen geweckt. Zwei Männer standen vor mir und unterhielten sich in einer mir unbekannten Sprache. Merkwürdigerweise verstand mein inneres Selbst die Männer, und sie verstanden auch mich. Sie fragten mich, ob ich Nahrung brauche.

»Ja«, erwiderte ich, »aber nur für den Geist.«

Ich folgte ihnen in ein Dorf, in dem ich eine Weile blieb. Dort wurde ich über vieles belehrt, Pflichten wurden mir auferlegt, und ich musste bestimmte Arbeiten verrichten. Ich fühlte mich unendlich zufrieden. Eines Tages wurde mir mitgeteilt, es sei an der Zeit für mich weiterzuziehen.

Wie ein geliebter Verwandter wurde ich behandelt, als ich den nächsten Ort erreichte, und dann, als der richtige Zeitpunkt gekommen war, wurde ich wieder zu einem neuen Ort gebracht.

Ich verlor mein Empfinden für die Zeit, denn sie war nicht von Bedeutung. Jeder Tag brachte etwas Neues, etwas, das mir überraschend weise und wunderbar erschien. Die Zeit verfloss, als befände ich mich in einem wundersamen Traum, in dem alle guten Wünsche in Erfüllung gehen. Schließlich sagte man mir, es sei Zeit für mich, nach Hause zurückzukehren, und ich machte mich auf den Weg.

Jetzt, da ich diese Welt bald verlassen werde, erzähle ich euch, was ich zu erzählen vermag. Ich habe viele Dinge für mich behalten, denn euer menschlicher Verstand könnte nicht alles hinnehmen, was ich gesehen und gehört habe.

Das Land Belowodje ist keine Erfindung. Es existiert tatsächlich. In den Volkssagen wurden ihm viele verschiedene Namen gegeben. Die heiligen Wesen, die die Mächte der oberen Welt unterstützen, leben dort. Sie arbeiten ständig mit den himmlischen Lichtmächten zusammen, um den Völkern der Erde zu helfen und sie zu führen. Ihr Reich ist ein Reich des reinen Geistes, mit herrlichen Flammen und voll zauberhafter Geheimnisse, voll Freude, Licht, Liebe und Inspiration, ein

Reich ohne Mühsal und von unvorstellbarer Großartigkeit.

In jedem Jahrhundert ist es auf der ganzen Welt nur sieben Menschen gestattet, dieses Land zu betreten. Sechs davon kehren mit dem heiligen Wissen zurück, so wie ich, und der siebte bleibt dort.

In Belowodje leben die Menschen so lange, wie sie wollen. Für die, die das Reich betreten, bleibt die Zeit stehen. Sie sehen und hören alles, was in der Welt draußen vor sich geht. Den Bewohnern von Belowodje bleibt nichts verborgen.

Als mein Geist stärker wurde, war es mir möglich, weiter zu sehen, als ich mit meinen Augen sehen konnte, viele Städte zu besuchen und alles zu erfahren und zu hören, was ich wollte. Ich wurde über das Schicksal unseres Volkes und unseres Landes unterrichtet. Eine große Zukunft liegt vor uns.‹«

Langsam blätterte ich die Seiten des Heftchens um, voll Verwunderung über diese bizarre und dennoch seltsam glaubhafte Erzählung. Am Schluss des Textes befand sich die Anmerkung, dass der Bericht 1893 aufgezeichnet worden war, Wort für Wort nach dem Diktat eines sterbenden Mönchs in einem Kloster. Ich staunte, als mir klar wurde, dass diese Geschichte von 987, als der Großfürst seine Gesandten in die Welt hinausgeschickt hatte, bis 1893, als man sie schließlich aufgeschrieben hatte, mündlich überliefert worden war.

Eine eigenartige Erregung überfiel mich, als ich mir vor Augen führte, dass dieses kleine Büchlein vor fast hundert Jahren geschrieben worden war und ich es nun in Händen hielt. Obwohl ich es drehte und wendete, konnte ich keinen Hinweis auf Autor oder Verlag finden. Ich fragte meine neuen Freunde danach, aber auch sie konnten mir nicht weiterhelfen.

»Nur eins fällt mir dazu noch ein«, sagte Viktor. »Ich

habe einen Freund, der von Beruf Fotograf ist. Früher ist er ab und zu hergekommen, um Aufnahmen zu machen. Schließlich war er vom Altai so beeindruckt, dass er beschloss, hier zu leben. Er ist überzeugt, dass Belowodje irgendwo in dieser Gegend liegt, und er hat seine eigenen ausgefeilten Theorien darüber. Er hat tiefe Felsspalten in den Bergen entdeckt, in denen nichts als Eis ist. Er hat mir erzählt, dass man Feuer sieht, wenn die Sonne diese Spalten bestrahlt. Der Anblick ist so einzigartig, sagt mein Freund, dass er davon überzeugt ist, dass Belowodje in dieser Gegend liegt.«

Viktor warf einen Blick auf seine Armbanduhr, und ich sah, dass es fast Mittag war. Es überraschte mich, wie viel Zeit vergangen war, und ich begann, mir Gedanken um Anna und Nikolaj zu machen. Ich bedankte mich, verabschiedete mich schnell und ging los, um das Haus zu suchen, in dem Anna am Vortag verschwunden war.

In der Vormittagssonne sah die Dorfstraße realer und normaler aus als am Abend zuvor. Während ich sie entlangging, rief ich mir meine nächtlichen Erlebnisse und das Gefühl von Umajs Gegenwart ins Gedächtnis. Es war jetzt leichter für mich, alles als Traum zu betrachten. In meiner morgendlichen Gemütsverfassung gab es für Umaj keinen Raum. Ich konnte mir nicht einmal vorstellen, dass sie im Dorf war.

Eines der gestrigen Erlebnisse beunruhigte mich mehr als alle anderen. Wenn man verschiedene psychiatrische Erklärungsmodelle einsetzte, war meine Vision erklärbar, aber ich hatte keine Ahnung, wie ich rational begründen sollte, dass ich gesehen hatte, wie geschnitzte Fische an Holzstücken entlangschwammen, und dass Umaj sich später bei mir bedankt hatte, weil ich ihr angeblich geholfen hatte, die Fische zum Leben zu erwecken und mit der Krankheit wegschwimmen zu lassen. Woher wusste Umaj, dass ich gesehen hatte, wie die Fische sich bewegten? War es reiner Zufall? Dass ich darauf keine Antwort wusste, machte alle anderen rationalen Erklärungen, die ich mir für die Ereignisse zurechtgelegt hatte, wertlos.

Die Frage brachte mich so sehr durcheinander, dass ich nicht länger darüber nachdenken mochte. Um meinen Verstand zu beruhigen, konzentrierte ich mich ausschließlich auf meine Schritte, während ich auf das Haus zuging, in dem ich Anna zu finden hoffte. Das Zusammensein mit Anna und Nikolaj würde mir hoffentlich helfen, Ordnung in meine Gedanken und Emotionen zu bringen und die Teile dieses merkwürdigen Puzzles zusammenzusetzen.

Vorsichtig näherte ich mich der Haustür und klopfte mehrmals an, wobei jedes Klopfen lauter und energischer ausfiel. Niemand antwortete, und es waren auch keine Schritte zu hören, die auf die Tür zukamen. Schließlich stieß ich gegen die Tür, und sie öffnete sich. Die Fensterläden waren fest geschlossen, und im Haus war es dunkel. Zuerst konnte ich überhaupt nichts sehen und dachte, das Haus sei vielleicht leer. Als meine Augen sich an die Dunkelheit gewöhnt hatten und ich undeutlich die Umrisse von Möbelstücken im Raum erkennen konnte, trat ich ein.

Auf der Suche nach Anna ging ich langsam vom ersten Zimmer ins zweite. Noch immer sah ich keine Menschenseele. Ich dachte, dass Anna und Nikolaj vielleicht das Haus verlassen hätten, um nach mir zu suchen, und dass wir uns draußen verpasst hätten. In meiner Verwirrtheit vergaß ich in diesem Moment völlig, dass wir uns unmöglich hätten verfehlen können, weil es ja nur die eine Straße durch dieses winzige Bergdorf gab.

Ein schwaches Geräusch zu meiner Rechten ließ mich zur Wand herumfahren. Hastig suchte ich nach dem Lichtschalter, und als ich ihn endlich gefunden und eingeschaltet hatte, sah ich Anna. Ich war mit einem Bild konfrontiert, das ich nie vergessen werde. Ihr Körper war merkwürdig verrenkt an der Wand zusammengesunken. Sie regte sich nicht und ließ nicht erkennen, ob sie meine Gegenwart wahrnahm. Ihre Handgelenke waren mit einer dicken dunklen Schnur umwickelt, und sie war damit an zwei großen, an der Wand befestigten Metallringen festgebunden. Nur mit ihrer Unterwäsche bekleidet, lehnte sie halb sitzend an der Wand, der Kopf war ihr auf die Brust gesunken. Ihre Hände waren geöffnet und mit kleinen Schnitten und getrocknetem Blut bedeckt. Ich hielt meine Freundin für tot.

»Anna!«, schrie ich voll Entsetzen. Da bewegte sie sich ein wenig und stöhnte leise. Ich hockte mich neben sie, hielt ihre Schultern und bemühte mich, meine Gefühle im Zaum zu halten. Langsam öffnete Anna die Augen und sah mich an. Hässliche dunkle Ringe unter ihren Augen ließen ihr Gesicht alt und ausgezehrt erscheinen.

»Hilf mir, Olga«, sagte sie mit müder, schwacher Stimme. Sobald ich den ersten Schock überwunden hatte, kümmerte ich mich um die dicke Schnur und befreite, so schnell ich konnte, Annas Hände. Ich hatte Angst, sie zu fragen, was geschehen war, und konzentrierte mich ausschließlich darauf, die Schnur zu entknoten und meine Freundin loszubinden. Dann half ich ihr durch den Raum zu einem großen Bett in der Ecke und versuchte ihr dort ein bequemes Lager zu machen. Angst und Verwirrung raubten mir meine Selbstbeherrschung, und ich weinte, weil ich spürte, dass Anna etwas zugestoßen war, das sie nie mehr würde vergessen können.

Als Anna mein Schluchzen hörte, begann sie zu sprechen. »Bitte, hör auf zu weinen. Mir ist nichts Schlimmes passiert, Olga. Ich habe bloß nicht genug geschlafen.«

Sie deutete auf ihr Kleid, das über einem Stuhl hing. Ich half ihr, es anzuziehen; sie war geistig noch nicht ganz anwesend und hatte ihren erschöpften Körper noch nicht unter Kontrolle.

»Genau«, entgegnete ich. »Und weil du nicht schlafen konntest, hast du deine Hände an den Ringen an der

Wand festgebunden. Und als du dann immer noch nicht einschlafen konntest, hast du dir mit einem Messer die Handflächen aufgeritzt. Schau dich doch mal an!«

Nach diesem Gefühlsausbruch ging es mir besser. Anna schien ihre Kräfte wiederzuerlangen, und sie sah zumindest annähernd wie die alte Anna aus. Ich beobachtete sie und kam erleichtert zu dem Schluss, dass ihr nichts Ernsthaftes zugestoßen war.

»Aber Olga, es war meine eigene Entscheidung. Ich habe nicht genau gewusst, was auf mich zukam, aber Umaj hat gesagt, dass es möglicherweise nicht leicht werden würde. Sie hat mich gefragt, ob ich bereit sei zu leiden, um meine Krankheit zu heilen, und ich habe sofort eingewilligt. Es war meine eigene Entscheidung. Mir geht's bald wieder gut. lass mir nur etwas Zeit.« Annas Stimme wurde wieder schwächer, aber ich konnte keine weiteren Anzeichen von Misshandlung entdecken.

Endlich, mit einem tiefen Seufzer, begann sie die Ereignisse der vergangenen Nacht zu schildern. Nachdem wir uns am Vortag getrennt hatten, hatte Nikolaj sie in dieses Haus gebracht und sie dort allein auf Umaj warten lassen. Anna hatte lange gewartet, aber zum Glück hatte sie einen interessanten Roman gefunden und sich die Zeit mit Lesen vertrieben. Schließlich war Umaj gekommen und hatte sofort mit dem Heilungsritual begonnen.

»Als Erstes hat Umaj mich gefragt, wie ich dir eben schon erzählt habe, ob ich bereit sei zu leiden. Ich habe ja gesagt.«

»Augenblick mal, Anna. Wie konntest du sie denn verstehen?«, fragte ich verwirrt.

»Ihre Frage war ja ganz einfach, und ich habe sie wörtlich genommen, Olga. Sie hat mich gefragt, ob ich bereit bin zu leiden, und ich habe ja gesagt. Schließlich habe ich nicht den weiten Weg hierher gemacht und dich auch noch mitgenommen, um mich dann doch nicht heilen zu lassen, bloß weil es ein bisschen unangenehm ist.«

Ich merkte, dass Anna meine Frage falsch verstanden hatte. »Das habe ich nicht gemeint, Anna. Wie konntest du Umajs Sprache verstehen?«

»Wie meinst du das, Olga?« Sie runzelte die Stirn und schüttelte den Kopf, als ergäbe meine Frage keinen Sinn. »Umaj spricht zwar mit Akzent, aber davon abgesehen kann sie doch fließend Russisch.«

Ich fragte mich, ob Anna irgendwie verwirrt war oder ob Umaj tatsächlich russisch sprach. Wenn das der Fall war, warum hatte sie es dann nicht mit mir gesprochen?

»Als Nächstes holte sie zwei Flaschen vom Tisch«, fuhr Anna fort. »Ich glaube, sie waren mit Wodka gefüllt, das stand jedenfalls auf den Etiketten. Sie hat beide runtergekippt, als wäre es Wasser. Ich kann mir nicht vorstellen, dass es wirklich Wodka war, denn ich glaube nicht, dass jemand sie dann so schnell hätte austrinken können.

Was auch immer in den Flaschen war, kurz danach sah Umaj tatsächlich aus, als wäre sie betrunken. Sie holte die Kordeln, die du gesehen hast, aus einer Zimmerecke. Dann forderte sie mich auf, mich auszuziehen und mich an die Wand zu stellen. Ich bin überhaupt nicht auf den Gedanken gekommen, dass sie mich an den Ringen festbinden könnte. Ich bin zur Wand gegangen, und als ich mich wieder zu Umaj umgedreht habe, war sie schon dabei, mich an den Händen zu fesseln. Ich hatte gar keine Zeit, darüber nachzudenken, was mit mir geschah.

Ich glaube, zuerst betrachtete ich es als eine Art volkstümliches Spiel. Erst als mir klar wurde, dass Umaj wirklich sturzbetrunken aussah und dass sie meine Fragen nicht beantworten konnte oder wollte, bekam ich

Angst. Ich schrie sie an und verlangte eine Antwort von ihr. Ich fragte sie, was sie da tat. Aber sie reagierte überhaupt nicht, egal, was ich machte. Sie tanzte einfach im Zimmer herum, mit schnellen Trippelschritten, und sang dabei ihr monotones Lied. Sie war betrunken und verrückt und machte mir Angst. Ich war völlig in ihrer Gewalt.

So vollkommen hilflos zu sein war wohl das Schrecklichste, was ich je erlebt habe. Der Verlust meiner Willensfreiheit war entsetzlich. Ich glaube, so ähnlich muss man sich in der Hölle fühlen.

Dann fing Umaj an, sehr laut zu singen. Sie sah aus, als hätte sie völlig die Selbstbeherrschung verloren und wäre nicht mehr verantwortlich für das, was sie tat. Ich wurde es schließlich leid, sie anzuschreien, und weil eigentlich noch nichts Schlimmes passiert war, ließ meine Furcht ein wenig nach. Ich beschloss, geduldig auf das Ende von Umajs Vorstellung zu warten. Daraufhin verließ sie das Zimmer und kam mit einem großen, scharfen Messer zurück. Sie stürzte mit drohender Miene auf mich zu, brüllte etwas in ihrer Sprache und fing an, das Messer überall um mich herum dicht neben meinem Körper in die Wand zu stoßen.

Kannst du dir vorstellen, was für entsetzliche Angst ich hatte, Olga? Ich dachte, ich würde auf der Stelle sterben. Ich glaube nicht, dass sich irgendjemand vorstellen kann, wie ich mich in diesem Augenblick fühlte. Ich weinte. Ich betete. Ich versuchte, mich aus meinen Fesseln zu befreien, aber ich war hilflos. Dann wurde Umaj sogar noch verrückter und fing an, mir mit ihrem Messer in die Hände zu schneiden.

Als ich das erste Blut aus meinem Körper fließen sah, verwandelte sich meine Angst blitzartig in Zorn. Ich war wütend auf Umaj und habe sie angebrüllt, dass ich sie umbringen würde! Sie hat mich angesehen und war plötzlich wie verwandelt. Mit völlig nüchternem Blick hat sie auf Russisch gesagt, dass sie erst aufhören werde, wenn ich meine Krankheit vertrieben hätte. Dann war sie wieder wie betrunken und fing erneut an, mit ihrem Messer auf meine Hände einzustechen.

Ich war von einem unbändigen Hass erfüllt, den ich am ganzen Körper spürte. Aber diesmal war er nicht so sehr gegen Umaj gerichtet, sondern vielmehr gegen mich selbst, weil ich mich in diese Situation gebracht hatte, weil ich zugelassen hatte, dass ich Umaj nun so hilflos ausgeliefert war. Dieser Hass durchströmte mich von den Füßen bis zum Kopf. Ich wusste nicht, wie ich mit diesem Gefühl fertig werden sollte. Ich dachte, ich würde verrückt. Dann kam plötzlich ein Tierschrei aus meiner Kehle. Ich fühlte mich wie ein Tier. Ich sah sogar etwas wie eine riesige Gestalt mit meinem Schrei aus meinem Mund kommen. Und dann veränderte sich alles. Ich glaube, der gellende Schrei war es, der die Situation verwandelte. Mein Hass löste sich augenblicklich auf.

Gleichzeitig wurde Umaj wieder ganz ruhig, und jetzt wirkte sie müde. Sie setzte sich vor mich auf einen Stuhl und zündete ihre Pfeife an. Ich war überhaupt nicht mehr wütend auf sie. Ich war zu erschöpft. Ich bat sie, mich ziehen zu lassen, und sie hielt mir kurz die Pfeife an die Lippen. Der Tabak war stark und hatte einen Duft, wie ich ihn noch nie gerochen hatte. Ich war immer noch festgebunden, und ich war so furchtbar müde.

›Ich binde dich nicht los‹, sagte Umaj. ›Wenn ich das tue, denkst du später, dass alles nur ein Traum war. Du brauchst einen Zeugen. Deine Fesseln werden dir als Beweis für deine Erfahrung dienen. Und bloß kein Selbstmitleid. Damit erreichst du nichts. Deine Freundin wird bald kommen. Sie wird dir helfen, und sie wird dich bemitleiden.‹

Während sie die letzten Worte sprach, lachte Umaj, und dann verließ sie das Haus. Ich schlief ein, da, wo ich war, an die Wand gefesselt. Dann bist du gekommen und hast mich geweckt. Und weißt du, sie hat recht gehabt. Du hast wirklich schön um mich geweint«, beendete Anna ihre Geschichte und lachte mich leise aus.

Während Anna erzählte, fühlte ich mich mehr und mehr so, als sei ich es gewesen, die diese schreckliche Tortur durchgemacht hatte. Alles, was sie erzählte, klang so real. Ich wollte meiner Freundin noch weitere Fragen stellen, sah aber, dass sie nicht genug Kraft besaß, um noch mehr zu sagen. Ich war ebenfalls müde, daher stellte ich ihr nur eine letzte einfache Frage, bevor ich sie einschlafen ließ: »Wo ist Nikolaj?«

»Weiß ich nicht. Ich habe ihn gestern zum letzten Mal gesehen, als er mit mir zu diesem Haus gegangen ist. Ich dachte, ihr beide hättet die Zeit zusammen verbracht.«

»Nein, auch wir haben uns gestern getrennt, und er sagte, er wolle hierherkommen, um mit dir zu warten. Ist er denn nicht gekommen?«

»Nein, Olga. Ich erinnere mich nicht daran, ihn hier gesehen zu haben.« Nach dem letzten Wort schlief sie sofort ein.

Ich lehnte mich zurück und schloss einen Moment lang die Augen. Meine Gedanken überschlugen sich. Offensichtlich war ich der Situation nicht gewachsen, schon früher war es mir in Extremsituationen bisweilen ebenso ergangen. Mein Verstand fühlte sich überfordert und verfiel in eine Art Lähmung, während mein Unbewusstes versuchte, den besten Ausweg zu finden. Aber diesmal tauchten aus meiner Benommenheit überhaupt keine Ideen auf. Ich war nicht in der Lage, rational auf die Situation zu reagieren, und wusste nicht, ob ich weinen, weglaufen, schreien oder wie Anna einfach einschlafen sollte. Alles geschah viel zu schnell.

Ich weiß nicht, wie lange ich so neben der schlafenden Anna saß, aber schließlich beschloss ich, Viktor und Igor noch einmal aufzusuchen. Diese Männer schienen meine einzige Verbindung zur Normalität zu sein. Sie symbolisierten für mich jetzt Stabilität und Ordnung. Als ich erst einmal auf diesen Gedanken gekommen war, konnte ich gar nicht schnell genug aufbrechen. Ich warf mir meinen Mantel um die Schultern, verließ das Haus und ging schnell die inzwischen vertraute Dorfstraße entlang zu ihrem Haus.

Ich klopfte an die Haustür und öffnete sie, ohne eine Antwort abzuwarten. Doch die Überzeugung, dass mir in diesem Dorf die Türen weiterhin offen standen, verflüchtigte sich schnell: Eine streng wirkende alte Frau musterte mich, offensichtlich verärgert über mein Eindringen.

»Was wollen Sie?«, fragte sie auf Russisch mit lauter Stimme, in der nicht die leiseste Spur von Gastfreundschaft mitschwang.

»Ich möchte Viktor und Igor ein paar Fragen stellen«, stieß ich hervor, überrascht, dass ich bei dieser griesgrämigen Alten hereingeplatzt war.

»Die gibt es hier nicht«, fuhr sie mich an.

»Aber ich habe sie heute Morgen hier kennengelernt«, sagte ich hartnäckig. »Ich habe von gestern auf heute hier übernachtet, in der anderen Haushälfte. Umaj hat mich hergebracht.«

Ich wurde immer verwirrter und musste mir selbst beweisen, dass es so etwas wie Realität gab. Ich brauchte die Bestätigung dieser Frau, dass mein Erlebnis mit Viktor und Igor tatsächlich stattgefunden hatte.

Aber sie wiederholte ihre Worte sogar noch barscher als zuvor. »Leute dieses Namens sind nie hier gewesen. Ich habe keine Ahnung, wovon Sie sprechen, junge Frau.«

»Bitte. Hören Sie mich an. Ich bin mit zwei Freunden aus Nowosibirsk hergekommen. Ich suche nach dem Mann aus dem Altai, der uns aus seinem Dorf hierher gebracht hat. Er heißt Nikolaj, und wir sind erst gestern hier angekommen. Ohne ihn finden wir den Rückweg in sein Dorf nicht. Können Sie mir bitte helfen, ihn ausfindig zu machen?«

Statt sich von meinen Worten milder stimmen zu lassen, setzte die Alte eine noch strengere Miene auf. Ihre Stimme war, wenn möglich, noch schärfer, als sie jetzt sagte: »Als ich jung war, hätte ich mich niemals mit einem Mann auf so etwas eingelassen. Das ist Ihr Problem. Ich weiß nichts, was Ihnen weiterhelfen könnte. Und jetzt verlassen Sie bitte mein Haus.«

Ich war sicher, dass sie von Viktor und Igor wusste, und von Umaj und Nikolaj wahrscheinlich auch. Wenn man in einem so kleinen Dorf lebte, musste man einfach über alles Bescheid wissen, in jedem Fall aber über Fremde, die im eigenen Haus übernachteten. Aber ihre Feindseligkeit mir gegenüber, einer jungen, unverheirateten Fremden, die mit einem unverheirateten Mann unterwegs war, war nur allzu offensichtlich. Ich wusste, dass die Alte ihr letztes Wort gesprochen hatte.

Ärgerlich trat ich wieder auf die Straße hinaus. Sie war menschenleer. Angst und Einsamkeit überwältigten mich. Was aber alles noch viel schlimmer machte, war dieses Prickeln meiner Haut, das mir signalisierte, dass um mich herum überall Leute in ihren Häusern saßen, die wussten, was geschehen war, und trotzdem nicht bereit waren, mir zu helfen.

LADEN. Mein Blick fiel auf das Schild oben auf einem Hausdach. Ich fragte mich, wie ich diese Straße hatte entlanggehen können, ohne es nicht schon längst bemerkt zu haben. Ich fürchtete zwar, dass mein heftiges Unbehagen im Laden noch stärker werden würde, aber die Tür stand offen, und ohne weiter nachzudenken, trat ich ein.

Ein alter Einheimischer saß hinter der Ladentheke. Er döste vor sich hin und nickte beim Ein- und Ausatmen jedes Mal mit dem Kopf. Das warme Gewand, das im Altai traditionelle Tracht ist, hatte er über seinem gewaltigen Bauch mit einem Gürtel zusammengefasst. Auf dem Kopf trug er eine typisch russische Mütze aus gefärbtem Kaninchenfell, die ihm offensichtlich half, sich in seinem ungeheizten Laden behaglich zu fühlen. Er schien mich erst zu bemerken, als ich ihn ziemlich nervös fragte, was ich bei ihm zu essen kaufen könne. Lebensmittel oder Getränke konnte ich nämlich nirgends entdecken, bloß ein paar Dinge für Kinder und Artikel wie Seife und Zahnpasta.

Langsam wandte der Alte mir seine Aufmerksamkeit zu, sah mich an und meinte: »Sie können Brot und Süßigkeiten kaufen. Alle anderen Lebensmittel, die ich normalerweise habe, sind schon verkauft. Ich weiß nicht, wann ich die nächste Lieferung bekomme.« Er sah mich gleichgültig an, aber ich hatte das Gefühl, dass er alles über mich wusste. In meinem Unterleib und meinem Brustkorb breitete sich eine starke Spannung aus.

Ich zwang mich, mir die Fälle von ›Eisenbahnparanoia‹ ins Gedächtnis zu rufen, die ein berühmter russischer Psychiater des neunzehnten Jahrhunderts als situationsbedingte Störung beschrieben hatte, die bei Menschen auftrat, die zum ersten Mal mit dem Zug fuhren. Dieses Syndrom war mit vielen Arten der Paranoia verwandt, die durch unbekannte Situationen ausgelöst wurden. Ich hatte kein Verlangen danach, diese Psychose aus eigener Erfahrung kennenzulernen, daher konzentrierte ich mich auf die Entscheidung, was ich denn nun kaufen wollte.

Auf diese Weise beruhigte ich mich, und ich war in

der Lage, Brot und ein Päckchen kandierte Früchte einzukaufen, ohne mich erneut bedroht zu fühlen. Ich hatte meine Geldbörse und alle Papiere in meinem Koffer bei Marija gelassen, aber zum Glück fand ich in meiner Manteltasche genügend Münzen, um meine Einkäufe zu bezahlen. Ich kam mir naiv und verantwortungslos vor, als ich daran dachte, wie leichtfertig ich diese Reise vorbereitet und durchgeführt hatte.

Anna schlief immer noch, als ich zu ihr zurückkehrte. Von Nikolaj fehlte nach wie vor jede Spur. Dass ich nicht wusste, wo er war oder wann er auftauchen würde, beunruhigte mich.

Außerdem bemerkte ich, dass mit meinem Zeitgefühl etwas Ungewöhnliches passiert war. Mir schien, als wären seit meinem Erwachen heute Morgen erst wenige Stunden vergangen, aber als ich aus dem Fenster blickte, sah ich, dass das Tageslicht bereits im Schwinden begriffen war und der Abend aufzog. Ich konnte meine Armbanduhr nicht finden und mich auch nicht daran erinnern, ob ich sie gestern bei mir gehabt hatte oder nicht. Ich hatte diese merkwürdige Verdichtung von Zeit noch nie erlebt, und sie trug zu meiner Verwirrung bei.

Ich dachte, dass ich vielleicht auf den Boden der Tatsachen zurückkehren könne, indem ich mich auf meinen Körper konzentrierte. Ich kramte in Annas Tasche und fand das Brot und den Käse, die Marija uns gestern mitgegeben hatte. War das wirklich erst gestern gewesen?

Während ich mir eine kleine Mahlzeit zusammenstellte, hörte ich Annas Stimme aus dem Nebenzimmer. Zuerst hatte ich ein schlechtes Gewissen, dass ich so viel Lärm gemacht und sie geweckt hatte. Aber als sie in die Küche kam, traute ich meinen Augen nicht. Sie sah um Jahre jünger aus und strahlte wie ein kleines Kind. Sie lachte aus ihrer Mitte heraus, und es war offensichtlich, dass ungeheure Energie sie durchströmte.

»Hallo, ich bin wieder da«, sagte sie mit jugendlichem Grinsen.

»Das sehe ich.« Prüfend musterte ich ihr Gesicht, zuerst ungläubig, dann voller Erleichterung, dass meine Freundin tatsächlich wieder völlig genesen schien. Und dabei sah sie so gut aus wie seit langem nicht.

»Olga! Ich kann gar nicht fassen, dass es mir so gut geht. Ich kann mich nicht erinnern, dass ich mich jemals so gesund und stark gefühlt hätte. Man muss anscheinend manchmal krank werden, um zu erkennen, was Gesundheit bedeutet. Ich habe es geschafft. Deine Umaj ist ein verrücktes altes Weib, aber ich glaube, sie kann wirklich Wunder vollbringen.«

»Freut mich zu hören, Anna, aber sie ist nicht ›meine‹ Umaj. Sie ist zumindest genauso sehr deine wie meine. Vor allem, weil ich das, was ich mit ihr erlebt habe, überhaupt nicht verstehe. Wenn es eine Heilung war, war jedenfalls ganz schön viel Irrsinn mit im Spiel. Nachdem Umaj mit mir gearbeitet hatte, hatte ich das Gefühl, geisteskrank zu sein.

Anna, hast du eine Ahnung, was wir jetzt tun sollen?«, wechselte ich das Thema. »Wir wissen weder, wo Nikolaj ist, noch wann er auftauchen wird und ob er überhaupt kommt. Es wird Zeit, uns auf den Nachhauseweg zu machen, findest du nicht? Aber wir wissen noch nicht einmal, wie wir hier allein fortkommen sollen. Hast du einen Vorschlag?«

»Das ist mir alles ganz egal. Ich muss jetzt etwas zu essen haben, und dann würde es mir wahrscheinlich guttun, noch ein paar Stunden zu schlafen. Es ist doch sowieso schon fast wieder Nacht, oder?«

Ich sah aus dem Fenster und war schockiert, dass das Tageslicht nun ganz geschwunden und das Dörfchen in völlige Dunkelheit gehüllt war. Dann versetzte mir eine weitere Entdeckung einen neuen Schrecken: Mir wurde klar, dass jemand das elektrische Licht eingeschaltet hatte. Ich wusste, dass ich es sicher nicht gewesen war, und ich glaubte auch nicht, dass Anna es getan hatte. Aber was ließ sich in diesem verwunschenen Bergdorf schon mit Gewissheit sagen?

Anna mochte es vielleicht in Ordnung finden, hierzubleiben, aber ich fand es zunehmend problematischer. Mein schmales Bett in meiner tristen, langweiligen Wohnung erschien mir immer verlockender. Ich rief mir Annas Worte ins Gedächtnis und erwiderte ihr schließlich, dass wir den Käse und das Brot von Marija hätten und außerdem die paar Dinge, die ich eingekauft hatte. Wir beschlossen, schnell etwas zu essen und dann gleich schlafen zu gehen, damit wir beim ersten Tageslicht aufwachen würden und uns darum kümmern konnten, wie wir aus diesem Bergnest herauskämen. Als wir ins Bett gingen, witzelte ich lahm: »Gute Nacht, Anna. Hoffentlich bist du nicht wieder an die Wand gefesselt, wenn ich morgen früh aufwache!«

Im zweiten Zimmer stand ein weiteres Bett. Ich legte mich sofort hin, ohne mir die Mühe zu machen, mich auszuziehen oder unter eine Decke zu kriechen. Vor dem Einschlafen kam mir als Letztes noch der Gedanke, dass die Temperatur im Haus eigenartigerweise angenehm war, obwohl niemand ein Feuer im Kamin angezündet hatte und es auch keine andere Wärmequelle gab. Ich war geistig, körperlich und emotional so ausgelaugt, dass weder dieser befremdliche Sachverhalt noch die Tatsache, dass ich in diesem geheimnisvollen Haus schlief, ohne zu wissen, wo Nikolaj, mein Koffer oder meine sonstigen Habseligkeiten waren, mich davon abhalten konnte, in Vorfreude auf einen tiefen, friedlichen Schlummer die Augen zu schließen.

Plötzlich fließt von oben herab eine warme Welle über meinen Körper, und ich spüre, dass ich von einer unbekannten Macht durch Zeit und Raum gespült werde. Obwohl ich hilflos bin, fühle ich mich sicher, daher gebe ich mich einfach dem Geschehen hin.

Ich liege auf dem Boden in dem Raum, in dem ich gestern mit Umaj gewesen bin. Irgendwie überrascht mich das nicht. Ich befinde mich in einem neuen Bewusstseinszustand, in dem ich meinen Körper zwar spüren, aber keinen Körperteil bewegen kann. Um mich herum sind viele Stimmen, aber sie sind undeutlich, und ich kann sie nicht verstehen. Ich selbst habe keine Stimme.

Immer wieder durchströmen mich Schwingungen vom Kopf bis zu den Füßen. Es ist angenehm, daher versuche ich nicht, mich dagegen zu wehren. Ein rhythmischer Klang schiebt sich allmählich in meine Wahrnehmung und kommt immer näher. Es ist nicht wichtig für mich, die Klangquelle auszumachen. Ich gewöhne mich daran, nicht danach zu fragen, was mir widerfährt, sondern mich einfach den Ereignissen zu überlassen. Ich vertraue darauf, dass ich mich dabei keiner Gefahr aussetze.

Der Rhythmus gefällt mir, und ich beginne ihm zu folgen. Allmählich ruft er Bilder in mir hervor. Zuerst sind sie verschwommen und wechseln schnell, bis dann schließlich ein Bild klar hervortritt und scharf wird. Es ist die Vision einer bernsteingelben Pyramide. Zuerst ist sie weit entfernt, dann aber rast sie mit großer Geschwindigkeit auf mich zu. Ihr Tempo ist beängstigend, und ich weiß nicht, was ich tun soll.

Der Raum vor mir wird gelb. Die Pyramide wird riesengroß, und plötzlich merke ich, dass ich ihre bernsteinfarbene Wand durchdringe. Mir bleibt keine Zeit, um zu verstehen, was geschieht.

Ich bin im Bernstein und schwebe darin langsam aufwärts. Mein Körper bewegt sich mühelos durch gelbe Korridore. Es ist eine heitere Welt ohne Menschen und ohne Energien, abgesehen von der Ausstrahlung des Bernsteins. Die Zeit ist hier verdichtet. Ich spüre eine Art Spirale in meinem Körper, die sich langsam entrollt und mich immer höher hinaufschiebt. Die Zeit breitet sich mit mir nach oben aus. Die Pyramide wird zu einem Vulkan und explodiert. Ich befinde mich mitten in der Explosion und werde mit großer Wucht fortgeschleudert.

In einem dunklen Wald werde ich sicher abgesetzt. Irgendwo tief in mir bin ich ruhig und akzeptiere, was geschieht. Ich habe keine Angst. Ich fühle mich verändert. Manche meiner jüngsten Erlebnisse waren zwar beängstigend, aber sie haben mich auch etwas gelehrt. Sie haben es mir ermöglicht, mich auf eine Weise zu distanzieren und Beobachterin zu sein, wie ich es vorher nie vermocht hätte.

»Geh weiter!« Das ist Umajs Stimme, und es beruhigt mich, sie in der Nähe zu wissen. Ich sehe einen schmalen Pfad und folge ihm in die Tiefe des Waldes. Blau und Schwarz sind die Farben des Waldes. An den Baumarten um mich herum erkenne ich, dass ich mich irgendwo in Sibirien befinde. Ich nehme den unverkennbaren Geruch eines Flusses wahr und weiß, dass das Wasser nicht weit entfernt ist. Meine Sinne sind geschärft, so, als wären die Freuden und Leiden der Zeitalter in meinem Herzen verschmolzen. Bei jedem Schritt meiner unsichtbaren Füße spüre ich diese Mischung aus Schmerz und Freude. Die Schwerkraft wirkt sich auf meinen Körper anders aus als sonst, und es kostet mich Mühe, die Füße auf dem Boden zu halten.

»Geh weiter!« Umajs Stimme ist kräftiger und eindringlicher geworden, und ich setze den Weg fort. Es *wird immer finsterer. Tiefe Stille ist jetzt mein einziger Begleiter. Plötzlich scheint es mir, als hätte ich mich in eine uralte Frau verwandelt, doch gleichzeitig spüre ich, dass ich sehr viel Kraft habe. Der Pfad führt auf ein Feuer zu, das auf einer kleinen Lichtung lodert.*

» Warum bin ich so alt?«, frage ich in den Raum hinein. Ich bekomme keine Antwort, sondern höre nur Umajs Stimme, die mich wieder zum Weitergehen auffordert.

Mein Körper ist jetzt in lange, fließend weiße Gewänder gehüllt. Ich gehe immer schneller, angezogen von dem Feuer, das vor mir brennt. Viele Menschen sind um das Feuer versammelt, und alle tragen die gleichen weißen Kleider. Manche sitzen, andere stehen, und wieder andere tanzen um das Feuer herum. Ihre Gesichter sehen merkwürdig vertraut aus, trotzdem erkenne ich eigentlich niemanden. Pferde sind an die Bäume, die die Lichtung säumen, gebunden. Ich nähere mich dem Feuer, die Tänzer weichen zur Seite und geben mir den Weg frei.

Drei Gestalten sitzen um das Feuer herum, in fließenden weißen Gewändern, so, wie ich eines trage. Die von weißen Kapuzen bedeckten Köpfe halten sie zur Erde gesenkt. Sie sitzen in drei der vier Himmelsrichtungen, und der Pfad, dem ich folge, führt mich zu der vierten. Die sitzenden Gestalten rühren sich nicht, als ich hinzutrete, aber ich weiß, dass sie mich wahrnehmen. Schweigend setze ich mich auf der vierten Seite des Feuers zu ihnen in den Kreis.

Allmählich wird der Rhythmus des Tanzes um uns herum stärker. Ohne ein Wort oder eine Geste auszutauschen, stehen wir gleichzeitig auf. Etwas Wichtiges wird geschehen, und ich lasse mich davon erfassen.

Ich trete in das Feuer hinein und blicke die drei Gestalten vor mir an. Die Flammen umzüngeln meinen

Körper, aber ich habe keine Angst und spüre keinen Schmerz. Augenblicklich tritt mein Gegenüber zu mir ins Feuer. Die Gestalt nimmt ihre Kapuze ab, und zum ersten Mal sehe ich ihr Gesicht. Dann verwandelt sich ihre ganze Erscheinung in einen gewaltigen Blitz, der den gesamten Raum um uns herum erleuchtet. Seine Enden verbinden die beiden Gestalten, die rechts und links von mir stehen.

Ich wende mich der Gestalt auf meiner linken Seite zu und sehe ihr ins Gesicht. Während ich sie anblicke, verschwindet das Fleisch von ihren Knochen, und sie wird zum Skelett – einem Skelett aus alten, ausgebleichten Knochen. Dann blitzt es wieder, und ich betrachte die Gestalt zu meiner Rechten. Während der Blitz sich von ihrem Körper zurückzieht, verwandelt sie sich in eine Traube aus prächtigen, vollerblühten weißen Blumen, die die Energie allen Lebens in sich zu tragen scheinen. Ich kann die Essenz des Lebens in ihrem Duft riechen.

Jetzt verschmelzen alle drei Gestalten mit dem Feuer, sie nehmen den Raum ein, den ich ausfülle, und vereinigen sich mit mir. Ich bin nun Knochen und Blumen, die durch den Blitz miteinander verbunden wurden, und mein Altweiberkörper hat sich in den Leib einer kräftigen jungen Frau verwandelt.

Die klangvolle Stimme eines Mannes ertönt aus dem Kreis um das Feuer. »Wir sind jetzt bereit, diesen Ort zu verlassen. Bewahre die Erinnerung an das, was du erlebt hast. Wir werden wieder zusammenkommen.« Die Menschen beginnen aufzubrechen, und gehen zu den Pferden, die angebunden zwischen den Bäumen auf sie warten.

»Geh weiter!«, fordert Umajs Stimme mich noch einmal auf. Ich bin wieder allein und gehe denselben Pfad zurück, der mich zum Feuer geführt hat. Der Blitz in

mir ist eine hauchdünne Linie zwischen Leben und Tod.
Ich begreife das und habe das Empfinden, dass ich die-
ses Geschenk einsetzen kann, um mir und anderen zu
helfen.

Als ich aufwachte, war ich zuerst völlig desorientiert
und wusste einen Augenblick lang nicht, wer oder wo
ich war. Ängstlich schaute ich mich um, und durch die
offene Tür sah ich Anna, die friedlich im Nebenzimmer
schlief. Da wurde mir klar, dass ich soeben von einem
weiteren merkwürdigen Erlebnis in meine alltägliche
Wirklichkeit zurückgekehrt war. Während das letzte
Gefühl, das ich im Traum gehabt hatte – dass ich den
Punkt, an dem sich Leben und Tod treffen, in mir trage –, allmählich verblasste, erinnerte ich mich plötzlich
an eine ungewöhnliche Begegnung, die vor mehr als
zehn Jahren stattgefunden hatte.

Ich war damals achtzehn Jahre alt und studierte im ersten Jahr Medizin in Nowosibirsk. Es war eine herrliche Zeit für mich, endlich war ich von den strengen Regeln und Vorschriften der Schule befreit. Es war eine Zeit voller Feste, neuer Freundschaften und Theaterbesuche und jeder Menge neuer Erfahrungen. Wie junge Studenten überall auf der Welt, entdeckten wir die ersten Freuden des Erwachsenenlebens.

Als Medizinstudenten waren wir ständig von einer Klinik zur anderen unterwegs, und zwar normalerweise mit dem Bus. Es war frustrierend, jeden Tag so viel Zeit auf die weiten Fahrten verschwenden zu müssen, damit wir zu unseren Seminaren kamen. Eines Tages mitten im Winter hatte ich ungewöhnlich lange im eisigen Wind auf meinen Bus gewartet, so dass ich nicht weiter überrascht war, als ich ein paar Stunden später das Gefühl hatte, krank zu werden.

Abends hatte ich hohes Fieber. Die Grippe, die gerade umging, war so schwer, dass sie die Betroffenen für mindestens eine Woche ans Bett fesselte, daher wusste ich, dass ich länger als bloß ein oder zwei Tage brauchen würde, um wieder gesund zu werden. Diese Vorstellung ärgerte mich allein schon deswegen, weil die Winterferien vor der Tür standen und ich mich darauf gefreut hatte, mit meinen Freunden in ein Ferienlager zu fahren. Wenn es tatsächlich die Grippe war, würde sie meine Pläne mit Sicherheit durchkreuzen. Widerstrebend legte ich mich ins Bett, um meine Symptome abzuwarten.

Am nächsten Tag lag ich unter einer warmen Daunendecke im Bett und versuchte, ein Buch zu lesen, als das Telefon klingelte. Es war Irina, eine Freundin, die anrief, um sich nach meinem Befinden zu erkundigen.

Nachdem sie sich meine Klagen angehört und mich angemessen bemitleidet hatte, klatschten wir eine Weile über Neuigkeiten aus dem Universitätsleben. Schließlich, als unsere Unterhaltung sich dem Ende näherte, sagte Irina zögernd, sie wäre sich nicht sicher, wie ich auf den Vorschlag reagieren würde, den sie mir machen wollte, aber ihrer Meinung nach gäbe es immer noch eine Chance, dass ich mit den anderen in die Ferien fahren könnte. Irina eröffnete mir, dass ihre Mutter einen Heiler kannte. Er war Komponist und arbeitete mit ihr zusammen am Konservatorium. Es hieß, dass er Wunder vollbringen könne. Irina meinte, ihre Mutter könne ihn bestimmt dazu bringen, mich noch am gleichen Abend zu untersuchen. Ich war zwar unschlüssig und zurückhaltend, aber meine Freundin bestand darauf, mir die Adresse des Komponisten zu geben, und sagte, ihre Mutter würde ihn anrufen und alles mit ihm absprechen.

Ich schrieb seine Adresse auf, nicht sicher, was ich damit anfangen würde. Ich war in einer Familie aus Ärzten und Wissenschaftlern aufgewachsen. Meine Eltern waren beide Ärzte, und meine Großmutter väterlicherseits hatte in Chemie promoviert. Mit Ende siebzig leitete sie noch ein bedeutendes Forschungslabor in Nowosibirsk. Meine Familie hielt mich für eine wissenschaftlich orientierte Medizinerin, und in gewisser Weise sah ich mich selbst auch so. Aus dieser Perspektive wirkte der Vorschlag meiner Freundin, einen unorthodoxen Heiler aufzusuchen, völlig absurd.

Aber als ich aufgelegt hatte, merkte ich, wie ich immer neugieriger wurde, was dieser Heiler wohl tun würde. Die Wissenschaftlerin war nur eine Seite von mir. Auch meiner anderen Großmutter hatte ich mich immer stark verbunden gefühlt. Alexandra, die Mutter meiner Mutter, war nicht besonders gebildet gewesen, aber in meiner Kindheit hatte ich sie für den klügsten Menschen der Welt gehalten.

Sie lebte in Kursk, einer kleinen Stadt in Zentralrussland. Jedes Jahr verbrachte ich die drei Sommermonate bei ihr. Ihr Häuschen war voller Zaubermittel und Wunderdinge, und dort war mir das Wort ›Heilen‹ zu einem vertrauten Begriff geworden. Fast allen Frauen, die in der Nachbarschaft meiner Großmutter wohnten, wurden Zauberkräfte zugeschrieben. Manche dieser Kräfte galten als wohltätig und heilsam, während andere geheimnisumwoben und furchteinflößend waren.

In einer meiner intensivsten Kindheitserinnerungen war ich Zeuge eines Rituals, das man ›Die Hexe herausrufen‹ nannte. Ein paar Frauen aus unserer Straße hatten eine Nachbarin im Verdacht, mit ihren Hexenkünsten anderen Schaden zuzufügen, und führten daher eine Zeremonie durch, um herauszufinden, ob die vermeintliche Hexe schuldig war oder nicht. Ich war noch ein kleines Mädchen und beobachtete alles mit einem vor Aufregung hochroten Kopf aus meinem Versteck hinter einem von dichten Kletterpflanzen überwucherten Lattenzaun.

Die Frauen warteten, bis sie glaubten, dass die als böse Hexe verdächtigte Nachbarin beschäftigt war und sie nicht bemerken würde. Dann huschten sie eilig den Weg von der Straße zu ihrer Haustür entlang und bestreuten ihn auf der ganzen Länge mit Salz. Auf dem Pfad war das Salz nicht zu sehen, aber im Dorf herrschte der Glaube, dass die Verdächtige, wenn sie tatsächlich schwarze Magie betrieb, alles tun würde, um dem Salz auszuweichen.

Was ich dann sah, war erstaunlich. Nach kurzer Zeit verließ die Verdächtige ihr Haus, aber statt auf dem üblichen Pfad zur Straße zu gehen, machte sie einen merkwürdigen Umweg. Von ihrer Haustür aus schlug sie einen Bogen und bahnte sich einen Weg durch das hohe, mit tausend Dornen gespickte Unkraut, das überall am Straßenrand wuchs.

Die Nachbarinnen beobachteten sie aus einem Versteck auf der anderen Straßenseite. »Aha«, sagten sie. Mit zufriedenen Mienen gingen sie nach Hause und befassten sich mit der Schuldigen, indem sie selbst Zaubermittel zubereiteten und magische Sprüche aufsagten.

Seit ich denken konnte, hatte ich unter diesen Frauen gelebt, hatte ihnen zugehört und beobachtet, wie sie ihre Naturmagie betrieben. Ein Teil meines Wesens war damals fasziniert gewesen und seither von der rätselhaften Welt gefesselt, in der sie lebten und ihre geheimnisvollen Künste praktizierten.

Zwei sehr verschiedene, ja fast entgegengesetzte Einstellungen zu den vielfältigen Ereignissen im menschlichen Leben, ihrer Interpretation, ihrem inneren Zusammenhang bestimmten also meine Kindheit. Ich hatte diese beiden unterschiedlichen Aspekte meiner selbst immer als polare Gegensätze betrachtet, wie Sibirien und Russland, Winter und Sommer, Wissenschaft und Magie, und jetzt hatte der Anruf meiner Freundin diesen Konflikt erneut entfacht.

Ich kämpfte mit mir, was ich nun tun sollte. Unorthodoxe Heilmethoden vertrugen sich überhaupt nicht mit dem atheistischen Modell, das einer der Grundpfeiler der offiziellen Sowjetkultur war. Ich erinnerte mich an die monotone Stimme eines Professors: »Das neue sozialistische Bewusstsein erlaubt uns, den alten Glauben an Heilrituale als das zu sehen, was er wirklich ist – als veralteten religiösen Unsinn.«

Als ich diese eintönige Stimme in meiner Erinnerung wieder vom ›sozialistischen Bewusstsein‹ sprechen hörte, beschloss ich, den Heiler aufzusuchen. Sollte er mir nicht helfen können, so nahm ich damit zumindest Rache an dem alten Professor, in dessen Vorlesung ich mich immer so geärgert hatte.

Ich ging durch die Kälte zur Bushaltestelle und stellte mich ans Ende einer bedrückend langen Schlange. Ich überdachte meine Situation. Es war fünf Uhr nachmittags, die geschäftigste Zeit des Tages. In Russland konnte sich kaum jemand ein Auto leisten, daher waren die meisten Leute auf öffentliche Verkehrsmittel angewiesen, um zur Arbeit und wieder nach Hause zu gelangen. Bei dieser Länge der Schlange konnte ich bestenfalls darauf hoffen, nach einer langen Wartezeit auf einem engen Stehplatz in einem kalten, schaukelnden Bus eingekeilt zu werden. Während ich noch überlegte, welche Alternativen ich hatte, fuhr ein Bus, ohne anzuhalten, an der Haltestelle vorbei, denn er war bereits überfüllt. Wenn ich pünktlich bei dem Heiler ankommen wollte, musste ich trotz meines Fiebers zu Fuß gehen. Ich machte mich auf den Weg, und etwa eine Viertelstunde später erreichte ich den richtigen Häuserblock.

Das Mietshaus, in dem der Heiler wohnte, ein typisches, fünfstöckiges graues Gebäude in einem neuen Wohnviertel, war leicht zu finden. Bei seinem Anblick fiel mir ein, dass ich mich als junges Mädchen oft gefragt hatte, ob die Farbe der Häuser wohl die Gefühle und Gedanken und vielleicht sogar die Gesundheit ihrer Bewohner beeinflusste. Fast alle Gebäude in Nowosibirsk waren häßliche graue Gebilde, die aussahen wie Schuhschachteln. Während ich den Block entlangging, dachte ich darüber nach, wie schwierig es sein konnte, etwas Farbe in ein graues Leben zu bringen.

Im Winter ging die Sonne früh unter, und obwohl es noch nicht spät war, war es schon dunkel, als ich ankam. Ich wusste, dass ich mich im richtigen Gebäude befand, aber viele der Lampen, die das Treppenhaus beleuchteten, funktionierten nicht, und das machte es schwer, die Wohnungsnummern zu erkennen. In meinem geschwächten Zustand hoffte ich ständig, dass die nächste Zahl, die ich blinzelnd entzifferte, die Nummer des Heilers wäre. Die Zahlen waren so undeutlich und schwer zu lesen, dass es mir schien, als würden sie sich bewegen.

Endlich hatte ich die richtige Nummer gefunden und stieg langsam die Stufen zu seiner Wohnung hinauf. Eine junge Frau, etwa so alt wie ich, öffnete die Tür. Als sie sah, wie erschöpft ich war, bat sie mich schnell herein. Sie war klein, hatte eine gute Figur und trug ein leichtes Hauskleid mit Blümchenmuster. Ihr langes, dunkles Haar war glattgekämmt und zusammengebunden, so dass ihr attraktives Gesicht gut zur Geltung kam. »Sie müssen Olga sein«, begrüßte sie mich. »Er wartet schon auf Sie.«

Ich hängte meinen Mantel im Flur auf und betrat das einzige Zimmer der kleinen Wohnung. Die Einrichtung war typisch für Leute mit intellektuellen Berufen – wenige Möbel, ein Bücherregal, das mit dicken, alten Bänden überladen war, ein alter Tisch mit einem Fernsehgerät darauf, ein altes Klavier an der Wand und ein großes, ungemachtes Bett mitten im Zimmer. Die junge Frau führte mich in den Raum, ging dann in die Küche und ließ mich mit dem Mann, der auf der Bettkante saß, allein.

Er stand auf, als ich den Raum betrat. Als sein Gesicht im Licht besser zu erkennen war, sah ich, dass er kurzes schwarzes Haar, dunkle Augen, einen intensiven Blick und tiefe Falten um den Mund hatte. Am meisten beeindruckte mich aber seine Stimme, deren tiefe Monotonie häufig durch merkwürdige und anscheinend willkürlich gesetzte Betonungen unterbrochen wurde.

Er trug kein Hemd, nur eine weiße kurze Hose, schien sich aber in dieser alles andere als förmlichen Kleidung wohl zu fühlen. Er bat mich, auf dem einzigen Stuhl im Zimmer Platz zu nehmen, und dann begann er über Musik zu sprechen. Er erklärte mir, dass musikalische Klänge unsere Psyche beeinflussen und Musik Wunder wirken könne, wenn sie in richtiger Absicht erzeugt werde.

Ich verstand nicht einmal die Hälfte von dem, was er sagte, und mir wurde immer unbehaglicher zumute. Seine seltsamen Eigenheiten und seine spärliche Bekleidung bestärkten in mir mehr und mehr das Gefühl, dass es ein Fehler gewesen war herzukommen. Erleichtert atmete ich auf, als die junge Frau mit einer Tasse starkem schwarzen Tee aus der Küche kam. Sie reichte mir die Tasse und setzte sich auf das Bett direkt vor mir.

»Ich würde gerne die Symptome meiner Krankheit erläutern«, erklärte ich in dem Versuch, einen mir vertrauten Arzt-Patient-Dialog aufzubauen.

»Krankheit ist nur eine Möglichkeit, sich einem Bereich der Realität zu stellen«, erwiderte sie. »Ich ziehe andere Methoden vor. Schauen Sie mich an. Ich bin dreiundvierzig Jahre alt, und an meinem Aussehen zeigt sich die Einstellung, mit der ich an meiner Realität arbeite.«

Mit offenem Mund und einem leichten Schwindelgefühl starrte ich sie an. Sie sah nicht viel älter als achtzehn aus und konnte unter keinen Umständen dreiundvierzig sein. »Sie machen Witze«, sagte ich und versuchte mich auf meine Gedanken zu konzentrieren, um das wachsende Gefühl des Unbehagens in meinem Magen zu ignorieren. In dem Bücherregal stand ein Foto von einem Jungen im Teenageralter, und mir war aufgefallen, wie ähnlich er ihr sah. Jetzt wurde ich die Vorstellung nicht los, dass es ihr Sohn sein musste. Ich konnte diesen Gedanken nicht akzeptieren, und meine Verwirrung und Nervosität nahmen zu.

»Um den Fluß meiner persönlichen Zeit zu verlangsamen, mache ich unter anderem Fotos.« Sie holte ein großes, stark abgegriffenes Fotoalbum aus dem Bücherregal. Dann setzte sie sich wieder mir gegenüber auf das Bett, blätterte eine Seite nach der anderen um und zeigte mir ihre Fotos. Hier stand sie, jung und lächelnd, an einem heißen, sonnigen Tag am Pier des Ob. Dann sah man sie sehr ernsthaft dreinblickend in einem Büro an einem Schreibtisch sitzen. Ich fragte mich, welchen Beruf sie wohl hatte. Auf dem nächsten Foto stand sie in Arbeitskleidung und mit einer Schaufel in der Hand mit ihrem Sohn und noch einem anderen jungen Mann vor einem Haus auf dem Land. Das Laub der Bäume war herbstlich rot und gelb, und überall um die junge Frau herum lagen Blätterhaufen auf der Erde.

Beim Durchblättern ihres Albums nahm sie mich mit auf eine Reise an verschiedene Orte, zu verschiedenen Menschen. Die Männer, mit denen sie abgelichtet war, machten anderen Männern Platz, ich sah ein glückliches Lächeln nach dem anderen, während sie die Seiten umblätterte. Ihr Haar wurde länger und dann wieder kürzer. Sie nahm unterschiedliche Posen ein. Sie lächelte und sie weinte. Ich erkannte sie in den unterschiedlichsten Umgebungen wieder. Manche Orte hatte ich selbst besucht, aber das Bild dieser Frau wirkte in diesen Umgebungen surreal und geheimnisvoll.

Auf jeder neuen Seite wurde mein Gegenüber jünger, denn sie zeigte mir ihr Leben rückwärts, von der Gegenwart in die Vergangenheit. Jetzt verließ sie mit ihrem Baby und vielen Blumen im Arm eine Entbindungsstation, glücklich und ein wenig verwirrt, weil sie gerade erst begann, sich selbst als Mutter zu betrachten. Dann war sie ein junges Mädchen in der Schule und stand in einer vorschriftsmäßigen schwarzen Schuluniform mit weißem Kragen vor einer Tafel und blickte mit gerunzelter Stirn die alte Lehrerin an, die ernst an ihrem Pult saß. Das letzte Bild in ihrem Album war das erste, das man von ihr gemacht hatte. Es zeigte ein nacktes Kind mit zahnlosem Lächeln, das auf einem Tisch lag.

»Mit diesen Fotos arbeite ich jeden Abend vor dem Einschlafen. Ich beginne mit einem Bild aus der Gegenwart und arbeite mich von einem Foto zum anderen in die Vergangenheit vor. Dabei erlebe ich jeweils den Zustand, in dem ich mich auf dem Foto befinde, bis ich zu diesem ersten Foto von mir als Baby komme. Dann schlafe ich als Baby ein.«

»Warum erzählen Sie mir das alles?« Ich war schwach vor Fieber, und es fiel mir schwer, irgendetwas zu begreifen. Sowohl das Geschehen um mich herum als auch die merkwürdigen Emotionen in meinem Inneren waren mir fremd.

»Weil Sie es erfassen und annehmen können«, antwortete der Mann.

»Ich bin hergekommen, weil ich von meiner Grippe kuriert werden möchte, nicht um zu lernen, wie man jünger wird.« Überrascht hörte ich, wie nervös und schwach meine Stimme klang.

»Das glauben Sie in diesem Moment. Natürlich gehört auch das dazu. Keine Sorge, Sie bekommen Ihre Heilung und auch alles andere, weswegen Sie hier sind«, sagte der Mann.

Erneut fühlte ich mich schwindlig, und meine glühende Stirn sagte mir, dass mein Fieber stieg. Aufzustehen wäre mir jetzt schwergefallen. Allerdings beruhigte mich der Gedanke an mein Fieber ein wenig, denn meine seltsamen Wahrnehmungen und Gefühle konnten zumindest teilweise vom Fieber verursachte Wahnvorstellungen sein. Möglicherweise war ich ja kränker, als ich angenommen hatte. Ich hoffte sogar, dass ich vielleicht bald in meinem Bett aufwachen würde und alles nur ein Fiebertraum gewesen war. Was für eine wundervolle Vorstellung! Im Augenblick war mir mein Urlaub nicht mehr wichtig. In meinem Zustand war ich bereit, beliebig lange Zeit im Bett zu verbringen, wenn es nur bedeutete, dass ich dieser Situation entkam.

»Setzen Sie sich hierhin«, sagte der Mann und winkte mich auf das ungemachte Bett. Beklommen setzte ich mich auf den Bettrand und schloss die Augen. Ich hatte ein lautes, summendes Geräusch im Ohr, und mir war gleichzeitig heiß und kalt.

Plötzlich hörte ich laute Akkorde vom Klavier. Ich öffnete die Augen und sah, dass der Komponist den Stuhl mit zum Klavier genommen hatte und auf dem Instrument spielte. Die Musik kannte ich nicht, aber sie strahlte eine so starke Energie aus, dass mein Bewusstsein davon gefesselt wurde und in die Musik hineinströmte. Ich hatte das Gefühl, in einem stürmischen Ozean zu schwimmen und von seiner Kraft hochgehoben und umhergeworfen zu werden. Ich beobachtete den Mann beim Klavierspielen. Er legte so viel Ausdruck in seine Musik, dass sein ganzer Körper auf dem Stuhl auf und ab federte. Seine Welt bestand aus dieser Musik.

Schließlich steigerte sich die Energie zu einem Crescendo, das er nicht mehr ertragen konnte. Sein Körper wurde vom Klavier fortgeschleudert, und er stürzte zu Boden. Ich war überzeugt, dass er völlig verrückt war. Dann bemerkte ich, dass der letzte Akkord immer noch klang, so, als würde das Klavier von sich aus weiterspielen. In diesem Moment fragte ich mich, ob nicht vielleicht ich die Verrückte war. Ich war überwältigt.

Endlich stand der Komponist auf, nahm mich an der Hand und führte mich in eine Zimmerecke. Zu meiner Überraschung fühlte ich mich ruhiger, vielleicht deswegen, weil ich jeden Widerstand aufgegeben hatte. In der Ecke stand ein kleiner Tisch mit einer Kerze und einem sehr scharfen Messer, in dessen Griff orientalisch anmutende Symbole geschnitzt waren. Der Mann legte mir die Hand auf die Stirn und sagte etwas in einer Sprache, die ich nicht verstand. Seine Stimme wurde lauter, und er schrie etwas, was ich ebenfalls nicht verstand. Dann packte er plötzlich das Messer und schnitt eine Strähne von meinem langen Haar ab.

»Schauen Sie her!«, befahl er. »Ihre Krankheit liegt hier in meiner Hand!« Er hielt die abgeschnittenen Haare in die Kerzenflamme. Ich hatte nicht bemerkt, wie er die Kerze angezündet hatte, und ich war mir sicher, dass weder ich noch die Frau sie angezündet hatte, aber irgendwie war aus dem Nichts eine helle Flamme erschienen. Das alles erschreckte mich überhaupt nicht, denn mir wurde bewusst, dass ich kein Fieber mehr hatte und mich völlig gesund fühlte.

Ich wollte mich bei dem Komponisten bedanken, war allerdings immer noch zu desorientiert, um klar denken zu können, deswegen sagte ich nur: »Vielen Dank. Mir geht es sehr gut. Was schulde ich Ihnen?« Ich sah in sein Gesicht, das jetzt gelassen wirkte, und wartete auf eine Antwort.

Er lächelte und sah mich scharf an. »Ihre Bezahlung wird darin bestehen, dass Sie etwas sehr Wichtiges, das ich Ihnen jetzt sagen werde, im Gedächtnis behalten.« Er nahm meine Hand und betrachtete sie aufmerksam. Dann sagte er: »Ich sehe, dass Sie eines Tages lernen werden, die Dauer Ihres Lebens zu bestimmen.«

Verwirrt, aber vollständig genesen, verließ ich die Wohnung. Mein Fieber war ganz und gar verschwunden. Raschen Schrittes ging ich nach Hause zurück, wo ich gutgelaunt meine Sachen für die Fahrt ins Ferienlager packte, die am nächsten Tag beginnen sollte.

Danach verlief mein Leben wieder in normalen Bahnen, aber die Seite meiner Persönlichkeit, die immer schon vom Geheimnisvollen fasziniert gewesen war, hatte an diesem Tag einen dauerhaften Sieg errungen. Ich war damals bereit, mir das bewusst einzugestehen, und inzwischen gehörte diese Seite untrennbar zu meinem Wesen.

Noch lange nach diesem Erlebnis dachte ich über die letzten Worte des Komponisten nach und fragte mich, was sie wohl bedeuteten. Jetzt, hier in diesem Dorf im Altai, hatte ich zum ersten Mal das Gefühl, dass es nicht mehr lange dauern würde, bis ich seine Worte vollends verstünde. Ich wusste, dass mit mir gerade etwas kaum Fassbares und gleichzeitig Bedeutungsvolles geschehen war, das ich noch nicht einmal ansatzweise rational erklären konnte.

Immer noch war ich von meinem Traum mit Umaj wie verzaubert. Das Gefühl, wirklich zu existieren, das ich in der Traumwirklichkeit gehabt hatte, war mir nicht gänzlich unbekannt. Ich konnte mich nicht erinnern, wann ich diesen Zustand schon in meinen Träumen erlebt hatte, aber die schmerzlich süße Empfindung in meinem Herzen war mir nicht neu. Sie war eng verknüpft mit dem Gefühl, tatsächlich Willensfreiheit zu besitzen, zu wissen, dass ich sogar im Traum meine Realität durch reine Willensanstrengung bestimmen konnte.

Ein lautes Klopfen am Fenster schreckte mich aus meinen geistigen Streifzügen auf und holte mich in die Gegenwart zurück. Ich setzte mich mit pochendem Herzen im Bett auf. Draußen herrschte immer noch dunkle Nacht, und ich konnte weder auf der finsteren Straße noch vor dem Fenster jemanden sehen. Ich fragte, wer dort draußen sei, doch nur um festzustellen, dass meine Stimme so leise war, dass ich sie selbst kaum hören konnte. Wieder wurde geklopft.

»Wer ist da?«, rief ich, diesmal zu laut.

»Ich bin's, Olga. Nikolaj.«

Ich lief zur Tür und öffnete ihm. »Komm herein. O Gott, Nikolaj, wo hast du bloß gesteckt?«, sagte ich unvermittelt zu ihm. »Wir hatten keine Ahnung, wohin du verschwunden bist.«

Hinter mir stolperte Anna in den Flur. Verschlafen sah sie auf ihre Armbanduhr. Als sie Nikolaj bemerkte, blieb sie stehen. »Hallo, Nikolaj. Wie geht's?«, fragte sie.

»Besser als vorher, Anna. Könnte mir bitte jemand Tee machen?«

»Aber natürlich«, antwortete ich. Wir gingen in die Küche. Ich schaltete die helle Deckenlampe ein, und Anna setzte auf dem Gasherd einen Kessel mit Wasser auf. Nikolaj sah erschöpft und irgendwie verändert aus. Sein Anblick weckte in mir wieder die alten Bedenken der Psychiaterin, ob er nicht vielleicht doch geistig krank sein könnte.

»Nikolaj, wie geht es dir?«, wiederholte ich Annas Frage. »Keine Sorge, Olga. Ich bin nicht durchgedreht. Ich bin dabei, ein KAM zu werden.« Er entspannte sich ein bisschen, und während er Tee trank, erzählte er uns seine Geschichte.

»Olga, du erinnerst dich vielleicht daran, dass ich mich vorgestern, nachdem wir uns getrennt hatten, auf den Weg hierher gemacht habe, während du mit Umaj zu dem anderen Haus gegangen bist«, begann Nikolaj. »Umaj hatte mir nicht erklärt, was ich tun sollte. Sie meinte nur, sie würde sich später mit mir treffen, sagte aber nicht, wann oder wo. Angespannt und wütend ging ich auf der Straße auf und ab. Zuerst war ich ärgerlich auf Umaj, weil sie seit meiner Ankunft nicht ernsthaft mit mir gesprochen hatte. Ich hatte angenommen, sie würde gleich anfangen, mich zu lehren, wie man KAM wird.

Ich verstand nicht, warum sie ausgerechnet dich, Olga, bat, ihr zu folgen, anstatt mir Unterricht zu geben. Aber als du mit ihr weggingst, schaute sie mich an, als wäre ich völlig unwichtig. Ich hatte richtig Angst, dass sie mich vergessen und draußen auf der Straße stehenlassen könnte. Das machte mich zornig. Mein Körper fühlte sich an, als würde er geprügelt. In meinem Kopf loderten Flammen. Ich konnte keinen klaren Gedanken fassen.

Dann verwandelte sich meine Wut in einen merkwürdigen emotionalen Zustand, den ich nicht beschreiben kann, aber ich kannte diesen Zustand von früher, von damals, als ich immer wieder Mamuschs Stimme in Nowosibirsk hörte und versuchte, sie loszuwerden. Jetzt allerdings war er viel intensiver. Ich ging die Straße auf und ab und wusste nicht, was ich tun sollte, da hörte ich wieder Mamuschs Stimme. ›Lauf in die Berge!‹, sagte die Stimme.

Das klang verrückt, aber es war der strengste Befehl, den ich je bekommen hatte. Die Nacht war stockfinster, und nur in wenigen Häusern brannte noch Licht. Die Berge und der Wald lagen rabenschwarz und beängstigend vor mir. Ich betrachtete sie, und mir schien, als lauerten dort unzählige Gefahren.

In meiner Angst bildete ich mir ein, die Geräusche von Tieren zu hören, die nachts unterwegs sind. Doch dann wurde alles von der Stimme meines Onkels übertönt, die mir über die Flamme in meinem Kopf hinweg noch einmal zurief: ›Geh in die Berge!‹

Obwohl ich den größten Teil meines Lebens in diesem Land verbracht habe, hatte ich Angst davor, mich allein in die Finsternis aufzumachen. Ich lief die Straße entlang. Ich dachte, die körperliche Bewegung könnte mir helfen, mein gewohntes Gleichgewicht wiederzufinden. Aber Mamuschs Stimme ist mitgelaufen und hat mir den Weg gezeigt. Ich habe kaum gemerkt, dass ich nicht auf die Lichter der Häuser zugerannt bin, sondern auf die Berge.

Bald war ich in dem stockdusteren Wald hoch über dem Dorf. Ich hatte so schreckliche Angst, dass ich keinen Augenblick stehen bleiben konnte. Ich dachte, wenn ich auch nur einen Moment stehen bliebe, würden mich entweder Tiere oder Geister entdecken und mich auf der Stelle umbringen. Ich rannte und rannte. Ich lief so weit in den Wald, dass ich die Lichter des Dorfes nicht mehr sehen konnte, als ich mich danach umdrehte. Schließlich war meine Kraft erschöpft, und ich musste stehen bleiben.

Augenblicklich hörte ich rechts von mir leise Schritte. Ich geriet in Panik. Ich sammelte neue Kräfte und rannte weiter, so schnell ich konnte. Ich dachte, ich würde jeden Augenblick sterben. Ich konnte mir nicht vorstellen, dass dieses Erlebnis anders als mit meinem Tod enden würde.

Wahrscheinlich klingt es merkwürdig, wenn ich euch das jetzt erzähle, aber an dem Punkt war ich mir sicher, dass es für mich keinen Weg zurück in die normale Welt gab. Ich verlor jegliches Zeitgefühl. Ich kann nicht sagen, wie viele Stunden ich durch die Berge gehetzt bin, ich habe Haken geschlagen, bin gesprungen und habe aus Leibeskräften geschrien und währenddessen jede Kontrolle über meine Handlungen verloren. In den wenigen kurzen Augenblicken, in denen ich einen klaren Gedanken fassen konnte, habe ich mich gewundert, dass ich bislang weder gestürzt war noch mich verletzt hatte. Schließlich wurde mir mein Schicksal völlig gleichgültig. Nichts konnte mich mehr schrecken. Da hörte ich Mamuschs Stimme wieder, und diesmal sprach er besänftigend auf mich ein.

›Beruhige dich und lege dich auf die Erde‹, befahl er freundlich.

Im frühen Morgenlicht konnte ich meine Umgebung erkennen. Mit Staunen wurde mir klar, dass eine ganze Nacht vergangen war. Ich stand an einer Stelle, wo der Schnee bereits zu schmelzen begonnen hatte. Ohne an irgendetwas zu denken, legte ich mich in meinem Schafspelz auf den Erdboden und schlief sofort ein.

›Tu dem Gras nicht weh! Es ist das Haar der Erde‹, waren die letzten Worte, die ich hörte.

Leise Stimmen weckten mich. Es war jetzt heller Vormittag, und die Sonne strahlte vom wolkenlosen Himmel. Umaj war mit einem Mann da, den ich noch nie gesehen hatte. Sie standen nah bei mir und fingen an, sich über mich lustig zu machen. Sofort wurde ich wütend auf sie, und das war mir anzusehen. Daraufhin wurden sie ernster, und Umaj wandte sich an mich.

›Ich wusste, dass die Geister dich gestern bedrängen würden‹, sagte sie. ›Ich wollte sie nicht stören, deswegen habe ich nicht weiter mit dir gesprochen. Sie mussten tun, was sie getan haben, bevor ich zu dir kommen konnte.‹

›Was meinst du mit mich bedrängen‹, fragte ich Umaj.

›So nennen wir das, wenn die Geister kommen und einen neuen KAM rennen und tanzen lassen.‹

›Das passiert also mit allen, die KAMS werden?‹, fragte ich erleichtert.

›Du willst wohl was Besonderes sein?‹, erwiderte sie spöttisch. ›Das gibt es unter KAMS nicht. Vom heutigen

Tag an wirst du für andere Menschen als etwas Besonderes gelten, nicht aber für die KAMS, zu denen du bald
gehören wirst.‹

Ich spürte innerlich immer noch Widerstand gegen
sie, aber ich sah ein, dass sie mir helfen wollte, und hörte ihr aufmerksam zu.

›Dein Onkel hat mich vor seinem Tod besucht. Er hat
gesagt, du würdest eines Tages zu mir kommen und Hilfe suchen. Er hat mich gebeten, dir einige Dinge beizu-
bringen. Er war sicher, dass du deinen Weg finden würdest, aber ich habe damals gedacht, er würde sich irren.
Es ist so selten, dass ein Mann in die Stadt zieht und dort
Arbeit findet und dann wieder in sein Dorf zurückkehrt.
Aber dein Onkel hat recht behalten. Was allerdings deine Absichten angeht, bin ich mir immer noch nicht sicher. Bist du dir im Klaren darüber, was du vorhast?‹

›Ja. Ich habe mich entschieden. Ich werde KAM.‹ Ich
dachte, das würde reichen, aber Umaj stellte mir weitere Fragen.

›Ist dir klar, dass du alles aufgeben musst, was du in
der Stadt hast? Deine Arbeit, deinen Freundeskreis, deine Freundin?‹, machte sie mir ihre Zweifel deutlich.

›Schließlich bin ich hergekommen, oder?‹

›Ja, aber du wirst hier ein völlig anderes Leben führen
als in der Stadt. Ist dir das vollkommen klar? Akzeptierst du das?‹

›Warum fragst du mich das alles? Selbst wenn ich sagen würde, dass es mir leidtut, die Stadt zu verlassen,
und dass ich gerne zurückmöchte, weißt du doch, dass
das jetzt unmöglich für mich ist. Ich kann niemals in die
Stadt zurück. Du hast recht, wenn du Zweifel hast, denn
in vieler Hinsicht würde ich meinen Traum von der
Stadt gerne weiterträumen. Es wäre schön, dort zu leben, eine Familie zu gründen und mich weiterzubilden.
Aber ich weiß jetzt, dass in der Stadt nur das Irrenhaus

auf mich wartet. Ich habe also eigentlich keine Wahl, oder? Ich muss mich zwischen zwei Übeln entscheiden. Welches ist das kleinere? Aber es ist noch mehr als das. Ich habe den aufrichtigen Wunsch, für die Menschen, die hier leben, KAM zu werden.‹

Umaj hörte aufmerksam zu und schien meine Worte gutzuheißen.

Sie sagte: ›Wir haben nicht viel Zeit. Ich werde dir ein paar Dinge erklären, die du für den Anfang wissen musst. Den Rest musst du dann selbst herausfinden. Es gibt gewisse Dinge, die ich als Frau nicht wissen darf. Anderes darf ich zwar wissen, kann es dir aber nicht beibringen. Dieses Wissen wirst du auf verschiedene Weisen erlangen, so, wie es jeweils gebraucht wird. Dein Onkel Mamusch war ein sehr mächtiger KAM. Er war ein Himmels-KAM. Nicht jeder kann in die obere Welt reisen. Aber Mamusch konnte es, sogar im Winter, wenn der Himmel gefroren war. Mit dem Schlegel seiner Handtrommel konnte er das Eis am Himmel aufbrechen und in das Land Ülgens vordringen. Ich habe ihn einmal dort reisen sehen.

Du denkst vielleicht, wenn du einmal ein richtiger KAM bist, bist du anders als Mamusch, so, wie sich alle Menschen voneinander unterscheiden. Aber das ist ein Irrtum. Eins der größten Geheimnisse ist, dass der KAM immer nur einer ist. Mamusch, du, wer auch immer nach dir kommt, ihr seid alle ein KAM, der in verschiedenen Gestalten lebt. Es ist eine lange Erbfolge, und der wahre KAM setzt die Linie fort, nicht der individuelle KAM. Ihr mögt alle jeweils eigene Personen sein, aber in eurer Kraft seid ihr eins. Deine Aufgabe besteht also jetzt darin, völlig offen für Mamuschs Kraft zu sein und eins mit ihr zu werden. Bis dieser Prozess beendet ist, wirst du Mamuschs Stimme hören. Anschließend wirst du deine eigene Stimme und deine eigene Kraft besitzen. Aber du wirst hart arbeiten müssen, um sie zu bekommen. Und du hast recht, du hast keine Wahl. Die Geister haben dich ausgewählt, und du hast nicht die Freiheit, dich gegen sie aufzulehnen.‹

›Komm her!‹ Umajs Befehl war an ihren Reisegefährten gerichtet, einen Einheimischen von etwa fünfzig Jahren. Während der ganzen Zeit, die Umaj mit mir sprach, hatte er still vor sich hin gelächelt. Er schien sich in keiner Weise für mich zu interessieren, reagierte aber augenblicklich auf Umajs Aufforderung, trat zu ihr und überreichte ihr eine Tasche, aus der sie eine große Handtrommel nahm.

›Mamusch hat diese Trommel bei mir gelassen und gesagt, ich soll sie dir geben‹, erläuterte Umaj, während sie mir das Instrument hinhielt. Die ovale Trommel war neu und recht schwer, und der geschnitzte Griff hatte die Gestalt eines Mannes. Der hölzerne Teil bestand aus Weide. Das Trommelfell selbst war aus Elchleder hergestellt, und es war noch so frisch, dass es einen unverkennbaren Tiergeruch ausströmte.

›Dieser Elch wird dein Tier sein, das dich auf deinen Reisen begleitet. Wir helfen dir jetzt, ihn zum Leben zu erwecken.‹

Ich darf euch nicht viel über die Zeremonie erzählen, bei deren Durchführung sie mir halfen. Ich habe sie selbst noch gar nicht ganz verstanden. Aber zuerst versetzten sie mich in eine Art Traumzustand. Umajs Gehilfe stand hinter mir, hielt mich an den Schultern und schaukelte mich vor und zurück, während Umaj vor mir ein Feuer entzündete. Der dichte Rauch biß mir in die Augen und zwang mich, sie zu schließen. Bald spürte ich, dass mein Onkel hinter mir stand und mich hielt, und dann waren wir zusammen auf der Jagd. Wir folgten der Fährte einer riesigen Elchkuh, die trächtig war und bald ihr Kalb zur Welt bringen würde. Wir mussten sehr leise sein.

Schritt für Schritt folgte ich der trächtigen Elchkuh in die Taiga. In einem Versteck im Wald beobachtete ich, wie ihr Kalb geboren wurde. Genau im Augenblick der Geburt spürte ich, wie ich an den Schultern gepackt und heftig geschüttelt wurde. Ich verstand, dass ich dieses Elchkalb fangen und der Kuh fortnehmen sollte. Das war der Sinn der Jagd. So schnell wie möglich tat ich, was ich tun musste. Ich fürchtete mich vor der Elchkuh, die mich mühelos hätte töten können. Ich lief davon, so schnell ich konnte, ohne zu wissen, warum ich das alles tat. Dann hörte ich wieder Umajs Stimme.

›Leg es hier hinein!‹, sagte sie. Sie hielt mir die Trommel so hin, dass ich auf die geschnitzte Männerfigur blickte. Ich schob das Elchkalb in die Trommel und spürte, wie es hineinglitt. ›Öffne deine Augen!‹, befahl Umaj. Als ich gehorchte, sagte sie in viel leiserem, zufriedenerem Tonfall: ›Dein CHULA ist gefangen.‹ Sie zeigte mir die Trommel, und ich konnte das Leben in ihr sehen und spüren, ohne sie zu berühren.

Ich musste Umaj fragen: ›Was bedeutet CHULA?‹ Ich hatte das Wort noch nie zuvor gehört.

›CHULA ist der Lebensgeist des Elchkalbes, das seine Haut für deine Trommel hergegeben hat‹, erwiderte sie. ›Von jetzt an wird es auch dein Lebensgeist sein. Wenn jemand die Trommel stiehlt, wirst du sterben. Sie ist kostbar, und du musst sie immer in deiner Nähe haben.‹ Ich griff nach der Trommel, und gleichzeitig schien sie sich auf meine Hände zuzubewegen. Sie war warm und fühlte sich an, als würde sie leicht vibrieren. Ich fühlte mich sofort mit ihr verbunden und wusste, das lag daran, dass sie nun die Lebenskraft des Elches in sich trug.

Dann fiel mir etwas auf, was mich verwirrte. ›Das Trommelfell besteht aus der Haut eines alten Elches, aber ich habe doch das Kalb mitgenommen. Habe ich etwas falsch gemacht?‹, fragte ich.

›Nein, du hast alles vollkommen richtig gemacht. Um das CHULA des alten Elches zu bekommen, musstest du ihn als Kalb fangen. Wir haben dir geholfen, in der Zeit zurückzugehen bis zum Augenblick seiner Geburt. Nun wird das CHULA ausschließlich dir dienen. Es hat keine andere Vergangenheit. Jetzt weißt du, wie man ein CHULA fängt, und beim nächsten Mal wirst du keine Hilfe mehr dabei brauchen.

Alles auf der Welt hat sein eigenes CHULA. Wenn du jemanden heilen willst, der sein CHULA verloren hat, wirst du eine Reise machen, um das CHULA des Kranken wiederzufinden, und es mit dem Griff deiner Trommel fangen. Dann wirst du das CHULA in die Gegenwart zurückbringen und in das linke Ohr des Kranken hineinhämmern. Dadurch wird das gestohlene CHULA zurückkehren.

Dein CHULA ist dein neuer Gefährte und Gehilfe. Es wird dich viele Dinge lehren. Deine nächste Aufgabe besteht darin, dein Schamanenterritorium abzustecken, indem du auf der Elchhaut eine Karte davon anfertigst. Ich zeige dir später, wie man das macht.‹« Nikolaj legte in seiner Erzählung eine Pause ein und wandte sich dann an mich.

»Übrigens, Olga, ich habe Umaj gefragt, warum die Trommel in Mamuschs Haus aufgeschlitzt war. Sie hat mir erklärt, dass die andere Welt, in die man nach dem Tode geht, ein Spiegelbild unserer Welt ist. Alles, was für die Menschen hier gut ist, ist für die drüben schlecht, und umgekehrt. Wenn sie also Mamuschs Trommel bei seinem Tod nicht aufgeschlitzt hätten, hätte er sie in der anderen Welt nicht verwenden können.

Ich habe den ganzen Tag mit Umaj und ihrem Gehilfen in den Bergen zugebracht. Sie haben mir vieles gezeigt. Wir mussten warten, bis es wieder Abend wurde, damit ich unter ihrer Führung eine weitere Reise antreten konnte. Diese zweite Reise war nötig, damit ich das magische Territorium erben konnte. Umaj nahm mich mit in die Unterwelt und zeigte mir dort alles Mögliche. Ich habe eine Menge gelernt, aber mehr darf ich euch nicht sagen. Und jetzt ruhe ich mich lieber aus.« Er seufzte und verstummte.

Nikolajs Geschichte hatte mich sprachlos gemacht. Ich stand auf und ging in die Küche, um die Teetassen abzuwaschen und um über das eben Gehörte nachzudenken. Umajs Heilritual in dem leeren Haus vor zwei Tagen, mein Erlebnis mit ihr in der darauffolgenden Nacht, Annas Heilung, Umajs Anwesenheit in meinem zweiten Traum und jetzt Nikolajs Geschichte – das waren alles voneinander unabhängige Ereignisse, und trotzdem waren sie miteinander verbunden. Was sie alle miteinander verknüpfte, war die Gestalt Umajs.

Als ich darüber nachdachte, wann diese Ereignisse jeweils stattgefunden hatten, fiel mir auf, dass Umaj gar keine Zeit zum Schlafen gehabt haben konnte. Anscheinend hatte sie sich fast zwei Tage lang rund um die Uhr von einem Ort zum nächsten begeben. Wie war ihr das möglich gewesen? Ungläubig schüttelte ich den Kopf, als würde das eine Antwort zutage fördern. Ich fand keine Erklärung und fuhr fort, die Küche aufzuräumen.

Durch die offene Küchentür hörte ich Nikolaj rufen: »Wir müssen uns beeilen. Es ist fast sieben Uhr, und in einer Viertelstunde kommt hier ein Bus vorbei, mit dem wir nach Hause zu meiner Mutter fahren können.«

»Was!? Ein Bus!«, schrien Anna und ich gleichzeitig. »Es gibt einen Bus hierher? Warum hast du uns dann stundenlang durch den Schnee stapfen lassen?«

»Weil er nur einmal in der Woche fährt«, erklärte

Nikolaj. »Und das ist heute. Wir haben großes Glück. Beeilt euch!«

Der kleine Bus war alt und verbeult und sah aus, als sei er vor langer Zeit zusammengebrochen und nun für immer festgewachsen, eine unbewegliche Metallskulptur, die man mitten auf die Straße gepflanzt hatte. Doch Nikolaj blieb hartnäckig dabei, dass es nicht nur ein echter Bus war, sondern dass er uns auch in sein Dorf befördern würde, wenn wir uns nur beeilten und schnell einstiegen.

Während wir in den Bus kletterten, verspürte ich bei dem Gedanken, Umaj zu verlassen, einen überraschend schmerzhaften Stich. »Nikolaj«, sagte ich unvermittelt, »Was ist mit Umaj? Sehen wir sie wieder? Hat sie dir eine Nachricht für uns gegeben?« Noch bevor er antworten konnte, begann der Bus seine Fahrt aus dem kleinen Dorf hinaus in die Wälder.

»Ich weiß nicht, wo sie ist. Hat sie dir denn nichts gesagt?« Als ich nicht antwortete, fragte Nikolaj: »Sollst du noch etwas von ihr bekommen, Olga?«

»Nein«, erwiderte ich enttäuscht. Jetzt wurde mir bewusst, welchen Einfluss Umaj auf mein Leben hatte.

»Ich möchte ihr etwas geben«, sagte Anna. »Ich möchte sie für meine Heilung bezahlen. Würdest du ihr dieses Geld von mir geben, Nikolaj?«

»Nein, das kann ich nicht. Umaj wird es nicht annehmen. Wenn sie es brauchte, hätte sie es dir gesagt.«

Wir ließen uns auf unseren Sitzen nieder, und während der Bus langsam dahinruckelte, versuchten wir, es uns so bequem wie möglich zu machen. Es gab praktisch keine befahrbare Straße. Statt also stundenlang durch den Schnee zu wandern, verbrachten wir nahezu genauso viel Zeit damit, im kalten Bus zu sitzen, der schlingernd durch die Berge holperte. Den größten Teil der Fahrt schwiegen wir, und in diesen stillen Momenten fragte ich mich immer wieder, was meine Begegnung mit Umaj für mich bedeutete.

Ich tat mein Bestes, um meine Erlebnisse im Altai zu verstehen und in mein normales Leben einzuordnen, aber es war schwierig. Umaj hatte mir nichts erklärt, und sie hatte auch kein Interesse daran gezeigt, ob Anna und ich abreisen oder bleiben würden. Das gab mir das Gefühl, hier noch nicht alles abgeschlossen zu haben, und es weckte sogar Zweifel an der Bedeutung dessen, was mit mir geschehen war. Ich fragte mich, ob das, was mir so erstaunlich und bedeutsam erschien, für Umaj nicht vielleicht etwas ganz Alltägliches war. Aber wenn dem wirklich so sein sollte, warum war es dann immer noch so wichtig für mich?

Als wir in Nikolajs Dorf ankamen, klang uns das mittlerweile vertraute, aufgeregte Gebell entgegen. Marijas großer kastanienbrauner Hund freute sich offensichtlich, Anna und mich wiederzusehen, aber um Nikolaj sprang er noch lebhafter herum. Sein Instinkt sagte ihm wahrscheinlich, dass Anna und ich nur zu Besuch waren und bald wieder abreisen würden, dass Nikolaj aber bleiben und ihm auch in Zukunft Gesellschaft leisten würde.

Marija begrüßte uns mit der gleichen warmherzigen Gastfreundschaft und bat uns ins Haus. Sie war gelassener als bei unserem ersten Besuch, aber ihr war deutlich anzumerken, dass sie etwas bedrückte. Ihre Aufmerksamkeit galt ausschließlich Nikolaj. Sie musterte ihn mit typisch mütterlichen Blicken und suchte nach Anzeichen für die Veränderungen, die, wie sie befürchtete, in den letzten Tagen in ihm vorgegangen waren. Zum ersten Mal wurde mir klar, was Marija dabei empfinden mochte, dass ihr Sohn sein Leben in der Stadt aufgab, um ein KAM zu werden, und es stimmte mich traurig. In dem Versuch, sie abzulenken, erkundigte ich mich nach Belowodje.

»Marija, haben Sie jemals von einem Land gehört, das Shambala oder Belowodje heißt?«

Unsere Gastgeberin schwieg ein paar Minuten lang, als versuchte sie, sich auf etwas zu besinnen. Schließlich erwiderte sie: »Viel habe ich nicht davon gehört. Aber mir ist erzählt worden, dass die Belucha schon immer als ein besonderer Ort galt, wie Belowodje.«

Mein Herz schlug schneller bei dem Gedanken, dass Marija mir vielleicht mehr über dieses Land erzählen könnte, das mich so ungeheuer faszinierte. »Was ist die Belucha?«, wollte ich wissen.

»Die Belucha ist der höchste Berg im Altaigebirge. Sein Gipfel ist immer schneebedeckt, und ihn zu besteigen ist sehr schwierig. Viele sind bei dem Versuch, ihn zu bezwingen, ums Leben gekommen.«

Nachdenklich blickte Marija mich einen Moment lang an. Dann meinte sie: »Wenn Sie wollen, erzähle ich Ihnen die einzige Geschichte, die mir darüber bekannt ist.«

Schnell sagte ich: »O ja, Marija. Ich würde Ihre Geschichte sehr gern hören.«

»In meinem Volk gibt es eine Legende, dass die Göttin Umaj und ihr Mann, Altaiding Aezi, der Herrscher des Altai, vor langer Zeit im fernen Norden gelebt haben. Eines Tages drehte ein riesiges Ungeheuer in Fischgestalt, das Ker-Dupa hieß, die Erde um. Hier im Altai hatte immer ein warmes Klima geherrscht, aber nachdem Ker-Dupa die Erdrotation verändert hatte, wurde es sehr kalt. Altaiding Aezi reiste in die obere Welt, um die Großen Burchans, die mächtigsten Geistwesen zu jener Zeit, um Hilfe zu bitten. Während er von einem Burchan zum anderen zog und versuchte, Ülgen zu finden, den höchsten aller Burchans, den einzigen, der die Erdrotation wieder korrigieren konnte, wurde es im Altai beständig kälter.

Um ihre Kinder vor dem Erfrieren zu bewahren, verwandelte Umaj deren Seelen in Steine und Felsklippen.

Sie machte das mit ihren beiden Söhnen und mit vier ihrer sechs Töchter. Dann nahm sie die beiden anderen Töchter an der Hand und wanderte mit ihnen auf der Suche nach Wärme in das südlichste Gebiet des Altai. Dort gefroren Umaj und ihre beiden Töchter und wurden zu einem Berg mit drei Gipfeln. Der mittlere Gipfel, so sagt man, ist Umajs Kopf, und die zwei niedrigeren Spitzen zu beiden Seiten davon sind die Köpfe ihrer Töchter. Dieser Berg ist die Belucha.«

»Das ist ja interessant«, sagte Anna und trank einen Schluck Kräutertee. »Ich habe gehört, dass die Belucha auch Ak-Sumer oder Weißer Sommer genannt wird. Dieser Name stammt aus der buddhistischen Mythologie und bezeichnet den Berg, der den Mittelpunkt der Welt bildet.«

Ich hatte still dagesessen und zugehört, wurde aber ganz aufgeregt, als ich erfuhr, dass Umaj offensichtlich der Name einer der großen Göttinnen im alten Altai gewesen war.

Nachdem Marija ihre Geschichte zu Ende erzählt hatte, begann sie mit den Vorbereitungen für unser Abendessen. Sie legte im Herd Holz nach und suchte sich aus den Schränken ihrer kleinen Küche die Kochutensilien und die Zutaten zusammen. Als sie das Gericht fertig zubereitet hatte, nahm sie eine kleine Portion Lamm und Kartoffeln und legte sie behutsam ins Feuer. Dazu sprach sie leise ein paar unverständliche Worte. Ich erkannte, dass sie eine altaische Zeremonie vollzog, mit der vor jedem Essen der Geist des heimischen Feuers verehrt und gespeist wird. Als das Feuer die Stückchen, das Symbol unserer Dankbarkeit, verzehrt hatte, durften auch wir mit der Mahlzeit beginnen. Wir aßen schweigend, jeder hing seinen Gedanken nach.

Nach dem Essen begleitete Nikolaj Anna und mich wieder zu Mamuschs Haus, wo wir zum letzten Mal im

Altai übernachten sollten. Morgen wollten wir die Rückfahrt nach Nowosibirsk antreten. Diesmal erschien uns das Innere des Hauses nicht mehr so unheimlich. Dabei sah alles noch genauso aus wie bei unserem letzten Besuch, es hatte sich also unsere Wahrnehmung verändert. Ich richtete meine Schlafstätte auf dem Bärenfell und überließ das Bett wieder Anna. Tatsächlich zog ich das feste Bärenfell dem weicheren Bett vor, zumal Mamusch in diesem Bett gestorben war, doch das, so beschloss ich, würde ich Anna gegenüber nicht erwähnen.

Als ich mich hinlegte, wurde meine Aufmerksamkeit erneut von der zerstörten Trommel angezogen. Ich wendete mich ihr zu und betrachtete sie im Liegen. Allmählich begann ich, in der Dunkelheit eine Schwingung zu spüren, die mich und die Trommel umgab. Gerade als ich im Begriff war einzuschlafen, sah ich, wie der kleine hölzerne Mann, der als Griff der Trommel diente, aus dem Instrument sprang und vor meinen Augen herumzutanzen begann.

Kurz darauf gelangte ich auf eine merkwürdige Realitätsebene, und mir war klar, dass ich wieder in einen Traum eintauchte, gleichzeitig wusste ich aber auch, dass ich diesmal in der Lage sein würde, meinen Bewusstseinszustand selbst zu steuern.

Ich schwimme in der Luft eines dunklen Raumes. Die Bewegungen bereiten mir sinnliches Vergnügen. Ich bin mir der Freiheit meines Willens bewusst, gleichzeitig merke ich aber, dass der Wille einer weiteren Person anwesend ist und in diesem Raum Einfluss auf mich nimmt. Ich weiß, dass es ein Mann ist. Ich versuche, in dem Halbdunkel etwas zu sehen. Wer auch immer mit mir zusammen im Raum ist, weiß, dass ich ihn suche. Er will nicht entdeckt werden, deswegen hält er sich außerhalb meines Blickfeldes auf. Ich fürchte mich nicht, aber ich ärgere mich darüber, dass er möglicherweise mehr Kontrolle über meine Handlungen hat als ich selbst. Ich kann spüren, dass er mich beobachtet, und allmählich frage ich mich, ob ich nicht doch Angst habe. Vielleicht kann ich meinen Traum doch nicht selbst steuern. Ich verbiete mir, länger darüber nachzudenken, konzentriere mich auf meine Bewegungen im Raum und versuche, mich an die Dunkelheit zu gewöhnen.

»Ich bin's, Olga. Nikolaj.« Was ich höre, ist die heisere Stimme eines alten Mannes, aber ich weiß, dass es Nikolaj ist, der da spricht. Ich orientiere mich an der Stimme und sehe Nikolaj, der mitten im Zimmer auf einem Stuhl sitzt. Es ist ein merkwürdiges Gefühl, in diesem Zustand des bewussten Träumens einen anderen Menschen zu sehen und mit ihm zu sprechen, so, als wären wir beide hellwach. Ich komme auf meinen Beinen zu stehen und gehe um ihn herum.

»Warum sind wir hier?«, frage ich nach einer Weile. Auch meine Stimme klingt anders als sonst. Ich habe den Eindruck, dass wir rein gedanklich miteinander kommunizieren, und trotzdem fühlt es sich so an, als ob ich Worte bilde und ausspreche. Ich gehe weiter im Raum herum, während ich auf Nikolajs Antwort warte. Ich weiß, dass die Realität, in der wir uns gerade aufhalten, sich auflösen wird, wenn ich stehen bleibe.

»Ich bin hier, um dich an etwas zu erinnern«, sagt Nikolaj.

»Ich höre, Nikolaj. Woran willst du mich erinnern?«

»Sie ist eine ungewöhnliche, starke Frau. Sie hat alles, was ihr aufgetragen war, ohne zu zögern und schnell getan. Sie hat getan, was alle hier tun, aber sie ist ehrlicher und tapferer als die meisten.«

Diese Worte werden wieder mit der heiseren Stimme eines alten Mannes gesprochen. Nikolaj sitzt immer noch auf dem Stuhl vor mir, aber das Gesagte dringt von oben in meine Wahrnehmung ein. Ein heftiges Gefühl von Ekel und Widerwillen breitet sich in meinem Magen aus, und ich merke, dass mich die geheimnisvollen Worte ängstigen. Ich weiß, dass ich diese Worte schon einmal gehört habe. Ich kann mich nicht erinnern, wann und wo, aber die panische Reaktion meines Körpers zwingt mich, fieberhaft nach Ort, Datum und Umständen zu suchen. Bevor mir alles wieder einfällt, findet in meiner Wahrnehmung eine erstaunliche Veränderung statt. Plötzlich schiebt sich auf der Traumebene eine zweite Vision in mein Bewusstsein. Diese beiden unterschiedlichen Wahrnehmungsebenen bekämpfen sich, sie machen sich gegenseitig die Herrschaft über meine Aufmerksamkeit streitig.

Einen Augenblick lang erfreue ich mich an den Bildern der neuen Vision. Die anmutige Gestalt einer schönen Frau tanzt in einem leeren Raum vor mir. Plötzlich dreht sich die Tanzende zu mir um, und ich sehe ihr Gesicht. Ich kenne dieses Gesicht. Sofort erinnere ich mich an den hasserfüllten Blick in ihren hypnotisierend blauen Augen, die mich triumphierend anstarrten, als ich sie zum ersten Mal sah.

»Sie ist eine ungewöhnliche, starke Frau«, sagt die Stimme, und jetzt erkenne ich sie, es ist die Stimme aus meinem Alptraum in Nowosibirsk. Hilflos erliege ich wieder den Gefühlen von Angst, Ohnmacht und Wut, die mich bei dem unerklärlichen Tod dieser Frau, die meine Patientin gewesen war, überkommen hatten.

Die Verknüpfung von ihrem Tod und ihrem Hass, die ich in meiner alptraumhaften Vision erlebte, war eines der furchterregendsten Erlebnisse meines Lebens. Doch es war nichts, verglichen mit dem Horror, der mich in diesem Traum befällt. Ich hatte meinen früheren Traum von der Patientin verdrängt, aber darin war wenigstens *eine Art schützender Grenze zwischen mir und der Traumrealität spürbar gewesen. In meinem jetzigen Traum gibt es diese Grenze nicht mehr. Mein ganzes Wesen wird von der entsetzlichen Erscheinung dieser Frau paralysiert. Ich weiß, dass sie unbegrenzte Macht besitzt und mich nach Belieben quälen kann.*

Wieder und wieder öffne ich den Mund, um zu schreien, aber die Worte dringen nicht nach außen, verhallen ungehört in meinem Kopf. Die Herrschaft, die ich über meinen Willen, meine Stimme und meine Handlungen zu haben glaubte, wurde mir entrissen.

»Wir können dich lehren, die gleiche Macht zu haben wie sie«, sagt die heisere Stimme.

»Nein! Nein! Ich will sie nicht!«, schreie ich lautlos aus mir heraus, schüttle heftig den Kopf und versuche, alles aus diesem Traum abzuwehren. Im nächsten Moment befinde ich mich wieder in meinem Körper, die Kälte in Mamuschs Haus umgibt mich, ich liege auf dem harten Bärenfell. Von einem schmerzhaften Stechen zwischen den Augenbrauen werde ich aus dem Schlaf gerissen.

Der Traum hatte mich in seiner Intensität so sehr bedrängt und verängstigt, dass ich es in der unheimlichen Finsternis nicht wagte, die Augen noch einmal zu schließen. Nervös lag ich den Rest der Nacht wach, verkrampft und schließlich völlig steif, weil ich die ganze Zeit auf der rechten Seite verharren musste, um die kleine Holzfigur an der Trommel nicht im Blickfeld zu haben.

Als endlich das erste Morgenlicht durch das schmale Fenster fiel, war ich unendlich erleichtert. Ich fühlte mich geistig, körperlich und emotional so sehr erschöpft, dass ich nichts anderes wollte, als in die Geborgenheit meiner Stadtwohnung zurückzukehren.

Dort würde ich vor Überraschungen sicher sein. Ich brauchte meine vertraute Umgebung. Ich brauchte Normalität in meinem Leben. Ich wollte nach Hause.

Anna erwachte etwa eine Stunde später. Bald darauf hörten wir Nikolajs Klopfen an der Tür, und dankbar machten wir uns mit ihm auf den Weg. Der Bus sollte um zwei Uhr abfahren, wir hatten also genügend Zeit, um zu frühstücken und unseren Besuch ausklingen zu lassen.

Nach dem Frühstück nahm Nikolaj mich beiseite und sagte: »Olga, ich muss dir etwas Wichtiges mitteilen.«

Mein erster Gedanke war, dass er sich nun doch dazu entschlossen hatte, psychiatrische Hilfe in Anspruch zu nehmen. »Erzähl nur, Nikolaj, ich höre zu«, ermunterte ich ihn.

»Wollen wir einen kleinen Spaziergang machen?«, fragte er.

Als wir auf die morgendliche Straße hinaustraten, stellte ich überrascht fest, dass alle unangenehmen Empfindungen aus dem Traum der vergangenen Nacht wieder lebendig wurden, sobald ich mit Nikolaj allein war.

»Es klingt vielleicht merkwürdig, Olga, aber ich möchte dich bitten, noch ein paar Tage hier bei mir zu bleiben.«

Als er meinen bestürzten Gesichtsausdruck sah, wurde ihm klar, wie ich seine Bitte interpretiert hatte, und er brach ab.

»Nein, nein, das meine ich nicht«, stieß er hervor. »Ich habe nicht vor, dich als meine Freundin hierzubehalten. Bestimmt nicht. Ich habe ganz andere Absichten. Und der Wunsch, dass du bleibst, stammt nicht einmal von mir. Bis vor ein paar Stunden habe ich fest damit gerechnet, dass du heute mit Anna zusammen abfährst. Ich wusste es, und es war mir recht. Aber heute am frühen Morgen habe ich Mamuschs Stimme wieder gehört. Er hat gesagt, du musst hierbleiben.«

Trotz Nikolajs Beteuerungen war ich mir über seine Absichten nicht im Klaren. Ich hatte nicht das geringste Bedürfnis hierzubleiben, und das, was er gesagt hatte, ärgerte mich.

»Weißt du, Nikolaj, diese unsichtbare, unbeweisbare Kommunikation, die da zwischen mir und deinem Onkel abläuft, rührt mich. Und ich möchte dich in keiner Weise beleidigen, aber mir ist es wirklich lieber, wenn die Leute ehrlich sind und selbst die Verantwortung für ihre Handlungen übernehmen. Wenn du etwas von mir willst, dann frage mich bitte in eigenem Namen danach. Ich glaube nicht daran, dass die Toten die Fähigkeit haben, sich diesbezüglich in die Angelegenheiten der Lebenden einzumischen.«

»Das liegt nur daran, dass du nicht an den Tod glaubst.«

»Was meinst du damit, Nikolaj?«

»Ich meine damit, dass dir Möglichkeiten eröffnet worden sind, zu ungeheurer Macht zu gelangen, aber du wendest dich ab. Entweder willst du die Mühe nicht auf dich nehmen, oder du hast Angst.«

Nikolajs Stimme wurde tiefer, und seine Sprechweise veränderte sich. Er sah beinahe aus, als befände er sich in Trance. Das erweckte meine berufliche Neugier, und ich sagte, nur um ihn zum Weitersprechen zu bewegen: »Was glaubst du denn, welche Mühe ich auf mich nehmen sollte?«

Zum ersten Mal seit Beginn unserer Bekanntschaft wurde Nikolaj richtig wütend. Seine Augen glitzerten kalt, und seine Worte klangen hart.

»Zuallererst musst du aufhören, deine dummen Spiele mit mir zu treiben, und mir wirklich zuhören. Du betrügst dich selbst, nur damit du nicht glauben musst, dass das, was ich dir sage, wichtig ist. Sobald du aufhörst, davor wegzulaufen, wirst du das einsehen.«

Diese Strafpredigt klang aus dem Munde des sanftmütigen jungen Mannes so ungewöhnlich, dass ich nicht darauf antworten konnte. Verblüfft starrte ich ihn an.

Er fuhr fort: »Dir ist Wissen und Macht angeboten worden. Nur wenige Auserwählte bekommen eine solche Chance. Das Wissen würde dich befähigen, jedes Problem zu lösen, das dir in deinem Leben begegnet. Nichts kann dir mehr etwas anhaben, wenn du dieses Wissen angenommen hast.«

Ich hatte mich wieder so weit gefasst, dass ich sprechen konnte, und unterbrach Nikolaj: »Das hört sich wirklich verlockend an. Aber würdest du mir bitte sagen, warum ausgerechnet ich für dieses bedeutsame Wissen auserwählt wurde?« Ich war überzeugt, dass er den Sarkasmus in meiner Stimme gehört hatte, aber sein Gesicht blieb ernst und nachdenklich.

»Olga, dies ist nicht der richtige Zeitpunkt für leeres Geschwätz. Du musst dich entscheiden. Man wird dich nicht zweimal vor eine solche Wahl stellen, überlege es dir also bitte gut, bevor du diese Chance vertust. Und um deine Frage ernsthafter zu beantworten, als du sie gestellt hast: Du bist unter anderem deswegen auserwählt worden, weil du in deinem Beruf bereits gelernt hast, anderen dabei zu helfen, ihre Probleme und Krankheiten zu bewältigen. Aber hast du nur eine einzige Möglichkeit entdeckt, menschliches Leiden zuverlässig zu lindern, geschweige denn zu heilen? Auch wenn du dich noch so sehr bemühst, viele deiner Patienten bleiben weiterhin krank, unglücklich und von Angst besessen. War deine Suche nach einer Möglichkeit, Leiden zu beenden, erfolgreich? Jetzt sei ehrlich und antworte mir.«

»Nein. Ich habe wohl versagt, vielen Dank für den Hinweis. Aber was würdest du denn vorschlagen?«

»Nichts Besonderes, nur eine ganz einfache Sache. Ich

will dir klarmachen, dass alle Schmerzen dieser Welt nur eine Ursache haben: Wir können den Tod nicht akzeptieren. Das größte menschliche Leid, das wir kennen, rührt daher, dass wir zwar wissen, dass wir alle sterben müssen, und trotzdem von der Sehnsucht erfüllt sind, ewig zu leben.«

»Nikolaj, über dieses Thema könnte ich dir auch einen kleinen Vortrag halten«, unterbrach ich ungeduldig, »aber ich sehe immer noch nicht, worauf du hinauswillst.«

»Mir liegt nicht daran, dir Vorträge zu halten, ich will dich lehren, den Tod zu akzeptieren. Du bist dazu noch nicht bereit. Deswegen kannst du anderen nicht auf diese Weise weiterhelfen. Aber wenn du noch ein paar Tage hierbleibst, kann ich dir etwas mit auf den Weg geben, das du brauchen wirst, wenn du das Leiden wirklich lindern willst, das dir tagtäglich begegnet.«

Zum ersten Mal, seit Nikolaj begonnen hatte, sein Anliegen zu erläutern, wurde ich unruhig. Stück für Stück hatte er meine Skepsis ausgeräumt. Ich hegte keinen Zweifel daran, dass meine Erlebnisse wichtig gewesen waren und mich stark beeinflusst hatten. Alles einfach auf sich beruhen zu lassen und ohne die letzte Erfahrung, die Nikolaj mir gerade angeboten hatte, in die Stadt zurückzufahren, erschien mir viel verrückter, als hierzubleiben.

Mir war aber auch klar, dass es auf Anna und Marija einen sehr merkwürdigen Eindruck machen würde, wenn ich hierbliebe. Ich hatte keine Ahnung, wie ich es ihnen erklären sollte, und war ganz durcheinander.

»Also gut, Nikolaj. Ich muss zugeben, dass du mich verunsichert hast. Vielleicht ist es tatsächlich vernünftig, noch ein bisschen länger hierzubleiben. Aber ich brauche Zeit, um darüber nachzudenken. Gib mir eine Stunde für meine endgültige Entscheidung.«

»Kein Problem, Olga. Aber ich weiß, dass du dich bereits entschieden hast.« Nach diesen Worten kehrte Nikolaj rasch zu Marijas kleinem Anwesen zurück und verschwand im Haus.

In Gedanken versunken, ging ich in die entgegengesetzte Richtung, ohne ein bestimmtes Ziel vor Augen. Um mich herum wirkte alles auffallend ruhig und friedlich. Der Rhythmus meiner Schritte und die natürliche Schönheit der Berge versetzten mich in einen traumähnlichen Zustand. Ich dachte an nichts Bestimmtes und war mir keiner Gefühle bewusst. Es kam mir so vor, als würde sich die Welt um mich herum auflösen. Ich ging auf die Berge zu, die sich am Westrand des Dorfes erhoben. Wo die Straße aufhörte, führte ein schmaler Fußpfad weiter den Berg hinauf.

Die Sonne stand über mir und schien auf den Weg. Ich stieg höher, der Weg wurde steiler und schmaler, und die Anstrengung erhitzte mich. Ich zog meinen Mantel aus und legte ihn über den Arm. Schließlich erreichte ich die Schneegrenze. Hohe grüne Nadelbäume ragten aus dem Weiß des Schnees in das Blau des Himmels empor. Der Wald wuchs nun ganz bis an den schmalen Fußweg heran und verdunkelte ihn, und ich blieb stehen, weil mir plötzlich bewusst wurde, dass ich mich mitten in der Wildnis befand und es an der Zeit war, darüber nachzudenken, wo ich eigentlich hinwollte.

»Olga.« Die Stille wurde von einem tiefen Flüstern zu meiner Rechten unterbrochen. Angst überfiel mich, und ich hätte beinahe aufgeschrien. War mir jemand gefolgt? Als ich mich blitzartig nach dem Geräusch umdrehte, sah ich Umaj auf einer Lichtung neben einer Felsspalte im Schnee stehen. Sie war umgeben von Sonnenlicht, und ich konnte gar nicht richtig hinsehen, so sehr blendete die gleißende Helligkeit. Aber es war Umaj, und plötzlich überkam mich so große Freude, als würde ich einen geliebten Menschen nach langer Trennung wiedersehen. Ich lief durch den Schnee auf sie zu.

»Ich freue mich so, dich wiederzusehen, Umaj!«

»Ich bin extra deinetwegen hergekommen«, antwortete sie in fließendem Russisch.

»Das ehrt mich sehr.«

»Olga, wir haben nicht viel Zeit. Ich bin hier, um dir ein paar wichtige Dinge zu sagen. Ich weiß, was in dir gerade vorgeht. Nikolaj hat dir einen Vorschlag gemacht, über den du jetzt nachdenkst. Das ist der Grund, warum ich gekommen bin.

Hör mir gut zu. Du bist mitten in einen schweren Kampf geraten und kannst nicht einmal einen Bruchteil dessen verstehen, worum es dabei geht. Ich zähle also nicht auf dein Verständnis. Ich bitte dich nur, mir zu glauben.«

Ich hatte absolutes Vertrauen zu Umaj und bestätigte ihr mit einem Blick, dass ich ihr glaubte, was auch immer sie nun sagen würde.

»Sei aufmerksam und hör gut zu«, fuhr Umaj fort. »Dieser Kampf hat vor so langer Zeit begonnen, dass du mir nicht glauben würdest, wenn ich dir sagte, wann. Das Phänomen der Zeit zu verstehen ist nicht so einfach, wie du denkst. Im Moment musst du nur wissen, dass Zeit in Spiralen abläuft und dass der Menschheit große Veränderungen bevorstehen, wenn zwei Spiralen sich berühren. Genau das geschieht gerade.«

Umaj berührte sanft meine Hand und bedeutete mir, ihr zu folgen. Sie näherte sich der Felsspalte. Ich ging hinter ihr her. Wir schritten über glitzernden Schnee, der allmählich in Eis überging. Das gleißende Licht der Sonne, reflektiert vom spiegelblanken Untergrund, blendete mich so sehr, dass ich kaum etwas sehen konnte.

»Hör gut zu. Ich möchte dir etwas zeigen.« Umaj

blieb stehen, am Rand der Spalte, wo nichts war außer Schnee und Eis. »Ich möchte, dass du dich hier auf den Boden legst.«

»Wo?« Ich konnte mir nicht vorstellen, dass sie den eisigen, unwirtlichen Fleck meinte, auf dem sie stand.

»Genau hier, auf das Eis.«

Ungläubig sah ich sie an.

»Breite deinen Pelzmantel aus und lege dich darauf. Dir wird nichts geschehen.«

Ich folgte ihren Anweisungen, doch gleichzeitig lehnte sich mein wissenschaftlich geschulter Verstand dagegen auf. Ich wollte mehr von dem, was hier vor sich ging, begreifen, bevor ich mich damit einverstanden erklärte. Was würden meine Kollegen in der Psychiatrie wohl von mir halten, wenn sie sehen könnten, was ich hier machte? Dieser Gedanke brachte mich vollends durcheinander. Aber als ich mich hinlegte, räumten die Heiterkeit der Sonne und des kristallblauen Himmels alle meine Zweifel aus. Ich atmete die frische Luft ein und spürte die Wärme von Umajs Hand, die sie mir auf die Stirn legte.

»Schließ die Augen und hör dir an, was ich sage. Wir sind nicht an die Erde gebunden. Dein Atem ist ein Tor zu Orten, die von diesem Land und von dem Körper, den du im Moment bewohnst, weit entfernt sind. lass dich nicht von der Angst überwältigen, dass du dich selbst verlieren könntest. lass deinen Atem sein eigenes Leben führen und gib ihm Freiheit. Vertrau mir. Folge meiner Geschichte, und ich werde dir folgen. Du wirst beschützt.«

Vielleicht trägt das gleißende Sonnenlicht zu meiner Vision bei, aber der Raum vor meinen geschlossenen Augen verdunkelt sich jetzt. Dann tut sich eine Leere auf, durch die ich mich mit unglaublicher Geschwindigkeit bewege. Ich sehe Lichtblitze, zunächst vereinzelt, rechts und links von mir, dann überall um mich herum. Umajs Stimme höre ich nicht mehr.

Ich begreife, dass ich mich zwischen den Sternen bewege. Ein Stern in der Form eines Polygons kommt auf mich zu. Ich halte eine seiner Spitzen in den Händen. Der Stern dreht sich um seine Achse, und Raum und Zeit drehen sich mit ihm. Ich spüre, dass ich im Begriff bin, in eine neue Dimension meines Lebens vorzudringen. Als ich das Gefühl habe, mich genau über dem Ort zu befinden, an dem ich erwartet werde, lassen meine Hände den Stern los. Augenblicklich falle ich in eine andere Realität, so schnell, dass ich den Übergang nicht wahrnehmen kann. Bevor ich weiß, wie mir geschieht, befinde ich mich in dieser neuen Realität und bin mir meiner Umgebung völlig bewusst.

Ich bin zusammen mit ein paar Männern in einem kleinen Raum. Sie sind gerade dabei, etwas aus einem Kasten zu heben, der so ähnlich wie ein Tresor aussieht. Es ist die alte, ausgetrocknete Mumie eines Mannes, die von verschlissenen, vergilbten Bandagen zusammengehalten wird. Vorsichtig legen die Männer die Mumie in der Mitte des Raumes auf den Fußboden. Während ich ihre geschmeidigen Bewegungen beobachte, spüre ich, wie ich von Energie durchströmt werde. Im nächsten Moment begreife ich, dass diese Energie mir zeigen wird, was ich mit diesem vertrockneten Körper tun soll.

Ich erlebe alles in schnell aufblitzenden Bildern, wie in einem Film, der rasch und übergangslos von einer Szene zur nächsten wechselt. Jetzt knie ich neben der Mumie und wickle die Bandagen ab, behutsam, damit die eingetrockneten Muskeln ihre Form bewahren.

Rechts von mir steht eine Tasse mit Salz. Ich nehme mit der linken Hand ein wenig davon und streue damit ein weißes Kreuz auf das Gesicht der Mumie, von der

Stirn bis hinunter zum Kinn und quer über die geschlossenen Augen. Während ich das tue, habe ich eine so deutliche Empfindung davon, als würde ich mein eigenes Gesicht berühren.

Links von mir steht eine Tasse mit Erde. Mit der rechten Hand nehme ich von der Erde und ziehe einen schwarzen Kreis um das weiße Kreuz.

Ich weiß, dass die Mumie zum Leben erweckt werden muss, und ich trage das Wissen in mir, wie man es macht. Ich muss damit beginnen, dem Mann den Wunsch nach Leben einzuflößen. Ich atme knapp über seinem Körper und wecke mit jedem meiner Atemzüge die Sehnsucht nach Leben in dem Toten. Ich spüre die Reaktion des Mannes, nehme sein aufflammendes Begehren wahr. Es entfesselt einen Energiesturm, der ihn in sein neues Leben hineinkatapultieren wird.

Der Mann kann es jetzt kaum noch erwarten, das Vergnügen, das ihm sein physischer Körper früher bereitet hat, erneut zu erleben. Aber er ist noch nicht so weit. Sein Mumienkörper muss erst so verwandelt werden, dass er als Brücke für den Übergang in die neue Existenz dienen kann. Einer der Männer im Raum reicht mir eine Fackel. Die flackernde Flamme verströmt so viel Hitze und Helligkeit, dass sie mir Angst macht.

Dann erinnere ich mich an etwas Wichtiges, und meine Angst verschwindet; mir fällt ein, dass Feuer meinem Körper nichts anhaben kann. Ganz ruhig halte ich meine Hand in die Flamme. Flamme und Hand verschmelzen schmerzlos, denn mein Körper und das Feuer sind wesensgleich. Ich fahre so lange mit der Fackel über die Mumie, bis sie überall von der Flamme berührt worden ist. Dann sagt eine Stimme über mir: »Jetzt ist er bereit, geboren zu werden.«

Sofort beginnt sich der Raum mit Nebel zu füllen. Ich weiß, dass meine Zeit an diesem Ort zu Ende geht, der

Nebel ist gekommen, um mich aus dieser Realität zu entfernen. Bevor sich alles auflöst, höre ich mich rufen: »Wartet! Wartet! Zeigt mir, wie ich selbst geboren wurde.«

Der Raum ist bereits halb mit Nebel gefüllt. Aber für ein paar Minuten lichtet sich der Nebel wieder, und durch den Dunst kann ich meinen eigenen, reglosen Körper ausgestreckt auf dem Boden liegen sehen. Drei Gestalten beugen sich über ihn und lenken meine Lebenskraft, die allmählich in meinen Körper einströmt.

Das Bild zerfließt unvermittelt, und eine Männerstimme spricht zu mir. »Wir konnten dich nicht mehr sehen lassen als das. Es hätte deinem Herzen Kummer bereitet. Du hast heute alles richtig gemacht. Kehr zurück.«

Ich kann mich nicht entsinnen, wo ich bin, und wieder erfüllt mich Angst. Ich weiß nichts über mich. Ich höre mich schreien. Dann berührt eine weiche, warme Hand meine Stirn. Langsam kommt die Erinnerung zurück. Ich bin bei der Frau, die auf mich aufpasst. Ich bin erleichtert und atme ruhiger.

Umaj beginnt zu sprechen. »Es gibt noch etwas, was du wissen musst. Ursprünglich sollten die KAMS *nur eine Unsterblichkeitslinie bewahren, aber jetzt gibt es mehrere. Du und Mamusch, ihr gehört verschiedenen Linien an. Olga, du musst heute noch abreisen. Wenn du bleibst, wie Mamusch es von dir verlangt, wird er versuchen, deine Linie zu zerstören. Durch den Tod anderer Menschen erhält er seine eigene Linie am Leben. Das haben die* KAMS *immer so gemacht. Seine Unsterblichkeit kann nur andauern, wenn andere sterben. Du bist für ihn sehr wichtig. Er will dich lehren, den Tod zu akzeptieren. Das hätte zur Folge, dass du die Unsterblichkeit ablehnst. Aber dás ist nicht deine Bestimmung. Du sollst die Unsterblichkeit annehmen.«*

Mein Körper wird schwer wie Blei, während ich Umaj zuhöre. Ich kann die Augen nicht öffnen. Ich kann nicht den kleinsten Muskel bewegen, aber ich kann mit ihr sprechen.

»Warte. Du hast von Mamusch gesprochen. Aber Mamusch ist doch schon tot. Er hat mir keine Vorschläge gemacht. Das war Nikolaj.«

»Zwischen Mamusch und Nikolaj besteht kein Unterschied. Sie sind identisch. Das Phänomen der Zeit zu verstehen ist nicht so einfach, wie du denkst. Du bist nicht nur Olga, die als Psychiaterin in einer sibirischen Klinik arbeitet. Du bist noch etwas anderes, und das musst du herausfinden.«

Ich spüre, wie mich ein Frösteln durchläuft. Vielleicht habe ich Fieber. Mir fällt ein, dass ich schon wer weiß wie lange auf dem Eis liege. Die Erde unter mir beginnt zu beben.

In der Ferne höre ich den Hufschlag eines galoppierenden Pferdes. Das Geräusch wird immer lauter. Jetzt spüre ich das Aufstampfen der Hufe. Dann wird ein weißes Pferd sichtbar. Von ihm geht eine leidenschaftliche Energie aus.

Eine Stimme sagt zu mir: »Setz dich auf den Rücken des Pferdes und reite fort!« Erst jetzt bemerke ich die kleine, kräftig gebaute junge Frau, die neben dem Kopf des Pferdes steht und es am Zügel hält. Mein Blick wandert von dem Pferd zu dem bloßen Arm der Frau, der vollständig mit Tätowierungen bedeckt ist. Etwas Derartiges habe ich noch nie gesehen. Unbekannte Tiere umkreisen einander, von der Schulter der Frau hinunter bis zu ihrem Handgelenk. Während ich sie anstarre, werden mir die Tiere allmählich immer vertrauter, auch wenn ich sie noch nicht richtig erkennen kann und mich nicht erinnere, wo ich sie schon gesehen habe.

Einen Augenblick lang befällt mich wieder Angst.

»Umaj! Was bedeutet das? Warum machst du das mit mir?«

Noch einmal höre ich ihre Stimme. »Weil ich Vorfahren aus beiden Linien habe. Ich muss dir helfen, eine Wahl zu treffen. Niemand außer mir kann das für dich tun.«

»Man kann also zwei Linien angehören? Wenn du das kannst, dann muss es doch möglich sein!«

»Es stimmt, ich gehöre tatsächlich zwei Linien an.«

Das Pferd und der Traum lösten sich auf, und ich war wach. Ich wusste, dass ein weit entferntes Geräusch mich geweckt hatte, aber ich wusste nicht, was es gewesen war. Ich fragte mich, wie lange ich wohl auf dem Eis gelegen haben mochte. Dann hörte ich das Geräusch wieder, und ich erkannte Annas besorgte Stimme. Sie irrte am Fuß des Berges umher und rief nach mir, ein ganzes Stück weiter unten, aber ich konnte sie deutlich hören.

»Olga! Wo bist du? Antworte mir! Wir verpassen den Bus, und dann kommen wir nie mehr von hier fort!«

Rasch erhob ich mich, warf mir den Mantel über die Schultern und sah mich nach Umaj um. Keine Spur von ihr. Ich verspürte den Drang, diesen Ort zu verlassen, und begann zu laufen. Der Weg schien weiter zu sein, als ich es in Erinnerung hatte, und als ich Anna endlich erreichte, ging mein Atem in kurzen heftigen Stößen.

»Bist du verrückt, Olga? Wo bist du bloß die ganze Zeit gewesen? Du siehst ja schrecklich aus, so, als wärst du völlig von Sinnen. Ich muss dich wohl als Patientin mit zurücknehmen. Der Bus ist schon beladen und abfahrbereit. Der Fahrer hat gesagt, er würde nur noch ein paar Minuten warten. Komm, lass uns laufen.«

»Warte, ich muss mein Gepäck noch holen«, stieß ich hervor.

»Dein Gepäck ist schon im Bus und fährt vielleicht in

diesem Moment ohne uns ab. Los, komm Olga, wir müssen uns beeilen.«

Nach der Miene des Fahrers zu urteilen hatten wir den Bus gerade noch rechtzeitig erreicht. Er war nur mit wenigen Fahrgästen besetzt, die uns mit ärgerlichen Blicken begrüßten. Ich hatte ein schlechtes Gewissen, weil wir sie so lange in der Kälte hatten warten lassen.

Im letzten Augenblick bemerkte ich, dass Nikolaj neben der Tür des Busses stand. Erstaunt fragte er: »Was hast du vor, Olga?«

»Ich fahre, Mamusch – entschuldige, Nikolaj meine ich natürlich.«

»Aber ich dachte, du hättest dich entschlossen hierzubleiben. Willst du wirklich abreisen?«

»Ja.«

»Ist Umaj bei dir gewesen? War sie es?« Nikolajs Gesicht war blass, und seine Stimme klang angespannt. »Hast du gewusst, dass sie sterben wird, weil sie das für dich getan hat?«

»Nein! Das kann nicht wahr sein!«

»Also war es wirklich Umaj. Dann kann sie nicht länger zu den KAMS gehören. Sie ist für dich gestorben.«

Seine Worte erschütterten mich. Alles, was ich noch sagen konnte, war: »Auf Wiedersehen, Nikolaj. Bitte sag Marija vielen Dank für alles.« Dann schob sich die Tür des Busses zwischen uns.

Die Rückfahrt im Bus kam mir endlos lang vor. Ich weinte die ganze Zeit, während Anna vergeblich versuchte, mich zu trösten. Schließlich musste ich sie bitten, mich in Ruhe zu lassen. Zuerst verstand sie mein Bedürfnis nach Abstand nicht, aber irgendwann schlief sie ein.

Als wir endlich aus dem klapprigen alten Bus ausgestiegen waren, mussten wir stundenlang im kalten Bahnhof auf unseren Zug warten. Anna sah mich immer wieder an in der Hoffnung, dass ich ihr mein seltsames Verhalten erklären würde, aber ich konnte ihr nichts dazu sagen. Normalerweise verbarg ich nichts vor ihr, aber bis jetzt hatte ich nicht einmal für mich selbst Worte gefunden, die erklärten, was geschehen war. Es war noch viel zu früh, um mit Anna darüber zu sprechen. In Nowosibirsk würde ich Zeit brauchen, um meine Erlebnisse im Altai zu verarbeiten.

Ich seufzte erleichtert, als ich endlich die Tür zu meiner kleinen Wohnung aufstieß. Ich war sicher, dass mein Zuhause mir helfen würde, in meine normale Realität – oder jedenfalls in das, was ich dafür hielt – zurückzukehren. Ich stellte meinen kleinen Koffer ab und ging in die Küche, um mir einen starken Kaffee zu kochen und eine Zigarette zu rauchen. Die verwirrenden Ereignisse der Reise hielten meine Gedanken gefangen, und ich musste mich bewusst darauf konzentrieren, abzuschalten. Ich war nicht mehr derselbe Mensch, der vor wenigen Tagen ins Altaigebirge aufgebrochen war. Doch hier stand ich nun und sah dasselbe Gesicht im Spiegel. Ich hoffte, die beruhigende Geborgenheit, die mein altes, vertrautes Ich mir bot, wiederzufinden.

Ich sah meine Post durch und legte die Zeitungen beiseite, um sie anschließend zu lesen. Endlich machte ich es mir auf meinem alten Sofa bequem und schlug die erste Tageszeitung auf. Die Meldungen schienen sich in nichts von den Nachrichten der Woche vorher zu unterscheiden. Doch als ich umblätterte, fiel mir die Schlagzeile »Wissenschaftliche Untersuchungen in Sibirien« ins Auge. Unter dieser Überschrift befand sich ein großes Foto von der Öffnung eines uralten Grabes im Altaigebirge. Das Foto sah interessant aus, also las ich den Artikel.

Dort wurde berichtet, dass man im vorigen Sommer das Grab einer jungen Frau entdeckt hatte. Die Frau war zum Zeitpunkt ihres Todes etwa fünfundzwanzig gewesen. Man hatte sie hoch oben in den Bergen begraben, in einer Felsspalte, die sich in den kurzen Sommern mit eisigem Schmelzwasser füllte, das Winter für Winter steinhart gefror. Die Archäologen nahmen an, dass die Frau Priesterin gewesen war und einer längst vergessenen Religion angehört hatte, die vor zwei- bis dreitausend Jahren praktiziert worden war. Der Inhalt des Grabes war noch nach Jahrtausenden in bemerkenswert gutem Zustand, als wäre er in einer Tiefkühltruhe gelagert worden. Als Wegzehrung für ihre Reise in die Welt der Geister hatte man der Toten Fleisch mitgegeben, und als es aufgetaut wurde, wies es noch immer die Konsistenz und den unverkennbaren Geruch von Hammelfleisch auf.

Das Foto und die Beschreibung des Grabes erinnerten mich an die Stelle, an der meine letzte Begegnung mit Umaj stattgefunden hatte, und als ich weiterlas, schlug mein Herz schneller.

Dem Artikel zufolge barg das Grab eine archäologische Sensation. Die Arme der Frau waren mit Tätowierungen von fremdartigen Tiergestalten bedeckt. Diese Fabelwesen umkreisten Ober- und Unterarme und verschmolzen miteinander. Die Tätowierungen waren von der gleichen Art wie die, die auf der Mumie eines Mannes gefunden worden waren, dessen Grab man vor fast fünfzig Jahren ebenfalls im Altaigebirge entdeckt hatte. Auch bei ihm nahm man an, dass er Priester einer längst untergegangenen Religion gewesen war.

Ich war mir sofort sicher, dass es sich bei der weiblichen Mumie um die gleiche Frau handelte, die ich in meinem Traum gesehen hatte. Ein Schwindelgefühl erfasste mich. Ich legte die Beine auf mein kleines Sofa und streckte mich aus, Zeitungen und Briefe fielen unbeachtet zu Boden. Ich schob mir ein Kissen unter den Kopf und schloss die Augen.

Mit einer Stimme, die nur deswegen ruhig klang, weil ich fest entschlossen war, sie so klingen zu lassen, sagte ich zu mir: »Ich will nicht mehr denken. Ich muss schlafen. Bitte lasst mich einfach so schlafen wie früher, ohne diese seltsamen Träume.« Meine Worte beruhigten mich zwar nicht im Geringsten, aber ich gab nicht auf, sondern bemühte mich weiter, wenigstens im Tonfall meiner Stimme Fassung zu bewahren. »Entspanne dich und denke an gar nichts.«

»Ganz richtig. Dies ist nicht der richtige Zeitpunkt zum Denken. Du hast andere Dinge zu tun.« Die Worte werden von einer kräftigen Männerstimme gesprochen, doch sie klingen, als kämen sie aus meinem Inneren.

»O Gott! Was ist denn jetzt los?« Ich schreie in wahn-
sinniger Angst.

»Du träumst. Beruhige dich«, befiehlt die Stimme. Es
überrascht mich, aber ich fühle mich tatsächlich ruhiger. Vielleicht hat die Stimme recht. Ich bin eingeschlafen, ohne es zu merken, und alles ist nur ein Traum.

»Es gibt ein paar Dinge, die du jetzt lernen musst.
Was möchtest du gerne zuerst erfahren?«

»Ich möchte das Wichtigste erleben, was ich in meiner derzeitigen Verfassung verstehen kann.«

»Gut. Folge mir.« Ich akzeptiere diese Stimme als die
Stimme meines Lehrers, deshalb folge ich bedenkenlos
der Gestalt eines weißgekleideten Mannes, die ich jetzt
wahrnehme. Ich bin neugierig auf das, was er mir zeigen wird. Seine Bewegungen zeugen von Entschlossenheit, und er beginnt eine Leiter hinunterzuklettern, die
in einem Schacht nach unten führt. Das überrascht
mich, denn als ich um eine Offenbarung bat, hatte ich
damit gerechnet, dass sie mir, wie schon so oft, in der
Höhe schwebend zuteil würde.

Ich folge dem weißgekleideten Mann in die Tiefe der
Erde. Während wir hinabsteigen, wird es zunehmend
heißer. Finsternis umgibt uns. Endlich sehe ich, wie mein
Lehrer durch eine schwere schwarze Eisentür einen
Raum betritt. Schnell schlüpfe ich hinter ihm hinein,
denn ich will nicht allein gelassen werden. Rote Feuer-
zungen flackern an den Wänden des Raumes. Nackte
Männer stehen an riesigen schwarzen Ambossen, schwere Hämmer in den Händen. Ich sehe, wie die weiße Gestalt meines Lehrers durch die gegenüberliegende Tür
den Raum verlässt. Um ihm zu folgen, muss ich durch
den Kreis dieser Männer gehen, und sie haben offensichtlich nicht die Absicht, mich ohne weiteres passieren zu lassen. Sie grinsen, flüstern miteinander und sehen mich dabei mit unverhohlener Geringschätzung an.

Die Flammen berühren fast mein Haar. Langsam bewegen sich die nackten Kerle auf mich zu. Sie sagen nichts, aber ich weiß, dass sie beschlossen haben, mir etwas Furchtbares anzutun. Die eiserne Tür fällt mit einem dumpfen Krachen hinter mir ins Schloss. Jeder Fluchtweg ist mir versperrt. Als ich erkenne, dass ich tatsächlich gefangen bin, beginne ich zu weinen. Wie konnte ich so leichtgläubig sein, diesen Abgesandten des Teufels als Lehrer zu akzeptieren? Wie konnte ich mich von ihm hierher führen lassen? Statt der Offenbarung, die er versprochen hatte, steht mir Entsetzliches bevor.

Die Männer kreisen mich ein, und ich sehe jetzt, dass sie total betrunken sind. Angst überwältigt mich, ich verliere die Kontrolle über mich selbst und fange an zu schreien.

Dann, aus dem Nichts, kommt mir eine einfache Erkenntnis. Dieser Ort und die Männer, die mich bedrohen, sind Schöpfungen meiner eigenen Ängste. Alle Bilder in diesem Traum habe ich selbst geschaffen. Ich kann sie beherrschen und mit ihnen tun, was ich will. Dieses Wissen verleiht mir ein Gefühl großer Macht, und zuversichtlich gehe ich auf die betrunkenen Männer zu. Die roten Flammen verblassen, die furchterregenden Kerle schrumpfen zu kleinen, formlosen Gestalten zusammen und verschwinden schließlich ganz. Ich durchschreite den leeren Raum und verlasse ihn durch die gegenüberliegende Tür.

Draußen wartet der weißgekleidete Mann auf mich. »Hast du dich an die Lektion erinnert?«, fragt er.

»Ja.« Ich verstehe, dass ich von meinem Inneren aus die Realität – oder was ich dafür halte – steuern kann. Ich kann sie willentlich verändern. Ich erinnere mich an Umajs Worte über die beiden Aufgaben, die wir Menschen erfüllen müssen – unsere Realität und uns selbst zu erschaffen. Ich weiß, dass Umaj mir noch mehr er-

klären kann, und ich brenne darauf, mit ihr darüber zu sprechen.

»Ich möchte mit Umaj sprechen«, sage ich zu meinem Lehrer, denn ich spüre, dass er von ihr weiß und vielleicht in der Lage ist, mich mit ihr zusammenzubringen.

»Du kannst sie nicht wiedersehen. Sie hat getan, was wir ihr aufgetragen haben. Ihre Zeit ist um.«

»Nein! Ich will sie sehen!«, schreie ich meinen Lehrer an. Jetzt erst merke ich, wie sehr ich Umaj vermisst habe; ich würde alles tun, um sie wiederzusehen.

»Es ist unmöglich«, wiederholt er. Seine Stimme klingt gereizt, so, als würde er mit einem ungehorsamen Kind sprechen.

Aber er kann mich nicht davon abbringen. »Das ist nicht wahr. Es ist möglich!«, widerspreche ich hartnäckig, denn ich weiß, dass ich in der Lage bin, die Wirklichkeit zu steuern. Ich weiß, wie ich mich mit all meiner Kraft darauf konzentrieren muss, um Umaj zu mir zu bringen. Das tue ich, und plötzlich steht sie vor mir.

»Sieh mal einer an. Du bist eine gute Schülerin«, sagt mein Lehrer schmunzelnd und verschwindet.

Voll freudiger Erwartung wende ich mich Umaj zu. Auf ihrem Gesicht liegt ein wunderschönes, freundliches Lächeln, und wieder wird mir klar, dass ich ihr mein Leben anvertrauen würde.

»Warum hast du mich hergebeten?«, erkundigt sie sich.

»Ich möchte mehr darüber wissen, wie wir uns selbst erschaffen. Ich beginne zu verstehen, wie ich mir meine Realität bilde. Jetzt möchte ich erfahren, was du damit gemeint hast, dass wir auch das Wesen erschaffen, das in dieser Realität lebt.«

»Betrachte dich und die Menschen in deiner Umgebung. Sie tun nichts anderes. Sie sind nur damit beschäftigt, ihr Selbst zu kreieren. Sie sprechen andauernd mit diesem sich verändernden, wachsenden Wesen und versuchen so, es zu formen.

Dabei laufen hauptsächlich drei Prozesse ab. Zum einen sprechen die Menschen im Kopf über ihre Vergangenheit und rekonstruieren sie: Sie verändern sie in Gedanken, löschen das aus, was zu dem Wesen, das sie zu erschaffen versuchen, nicht passt, und gewichten das, was ihnen weiterhilft. Zum anderen denken sie an die Zukunft, sie stellen sich vor, was sie tun werden, wie sie aussehen werden, was sie besitzen werden und wie andere auf sie reagieren werden.

Die dritte Sache, mit der sich die Menschen beschäftigen, stellt ihre Verbindung zur Gegenwart her. Unbewusst registrieren sie, wie andere ihr Wesen und ihre Handlungen beurteilen, und reagieren dann ihrerseits wiederum auf diese Beurteilungen. Manche davon bestätigen ihr Selbstbild, während andere es zerstören. Menschen merken, ob andere sich von ihnen angezogen fühlen oder nicht. Wenn sie mit anderen zusammen sind, die ihr Selbstbild nicht bestätigen, entsteht ein Gefühl, das man als Abneigung gegen diese Personen bezeichnen würde. Wenn Menschen jedoch umgekehrt von ihrer Umgebung bestätigt werden, entwickeln sie ein Gefühl der Zuneigung für die anderen. Auf diese Weise verbinden Menschen Vergangenheit, Gegenwart und Zukunft, um die eigene Persönlichkeit zu erschaffen. Wenn du aufmerksam hinschaust, wirst du feststellen, dass diese Prozesse in jedem Menschen und in jeder Situation ablaufen. Sieh dich um. Du wirst viele interessante Beispiele dafür finden.

Aber wenn du diesen Prozess durchschaut hast, wirst du auch erkennen, dass es noch ein weiteres Selbst gibt, das zwar von all dem weiß, aber unabhängig davon ist. Das ist dein innerstes Selbst und dort beginnt die wah-

re Freiheit, das Wunderbare. Dort liegt der Ursprung der großen Kunst, Entscheidungen zu fällen. Aber du hast für heute genug gehört.«

Ich war erschöpft, und bald schob sich eine Flut von Träumen über mein Bewusstsein. Als ich schließlich die Augen öffnete, fühlten sich meine Glieder steif und bleiern an, weil ich die ganze Zeit in unveränderter Stellung auf dem Sofa gelegen hatte. Ich massierte meine Beine so lange, bis ich sie wieder spürte, und stand dann auf, um mir einen Kaffee zu machen. Mit dem Kaffee setzte ich mich an meinen kleinen Küchentisch und schlürfte ihn langsam aus einer alten Porzellantasse, wobei ich nicht so sehr das Trinken genoss, als vielmehr den angenehmen, beruhigenden Duft. Draußen war es schon lange hell, und durch das Fenster konnte ich die Kinder sehen, die im Hof herumtobten und vor Vergnügen schrien und lachten.

Von meinem Fenster im dritten Stock wirkten die Kinder weit entfernt, genauso weit entfernt, wie mir die Realität in diesem Moment erschien. Mein Kopf war immer noch schwer, und mein Körper schwebte zwischen Schlafen und Wachen. Ich wusste, dass ich alles, was ich gehört und gesehen hatte, durchdenken musste, um es zu verstehen, aber dazu war ich im Moment nicht fähig. Mein Bewusstsein war in einem so konfusen Zustand, dass ich es nicht beachten durfte, wollte ich mein Leben wieder in geordnete Bahnen lenken. Zunächst war ich gezwungen, meinem Unbewussten die Arbeit zu überlassen.

Ich musste mich darauf vorbereiten, am nächsten Tag wieder zu arbeiten. Es gab viel zu tun, und ich ging ziemlich spät ins Bett. Das kam mir durchaus gelegen, denn ich fiel schnell in einen tiefen Schlaf, der endlich einmal traumlos war.

Am nächsten Morgen erschien mir mein gewohnter Alltag zugleich vertraut und fremd, und ich merkte, dass ich alles durch den Filter der Erfahrungen erlebte, die ich in den letzten Tagen gemacht hatte.

Schon ein normaler Urlaub rief widerstreitende Gefühle in mir hervor. Zuerst empfand ich es als Segen, dass ich meine Arbeit hinter mir lassen konnte, die von Krankheit gezeichneten Gesichter, die unangenehmen Gerüche, das unvermittelte Geschrei auf den Stationen, den Papierkram, der zum großen Teil überflüssig war. Nach einer Weile stellte ich dann erstaunt fest, dass ich anfing, genau diese Dinge zu vermissen. Schließlich hoffte ich, dass die Zeit schnell vergehen würde, damit ich wieder in meine Klinik zurückkehren konnte. Auch diesmal war das nicht anders. Ich freute mich und war erleichtert, die angenehme Routine des Krankenhausalltags wiederaufnehmen zu können.

Während ich durch die vertrauten düsteren Flure ging und mit Krankenschwestern und Patienten sprach, registrierte ich in Gedanken alles, was sich in den wenigen Tagen, die ich fort gewesen war, verändert hatte. Bei dem Anblick der geschlossenen weißen Tür der Notaufnahme stieg Furcht in mir auf. Jede Kleinigkeit, die mich an die Tote erinnerte, jagte mir Angst ein. Aber das hier war meine Arbeit, ich musste meine Pflichten erfüllen, und deshalb kämpfte ich mit allen Mitteln gegen meine Ängste an. Ich begann mit der Visite.

Es wunderte mich nicht, dass nur wenige Patienten Fortschritte gemacht hatten. Die Mehrzahl von ihnen war ein lebender Beweis für die Verwundbarkeit und Labilität der menschlichen Psyche.

Zum Glück bereitete mein junger Soldat mir eine angenehme Überraschung. Als ich mein Büro betrat, saß er bereits in dem Ledersessel vor meinem Schreibtisch. Er war von seiner akuten Psychose völlig genesen und allen Anzeichen nach fast so weit, dass er nach Hause entlassen werden konnte. Mit lässig übereinandergeschlagenen Beinen saß er vor mir, und ich bemerkte, dass seine Hände kaum noch zitterten. Sein Anblick bildete einen komischen Gegensatz zu dem riesigen, grobschlächtigen neuen Pfleger, der neben ihm stand und mich vor Gewalttaten der Patienten schützen sollte. Der Pfleger wirkte viel gefährlicher und gewalttätiger als der freundliche junge Mann.

»Guten Morgen. Wie geht es Ihnen heute, Andrej?«

Er sah verwirrt aus, offensichtlich erinnerte er sich nicht an mich. »Guten Tag, Frau Doktor.«

»Sie erkennen mich wohl nicht wieder, oder? Als wir uns kennenlernten, waren Sie zu sehr mit anderen Dingen beschäftigt, kann das sein?«

»Allerdings! Es war die Hölle! Ich weiß gar nicht, wie ich das den Leuten hier erklären soll. Diese Wesen aus dem UFO, die mir überallhin gefolgt sind, waren für mich ganz wirklich. Sie waren entsetzlich. Sie haben mich bedroht und wollten mich nicht in Ruhe lassen. Niemand konnte mir helfen, ihnen zu entkommen.«

»Das stimmt nicht ganz, Andrej. Wir haben Ihnen mit unserer Betreuung und unseren Medikamenten geholfen, diese Wesen zu vertreiben. Ohne diese Hilfe würden sie immer noch von Ihren Visionen heimgesucht werden. Verstehen Sie jetzt, dass diese Bilder nichts als Halluzinationen waren?« Der junge Mann schien über meine Worte nachzudenken. Dann nickte er bestätigend.

»Es ist eigentlich ziemlich egal, wie man sie nennt. Aber ich verstehe, was Sie meinen. Sie gehörten nicht zu dieser Welt. Das weiß ich. Wenn ich jetzt an sie denke, kommen sie mir wie Figuren aus einem intensiven bösen Traum vor. Aber als ich noch in diesem Traum war, waren es Wesen in einem richtigen Raumschiff, die mich

verfolgten und mich zwangen, alles zu tun, was sie wollten.«

»Was denn zum Beispiel?«

»Zum Beispiel dem fahrenden Zug entgegenzulaufen
und zu versuchen, mich umzubringen. Oder an meinen
Kleidern herumzureißen und zu versuchen, mich selbst
zu verletzen. Es war, als wollten sie mich zwingen, alles,
was ich über mich und mein Leben wusste, zu vergessen. Diese Wesen wollten, dass ich ihr absolut gehorsa-
mer Diener wurde.«

»Und Sie hatten nicht die Kraft, ihnen Widerstand zu
leisten?«

»Ich hatte überhaupt keine Kraft. Sie haben meinen
ganzen Kopf ausgefüllt. Ich hatte keinen eigenen Gedanken mehr. Ich konnte nur noch ihre Stimmen
hören.«

»Was halten Sie jetzt von diesen Wesen?«

»Ich weiß nicht. Ich habe keine Angst mehr vor ihnen, und sie haben über eine Woche lang nicht zu mir
gesprochen. Ja, und außerdem bin ich meistens ein bisschen schläfrig, und meine Gefühle sind wie betäubt.«

»Das ist die Wirkung der Medikamente, die Sie eingenommen haben. Jetzt können wir anfangen, die Dosis zu verringern, und Sie auf Ihre Heimkehr vorbereiten.«

Zum ersten Mal strahlten seine Augen, und sein rundes, offenes Gesicht sah sehr kindlich, sehr glücklich
aus. Offensichtlich war er begeistert von der Nachricht,
dass er diesen Ort bald würde verlassen können.

Ich erklärte ihm, es sei mein Wunsch, dass er auf dem
Klinikgelände zu arbeiten beginne und dort dem Perso-
nal zur Hand gehe. Damit war eine große Einschrän-
kung in seinem Leben als Patient der Klinik aufgehoben,
und er konnte jetzt nach draußen an die frische Luft gehen, wann immer er wollte. Er würde die Wege säubern

und vielleicht noch andere einfache Arbeiten auf dem Gelände verrichten. Nach mehreren Wochen Isolation war Andrej von der Aussicht auf dieses bisschen Freiheit sichtlich erfreut. Er wusste, dass er jetzt endlich auf dem Weg nach Hause war, und verließ mein Büro als glücklicher Mensch.

Als ich anschließend die übliche Beurteilung von Andrejs Fall vorbereitete, wurde mir wieder klar, wie sehr ich mich verändert hatte. Meine Wahrnehmung hatte sich in wenigen Tagen so dramatisch gewandelt, als hätte ich jahrelang psychologische Studien betrieben und gleichzeitig intensive persönliche Erfahrungen gemacht. Es fiel mir nicht mehr leicht, jemanden als geisteskrank einzuschätzen oder die phantastischen Wahrnehmungen meiner Patienten einfach als Hirngespinste abzutun. Die unauslöschlichen Eindrücke meiner intensiven Träume im Altai waren ständig präsent und hatten mein Verständnis von Wirklichkeit verunsichert. Da ich mir im Klaren darüber war, dass ich selbst bei vollem Bewusstsein solche Visionen erlebt hatte, fiel es mir nicht mehr so leicht, die Grenze zwischen Traum und Realität zu ziehen. Was war wirklich und was nicht? Ich wusste es nicht mehr.

Unerklärliche Ereignisse, die viele Jahre hätten füllen können, waren in einem extrem kurzen Zeitraum geschehen, und sie hatten mir ein ganz neues Verständnis von den menschlichen Fähigkeiten vermittelt. Oder, genauer gesagt, sie hatten mich vor völlig neue Fragen gestellt und ließen mich an meinen alten Wahrnehmungsmustern zweifeln. Etwas verwandelte sich in mir – ich konnte es buchstäblich fühlen –, aber es war noch nicht so weit, dass es in meinem Verstand hätte Form annehmen können. Das würde Zeit brauchen, wenn es überhaupt jemals geschehen würde.

Im Moment war ich mir nicht mehr sicher, ob ich

Andrejs Krankheit richtig einschätzte. Während ich versucht hatte, ihn zu beruhigen, und ihn darauf hinwies, dass seine beängstigenden Visionen nur die Halluzinationen seines erkrankten Bewusstseins gewesen waren, waren Zweifel in mir aufgestiegen. Ich sah es nun als möglich – ja sogar als wahrscheinlich – an, dass die Wirklichkeit auf kompliziertere Weise in Erscheinung treten konnte, als wir bisher angenommen hatten. Meine alten Grundsätze und Überzeugungen hätten nicht einmal einen Bruchteil von dem abdecken können, was ich im Altai erlebt hatte. Ich spürte, dass ich in einem ungeheuer weiten, unerforschten Ozean schwamm.

Ich warf einen Blick aus dem Fenster und war beruhigt, als ich den alten Straßenbahnwaggon sah, der nach wie vor mitten im Gelände stand. Der abblätternde blaue Lack, der die Karosserie überzog, bildete einen schönen Kontrapunkt zum hellen Blau des Frühlingshimmels. Mir kam der Gedanke, dass dieses unergründliche alte Wrack vielleicht die einzige Konstante in meiner Wirklichkeit war.

Ich schlug mein Berichtsheft auf und verfasste das obligatorische Protokoll über Andrejs Fortschritte. Ich hatte noch eine Menge anderer Dinge zu erledigen und schalt mich, weil ich so viel Zeit mit meinen Tagträumen vertrödelt hatte.

Einige Wochen vergingen, und nach und nach fühlte ich mich im Klinikalltag wieder wohl. Es kam mir vor, als würde ich meine Arbeit, die ich schon immer als sehr befriedigend empfunden hatte, jetzt noch einmal völlig neu entdecken.

Eines Morgens tauchte unvermittelt ein fröhliches, offenes Gesicht in meiner Tür auf. »Hallo!«, bekam ich zu hören. »Sind Sie die Ärztin, die ich aufsuchen soll?« Ohne eine Antwort oder eine Aufforderung abzuwarten, trat ein kleiner Mann mittleren Alters in einem dunkelblauen Anzug in mein Büro und stellte sich vor meinen Schreibtisch.

»Mein Name ist Dmitrijew. Ich bin Physiker in der akademischen Stadt. Hier ist meine Einweisung ins Krankenhaus.«

Als mein Besucher die akademische Stadt erwähnte, wurde mir klar, dass er zur intellektuellen Elite gehörte. ›Akademgorodok‹, wie diese Stadt der Wissenschaft genannt wurde, war in den frühen sechziger Jahren ein Experiment der Sowjetregierung gewesen, das sich inzwischen etabliert hatte. Man hatte in einer schönen sibirischen Landschaft komfortable Häuschen gebaut und die bedeutendsten Wissenschaftler aus der gesamten Sowjetunion dorthin eingeladen. Mit dieser Einrichtung verfolgte man das Ziel, der sowjetischen Wissenschaft neue Impulse zu geben. Die Menschen dort arbeiteten unter den besten Bedingungen im ganzen Land. Ihnen standen die modernsten wissenschaftlichen Geräte und die neuesten Technologien zur Verfügung. Auch Angestellte und Arbeiter in untergeordneten Positionen konnten problemlos die besten Lebensmittel einkaufen und nachts in bequemen Betten schlafen.

Die Einrichtung hielt, was man sich von ihr versprochen hatte, es wurden dort einige der bedeutendsten Theorien und Technologien jener Zeit entwickelt. Die Bewohner der Stadt waren hochintelligent, und sie lebten in einem demokratischen, freiheitlichen Klima, das es ihnen ermöglichte, ein individuelles Leben zu führen. Das verschaffte ihnen eine unverkennbare Ausstrahlung, eine Mischung aus Selbstvertrauen und Aufgeschlossenheit.

Beides nahm ich an dem Mann wahr, der vor meinem Schreibtisch stand. Er zog seine Einweisung heraus, einen Bogen Papier, den er einfach zusammengeknüllt in die Tasche gestopft hatte, und präsentierte sie mir, indem er sie mit einer lässigen Handbewegung auf meinen Schreibtisch warf. Dann, ohne meine Aufforderung abzuwarten, setzte er sich. Ich hatte das Gefühl, dass er ein Spiel mit mir spielte, bei dem er geschickt eine Gratwanderung zwischen harmlosem Witzbold und unverschämtem Flegel vollführte.

Ich schaute mir das Papier an, das er mir so achtlos vor die Nase geworfen hatte. Es stammte von seinem Hausarzt und besagte, dass bei Herrn Dmitrijew ein ›neurotisches Syndrom somatischer Genese‹ aufgetreten war und dass wir angewiesen wurden, ihn stationär zu behandeln.

»Wollen Sie mich etwa mit Hypnose behandeln?«, fragte der neue Patient spöttelnd. Seine Augen lachten dabei, und seinem freundlichen Gesichtsausdruck sah ich an, dass er mich mit seinem bissigen Humor nicht verletzen wollte.

Mir wurde klar, dass ich mich mit einem Menschen unterhielt, der die Fähigkeit besaß, zwischen verschiedenen Persönlichkeiten zu wechseln, aber das vertraute, schmerzhafte Gefühl, das mich sonst befiel, wenn ich entdeckte, dass jemand schizophren war, blieb aus.

»Es tut mir außerordentlich leid, Sie enttäuschen zu müssen, Herr Dmitrijew, aber ich werde Sie nicht mit Hypnose behandeln. Ich werde Sie nämlich überhaupt nicht behandeln. Ihr Überweisungsschein ist für die Station ausgeschrieben worden, auf der neurotische Patienten behandelt werden. Das hier ist die psychiatrische Station. Sie müssen Ihren Einweisungsschein wieder mitnehmen und zum zweiten Gebäude linker Hand gehen. Dort werden Sie den Arzt finden, der Sie behandeln wird.«

»Nein! Bitte nicht. Das ist unfair! Ich erkenne sofort, dass Sie die Ärztin sind, die mir helfen könnte. Warum leben wir nicht zur Zarenzeit? Da hätte ich mir einen Arzt nach meinen Wünschen aussuchen können, ohne irgendwelche dummen Einschränkungen von wegen Stationszugehörigkeit oder sonst was!«, rief er theatralisch. Dann senkte er die Stimme und fügte hinzu: »Vielleicht ist es besser so. Das Gehalt, das ich als berühmter Physiker verdiene, würde nicht ausreichen, um einen Arzt anzustellen. Es ernährt kaum mich selbst. Guten Tag, Frau Doktor. Auf Wiedersehen.«

Als er mein Büro verließ, war sein Gesicht wieder völlig ernst, ohne eine Spur jener scherzhaften Ironie, die sich auf seinen Zügen abgezeichnet hatte. Was für merkwürdige Menschen man als Psychiaterin kennenlernt, dachte ich, und dann vergaß ich ihn bis zu meinem Nachtdienst in der folgenden Woche.

Ein Arzt hatte nachts immer Bereitschaftsdienst und kümmerte sich um die Patienten und um die Notfälle, die außerhalb der normalen Zeiten eingeliefert wurden. Wir wechselten uns mit diesem Dienst ab, und ich war etwa alle zwei Wochen an der Reihe. In manchen Nächten war so viel zu tun, dass an Schlaf gar nicht zu denken war, aber das System bot den Vorteil, dass ich mit anderen Patienten als meinen eigenen arbeiten konnte. Manche von ihnen waren interessant, und mir machte die Arbeit Spaß. Darüber hinaus waren die Nachtdienste finanziell gesehen höchst willkommen, denn wir bekamen dafür fast doppelt so viel Lohn wie für den regulären Dienst tagsüber.

In jener Nacht begannen meine Runden durch die Stationen ohne besondere Vorkommnisse, bei ein paar Patienten, deren Zustand sich verändert hatte, musste lediglich die Medikation angeglichen werden. Als ich zum Eingang der Station für neurotische Patienten kam, stand Dmitrijew in der offenen Tür, und meine Ankunft schien ihn so wenig zu überraschen, als hätte er bereits gewusst, dass ich nun jeden Augenblick den Flur entlangkommen würde.

»Wie geht es Ihnen, Frau Doktor?«, fragte er. Er war ruhiger und viel höflicher als bei unserer letzten Begegnung.

»Danke, gut. Ihnen scheint es auch besserzugehen?«

»Ja, viel besser. Haben Sie einen Augenblick Zeit? Ich möchte mit Ihnen sprechen«, bat er.

»Wenn Sie meine Hilfe brauchen, gerne«, erwiderte ich.

Es gab in der Klinik eine Vorschrift, die besagte, dass die Ärzte sich jedem Patienten widmen mussten, der sie während des Nachtdienstes um ein Gespräch bat, und ich fragte mich, welche besondere Aufgabe Dmitrijews gescheiter Kopf wohl für mich ausgeheckt hatte.

»Dann lassen Sie uns mal annehmen, dass ich Ihre Hilfe brauche, Frau Doktor.«

Ich bat die Nachtschwester, das Büro des Stationsarztes für mich aufzuschließen. Sie unterbrach ihre Tätigkeit und ging den Flur entlang zu einer schwarzen Holztür, an der ein Schild mit dem Namen ›Dr. Fedorow‹ hing. Mit einem Schlüssel aus der Sammlung, die sie bei sich trug, öffnete sie die Tür.

Ich betrat den Raum als Erste. Die Untersuchungszimmer anderer Ärzte wirkten auf mich immer imponierender und weniger gemütlich als mein eigenes. Doch in diesem Fall war es auch möglich, dass Dr. Fedorows Ruf mich beeinflusste. Er war dafür bekannt, dass er regelmäßig rätselhafte, riskante Behandlungsmethoden anwandte, und zwar bei neurotischen Patienten, die von anderen Ärzten als hoffnungslos aufgegeben worden waren. Niemand bestritt seine unglaublichen Erfolge, aber es wusste auch keiner, wie er sie erzielte, weil er sich über seine Methoden beharrlich ausschwieg.

»Kommen Sie herein, Herr Dmitrijew, und nehmen Sie Platz.«

Meine Aufforderung kam, wie schon bei unserem letzten Treffen, zu spät. Herr Dmitrijew war bereits eingetreten, hatte es sich auf einem Stuhl bequem gemacht und wartete nun geduldig darauf, dass auch ich mich setzte, bevor er zu sprechen begann. Ich blickte ihn erwartungsvoll an.

»Ich fürchte, Sie werden den Grund, weswegen ich Sie um ein Gespräch gebeten habe, erst einmal merkwürdig finden. Aber ich möchte Sie bitten, versuchen Sie zu verstehen, worum es mir geht.

Ich betreibe Forschungen auf dem Gebiet der Quantenphysik. In meinem Laboratorium werden unter anderem verschiedene Phänomene der Realität untersucht. Ich würde sogar so weit gehen zu behaupten, dass ich durch meinen Beruf eine konkretere Beziehung zur Realität gewonnen habe als jeder andere Mensch. Ich habe sehr viel Freiheit in dem, was ich tue. Bei meinen Forschungen über die Realität setze ich größtenteils physikalische Experimente ein, aber daneben haben wir begonnen, auch Techniken anzuwenden, die sich an den Koordinaten menschlicher Wahrnehmung und den Funktionen des Unterbewussten orientieren. Ich möchte Ihnen gerne mehr über unsere Arbeit erzählen und Sie zu einem Besuch in unserem Labor einladen.«

Diese unerwartete Einladung überraschte mich, dennoch hörte ich ihm weiterhin mit professionell geschulter Aufmerksamkeit zu.

»Ich möchte Ihnen etwas Wichtiges sagen. Die Langzeitstudien der Realität haben meine Weltsicht völlig verändert. Viele Gewissheiten, die ich zu Beginn meiner Arbeit über das Wesen der Realität hatte, haben sich in Ungewissheit verwandelt, und diese Ungewissheit hat mir bei meiner weiteren Arbeit faszinierende neue Türen geöffnet. Die Mehrzahl der Menschen in meiner Umgebung erwartet von mir, dass ich mich im Rahmen ihrer ›normalen‹ Lebensbereiche bewege, und das stört mich auch nicht. Es ist eins der Gesetze, die ich als Mensch befolgen muss. Jetzt allerdings gestatte ich mir, die Grenze unseres Verhältnisses als Ärztin und Patient zu überschreiten und Ihnen unverblümt zu sagen, warum ich Sie um diese Unterhaltung gebeten habe.«

Er wirkte ganz ernst, und mir gefiel diese Stimmung besser als seine frühere Schauspielerei. Er schien eine Reaktion von mir zu erwarten, daher forderte ich ihn auf: »Bitte, sprechen Sie weiter.«

»Erst einmal glaube ich keineswegs, dass mich der Zufall auf Ihre Station geführt hat. Mir unterlaufen praktisch nie solche Fehler wie diese Verwechslung, die mich zu Ihrer Tür brachte. Ich habe gelernt, mit meiner

Intuition zu kommunizieren, und sie sagt mir, dass es kein Zufall war, dass Sie mich kennengelernt haben.«

Ich traute meinen Ohren nicht. »*Ich* habe *Sie* kennengelernt?«, fragte ich.

»Ja, ganz richtig. Ich bin zufrieden mit dem, was ich bin und was ich tue. Ich brauche nichts. Aber ich spüre, dass Sie eine sehr intensive Phase durchleben und möglicherweise nahe daran sind, etwas Bedeutungsvolles zu begreifen. Ihre Energie hat ein ungewöhnliches Profil, das habe ich bereits bei unserer ersten Begegnung gespürt. Ich glaube, dass ich Ihnen vielleicht helfen kann. In unserem Labor haben wir eine neue Methode entwickelt, mit der wir unter Anwendung physikalischer Hilfsmittel, wie zum Beispiel runder Spiegel, Kanäle zu anderen Bewusstseinszuständen öffnen können. Frau Doktor, Sie haben kürzlich seltsame Zustände durchlebt, für die Sie noch keine Erklärungen gefunden haben, stimmt das?«

Ich war schockiert. Meine Stimme klang leise, als ich antwortete: »Ja, das stimmt.«

»Sehen Sie? Und ich bin überzeugt, dass Sie gern in dieser einmal eingeschlagenen Richtung weitergehen und wenn möglich zu einem Verständnis dieser Erfahrungen gelangen möchten. Ist das richtig?«

»Ja.« Seine offensichtliche Ernsthaftigkeit ermöglichte es mir, ihm zu vertrauen, und ich hatte das Gefühl, ihm gefahrlos zustimmen zu können.

»Hier ist meine Visitenkarte. Rufen Sie mich an, wann immer es Ihnen passt. Es wird mir eine Freude sein, Ihnen mein Labor zu zeigen.«

Dmitrijew reichte mir die imposanteste Visitenkarte, die ich je gesehen hatte. Sein Name war unterstrichen, und darunter stand, er sei ›Leiter des Physiklabors‹. Obwohl ich mir sicher war, dass ich die Karte wegwerfen würde, nahm ich sie aus seiner ausgestreckten Hand entgegen und stand auf, um zu gehen. Da kam mir eine letzte Frage in den Sinn.

»Herr Dmitrijew, aus welchem Grund sind Sie in die Klinik eingewiesen worden? Welches Problem hat Sie zu uns gebracht?«

»Können Sie das nicht erraten, Frau Doktor?«, stellte er die Gegenfrage, und wieder leuchtete ihm der Schalk aus den Augen. Wir trennten uns ohne ein weiteres Wort, und während ich die Station der Neurosekranken verließ, überlegte ich, ob ich nicht vielleicht selbst ein paar Wochen hier verbringen sollte, um wieder einen klaren Kopf zu bekommen.

Als ich schließlich mit meinem Rundgang fertig war, kehrte ich in mein eigenes Büro zurück. Auf der Station war es ausnahmsweise einmal still, alle Patienten schliefen. Statt Dmitrijews Visitenkarte wegzuwerfen, wie ich es eigentlich vorgehabt hatte, brachte ich sie sorgfältig in der Ablage auf meinem Schreibtisch unter. Dann machte ich mir ein Nachtlager auf meinem Sofa zurecht und legte mich hin in der Hoffnung, dass es in der Nacht keine Notfälle geben würde. Beim Einschlafen fragte ich mich noch einmal, warum ich Dmitrijews Karte nicht weggeworfen hatte; wahrscheinlich lag es an meinem unbewussten Respekt vor der Physik, den mir meine wenig erfolgreichen Versuche, im Gymnasium die Relativitätstheorie zu verstehen, eingeflößt hatten. Ich hatte nach wie vor nicht die Absicht, sein Angebot anzunehmen.

Die Nacht blieb ruhig, und ich schlief friedlich, tief und ohne zu träumen. Normalerweise wachte ich morgens von selbst auf, aber mein Körper brauchte wohl zusätzliche Ruhe, und ich hatte deswegen beinahe das Frühstück verschlafen. Nachdem ich schnell etwas gegessen hatte, machte ich mein Sofa wieder zurecht, stopfte Kissen und Laken in den Schrank und bereitete mich auf meine Vormittagsvisite vor. Da klingelte mein Telefon, und voll Dankbarkeit, dass es die ganze Nacht geschwiegen hatte, nahm ich den Hörer ab.

Eine unbekannte Stimme sagte: »Frau Dr. Kharitidi? Mein Name ist Swetlana Pawlowna Saijzewa. Ich bin Bezirkspsychiaterin in einer der hiesigen Kliniken.«

»Womit kann ich Ihnen helfen, Swetlana Pawlowna?«, fragte ich.

»Ich brauche von Ihrem Krankenhaus Unterlagen über einen meiner Patienten. Er heißt Viktor Isotow und wurde bis vor etwa sechs Monaten in Ihrer Klinik stationär betreut. Seitdem behandle ich ihn hier. Kann sein, dass Sie sich nicht an ihn erinnern. Könnten Sie bitte seine Akte aus dem Archiv anfordern und sie mir schicken?«

»Doch, doch, ich erinnere mich sehr gut an Viktor. Ich habe oft an ihn gedacht und bin froh, dass er nicht wieder in die Klinik eingewiesen werden musste. Geht es ihm gut? Brauchen Sie seine Unterlagen für ein Rehabilitationsprogramm?«

»Nein, um ehrlich zu sein. Viktor hat letzte Nacht Selbstmord begangen. Jetzt muss ich einen Bericht schreiben. Wie Sie ja wissen, litt er unter Schizophrenie. Er hat so gut wie gar keine Fortschritte gemacht.«

Ich war es nicht gewohnt, bei der Arbeit zu weinen. Schon vor langer Zeit hatte ich mir beigebracht, mich von den Schicksalen meiner Patienten emotional zu distanzieren. Aber bei Viktor war das anders gewesen. Meine erste Reaktion auf die Nachricht von seinem Selbstmord war, der Anruferin die Schuld an seinem Tod zu geben, aber ich wusste, dass ich dazu kein Recht hatte. Vielleicht hatte sie ihn mit größerer Fachkenntnis behandelt, als ihre Worte vermuten ließen. Wie dem auch sein mochte, ich war außerstande, weiter mit ihr zu sprechen, und musste so schnell wie möglich auflegen. Ich hörte mich sagen: »Entschuldigen Sie, ich bin gerade sehr beschäftigt. Bitte geben Sie mir Ihre Telefonnummer, ich rufe Sie dann in etwa einer Stunde zurück.«

»Bemühen Sie sich nicht«, erwiderte sie. »Sie brauchen sich damit nicht abzugeben. Ich rufe Ihre Oberschwester an und bitte sie, sich darum zu kümmern. Haben Sie vielen Dank.« Swetlana Pawlowna legte auf, und ich wusste, dass sie meinen Kummer gespürt hatte.

Viktor Isotow war gerade erst zwanzig Jahre alt gewesen, als er aus einer Spezialklinik in unser Krankenhaus überwiesen worden war. Solche Kliniken hatte es jahrzehntelang überall in der Sowjetunion gegeben. Sie widmeten sich der Behandlung krimineller Patienten, vor allem solcher, die als gefährlich eingestuft wurden. Wir wussten nicht viel über diese Anstalten, denn sie waren dem Innenministerium unterstellt, nicht dem Gesundheitsministerium.

Eines der schlimmsten Verbrechen in der Sowjetunion wurde in Paragraph 70 des sowjetischen Gesetzbuches definiert. In diesem Paragraphen ging es um antisowjetische Agitation und Propaganda. Die Verurteilung nach Paragraph 70 war für die meisten Betroffenen praktisch gleichbedeutend mit einem Todesurteil. Der einzige Unterschied bestand darin, dass sie nicht hingerichtet wurden, sondern stattdessen den Schrecken der ›Sonderbehandlung‹ ausgeliefert waren. Viele der Verurteilten waren auf immer für die Welt verloren, und von denen, die zurückkehrten, blieben die meisten ihr Leben lang seelische Krüppel.

Viktor Isotow war als einem seltenen Ausnahmefall die Chance gegeben worden, in die Gesellschaft zurückzukehren. Nach zwei Jahren seelischen Horrors in einer Spezialklinik in Kasachstan hatte man ihn nach Hause geschickt und zur Weiterbehandlung in unsere Klinik eingewiesen. Er kam mit dem Etikett ›schleichende Schizophrenie‹ auf meine Station, einer Diagnose, die alles und nichts besagte und bei jedem so lauten konnte, der die Kriterien gesellschaftlicher Normalität, die die Regierung aufgestellt hatte, nicht erfüllte.

Wer mit dieser Diagnose behaftet war, hatte, auch wenn er in Wirklichkeit geistig völlig gesund war, unter den schrecklichen Folgen zu leiden, die auch jede diagnostizierte Schizophrenie nach sich zog. Fast alles, was den Betroffenen im Leben lieb und wert war, wurde ihnen geraubt. Sie verloren ihre Arbeitsstelle und ihre Freunde. Sie durften weder zur Schule gehen noch in sozialen Organisationen mitwirken.

Das wichtigste Syndrom in Viktors Krankengeschichte war nach den Aufzeichnungen seines letzten Arztes ›metaphysische Intoxikation‹ gewesen. In seiner Krankenakte hieß es: »Der Patient zeigt anomales Interesse an Literatur mit philosophischem, religiösem und metaphysischem Charakter. Er behauptet, er könne den ganzen Tag damit verbringen, Bücher zu lesen, ohne irgendwelchen anderen Interessen nachzugehen. Er hat nicht viele Freunde, denn seine Kriterien für Freundschaft sind sehr streng. Seine Redeweise ist abstrus und kompliziert. Er verbreitet antisowjetisches Gedankengut. Er ist der Überzeugung, die sowjetische Gesellschaft sei unvollkommen und könne in vieler Hinsicht verbessert werden.«

Viktors Verbrechen – seine Geisteskrankheit – bestand darin, dass er im Alter von siebzehn Jahren entschieden hatte, das Leben in der Sowjetunion sei verbesserungswürdig: Die Menschen hier sollten größere Freiheiten haben. Er hatte einfache, handgeschriebene Flugblätter angefertigt, auf denen er Vorschläge machte, wie diese Veränderungen aussehen könnten. Diese Flugblätter hatte er in seiner kleinen Heimatstadt an ein paar öffentlichen Gebäuden an die Mauern geklebt.

Was dann folgte, war typisch. Die örtliche Abteilung des KGB verhaftete Viktor, man leitete eine psychiatrische Untersuchung in die Wege, die die Diagnose Schizophrenie stellte, diese Diagnose wurde dem Gericht vorgelegt, und das Gericht schickte Viktor in die Spezialklinik.

Ich fragte mich, warum man ihn schließlich doch nach Hause gelassen hatte. Vielleicht hatten sie endlich erkannt, wie lächerlich es gewesen war, ihn überhaupt als Bedrohung für die Gesellschaft zu bezeichnen. Oder aber, sie hatten beschlossen, ihn als geheilt zu betrachten. Als Viktor mein Patient wurde, wäre ich nie auf die Idee gekommen, ihn als gefährlich einzustufen. Er hatte einen schmalen, weißen Nacken und blickte immer demütig zu Boden. Seine Stimme war leise, und er legte alle Symptome einer tiefen Depression an den Tag.

Viktor war der erste Patient gewesen, den ich aus einer Spezialklinik übernommen hatte. Ich musste feststellen, dass er vor allem und jedem Angst hatte. Er war sehr kooperativ und beantwortete gehorsam alle meine Fragen. Das Problem war, dass er seine Antworten alle gewissenhaft auswendig gelernt und eingeübt hatte. Es waren immer kurze, förmliche Sätze, die er ohne Abwandlung wiederholte. »Ich war krank. Das sehe ich jetzt ein. Ich möchte meine Medikamente weiternehmen, um der Krankheit vorzubeugen.«

Während einem unserer Gespräche entdeckte ich dann eine Spur von Viktors früherem Leben in seinen Gesichtszügen. Er hatte ein Samisdat-Buch bei mir liegen sehen, ein verbotenes, im Eigenverlag veröffentlichtes Werk, das eine Freundin heimlich für mich kopiert hatte. Der Autor war Sri Aurobindo, ein indischer Philosoph und Mystiker, und normalerweise bewahrte ich es in meinem Schreibtisch versteckt auf. Nachdem Viktor die Fotokopien gesehen hatte, veränderte sich unsere Beziehung allmählich, und er begann, mir zu vertrauen. Dieses Ereignis war der Anfang eines sehr langen, komplizierten Prozesses, bei dem ich Viktor half, so viele Bruchstücke wie möglich von der Person wiederzuentdecken, die vor seiner sogenannten Spezialbehandlung einmal existiert hatte. Ich setzte Antidepressiva und entgiftende Medikamente ein und errichtete so fast unmerklich eine Brücke für ihn, auf der er in die Gesellschaft und zu sich selbst zurückkehren konnte.

Viktor glaubte nun nicht mehr, dass die Gesellschaft Veränderungen nötig hatte, wahrscheinlich, weil er den Gedanken, dass Veränderungen überhaupt möglich waren, aufgegeben hatte. Ich hörte niemals eine Äußerung von ihm, die als antisowjetisches Gedankengut hätte interpretiert werden können. Man hatte ihn darauf konditioniert, solche Themen zu vermeiden. Aber nach und und nach entwickelte er eine nebelhafte Vision seiner Zukunft.

Er begriff, dass er außerordentliches Glück gehabt hatte, aus der Spezialklinik entlassen worden zu sein. Ihm bot sich jetzt die Chance, in seiner Heimatstadt den eigenen Lebensunterhalt mit einer einfachen Arbeit zu verdienen und zu seinen geliebten Büchern zurückzukehren. Viktor wurde klar, dass er seine früheren Hoffnungen auf ein Studium für immer begraben musste, und ich versuchte nie, ihn vom Gegenteil zu überzeugen. Die Universitäten würden ihm für immer verschlossen bleiben. Diese Erkenntnis hatte traumatische Folgen für ihn, denn er war intelligent und neugierig. Auch nach den beiden Jahren, in denen er den destruktiven Behandlungsmethoden der Spezialklinik ausgesetzt war, war er immer noch von einem leidenschaftlichen Wissensdurst erfüllt. Ich versuchte, mir diese Wissbegierde zunutze zu machen, um ihn wieder in die Realität einzubinden. Ich wies ihn darauf hin, wie viele Klassiker er noch nicht gelesen hatte und von wie vielen aufregenden wissenschaftlichen Entdeckungen er noch erfahren konnte, sogar über die Stadtbücherei seines Heimatortes.

Ich war besorgt darüber, was nach seiner Entlassung mit ihm geschehen würde, und behielt ihn so lange wie möglich im Krankenhaus. Aber auf die Dauer war das keine Lösung. Eines Tages erschien seine Mutter, eine alleinstehende Frau, die in einer Fabrik als Buchhalterin arbeitete, um ihn nach Hause zu holen. Obwohl eine Frau mittleren Alters, war sie aufreizend gekleidet, ein ebenso offensichtlicher wie erfolgloser Versuch, ihre Jugendlichkeit zu bewahren. Meine früheren Bemühungen, sie in die Rehabilitation ihres Sohnes mit einzubeziehen, waren alle fehlgeschlagen. Sie hatte deutlich gemacht, dass sie für etwas anderes als für ihr eigenes

Privatleben wenig Zeit hatte und dass es ihr schwerfiel, ihr Image als verführerische Frau mit der Betreuung ihres kranken Sohnes zu vereinbaren. Schon bei dem Wort Schizophrenie verzog sie angewidert das sorgfältig geschminkte Gesicht.

Nach seiner Freilassung hatte Viktor mir einen kurzen Brief geschrieben, in dem er von seinen Versuchen berichtete, eine Arbeit zu finden. Die wenigen Betriebe, bei denen er sich vorgestellt hatte, hatten ihn abgewiesen, aber er gab die Hoffnung nicht auf. Außerdem erwähnte er, dass seine Mutter während seiner Abwesenheit alle seine Bücher verkauft hatte.

Danach hatte ich nichts mehr von ihm gehört, aber ich hatte häufig an ihn gedacht. Manchmal war ich kurz davor gewesen, seinen Bezirksarzt anzurufen, aber immer war etwas Dringendes dazwischengekommen, und ich hatte den Gedanken wieder beiseitegeschoben. Schließlich war ich mit meiner Reise in das Altaigebirge und ihren Folgen beschäftigt gewesen und hatte bis heute nicht mehr an ihn gedacht.

Jetzt hatte Viktor sich das Leben genommen, und mir war, als sei ein Teil meiner selbst mit ihm gestorben. Als ich den ersten Schock überwunden hatte, stellte ich fest, dass die Nachricht bei mir nicht nur Trauer ausgelöst hatte, sondern auch ein Gefühl des Verlustes, für das selbst die starke Zuneigung, die ich Viktor entgegengebracht hatte, keine hinreichende Erklärung war. Immer wieder versuchte ich, meine eigenartige Gemütsverfassung zu analysieren und für mich zu klären, um welchen Verlust ich eigentlich trauerte. Schließlich begriff ich. Nachdem ich aus dem Altai zurückgekehrt war, hatte ich versucht, mein Berufsleben so weiterzuführen wie bisher, und hatte alles, was im Altai geschehen war, zur Seite geschoben, als wäre es für mein Leben in Nowosibirsk völlig belanglos. Die Tragödie von Viktors verschenktem Leben führte mir vor Augen, dass ich mir nicht länger einbilden durfte, ich könne problemlos ein Doppelleben führen.

Mir war klar, dass ich, ohne es mir bewusst einzugestehen, ein anderer Mensch geworden war. Meine wichtigsten Überzeugungen und Vorstellungen hatten sich durch die Reise in den Altai gewandelt, und es war völlig unlogisch, dass ich mein Leben und meine Arbeit so weiterführte, als wäre nichts geschehen. Ich konnte es nicht mehr rechtfertigen, ein sogenanntes normales Leben als erfolgreiche Psychiaterin an einer staatlichen Klinik zu führen. Wenn ich, worauf ich in meinem bisherigen Leben immer stolz gewesen war, meinen inneren Überzeugungen treu bleiben wollte, blieb mir gar keine Wahl.

Viktors Tod war der Auslöser dieses Erkenntnisprozesses, und ich gab mir das Versprechen, immer an ihn zu denken, wenn ich versucht sein sollte, Kompromisse einzugehen oder in mein altes, engstirniges Leben zurückzufallen. Das sollte mein letzter Tribut an meinen früheren Patienten sein. Diese Entscheidung verschaffte mir ein Gefühl großer Erleichterung.

Ein paar Tage später nahm ich Dmitrijews Visitenkarte aus meiner Ablage und wählte die Telefonnummer seines Labors. Er war selbst am Apparat und erkannte meine Stimme sofort. Ich sagte ihm, dass ich seine Einladung gern annehmen würde, und wir vereinbarten, uns zwei Tage später im Labor zu treffen. Weil man für den Besuch des Institutes prinzipiell eine Sondergenehmigung brauchte, würde er mich am Haupteingang abholen.

Als ich ankam, stand er vor dem Hauptportal des weißen, neunstöckigen Gebäudes, in dem er arbeitete. Er sah völlig anders aus als bei unserer letzten Begegnung auf der Station der neurotischen Patienten. Er trug einen langen schwarzen Mantel und eine lederne Aktentasche und wirkte viel größer, als ich ihn in Erinnerung hatte. Während wir die Eingangshalle durchquerten, grüßten ihn seine Mitarbeiter, und ich erkannte an ihrem Verhalten, dass er Respekt von ihnen verlangte. Wieder einmal staunte ich über seine Fähigkeit, wie ein Chamäleon in verschiedene Rollen zu schlüpfen.

Wir nahmen einen Fahrstuhl in den siebten Stock und gingen durch lange, leere Flure mit endlosen Reihen identischer Türen auf beiden Seiten zu seinem Labor. Als wir endlich die letzte Tür linker Hand erreicht hatten, blieb Dmitrijew stehen. Auf dem unauffälligen Schild über der Tür stand nur ›Labor‹. Während Dmitrijew energisch die Tür öffnete, fiel mir aus irgendeinem Grund ein, dass ich seinen Vornamen nicht wußte.

»Guten Tag allerseits«, sagte Dmitrijew fröhlich. Seine Stimmlage verriet mir, dass die drei Männer, die auf uns zukamen, nicht nur seine Kollegen, sondern auch gute Freunde waren. »Das ist Olga«, stellte er mich vor. »Wir werden heute ein paar Experimente machen. Wir brauchen deine Hilfe, Sergej, um die Spiegel zu aktivieren.«

Sergej betrachtete mich mit wohlwollendem Interesse. »Ich bin bereit«, sagte er.

Das Labor bestand aus zwei großen Räumen. Den einen füllten modernste Computeranlagen aus, während der zweite von einem riesigen, röhrenförmigen Gebilde beherrscht wurde. Der sonderbare Apparat war aus einem schimmernden Metall, das wie Aluminium aussah. Aus der Hauptröhre ragten verschiedene kleinere Röhrchen und Verbindungsstücke heraus. Das Ganze wirkte wie ein kleines Raumschiff.

Dmitrijew lächelte. »Sie können mich übrigens Iwan Petrowitsch nennen. Und ich hoffe, dass Sie nichts dagegen haben, wenn ich Sie Olga nenne, wo ich doch fast doppelt so alt bin wie Sie. Haben Sie von dem Astrophysiker Kosirew gehört, Olga?«

»Nein, tut mir leid, der Name sagt mir nichts.«

»Nun, das überrascht mich nicht. Zunächst vermute ich, dass die Physik nicht zu Ihren Interessenschwerpunkten gehört. Stimmt das?«

Ich nickte bestätigend.

»Und außerdem war es bis vor gar nicht so langer Zeit verboten, seinen Namen auszusprechen. Er hat viele Jahre im Gulag verbracht. Er war sehr klug und begabt. Einer seiner Kollegen, der auf demselben Gebiet arbeitete, war eifersüchtig auf ihn und verfasste einen denunziatorischen Brief. Daraufhin wurde Kosirew vom KGB einkassiert.«

Ich fiel Iwan ins Wort. »Ich weiß, wie so was passiert. Mein Urgroßvater hat im Ersten Weltkrieg als Arzt in der Armee des Zaren gedient. Er schickte damals einen Bericht an den Zaren, in dem er die völlig unzureichende medizinische Versorgung der Soldaten im Heer schilderte. Dafür wurde er nach Sibirien geschickt und dort viele Jahre lang in einem Straflager gefangengehalten. Sein Sohn, mein Großvater, wurde auch Arzt und arbeitete in einer großen Fabrik in Sibirien. Er schrieb einen Bericht an die Stalinregierung, in dem er die unmenschlichen Bedingungen anprangerte, unter denen die Fabrikarbeiter lebten und arbeiteten. Auch er wurde für schuldig erklärt und in den Gulag geschickt. Erst nach Stalins Tod, fast zwanzig Jahre später, kam er frei. Danach hat er noch ein Jahr gelebt. Ich habe meinen Großvater gar nicht gekannt.«

»Die gleiche Geschichte wie bei Kosirew, so kommt es mir vor. Dann wissen Sie also, dass die fähigsten Köpfe oft zusammen mit Priestern, Schamanen und hartgesottenen Kriminellen im Gulag festgehalten wurden. Kosirew hat viele Jahre dort verbracht. Er hatte im Gulag Kontakte zu sibirischen Schamanen, aber darüber hat er nie viel geredet.

Als er schließlich aus dem Konzentrationslager zurückgekehrt war, galt sein wissenschaftliches Interesse der Theorie der Zeit. Er erdachte phantastische Experimente, die es ihm ermöglichten, eine komplexe Theorie der Zeit aufzustellen und zu beweisen, dass die Zeit substantieller Natur ist. Sie hat eine eigene Dichte, die sich je nach der Stellung der Erde zu den übrigen Planeten verändert. Folglich weist die Zeit an verschiedenen Punkten der Erde eine unterschiedliche Dichte auf. Es ist natürlich völlig unmöglich, das mit unserem normalen menschlichen Wahrnehmungsvermögen zu registrieren, aber Kosirews ausgeklügelte Apparatur konnte die Unterschiede tatsächlich messen. Damit hat er seine mathematischen Theorien, wie die Dichte der Zeit verändert werden kann, bewiesen.

Dieses große und recht merkwürdig aussehende Gerät mitten im Raum ist Ihnen ja sicher schon aufgefallen«, fuhr Iwan schmunzelnd fort. »Es ist eine Röhre, hergestellt aus einer besonderen Kombination von polierten Metallen, die als Spiegel dienen. Wir haben herausgefunden, dass das eine der Methoden ist, mit der wir die Zeitwahrnehmung des Menschen verändern können. Auf eine Weise, die wir noch nicht ganz verstehen, transformieren die Spiegel für die Person, die in der Röhre sitzt, Raum und Zeit. Verstehen Sie das?«

»Ja, ich glaube schon.« Eigentlich verstand ich nur wenig von dem, was Iwan gesagt hatte, aber ich vertraute ihm und war bereit, ihm bei der Erforschung seiner Theorien behilflich zu sein. »Ich brauche aber genaue Anweisungen von Ihnen, was ich tun soll«, meinte ich.

»Selbstverständlich, keine Sorge«, erwiderte Iwan. »Wir werden Ihnen alles Schritt für Schritt erklären. Ziehen Sie Ihre Stiefel aus, und setzen Sie sich in die Röhre, in einer Haltung, die für Sie bequem ist. Sergej gibt Ihnen dann Kopfhörer, durch die Sie Aufnahmen hören werden. Das soll Ihnen helfen, sich zu entspannen und einen Kanal zu Ihrem unterbewussten Erleben zu öffnen.

Die zylindrische Form der Spiegel wird zusammen mit den Klängen, die Sie hören werden, Ihre Wahrnehmung beeinflussen. Sie müssen versuchen, sich eine klare Vorstellung von der Art der Erfahrung zu machen, die Sie hervorrufen wollen. Warten Sie dann darauf, dass dies eintritt, und seien Sie sich dabei ständig aller Nuancen

Ihres Zustandes bewusst. Wir werden nicht mit Ihnen sprechen und auch sonst in keiner Weise eingreifen, es sei denn, wir haben das Gefühl, dass Sie Hilfe brauchen.«

Ich zog meine Stiefel aus und war froh, dass ich morgens kein Kleid, sondern eine bequeme lange Hose angezogen hatte. Dann kletterte ich in die Röhre und hatte augenblicklich sonderbare Empfindungen. Ich verstand, warum die Röhre als Spiegel bezeichnet wurde. Ich sah nur runde Metallwände, die so poliert waren, dass ihre Oberflächen verschwommene, uneindeutige Bilder wiedergaben. Ich hatte mich noch nie in einem vergleichbaren Raum befunden, und es war schwierig, meinen Körper so in die Röhre einzupassen, dass ich meine Haltung als bequem empfand. Ich experimentierte mit verschiedenen Positionen und wählte schließlich eine Embryonalstellung, in der ich in meinem runden Gehäuse halb saß und halb lag.

Sergej hielt mir die Kopfhörer hin. Von dort, wo ich mich befand, konnte ich sein Gesicht nicht sehen, und es kam mir vor, als würde die körperlose Hand irgendeines fremden Geschöpfes zu mir in die Röhre hereingreifen. Ich setzte die Kopfhörer auf und bemühte mich, Iwans Anweisung Folge zu leisten und mich zu entspannen. Eine weit entfernte Melodie, angenehm und harmonisch, breitete sich in meinem Kopf aus.

Meine Augen waren noch offen, aber ein bestimmter Rhythmus der Musik ließ mich so empfinden, als ob ich bereits schliefe.

Ich versuchte, mich auf eine meiner gewohnten Entspannungstechniken zu konzentrieren, aber die Spiegelwände hatten einen eigentümlichen Einfluss auf meine Selbstgespräche und unterdrückten sie fast völlig. Ich fühlte mich an die früheren Zustände erinnert, in denen ich mich in einem Traum als wach und aufmerksam wahrgenommen hatte. In meinem Herzen spürte ich die vertraute Empfindung von großer Freude, gemischt mit Schmerz.

»Olga! Hör zu.« Es ist eine Männerstimme – aber weder die von Sergej noch die von Dmitrijew, sondern eine neue, mir unbekannte Stimme. Die Melodie verbindet sich harmonisch mit der Stimme. »Ich weiß, dass du Metaphern schätzt. Versuch es mal mit dieser. Wir haben in der Physik gelernt, dass Elementarteilchen eine duale Natur haben, die einzig und allein von den sie umgebenden Bedingungen abhängig ist. Sie können als einzelne Teilchen existieren, und sie können gleichzeitig eine Welle sein. Das weißt du vielleicht schon. Aber vermutlich hast du noch nicht gewusst, dass der gleiche Dualismus auch bei Menschen zu beobachten ist. Wir sind gleichzeitig voneinander getrennte Teilchen und Wellen. Es hängt von der Position des Beobachters in uns ab. Weil wir glauben, dass wir unabhängige Individuen sind, nehmen wir uns als einzelne Teilchen wahr, die voneinander getrennt sind. Aber gleichzeitig sind wir immer auch Wellen, die keine Grenzen haben.«

Ich höre den pochenden Rhythmus in meinem Kopf. Die Melodie ist verschwunden, sie hat sich in merkwürdige, künstlich erzeugte Geräusche verwandelt, die ich nicht identifizieren kann. Die Stimme spricht zu mir im Rhythmus eines klopfenden Herzens, und ich erkenne, dass dieser Rhythmus genau mit meinem eigenen Herzschlag übereinstimmt, so, als würde dieser aufgenommen und mir dann wieder vorgespielt.

»Du solltest jetzt in der Lage sein, die Wahrnehmung deiner selbst so zu verändern, dass du die Wellennatur deines Wesens erfahren kannst. Diese Welle ist Teil von allem, was existiert. Sie kann sich nach allen Seiten ausbreiten und überall enden. Lass deinen Körper den

Rhythmus seiner Welle entdecken, und werde eins mit ihr.«

Ich spüre, wie die Grenzen, die meinem physischen Körper Gestalt geben, immer dünner und schwächer werden. Dann lösen sie sich auf, und augenblicklich explodiert mein Bewusstsein und nimmt den gesamten Raum um mich herum ein. Ich bin jetzt ein unendliches Wesen, mit dem Universum verbunden und nicht davon zu unterscheiden. Die lineare Zeit verschwindet. Alle meine Erlebnisse im Altaigebirge blitzen gleichzeitig in meiner Erinnerung auf.

Dann stehe ich mitten in einem Garten, von weißen Blumen und von Bäumen umgeben. Menschen in langen weißen Gewändern gehen schweigend darin spazieren.

Ein Mann tritt auf mich zu. Ich erkenne in ihm denselben Mann, dem ich in den Raum gefolgt bin, in dem die betrunkenen Schmiede waren, dort, wo ich einen ersten Eindruck davon bekam, wie man Realität steuern kann. Ich respektiere ihn als Lehrer. Sein ruhiges Gesicht ist weder alt noch jung und strahlt Wärme und Herzlichkeit aus, daneben jedoch vermittelt seine ganze Erscheinung ein Gefühl von ungewöhnlicher Energie und Entschlossenheit. Er nimmt mich an der Hand und führt mich zu einer Bank aus Holz, die unter einem der Bäume steht. Wir setzen uns, aber keiner von uns spricht.

Mein Lehrer scheint darauf zu warten, dass ich den Anfang mache, aber ich habe keine Ahnung, was ich sagen soll. Wir sitzen weiter schweigend nebeneinander, bis ich schließlich frage: »Was soll ich hier tun?«

»Du bist aus freien Stücken hergekommen, also musst du etwas brauchen, was du hier zu finden hoffst«, erwidert er.

Ich entsinne mich undeutlich, dass ich Antworten auf

die vielen bohrenden Fragen suche, die sich mir nach meinen Erlebnissen im Altai gestellt haben. Ich bin so durcheinander, dass sich die Fragen in meinem Kopf zu einem einzigen, einfachen Satz verbinden: »Was bedeutet das alles?«

Die Antwort meines Lehrers hilft mir nicht weiter: »Das hängt davon ab, welche Bedeutung du deinen Erfahrungen gibst. Wie willst du sie bewerten? Es liegt ganz an dir.«

»Ich möchte wissen, was unsere Begegnung für dich bedeutet. Wer bin ich für dich? Wie verstehst du mein Erscheinen hier? Welchen Sinn hat es aus deiner Sicht gesehen?«

»Nun, was meinst du?«, fragt er gelassen.

Wieder weiß ich nicht, was ich antworten soll. »Ich bin verwirrt«, ist die passendste Erwiderung, die mir einfällt.

»Wenn du von den Gründen für deine Verwirrung befreit wärst, wie würdest du dann über dein Hiersein denken?«

»Ich würde denken, dass ich einem Teil meiner Realität begegne, der mir vorher nicht bewusst war, und dass das von großer Tragweite ist, nicht nur für mich, sondern auch für viele andere.«

»Das ist richtig. Dass du hier bist, ist nicht nur für dich selbst wichtig, sondern auch für andere. Und es ist ebenfalls richtig, dass du bisher nur wenig über die vielen verschiedenen Aspekte der Realität weißt, in der du lebst. Die Menschen deiner Zeit sind das Resultat eines Evolutionszweiges, den ein Teil der Menschheit durchleben musste. Deine Zeitgenossen haben bestimmte Eigenschaften der menschlichen Natur entwickelt, die vor allem mit der intellektuellen Denkfähigkeit zusammenhängen. Diese Entwicklungsrichtung machte es erforderlich, eine Mythologie zu erfinden, in der die Realität und ihre Gesetze sehr streng definiert sind. Die Spezialisierung der Wahrnehmung hat euch zwar in die Lage versetzt, die Aufgaben zu erfüllen, die euch gegeben wurden, aber in anderer Hinsicht hat sie euch eingeschränkt.«

»Wenn du von meinen Zeitgenossen als Menschen sprichst, soll das heißen, dass du kein Mensch bist?«

»Nein. Ich bin ein Mensch, aber ich gehöre zu einem anderen Entwicklungszweig. Deine Leute sind nicht die einzigen Vertreter der Menschheit. Es gibt ganz verschiedene Abstammungslinien innerhalb der Gattung Mensch. Jede einzelne hat eine spezielle Aufgabe. Jede von ihnen sollte eine andere Dimension menschlicher Fähigkeiten erkunden. Ihr Wahrnehmungsvermögen wurde eingeschränkt, um einen Austausch zwischen den Zivilisationen zu verhindern. Es hat natürlich trotzdem Kontakte zwischen ihnen gegeben. Manchmal haben ganze Zivilisationen ihre evolutionäre Richtung geändert, eine andere Zivilisation entdeckt und sich ihr angeschlossen. Das hinterließ rätselhafte Lücken in der Art und Weise, wie dein Volk seine Geschichte erinnert. Deine Anwesenheit hier bedeutet, dass die Interaktionen zwischen der Realität deiner Zivilisation und der Realität anderer Zivilisationen zunehmen. Unsere Zeitspiralen nähern sich einander an, und bald wird es zur endgültigen Integration aller Abstammungslinien kommen. Die gesamte Menschheit wird ihr Larvendasein beenden. Sie ist sich dessen noch nicht bewusst, genauso, wie die verpuppte Raupe weder von der Gestalt des Schmetterlings, die sich in ihr bildet, noch von ihren zukünftigen Flügeln weiß. Sogar die Flügel selbst erkennen ihre Bedeutung erst im Moment des Fliegens. Die Menschen deines Realitätszweiges waren unentwegt damit beschäftigt, den festen Körper eines neuen Organismus zu formen, und jetzt kommt für diesen Organismus die Zeit, auszuschlüpfen und sich in diesem Entwicklungsstadium mit anderen Zweigen der Menschheit zu vereinen.

Deine Zeitgenossen werden ungeheure persönliche Veränderungen durchmachen. Es wird ihnen vielleicht wie das Ende der Welt erscheinen. In vieler Hinsicht wird es das auch sein, denn vieles, was ihr aus der alten Welt kennt, wird dann tatsächlich durch eine neue Daseinsweise abgelöst. Die psychische Struktur jedes Einzelnen wird transformiert werden, denn die alten Realitätsmodelle werden nicht mehr ausreichen. Die Menschen werden eine andere Seite ihres Wesens erfahren und verstehen lernen. Das wird für jeden Menschen anders aussehen. Bei einigen wird die Veränderung mühelos und fast augenblicklich geschehen. Andere werden eine anstrengende, schmerzhafte Zeit durchmachen müssen. Es wird sogar einige Menschen geben, die so tief in euren alten Realitätsgesetzen verwurzelt sind, dass sie überhaupt nichts bemerken werden.

Ich möchte dir noch mehr sagen. Es ist wichtig, dass du mir jetzt zuhörst, ohne mich zu unterbrechen. Ich sehe ein, dass es dich vielleicht viel Mühe kostet, das, was ich sage, zu verstehen und zu akzeptieren, aber du musst es tun. Dir bleibt keine andere Wahl, als die Wahrheit anzuerkennen.«

Kaum hat mein Lehrer mir die Anweisung gegeben, ihn nicht zu unterbrechen, zwingt mich mein Widerspruchsgeist, ihm eine Frage zu stellen. Sie ist wichtig, und ich habe das Gefühl, nicht damit warten zu können.

»Entschuldige, aber du hast gesagt, die verschiedenen Zweige der Menschheit seien getrennt und wüssten nichts voneinander. Wie kommt es dann, dass du offensichtlich nicht nur von mir und meinem Volk weißt, sondern anscheinend auch von vielen anderen?«

»Also gut«, schmunzelt er, »du konntest einfach nicht warten, stimmt's?«

Obwohl ich seine Bitte ignoriert habe, indem ich ihm ins Wort gefallen bin, bleiben seine Stimme und sein Gesichtsausdruck freundlich.

»Als individuelle Persönlichkeiten haben wir alle ganz verschiedene Wesensaspekte, die sich in eigene, einzigartige Richtungen entwickeln. Aber erinnere dich an das innerste Selbst, das jeden einzelnen Aspekt unseres Lebens integriert und ihm Bedeutung zuweist. Das Gleiche gilt für die Menschheit als Ganzes. Wenn du die Menschheit als ein Wesen betrachtest, wirst du trotzdem viele Gesichter erkennen. Aber auch sie besitzt ein innerstes Selbst, das alle Richtungen kennt und sie integriert. Sein Ort ist hier, wo wir sitzen.«

Eine Welle der Erregung durchströmt meinen Körper. »Heißt dieser Ort Belowodje?«

»Er hat verschiedene Namen und seine eigenen Hierarchien.«

Belowodje hat in meinen Gedanken immer größeren Raum eingenommen, seit ich zum ersten Mal davon gehört habe, und als wir jetzt davon sprechen, befällt mich wieder das geheimnisvolle und zugleich aufregende Gefühl, das ich bei meinen Erlebnissen im Altai empfunden habe. Ich warte darauf, dass er fortfährt, denn ich möchte unbedingt mehr hören, das mir helfen könnte, meiner ständigen Verwirrung Herr zu werden. Ich konzentriere mich auf jedes Wort und versuche, mir jede Einzelheit zu merken, als er wieder zu sprechen beginnt.

»Bereits in der Vergangenheit haben Zivilisationen aus anderen Realitätszweigen ihre Evolutionsrichtung geändert und sind der euren begegnet. Jedes Mal, wenn das geschah, war es für euch ein Anreiz zur Weiterentwicklung. Würdet ihr zurückblicken und eure Weltgeschichte aus dieser Perspektive betrachten, könntet ihr diese Verbindungspunkte ganz deutlich sehen.

Jetzt steht die größte Veränderung bevor. Bald werdet ihr Einblick gewinnen in viele verschiedene Facetten der menschlichen Natur, die in anderen Realitätsstrukturen entwickelt wurden, und werdet sie selbst erfahren. Die Menschen aus den anderen Evolutionszweigen werden über eure Ansichten und eure Lebensweisen genauso wenig wissen wie ihr über deren Weltanschauung. Daher werden euch die Unterschiede Schritt für Schritt enthüllt werden. In der Vergangenheit haben deine Mitmenschen sich normalerweise vor solchen Kontakten geschützt, indem sie Menschen aus anderen Realitäten mystische Namen gaben und sie so zu Mythen werden ließen. Aber Mystizismus ist etwas ganz anderes und obendrein der Realität viel näher, als ihr denkt.

Eine der wichtigsten Lehren, die du dir merken musst, ist, dass die Wesen aus anderen Realitätszweigen, die euch begegnen werden, Menschen wie ihr sind, die einfach eine andere Art der evolutionären Entwicklung erfahren haben. Das heißt, dass ihre Sichtweisen und Erfahrungen für euch prinzipiell verständlich sind und dass ihr wie auch die anderen in der Lage sein werdet, die Errungenschaften der anderen Zivilisationen in die eigene zu integrieren. Es wird eine Zeit der bewussten Interaktionen sein.

In deinem besonderen Fall ist zu sagen, dass es in allen evolutionären Realitätszweigen Menschen gibt, denen es möglich ist, in andere Dimensionen vorzudringen. Du bist eine von jenen, die in der Lage sind, die Grenzen zwischen den Realitätszweigen zu überschreiten. Du wirst noch weitere solche Grenzüberschreitungen erleben. Genauso gab es Menschen, die in den Zivilisationen parallel zu der deinigen leben und gelernt haben, in den Raum deiner Realität einzudringen.

Und, wie gesagt, wenn deine Leute auf die Völker einer anderen Welt treffen, wird das nicht nur eure Vorstellungen verändern, sondern es wird die Wesensstruktur aller Menschen verwandeln. In einer ersten Phase haben deine Leute geglaubt, dass sie in einer Realität leben, die völlig unabhängig von ihren Wahrnehmungen existiert. Diese Überzeugung verschaffte ihnen Wissen und viele wichtige Werkzeuge. Dann, als sich eure Zeitspirale der anderer Welten auf verschiedenen evolutionären Bahnen anzunähern begann, wurden eure sogenannten Mystiker und schließlich auch eure Wissenschaftler auf Mechanismen aufmerksam, durch die nicht nur die Realität, sondern auch die zukünftigen Ereignisse des eigenen Lebens beeinflusst werden können. Bei dem Versuch, dieses Phänomen zu erkunden und es mit euren Vorstellungen zu vereinbaren, habt ihr viele neue Theorien aufgestellt und viele neue Werkzeuge geschaffen.

Der nächste Schritt wird der sein, den du in diesem Moment machst, nämlich zu erkennen, dass jeder ein Selbst besitzt, mit dem er sich seine persönliche Realität erschafft. Das ist das innerste Selbst, das wahre Selbst. Jeder Mensch muss das selbst erleben, um es zu verstehen.«

Obwohl mir einerseits bewusst ist, dass der Vortrag meines Lehrers mit dem rationalen Verstand außerordentlich schwer zu begreifen ist, erscheint mir das Gesagte andererseits irgendwie klar, und ich nehme es ohne große Mühe auf. Einen Augenblick lang frage ich mich, ob die Gegenwart des Lehrers vielleicht jenseits der verbalen Erklärungen einen Verständniskanal für mich öffnet.

»Das, was ihr euer ›Ego‹ nennt, ist nicht so schlecht, wie es vielen von euch beigebracht worden ist. Tatsächlich«, sagt er lächelnd, »gibt es bessere und schlechtere

Egos. Die Menschen sind verschieden. Aber das Phänomen Ego war die wichtigste Voraussetzung dafür, dass ihr eure evolutionäre Aufgabe erfüllen konntet. Eure Zivilisation hätte ohne Ego nie ihren jetzigen Status erreichen können. Der Grund dafür, dass so viele von euch inzwischen das Gefühl haben, dass das Ego schädliche Auswirkungen hat und abgebaut werden sollte, ist, dass diese Menschen unbewusst bereits den nächsten Entwicklungsschritt vorhersehen. Eure Gesellschaft wird nur in der Lage sein, andere Zivilisationen zu erkennen und sich mit ihnen zu vereinigen, wenn sie ihr innerstes Selbst findet und sich darauf einlässt. Das Ego hilft euch nicht mehr.«

»Wie kann ich diesen Prozess beschleunigen?«, lautet meine nächste Frage.

»Indem du daran arbeitest und dich darin übst. Viele esoterische Schulen in eurer Welt haben Methoden entwickelt, mit denen sie euch darauf vorbereiten. Die Praktizierenden dieser Schulen haben diese Transformationen bereits durchgemacht. In der Vergangenheit waren Instruktionen dieser Art ein Privileg, in dessen Genuss nur wenige Auserwählte gelangten. Eine der wichtigsten Veränderungen der vor euch liegenden Zeit besteht darin, dass solche Wandlungen gleichzeitig von vielen Menschen auf der ganzen Welt erfahren werden. Es gibt bereits Anzeichen für diese Veränderungen, und eure Kultur muss darauf vorbereitet sein.

Du, Olga, stehst mit einer der Veränderungen in Verbindung. Die Verbindung wurde im Altai hergestellt, aber geographisch bezieht sich das Geschehen auf Belowodje. Du spielst eine Rolle in dieser Geschichte, aber im Moment weißt du noch nicht viel darüber. Doch das wird zu seiner Zeit kommen.«

Das Herz schlägt mir bis zum Hals. Ich spüre, dass er dabei ist, mir von etwas zu erzählen, das für mich persönlich sehr wichtig ist. Gleichzeitig nehme ich das Sonnenlicht wahr, das strahlend hell geworden ist. Wenn ich meinen Lehrer ansehe, muss ich so stark blinzeln, dass meine Augen fast geschlossen sind. Mir kommt die absurde Idee, dass ich meine Sonnenbrille hätte mitbringen sollen.

Wenn dem Mann neben mir mein respektloser Gedanke bewusst ist, so zeigt er es jedenfalls nicht. Er fährt fort: »Einige der alten Gräber, die von euren Wissenschaftlern geöffnet wurden, gehören eigentlich zu anderen Dimensionen, zu anderen Evolutionszweigen. Diese Gräber sind nicht nur materielle, physische Offenbarungen. Ihre scheinbar toten Bewohner haben Absichten, die das Leben betreffen. Sie eröffnen Kommunikationskanäle zu anderen menschlichen Dimensionen. Diese Kanäle wurden freigegeben mit dem Ziel, Kontakt zu deinem Volk herzustellen. Es gibt nur wenige Orte auf der Erde, wo das stattgefunden hat. Einer davon ist das Altaigebirge. Deine Reise dorthin war keine Verkettung von Zufällen. Jeder Schritt, den du gemacht hast, war dazu bestimmt, eine Erinnerung zu wecken. Und du gehst deinen Weg weiter.

Das Grab, das im Altai entdeckt wurde, sollte eigentlich erst dann freigelegt werden, wenn ein großer Teil der Weltbevölkerung die bevorstehenden Veränderungen sehen kann. Die Tatsache, dass die Öffnung bereits stattgefunden hat, bedeutet, dass sich die Veränderungen auf natürliche Weise beschleunigt haben und immer mehr Menschen das Bedürfnis nach einer neuen Art von Existenz haben werden. Viele verschiedene Lehrer und Schulen werden kommen, aber sie werden alle in die gleiche Richtung weisen.

Um deinen persönlichen Fortschritt zu beschleunigen, musst du den richtigen Weg wählen. Wegweiser sind in den Moralvorstellungen und den großen Religionen eurer Gesellschaften enthalten, aber sie wurden immer mit sozialen Grundbedürfnissen kombiniert, um das Verhalten der Menschen zu steuern. Jetzt musst du sie in ihrer reinen Gestalt erfassen. Du musst diese Regeln lernen, damit du sie anderen beibringen kannst, die ebenfalls die Transformation suchen.«

Die saftigen grünen Blätter des Baumes hinter unserer Bank bewegen sich sacht am Rand meines Blickfeldes. Die Vögel zwitschern, und mir wird unwillkürlich klar, wie geschärft meine Sinne sind.

»Jetzt werde ich dir die erste Regel offenbaren. Sie ist die wichtigste von allen, und du darfst sie nie vergessen. Die erste Regel besagt, dass alle Entscheidungen in deinem Leben, die wichtigen ebenso wie die belanglosen, ganz bewusst getroffen werden wollen. Vor jeder Entscheidung musst du dich fragen, ob deine Wahl fünf unabdingbare Wesenheiten befriedigt. Wenn auch nur eine davon unerfüllt bleibt, musst du nach einer anderen Lösung suchen. Auf diese Weise wirst du immer den richtigen Weg wählen. Die fünf Wesenheiten sind Wahrheit, Schönheit, Gesundheit, Glück und Licht.

Wenn du deine Entscheidungen nach dieser Regel fällst, kannst du immer sicher sein, dass sie richtig sind. Du bist dann in Kontakt mit deinem wahren Selbst, deinem innersten Selbst, und schaffst dir unüberwindliche Willenskraft. Das ist die erste Lektion. Lebe danach, und dein Leben wird sich sehr schnell verändern. Erst, wenn du dazu bereit bist, wirst du die zweite Regel erfahren. Jetzt solltest du zurückkehren.«

Aber vorher muss ich meinem Lehrer noch eine Frage stellen, die mir sehr am Herzen liegt.

»Was kannst du mir über Umaj sagen? Sie hat mit mir über die Wahl zwischen Tod und Unsterblichkeit gesprochen. Ich möchte sie wiedersehen, ich habe noch viele Fragen an sie.«

»Umaj stammt aus dem Realitätszweig der Schamanen, aber gleichzeitig gehört sie zu Belowodje. Die Schamanen sind immer Botschafter zwischen den verschiedenen menschlichen Dimensionen gewesen. Sie sind Tatmenschen. Nicht alle haben genau verstanden, was sie eigentlich machten, aber Umaj war sich immer völlig im Klaren darüber. Sie hat dich unterstützt, indem sie über deinen emotionalen Kanal mit dir gearbeitet hat. Darum fühlst du dich so sehr von ihr angezogen. Sie hat mit dir über Unsterblichkeit gesprochen, weil die zweite Regel der Evolution sich damit beschäftigt. Der Tod ist ein charakteristisches Merkmal deiner Zivilisation, und er wird zusammen mit vielen anderen Erscheinungen transformiert werden. Umaj wird dich das lehren, wenn du dafür bereit bist, dann nämlich, wenn du gelernt hast, die erste Regel anzuwenden.

Mach dir keine Sorgen um Umaj. Derjenige, der dir gesagt hat, sie sei gestorben, hat versucht, dich zu täuschen. Umaj kann nicht sterben. Sie ist Teil von Belowodje, und dort gibt es den Tod nicht.

Wenn du es dir wirklich wünschst, kannst du sie jetzt sehen. Aber weil du eine solche Zuneigung zu ihr hegst, erscheint sie dir möglicherweise in ganz anderer Gestalt als vorher, um dich etwas zu lehren. Das könnte deine Gefühle ihr gegenüber verändern. Bist zu bereit, von deiner Zuneigung zu Umaj abzusehen?«

Ich fühle mich keineswegs bereit dazu, dieses tiefe und intensive Gefühl für die Schamanin aufzugeben, daher antworte ich: »Nein, dazu bin ich wohl nicht bereit.«

»Es ist gut, dass du so deutlich sehen kannst, wo du stehst. Und jetzt ist es Zeit, dass du uns wieder verlässt.«

Mein Lehrer legt mir die Hand auf die Stirn, und ich spüre, wie mich eine starke, warme Energie durchströmt. *Helle Lichtblitze erschrecken mich, und ich öffne kurz die Augen. Ich befinde mich an einem anderen Ort, aber ich kann mich nicht darauf besinnen, wo ich eigentlich bin. Die Hand eines anderen Mannes fasst mich am Handgelenk und hilft mir behutsam aus der Röhre hinaus.*

Während ich wieder wach wurde, sah ich Dmitrijew und zwei seiner Kollegen mit ernsten, erschöpften Gesichtern um mich herumstehen. Dmitrijew nahm mir ein Notizheft aus der Hand, das, wie ich jetzt bemerkte, mit meiner Handschrift vollgeschrieben war.

»Darf ich mir das hier ansehen, Olga?«

»Was ist das denn?«

»Das ist Ihre Mitschrift. Wir haben Ihnen Stift und Papier gegeben, nachdem Sie Ihre Reise angetreten hatten. Sie haben ununterbrochen geschrieben, auch wenn Sie sich vielleicht nicht daran erinnern.«

Ich überließ ihm das Heft und ging langsam den Flur entlang zum Waschraum. Als ich in den Spiegel blickte, erschrak ich vor meinem eigenen Gesicht. Mitten auf meiner Stirn stand ein dunkelrotes Dreieck, das sich bis zur Nase hinunterzog. Instinktiv berührte ich es mit den Fingerspitzen, es fühlte sich warm an. Es war das Geburtsmal, mit dem ich zur Welt gekommen war. Die Ärzte hatten meiner Mutter gesagt, es sei ein Blutschwämmchen. Als ich ein Jahr alt war, verschwand es zum Glück, bis auf eine kurzzeitige, schwache Rosafärbung, die gelegentlich auftrat, wenn ich unter starkem Stress oder großer emotionaler Belastung stand. Aber selbst dann war das Dreieck kaum sichtbar, und außer mir hatte es noch nie jemand bemerkt. Jetzt allerdings war es tiefrot, so wie es nach der Beschreibung meiner Mutter bei meiner Geburt ausgesehen hatte.

Immer noch verwirrt, drehte ich den Wasserhahn auf

und wusch mir das Gesicht mit eiskaltem Wasser. Ich hatte Chlorgeruch immer verabscheut, aber jetzt half mir eine Spur davon im kalten Wasser, wieder ganz zu mir zu kommen. Ich konzentrierte mich auf den Gedanken, dass ich in einem kleinen Waschraum im Institut für Kernphysik stand. Bald würde ich einen Bus zurück zu meiner Wohnung nehmen, wo ich, so hoffte ich, eine Nacht lang erholsam und traumlos schlafen würde.

Als ich wieder zum Labor zurückging, war das Dreieck auf meinem Gesicht fast verschwunden. Niemand erwähnte es, ja, die Männer schienen meine Rückkehr kaum zu bemerken. Sie standen alle um einen Tisch herum, auf dem eine Karte vom Altai ausgebreitet war. Sie hatten einen Punkt im südlichen Teil des Altaigebirges markiert, und ich sah, dass es die Stelle war, wo man vor kurzem das Grab mit der Mumie der Priesterin entdeckt hatte. Die Forscher unterhielten sich darüber.

»Seht mal, das liegt dicht an der Belucha. Gibt es schon Veröffentlichungen über die Mumie, die man dort gefunden hat?«

»Eigentlich nicht. Ich glaube, außer ein paar kleinen Zeitungsartikeln ist noch nichts erschienen. Soweit ich weiß, ist ein Team von *National Geographic* an der Ausgrabungsstätte gewesen und hat die Archäologen dort interviewt. Vielleicht veröffentlichen sie bald etwas darüber.«

In diesem Moment drehten sich die Männer alle wie auf Kommando um und sahen mich an. Dmitrijew gab mir das Notizheft zurück. »Das war faszinierend, Olga. Auf so etwas habe ich gewartet. Ihr Erlebnis heute hat mir geholfen, verschiedene Dinge neu miteinander zu verknüpfen. Aufgrund meiner Forschungsergebnisse in der modernen Physik hatte ich bereits den Eindruck, dass Zeit und Materie kurz vor einem bedeutenden Umschwung stehen; bedeutende Veränderungen stehen bevor. Doch mein Wissen stammte aus der Mathematik und aus dem Studium von Energiefluktuationen – Schwingungen, wenn Sie so wollen. Aus der Sicht der Humanpsychologie und des menschlichen Bewusstseins habe ich mich diesem Thema bis jetzt noch nicht genähert. Sie haben mir neue Einblicke verschafft.

Ihre Notizen über das Grab im Altaigebirge waren ebenfalls hochinteressant. Sie wissen, dass bei der Öffnung des Grabes viele seltsame Dinge geschahen. Ein Teil der ortsansässigen Bevölkerung war strikt dagegen und sagte große Unruhen voraus, falls das Grab doch geöffnet werden sollte. Das Gleiche geschah vor vielen Jahren, als man bei der Öffnung eines anderen alten Grabes die Mumie eines Mannes aus derselben Zeit fand, die ebenfalls Tätowierungen aufwies. Die Tatsache, dass sowohl der Mann als auch die Frau mongolische Priester einer unbekannten Religion waren, hat die Wissenschaftler vor ein Rätsel gestellt, denn alle anderen Funde aus früheren Zeiten, die man im Altai gemacht hat, waren indoeuropäischer Herkunft und ließen sich der Pasyrik-Kultur zuordnen.

Die Entdeckung dieser Gräber kennzeichnet Ihren Aufzeichnungen zufolge möglicherweise den Beginn von höchst bedeutsamen Ereignissen. Wir wollen sehen, was als Nächstes geschieht. Aber Sie sehen sehr müde aus, Olga. Sie müssen nach Hause und sich ausruhen. Soll ich Sie heimbringen?«

Sosehr ich Dmitrijews Angebot zu schätzen wusste, ich lehnte es ab. Ich war wirklich hundemüde, aber noch wichtiger als mein Schlafbedürfnis war mir, eine Weile allein zu sein, damit ich nachdenken konnte. Die Ereignisse des Tages nahmen mich noch völlig gefangen. Nur in einem war ich mir sicher: Ich hatte recht daran getan, herzukommen. Ich spürte, dass es vielleicht nicht das letzte Mal gewesen sein würde. Es kam für mich jetzt nicht mehr in Frage umzukehren, die neue Richtung zu verleugnen, die so plötzlich die Herrschaft über mein Leben gewonnen und es auf eine Art und Weise bereichert hatte, die ich vielleicht erst in Jahren oder womöglich erst in Jahrzehnten ansatzweise würde begreifen können.

Die lange Rückfahrt nach Nowosibirsk verging wie im Flug, ich dachte im Bus immer noch über meine merkwürdige Vision in Dmitrijews Spiegelröhre nach. Ich verstand nicht alles, was geschehen war, aber ich hatte eines erkannt, das für mich von großer Bedeutung war: Die Schamanen besaßen zwar einen Schlüssel zur Pforte des Wissens, das nach Belowodje führt, aber dieses Wissen an sich war allgemein zugänglich und konnte auf verschiedene Arten erlangt werden. Diese Einsicht hatte mich aufgewühlt, und ich wusste, dass ich meinem Traum wieder einen Schritt näher gekommen war.

Es war schon sehr spät, als der Bus schließlich in der Stadt ankam, und ich ging durch die dunklen, verlassenen Straßen schnellen Schrittes zu meiner Wohnung. Trotz der späten Stunde erfüllte mich immer noch eine sonderbare Erregung. An Schlaf war nicht zu denken, daher machte ich mir aus Brot, Käse und Tee einen kleinen Imbiss zurecht. Dann setzte ich mich an meinen Schreibtisch, knipste die kleine Tischlampe mit dem smaragdgrünen Schirm an und nahm die Aufzeichnungen zur Hand, die ich im Labor gemacht hatte.

Ich las die wenigen Seiten im Heft durch, die mit meinen hastig hingeschriebenen Worten bedeckt waren. Die Seiten faszinierten mich, als sie vor mir auf dem Schreibtisch lagen, denn sie trugen meine Handschrift, aber ich erinnerte mich nicht daran, sie geschrieben zu haben. Diese Mitschrift war die materielle Manifestation eines viel größeren Geheimnisses, das mich immer mehr in seinen Bann zog.

Erinnerungen an den Altai und an Umaj drängten sich mir auf. Meine Erlebnisse seit dem Tag, an dem Anna mich wegen Nikolaj angerufen hatte, standen mir wieder so deutlich vor Augen, als wäre alles erst gestern gewesen. Ich griff zur Feder und begann zu schreiben.

Stundenlang strömten die Worte, ohne dass ich darüber nachdachte, so, als wäre ich in Trance. Ich hielt erst inne, als ich sah, dass es draußen allmählich heller wurde. Ich hatte gar nicht bemerkt, dass meine Rollläden noch offen waren. Licht fiel durch die durchsichtigen Spitzengardinen, die vor dem Fenster neben meinem Schreibtisch hingen. Ich ließ die Rollläden herunter und ging schlafen.

Am nächsten Tag, dem Tag darauf und vielen folgenden Tagen wurde die Aufzeichnung meiner Erlebnisse im Altai zur wichtigsten und angenehmsten Tätigkeit in meinem vollen Tagesprogramm. Diese Aufzeichnungen führten auch dazu, dass ich meine Reise aus einer ganz neuen Perspektive sah. Anfangs hatte ich nur das Bedürfnis, einen Bericht über die äußeren Details der merkwürdigen Ereignisse zu verfassen, die ich erlebt hatte, aber nach und nach wurde mir klar, dass die Frustration, die Verwirrung und die Anspannung, die mir während und nach der Reise so zu schaffen gemacht hatten, auf mein hartnäckiges Bemühen zurückzuführen waren, meine Erfahrungen nur oberflächlich zu betrachten.

Mein erstes Erlebnis mit Umaj, bei dem ich unter ihrer Führung den See des reinen Geistes entdeckt hatte, stellte den eigentlichen Beginn meiner Reise dar. Mir wurde klar, dass ich die heilige und anspruchsvolle Kunst, das Gleichgewicht zwischen äußeren und inneren Aufgaben zu halten, noch nicht wirklich beherrschte. Je mehr ich mich zwang, meine Erlebnisse in ihrer Bedeutung für mein inneres Selbst zu interpretieren, desto klarer traten mir die verborgenen Ebenen meiner Reise vor Augen. Alles, was Umaj getan hatte, sollte mir helfen, eine weitere Dimension dieses inneren Raumes zu erkunden.

Umaj hatte mich gründlich und kontinuierlich unterrichtet, so wie sie es versprochen hatte. Jede Seite meines Tagebuches zeigte mir das aufs Neue. In den vielen Teilaspekten von Umajs erster Lektion waren alle meine späteren Erlebnisse bereits angelegt. Sobald ich nicht mehr auf die Äußerlichkeiten sah, sondern nach innen blickte, war ich in der Lage, die Kraft der Weisheit und das umfassende Wissen zu erkennen, die sich hinter den manchmal beängstigenden und manchmal angenehmen Bildern und Symbolen meiner Traumreisen verbargen.

Ich verstand das Konzept vom See des reinen Geistes und sah, dass dieser innere Raum bei den meisten Menschen durch die ständige Beschäftigung mit der materiellen Welt besetzt und aufgezehrt worden war. Ich verstand, wie wichtig es war, zu akzeptieren, dass wir die Fähigkeit und die Verantwortung haben, uns nicht nur unsere Realität zu schaffen, sondern auch das Selbst, das in dieser Realität lebt. Ich verstand den Prozess des inneren Dialogs, durch den wir unsere Persönlichkeit formen. Ich sah, dass die erste Regel, die mein Lehrer mir gegeben hatte, ein wirksames Mittel war, um mir in jeder Situation eine ›Metaposition‹ zu schaffen, einen von den Einflüssen der jeweiligen Umgebung unabhängigen Standpunkt, der das reine Wesen des inneren Geistes wiedergab.

Alle diese Konzepte ergänzten meine psychiatrische

Ausbildung auf faszinierende Weise. Es begeisterte mich, wie problemlos sich einige der neuesten Theorien über die Struktur der menschlichen Psyche darin wiederfanden und sie weiterentwickelten. Am meisten fesselte mich die Idee von dem eigentlichen Selbst in uns. Ich nannte es in meinem Tagebuch das ontologische oder Kern-Selbst, und es stand mit der großen Kunst, Entscheidungen zu treffen, in direkter Verbindung. Ich spürte, dass dieses Konzept neue, umfassende Verständnismöglichkeiten bereithielt, die unsere Fragen zur Natur des Menschen, zur Evolution und nach ihrem Ziel vielleicht beantworten könnten.

Als ich Schritt für Schritt meine Erlebnisse schreibend nachvollzog, kam ich schließlich zu meiner Arbeit mit Dmitrijew. Ich spürte, dass hier der Schlüssel zu allem anderen lag, auch wenn ich mein Erlebnis in der Spiegelröhre noch nicht ganz verstanden hatte. Ich war immer noch neugierig, ob es dieses geheimnisvolle Land namens Belowodje wirklich gab oder ob es nur in einer verborgenen Dimension unseres Geistes existierte. Auch konnte ich mir nicht erklären, in welcher Beziehung zueinander die archäologischen Gräberfunde im Altai, die Zeitspiralen und die verschiedenen menschlichen Evolutionsstränge standen. Und was sollte es heißen, dass die ›scheinbar toten Bewohner dieser Gräber Absichten haben, die das Leben betreffen‹?

Diese Fragen waren ohne ein weiterführendes Wissen nicht zu beantworten und bildeten deshalb den vorläufigen Abschluss meines Rückblicks. Voll Dankbarkeit Umaj gegenüber legte ich mein Schreibheft ins Bücherregal. Aber ich spürte weiterhin eine Energie, die mich mit meinen Aufzeichnungen verband und die mir deutlich sagte, dass ich sie keineswegs beendet, vielleicht sogar gerade erst begonnen hatte. Wenige Nächte später hatte ich einen sonderbaren Traum.

Ich sehe mich selbst, ich betrete ein kleines Zimmer. In der Mitte befindet sich ein Tisch aus dunklem, poliertem Holz, und mehrere Bücherregale stehen in einem Halbkreis an den Wänden. Ich schaue mich um und versuche zu erfassen, wo ich bin.

Eine große, schlanke Frau betritt den Raum und lächelt mir wortlos zu. Ihre Haut ist schwarz mit einem sonderbaren Gelbton, anders als alle Hautfarben, die ich je gesehen habe. Die Frau hat ein schmales, fast rechteckiges Gesicht mit attraktiven, regelmäßigen Zügen. Ihr dickes, glattes schwarzes Haar ist zu einer komplizierten Hochfrisur aufgesteckt, die die Anmut ihrer Erscheinung unterstreicht. Mit geheimnisvollem Lächeln kommt sie auf mich zu.

Ich weiß, dass die Sprache dieser dunklen Frau mir völlig fremd ist, aber wir besitzen die Fähigkeit, durch die Energie unserer Gedanken miteinander zu kommunizieren, ohne zu sprechen.

Mein Geist bildet Fragen: »Wozu bin ich hier? Und wer bist du?«

Sofort ist ihre Antwort in meinem Kopf hörbar: »Du bist hier, um dich einer wichtigen Operation zu unterziehen. Ich betreue sie.«

Das Wort ›Operation‹ verursacht mir Unbehagen. Blitzartig tauchen die Bilder einer weit zurückliegenden Kindheitserinnerung vor meinem inneren Auge auf. Da ist ein riesiger weißer Saal mit einem großen Fenster in der Decke; da sind die gedämpften Stimmen der Krankenschwestern hinter den Gesichtsmasken, die die mir vertrauten Frauen zu furchterregenden, fremdartigen Wesen machen; da ist der widerliche Äthergeruch, der sich in meinen Kleidern festsetzte und tagelang als unangenehme Erinnerung haftenblieb. Schließlich erinnere ich mich an die Gestalt meiner Mutter, die das Gesicht des Patienten operiert; oder, genauer gesagt, sie vollführt mit ihren Instrumenten eine Art chirurgisches Wunder auf einer Fläche, die eigentlich ein Gesicht sein soll, für mich aber wie ein bleicher, formloser Fleck aussieht, überströmt von scharlachrotem Blut, das pulsierend aus dem Körper austritt.

Als ich etwa neun Jahre alt war, hatte meine Mutter mich in das Krankenhaus mitgenommen, in dem sie als Ärztin arbeitete. An diesem Tag musste sie eine Gesichtsoperation durchführen, und die Krankenschwestern, die alle meine Freundinnen waren, hatten mir erlaubt, einen OP-Kittel anzuziehen und heimlich mit in den Operationssaal zu kommen. Hinter den Rücken der Schwestern versteckt, hatte ich die ganze Operation beobachtet.

»Fürchte dich nicht.« Der Gedanke der dunklen Frau blitzt in meinem Geist auf. »Diese Operation ist anders.«

Wie in jedem Traum, so sind auch hier die verschiedenen Teile meiner Erlebnisse einer eigentümlichen Traumlogik folgend, miteinander verknüpft. Deshalb bin ich nicht überrascht, als ich mich gleich darauf, ohne jeden Übergang, auf einem Tisch liegen sehe, um den Männer und Frauen herumstehen. Sie haben alle die schwarze Hautfarbe und die geometrisch geformten, regelmäßigen Gesichtszüge der Frau, der ich zuerst begegnet bin und die jetzt hinter mir steht. In ihrer Sprache sagt sie etwas zu den Menschen um mich herum. Dann spüre ich, wie ihre langen, schmalen schwarzen Finger meine Stirn berühren, und ich entspanne mich.

Mein ganzer Körper fühlt sich an, als bestünde er aus einer weichen Substanz, die leicht verformbar ist. Die Finger der Frau tanzen vor meinen Augen und berühren dabei gelegentlich meine Haut. In mir wird Energie erzeugt. Mein Körper beginnt, sich zu drehen, so als rollte ich mich zu einer Art Ball zusammen. Die Bewegung wird immer schneller, und ich werde zu einer rotierenden Spirale, die sich schließlich in ihren Mittelpunkt hineindreht. Dann ist es vorbei. Die Milliarden von Zellen, die meinen Körper bilden, haben sich neu geordnet, sie haben sich zu einer einzigen, großen, runden Zelle zusammengeschlossen, die alle Informationen enthält, die es über mich gibt.

Ich empfinde die vage Gewißheit, dass die Umstehenden etwas mit mir machen. Ich leiste keinen Widerstand, denn ich begreife, dass sie eine Wunde tief in mir heilen. Es dauert eine Weile, dann spüre ich, dass ich auf einer festen Unterlage liege. Um mich herum ist es stockfinster. Mir ist klar, dass ich immer noch träume, dass weiterhin die Traumlogik meine Wahrnehmung bestimmt, und bin deshalb nicht überrascht, als ich rechts neben mir ein leises Lachen höre.

»Wer ist da?« Der Klang meiner Stimme wirkt sich auf den Helligkeitsgrad meiner Umgebung aus, und während ich diese Frage stelle, wird es in dem Raum, in dem ich mich befinde, heller.

Eine Frau sitzt mit gekreuzten Beinen in einer Ecke auf dem Fußboden, eine Pfeife in der Hand. Es ist Umaj, und diese Pfeife habe ich sie schon im Altai rauchen sehen. Obwohl Umaj raucht, rieche ich keinen Tabakgeruch. Aus irgendeinem Grund überrascht mich das mehr als Umajs Anwesenheit.

Statt mich zu begrüßen, stellt sie mir eine Frage. »Weißt du noch, warum du in den Altai gekommen bist und mich besucht hast?«

»Nein, leider nicht.«

»Dann versuche, dich daran zu erinnern«, sagt sie leise, aber bestimmt.

Zuerst kommt mir nur der äußere Anlass der Reise in den Sinn. »Anna hatte mich gebeten, sie zu begleiten«, erwidere ich. Dann fällt es mir ein. »Ach ja! Ich wollte Heilmethoden von dir lernen.«

Während unseres Gesprächs lacht Umaj leise und wiegt ihren Körper rhythmisch hin und her. Ich habe den deutlichen Eindruck, dass sie sich zu jedem beliebigen Zeitpunkt in Luft auflösen kann.

»Kannst du eine Weile hier bei mir bleiben und nicht fortgehen?« Ich will nicht, dass sie mich verlässt, und versuche, mir ihre Gegenwart zu sichern.

»Und du, kannst du das?«, stellt Umaj die Gegenfrage. Sie kneift ihre schmalen Mongolenaugen zusammen, bis sie fast geschlossen sind, und beim Ausatmen umhüllt sie mich mit einer Rauchwolke aus ihrer Pfeife.

»Ich glaube schon.«

»Und ich kann es auch.«

Vor Erleichterung muss ich lächeln, bemühe mich allerdings gleichzeitig, einen angemessen ernsten Gesichtsausdruck beizubehalten, denn ich erwarte, dass Umaj nun gleich damit beginnen wird, mich zu unterrichten.

Doch sie kichert laut, als würde sie gerade etwas Urkomisches sehen. Dann scheint ihr etwas einzufallen, und sie wird wieder ernst. Sie spricht etwas schneller, so als hätte sie es nun eilig.

»Gut. Du sagst, du bist in den Altai gekommen, um etwas über das Heilen zu lernen. Das ist völlig richtig. Heilen ist deine Bestimmung.

Du glaubst, dass für dich alles mit dem Erleben der Sphäre begann, in der du mit deinem See des reinen Geistes konfrontiert worden bist. Aber das stimmt nicht ganz. Die Lehre dieser Sphäre war bereits dein zweiter Schritt. Begonnen hast du deinen Weg, als ich dir gestattet habe, die Fische auf dem Holz schwimmen zu lassen. Das hat dir ermöglicht, die heilende Kraft erstmals zu erleben. Aber ich muss zugeben, dass du diese ersten beiden Lektionen gut mit den folgenden verknüpft hast.

Jetzt möchte ich eine Frage beantworten, die du bis jetzt nur im Geiste gestellt hast. Ich tue das, weil ich glaube, dass die Antwort dir bei deiner Arbeit als Heilerin helfen kann. Hier ist sie:

Für Geisteskrankheiten gibt es nur zwei Gründe, und diese beiden Gründe stehen in einem absoluten Gegensatz zueinander. Zum einen kann ein Mensch verrückt werden, wenn seine Seele oder ein Teil seiner Seele verlorengegangen ist. Normalerweise liegt das daran, dass ihm die Seele gestohlen wurde, aber manchmal kann ein Mensch sich auch unbewusst entscheiden, seine Seele fortzugeben, unter Umständen im Tausch gegen etwas anderes, das er gerne haben möchte. Der andere Grund, warum ein Mensch verrückt werden kann, ist der, dass er von einer fremden Macht überwältigt und in Besitz genommen wird.

Es gibt nur diese beiden Gründe, keine anderen. Das klingt simpel, aber es kann lange dauern, bis man gelernt hat, die Ursache einer Geisteskrankheit richtig zu erkennen und sie zu heilen. Wenn du dich in der Ursache täuschst, dann wird dein Versuch, die Krankheit zu heilen, ihr nur neue Nahrung zuführen und sie verschlimmern. Du musst bereit sein, noch viel zu lernen, um eine gute Heilerin zu werden.

Deshalb wurde dir die Lehre vom See des reinen Geistes gleich am Anfang vermittelt. Unsere Heilkraft entspringt diesem Raum. Dort wohnt unsere innere Heilerin. Gleichzeitig ist dieser Raum auch dein Weg nach Belowodje. Je mehr du dein inneres Wasser des Lebens erkundest, desto näher wirst du Belowodje kommen. Habe ich recht, dass du auf der Suche danach bist?«

»Ja«, antwortete ich. Wieder einmal spüre ich eine besondere Erregung im Körper, denn ich erwarte, dass ich gleich einen wichtigen Mosaikstein zu dem von mir ersehnten Wissen erhalten werde. Ich komme mir vor wie ein Jäger, der mit allen Sinnen bereit ist, Beute zu machen.

»Du fragst dich, ob Belowodje ein Land ist, das tatsächlich existiert. Darüber wirst du später mehr erfahren, aber im Moment spielt es eigentlich keine Rolle. Wichtig ist, dass dir klar ist, dass man Belowodje nur finden kann, sowohl in dieser Welt als auch in irgendeiner anderen, wenn man sein inneres Selbst erforscht. Der einzige Weg nach Belowodje führt durch einen inneren Raum, er setzt die Erweiterung deiner Selbsterkenntnis voraus.

Damit meine ich nicht das eitle Herumtheoretisieren, mit dem sich so viele Menschen zufriedengeben. Das hat mit dem See des reinen Geistes und seiner Sphäre überhaupt nichts zu tun. Ich spreche von ernsthafter, handfester Arbeit. Für dich wird es Arbeit im Heilbereich sein.

Merke dir gut, was ich jetzt sage, denn es ist von großer Bedeutung. Zu jedem Menschen gehört ein Wesen, das den Raum seines Sees des reinen Geistes bewohnt. Diese Wesen leben im inneren Raum der Menschen, sie warten am Eingang zu Belowodje. Ich nenne ein solches Wesen den inneren Zwilling, aber man könnte es auch als Geisthelfer, Schattenbeobachter, Geistführer oder inneren Wächter bezeichnen. Diese Wesen haben viele verschiedene Funktionen.

Zunächst stehen sie eng mit dem eigentlichen Ziel in Verbindung, das jedem Menschen bei seiner Geburt zugeordnet wird. Außerdem sind sie reine Beobachter, sie sind distanziert, und die Außenwelt kann ihnen nichts anhaben. Sie beobachten und denken in Ruhe über alles nach, was wir tun. Sie bewahren die ursprüngliche Essenz jedes neugeborenen Wesens. Wenn wir uns auf die richtige Weise und unter den richtigen Umständen an sie wenden, können sie wichtige Helfer für uns sein.

Sie stehen uns bei den Handlungen zur Seite, die uns unserem wahren Ziel näher bringen. Und schließlich können sie auch unsere Führer nach Belowodje sein.

Es gibt sieben verschiedene Arten dieses inneren Zwillings. Nur sieben, nicht mehr. Die sieben Typen des inneren Zwillings, die den Menschen zugeordnet werden, sind folgende: Heiler, Magier, Lehrer, Bote, Beschützer, Krieger und Vollstrecker. Letzterer ist nicht jemand, der tötet, sondern der Dinge in Gang bringt.

Eine unserer wichtigsten Aufgaben besteht darin, die Identität unseres inneren Zwillings herauszufinden und uns dann ganz und gar mit ihm zu verbinden. Auf diese Weise werden wir eins mit dem eigentlichen Ziel unseres Daseins. Wenn unser Leben dann endlich vom reinen Licht unseres inneren Beobachters erhellt worden ist, wird alles, was wir tun, viel leichter. Erst wenn man das Wesen des eigenen inneren Zwillings entdeckt und sich völlig damit vereinigt, kann man das Tor nach Belowodje wirklich finden und öffnen.

Du, Olga, bist zur Heilerin bestimmt. Die Operation, der du dich gerade unterzogen hast, war ein erster Schritt, denn wenn du selbst nicht geheilt bist, wirst du anderen nie richtig helfen können. Dies war deine Initiation.«

»Ich bin für alles sehr dankbar. Ich danke auch dir von Herzen, Umaj, weil du mir dieses neue Wissen vermittelt hast ...«

Umaj fällt mir rasch ins Wort:

»Keine Ursache, Olga. In gewisser Weise sind wir jetzt Kolleginnen, oder? Ich bin selbst auch nicht gerade die schlechteste Heilerin, wie du vielleicht weißt.«

Sie lacht und beginnt, immer noch im Schneidersitz, wieder hin- und herzuschaukeln. Diesmal ist die Bewegung heftiger, und ich weiß, dass meine Lehrerin gleich verschwinden wird. Ihre Gestalt verblasst bereits, aber *sie richtet noch einmal das Wort an mich: »Ich möchte dir ein letztes Geschenk machen, bevor ich dich verlasse. Dieses Geschenk ist eine Mitteilung: Du bist jetzt so weit, dass du direkt mit der Heilerin kommunizieren kannst, die dein innerer Zwilling ist. Wenn du beim Heilen Hilfe brauchst, bitte deine innere Heilerin zu erscheinen und die Arbeit für dich zu tun. Aber sei dann nicht überrascht über deine Handlungen. Sie können dir merkwürdig oder sogar töricht vorkommen. Probiere es morgen aus, dann siehst du es selbst.«*

Eine kleine Wolke Tabakrauch war alles, was in der Ecke zurückblieb, in der Umaj gesessen hatte. Das Wölkchen schwebte noch durch mein Gedächtnis, als ich in der Dunkelheit meines Zimmers die Augen öffnete und versuchte, ganz wach zu werden.

Ich bildete mir ein, dass mein Tagebuch nahezu glücklich wirkte, als ich es aus dem Bücherregal nahm und begann, alles aufzuschreiben, was ich von meinem Traum noch wusste. Ganz besonders beschäftigte mich Umajs letzter Vorschlag, der meine innere Heilerin betraf: ›Probiere es morgen aus, dann siehst du es selbst.‹

Ich war ein paar Tage lang nicht auf der Frauenstation gewesen, daher beschloss ich am nächsten Morgen, meinen Arbeitstag dort zu beginnen. Ich teilte dort ein Büro mit Georgij, dem Stationsarzt. Er saß bereits an seinem Schreibtisch, als ich ankam, und sein ausgesprochen wohlwollendes Lächeln machte mich misstrauisch. Bestimmt hatte er eine unangenehme Überraschung für mich.

»Sie sehen großartig aus, Olga! Frisch und voller Tatendrang!«, rief er und gab damit meinem Misstrauen weitere Nahrung.

»Danke. So, das reicht. Was haben Sie für mich?«

»Nichts Besonderes. Da ist nur dieser eine Fall, den

ich Ihnen übergeben möchte. Ich glaube, Sie werden sich darüber freuen, denn Sie können sicherlich etwas daraus lernen. Die Patientin ist hochinteressant. Ich mache Ihnen ein großes Zugeständnis damit, dass ich sie Ihnen abtrete. Aber meiner Meinung nach sollten junge Kollegen jede nur denkbare Möglichkeit erhalten, mehr über unseren anspruchsvollen Beruf zu lernen. Und bitte keine Einwände. Sie behandeln die Patientin jetzt weiter. Hier ist ihre Epikrise.«

Er überreichte mir die Krankengeschichte der Patientin. Widerstrebend nahm ich sie entgegen, denn ich rechnete mit etwas Unerfreulichem. Ich hatte mich nicht getäuscht.

›Die Patientin Ljubow Smechowa wurde vor etwa einem Monat erstmals in unser Krankenhaus eingeliefert. Diagnose: Schizophrenie; Verlauf rapide; depressiv-paranoides Syndrom.‹

Die Patientin litt unter einer besonders rasch voranschreitenden und hochmalignen Form der Schizophrenie. ›Anamnese: Auf der Basis einer anhaltenden, voranschreitenden Depression begann die Patientin, paranoide Symptome zu entwickeln, darunter Beziehungswahn und Verfolgungswahn. Einweisungsgrund war auffälliges und unangemessenes Sozialverhalten. Während der ersten Woche der stationären Behandlung trat bei der Patientin eine kurzfristige Episode akut erhöhter psychomotorischer Aktivität auf. Vollständige Verhaltensenthemmung, keinerlei Selbstbeherrschung, bellte wie ein Hund und wurde völlig unzugänglich. Die psychomotorische Aktivität wurde durch hohe intravenöse Neuroleptikadosen gedämpft. In der Folge vollständiger Erinnerungsverlust der vorangegangenen Erlebnisse.

Gegenwärtig dominieren die negativen Symptome. Die Patientin zeigt eine Verflachung aller emotionalen und voluntativen Funktionen. Sie liegt auf dem Bett, gleichgültig gegenüber Umgebung, Familie, Arbeit oder Zukunft. Retardierung im kognitiven Bereich. Prognose: ungünstig. Empfehlung: Antrag auf Einstufung in die zweite Gruppe geistiger Behinderung.‹

Meistens dauerte es bei den Schizophreniepatienten acht bis zehn Jahre, bevor sie in die ›zweite Gruppe geistiger Behinderung‹ eingestuft wurden. Das bedeutete, dass keine Aussicht auf eine Besserung ihres Zustandes bestand und dass sie überhaupt nicht in der Lage waren, für sich selbst zu sorgen. Das ungewöhnlich schnelle Voranschreiten von Ljubow Smechowas Krankheit zeugte von ihrer Bösartigkeit. Die Patientin in der zweiten Gruppe einzustufen hieß aber auch, dass es unzählige Formulare auszufüllen gab, dass endlose Besprechungen mit Kollegen und Expertenkomitees bevorstanden, dass ein längeres Gutachten für die Akten erstellt werden musste und dass abschließend eine Anhörung vor einer Kommission auf mich wartete.

»Nein! Das ist unfair! Das können Sie mir nicht antun. Ich bin mit den vier Kriminellen auf meiner Männerstation schon überlastet. Ich muss Beurteilungen, Diagnosen und Empfehlungen für sie schreiben, die bis Ende des Monats dem Gericht vorliegen müssen. Einen Fall von geistiger Behinderung kann ich nicht auch noch annehmen. Wollen Sie denn, dass ich im Krankenhaus wohne?«

Ich schrie fast, wusste aber, dass Georgij nicht umzustimmen war. Er war ein lieber alter Mann, sachkundig und immer hilfsbereit, aber gleichzeitig war er im ganzen Krankenhaus bekannt für seine eiserne Entschlossenheit, sich möglichst wenig mit Schriftstücken, Gerichten oder komplizierten Diagnosen abzugeben. Zudem hatte er als Chef der Station durchaus das Recht, Patientinnen an mich abzutreten. Mir blieb also nichts anderes übrig, als Ljubow Smechowa zu übernehmen.

Georgij blickte mich schweigend an, mit unendlichem Mitgefühl, während ich die Unterlagen meiner neuen Patientin an mich nahm und das Zimmer verließ. Ich schloss die Tür geräuschvoller als sonst, um meinem Ärger Ausdruck zu verleihen. Mir war, als könnte ich immer noch Georgijs väterliches Gesicht sehen, wie es mich durch die verschlossene Tür freundlich anlächelte.

Wie üblich stellte ich auch heute fest, dass ich eigentlich nicht länger als ein paar Minuten wirklich wütend auf ihn sein konnte. Als ich das Büro erreichte, in dem wir unsere Patienten untersuchten, hatte ich mich wieder gefasst. Schwester Marina hatte Dienst, und ich bat sie, Ljuba zu mir zu bringen.

Während ich wartete, las ich ihre gesamte Krankenakte. Ljubas Fall war wirklich schrecklich. Ihre Psyche war bereits völlig ausgebrannt, um ein Hundertfaches schneller als bei den meisten anderen an Schizophrenie Erkrankten. Sorgfältig studierte ich die psychologischen und psychiatrischen Gutachten, die man über sie angefertigt hatte. Darunter war auch ein Bericht über die Krankengeschichte ihrer Familie, aus dem hervorging, dass es unter ihren engen Verwandten Personen gab, die unter der gleichen Krankheit gelitten hatten.

Ljubas Diagnose erschien mir völlig korrekt. Es bestand keinerlei Hoffnung, auch nicht auf eine kurzzeitige Besserung, daher sollte die Patientin in die ›zweite Gruppe‹ eingestuft und staatlicher Fürsorge unterstellt werden; diese Empfehlung war bereits beim ersten Ausbruch ihrer geistigen Störung ausgesprochen worden. Ich hatte zwar mehr als genug am Hals, fand aber keinen triftigen Grund, die Erledigung ihres Falles aufzuschieben.

Die Krankenschwester klopfte leise. »Ljuba ist da, Frau Doktor. Darf sie reinkommen?«, fragte sie.

»Ja, bitte bringen Sie sie herein«, erwiderte ich. Ich sah, wie behutsam Marina meine neue Patientin ins Zimmer führte. Ihre Bewegungen waren voller Mitgefühl, als sie Ljuba half, sich auf den Stuhl vor meinem Schreibtisch zu setzen. »So ist es gut, meine Liebe«, sagte Marina dann. »Das ist Ihre neue Ärztin. Vielleicht hilft sie Ihnen, wieder gesund zu werden.«

Marinas Worte waren so offensichtlich unangebracht, dass ich mich darüber aufregte. ›Was redet sie denn da?‹, frage ich mich. ›Warum macht sie dieser Frau falsche Hoffnungen?‹ Mein ursprünglicher Ärger darüber, dass ich Ljuba als Patientin hatte annehmen müssen, stieg erneut in mir auf, aber jetzt richtete er sich gegen die Krankenschwester. Nach dreißig Jahren Arbeit in der Psychiatrie musste sie wissen, was man zu Patienten im letzten, unheilbaren Stadium der Schizophrenie sagen durfte und was nicht. ›Gesund werden? Haha!‹

Wütend funkelte ich Marina an, als ich sie entließ. »Danke, das ist alles. Wenn ich fertig bin, rufe ich Sie, damit Sie Ljuba zurückbringen können.«

Marina ging schweigend und ließ mich mit einer Vierzigjährigen allein, die vor meinem Schreibtisch zu einer sitzenden Statue erstarrt war. Ihr kurzes, dichtes schwarzes Haar war zerzaust. Ihre großen, mandelförmigen Augen waren so leer und ausdruckslos, dass sie in ihrem Gesicht kaum auffielen. Ein leichtes Zittern der Hände war die einzige Bewegung, die Ljubas Körper sich gestattete. Ohne Anstoß von außen würde sie weder gehen noch sich bewegen oder sonst irgendetwas tun.

»Guten Morgen, Ljuba. Ich bin Ihre neue Ärztin.«

Sie zeigte keine Anzeichen einer Reaktion.

»Gut, Ljuba, ob Sie nun mit mir sprechen oder nicht, ich muss Sie über Ihren gegenwärtigen Zustand informieren und Ihnen mitteilen, wie wir Ihnen helfen werden.« Die Patientin war so abwesend, dass ich genauso gut zu mir selbst hätte sprechen können.

»Wie Sie wollen.« Ihre Stimme hatte einen mechanischen Klang, aus dem nicht die geringste Spur von Persönlichkeit oder Interesse herauszuhören war.

Wieder blätterte ich ihre Krankengeschichte durch. Sie war Lehrerin gewesen, verheiratet, zwei halbwüchsige Söhne. Nichts Ungewöhnliches. Aber während ich ihre Unterlagen durchsah, kehrten meine Gedanken unfreiwillig immer wieder zu dem unpassenden Satz zurück, den Marina gesagt hatte: ›Vielleicht hilft sie Ihnen, wieder gesund zu werden.‹

Plötzlich stieß dieser Satz in meinem Kopf auf Umajs letzte Worte: ›Bitte deine Heilerin, zu erscheinen und die Arbeit für dich zu tun. Sei nicht überrascht über deine Handlungen, auch wenn sie dir merkwürdig oder sogar töricht vorkommen. Probiere es morgen aus, dann siehst du es selbst.‹

Die beiden Sätze vereinigten sich, und mich überkam die Versuchung, eine Heilmethode auszuprobieren, mit der der rationale Teil meines Geistes überhaupt nichts anfangen konnte. Irgendetwas, vielleicht die völlige Leere, die Ljubas ganzes Wesen zu durchdringen schien, sagte mir, dass sie nicht krank geworden war, weil ein fremdes Wesen sie in Besitz genommen hatte, sondern weil sie ihre Seele verloren hatte. Die einzige Hoffnung für Ljuba bestand darin, sie einem Reiz auszusetzen, der in ihr den Willen weckte, aus sich herauszugehen, um das Verlorene zu finden und wiederzugewinnen.

›Du gehst dabei kein Risiko ein‹, sagte ich mir. ›Sie ist sowieso verloren. Tu, was Umaj gesagt hat. Probiere es einfach. Betrachte es als Experiment. Verschlimmern kannst du ihren Zustand keinesfalls.‹

Ljuba saß immer noch mit dem gleichen leeren Gesichtsausdruck vor mir. Ich hatte nicht das Bedürfnis, ihr zu sagen, was in mir vorging, denn ich wusste, dass ich zu ihrem Bewusstsein keinen Zugang hatte. Schweigend blickte ich noch eine Weile auf ihre Papiere, bis ich mich entschieden hatte.

Weil ich unsicher war in dem, was ich tat, traute ich mich nicht, die Worte laut auszusprechen, sondern sagte sie lautlos in meinem Kopf: ›Ich bitte die Heilerin in mir, zu erscheinen und diese Frau zu heilen.‹

Einen kurzen Augenblick lang wurde meine Wahrnehmung auf merkwürdige Weise unterbrochen. Es war, als würden sich mein Gesicht, meine Identität vom Kopf abwärts bewegen, bis dorthin, wo sich mein Herz befindet. Für ein paar Augenblicke war mir tatsächlich, als würde ich die Welt von der Mitte meines Körpers aus betrachten, so, als hätte mein Herz seine Augen geöffnet und könnte damit sehen. Dieses Gefühl wurde von einer Hitzewelle und heftiger Erregung begleitet, die blitzartig meine Brust durchfuhren und ebenso schnell verschwanden. Danach setzten meine gewohnten therapeutischen Verhaltensweisen wieder ein.

Ich stand auf, ging um meinen Schreibtisch herum, nahm mir den zweiten Stuhl und setzte mich dicht zu Ljuba, direkt vor sie.

»Ich möchte, dass Sie mir jetzt sehr gut zuhören. Es spielt keine Rolle, ob Sie auf das reagieren, was ich sage, denn ich weiß, dass ein Teil von Ihnen mir zuhören und meine Worte als Wahrheit akzeptieren wird. Ich weiß, dass Sie Ihre Krankheit gewählt haben, weil Sie einen triftigen Grund dafür hatten, Ljuba. Ich habe keine Ahnung, wovor Sie sich mit Ihrer Krankheit retten mussten, aber ich bin sicher, dass Sie damals eine sehr kühne Entscheidung getroffen haben. Mit Ihnen gemeinsam danke ich Ihrer Krankheit dafür, dass sie zur rechten Zeit zu Ihnen kam und etwas sehr Wichtiges für Sie leistete. Ist das so weit klar?

Und jetzt möchte ich, dass Sie mir noch konzentrierter zuhören, Ljuba.«

Das klang in meinen Ohren furchtbar jämmerlich. Die Patientin war weit davon entfernt, auch nur die geringste Reaktion auf meine Worte oder überhaupt auf meine Gegenwart zu zeigen. Trotzdem fuhr ich fort.

»Ich möchte Ihnen etwas sehr Wichtiges sagen. Ihre Krankheit war einmal sehr nützlich für Sie, aber Ihr Abkommen mit der Krankheit ist zeitlich begrenzt. Das Problem ist, dass Sie das vergessen haben, Ljuba. Sie erwarten immer noch, dass Ihre Krankheit Ihnen etwas Gutes tut. Aber das ist falsch. Es ist völlig falsch, denn die Zeit, in der Sie die Krankheit brauchten, ist vorbei. Ihre Krankheit hat keinen Wert mehr, sie ist nur noch destruktiv.«

Ich sprach mit großem Engagement mit meiner Patientin und brachte die Qualen, die Angst, die Liebe, den Hass und die Scham zum Ausdruck, die Ljubas Mann und ihre Söhne zweifellos empfanden. Ich hatte beinahe das Gefühl, meine Selbstbeherrschung zu verlieren.

»Sie brauchen keinen so hohen Preis zu bezahlen. Ihre Krankheit hat Sie betrogen. Sie ist ein Ungeheuer, das Sie selbst, Ihre Familie und Ihr ganzes Leben zerstören wird. Wissen Sie eigentlich, was Sie erwartet? Nein, das wissen Sie nicht. Ich will es Ihnen sagen. Ich bin sicher, dass es so kommt. Ich habe Ihre Zukunft gesehen und jetzt sage ich Ihnen, wie Sie sie sich vorstellen müssen!« Ich schrie beinahe und hielt Ljubas Hand fest gepackt.

»Sehen Sie mich an, dann sage ich Ihnen, was aus Ihnen wird.«

Heftig schüttelte ich Ljubas Hand, um ihre Aufmerksamkeit zu gewinnen, aber ihre einzige Reaktion war ein kurzer, gleichgültiger Blick. Dann wandte sie das Gesicht ab und sah aus dem Fenster. Trotzdem sprach ich weiter.

»Sie werden so wie Larissa Tschernenko, ganz genauso. Mehr bleibt von Ihnen nicht übrig. Wenn Ihnen das recht ist, dann machen Sie nur so weiter. Ich kann im Moment nicht mehr für Sie tun, als Sie davor zu warnen.«

Auf der Frauenstation kannten alle Larissa Tschernenko. Sie hatte die letzten zwanzig Jahre in der Klinik verbracht. Früher war sie Sängerin gewesen, die Frau eines Generals und eine Schönheit, und jetzt war sie eine gewalttätige, schimpfende, tobende Furie, die alle terrorisierte, die Patientinnen genauso wie das Pflegepersonal. Ihr Geist war völlig zerrüttet. Sie pflegte sich nicht, lachte hysterisch ohne Grund, schüchterte selbst die psychotischsten Patientinnen in ihrer Umgebung ein und war die meiste Zeit an ihr Bett gefesselt, denn sie war in ihrem gewalttätigen Wahnsinn gefährlich. Die Gurte, mit denen sie an Händen und Füßen festgebunden war, wurden nur gelockert, wenn ihr Bettzeug gewechselt wurde, man ihr die Bettpfanne unterschob oder sie fütterte.

Ljuba reagierte nicht auf meine Worte und saß nach wie vor wie ein steinernes Denkmal auf ihrem Stuhl. Mit dem Gefühl, eine Niederlage erlitten zu haben, erhob ich mich und ging auf den Flur, wo Marina wartete.

»Bitte bringen Sie sie in Ihr Zimmer zurück«, sagte ich und blieb neben der Tür stehen, um zu beobachten, wie behutsam Marina der Patientin half, aufzustehen und auf den Flur hinauszugehen. Marina schloss die Tür und ließ mich im Büro allein. Müde bedeckte ich das Gesicht mit den Händen und versuchte, die Scham und die Unzufriedenheit mit meiner Leistung nicht zuzulassen. Aber die Gefühle waren so stark, dass ich sie nicht unterdrücken konnte, und bald tadelte ich mich wegen meines dummen und unprofessionellen Vorgehens.

Ich fragte mich, was ich erwartet hatte, als ich meine

innere Heilerin um ihr Erscheinen bat. Mit dem, was dann tatsächlich geschah, hatte ich jedenfalls nicht gerechnet. Das einzige ›Heilverfahren‹, das ich angewendet hatte, war die harmlose Technik, der Patientin Distanz zu ihrer Krankheit zu verschaffen, indem ich ihr erklärt hatte, dass die Erkrankung vorübergehend eine positive Funktion für sie gehabt habe, die nun nicht mehr gegeben sei. Man hätte sich für diese Technik keine ungeeignetere Patientin aussuchen können. Ljubas Psyche war durch ihre Krankheit bereits völlig unzugänglich, und offensichtlich besaß die Patientin weder die Energie noch die Fähigkeit, neue Bedeutungszusammenhänge oder Zeichen aufzunehmen.

Ich versuchte, mich mit dem Gedanken zu trösten und zu beruhigen, dass meine innere Heilerin diesmal vielleicht nicht hatte erscheinen wollen oder dass ich sie vielleicht nicht auf die richtige Art darum gebeten hatte.

Am Abend schrieb ich alles in mein Tagebuch und stellte dabei fest, dass das Schreiben über mein Versagen gar keine schlechte Sache war, denn es half mir, den Misserfolg zu akzeptieren, und verschaffte mir zumindest eine gewisse Erleichterung.

Während der nächsten vier Tage sah ich Ljuba nicht, ich hatte ein freies Wochenende, und in der Woche darauf gab es auf meiner Männerstation ein paar Notfälle. Am fünften Tag ging ich wieder auf die Frauenstation. Ich hatte für meinen Besuch dort drei Stunden vorgesehen und beschloss, einen Teil der Zeit darauf zu verwenden, Ljubas Formulare auszufüllen. Es hatte keinen Sinn, das aufzuschieben, und je früher ich es erledigte, desto weniger Termine würden am Monatsende anstehen.

Wieder hatte Marina Dienst. Sie freute sich offensichtlich, mich zu sehen, und ich stellte erleichtert fest, dass mein kürzliches Fiasko mit Ljuba bei ihr weder Verlegenheit noch negative Gefühle mir gegenüber ausgelöst hatte.

»Hallo, Frau Doktor«, begrüßte Sie mich. »Ich hatte schon befürchtet, Sie wären uns abhandengekommen. Ich hatte vor, Sie anzurufen, wenn Sie heute nicht aufgetaucht wären.«

»Warum solche Eile? Gibt's was Neues?«

»Allerdings gibt es etwas Neues.« Mit aufgeregtem Lächeln lief Marina mit mir zu dem Zimmer, in dem Ljuba und drei andere Patientinnen lagen.

»Was ist denn los?«, fragte ich verwundert.

»Ljuba möchte Sie sprechen, Frau Doktor.« Marina deutete auf das Krankenzimmer, also öffnete ich die Tür und trat ein.

Anfangs bemerkte Ljuba mich nicht. Sie saß auf ihrem Bett und las die Tageszeitung. Ihr schönes, lebhaftes Gesicht zeigte Interesse und Konzentration. Ihr Haar war sorgfältig frisiert. Sie hatte sogar eine Spur Lippenstift aufgetragen. Sie war mit einem von zu Hause mitgebrachten Strickkleid bekleidet, ein Privileg, das nur Patientinnen zuteil wurde, die bald entlassen werden sollten. Ich traute meinen Augen nicht. Völlig verblüfft stand ich in der Tür und betrachtete meine Patientin mit einer Mischung aus Ergriffenheit und Bewunderung.

Plötzlich sah sie mich. Augenblicklich ließ sie ihre Zeitung fallen, sprang vom Bett auf und lief mit einem herzlichen Lächeln auf mich zu, so, als würde sie eine lang vermisste Freundin begrüßen.

»Oh, Frau Doktor, ich freue mich so, Sie zu sehen. Ich habe so sehr auf Sie gewartet. Ich danke Ihnen für das, was Sie getan haben. Vielen, vielen Dank!« Dann schwieg sie plötzlich, unsicher, ob sie fortfahren oder meine Reaktion abwarten sollte. Ich war so fassungslos, dass ich kaum sprechen konnte. »Guten Morgen, Ljuba. Ich freue mich auch, Sie zu sehen. Lassen Sie uns in mein Büro gehen, Ljuba. Jetzt gleich, bitte«, war alles, was ich herausbrachte.

Wir gingen in den gleichen Raum, in dem Ljuba noch vor wenigen Tagen so passiv und reglos wie ein Stein vor mir gesessen hatte. Jetzt war sie ein vollkommen anderer Mensch, lebendig, kommunikativ und kaum in der Lage, ihre Energie und ihre Begeisterung zu zügeln.

»Sie sehen vollkommen anders aus, Ljuba. Wie verwandelt. Ich nehme an, es geht Ihnen auch viel besser, oder?« Ich sprach langsam und versuchte dabei, mich an das neue Bild meiner Patientin zu gewöhnen.

»Sie haben mich geheilt, Frau Doktor. Ich bin wieder unter den Lebenden. Ich bin gesund. Sie können sich gar nicht vorstellen, wie glücklich ich bin.«

Ich hörte ihr zu, dachte über ihre Worte nach und versuchte zu begreifen, was ich da sah und hörte. Offensichtlich war bei Ljuba völlig unerwartet eine Genesung eingetreten, ein Vorgang, der mir fast unmöglich erschienen war. Gleichzeitig wusste ich, dass die belanglose Therapiesitzung, die ich mit ihr abgehalten hatte, unter keinen Umständen zu einem derartigen Ergebnis hatte führen können. Es war mir ein Rätsel. Etwas anderes musste Ljuba geheilt haben, und ich neigte zu der Erklärung, dass irgendein endogener biochemischer Prozess, der nach seinen eigenen, unbekannten Gesetzmäßigkeiten ablief, ihre Genesung herbeigeführt hatte.

»Ljuba, ich weiß es zu schätzen, dass Sie glauben, ich hätte Ihnen geholfen. Aber ich selbst bin nicht der Meinung, dass ich eine so bedeutende Rolle bei Ihrer Heilung gespielt habe. Ich glaube, Ihr Körper hat sich selbst geheilt, und ich hatte damit wenig oder gar nichts zu tun. Ich wünschte, ich könnte diesen Erfolg für mich verbuchen, aber ich will mir nichts vormachen.«

»Sie hatten nichts damit zu tun? Bitte, sagen Sie das

nicht. Sie waren doch diejenige, die mich aus diesem Alptraum herausgerissen hat!« Ljuba war aufgebracht.

»Ich will Ihnen erzählen, was passiert ist, nachdem Sie letzte Woche die Station verlassen hatten. Marina brachte mich aus Ihrem Sprechzimmer zurück zu meinem Bett, und ich habe mich hingelegt, genauso, wie ich es immer tat. Mein Geisteszustand war höchst sonderbar gewesen, aber mir war alles egal. Ich war nicht mehr ich selbst. Ich war etwas Fremdes geworden, völlig ohne Gedanken, Gefühle oder den Willen, mich zu bewegen. Ich war ein totes, eingetrocknetes Stück Hölle.

In Ihrem Büro konnte ich hören, wie Sie mit mir sprachen. Ich verstand wohl, was Sie sagten, aber Ihre Worte waren mir vollkommen gleichgültig. Natürlich, zu der Zeit war mir ja alles egal, sogar meine eigenen Kinder. Aber Sie haben ein winziges Samenkorn Interesse gesät, als Sie zu mir sagten, ich würde genauso werden wie Larissa Tschernenko. Zuerst war meine Neugier noch so schwach, dass ich mich nicht dazu aufraffen konnte aufzustehen und nach ihr zu suchen. Aber in meinem nahezu leeren Kopf spielte ich weiterhin mit dem Gedanken, und das gab mir eine schwache Verbindung zu der Realität draußen. Langsam wuchs in mir die Frage, wer dieser Mensch wohl sein mochte, und irgendwann fragte ich dann Marina danach.

›Wir haben keine Patientin dieses Namens auf der Station‹, sagte sie. Und das war der Beginn meiner Veränderung. Marinas Antwort überraschte mich, und dieses Gefühl der Überraschung war das erste Gefühl, das ich seit langer Zeit verspürte.

Ich dachte eine Weile darüber nach. Dann fing ich an, beim Frühstück, beim Mittagessen und beim Abendbrot die anderen Patientinnen zu beobachten und versuchte herauszubekommen, wer Larissa Tschernenko war. Endlich wurde mir klar, dass Marina recht gehabt hatte. Eine Larissa Tschernenko gab es auf der Station nicht. Dieses Rätsel verstärkte meine Neugier, und mein Interesse wuchs wie ein Schneeball.

Es wurde so wichtig für mich herauszufinden, was Sie eigentlich gemeint hatten, dass meine Aufmerksamkeit völlig davon in Anspruch genommen wurde. Ich konnte an nichts anderes denken, und ich konnte nichts anderes tun, als mit den anderen Frauen den Stationsflur auf und ab zu gehen und nach Larissa Tschernenko zu suchen. Schließlich geriet ich in einen Zustand, in dem meine ganze Existenz davon abhing, dass ich diese Frau fand. Doch sie war nicht auf der Station.

Dann kam der Sonntag, der Tag, an dem unsere Verwandten uns besuchen durften. Meine eigene Familie war nach den letzten Versuchen, mit mir zu sprechen, so enttäuscht und so traurig, dass keiner von ihnen kam. Ich spazierte zwischen den anderen Patientinnen und ihren Verwandten herum, immer noch von meinem brennenden Verlangen erfüllt, Larissa Tschernenko zu finden.

Plötzlich hörte ich, wie ein Pfleger eine neue Besucherin ankündigte. ›Larissa ist da, um ihre Mutter zu besuchen.‹ Als der Pfleger diesen Namen aussprach, fühlte ich mich wie von einem elektrischen Schlag getroffen. Aufgeregt ging ich zur Tür und wartete darauf, dass sie eintrat.

›Die Arme, sie besucht ihre Mutter immer noch‹, hörte ich einen Pfleger sagen.

›Mutter bleibt Mutter, da kann kommen, was will. Aber man kann nichts für sie tun‹, erwiderte eine andere Stimme. Dann sah ich, wie der Pfleger ein junges Mädchen in den Raum führte, in dem die gewalttätigsten Patientinnen untergebracht waren.

›Tamara Tschernenko, Ihre Tochter Larissa ist da!‹ schrie der Pfleger in den Raum hinein, in dem die Frau lag, die von allen nur die ›schreckliche Tamara‹ genannt wurde. Man hatte sie vorübergehend vom Bett losgebunden, und als sie ihre Tochter sah, stieß sie die gröbsten Flüche aus und sagte gemeine Sachen zu ihr.

Larissa stand in der Tür und weinte leise. Sie traute sich nicht, auch nur einen Schritt auf ihre gewalttätige Mutter zuzugehen. Tamara schrie und fluchte weiter. Dann lief sie plötzlich zu ihrer Tochter hin und schlug ihr mit der Faust ins Gesicht. Larissa rannte weg, während mehrere Pfleger Tamara packten und sie wieder an ihr Bett fesselten. Sie bekam sofort eine Beruhigungsspritze, aber sie schrie und spuckte und fluchte trotzdem noch fast eine halbe Stunde lang, bis das Medikament wirkte.

Ich habe nicht gesehen, wie Larissa die Station verließ. Ich blieb im Flur stehen, gegen die Wand gelehnt, völlig fassungslos. Endlich verstand ich, wen Sie gemeint hatten und warum Sie mir den Namen der Tochter genannt hatten und nicht den der Mutter. Es war einfach ein Trick von Ihnen, um mich zu verwirren, um mir etwas außerhalb meiner selbst zu geben, an dem ich mich festhalten konnte.

In dem Augenblick, als mir das klar wurde, geschah etwas mit mir. Es war ein Gefühl, als würde mich jemand buchstäblich an den Haaren packen und aus meiner Krankheit herausziehen. Ich musste plötzlich an meinen Mann und meine Söhne denken und daran, wie sehr sie unter meiner Krankheit gelitten hatten. Ein Damm war gebrochen, und die gewaltige Energie, die dadurch freigesetzt wurde, floß in meinen Körper und erfüllte ihn wieder. Innerhalb von wenigen Augenblicken, während ich immer noch reglos im Flur an der Wand lehnte, fühlte ich mich völlig geheilt.

Und ich weiß, dass das ohne Ihre Hilfe nie geschehen wäre, Frau Doktor. Deswegen danke ich Ihnen.«

Verwundert hörte ich ihr zu. Die Patientin als ›Larissa‹ Tschernenko zu bezeichnen, war ein völlig unbewusster Versprecher gewesen. Mein Bewusstsein wäre nie und nimmer in der Lage gewesen, eine so sonderbare Strategie zur Heilung Ljubas zu erfinden. Aber irgendwie war es passiert, und es hatte funktioniert. Ljuba war der Beweis. Sie saß vor mir, gesund und schön. Meinen nächsten Schritt würde ich mit großem Vergnügen tun, er bestand nämlich darin, die Formulare für ihre Einstufung in die zweite Gruppe zu vernichten und stattdessen die Vorbereitungen für ihre Entlassung zu treffen.

Vor lauter Aufregung, Erleichterung und Glück konnte ich die Tränen kaum zurückhalten. Umajs Ratschlag hatte sich als richtig erwiesen! Meine innere Heilerin war wirklich erschienen und hatte dieser Frau geholfen. Ich hätte Ljuba küssen mögen, und am liebsten hätte ich mit ihr getanzt und wäre mit ihr durch das ganze Krankenhaus gelaufen, um allen zu berichten, was geschehen war.

Gleichzeitig war der Gedanke, anderen Ärzten die Geschichte zu erzählen, ernüchternd. Es war ja nicht einmal möglich, mit meinen Kollegen im Fachbereich Psychiatrie über die irreale, ›mystische‹ Vorstellung einer inneren Heilerin zu sprechen. Statt also voller Freude loszustürzen und die Neuigkeit zu verbreiten, unterhielt ich mich eine Weile mit Ljuba über ihre Heimkehr, ihre Arbeit und ihre Zukunft und schickte sie dann fort, damit sie sich auf ihre Entlassung vorbereiten konnte.

Ich nahm Ljubas Akte und ging damit zu Georgij. Auf dem Flur sprang mir plötzlich die weiße Tür zur Notaufnahme ins Auge. Mir wurde bewusst, dass ich endlich, nach all den Tagen und Wochen, die seit dem Tod meiner Patientin vergangen waren, und den vielen rätselhaften Ereignissen, die damit zusammenhingen, zum ersten Mal die Kraft besaß, diese Tür ohne Angst oder Schuldgefühle zu betrachten. Bis dahin hatte ich sie einfach ignoriert, hatte ihre Existenz geleugnet. Jetzt konnte ich sie wieder ansehen, und zwar mit dem Gefühl, gesiegt zu haben. Ich war mir sicher, dass Ljuba und die andere Frau von derselben unaufhaltsamen Krankheit befallen worden waren. Das letzte Mal hatte sie ihre Beute erjagt und verschlungen. Aber dieses Mal hatte ich sie bezwungen.

Georgij war gerade vom Mittagessen zurückgekommen und dabei, seinen langen Wollmantel in den Schrank zu hängen, als ich eintrat.

»Ah, Olenika!« Er begrüßte mich mit meinem Spitznamen. »Schön, Sie zu sehen. Wie ich höre, gibt es gute Neuigkeiten über Ljuba!«

»Das stimmt. Sie wird entlassen.«

»Ja, ich habe sie gesehen. Es ist fast ein Wunder. Nein, nicht nur fast; es ist wirklich und wahrhaftig ein Wunder. Ich kann keine Erklärung für ihre Genesung finden. Ich glaube nicht, dass ich ihre Krankheit falsch diagnostiziert habe. Alles war völlig eindeutig. Und jetzt das. Na, ich kann nur sagen, dass es in unserem Beruf auch uns älteren Kollegen nicht schadet, immer noch ein bisschen dazuzulernen.«

Ljuba kehrte nach Hause zu ihrer Familie zurück. Den Lehrerberuf musste sie aufgeben, denn der Makel, im ›Irrenhaus‹, wie unsere Klinik genannt wurde, gewesen zu sein, ließ ihr keine andere Wahl. Sie fand jedoch Arbeit als Bibliothekarin in der Stadtbücherei und schien damit ganz zufrieden zu sein. Ich verfolgte ihren Fall noch drei Jahre lang, und während dieser Zeit blieb ihr Gesundheitszustand stabil.

Kapitel 17

Trotz Ljubas dramatischer Genesung sorgten meine Erlebnisse im Altai in beruflicher Hinsicht noch eine Weile für beträchtliche Verwirrung. Unter anderem fiel es mir schwer, die in der Theorie als ›realitätsfern‹ bezeichneten psychotischen Zustände klar von geistiger Gesundheit abzugrenzen. Meine schriftlichen Aufzeichnungen und die Entdeckung meiner inneren Heilkraft halfen mir dann jedoch, zu einem tieferen Verständnis der menschlichen Natur zu gelangen und so den Zustand der Verwirrung zu beenden. Als Ärztin wurde ich dadurch selbstsicherer und erfolgreicher.

Ich begann die Rituale und die Heilungszeremonien der Ureinwohner zu studieren, wendete sie kombiniert mit konventionellen Behandlungsmethoden an und schuf so neue Therapieformen.

Der bei den sibirischen Ureinwohnern verbreitete Glaube an die Beseeltheit der Welt oder der Glaube, dass alles, was in der Natur existiert, belebt ist und einen eigenen Geist hat, mit dem man kommunizieren kann, wurde zu einem meiner nützlichsten psychiatrischen Hilfsmittel. Ich lernte, was die Schamanen meinten, wenn sie sagten, jede Krankheit habe ihren eigenen Geist.

Um nur ein Beispiel von vielen zu nennen: Die Altaier glaubten, dass Wachs die Fähigkeit besitzt, negative Energien aufzunehmen. Um diese Fähigkeit zu aktivieren, ging der Heiler mit einem Kessel heißen, geschmolzenen Wachses immer wieder um den Patienten, der in einem tranceähnlichen Zustand mit fest geschlossenen Augen dastand, herum und sang dabei Zaubersprüche, die die Krankheit herausrufen sollten. Wenn der Heiler so die negative Energie vollständig aus dem Patienten herausgezogen hatte, bekam dieser die Anweisung zuzuschauen, wie das heiße Wachs in kaltes Wasser gegossen wurde. Beim Abkühlen und Erstarren bildetete das Wachs bizarre Formen, die der Patient interpretieren und in denen er die Art der Krankheit erkennen konnte, von der er befreit worden war.

Um Kontroversen zu vermeiden, beschrieb ich dieses Heilverfahren sowohl Patienten als auch Kollegen gegenüber als neue projektive Methode, mit der ich experimentierte, und praktizierte sie nur in der Abgeschiedenheit des Hypnotherapieraumes. Diese List wandte ich auch bei allen anderen esoterischen Behandlungsmethoden an, die ich einführte. Es war bemerkenswert, wie sehr die Akzeptanz dieser Techniken davon abhing, wie ich sie wem gegenüber beschrieb. Wenn ich den traditionellen alten Methoden einen neuen Namen gab, wurden sie von Kollegen und Patienten automatisch gutgeheißen.

Diese zugleich alten und neuen Methoden hatten Erfolg und stärkten meine neue Heilkraft. Mit ihrer Hilfe konnte ich zumindest einige meiner Patienten aus ihrer geistigen Umnachtung befreien. Ich hatte jetzt einen völlig anderen Zugang zur Schizophrenie. Für mich war sie keine vage, abstrakte Vorstellung mehr, sondern ein deutlich erkennbares, feindliches Wesen; eine äußerst gerissene Kreatur mit bösen Absichten. Als ich die Fähigkeit entwickelt hatte, diese Absichten zu erkennen und vorherzusagen, wie sie sich äußern würden, konnte ich sie auch erfolgreicher bekämpfen. Ich wußte jetzt, dass man selbst Schizophrenie besiegen konnte, und ich wurde nicht mehr von lähmender Angst befallen, wenn diese Krankheit mir aus den Augen eines Patienten mit grausamem Blick entgegenstarrte.

Während ich immer mehr über alternative Heilverfahren lernte, begann ich, meine Behandlungsmethoden außer bei Geisteskrankheiten auch bei schweren physischen Krankheiten anzuwenden.

Ich hatte den Entschluss gefasst, so intensiv wie möglich nach der ersten Regel zu leben. Ich überprüfte das Ergebnis jeder meiner Entscheidungen, der wichtigen wie auch der unwichtigen, alltäglichen, anhand der Kriterien von Wahrheit, Schönheit, Gesundheit, Glück und Licht. Sich an die erste Regel zu halten war für mich eine Basis, die es mir ermöglichte, Entscheidungen zu treffen, die ich vorher nicht von mir hätte erwarten können. Manchmal waren diese Entscheidungen sehr schwierig, aber sie erwiesen sich immer als richtig.

Die Anwendung der ersten Regel führte sofort zu wichtigen Veränderungen und aktivierte mein politisches Leben, das bis dahin kaum existent gewesen war. Der tragische Tod Viktors brachte mich zu der Erkenntnis, dass ich mein Möglichstes tun musste, um andere vor dem gleichen Schicksal zu bewahren. Trotz des damit verbundenen Risikos wurde ich Mitglied einer kleinen Gruppe in Nowosibirsk, die sich wiederum einer Organisation mit der Bezeichnung ›Internationale Gesellschaft unabhängiger Psychiater‹ anschloss. Als psychiatrische Fachleute berieten wir Menschen wie Viktor, die vom Staat aus politischen Gründen durch Missbrauch der Psychiatrie unterdrückt worden waren. Wir konnten einer ganzen Reihe dieser Opfer helfen, als funktionierende Mitglieder in die Gesellschaft zurückzukehren, nachdem man sie fälschlicherweise als schizophren abgestempelt hatte.

Es war immer noch gefährlich, sich mit seinem politischen Engagement gegen das System zu stellen, und viele meiner Freunde mussten ihre Aktivitäten teuer bezahlen. Es dauerte nicht lange, und alle Mitglieder der Internationalen Gesellschaft unabhängiger Psychiater in Nowosibirsk außer mir wurden verhört und von der Klinik entlassen. Doch trotz dieses Risikos zweifelte ich nie an meiner Entscheidung. Ich wusste, dass ich nach den Kriterien Wahrheit, Schönheit, Gesundheit, Glück und Licht gehandelt hatte. Ich wusste, dass das, was ich tat, richtig war.

Schließlich wurde ich selbst zum Verwaltungsdirektor der Klinik gerufen. Ich rechnete mit dem gleichen Schicksal, das meine Kollegen ereilt hatte, doch bevor ich das Büro des Direktors betrat, bat ich meinen inneren Zwilling, mir beizustehen und meine Arbeit in der Klinik, die mein Leben war, zu schützen. Ich spürte die – inzwischen vertraute – Hitzewelle in meiner Brust, und für einen kurzen Moment sah ich die Welt wieder mit den Augen meines Herzens. Dann öffnete ich die Tür und trat ein.

Meine Begegnung mit dem Direktor gestaltete sich kurz. Obwohl ich innerlich ruhig war, vergaß ich aus irgendeinem Grund die vernünftigen Antworten, die ich mir zu meiner Verteidigung zurechtgelegt hatte. Stattdessen merkte ich, dass ich ununterbrochen redete, wie eine Schwachsinnige zwanghaft über fast alles plapperte, was mir in den Kopf kam.

Nach wenigen Minuten verschwand der ernste Ausdruck vom Gesicht meines Gegenübers. Bald begann der Direktor, unruhig auf seinem Stuhl hin und her zu rutschen. Kurz darauf verwandelte sich seine Ungeduld in Gereiztheit und dann in ein nahezu panisches Bedürfnis, mich loszuwerden. Schließlich unterbrach er mich mitten im Satz und sagte, ich sei eine politisch naive junge Frau, aber er wolle mich in meinem Privatleben nicht unter Druck setzen, und ich könne wieder an die Arbeit gehen. Dann schickte er mich mit einem Blick verwirrter Erleichterung weg.

Auch ich selbst war angesichts des Wunders, das gerade geschehen war, erleichtert. Doch das Treffen hatte mich so mitgenommen, dass ich am ganzen Körper zitterte. Ich konnte mich nicht mehr konzentrieren, verließ deshalb das Krankenhaus ausnahmsweise eine Stunde früher als sonst und fuhr nach Hause.

Kaum war ich dort angekommen, fiel mir ein, dass ich in meiner Anspannung vergessen hatte, die Neuroleptika für einen meiner Patienten zu streichen. Das konnte sich als eine folgenschwere Nachlässigkeit herausstellen, denn es bestand die Gefahr, dass mein Patient ein malignes neuroleptisches Syndrom entwickelte, eine mögliche Komplikation seiner Therapie. Die Medikation konnte in seinen Stoffwechsel eingreifen, ihn stark beschleunigen und sehr hohes Fieber hervorrufen. Wenn es dazu kam, brauchte er bestenfalls eine Notfallbehandlung, und schlimmstenfalls konnte es ihn sogar das Leben kosten.

Ich versuchte sofort, auf meiner Station anzurufen, aber alle Leitungen waren besetzt. Obwohl es gegen die Vorschriften war, nutzten die Krankenschwestern vermutlich die ruhigen Abendstunden für Privatgespräche. Schließlich gab ich den Versuch auf, meine eigene Station zu erreichen, aber es gelang mir, mich mit der Aufnahme in Verbindung zu setzen. Ich fragte nach dem diensthabenden Arzt, aber keine der Schwestern schien zu wissen, wo er war.

Nach einer weiteren Stunde, in der ich immer verzweifelter und weiterhin vergeblich versuchte, meine

Station zu erreichen, zog ich widerstrebend meinen Mantel an und machte mich auf den Weg zurück ins Krankenhaus. Missmutig dachte ich an die lange Hin- und Rückfahrt im Bus, die mir bevorstand, aber es war die einzige verantwortungsbewusste Lösung. Und natürlich musste ich zugeben, dass ich an der Situation zumindest zum Teil selbst schuld war.

Als ich ankam, war auf der Station alles still und in bester Ordnung. Der Patient, um den ich mir solche Sorgen gemacht hatte, schlief friedlich in seinem Zimmer. Er hatte kein Fieber. Ich nahm es als ein gutes Zeichen, schrieb die notwendigen Änderungen der Medikation auf seine Karte, sprach ein paar Minuten mit der Nachtschwester und ging dann wieder.

Die Abendluft strich frisch und kühl über mein Gesicht, als ich ins Freie trat. Im Licht der schmalen Mondsichel wirkten die Gebäude geheimnisvoll. Es hatte bis vor kurzem geregnet, und der Boden war matschig. Ich war froh, dass ich meinen langen Ledermantel trug, der meine Kleider vor den unvermeidlichen schwarzen Schlammspritzern schützte, die ich mit den Stiefeln aufwarf, während ich über den Hof ging.

Die surrealistische Silhouette des kaputten alten Straßenbahnwaggons tauchte vor mir auf, und ich hatte das eigentümliche Gefühl, dass er auf mich wartete. Ich ging langsam darauf zu, und mir fiel auf, dass die rostende Karosserie im Mondlicht größer wirkte und sich zu einer Seite neigte. Die uralte Tür stand offen, und ich hatte die verrückte Idee, dass sie mich aufforderte einzusteigen.

Die geheimnisvolle dunkle Leere des Wracks, aber auch seine symbolische Bedeutung, die so sehr Teil meines täglichen Lebens geworden war, übten eine große Anziehungskraft auf mich aus. Leise trat ich näher. In der Dunkelheit sah ich kaum etwas, streckte deshalb vorsichtig die Hände aus und ertastete den Türrahmen. Dann stieg ich ein.

Das schwache Mondlicht erhellte nur den vorderen Teil des Wagens, deshalb setzte ich mich auf den Fahrersitz. Er war hart und unbequem. Ich legte die Hände auf das kalte Steuerrad und versuchte mir vorzustellen, wie ich dieses heruntergekommene blaue Geschöpf fuhr. Durch die geborstene Windschutzscheibe blickte ich zum Himmel empor. Die schmale Mondsichel war von zahllosen hellen Sternen umgeben. Ich glaubte, mit dem Straßenbahnwaggon durch ein fremdes, weit entferntes und grenzenloses Universum zu reisen.

Diese Metapher beschrieb genau die Situation, in der ich mich befand. Ich saß jetzt selbst am Steuer und war verantwortlich dafür, mein Leben in eine neue Richtung zu lenken. Ich konnte wählen, wohin ich fahren und welche Richtungen ich erkunden wollte, denn Umaj hatte mich aus der winzigen Zelle meiner Realität befreit, in die ich eingeschlossen gewesen war.

Ein Rascheln hinter mir erschreckte mich. »Guten Abend«, sagte eine leise Männerstimme. Ich erstarrte vor Angst. Jemand saß in der pechschwarzen Finsternis ganz hinten im Wagen. Ich war völlig wehrlos, und mir fiel ein, dass wir regelmäßig vor Ausbrechern aus der nahe gelegenen Haftanstalt gewarnt wurden. Gab es ein besseres Versteck für die Nacht als diesen Straßenbahnwaggon? Vor lauter Angst konnte ich mich nicht mehr bewegen und traute mich auch nicht, mich umzudrehen.

»Du chauffierst uns also fort von allen unseren Illusionen?« Die Frage wurde von einem vertrauten Lachen begleitet.

»Anatolij?« rief ich erleichtert. »Bist du das?«

Ich wandte mich um und sah das kleine Lichtpünktchen einer glühenden Zigarette. Es flammte kurz auf, als der Mann daran zog, spiegelte sich in einem wohlbekannten Paar getönter Brillengläser und verschaffte mir einen kurzen Blick auf Anatolijs sympathisches Gesicht.

»Höchstpersönlich«, sagte er grinsend.

»Was machst du denn hier?«, platzte ich heraus.

»Na, ich glaube, ich habe wohl eher das Recht, diese Frage zuerst zu stellen. Ich habe heute Nachtdienst und bin für ein paar Minuten hierher geflüchtet, um eine Zigarette zu rauchen. Und jetzt bin ich an der Reihe, dich zu fragen: Was machst du hier?«

»Natürlich, du bist es, der heute Dienst hat. Das hätte ich mir ja denken können, als ich so oft probiert habe, den diensthabenden Arzt zu erreichen, und mir immer gesagt wurde, niemand wüsste, wo er sei. Du bist schließlich bekannt dafür, dass du zwar deine Patienten gut betreust, dich aber überhaupt nicht um Regeln und Vorschriften kümmerst. Wer sonst könnte so unauffindbar sein, wenn er Nachtdienst hat?«

Wieder lachte Anatolij. Alles, was ihm das Gefühl gab, sich von den anderen Ärzten zu unterscheiden, schien ihn glücklich zu machen.

»Ich bin nur hergekommen, um die Medikation für einen meiner Patienten zu ändern, und eigentlich schon wieder auf dem Weg nach Hause«, erklärte ich.

»Wie schön für dich. Ich sitze hier bis morgen früh fest. Aber wenn du damit rechnest, dass dieses alte Wrack dich nach Hause bringt, dann sitzt du wahrscheinlich ebenfalls morgen früh noch hier, wenn nicht sogar noch länger. Darf ich dir übrigens noch eine Frage stellen, da wir anscheinend gerade dabei sind, Fragen zu stellen und zu beantworten?«

»Fragen darfst du, aber eine Antwort kann ich dir nicht versprechen«, erwiderte ich, kletterte vom Fahrersitz herunter und ging durch den Waggon nach hinten. Es mochte an der Dunkelheit liegen, aber ich hatte die Illusion, dass die Straßenbahn losfuhr. Ich langte sogar einen Augenblick nach dem Haltegriff, um zu verhindern, dass ich bei einem plötzlichen ruckartigen Halt stürzte.

»Weißt du, mir ist aufgefallen, dass irgendetwas an dir anders ist, seit du von deiner Reise in den Altai zurück bist«, sagte Anatolij. »Ich weiß nicht genau, was es ist, aber du hast dich verändert. Es ist, als hättest du jetzt eine Art Geheimnis, etwas sehr Machtvolles. Ich habe dich dabei beobachtet, wie du deine Diagnosen stellst, wie du irgendeinen verrückten Kerl mit einer deiner sagenhaft exakten Medikationen kurierst oder auch bei simplen Dingen, bei Gesprächen mit Patienten und Krankenschwestern. Und ernsthaft, mir kommt es vor, als würdest du dich in einem Kraftfeld bewegen, als würde die Kraft um dich herumtanzen.

Alle sprechen von deinen wunderbaren Erfolgen bei ein paar unserer hoffnungslosesten Patienten, manchmal mit Hilfe ungewöhnlicher Therapien, die du zwar als neue, experimentelle Techniken bezeichnest, bei denen ich persönlich allerdings den Verdacht habe, dass sie eher aus der alten als aus der modernen Welt stammen.

Du weißt, dass ich geradezu zwanghaft nach Erklärungen für alle menschlichen Verhaltensweisen suche, aber was bei dir vor sich geht, kann ich mir überhaupt nicht zusammenreimen. Es geht mich wohl auch nichts an, aber ich möchte meine Frage trotzdem stellen: Besteht da irgendein Zusammenhang mit dem Altai? Das ist für mich persönlich sehr wichtig. Wenn du willst, sage ich dir auch, warum.«

Die glühende Zigarettenspitze hatte mir geholfen, mich an die Dunkelheit zu gewöhnen, und jetzt sah ich Anatolij vor mir sitzen.

»Ja, es hat mit dem Altai zu tun«, erwiderte ich. »Aber ich habe das Gefühl, dass ich dir nicht erzählen kann, was sich da ereignet hat. Das liegt nicht daran, dass ich dir nicht vertrauen würde. Du weißt, dass dem nicht so ist. Ich glaube einfach, ich bin noch nicht so weit, Erklärungen dazu abgeben zu können.«

»Das verstehe ich sehr gut«, meinte Anatolij. »Statt dich also weiter über deine Veränderung auszufragen, möchte ich dir ein bisschen von meinen eigenen Erlebnissen im Altai erzählen. Hast du Zeit?«

»Ja. Ich muss den letzten Bus zurück nach Nowosibirsk nehmen, aber noch habe ich Zeit.«

Anatolij hatte den Altai noch nie erwähnt, und ich war neugierig auf das, was er mir erzählen wollte.

»Ich bin Jäger, wie du weißt«, begann er. »Ich meine nicht nur symbolisch, im Sinn von Bedeutungen nachjagen, sondern auch ganz konkret. Ab und zu fahre ich in die Taiga und jage dort Wild.

Meine Großmutter lebt im Altai. Ich brauche zwei ganze Tage für die Fahrt in ihr Dorf, deshalb besuche ich sie nur selten. Aber vor etwas über einem Jahr entschloss ich mich, Urlaub zu nehmen und in den Wäldern nahe dem Dorf meiner Großmutter auf die Jagd zu gehen. Ich nahm mein Lieblingsgewehr mit und fuhr mit großen Erwartungen los.

Ein paar Tage, nachdem ich in dem Dorf angekommen war, ging ich auf die Jagd. Der Winter war vorbei, der Schnee war größtenteils geschmolzen und hatte einen feuchten goldbraunen Teppich aus abgestorbenem Gras zurückgelassen. Bald würden die frischen grünen Frühjahrstriebe sprießen. Es war ein müheloses Gehen, und ich wanderte immer tiefer in den Wald hinein.

Weißt du, es ist erstaunlich, wie sich eine Veränderung der Wahrnehmung auf unseren Geist auswirken kann. Während ich so durch den Wald lief, merkte ich, dass sich mein Geisteszustand allein dadurch, dass ich den Lärm der Großstadt hinter mir gelassen und mich in diese ursprüngliche Stille hineinbegeben hatte, stärker veränderte als die Verfassung von manch einem meiner Patienten in der tiefsten Hypnose. Ich wanderte durch vollkommene Stille, entspannt und in eine besondere Art der Meditation versunken, doch immer noch mit dem scharfen Instinkt des Jägers. Genau diesen Zustand hatte ich mir gewünscht, und ich genoss ihn.

Dann erregte ein leises Geräusch rechts von mir meine Aufmerksamkeit. Ich blickte um mich, und da war sie. Eine schöne junge Hirschkuh stand zwischen den Bäumen. Sie machte einen eigenartigen Eindruck auf mich, und ich wusste intuitiv, dass ich eine besondere Strategie brauchen würde, um sie zu erlegen.

In absoluter Stille stand sie da und beobachtete mich. Sie bewegte sich überhaupt nicht, war aber nicht etwa von einem Schock oder von Angst gelähmt. Reglos wie eine Statue stand sie vor mir. Ihre elegante Haltung und ihre schöne Gestalt waren nur mit einem meisterhaften Kunstwerk vergleichbar. Jede Linie ihres Körpers war Ausdruck höchster Anmut.

Vorher war meine Beziehung zu den Tieren, die ich jagte, rein utilitaristischer Natur gewesen. Sie waren meine Beute, und wenn ich sie überlisten und einen Volltreffer anbringen konnte, kamen sie als Braten auf den Tisch. Ich weiß nicht, warum ich nie mehr in den Tieren gesehen habe, aber bis zu diesem Augenblick im Wald hatte ich mir nicht vorstellen können, dass ein Tier von so großer Schönheit sein konnte.

Im nächsten Moment sahen wir uns in die Augen. Ihr Blick war klar und direkt. Ich verlor jegliches Zeitgefühl. Ich sah in die sanften schwarzen Augen der personifizierten Natur. Dann geschah etwas in meinem Inneren, und ich spürte, dass es meine eigenen Augen waren, die mich ansahen. Die Grenze zwischen mir als Mensch und der Hirschkuh als Tier löste sich auf, wir waren eins. Ich war Jäger und Beute zugleich. Das war tatsächlich so, ich habe es mir nicht bloß eingebildet. Es war unendlich viel stärker als meine Einbildungskraft. Ich war auf jeder Ebene meines Wesens mit diesem Tier verbunden, vom kleinsten Molekül bis in die Tiefen meiner Seele. In diesem Augenblick wurde der Fluch meiner verdammten Rationalität von mir genommen, meines immerwährenden Bedürfnisses, alles logisch zu erklären, in allem ein Symbol zu sehen. Es war ein Augenblick reiner, konzentrierter Existenz.

Meine Hand bewegte sich zum Abzug, ohne dass ich darüber nachgedacht hätte. Es war alles Teil des gleichen Energiestroms, der mich mit der Hirschkuh verband. Alles war natürlich und richtig, denn ich spürte in mir beide Seiten des Geschehens. Ich war bereit zu töten, und ich war bereit, getötet zu werden. Es war alles Teil eines einzigen Kontinuums, eines einzigen Gleichgewichtes.

Zu zielen und den Abzug zu betätigen waren eine Bewegung. Zuerst hörte ich kein Geräusch. Ich sah nur, dass dieses schöne, wilde Tier leicht schwankte und dann in den Vorderläufen einknickte. Jeder Bruchteil dieser Bewegung gab ein kompliziertes choreographisches Muster wieder, in sich selbst vollendet, so als würde eine Folge von schönen Bildern durch meinen Kopf ziehen. Und gleichzeitig spürte ich, wie ich selbst zusammensackte, wie ich aus diesem Leben heraustrat. Dann schloss sie die Augen, und die Verbindung brach ab.

Erst da hörte ich den Schuss, dieses urtümliche Geräusch, das den Tod ankündigt, ein Donnern, das den Raum um mich herum erfüllte. Ich hob den Kopf und sah zu den Wipfeln der hohen Kiefern empor, die uns umstanden. Und dann blickte ich in den Himmel. Es ist kaum zu glauben, aber fast senkrecht über mir stand ein herrlicher Regenbogen. Ich war überwältigt. Ich setzte mich auf das abgestorbene, nasse Gras und fing an zu weinen.

Ich hatte mich immer für einen sehr starken Mann gehalten, aber jetzt weinte ich wie ein Kind. Meine Tränen entsprangen einer Mischung aus Schmerz und Ekstase, ich befand mich geistig und körperlich in einem Schockzustand. Ich fühlte mich völlig verwandelt. Das ist wahrscheinlich das einzige Erlebnis in meinem Leben gewesen, bei dem ich nicht einmal den Versuch einer Deutung oder einer Erklärung unternommen habe.

Ich kehrte nach Nowosibirsk zurück, aber ich hatte mich verändert. Das Gefühl, das mich beim Tod der Hirschkuh erfasst hatte, der wundersame schöne Schmerz, den die Verbundenheit mit meiner Umwelt verursachte und der mein Herz zerriss, wurde zu einem dauerhaften Bestandteil meines Lebens.

Du hast mich einmal gefragt, warum ich meine Karriere nicht weiterverfolge. Damals habe ich dir nicht geantwortet, aber heute Abend habe ich dir wohl den Grund dafür verraten. Als ich aus dem Altai zurückkam, hatte der Gedanke an Karriere jede Bedeutung für mich verloren. Es ging mir nur noch darum, anderen Menschen mit meiner Arbeit zu helfen. Seitdem habe ich jedes Mal, wenn ich einen Patienten untersuche, wieder das Gefühl, sowohl der Jäger als auch die Beute zu sein. Diese Sichtweise wirkt sich auf meine Beziehungen zu meinen Patienten aus. Ich glaube, sie macht mich zu einem etwas ungewöhnlichen Psychiater – hoffentlich zu einem besseren.«

Als Arbeitskollegen waren Anatolij und ich nicht gewohnt, uns allzu offen unsere Gefühle zu zeigen. Ich war froh, dass er mein Gesicht in der Dunkelheit nicht deutlich sehen konnte. Seine Geschichte hatte mich so sehr berührt, dass ich nicht wusste, was ich dazu sagen sollte.

»Danke, dass du mir deine Geschichte erzählt hast, Anatolij«, war alles, was ich schließlich hervorbrachte. Dann schwieg ich eine Weile.

»Danke fürs Zuhören«, erwiderte Anatolij nach einer Pause. »Ich habe dir das alles nur erzählt, weil ich gespürt habe, dass der Altai auch bei dir Spuren hinterlassen hat.«

»Das stimmt. Und ich glaube, die Wirkung hält immer noch an, genauso wie bei dir.«

Der Klang seiner Stimme hatte sich verändert, nachdem Anatolij seine Geschichte beendet hatte. Ich wusste, dass er wieder seine übliche Rolle spielte, als er nun weitersprach.

»Weißt du, ich habe anschließend viel über die Gegend gelesen. Ich habe in einem Laden ein paar tolle alte Bücher gefunden, wirklich uralte Bücher. Der Altai gehört mit seiner Geographie, seiner Geologie, seiner Geschichte und den vielen Kulturen dort zu den rätselhaftesten und ungewöhnlichsten Gebieten der Erde. Dort sind viele verschiedene Traditionen und Kulturen entstanden, die durch Auswanderung über ganz Asien verbreitet wurden. Die Linguisten haben Zusammenhänge zwischen der altaischen Sprache und den Sprachen weit entfernter Gegenden hergestellt. Altaisch ist mit dem Mongolischen verwandt, das von der Mongolei bis nach Nordchina, Afghanistan und Ostsibirien gesprochen wird, und mit dem Tungusischen, das man in anderen Teilen Sibiriens spricht. Die alten Turksprachen, die sich in einem breiten Band über den gesamten asiatischen Kontinent hinziehen, von der Türkei im Westen über Zentralasien und Westchina bis ganz nach Nordostsibirien, gehören ebenfalls zur altaischen Sprachfamilie.

Kannst du dir die unablässigen Bewegungen vorstellen, das Vor und Zurück, die endlosen Migrationen, die zahllosen Aufstiege und Niedergänge unbekannter Zivilisationen über unzählige Jahrtausende hinweg, die notwendig gewesen sein müssen, damit es zu dieser ungeheuren sprachlichen Verbreitung kommen konnte? Ich glaube, wir werden mit der Zeit entdecken, dass der Altai etwas ganz Besonderes ist und dass man seine kulturelle Bedeutung für die menschliche Geschichte noch nicht vollständig erkannt hat.

Es macht mich sehr wütend, wenn ich sehe, wie viel Zerstörung in diesem Gebiet angerichtet worden ist. Viele Einheimische sind Alkoholiker. In den Läden gibt es keine Lebensmittel, die Leute müssen neben ihrer normalen Arbeit auch noch ihre Grundnahrungsmittel anbauen. Die Umweltverschmutzung wird immer schlimmer, und ich habe gehört, dass am Katun ein neues Kernkraftwerk geplant ist. Es würde mich gar nicht wundern, wenn unsere Gesellschaft, dieses kopflose Ungeheuer, den Schatz, den wir im Altai besitzen, innerhalb der nächsten paar Jahrzehnte oder noch schneller völlig zerstörte.«

Anatolij seufzte tief und las dann trotz der Dunkelheit seine Uhr ab. »Na gut, wir könnten noch länger darüber sprechen, aber ich fürchte, dann müsstest du hier übernachten. Der letzte Bus fährt in fünf Minuten.«

»Danke, Anatolij, ich würde gern hierbleiben, aber morgen habe ich selbst Nachtdienst. Und ich habe keine Lust, zweimal hintereinander hier zu übernachten, deswegen verabschiede ich mich lieber. Und nochmals vielen Dank für deine Geschichte.«

Ich stand auf und machte mich auf den Weg zur Bushaltestelle. Als ich mich ein letztes Mal umdrehte und zurückblickte, sah ich im dunklen Wrack des Straßenbahnwaggons Anatolijs Zigarette aufglühen. Irgendwie ließ dieses winzige Licht alles ringsum lebendig und bedeutungsvoll erscheinen.

Ich weiß nicht, wie ich darauf kam, aber das Lichtpünktchen erinnerte mich daran, dass die kasernenartigen Stationsgebäude, die alle gleich aussahen und den Waggon umgaben, ihn nahezu zu beschützen schienen, voller Menschen waren. Hunderte von Patienten schliefen mehr oder weniger friedlich unter dem gleichen Mond, und ich würde nie mehr daran zweifeln, dass ihr Leben genauso sinnvoll war wie das Leben aller anderen Menschen. Wir waren alle miteinander verbunden, auch wenn diese wichtige Wahrheit vielen sogenannten geistig Gesunden verborgen war.

Dann hörte ich ein Fahrzeug näher kommen und rannte zur Haltestelle. Ich wusste, dass der Busfahrer zu dieser späten Stunde nicht mehr mit Fahrgästen rechnete, und stellte mich mitten auf die Straße, um sicherzugehen, dass er nicht an mir vorbeiraste. Der Bus war völlig leer, ich fuhr in wohltuender Stille nach Hause und dachte dabei über diesen Abend und die wundersamen Begebenheiten nach, die er mit sich gebracht hatte.

Kapitel 18

Anatolijs Geschichte war ein weiterer Beweis dafür, dass meine Suche nach Wissen und persönlichem Wachstum ihren Ursprung in einem Drang hatte, der allen Menschen innewohnte, ob sie sich dessen nun bewusst waren oder nicht. Wem dieses Bedürfnis nicht bewusst war oder wer es vielleicht nur von Zeit zu Zeit spürte, der konnte durch einen Schock damit in Kontakt gebracht werden, durch ein ungewöhnliches Ereignis wie Anatolijs Erlebnis im Altai. Ich begann, die Menschen um mich herum zu beobachten, und versuchte mir vorzustellen, welche Art von Ereignis sie wohl in Kontakt mit ihrem inneren Zwilling bringen und sie befähigen würde, das Wunder des Lebens ganz zu erfahren.

Je mehr Menschen ich beobachtete, desto stärker wurde meine Überzeugung, dass es für jeden einen eigenen Weg nach Belowodje gab. Die Frage war nur, wie man an den Anfang dieses Weges geführt wurde. Leider lagen derartige Vorstellungen für fast alle Menschen völlig außerhalb der Bereiche, die Tag für Tag im Zentrum ihrer Aufmerksamkeit standen. Der See des reinen Geistes wurde bei ihnen vollständig von äußeren Bedürfnissen aufgezehrt. Damit verbrauchten sie ihre Lebensenergie, und für die Erforschung des eigenen Selbst blieb kein Raum.

Mir wurde klar, dass dieser Sachverhalt großes Leiden verursachte. Mit den Augen meines inneren Zwillings sah ich, dass viele psychische Probleme und Krankheiten aus den unbewussten, aber dennoch kraftvollen Versuchen des Körpers resultierten, die Aufmerksamkeit des Betroffenen auf seine inneren Bedürfnisse zu lenken. Leider kämpften die meisten Menschen weiter gegen diese wichtige Verlagerung der Energie an, selbst angesichts ernsthafter Leiden, und widerstanden ihr hartnäckig, um ihr altes, unvollständiges Lebensmuster aufrechtzuerhalten.

Manchmal musste man sie einem extremen Schock aussetzen, um sie von Grund auf zu erschüttern. Ihr falsches Gleichgewicht wurde damit zerstört, und sie konnten zu einem ausgeglichenen Gesundheitszustand zurückgeführt werden. Mir wurde klar, dass Umaj diese Methode bei Annas Heilung angewandt hatte. Meine Freundin hatte zwar anschließend nie großes Interesse daran gezeigt, darüber nachzudenken, was mit ihr geschehen war, aber ihre körperliche Gesundheit war völlig wiederhergestellt.

Ich selbst arbeitete mit jedem Patienten anders, aber ich begann meine Behandlungen so auszurichten, dass sie das Bewusstsein meiner Patienten für den inneren Raum öffneten, den sie alle in sich trugen. Für viele öffnete sich dadurch mit der Zeit auch eine Tür zu neuen Kräften, die nicht nur sie selbst heilten, sondern ihnen manchmal auch die Fähigkeit verliehen, anderen zu helfen.

Währenddessen blieb Belowodje weiterhin ein inspirierendes, rätselhaftes Symbol von großer Bedeutung für mich. Ich war sicher, dass es mehr war als eine bloße Legende, etwas Bedeutenderes als eine schöne Sage. Immer wieder dachte ich über meine besondere, persönliche Beziehung zu der prähistorischen altaischen Kultur nach, über diese innere Verbindung, die mir zum ersten Mal in meiner Vision von der tätowierten Frau offenbart worden war. Es war wichtig für mich, dass die Archäologen mit der Entdeckung ihres Grabes ihre tatsächliche historische Existenz bestätigt hatten. Ich wusste, dass die Verbindung der Welten in mir lebendig war und dass sie eine große Bedeutung hatte.

In mir wuchs das Bedürfnis, noch mehr über Belowodje zu erfahren. Schon so bald wieder in den Altai zu fahren kam wegen meines Dienstplans nicht in Frage, daher wanderten meine Gedanken zu Dmitrijew. Ich hatte ihn seit meinem Erlebnis in der Spiegelröhre nicht wiedergesehen, obwohl wir in der Zwischenzeit mehrmals miteinander telefoniert hatten. Wir unterhielten uns immer nur über belanglose Dinge, aber jedes Mal spürte ich einen besonderen Energieaustausch zwischen uns. Wie ein Strom floss er unter unseren Gesprächen dahin, so als würden wir auf einer halbbewussten Ebene weiter nach der Gestalt und dem Gleichgewicht unserer neu entstandenen Beziehung suchen.

Unser Umgang miteinander wurde dadurch erschwert, dass Dmitrijew es gewohnt war, als bedeutender Wissenschaftler, als nationale Autorität auf seinem Gebiet angesehen zu werden. Bei unserer ersten Begegnung jedoch hatte ich als Ärztin die Autoritätsfigur gespielt, und er war Patient in einer psychiatrischen Klinik gewesen. Obwohl Dmitrijew größere Möglichkeiten der Persönlichkeitsentfaltung hatte als die meisten anderen Menschen, war nicht zu übersehen, dass es ihm viel bedeutete, im Rahmen seiner Forschungsarbeit und seiner akademischen Position definiert zu werden. Deshalb war es nötig, dem Wissenschaftler trotz unserer sich vertiefenden Freundschaft und meinem Empfinden, dass wir uns bei unseren Erforschungen alternativer Wirklichkeiten auf eine Art Partnerschaft zubewegten, beruflich Respekt zu erweisen und eine gewisse Distanz zu wahren.

Bei unseren Gesprächen war Dmitrijew sehr zurückhaltend und versuchte nicht, mich zu weiteren Besuchen in seinem Labor zu überreden, aber er ließ mich immer spüren, dass ich jederzeit willkommen war. Eines Tages wählte ich einfach seine Nummer und sagte ihm, dass ich gerne noch einmal in der Spiegelröhre arbeiten würde, wenn ihm das recht sei. Er war sofort einverstanden, und wir verabredeten uns für den nächsten Tag vor seinem Institut.

Der Frühling verabschiedete sich, die Bäume waren wieder belaubt; Kioske wurden auf den Straßen aufgestellt, Passanten kauften Eiswaffeln, und die ersten Anzeichen des heißen, drückenden sibirischen Sommers lagen in der Luft. Die Stadt erwachte, Geschäftigkeit füllte die Straßen, und die Menschen schienen sich entschlossener zu bewegen, voll neuer Energie.

Als ich im Institut ankam, staunte ich: Dmitrijew hatte sich einen kurzen Bart wachsen lassen. Er sah jetzt eher aus wie ein junger Dichter, wirkte nicht mehr so sehr wie ein angesehener Wissenschaftler. Sein Labor war voller Sonnenlicht, das durch die Fenster hereinströmte, und diesmal erschien es mir kleiner. Von Dmitrijews Assistenten war nur einer da, ein Mann, den ich noch nicht gesehen hatte und der an seinem Schreibtisch saß und eifrig Schreibarbeiten erledigte. Ich stellte fest, dass ich mich wohler fühlte, wenn weniger Personen anwesend waren.

Dmitrijew wirkte sehr ernst, fast angespannt, als er mich in den Raum mit der Spiegelröhre führte.

»Ich werde heute der Einzige sein, der mit Ihnen arbeitet«, meinte er. Nach einer kurzen Pause fuhr er fort: »Darf ich Ihnen mein Material zeigen, bevor wir beginnen?«

Ich nickte.

»Olga, die Ergebnisse Ihres Experimentes hier haben mich in Erstaunen versetzt und neugierig gemacht. Nachdem Sie fort waren, habe ich immer wieder über Ihr Erlebnis nachgedacht. Vieles in Ihrer Mitschrift stand in Beziehung zu meiner Arbeit, wies Parallelen auf zu den Erkenntnissen meines rational-wissenschaftlichen Forschungssystems, das ich mit konventionellen Methoden und experimentellen Techniken betreibe. Dieses System hat uns sehr interessante Einblicke in die subjektive Natur von Zeit und Wirklichkeit verschafft, aber Ihr rein intuitiver Zugang, Olga, hat Sie sofort auf eine Ebene geführt, zu der wir noch nicht vordringen konnten. Es war eine Herausforderung für mich, Ihre subjektive, unstrukturierte Erkundung fortzusetzen. Also beschloss ich ein paar Tage später, selbst ein Experiment mit den Spiegeln durchzuführen und dabei Ihre Methode anzuwenden.

Die Ergebnisse waren faszinierend und anders als alles, was ich bis dahin erlebt hatte. Ich hatte kein Schreibzeug in die Röhre mitgenommen, aber als es vorbei war, habe ich mich gleich hingesetzt und alles festgehalten. Wenn es Ihnen recht ist, möchte ich Ihnen gern mein Protokoll zu lesen geben, bevor Sie heute selbst in der Spiegelröhre arbeiten. Ich glaube, meine Aufzeichnungen weisen einen direkten Bezug zu der Frage auf, der Sie hier nachgehen wollen.«

»Woher wissen Sie, weswegen ich hergekommen bin?«, erkundigte ich mich.

»Ich kann es natürlich nicht mit Gewissheit sagen. Aber ich vermute, dass das Geheimnis von Belowodje Sie nicht mehr loslässt. So geht es allen, die damit in Berührung gekommen sind.«

»Sie haben recht. Genau aus diesem Grund bin ich hier. Ihr Protokoll interessiert mich sehr.«

»Hier ist es.« Dmitrijew reichte mir ein Heft in einer braunen Ledermappe. »Ich glaube, am bequemsten ist es, wenn Sie die Notizen in der Spiegelröhre lesen.«

Er deutete auf die inzwischen vertraute Metallröhre. »Ich lasse Sie jetzt hier allein, aber ich bin im Nebenraum. Wenn Sie fertig sind, lassen Sie es mich wissen.« Eilig verließ der Wissenschaftler den Raum, noch bevor ich etwas sagen konnte, so als befürchtete er, dass ich es mir anders überlegen würde.

Die Tür schloss sich, und ich war allein. Das Labor war gegen Außengeräusche völlig abgeschirmt, ich befand mich also in einem absolut stillen Raum, umgeben von Schreibtischen, auf denen sich Bücher, wissenschaftliche Aufsätze und Forschungsberichte stapelten. Ich wusste nicht, was ich jetzt tun sollte, meine Unentschlossenheit umgab mich wie Nebel.

Die Spiegelröhre wirkte plötzlich einschüchternd. Sie sah wie ein kleines Raumschiff aus, bereit, mich in eine Zeit und an einen Ort zu transportieren, die von meiner gegenwärtigen Existenz weit entfernt waren. Oder war diese Röhre eine Art merkwürdiger, mechanischer Mutterleib, der darauf wartete, meinen Körper wieder aufzunehmen und an meinen Geburtsort zurückzubringen?

In jedem Fall erschien mir die Röhre keineswegs als bequemer Platz für die Lektüre von Dmitrijews Aufzeichnungen. Reglos stand ich davor, bis mein Verstand schließlich den Sieg über meine Einbildungskraft davontrug. Dmitrijew musste einen Grund für seinen Vorschlag gehabt haben, also stieg ich mit dem Heft in die Spiegelröhre. Ich rollte mich wie ein Embryo zusammen, nahm die gleiche Haltung ein, die ich beim ersten Mal gewählt hatte. Durch die offenen Enden der Röhre fiel genug Licht, so dass ich Dmitrijews Aufzeichnungen ohne Schwierigkeiten lesen konnte.

Ich schlug die erste Seite auf. Dmitrijews Handschrift hatte ich noch nie gesehen. Er schrieb mit großen, runden, leserlichen Buchstaben.

›Es ist Freitag, acht Uhr abends. Ich habe soeben mein Experiment in der Röhre beendet. Es hat eine Stunde und fünfzehn Minuten gedauert. Das folgende Protokoll verfasse ich im Präsens, um mir die Erinnerung zu erleichtern.

Ich steige in die Röhre und habe mir die Aufgabe gestellt, Olgas Weg zu finden, ihm zu folgen und so viel zu lernen, wie ich kann, um ihre Entdeckungen zu ergänzen. Ich sitze in meiner üblichen Haltung, mit gekreuzten Beinen. Ich muss die Techniken zur Beeinflussung der Zeit anwenden, die ich gelernt habe, um genau den gleichen Wahrnehmungskanal zu finden, den Olga benutzt hat.

Ich schließe die Augen und stelle mir die Gestalt meines Doppelgängers vor. Er sitzt in derselben Haltung wie ich, aber mit dem Kopf nach unten genau über mir und blickt in die entgegengesetzte Richtung. Unsere Köpfe berühren sich leicht. Ich verteile meine Aufmerksamkeit gleichmäßig auf beide Gestalten und fülle den Doppelgänger mit der gleichen Energie und dem gleichen Bewusstsein wie mein gewohntes Selbst. Bald beginnen unsere zusammengefügten Gestalten, um das Kugelgelenk zwischen unseren Köpfen zu rotieren. Von der Position meines eigentlichen Körpers aus gesehen drehen wir uns im Uhrzeigersinn. Von der Seite sehen unsere miteinander verbundenen Gestalten aus wie eine sich drehende Swastika. Ich kreise immer schneller.

Die Zeit, in der ich mich befinde, verändert sich, wird zurückgedreht. Meine Aufgabe besteht nicht darin, Olga auf ihrem Weg zu folgen, ich muss nur die gleiche Schwingungsebene finden, die sie entdeckt hat, und dann sehen, wohin sie mich führt. Meine innere Uhr weiß intuitiv, wo sie mich anhalten muss, damit ich diese Ebene erreiche, und ich vertraue darauf, dass sie funktioniert. Ich konzentriere meine ganze Aufmerksamkeit darauf, dass meine rotierende Doppelgestalt nicht auseinanderfällt.

Irgendwann spüre ich, wie die Bewegung aufhört. Eine Reihe von Energiewellen durchströmt verschiedene Bereiche meines Körpers, bis eine von ihnen mein Herz erreicht. Ich spüre einen Schock, so als hätte ich einen Schlag bekommen. Ein Satz aus einem alten koptischen Evangelium fällt mir ein: ›Du musst mir deine Aufmerksamkeit schenken, um mich zu sehen‹, und ich weiß, dass ich jetzt meine gesamte Aufmerksamkeit auf ein mir bestimmtes Schwingungstor richten muss. Ich muss mich konzentrieren und darf mich keinen Moment ablenken lassen.

Ich habe die vertraute Empfindung, dass eine neue Wirklichkeit in meiner Wahrnehmung auftaucht. So wie die Konturen einer Fotografie im Entwicklungsbad nach und nach erkennbar werden, zeigen sich in meinem Gesichtsfeld nach und nach Umrisse und Bilder. Zuerst sehe ich nur Bäume, deren Blätter sich leise im Wind wiegen. Dann tut sich ein großer Innenhof vor mir auf, der auf allen vier Seiten von niedrigen Gebäuden aus rötlich braunem Stein umgeben ist. Ich stehe mitten im Hof, neben einem großen, sternförmig angelegten Blumenbeet voller roter und weißer Blumen.

Außer mir scheint niemand im Hof zu sein. Ich spüre, dass die Gebäude voller Menschen sind und dass diese Menschen hart daran arbeiten, etwas sehr Bedeutsames zu schaffen. Jetzt erst bemerke ich rechts von mir einen Mann. Er sitzt auf einer Bank und zeichnet mit einem langen, dünnen Stock etwas auf den Boden.

Der Mann sieht aus wie ein Zeitgenosse. Sein Gesicht kommt mir bekannt vor, aber ich kann mich nicht erinnern, wo ich ihn schon einmal gesehen habe. Aus Erfahrung weiß ich, dass ich mich nicht von Kleinigkeiten ablenken lassen darf, ich darf mich nicht damit beschäftigen, woher ich ihn kenne. Ich muss mich auf die Erfahrung des Augenblicks konzentrieren.

Ich gehe auf den Mann zu. Lächelnd begrüßt er mich, indem er die Hand hebt. Er verhält sich, als wüsste er, wer ich bin, und bedeutet mir, mich neben ihn auf die Bank zu setzen. Ich weiß, dass ich mit meiner Energie sehr sparsam umgehen muss, um mich an diesem Ort halten zu können, daher vermeide ich es zu sprechen und übermittle ihm stattdessen meine Gedanken, indem ich ihm direkt ins Gesicht sehe.

Mein erster Gedanke ist eine Frage, und der Mann neben mir nickt zustimmend. Dann beginnt er zu sprechen. Ich vernehme seine Sprache als fließendes Russisch. ›Du möchtest die Geschichte einer Legende hören‹, sagt er.

Ich bestätige ihm das mental.

›Nun, zuerst solltest du über den Begriff der Legende nachdenken und versuchen, die Frage zu beantworten, was eine Legende von der Realität trennt. Gibt es eigentlich einen Unterschied zwischen beidem? Natürlich, ich weiß, dass du im Gegensatz zu früher viel eher bereit bist, über eine derartige Frage nachzudenken. Aber wenn du deine wissenschaftliche Forschung als Legende betrachten sollst, die von anderen erzählt wird, bist du immer noch sehr unbeweglich.‹

In Gedanken widerspreche ich heftig, denn ich fühle mich ganz frei von jeglicher Bindung an meine Position als Forscher. Der Mann schenkt meinen Gedanken jedoch keine Beachtung und fährt fort: ›Jetzt erzähle ich dir die Legende von Belowodje, nur werde ich sie dir nicht in Form einer archetypischen Phantasie erzählen, sondern als wahre Geschichte. Du kannst selbst wählen, als was du sie betrachten willst. Aber was ich dir nun berichte, ist die Wahrheit.‹

Während er spricht, beugt er sich vor und ergänzt das Muster, das er auf den Boden gezeichnet hat, mit ein oder zwei kleinen Symbolen.

›Vor langer Zeit, vor so langer Zeit, dass es gar keinen Sinn hätte, den Zeitpunkt genauer festzulegen, erschütterte eine Katastrophe den großen Kontinent, der jetzt als Eurasien bezeichnet wird. Diese Katastrophe war von dem elitären inneren Kreis einer kultivierten Zivilisation, die zu jener Zeit in Nordsibirien existierte, vorhergesehen worden. Das Klima in jener Gegend war damals sehr mild, ganz anders als heutzutage. Die dort entstandene Zivilisation war hochentwickelt. Ihre Errungenschaften wurden später zum Teil von eurer Kultur kopiert, aber ihre Fähigkeiten und Kenntnisse waren von euren so sehr verschieden, dass du es dir gar nicht vorstellen kannst. Als unmittelbare Folge der Katastrophe trat ein vollständiger Klimaumschwung ein. Statt des warmen, günstigen Klimas kam Frost über das Land. Bald war die ganze Gegend mit Eis bedeckt, und es wurde unmöglich für die Zivilisation, dort zu überleben. Doch auch nach dem Zusammenbruch setzte die führende Elite alles daran, ihr Wissen zu bewahren.

Im Gegensatz zu der euren war diese Kultur nicht von technologischen Entdeckungen geprägt. Ihre größten Errungenschaften hatte sie in der kontinuierlichen Entwicklung der inneren Dimensionen des Geistes erzielt. Vor der Katastrophe war ihr ganzes soziales System von einer starken Spiritualität durchdrungen, wie sie in eurer materialistischen Kultur nur wenigen bekannt ist. Diese Menschen besaßen ein ungeheures psychologisches Wissen. Sie konnten ihr persönliches Zeiterleben selbst bestimmen, und sie hatten gelernt, auf telepathischem Weg über große Entfernungen zu kommunizieren. Sie besaßen die Fähigkeit, die Zukunft vorauszuplanen, und ihr soziales Gefüge war das effektivste, das je existiert hat.

Nach der Katastrophe wurde für diejenigen, die physisch dazu in der Lage waren, die Auswanderung in den fernen Süden organisiert. Die spirituelle Elite beschloss zurückzubleiben. Diese Männer und Frauen durchlebten eine Reihe heftiger Transformationen. Von deinem Standpunkt aus gesehen fanden sie den Tod. Aber sie bildeten weiterhin einen kollektiven Kern konzentrierter Energie, der mit dem Rest des Volkes, der sich auf dem Weg nach Süden befand, Verbindung hielt.

Die Menschen, die fortgegangen waren, verstanden das zwar nicht ganz, wussten aber, dass die Ältesten und die Führer ihres Volkes weiterhin irgendwo im Norden lebten und auf ihr Leben und ihre Rituale dadurch Einfluss nahmen, dass sie mit ihren Priestern in spiritueller Verbindung standen.

Mit den Jahren wurde das neue Leben der Ausgewanderten schließlich ganz vom Kampf ums Überleben in Anspruch genommen. Die Erinnerung an ihre Vergangenheit verblasste allmählich. Da die kollektive Aufmerksamkeit auf die dringenden Bedürfnisse ihrer täglichen, materiellen Existenz gerichtet war, schlug ihre Kultur schließlich eine ganz andere Richtung ein. Aber der Faden, der sie mit dem Wissen und der Macht ihrer spirituellen Elite verband, ist nie gerissen.

Diese Verbindung besteht auch heute noch. Doch im Lauf so vieler Jahrtausende geriet sie mehr und mehr in Vergessenheit. Selbst für die Mehrzahl der Priester offenbart sich die Erinnerung an den spirituellen Ursprung hauptsächlich in Legenden und Mythen. Heute gibt man dem Ort, an dem das heilige Wissen aufbewahrt wird, verschiedene Namen. Einer davon lautet Belowodje.

Seit Beginn der Völkerwanderung bestand das Ziel der spirituellen Elite in der Bewahrung ihres spirituellen Wissens. Deshalb blieb sie zurück. Doch damit dieses Wissen wahrhaft lebendig bleibt, muss es natürlich immer wieder in das gesellschaftliche Leben neu entstehender Kulturen integriert werden. Und so geschah es auch lange Zeit.

Die Wanderung der Ureinwohner, von der ich dir erzählt habe, war die erste von vielen. Seitdem sind zahlreiche Gruppen nach Sibirien eingewandert und haben sich von den mystischen Kräften der verschwundenen Zivilisation bereichern lassen. Das Altaigebiet wurde zu einem brodelnden Kessel, in dem ständig neue Kulturen entstanden. Ströme der Menschheit lösten sich von dort und zogen in viele verschiedene Richtungen.

Einer von ihnen erreichte das Gebiet des heutigen Iran, wo sich das spirituelle Wissen, das sie mit sich führten, in der Entstehung des Zoroastrismus manifestierte. Später gab diese Gruppe einen großen Teil ihrer Weisheit an das Christentum weiter. Eine weitere Gruppe, die nach Hindustan gelangte und dort eine Gesellschaft gründete, schuf den reichen Schatz der wedischen Tradition. Der tantrische Buddhismus, der den Ort des ursprünglichen Wissens Shambala nannte, stand jahrhundertelang in direkter Verbindung mit dieser Tradition. Die Menschen, die nach Westen zogen, nannte man später Kelten; sie hielten die Verbindung zu dem gemeinsamen Ursprung über die Zeremonien der Druiden aufrecht. Auf diese Weise wurde das mystische Erbe dieser uralten Zivilisation im Altaigebiet zur Quelle für viele der großen Religionen der Welt.

Es hat innerhalb dieser verschiedenen Traditionen immer Menschen gegeben, die direkten Kontakt zu Belowodje hatten. Von Zeit zu Zeit wurde Wissen von dort auch deiner eigenen Zivilisation offenbart. Das geschah in Phasen, in denen die Menschheit ernsthaft bedroht war, unter anderem auch während der Weltkriege. Zur Zeit wird euch das Wissen wieder zugänglich gemacht, denn die Macht und die Energie, die ihr angesammelt habt, sind ein Potential, das viele Katastrophen herbeiführen kann. Belowodje öffnet sich eurem Bewusstsein, um euch zu schützen. Es zeigt andere Daseinsweisen, die euch erlauben, euer Leben neu zu gestalten.‹

Dann schweigt der Mann und beginnt, auf den Erdboden zu seinen Füßen geometrische Figuren zu zeichnen. Meine Wahrnehmung ist durch die vielen überraschenden Zusammenhänge, die das Gesagte enthielt, so überlastet, dass meine Konzentration kaum dazu ausreicht, mein Bewusstsein an diesem Ort festzuhalten. Ich kämpfe gegen mein beinahe überwältigendes Verlangen an, mich in eine Diskussion mit ihm zu stürzen und über alles, was ich gehört habe, mit ihm zu sprechen, Hunderte von Argumenten dagegen vorzubringen. Stattdessen versuche ich, mich mit meinem ganzen Wesen auf den Ort zu konzentrieren, an dem ich mich befinde.

Seinem Gesichtsausdruck kann ich entnehmen, dass er sehr wohl um den Kampf, der in mir tobt, weiß. Wieder spricht er, diesmal ganz langsam:

›Du triffst die endgültige Entscheidung darüber, ob das, was ich gesagt habe, Legende oder Wirklichkeit ist. Aber eigentlich gibt es gar keine andere Möglichkeit, als diese Geschichte als die Wahrheit anzusehen, die sie darstellt. Sie ist eine Blume, die ihre Blütenblätter eins nach dem anderen enthüllt hat und so den wunderbaren Reichtum der menschlichen Spiritualität auf der ganzen Erde ermöglicht und unterstützt hat.

Diese Blume steht kurz vor ihrer vollen Entfaltung. Sie will jetzt als die Blüte allen Wissens wahrgenommen und verstanden werden. Das wird sehr bald geschehen. Ihr könnt darauf reagieren, wie es euch gefällt. Ihr könnt euch entscheiden, gegen die Wahrheit anzukämpfen, oder ihr entschließt euch dazu, ihr göttliches Wesen und ihre lebendige Schönheit anzunehmen.‹

Hier endete Dmitrijews Handschrift, und es folgten nur noch einige merkwürdige geometrische Muster, die unbeholfen unten auf die Seite skizziert worden waren. Die Aufzeichnungen sagten nichts darüber, wie Dmitrijew von seiner Reise zurückgekehrt und wie er sie später empfunden hatte. Der Text brach einfach ab. Erstaunt und überwältigt, fand ich mich zwischen den Spiegeln wieder. Nun verstand ich, warum Dmitrijew gewollt hatte, dass ich bei der Lektüre seiner Notizen in der Spiegelröhre saß. In dem Apparat war mir Dmitrijews Erlebnis so lebendig und eindrucksvoll erschienen, als hätte ich die Reise mit ihm zusammen gemacht.

Langsam ging ich in das Zimmer, in dem er auf mich wartete. Er saß an seinem Schreibtisch und las in einem umfangreichen Band über Physik. Als ich eintrat, stand er auf und ging mit mir zurück in den vertrauten Raum, in dem die Spiegelröhre stand.

»Na, was meinen Sie dazu?«, fragte er. Er wirkte aufgeregt und nervös.

»Ich bin überwältigt. Ich weiß nicht, was ich sagen soll. Ihr Material hat mein Bedürfnis, heute selbst in der Röhre zu arbeiten, völlig gestillt. Ihre Aufzeichnungen haben alle meine Fragen, die der Grund meines Besuches waren, beantwortet. Sie haben recht gehabt.«

Dmitrijew holte tief Atem. »Wissen Sie«, sagte er dann, »ich habe wirklich heftig dagegen angekämpft, dieses Erlebnis als Wahrheit anzusehen. Ich habe nicht einmal meine Reaktion darauf niedergeschrieben, denn dazu war ich einfach zu verwirrt und zu überwältigt. Zuerst habe ich versucht, damit fertig zu werden, indem ich mir einredete, es sei belanglos. Ich habe mir gesagt, es sei nichts weiter als eine rein psychologisch erklärbare Schöpfung meines Unterbewusstseins. Aber das hat mich nicht überzeugt. Dann habe ich versucht, eine intellektuelle Argumentation gegen das ganze Konzept aufzubauen, und dabei sämtliche Informationen benutzt, die mir aus der modernen Forschung zur Verfügung standen.

Ich bin natürlich weder Historiker noch Anthropologe, aber ich habe viele Freunde in diesen Fachgebieten. Ich dachte, ich wüsste genug, um die These, Sibirien sei die Heimat einer lange vergessenen, fortgeschrittenen esoterischen Zivilisation, widerlegen zu können. Ich habe sogar selbst Untersuchungen dazu angestellt und viele Bücher und Aufsätze gelesen.

Und wissen Sie, zu welchem Ergebnis ich gekommen bin? Ich habe keinen schlüssigen Beweis dafür gefunden, dass sich das alles jemals ereignet hat, aber es gab auch keinen Beweis des Gegenteils. Schließlich endete meine Suche in der Feststellung, dass die These nur mittels eines Zirkelschlusses widerlegbar ist, dass es nur dann nicht wahr sein konnte, wenn es nicht wahr war. Das ist alles.

Gleichzeitig gibt es viele Hinweise darauf, dass Belowodje tatsächlich existiert und dass das, was ich in meiner Vision erfuhr, stimmt. Da ist die erwiesene Tatsache, dass die Spuren von menschlichem Leben, die in der Denissow-Höhle im Altai gefunden wurden, in die Zeit zirka dreihunderttausend vor Christus einzuordnen sind. Dann fielen mir die erstaunlichen Arbeiten ein, die die wedische Tradition mit dem Heidentum der alten slawischen Kultur vergleichen. Unter anderem hatten die Götter beider Kulturen die gleichen Namen und bekleideten ähnliche Funktionen.

Auch Kleinigkeiten fielen mir auf, zum Beispiel, dass die typische Haartracht der alten ukrainischen Kosaken genauso aussah wie die der heutigen Anhänger der Religion Krishnas, die aus Indien kommt. In beiden Fällen wird fast der ganze Kopf rasiert, nur eine lange Strähne oben auf dem Kopf bleibt stehen. Die Anhänger Krishnas glauben, dass ihr Gott sie an dieser Strähne aus der Sünde herausziehen wird. Einer meiner Freunde, ein Anthropologe, hat mir neulich erzählt, dass in Japan Expeditionen ausgerüstet wurden, die das Gebiet um den Altai herum erkunden sollen, weil man die Frage überprüfen will, ob der Ursprung der Nation vielleicht dort zu finden ist.

Besonders faszinierend war es, den Zusammenhang zwischen dem Namen der obersten Göttin des Altai, Umaj, und den Namen anderer Gottheiten aufzuspüren, wie etwa der indischen Kali und der Tara im Buddhismus. Ich bin zu dem Schluss gekommen, dass sie alle ein und dieselbe sind. Umaj wurde von Uma verkörpert, die alte weibliche Gottheit der Inder, die als Shakti des Shiva ›die Kraft des Lichtes ist, das die Wahrnehmung ermöglicht‹. Im Kalawada-System und im Kalachakra-Tantra erscheint Uma als Kali.

In beiden Systemen kennt man den Glauben an ein

Rad der Zeit. Das heiligste Element ihrer Rituale war die Errichtung zeremonieller Pforten, die den Ursprung der Zeit auftaten. Durch sie konnten die Initiierten Shambala oder Belowodje erreichen und mit dem Geheimnis der Unsterblichkeit in Berührung kommen. Außerdem gibt es erstaunliche Ähnlichkeiten zwischen der Zervanit-Tradition des alten Persien, in der die Fähigkeit, die Zeit zu verstehen und sie zu manipulieren, den Kern der spirituellen Praxis bildete.

Die gleichen faszinierenden Parallelen finden wir im Sufismus. Seit vielen Jahren leitet Herr Wassiljew, ein guter Freund von mir, eine Gruppe von Gelehrten, die die Arbeit Gurdjieffs und seiner Vorgänger studieren. Erst kürzlich hat mein Freund mir erzählt, dass er in dem Teil von Gurdjieffs Werk, der sich mit den Sufi-Meistern beschäftigt, ebenfalls die Vorstellung von einem Rad der Zeit gefunden hat. Der Mensch kann sich in das Rad hineinbegeben und es als Durchgang zu dem mystischen Tor benutzen, hinter dem das heilige Land Hurqalya liegt. Hurqalya ist das Äquivalent des Sufismus zu Belowodje.

Wassiljew behauptet, dass laut Gurdjieff die Sufi-Meister wussten, dass das Rad der Zeit ein unumstößliches Urgesetz ist, das durch viele verschiedene Wahrnehmungsweisen erfasst und verstanden werden kann. Ein Praktizierender, der mit diesem Gesetz durch Meditation über Mandalas in Berührung kommt, ›öffnet die Augen seines Herzens‹ mit Hilfe seines Gesichtssinnes. Derjenige, der der Musik der Kreise lauscht, vor allem in der Art, wie Gurdjieff es gelehrt hat, gelangt über seinen Gehörsinn zur gleichen mystischen Erfahrung. Dieser Zustand lässt sich auch durch den Tanz erreichen, bei dem der ganze Körper des Suchenden zu dem Werkzeug wird, das zu den heiligen Pforten führt.

Die Gruppe von Gurdjieffs Schülern, die in Russland

blieb, ging dieser Vorstellung weiter nach. Die Schüler bestätigten, dass jede dieser Techniken bei korrekter Anwendung das Rad der Zeit in Bewegung setzt. Und es bringt uns unweigerlich zu unserem letztendlichen Bestimmungsort, dem mystischen Land Belowodje. Das ist alles hochinteressant, nicht wahr?

Aber wenn es wirklich irgendwo in Nordsibirien eine alte, hochentwickelte Zivilisation gegeben hat, warum haben wir die materiellen Überreste dann noch nicht entdeckt? Ganz gleich, vor wie langer Zeit sie existiert haben mag, warum bleibt sie uns immer noch auf so rätselhafte Weise verborgen? Die Antwort auf diese Frage ist vielleicht in den Theorien des bedeutenden Historikers und Ethnologen Lew Gumiljow zu finden, dessen Mutter, Anna Achmatowa, ich für die größte Dichterin halte, die Russland jemals hervorgebracht hat.

Während Gumiljow als politischer Gefangener im Gulag inhaftiert war, studierte er, welche Wirkung die kosmischen Gesetze der Energietransformation auf die Evolution von Kulturen haben. Eine der vielen Konzeptionen, die er vorstellte, war, dass jede Zivilisation durch die verschiedenen Materialien charakterisiert wird, die sie als Grundstoffe ihrer Existenz verwendet – Holz, Leder, Tuch, Metall, Knochen, Stein und so weiter. Aus der großen Bandbreite an Materialien und den klimatisch unterschiedlichen Lebensräumen schloss Gumiljow, dass die Überreste verschiedener Zivilisationen unterschiedlich gut erhalten sein müssen.

Demzufolge würden mit Stein und Metallen arbeitende Zivilisationen in Gebieten mit heißem, trockenem Klima künftigen Archäologen viele Ruinen und Artefakte hinterlassen. Man sollte sogar häufig guterhaltene, auf natürliche Weise mumifizierte menschliche Überreste finden, wie etwa in Teilen Afrikas, Südamerikas und im Südwesten der Vereinigten Staaten.

Kulturen jedoch, die vor allem vergängliche Materialien wie Holz, Leder und Tuch verwendeten, die dann viele tausend Jahre einem kalten, feuchten Klima wie dem Sibiriens ausgesetzt waren, würden kaum Spuren hinterlassen. Wenn solche Zivilisationen noch dazu außergewöhnlich lange zurückliegen, vielleicht nicht Zehntausende, sondern Hunderttausende von Jahren, ist kaum zu erwarten, dass wir viele materielle Beweisstücke für ihre Existenz finden.

Während ich also noch nichts absolut Schlüssiges vorweisen kann, gibt es doch viele deutliche Hinweise darauf, dass das ursprüngliche Mutterland der indoeuropäischen Urkultur nicht auf das Gebiet um das Schwarze Meer herum beschränkt war, wie viele Wissenschaftler annehmen, sondern dass es möglicherweise auch die Altairegion umfasste.

Sehen Sie, Olga, all das zusammen hat bewirkt, dass sich die Skepsis verringert hat, mit der ich als Wissenschaftler neuen Theorien gegenübertrete, die anerkannten Überzeugungen widersprechen und auf den ersten Blick unkonventionell wirken. Ich halte es historisch gesehen nicht länger für unmöglich, dass Belowodje einst existierte und dass es auf uns unbekannte Weise weiterhin existiert und unsere Kulturen informiert.

Vielleicht werden wir eines Tages gesicherte Fakten haben, die unserem praktischen, logischen, wissenschaftlichen Denken die Existenz Belowodjes zweifelsfrei beweisen. Mir persönlich allerdings reicht meine Intuition. Ich bin im Herzen so glücklich und zufrieden mit den Informationen, die ich erhalten habe, dass ich bereit bin, mich davon überzeugen zu lassen. So weit bin ich im Moment. Als Sie fragten, ob Sie noch einmal herkommen könnten, habe ich zum Teil auch deswegen zugestimmt, weil ich hoffte, dass mein Erlebnis Ihnen bei Ihrer eigenen Suche weiterhelfen wird.«

Glücklicherweise war ich selbst nicht so einseitig erzogen worden, nur empirischen, wissenschaftlichen Beweisen Glauben zu schenken, wie das bei Dmitrijew anscheinend der Fall gewesen war, und viele meiner Klischees von der sogenannten realen Welt waren bereits bei meinen Erlebnissen im Altai zerstört worden. Mir fiel es deshalb leicht, und ich fand es plausibel, Belowodje aus der Perspektive zu sehen, die Dmitrijews Erlebnis nahelegte. Tatsächlich faszinierte mich der Gedanke sogar. Mir war, als hätte man mir endlich ein lange erwartetes Versprechen gegeben, beschützt und unterstützt zu werden.

Ich bedankte mich sehr herzlich bei Dmitrijew und verließ das Institut zufrieden und in Hochstimmung. Ich hatte alles bekommen, was ich mir von meinem Besuch erhofft hatte. Auf der Fahrt nach Hause dachte ich kaum über das nach, was mir Dmitrijew erzählt hatte. Diese Informationen waren für eine rationale Analyse nicht geeignet. Sie ›passten‹ einfach als intuitives Konzept, das viele meiner früheren Konflikte augenblicklich löste und mir ein Gefühl von spiritueller Unbeschwertheit gab.

Wieder einmal war es spät, als ich nach Hause kam, aber ich entschloss mich, wenigstens so lange aufzubleiben, bis ich alles aufgeschrieben hatte, was ich im Institut für Kernphysik erfahren hatte, denn jetzt war die Erinnerung daran noch frisch. Als ich meine Aufzeichnungen beendet hatte, war ich mir mehr denn je darüber im Klaren, dass meine Erfahrungen eine neue Identität formten. Diese Identität wuchs in mir und wurde sich ihrer selbst immer stärker bewusst. Ich wusste, dass sie mit meinem inneren Zwilling zusammenhing und dass ich dabei war, mein wahres Selbst zu finden.

Mir war, als hätte ich endlich einen sehr wichtigen Kreis in meinem Leben geschlossen. Später sollte ich lernen, dass die Suche nach Erkenntnis tatsächlich einer Reihe von Kreisen folgt, die in Form einer aufsteigenden Spirale miteinander verbunden sind. Sobald wir einen Kreis vollendet haben und er sich in uns geschlossen hat und damit ein integraler Bestandteil unserer Erfahrung geworden ist, stoßen wir sofort auf die äußere Grenze des nächsten Kreises. Dann sind wir bereit, der Spirale auf die nächste Ebene zu folgen.

Damals wusste ich das noch nicht und war völlig unvorbereitet, als mein Telefon klingelte. Meine Gedanken wurden von einer tiefen, heiseren Männerstimme unterbrochen, die in ziemlich schroffem Ton sagte: »Ich möchte Olga sprechen. Sind Sie das?«

»Ja«, antwortete ich, »wer spricht denn da?« Ich versuchte, anhand des barschen Tonfalls herauszufinden, wer mich so spät noch anrief, aber ich kannte diese Stimme nicht.

Der Mann sprach genauso unhöflich und herablassend weiter und verhielt sich, als hätte er mich gar nicht gehört. »Man hat mir gesagt, dass Sie eine recht interessante junge Frau sind und recht interessante Sachen machen. Stimmt das?«

Dann stellte er sich als Michail Smirnow vor, allerdings in einem Ton, der deutlich machte, dass ich eigentlich sofort hätte wissen müssen, wer er war. Der Name sagte mir überhaupt nichts, doch bald sollte ich erfahren, dass Michail Smirnow ein umstrittener, hochgebildeter Mann war, der als Dissident im Gefängnis gesessen hatte und jetzt, so hieß es, bei allen esoterischen und spirituellen Untergrundaktivitäten in Nowosibirsk Pate stand. Er hatte sogar ein internationales Netzwerk von Korrespondenten geschaffen, die ihm von allen Enden der Welt die jüngsten Forschungsergebnisse über das menschliche Bewusstsein zuschickten.

Smirnows Anruf erwies sich als der Beginn meines

nächsten Kreises. Er sollte mich zurück in den Altai und weiter nach Usbekistan und Kasachstan führen und so eine Schleife in meiner Spirale bilden, die viele neue Prüfungen, Versuchungen und Geschenke brachte. Manchen Menschen sollte dieser neue Kreis ihre geistige Gesundheit rauben, und einige kostete er sogar das Leben. Anderen brachte er große Liebe und Frieden. Was mich anging, so sollte er weiteres Licht auf die spannenden Rätsel der Zeitspiralen und der menschlichen Evolutionsschienen werfen, auf die Bedeutung der alten Gräber mit ihren ›scheinbar toten Bewohnern mit Absichten, die das Leben betreffen‹ und auf die zentrale Stellung des Altai in dem alten Gewebe mystischer Glaubensvorstellungen, das so viele Religionen schuf und auch heute noch miteinander verbindet. All dieses Wissen sollte mich auf meiner Suche nach Belowodje weiterbringen.

Epilog

Der Nachthimmel sah wieder aus wie immer, aber der Wind und die feuchte Luft waren so erfrischend, dass ich noch lange auf meinem Balkon stehen blieb und die Bilder meiner Vision, den Kreis der tanzenden Männer und Umajs Augen vor mir sah; ich blickte zu den Sternen empor und dachte über die Ereignisse im Altai nach, die mein Leben in so vieler Hinsicht verändert hatten.

Mehr als ein Jahr war vergangen, seit ich Umaj in Kubija kennengelernt hatte. Ich war in der Zwischenzeit auf der Suche nach neuem Wissen viel in Zentralasien herumgereist und hatte dabei auch andere Lehrer getroffen. Trotzdem waren die Erinnerungen an die Begegnung mit Umaj immer noch lebendig, und der Gedanke an sie erfüllte mich mit freudiger Erregung. Vielleicht lag das daran, dass diese Erinnerungen mehr waren als die fernen, verschwommenen Bilder, die wir normalerweise als Protokoll unserer Erlebnisse mit uns herumtragen. Sie waren der Grundstein für die Wandlung, die in meinem Inneren vor sich gegangen war.

Als ich begann, das Manuskript zu diesem Buch zu schreiben, beschloss ich, in den Altai zu fahren und Umaj zu besuchen, um sie um Erlaubnis und um Rat zu bitten. Am Ende unseres Treffens umarmte Umaj mich zum ersten Mal. Dann schenkte sie mir Tabak und sagte unvermittelt, der altaische Name für den Großen Geist sei Ülgen, abgeleitet von Ulkar, dem altaischen Wort für das Sternbild der Plejaden. Als ich Umaj fragte, warum sie mir das sage, erwiderte sie, sie würde mir dazu keine Erklärung geben. »Denke selbst darüber nach«, war alles was ich ihr entlocken konnte.

Vor der Veröffentlichung meines Buches besuchte ich auch meine neuen Lehrer in Usbekistan und Kasachstan. Einer von ihnen wurde ›Meister der klaren Träume‹ genannt. Er wartete in einem kleinen Haus auf mich, in dem wir uns schon früher getroffen hatten.

Der Raum, in dem wir uns niederließen, war mit weichen, wollenen Matten mit rot-weißen usbekischen Mustern ausgelegt. Ich fühlte mich dort sehr wohl, und als mein Lehrer sagte, ich solle mich auf eine Reise vorbereiten, setzte ich mich in der Haltung, die er mich gelehrt hatte, still in die Nähe der Wand und schloss die Augen.

Die Reise ist kurz und beginnt damit, dass er mit seiner tiefen, hypnotisierenden Stimme sagt: »Ich werde dich etwas Wichtiges über dein Buch lehren.«

Sofort spüre ich, dass er mir ein unangenehm kühles, glattes, schlankes, sich windendes Objekt in die rechte Hand gegeben hat. Ich möchte die Hand öffnen, um es fortzuschleudern, aber er hält mich davon ab.

»Halte sie fest!«, sagt er. »Öffne die Augen nicht! Du hältst eine Schlange in der Hand.«

Was auch immer ich in der Hand halte, es windet sich heftig. Ich bin fast gelähmt vor Angst und kann mich nur schwer beherrschen, nicht zu schreien. Ich möchte immer noch loslassen, aber ich habe Angst, dass die Schlange giftig ist und dass sie mich beißt, wenn ich das tue.

»Spüre die Schlange in deiner Hand«, sagt mein Leh-

rer. »*Sie ist eine Kraft. Spüre sie und präge dir gut ein, wie es sich anfühlt, sie zu halten. Du musst das Gleichgewicht zwischen dir und dieser Kraft, die du innehast, finden. Wenn du zu fest zudrückst, wirst du die Schlange verletzen, und dann beißt sie dich vielleicht. Wenn du sie nicht fest genug hältst, entschlüpft sie dir, und du verlierst sie. Du musst das richtige Gleichgewicht finden und halten.*«

Ich habe mich bemüht, diese Lehre beim Schreiben dieses Buches zu beherzigen. Viele Menschen suchen nach Macht; sie wollen neue Eigenschaften in sich entwickeln und streben danach, ihre eigenen magischen Kräfte zu erschließen. Einige werden lernen, mit ihrer inneren Kraft in Verbindung zu treten, oftmals auch sehr erfolgreich. Aber weil ihnen das Wissen fehlt, das nötig ist, um diese Kraft zu steuern und zu beherrschen, werden sie zu stark an ihr festhalten, und sie wird ihnen schaden. Ihre Kraft wird über sie herrschen, und statt über die Kraft zu gebieten, werden die Betroffenen ihre Diener.

Wer in das Gegenteil verfällt, wird zwar vielleicht in der Lage sein, seine Kraft eine Weile zu nutzen, aber er kann diese Kraft nicht halten, und sie wird ihm wieder entschlüpfen. Wenn es mir gelungen ist, den Lesern dieses Buches ein Verständnis vom richtigen Gleichgewicht zu vermitteln, dann ist eine meiner Aufgaben erfüllt.

Bald werde ich meine nächste Reise antreten. Sie wird mich vom Altai nach Zentralasien führen und dann weiter nach Nordamerika. Es wird der gleiche Weg sein, auf dem vor langer Zeit Menschen wanderten, die das Feuer der Wahrheit und des Lichtes überall dort verbreiteten, wo sie hinkamen. Diese Wahrheit und dieses Licht kehren jetzt in die Gedanken und Erinnerungen der Menschen unserer Zeit zurück.

Nachbemerkung

Ich möchte mich bei allen jenen Menschen bedanken, die meine Arbeit unterstützt und an der Entstehung meines Buches mitgewirkt haben, jeder von ihnen auf seine eigene Weise. Mein Dank gilt Andrey Kogumayan, William H. Whitson, Marion Weber, Paula Gunn Allen, Maki Erdely, Wendy Gilliam, Dee Pye, Ansley, Kathy Sparkes, Rebecca Latimer, Winston O. Franklin, Barbara McNeil, Carol Rachbari, Elisabeth Hebron, Jane-Ann Dow, Douglas Price-Williams, Carol Guion und vielen anderen, die an dem Erscheinen des Buches beteiligt waren.

Meine besondere Anerkennung möchte ich an dieser Stelle meinem Lektor Douglas H. Latimer aussprechen, der es meisterhaft und mit einem unübertroffenen Sinn für Humor verstand, den Dialog zwischen Autor und Lektor, der viele von uns auf eine harte Probe stellt, in eine Quelle inspirierender Kreativität zu verwandeln.

Meiner ganzen Familie in Liebe und tiefer Dankbarkeit

Olga Kharitidi

Samarkand

Prolog

Ich hatte keine Erwartungen. Ich saß einfach da und schaute ins Feuer, bis ich kaum noch etwas anderes wahrnahm. Nur Sulemas Gesicht tauchte hinter den Flammen ab und zu auf. Ich hörte sie sagen: »Hier erzählt man sich gern Geschichten. Können Sie mir eine erzählen? Erzählen Sie mir die rätselhafteste Geschichte, die Sie kennen.« Sulema hatte diese Bitte sicher nur ausgesprochen, weil sie wollte, dass ich mich wohl fühlte, und dafür war ich ihr dankbar.

»Jetzt?«

»Ja, warum nicht.«

Einen Augenblick lang sann ich über ihren Vorschlag nach, dann fiel mir plötzlich die Geschichte von Hamlet ein, eine Geschichte, die mir seit meiner Schulzeit zu denken gegeben hatte.

»Also gut, ich kenne eine solche Geschichte. Sie beschäftigt mich schon seit Jahren, weil es mir nie gelungen ist, einen endgültigen, erschöpfenden und unzweideutigen Sinn darin zu finden. Diese Geschichte hat sich vor langer Zeit abgespielt.

Es war einmal ein Prinz, der in einem weit entlegenen Land lebte. Der Vater des Prinzen war erst vor wenigen Monaten gestorben. Seine Mutter hatte wenig später seinen Onkel geheiratet, der Onkel wurde König, und der Prinz lebte in dessen Königreich. Er war kein ausgesprochen trauriger Prinz, und er fühlte sich auch nicht besonders einsam. Auf jeden Fall war er nicht verrückt. Doch dann änderte sich eines Tages alles, und auch der Prinz begann, sich zu verändern.

An jenem Tag, genauer gesagt, in jener Nacht, begegnete er dem Geist seines verstorbenen Vaters, der ihm erzählte, wie der derzeitige König, sein eigener Bruder, ihn vergiftet hatte, um das Königreich und die Königin an sich zu reißen. Der Geist des Vaters verlangte Rache, und nachdem der Prinz diese Geschichte gehört hatte, gab es keinen Frieden mehr für ihn.

Er dachte sich einen schlauen Trick aus: Er lud fahrende Schauspieler ein, die dem König und der Königin ein von ihm selbst geschriebenes Theaterstück vorspielen sollten. Das Stück erzählte die Geschichte des Mordes an seinem Vater, und die Schauspieler führten es für die Mutter und den Onkel des Prinzen auf. An der Reaktion des Onkels erkannte Hamlet dessen wahre Schuld, und ihm blieb keine andere Wahl, als fortan verrückt zu spielen.«

»Er wurde getötet, stimmt's? Der Prinz wird am Ende des Stückes getötet, nicht wahr?«, unterbrach mich Sulema, ohne das Ende abzuwarten.

»Ja, das stimmt. Kennen Sie die Geschichte?«

»Dieser Geist hat ihn getötet, der Geist seines Vaters.«

»Eigentlich nicht …«

»Oh doch. Der Prinz hat angefangen, nach den Spielregeln des Geistes zu handeln. Er hat sich dem Dämon des väterlichen Traumas überlassen, ihn in sich aufgenommen. Er hat es zugelassen, dass der Dämon seine eigenen Erinnerungen mit dem Schmerz seines ermordeten Vaters vergiftete und zu einem Teil des

Prinzen wurde. Der Prinz begann, auf Befehl des Geistes zu handeln, und deshalb musste er getötet werden. Er ist ja nicht wirklich verrückt geworden. Er hat nur mit den Mächten des Traumas gekämpft. Ich nehme an, er hat verloren. Er hatte keine Frau, nicht wahr?«

»Nein. Aber er hatte eine Verlobte, die er zärtlich liebte. Als der Prinz immer liebloser und verrückter tat, hat sie sich das Leben genommen.«

»Oh! Gibt es noch mehr Tote in der Geschichte?«

»Ja. Der Vater der Braut und …«

»Oh! Das war ja wirklich ein unersättlicher Geist, dieser Geist des Vaters. Eine gute Geschichte. Der, der sie geschrieben hat, kannte sich in dem Kampf aus.«

Sulema fiel in Schweigen, und ihre zusammengekniffenen Augen schienen durch mich hindurch zu blicken. Über dem Feuer sah ich ihren freundlichen, lächelnden Mund, bis die Flammen wieder höher schlugen und ihr Gesicht verdeckten.

Ich spürte, wie sich meine körperlichen Empfindungen veränderten. Es war, als würde eine unsichtbare Kraft in meine angespannten Muskeln eindringen und die alten, schmerzhaften Knoten lösen, die sich dort gebildet hatten. Gleichzeitig spürte ich, wie sich meine Erinnerung befreite. Sie verwandelte sich in die Substanz, aus der die Träume sind, und schon bald überfluteten Bilder meinen Kopf. Es waren Bilder im Überfluss, doch nicht im planlosen Chaos; die Bilder waren alle durch eine unsichtbare, tiefgründige Ordnung miteinander verbunden, und meine Wahrnehmung ließ sich von ihr leiten.

Das Feuer flackerte vor sich hin, es hatte eine vollkommen runde Form angenommen, als würde, wie durch ein Wunder, ein Abbild der Sonne vor mir erglühen. Eine Zeit lang starrte ich in sie hinein, bis sich alles rot färbte und die Sonnenscheibe schwarz wurde. Ich schloss die Augen und spürte, wie diese kleine Sonne vor mir pulsierte und sich auf mich zu bewegte. Ich versuchte, ruhig zu sein, ganz ruhig. Dann vernahm ich ein Geräusch, so, als öffnete sich ein Tor, und Michaels Stimme sagte:

»Fürchten Sie sich nicht und denken Sie daran, dass es der Vater ist, der straft, und die Mutter, die vergibt. Ich werde bei Ihnen sein, wenn Sie mich brauchen.«

Kapitel eins

Unvermittelt wachte ich auf. In dem schmalen Krankenhausbett registrierte mein Körper sofort den Wandel meines Bewusstseins, den Wechsel vom Schlaf- in den Wachzustand. Mein Kopf dagegen sträubte sich, den Traum so schnell loszulassen. Eine Weile lag ich verwirrt da, versuchte zu ergründen, ob das Signal, das mich aus dem Schlaf gerissen hatte, der Schrei der Frau gewesen war, der immer noch in meinen Ohren nachhallte, oder etwas anderes.

Das Klingeln des Telefons hatte mich geweckt. Der Schrei der Frau, der letzte Überrest meines Traums, verflüchtigte sich schnell, ließ sich nicht mehr einfangen, obwohl ich es versuchte. Als ich ans Telefon ging, blieb von dem Traum nur ein ängstliches Gefühl in meinem Herzen zurück.

Ich schaute auf meine Armbanduhr. Es war 2.30 Uhr. Ich wurde ins Haupthaus gerufen, um ein psychiatrisches Notgutachten zu erstellen. Das bedeutete, dass ich für den Rest meiner Nacht im Bereitschaftsdienst keinen Schlaf mehr finden würde.

Ich musste über das Krankenhausgelände laufen. Gleichgültige Sterne, die hoch oben am winterlichen Nachthimmel standen, beleuchteten den Weg. Das sibirische Staatskrankenhaus war eines der größten in Nowosibirsk, mit tausend Patienten, die dort Mona-

9

te, manchmal sogar Jahre verbrachten. Es stand außerhalb der Stadt in der Nähe eines Waldes, weit weg von den Wohngebieten. Die Sicherheitsvorkehrungen waren ziemlich gut: aus dem Krankenhaus zu fliehen war fast so schwierig, wie aus einem sowjetischen Gefängnis zu entkommen.

Dennoch umgab in den Augen der Menschen, die in der näheren Umgebung wohnten, eine Aura von Gefahr und Geheimnis das Krankenhaus. Hin und wieder tauchten ein paar Jungs auf dem Gelände auf, die sich zuerst gegenseitig Mut machten und sich dann nah genug an die Mauern des Gebäudes heranwagten, um einen Blick durch die vergitterten Fenster zu erhaschen. Nachts war das Krankenhausgelände menschenleer und von tiefer Dunkelheit umgeben. Ich wollte die Strecke zwischen meinem warmen Bereitschaftszimmer und der Notaufnahme so schnell wie möglich zurücklegen. Ich trug nur einen weißen Kittel, keinen Mantel, und versuchte, der nächtlichen Kälte zu entkommen, bevor sie mir in die Glieder kroch.

Ihre Schreie hörte ich, noch bevor ich die massive, eisbedeckte Hintertür zur Notaufnahme öffnete. Sie drangen in meine Ohren, als ich die Tür erreichte, und die ganze Kälte, die sich in der metallenen Klinke gesammelt hatte, brannte wie Feuer in meiner Hand.

»Lasst mich los, bitte! Lasst mich los!« Sie schrie so laut sie konnte. Als ich den warmen Korridor betrat, sah ich sie auf einer schmalen, harten Trage liegen. Ihr Körper war mit breiten schwarzen Lederriemen an der Trage festgebunden, und sie warf verzweifelt den Kopf hin und her. Die beiden neuen Krankenpfleger hatten offenbar wenig Erfahrung mit psychiatrischen Patienten. Bemüht, professionell und unbeteiligt zu wirken, schoben sie die Patientin hastig durch den leeren Krankenhauskorridor, um sie so schnell wie möglich in ein Untersuchungszimmer zu bringen.

Ich folgte den Pflegern und musste mich anstrengen, mit ihnen Schritt zu halten. Als sie um die letzte Ecke bogen und die Trage in den Untersuchungsraum schoben, war von meiner Übermüdung nichts mehr zu spüren.

»Danke. Sie können sie jetzt losbinden. Bitte warten Sie draußen auf mich.«

Die Pfleger sahen mich zweifelnd an. Mit einem entschlossenen Nicken gab ich ihnen zu verstehen, dass ich wusste, was ich tat. Trotz ihrer extremen Erregung wirkte die Patientin keineswegs psychotisch. Ich wusste, dass die Anwesenheit dieser beiden Männer mir nicht helfen, sondern mein Gespräch mit der Patientin eher stören würde. Eilig lösten sie die Riemen, die bereits schmerzende, gerötete Druckstellen an den schmalen Handgelenken der Frau hinterlassen hatten, und verließen auf meinen Wink hin den Raum.

»Ich bin Doktor Kharitidi. Ich bin Psychiaterin. Man hat mich gerufen, um Sie zu untersuchen.«

Die Frau, jetzt überraschend ruhig, versuchte, sich auf der Trage aufzurichten. Ich half ihr, sich auf die Kante der Trage zu setzen, und bedeckte ihre Beine mit einem weißen Laken; die am Rand aufgedruckte Ziffer 8 bezeichnete die Station. Die Frau war offensichtlich benommen. Ich überflog ihre Papiere: neununddreißig Jahre alt, ledig, Selbstmordversuch mit einer Überdosis Tabletten. Laut Bericht des Notarztes war sie nicht ansprechbar, als ihre Nachbarin sie ins Krankenhaus brachte. Der Notarzt hatte sie mit Medikamenten stabilisiert, und nun war es meine Aufgabe zu entscheiden, was als Nächstes mit ihr passieren sollte.

»Wie heißen Sie?«

Zum ersten Mal schaute die Frau mich an. Ihr schwarzes Haar war zerzaust. Langsam schob sie es aus ihrem schmalen Gesicht, fasste es, als wollte sie es im Nacken zusammenbinden, doch dann fielen ihre Hände kraftlos zurück auf die Knie. Zweifellos war sie von ihren vergeblichen Bemühungen, sich zu wehren, sehr erschöpft.

»Katherine«, flüsterte sie. Ihre Schreie schienen sie ihren letzten Rest von Energie gekostet zu haben.

»Ich muss Ihnen einige Fragen stellen, Katherine.«

Sie nickte kaum merklich.

Ich setzte mich vor sie auf einen Metallstuhl neben das Waschbecken, dem einzigen Möbelstück in dem kleinen, quadratischen Zimmer.

»Können Sie mir sagen, warum Sie versucht haben, sich etwas anzutun?«

»Es war ein Unfall«, antwortete sie mühsam und wandte sich schwer atmend ab.

Eine Weile schaute ich sie schweigend an. Ich konnte sehen, welcher Kampf sich in ihrem Innern abspielte – zwischen dem tiefen Bedürfnis, sich ihren Kummer von der Seele zu reden und der Angst vor der schrecklichen Schande, die sie ertragen müsste, wenn ihre Demütigung bekannt würde.

»Ich weiß, dass es kein Unfall war. Ich weiß, dass Sie heute Abend versucht haben, sich das Leben zu nehmen, und ich weiß auch, dass Sie es beinahe geschafft hätten. Wenn Ihre Nachbarin Sie nicht gefunden hätte, wären Sie gestorben. Es gibt keinen Grund, warum Sie sich jetzt fürchten müssten, darüber zu sprechen. Sie waren stark genug, die Angst vor dem Tod zu überwinden. Wovor könnten Sie sich noch fürchten?«

Sie hob den Kopf und schaute mich konzentriert an. In ihren Augen lag tiefer Schmerz. Ich sah, wie meine Worte etwas in ihr befreiten. Meine nächste Aufgabe bestand darin, mit dem, was da befreit wurde, umzugehen.

»Das stimmt. Ich wollte sterben. Nein. Ich will sterben. Ich wünschte nur, ich hätte mir das früher überlegt, vor vielen Jahren, und mir damit all die Zeit erspart, die ich mit meinem wertlosen Leben vergeudet habe.« Sie war eher wütend als unglücklich, und ihre Stimme wurde mit jedem Wort lauter.

»Wenn ich diesen Körper vernichte, wird auch alles andere ein Ende haben. Dann wird diese Qual aufhören, und sie werden keine Macht mehr über mich haben. Ich werde es tun, sobald ich hier rauskomme, dann werde ich all dem ein Ende setzen.«

Die letzten Worte hatte sie wieder geschrien, dann ergriff sie den schweren Lederriemen neben sich und schleuderte ihn mit aller Kraft gegen die Wand. Fast im selben Augenblick wurde die Tür aufgerissen, und die beiden Pfleger stürmten herein, bereit einzugreifen.

»Es ist alles in Ordnung«, erklärte ich ihnen so ruhig wie möglich, aber diesmal waren ihre Befürchtungen stärker als ihr Vertrauen in meine professionellen Fähigkeiten. Erst als ich meine Worte mit Nachdruck wiederholte, verließen sie wieder den Raum und schlossen die Tür. Ihr plötzliches Erscheinen hatte Katherine zur Ruhe gebracht. Schwer atmend und auf ihrer Lippe kauend saß sie mit eingezogenen Schultern auf der Trage.

»Katherine, bitte sagen Sie mir – die Stimmen, die Sie hören, was verlangen sie von Ihnen?«

Sie sah mich verblüfft an.

»Woher wissen Sie das? Ich habe noch nie jemandem davon erzählt. Sie können unmöglich wissen, dass ich sie höre.«

»Ich habe nur geraten.« Es war nicht nötig, ihr zu erklären, dass sie sich durch ihre Worte selbst verraten hatte. Einen Augenblick lang war sie wie gelähmt, weil sie eine weitere Entscheidung treffen musste. Deutlich sah ich, wie sie mit sich rang. Sie konnte entweder in Tränen ausbrechen und mir ihr Herz ausschütten oder einen Tobsuchtsanfall bekommen, um ihre Gefühle zu leugnen. Diesmal könnte sie gewalttätig werden. Ich musste eingreifen, bevor sich ihr Verwirrungszustand in eine gefährliche Richtung entwickelte.

»Sie können ruhig darüber reden. Sie haben bisher noch nie versucht, sich das Leben zu nehmen. Es ist in Ordnung, wenn Sie jetzt über Ihre Stimmen sprechen. Vor allem, da ich bereits Bescheid weiß.«

»Es ist ein Mädchen, ein ganz kleines Mädchen.« Sie begann zu erzählen. »Sie weint immerzu, unaufhörlich und verzweifelt. Ich höre sie die ganze Zeit, irgendwo in meinem Kopf. Ich kann sie nie sehen, aber ich spüre, dass sie mich jedes Mal, wenn ich sie in den Arm nehmen will, wenn ich sie beschützen will, von sich wegschiebt. Und dann schreit sie mich hasserfüllt an: ›Es ist alles deine Schuld! Es ist alles deine Schuld!‹, schreit sie, und ich kann sie nicht zum Schweigen bringen.«

Beim Reden rang Katherine nach Atem, und Tränen liefen ihr über die Wangen. Als sie fortfuhr, redete sie immer schneller, ihre Stimme wurde schwächer, höher, verwandelte sich in eine greinende Kinderstimme, und ihr Gesicht wurde zu einem Kindergesicht, dem hilflosen, wütenden, ängstlichen Gesicht eines kleinen Mädchens, das die Fäuste ballte, bereit, jeden zu schlagen, der sich ihm näherte.

»Katherine, ich freue mich, dass Sie jetzt mit mir sprechen, aber bevor wir weitermachen, muss ich noch ein paar Angaben in Ihr Krankenblatt eintragen. Würden Sie mir bitte Ihre Adresse sagen?«

Ich hatte nicht vor, diese Entwicklung eines Doppelbewusstseins weiter zu verfolgen.

Sie verstummte abrupt, dann nannte sie mir mit veränderter Stimme und in der mechanischen Art, die man in Amtsstuben an den Tag legt, ihre Adresse. Weil ich wusste, dass ihre Müdigkeit überhand nehmen würde, beschloss ich, dieses Gespräch so bald wie möglich zu beenden, zumal ich bereits festgestellt hatte, dass sie eine Gefahr für sich selbst darstellte. Ich hatte genügend Anhaltspunkte, sie im Krankenhaus zu behalten. Noch ein paar Fragen, schließlich ein Medikament, um sicherzustellen, dass sie gut schlief, dann würde ich alles erledigt haben. Für ihre weitere Behandlung war der Arzt zuständig, der am nächsten Morgen die Tagesschicht antrat.

»Weil Ihnen diese Stimme sagt, Sie seien an etwas schuld, wollen Sie sich also das Leben nehmen?«

Sie nickte.

»Und Sie sagen, wenn ich Sie jetzt gehen ließe, würden Sie Ihr Vorhaben in die Tat umsetzen?« Ihr stummes Nicken war für mich ein ausreichender Grund, das Gespräch offiziell zu beenden und einen schriftlichen Bericht zu verfassen.

Darin war es nicht unbedingt nötig, den Inhalt ihrer traumatischen Erlebnisse darzulegen, die ihre Depression und die Halluzinationen verursachten. Das Krankheitsbild war eindeutig. Die in ihrem Fall indizierte Behandlung lag auf der Hand. Ich musste die Patientin nur noch über meine Entscheidung in Kenntnis setzen, dann konnte ich mir noch ein paar verdiente Stunden Schlaf gönnen, bevor ich die Morgenvisite durchführte. Aber trotz der verlockenden Aussicht auf Schlaf hatte ich zu meiner eigenen Überraschung keine Eile, die Sitzung zu beenden, sondern führte das Gespräch mit Katherine fort, als wartete ich darauf, dass noch etwas anderes zum Vorschein käme.

Damals erklärte ich es mir damit, dass es irgendwie unaufrichtig von mir sei, einfach aufzustehen und sie in dem Zustand allein zu lassen. So, als hätte ich sie auf hinterlistige Weise dazu verleitet, sich mir anzuvertrauen, um sie mit diesem Wissen gegen ihren Willen dabehalten zu können. Aus diesem Grund blieb ich, und ich hinterfragte meine Entscheidung nicht.

»Warum glauben Sie, dass Sie tatsächlich an irgendetwas schuld sind?«, fragte ich aufs Geratewohl.

»Weil sie Recht hat. Es war meine Schuld. Es war alles meine Schuld. Ich bin die Einzige, die die Schuld daran trägt.«

»Wenn Sie sagen ›daran‹, was meinen Sie damit?«

Katherine schaute mich an, als wollte sie sich vergewissern, wie ernst ich die Frage meinte. Eine Zeit lang schwieg sie, dann begann sie zu sprechen, diesmal sehr langsam, bedächtig ihre Worte wählend, es war, als hörte sie sich selbst zu, während sie das alles zum ersten Mal laut aussprach.

»Wissen Sie, Frau Doktor, ich schäme mich sehr, darüber zu sprechen. Ich weiß eigentlich gar nicht, wie ich es ausdrücken soll. Ich habe noch nie darüber gesprochen. Es ist alles so schändlich und so hässlich.« Sie wiegte ihren Oberkörper rhythmisch vor und zurück, als wollte sie sich durch die Bewegung zum Fortfahren ermutigen. Ich unterbrach sie nicht mehr. Ich wusste bereits, wovon diese Geschichte handeln würde, und ich ließ ihr Zeit, es endlich loszuwerden.

»Ich bin vergewaltigt worden. Ich war fünf Jahre alt, als es passiert ist. Es war mein Onkel, der Bruder meiner Mutter. Er war damals fünfzehn, und ich war erst fünf. Er nahm mich mit in die Höhle in der Nähe unseres Hauses, und da hat er es getan. Er hat mich schlimm zugerichtet. Ich habe immer noch schreckliche Schmerzen, weil er mir damals eine Hüfte ausgekugelt hat. Ich nehme häufig Schmerzmittel. Ich war erst fünf, aber ich erinnere mich an jede Einzelheit, als wäre es erst gestern geschehen. Und wenn es manchmal scheint, ich hätte angefangen zu vergessen, kommt es in einem Traum zurück. Dann erlebe ich alles noch einmal und fürchte mich wochenlang vor dem Schlafen. Ich habe regelrechte Angstanfälle, die mich überfallen, wenn ich abends ins Bett gehe. Manchmal habe ich Angst, die Augen zuzumachen, Angst, diesen ganzen Tag noch einmal zu erleben, Angst, sein Gesicht über mir zu sehen. Ich war erst fünf Jahre alt, Frau Doktor.«

Sie weinte still vor sich hin. Ihre ganze Wut, die vor allem aus der Anstrengung entstanden war, diese Geschichte von sich fern zu halten, war verflogen. Sie weinte ganz offen und bedankte sich, als ich ihr ein Papiertaschentuch reichte.

»Es quält mich schon mein ganzes Leben lang. Ich bin jetzt neununddreißig Jahre alt, und ich habe seit damals nicht einen einzigen glücklichen Tag erlebt. Sehen Sie mich an. Ich habe nichts, für das es sich zu leben lohnt, mein Leben ist eine einzige Qual. Vor ungefähr einem Jahr hat es angefangen. Da habe ich sie zum ersten Mal weinen hören. Und dann fing sie an zu schreien, ich sei an allem schuld. Dieses Mädchen, das bin ich, ich mit fünf Jahren, ein kleines, fünfjähriges Mädchen, das in der Nähe seines Hauses vergewaltigt wurde. Ich bekam solche Angst, als ich merkte, dass es meine eigene Stimme war, die in mir schrie, dass ich sie nicht zum Schweigen bringen konnte. Können Sie sich vorstellen, Frau Doktor, wie angsteinflößend der Gedanke ist, man könnte den Verstand verlieren? Dieser Gedanke war noch schrecklicher als die Vergewaltigung selbst. Deshalb habe ich niemandem davon erzählt. Es war leichter, den Tod zu wählen, als zuzulassen, dass ich verrückt werde.«

Sie weinte unaufhörlich, benutzte ein Papiertaschentuch nach dem anderen, um sich die Tränen wegzuwischen.

Ich hatte das Gefühl, dass sie mir die Wahrheit sagte. Aber ich hatte schon ähnliche Situationen erlebt, in denen Frauen schluchzten, von Selbstmord sprachen, von längst vergessenen und plötzlich wieder erinnerten Vergewaltigungen erzählten, nur weil sie auf sich aufmerksam machen wollten oder manchmal auch, weil sie drogensüchtig waren und eine Dosis Stoff brauchten. Ich musste also auf der Hut sein. Ich legte Katherines Krankenblatt weg, stand auf und trat auf sie zu. Ich legte meine Hand auf ihren Kopf und sagte: »Es ist in Ordnung. Vertrauen Sie mir. Alles wird sich ändern. Sie haben bereits angefangen, etwas zu ändern. Sie müssen nur noch etwas Geduld haben und sich damit auseinander setzen.«

Wieder begann sie zu schluchzen wie ein kleines Mädchen. Ich sah ihr in die Augen, und in diesem Augenblick waren alle meine Zweifel verflogen, aber mit ihnen war auch meine Gelassenheit dahin. Dort, hinter den vom Weinen geröteten Augen, hinter den weit geöffneten Pupillen, kniete ein hilfloses, kleines, fünf Jahre altes Mädchen auf dem Boden, zerbrochen von all dem Schmerz und der Verwirrung. Und es war niemand da, der ihr beistehen konnte.

Ich setzte mich wieder auf meinen Stuhl, nahm ihr Krankenblatt noch einmal zur Hand, tat so, als würde ich darin lesen, und dachte darüber nach, wie oft und wie extrem mein Beruf mich schon an die Grenzen der Belastbarkeit gebracht hatte. Derselbe Gedanke war mir am Morgen zuvor durch den Kopf gegangen, als ich einen schizophrenen Patienten in meine Station aufgenommen hatte. Der Mann war im Krankenhaus bekannt, ein ehemaliger Künstler, sanft und intelligent, der allmählich unter der destruktiven Macht seiner Krankheit zusammenbrach. Diesmal wurde er mit neuen Symptomen eingewiesen. Er war von der Polizei auf den Eisenbahnschienen aufgegriffen worden, wo er einem fahrenden Zug entgegengelaufen war. Ich kannte ihn gut. In meinem Sprechzimmer hing sogar ein Bild von ihm, ein Bild, das er vor vielen Jahren während seines ersten Aufenthalts im Krankenhaus in einer einmaligen Technik gemalt hatte.

»Wissen Sie, Frau Doktor, heute stehe ich allein gegen die ganze Welt. So fühle ich mich, und so wird es von nun an immer sein«, hatte er gesagt.

»Herr Lawrow, in der Vergangenheit hatte ich den Eindruck, dass wir einander gut verstehen. Ich will versuchen, Sie auch diesmal zu verstehen. Würden Sie mir bitte helfen und mir erklären, was genau Sie beabsichtigten, als sie dem Zug entgegengingen?«

»Sehen Sie, es gibt ein Rätsel, das ich unbedingt lösen muss. Seit fünf Jahren gelingt es mir nicht zu begreifen, was mit mir geschieht. Gut möglich, dass ich noch am Leben bin, aber es ist ebenso gut möglich, dass ich längst tot bin und nur zwischen dem Tod und irgendetwas anderem festhänge. Und es kann durchaus sein, dass alles, was ich erlebe, eine Art Illusion ist, die mir als Prüfung auferlegt wird. Was für eine Prüfung das ist, weiß ich allerdings nicht.«

»Und was wollten Sie auf den Eisenbahnschienen?«

»Wenn der Zug durch mich hindurchgefahren wäre, ohne dass sich etwas geändert hätte, dann hätte ich mit Sicherheit gewusst, dass ich tot bin; wenn er mich getötet hätte, wäre mir klar gewesen, dass ich vorher gelebt habe. Ich wollte mir Klarheit verschaffen.«

Um Zeit zu gewinnen und darüber nachzudenken, ob diese ungewöhnliche Geschichte einen seltenen Fall von nihilistischem Wahn darstellte und ob das wiederum eine Folge seiner Depressionen sein konnte, sagte ich zu ihm: »Aber Sie sind am Leben, Herr Lawrow. Glauben Sie mir, Sie leben. Das ist ganz offensichtlich.«

»Was ist daran so offensichtlich?«

Seine Antwort unterbrach mich in meinen Überlegungen und veranlasste mich, ihm meine ganze Aufmerksamkeit zu schenken. Ich wusste nicht, was ich sagen sollte.

Er schaute zu der Wand hinüber, wo sein Bild hing, und betrachtete es eine Weile. Es war ein Meisterwerk. Unter einem weiten, tiefblauen Himmel lag eine friedliche Landschaft sanfter grüner Hügel, die sich bis zum Horizont erstreckten. Die ganze Szenerie hatte etwas Surreales, etwas Überirdisches. Das Einzige, was an menschliche Existenz erinnerte, waren die beinahe fotografisch genau gemalten Schuhpaare, die auf den Hügeln standen. Es gab alle erdenklichen Arten von Schuhen in allen Größen und Farben. Herr Lawrow musste sich ausgiebig mit Schuhen befasst haben, bevor er das Bild malte. Das Bild trug den Titel *Unterdrückte Gefühle*, und es gefiel mir sehr.

»Sehen Sie, für Sie wird es offensichtlich sein, dass mein Bild eine tiefe symbolische Bedeutung besitzt. Bestimmt haben Sie schon mal mit jemandem darüber gesprochen, wie interessant es ist, dass ich unterdrückte Gefühle durch die Abwesenheit von Körpern darstelle.«

Er hatte Recht. Mindestens zweimal hatte ich mit meinen Kollegen ein solches Gespräch geführt.

»Für Sie ist das also ziemlich offensichtlich. Aber das hatte ich überhaupt nicht im Sinn, als ich das Bild gemalt habe. Ich habe die Schwerkraft gemalt. Die Erdanziehungskraft, der unsere Körper ständig ausgesetzt sind und die unsere Gefühle einschränkt. Ich dachte an Erfahrungen der Schwerelosigkeit, die durch die Dichte unserer Körper zunichte gemacht wird.

Um also auf unsere Diskussion zurückzukommen – was ist so offensichtlich daran, dass ich am Leben bin, dass alles und jeder um mich herum wirklich ist und keine Illusion? Wie können Sie mir das beweisen?« Er sah mich erwartungsvoll an und rieb sich die Schläfen.

Einen Augenblick lang brachte seine ernsthafte und kompromisslose Frage mich völlig aus dem Konzept. Sein Gedanke stellte meine sichere, verlässliche Wahrnehmung von den Dingen selbst in Frage, und in diesem Moment, des Bodens einer materiellen Realität beraubt, war meine Wahrnehmung geschwächt, rätselhaft, bedeutungslos und beängstigend verletzlich.

»Zuerst die Depression.« Dieser rettende Gedanke richtete meine Wahrnehmung wieder auf normale Dinge. Nihilistische Überzeugungen sind die Folge. Ich würde ihm also als Erstes ein Antidepressivum und ein Neuroleptikum geben und dann abwarten, wie es ihm in ein paar Tagen ginge, sagte ich mir im Stillen.

Aber nachdem Herr Lawrow mein Sprechzimmer verlassen hatte, dachte ich noch lange darüber nach, wie sehr mich solche Auseinandersetzungen mit Patienten an meine Grenzen brachten. In seinem Fall lag die Herausforderung mehr auf der intellektuellen Ebene.

Aber Katherines kleines Mädchen appellierte an meine Gefühle und forderte die Belastbarkeit meiner professionellen Distanziertheit heraus. Ich schaute Katherine an und sagte:

»Warum glauben Sie, Sie seien schuld an dem, was passiert ist?«

Nach kurzem Zögern redete sie wieder, als bliebe ihr keine Zeit, Luft zu holen: »Es ist meine Schuld, weil ich zugelassen habe, dass er es getan hat. Er war der Einzige in der Gegend, der ein Fahrrad besaß. Ich habe ihn so sehr darum beneidet. Ich war noch nie auf einem Fahrrad gefahren. Und wir hatten kein Geld, um ein Fahrrad zu kaufen. Ich hab ihn gebeten, mich damit fahren zu lassen, wenigstens ein einziges Mal. Schließlich war er mein Onkel. Er sagte, er würde mich nur damit fahren lassen, wenn ich es mit ihm tun würde. Ich hatte keine Ahnung, wovon er redete. Also stimmte ich zu und ging mit ihm in die Höhle. Es hat so wehgetan, aber noch schlimmer als die Schmerzen war die Scham. Ich habe kein Wort gesagt. Er hat mich auf sein Fahrrad gesetzt und mich nach Hause gefahren. Ich erinnere mich, wie ich auf dieser Fahrt gelitten habe. Seitdem bin ich nie wieder Fahrrad gefahren, und ich habe niemals jemandem davon erzählt.«

Sie schwieg einen Augenblick lang, doch ich spürte, dass sie noch etwas sagen wollte.

»Doch, einmal habe ich darüber gesprochen. Mit meinem Mann. Wir waren seit einem halben Jahr verheiratet. Und ich hatte gerade angefangen, mich in Sicherheit zu fühlen. Ich habe ihm meine Geschichte erzählt. Ich weiß nicht, was ich von ihm erwartet habe, aber was er tat, war schlimmer als alles, was ich mir hätte vorstellen können. Er hat mich an den Haaren ins Schlafzimmer geschleift und vergewaltigt. Und während er das tat, fragte er wie besessen immer wieder: ›Hast du dich damals so gefühlt? Ist es so ähnlich wie beim ersten Mal?‹ Danach habe ich zwei Wochen mit einem Schmerzsyndrom im Krankenhaus gelegen. Und ich habe ihn nie wieder gesehen seit dem Tag. Wir haben uns scheiden lassen. Meine Schmerzen sind zurückgekommen und nie wieder weggegangen. Wozu soll ich noch weiterleben, Frau Doktor?«

»Katherine, Sie müssen im Krankenhaus bleiben. Ich kann Sie jetzt nicht nach Hause gehen lassen. Und ich hoffe sehr, dass der Arzt, der morgen kommt, Ihnen helfen kann.«

Sie wirkte noch verängstigter.

»Ich will nicht hier bleiben. Ich will Schluss machen.

Sie können mich nicht einfach gegen meinen Willen hier behalten.«

»Doch, das kann ich, Katherine. Und ich werde es tun. Und eines Tages werden Sie mir dafür dankbar sein.«

Ich verließ das Untersuchungszimmer, ging in die Notaufnahme, schrieb meinen Bericht und gab ihn dem Bereitschaftsarzt.

»Nehmen Sie sie in der Psychiatrie auf, sobald ihre Herz-Kreislauf-Funktionen stabilisiert sind. Sie bleibt bei uns.«

Ich musste diesmal nicht laufen, um der Kälte zu entgehen. Gegen die Gefühle, die mich auf dem Rückweg zu meiner Station aufwühlten, konnten Minusgrade nichts ausrichten. Katherine brauchte dringend Hilfe. Ich spürte es tief in meinem Innern. Auf ihre unbeholfene Weise flehte sie um Hilfe, und ich hätte alles getan, um sie ihr zu geben. Sie war eines von vielen Gesichtern mit einer ähnlichen Geschichte. Ich hatte diese Geschichte schon oft gehört. Ich hatte schon ähnliche, schmerzverzerrte Gesichter gesehen, und ich wollte Katherine ebenso helfen wie ich vielen anderen Frauen vor ihr zu helfen versucht hatte. Aber die Mauer der Hilflosigkeit stand jetzt genauso vor mir wie in allen früheren Fällen. Ich fühlte mich machtlos angesichts der Tiefe von Katherines Verzweiflung. Das Leid, das sie immer begleiten würde, war wie ein Brunnen ohne Boden. Sie kannte es nicht anders. Woher sollte ich die Kraft und das Wissen nehmen, um sie aus diesem grenzenlosen Leid zu befreien? Darauf hatte ich keine Antwort.

Aber da war noch etwas anderes, etwas, das über mein Mitgefühl für Katherine hinausging, etwas, das mich zutiefst irritierte.

Während ich langsam über den schneebedeckten Pfad ging, spürte ich, wie in mir ein Gefühl der Unzufriedenheit und der Angst aufstieg. Geübt in Selbstbeobachtung wusste ich, dass sich unter meiner Angst etwas verbarg. Etwas, das ich beinahe zu fassen bekam, das mir jedoch zu ungeheuerlich und zu gefährlich erschien und sich deshalb meinem Bewusstsein wieder entzog. Mein Verstand wehrte sich nicht dagegen, es zu vergessen, und ich versuchte erst gar nicht zu ergründen, warum ich mich ängstlich und unsicher fühlte. Irgendwie spürte ich einfach, dass es besser war, es fallen zu lassen, zumindest vorerst.

Ich ging weiter über den zugeschneiten Pfad, und ich wusste in diesem Augenblick nicht, dass weit weg, in Usbekistan, im Herzen Asiens, außerhalb der Mauern von Samarkand, ein paar Leute zusammenkamen und den Beschluss fassten zu handeln. Auf meinem Weg über das Krankenhausgelände konnte ich unmöglich wissen, dass ich schon bald und völlig unerwartet zu denen gehören würde, die diesen Beschluss in die Tat umsetzen würden. Meine Ängste würden mir als Motor dienen, mit Bereichen vertraut zu werden, von deren Existenz ich noch gar nichts ahnte.

Kapitel zwei

Wie üblich nach dem Nachtdienst, nach zu wenig Schlaf, der mehr Erschöpfung als Erholung nach sich zog, schien mein Arbeitstag überhaupt kein Ende zu nehmen.

Aber schließlich waren die langen Stunden vorüber. Während ich meinen Mantel aus dem Spind nahm, ging ich noch einmal in Gedanken alle Anordnungen durch, die ich für meine Patienten getroffen hatte. Ich vergewisserte mich, dass alles getan war und ich nichts vergessen hatte.

Ich nahm meine Tasche und war im Begriff zu gehen, als die Tür aufgerissen wurde und eine junge Frau hereinkam. Fast drängte sie mich zurück in mein Zimmer. Sie lächelte selbstbewusst, als zweifelte sie nicht im Geringsten daran, dass ich mich freuen würde, sie zu sehen. Ich konnte mich nicht an sie erinnern. Sie kam mir bekannt vor und begrüßte mich wie eine alte Freundin. Es war mir ziemlich peinlich, mich nicht entsinnen zu können, wo ich sie schon einmal gesehen hatte.

»Hallo! Ich bin Mascha«, sagte sie mit einer tiefen, melodischen Stimme. Sie sah aus, als würde sie gleich lachen, so sehr amüsierte sie meine Verwirrung.

»Ich bin Mascha«, wiederholte sie, wobei sie ihren Namen betonte, als müsste er etwas Besonderes für mich bedeuten.

»Sie erinnern sich doch an mich, oder? Sie sind Olga, stimmt's? Wir sind uns noch nicht vorgestellt worden.«

Die Tatsache, dass sie nicht sicher wusste, wer ich war, und etwas an ihrem letzten Satz machten mich stutzig, und plötzlich fiel es mir wieder ein: ihr rosiges Gesicht, ihre Gestalt, die engen Jeans, ihre unglaubliche Präsenz – mit einem Mal sah ich das Bild wieder vor mir, und ich wusste, wer sie war. Ich war so verblüfft und erfreut, sie in meinem Sprechzimmer zu sehen, dass ich meine Tasche fallen ließ. Ohne meinen Mantel abzulegen, machte ich es mir auf meinem Lieblingsstuhl bequem und sagte: »Ich freue mich sehr, Sie offiziell kennen zu lernen, Mascha. Vielen Dank, dass Sie gekommen sind. Was kann ich für Sie tun?«

Sie setzte sich mir gegenüber, nahm eine Zigarette aus ihrer Handtasche und schaute sich nach einem Aschenbecher um. Sie benahm sich so selbstverständlich, dass ich ihr einfach nur wortlos zusah und mir Einzelheiten unserer ersten Begegnung in Erinnerung rief.

Eines Abends hatte bei mir zu Hause das Telefon geklingelt. Es war schon spät, sodass ich glaubte, es handle sich um einen Notruf. Ohne Einleitung und ohne sich für den späten Anruf zu entschuldigen, sagte eine tiefe, heisere Männerstimme: »Ich möchte mit Olga sprechen. Sind Sie das?«

»Ja. Wer möchte mich sprechen?« Ich überlegte, wer der Mann sein könnte, der mich spätabends so unfreundlich anredete, doch die Stimme war mir gänzlich unbekannt.

Er fuhr in demselben barschen, herablassenden Ton fort, als hätte er meine Frage gar nicht gehört.

»Man hat mir gesagt, Sie seien eine sehr interessante Frau, die interessante Dinge tut. Stimmt das?«

»Das kommt darauf an, welche Dinge Sie für interessant halten. Ich könnte mir vorstellen, dass wir da vielleicht einen unterschiedlichen Geschmack haben.«

»Oh, tut mir Leid. Ich habe mich gar nicht dafür entschuldigt, dass ich Sie so spät noch störe, und ich habe mich noch nicht einmal vorgestellt. Mein Name ist Smirnow. Ihre Telefonnummer habe ich von einem Ihrer Kollegen.« Er nannte mir den Namen eines Arztes, der mit mir zusammen im Krankenhaus arbeitete. Im Stillen verfluchte ich den, der meine Telefonnummer ohne meine Erlaubnis an einen Fremden weitergegeben hatte.

»Was kann ich für Sie tun, Herr Smirnow? Wenn ich überhaupt irgendetwas für Sie tun kann!« Ich hatte nicht vor, auf seine unerwartete Höflichkeit hereinzufallen. Seine barscher Tonfall klang immer noch in meinen Ohren nach und irritierte mich zutiefst.

»Wir betreiben psychologische Forschung in der Stadt. Ich dachte, es würde Sie vielleicht interessieren, unserem Laboratorium einen Besuch abzustatten. Wir leben in derselben Stadt wie Sie, und ich finde, alle fähigen Leute sollten einander kennen und miteinander Kontakt aufnehmen.«

Seine Schmeichelei trug nicht dazu bei, mich zu beruhigen, im Gegenteil, sie verstärkte meine Irritation.

Das ist einer, der glaubt, seine Intelligenz gibt ihm das Recht, alles zu manipulieren, dachte ich. »Da irren Sie sich, Herr Smirnow.« In meinem Kopf lief ein stummes Gespräch mit ihm ab.

Er redete unbeirrt weiter. Er erzählte mir von seinem Labor und von den Forschungsprojekten, an denen seine Leute dort arbeiteten. Ich hörte nur mit halbem Ohr zu, während ich krampfhaft überlegte, was ich mit diesem seltsamen Menschen anfangen sollte. Der Mann hatte irgendetwas, das mich davon abhielt, ihn einfach als einen machtlüsternen Manipulator abzutun. Er klang nicht wie diese Typen, die die staatlichen Institute bevölkerten, die versuchten, die Tiefen der menschlichen Psyche zu ergründen, um ihren ehrgeizigen, bürokratischen Vorgesetzten zu Gefallen zu sein.

Ganz deutlich spürte ich, dass dieser Mann in seinem Denken unabhängig war. Seine raue, tiefe Stimme verriet einen äußerst wachsamen Geist. Mein Eindruck, dass er eine außergewöhnliche Macht besaß, mischte sich mit einer Ahnung von Gefahr. Es war eine seltene, interessante Kombination.

»Also, Herr Smirnow, Sie haben mich davon überzeugt, dass Sie ein interessanter Mann sind, der interessante Dinge tut.«

Er lachte laut los.

»Sehen Sie, da haben wir ja schon eine Gemeinsamkeit entdeckt. Ich gebe Ihnen meine Adresse. Es ist zugleich meine Heimadresse und die des Labors.« Er diktierte mir die Adresse und erklärte mir, wie ich mit dem Bus dorthin gelangen konnte. Während ich seine Angaben notierte, ärgerte ich mich, dass er mich nun doch schon so weit gebracht hatte, etwas auf seine Anweisung hin zu tun.

»Vielen Dank. Aber ich werde vorerst sicherlich keine Zeit finden, Sie zu besuchen. Ich kann Ihnen also nichts versprechen.«

»Selbstverständlich nicht. Das müssen Sie auch nicht. Wir freuen uns auf Ihren Besuch. Gute Nacht.«

Eine Zeit lang vergaß ich den seltsamen Anruf, doch ein paar Tage später gingen mir die Einzelheiten des Gesprächs noch einmal durch den Kopf, und ich merkte, wie die Erinnerung eine gewisse Neugier in mir weckte. Ich wehrte mich gegen den Impuls, dorthin zu fahren, denn es schien mir keine vernünftige Entscheidung zu sein, aber die Neugier verwandelte sich schon bald in Angst. Ich spürte, dass ich keine Ruhe finden würde, ehe ich diesen Besuch hinter mich gebracht hatte. Es war, als verhießen seine Worte mir Erkenntnisse über mich selbst, an die ich mich unbedingt erinnern musste, die ich jedoch seit langem verdrängte. Nach reiflicher Überlegung sagte ich mir, dass Smirnow allem Anschein nach ein außergewöhnlicher Mensch war und ich mir die Chance nicht entgehen lassen sollte, ihn persönlich kennen zu lernen. Ich machte mich auf den Weg zu seinem Labor.

Es lag außerhalb der Stadt, eine halbe Stunde Fahrt mit dem Bus. Nowosibirsk, eine der größten Städte an der Transsibirischen Eisenbahn, »das Herz von Sibirien«, wie es von manchen genannt wird, ist eine riesige Metropole mit 1,5 Millionen Einwohnern, von denen die meisten bestrebt sind, möglichst nah am Zentrum zu wohnen, weit weg von den Industrievororten. Nur die Sommerferien verbringen die Leute in kleinen Dörfern außerhalb der Stadt. Ich hatte noch nie von jemandem gehört, der dort den Winter verbrachte.

Neugierig bestieg ich den Bus und machte mich auf zu der Adresse, die Smirnow mir diktiert hatte. Zu meiner Überraschung war das Laboratorium leicht zu finden. Der Bus hielt an einer einsamen, schneebedeckten Haltestelle, mitten im Wald. Ich war die Einzige, die dort ausstieg. Nachdem ich der Wegbeschreibung von Smirnow folgend von der Haltestelle aus ein paar hundert Meter weit in den Kiefernwald hineingegangen war, sah ich ein großes Haus, das sich deutlich von den leeren Holzbauten der Sommerhütten unterschied, die überall in der Gegend standen.

Es war ein altes sibirisches Haus, das aus der Zeit vor der Revolution von 1917 stammte, wahrscheinlich aus dem späten neunzehnten Jahrhundert. In der Stadt gab es nur wenige solcher Häuser, historische Überbleibsel sozusagen. Die meisten waren abgerissen worden, um Platz zu schaffen für vielstöckige Wohnhäuser.

Die alten Häuser stammten aus der Zarenzeit und waren von der sibirischen Aristokratie erbaut worden, von reichen Familien, die sich schöne, solide, weitläufige Villen leisten konnten, meistens mit kunstvollen Holzschnitzereien verziert.

Dieses Haus stand mitten im Wald, umgeben von all den Geräuschen, Gerüchen und Eindrücken, die man in der Stadt nicht findet. Alles war still und friedlich, hin und wieder waren Vogelrufe zu hören, und eine weiße unberührte Schneedecke lag über diesem entlegenen Ort. In der Stadt war der Schnee längst weggeschmolzen.

Langsam ging ich auf das Haus zu und blieb noch einmal stehen, um seine Schönheit zu bewundern. Die hohen Außenwände waren aus übereinander geschichteten Eichenstämmen errichtet, die sich mit der Zeit dunkel verfärbt hatten. Die Fensterrahmen waren mit prachtvollen Schnitzereien versehen. Wie in einem Märchen stieg weißer Rauch aus dem hohen Kamin und löste sich langsam über den schneebedeckten Nadelbäumen auf.

Ich brauchte Zeit, um mich auf diesen Ort einzustellen, der so anders war als das hektische Leben in der Stadt. Ich holte tief Luft und klopfte an die massive Eichentür, doch das alte Holz verschluckte mein Klopfen, es konnte in dem großen Haus unmöglich gehört worden sein.

»Treten Sie ein, die Tür ist offen«, rief eine Stimme aus dem Haus.

Ich öffnete die Tür und blieb unschlüssig auf der Schwelle stehen. Vor mir sah ich zwei hölzerne Treppen, eine führte nach oben und eine in den Keller.

»Kommen Sie nach unten, Olga.« Als ich Smirnows Stimme hörte, ging ich die Treppe hinunter, verwundert darüber, wie er hatte wissen können, dass ich an seine Tür geklopft hatte.

Ich gelangte nicht wie erwartet in den Keller, sondern ins Erdgeschoss, denn das Haus war an einen Hang gebaut, und die Eingangstür führte direkt in den ersten Stock.

Auf der letzten Stufe blieb ich einen Augenblick stehen, bevor ich meinen Fuß auf den mit Orientteppichen bedeckten Boden setzte. Ein Mann, der auf der gegenüberliegenden Seite des Raums stand, drehte sich zu mir um. Ich konnte sein Gesicht nicht deutlich erkennen. Er stand genau vor dem Fenster, sodass ich ihn nur im Gegenlicht sehen konnte. Seine Silhouette zeichnete sich gegen das Fenster ab, eine große, leicht gebeugte, schwarze Gestalt, eindrucksvoll in ihrer Reglosigkeit. Doch im nächsten Augenblick kam er mit schnellen Schritten auf mich zu und streckte mir seine Hand entgegen. »Freut mich, Sie endlich kennen zu lernen.«

Anstatt mir die Hand zu schütteln, nahm er meinen Ellbogen, um mir die letzte Stufe herunterzuhelfen. Ich zögerte einen Moment und ließ meinen Blick noch einmal durch diesen seltsamen Raum schweifen. Es war ein riesiger Wohnraum. An allen Wänden befanden sich Bücherregale, die vom Boden bis zur Decke reichten und an den Ecken abgerundet waren; es entstand der Eindruck, als sei das ganze Zimmer rund. Vor dem Kamin, in dem ein Holzfeuer brannte, wippte ein alter, mit einer braunen Kaschmirdecke gepolsterter Schaukelstuhl, so, als hätte sich gerade jemand daraus erhoben.

Drei gleiche, geschlossene Türen ließen auf angrenzende Räume schließen. Bis auf einen kleinen Tisch vor dem Fenster und einem Plastikstuhl daneben gab es keine weiteren Möbelstücke in dem Raum. Auf dem Tisch lag ein Stapel Papiere.

Die Einrichtung verwirrte mich. Teure, kostbare Teppiche auf dem Boden, alte, seltene Manuskripte, die gesammelten Schriften der russischen Klassiker, stapelweise Bücher in allen möglichen Sprachen – all das legte den Schluss nahe, dass der Eigentümer über unbegrenzte Mittel verfügte. Aber die Staubschicht, die auf allem lag, das nackte Fenster ohne Vorhang, die spärliche Möblierung, die Aschespuren auf dem Parkett vor dem Kamin bezeugten eine Nachlässigkeit in der Pflege dieses Hauses, die mich irgendwie beunruhigte.

Ich nahm Smirnows Hand und trat von der Stufe. Sein Gesicht war jetzt direkt vor mir, und ich konnte ihn deutlich sehen. Er wirkte überraschend vertraut. Ich war mir fast sicher, dass wir uns schon einmal begegnet waren. Er hatte eine ausgesprochene Hakennase, wache, dunkelbraune Augen, buschige Brauen und eine von Falten zerfurchte Haut. Er kam mir bekannt vor. Seine freundliche Art und seine tiefe, sonore Stimme verstärkten diesen Eindruck noch und gaben mir trotz meiner anfänglichen Zweifel Vertrauen.

»Möchten Sie ein Glas Wein?«, fragte er gut gelaunt.

In Russland ist es nicht üblich, mitten am Tag Wein anzubieten, außer vielleicht zum Mittag- oder Abendessen.

»Nein, danke«, sagte ich, sein unerwartetes Angebot gab mir erneut Anlass, auf der Hut zu sein.

»Sie halten mich für ganz schön durchtrieben, stimmt's?«

»Sind Sie das etwa nicht?«

»Vielleicht, aber nicht im Augenblick. Ich möchte Sie beeindrucken, und es gibt einen Grund, warum ich das möchte.«

»Diese Antwort allein hat schon etwas ziemlich Durchtriebenes«, erwiderte ich.

»Ja, da haben Sie wahrscheinlich Recht.« Er lachte, und ich merkte, wie schnell sein Lachen meine Anspannung löste.

»Ich würde Ihnen gern mein Büro zeigen, bevor ich Sie durch mein Laboratorium führe.«

Er öffnete eine der drei Türen, und wir betraten ein kleines, fensterloses Zimmer, das von einer Deckenlampe beleuchtet wurde. Auf einem Tisch stapelten sich Papiere und fotokopierte Diagramme. An der Wand hinter dem Tisch hing ein riesiges Ölgemälde von einer nackten Frau auf einem Stuhl. Sie schaute mich an, so, als wüsste sie genau, welch schockierenden Anblick sie bot.

»Das ist meine Frau«, bemerkte Smirnow beiläufig. »Sie wird uns gleich Tee bringen.« Die Frau auf dem Bild war beinahe unnatürlich schön. Ihr anmutiger Körper besaß klassische Proportionen, ihr dickes, schwarzes Haar fiel lose auf ihre bleichen Schultern, und aus ihren Augen sprach das Wissen um ihre Schönheit.

Über dem Bild war ein weißes Stoffband an der Wand befestigt, auf dem in roten Buchstaben geschrieben stand: »Alles ist in Verständigung begriffen.« Der Spruch war ebenso seltsam wie das Portrait.

»Da ist sie ja«, sagte Smirnow, als sich die Tür auf der anderen Seite des Zimmers öffnete und eine Frau mit einer Teekanne und zwei Tassen auf einem Tablett eintrat.

»Darf ich vorstellen: meine Frau Anastasia«, sagte Smirnow.

Die Frau stellte das Tablett vorsichtig auf dem Tisch ab und reichte mir die Hand. Ich war so schockiert, dass ich eine Weile brauchte, um ihre Hand zu ergreifen. Die Frau, die vor mir stand, hatte nichts gemein mit der strahlenden Schönheit, die uns immer noch von der Wand aus betrachtete. In natura war sie eine typische russische Hausfrau in den mittleren Jahren, klein, rundlich, ungeschminkt, mit grauen, ungekämmten Haaren und einer Brille in ihrem ausdruckslosen Gesicht. Ich schüttelte ihr die Hand, bemüht, höflich zu sein, konnte jedoch nicht umhin, immer wieder zu dem Ölgemälde zu schauen. Anastasia bemerkte meinen Blick, und da ich offenbar nicht die Erste war, die so reagierte, lachte sie und sagte leise: »Es stimmt schon. Das bin ich. Und es stimmt auch, dass alles in Verständigung begriffen ist. Verständigung ist Magie. Es ist ein wahrhaft magisches Portrait.«

Einen Augenblick lang schaute sie mich an, dann, bevor sie das Zimmer verließ, sagte sie: »Ich weiß mich zu verändern.«

Mit diesen Worten verschwand sie und ließ mich allein mit ihrem Mann, der sich keine Mühe gab, sein Vergnügen über meine Verwirrung zu verbergen.

Ich nahm eine Tasse Tee von dem Tablett, um die Situation zu entspannen. Außerdem brauchte ich etwas, um mich abzulenken, etwas, das mich davon abhielt, sofort herauszufinden, was diese Vorstellung zu bedeuten hatte.

»Ich möchte Ihnen etwas verraten«, sagte Smirnow, beugte sich über seinen Schreibtisch und sah mich ernst und fast einschüchternd an.

Der Tee war zu heiß, und ich nippte vorsichtig daran, wartete darauf, dass er fortfuhr.

»Unsere wirkliche Gemeinsamkeit besteht darin ...« Er blickte mir schweigend in die Augen und ließ mich spüren, dass der Abgrund der Verwirrung, die ich erlebt hatte, erst die Oberfläche war. Ich hatte nicht vor, mich auf sein Spiel einzulassen, also nippte ich weiter an meinem Tee und schwieg.

»Sehen Sie? Sie wollen sich nicht den Regeln eines anderen unterwerfen. Ich biete Ihnen einen Dialog an, und Sie schweigen stur. Wenn ich nicht so gesprächig wäre, würden Sie wahrscheinlich all Ihre psychiatrischen Tricks anwenden, um mehr aus mir herauszubekommen.«

»Wahrscheinlich«, räumte ich ein, stellte jedoch zu meiner Überraschung fest, dass ich mich wesentlich wohler dabei fühlte, ihn weiterhin schweigend anzusehen und an meinem Tee zu nippen.

Er lachte wieder.

»Es geht um Freiheit, Olga. Es ist der Durst nach Freiheit, der uns einander ähnlich macht. Dass Sie nach Ihren eigenen Regeln spielen wollen, ist nur die Spitze des Eisbergs, der Sie durchs Leben trägt. Der eigentliche Eisberg besteht aus Tonnen von begrabenen Vorsätzen, Entscheidungen, Gefühlen, ehrgeizigen Plänen, die alle unterschiedlich sind, aber als ein Gebilde in ein und dieselbe Richtung treiben: auf die einsame Insel zu, an deren Ufer sich ein riesiges Schild befindet, auf dem in Großbuchstaben das Wort FREIHEIT steht. Und von diesem Ziel lassen Sie sich keinen Millimeter weit abbringen.«

»Sie lieben Schlagworte, stimmt's?«, sagte ich. Ich war viel eher bereit, dieses Gespräch abzubrechen, als es fortzuführen, und ich fragte mich im Stillen, was ich an diesem seltsamen Ort zu suchen hatte und warum in aller Welt ich überhaupt hergekommen war.

»Der Verstand kennt viele Ausdrucksformen. Schlagworte eignen sich vorzüglich als Ausdrucksform, und sie können zugleich sehr beeindruckend sein.« Und dann, ohne Überleitung, fragte er: »Soll ich Sie jetzt durchs Haus führen?«

Vorsichtig stellte ich meine Tasse auf dem Silbertablett ab und folgte Smirnow, der die Tür zum Wohnraum geöffnet hatte, bevor ich dazu kam, ihm eine Antwort zu geben.

Die Struktur des Hauses war ungewöhnlich. Anscheinend führten von dem großen Wohnraum aus Türen zu verschiedenen Zimmern, die untereinander keine Verbindungstüren besaßen. Die beiden Türen neben der, die in sein Büro führte, waren immer noch geschlossen. Smirnow stand in der Mitte des Raums und schaute mich an, den Schalk in den Augen.

»Welche dieser beiden Türen möchten Sie als Erste öffnen?«

In diesem Augenblick wurde mir klar, warum das

Verhalten dieses Mannes mich so irritierte. Irgendwie hatte er das Streben nach Freiheit und Unabhängigkeit zu Recht als meine grundlegende Charaktereigenschaft erkannt. Diese Erkenntnis benutzte er zu seinem eigenen Vorteil, wenn er mir keine Wahl ließ, und er manipulierte diese meine Charaktereigenschaft, um mich dazu zu bringen, dass ich nach seinen Regeln spielte.

»Sie sind der Hausherr, Herr Smirnow. Ich bin Ihr Gast, ich werde Ihnen folgen.«

Er lächelte, als hätte er keine andere Antwort von mir erwartet, und nach kurzer, gespielter Unschlüssigkeit trat er auf die Tür zu seiner Rechten zu, die der Tür zu seinem Büro gegenüberlag.

All das hatte meine Neugier geweckt. Seine Technik funktionierte, wie ich zugeben musste, während ich ihm durch die Tür folgte. Irgendwie fühlte ich mich beeindruckt, und meine Erwartungen waren wesentlich höher, als sie gewesen wären, wenn er mich einfach ohne viel Federlesens in dem Haus herumgeführt hätte.

Als er durch die Tür ging und den nächsten Raum betrat, änderten sich seine Bewegungen, seine ganze Körperhaltung drückte eine andere Dynamik aus. Er ging jetzt fast auf den Zehenspitzen, bemüht, so wenig Geräusche wie möglich zu machen. Er bewegte sich mit äußerster Vorsicht.

Ich folgte ihm und betrat einen abgedunkelten Raum, in dem ich zunächst nichts erkennen konnte. Doch als sich meine Augen an die Dunkelheit gewöhnt hatten, sah ich, dass ich mich in einem Raum befand, der kaum kleiner war als der Wohnraum.

Es war schwer zu sagen, ob der Raum Fenster hatte, denn die Wände waren mit schwarzem Samt verhängt. An zwei gegenüberliegenden Wänden hingen große Spiegel, in denen sich bläuliches Licht spiegelte, das von kleinen Bodenlampen verströmt wurde.

Wo die Lichtstrahlen sich kreuzten, sah ich zwei schwere Holzstühle einander gegenüberstehen, wie für zwei Leute gedacht, die ein wichtiges Gespräch führen wollten. Aber was ich tatsächlich dort sah, war sehr beunruhigend. Eine Frau lag zwischen den beiden Stühlen. Ihr Kopf war auf ein weiches Kissen auf dem linken Stuhl gebettet, ihre Füße lagen auf dem rechten. Ihr Körper wurde nur an diesen beiden Punkten gehalten – am Hinterkopf und an den Füßen –, und es sah so aus, als würde sie frei schweben, schwerelos und erstarrt.

Obwohl ich schon Vorstellungen von Hypnotiseuren besucht hatte, die wesentlich eindrucksvollere Tricks vorführten als diesen, waren die befremdenden Gefühle, die ich beim Anblick dieser Szenerie empfand, äußerst nachhaltig. Das Mädchen war sehr schön und sehr jung, wahrscheinlich noch nicht einmal zwanzig. Ihr Gesicht und ihre Figur waren nicht besonders feingliedrig. Sie hatte die gesunde, rotwangige Ausstrahlung einer Dorfschönheit, die wohlgenährt und unberührt von der Zivilisation aufgewachsen war: breite Wangenknochen, eine kräftige Nase, wunderschön geschwungene Lippen, dunkle, buschige Augenbrauen, die ihre geschlossenen Augen einrahmten, und dichtes, langes schwarzes Haar.

Sie trug ein pinkfarbenes T-Shirt und eng anliegende Jeans. Sie schlief tief und ruhig, als läge sie bequem und warm zu Hause unter ihrem Gänsedaunenplumeau. Sie erinnerte mich an die Heldin eines russischen Märchens, die von einem bösen Zauberer hypnotisiert und in dessen leeres Schloss verschleppt worden war, wo der grausame Tyrann sie sich zu Diensten machte, ohne dass sie etwas davon mitbekam. In diesem Augenblick trat Smirnow dicht an sie heran und verstärkte meine Imagination: Er wirkte wie der Zauberer aus dem Märchen. Smirnow beugte sich über die Schlafende, betrachtete ihr Gesicht, versuchte, geringste Veränderungen festzustellen. Nachdem er sich vergewissert hatte, dass sie ruhig und reglos dalag und ihre Entrückung durch unser Eintreten nicht gestört worden war, richtete er sich wieder auf.

Ich trat ein paar Schritte näher und betrachtete die junge Frau. Smirnow beugte sich erneut über sie und berührte das kleine Muttermal auf ihrer linken Wange. Es war eine zärtliche Berührung, aber irgendwie hatte es den Anschein, als berührte er mehr als nur Haut, als würde sein Zeigefinger bis in die Tiefen ihrer Gesichtsmuskeln eindringen. Gleichzeitig war es, als würde er sie mit dem Finger küssen. Das war seltsam. Er drückte fester zu, worauf sie tief Atem holte, den Atem eine Weile anhielt und dann wieder in den langsamen Atemrhythmus der Schlafenden fiel.

Nachdem er sich davon überzeugt hatte, dass alles so aussah, wie es sollte, bedeutete Smirnow mir, ihm durch eine der Eingangstür gegenüberliegende Tür zu folgen.

Ich bekam keine Gelegenheit, mir die junge Frau genauer anzusehen, aber trotz ihrer Reglosigkeit und ihres Tiefschlafs wurde ich das Gefühl nicht los, dass sie unser Erscheinen und vor allem meine Anwesenheit mitbekommen hatte und wusste, dass jemand im Raum war, der neu und fremd war und anders als Smirnow, der Meister, den ihr Körper kannte.

Beim Hinausgehen fiel mir ein dunkelbraunes Klavier auf, das in der Ecke hinter den beiden Stühlen mit dem schlafenden Mädchen stand. Ich fragte mich, ob es zum Musizieren in der Freizeit benutzt wurde oder als Hilfsmittel zur Hypnotisierung von Leuten, die in diesen Raum geführt und auf die beiden Stühle gelegt wurden.

Als wir den Raum verließen, änderte sich Smirnows Haltung erneut, und er bewegte sich wieder so lässig und entspannt wie anfangs. Sein Besuch in dem Zimmer, seine Aufmerksamkeit und alle Einzelheiten seines Verhaltens in dem Raum hatten mir gezeigt, wie wichtig die junge Frau und ihr Zustand für ihn waren, und wie viel ihm daran lag, dass dieser Zustand erhalten blieb. Er hatte meine Anwesenheit kaum noch wahrgenommen, während er die junge Frau betrachtet und Veränderungen an ihr überprüft hatte, die nur er erkennen und verstehen konnte. Und während der ganzen Zeit war er äußerst konzentriert gewesen. Die Art, wie er sich durch den Raum bewegt hatte, und seine Art, mit der jungen Frau zu kommunizieren, hatten mir gezeigt, wie wichtig ihm das alles war, dass er eine Menge Energie in diese Sache investierte, ja, dass er beinahe davon abhängig war. Ich fragte mich, warum das alles für ihn eine solche Bedeutung hatte, doch ich fand keine Antwort.

Wir betraten einen weiteren Raum, der als Einziger der besichtigten Räume zu Smirnows ursprünglicher Bezeichnung seiner Forschungsstätte passte. Dies war ein echtes »Labor« mit drei Plastiktischen, die nebeneinander an einer Wand standen, auf den Tischen große Computerbildschirme, die rhythmisch flackerten. Niemand befand sich in dem Raum. Die Geräusche der Computer und die blauen Bildschirme erweckten den Eindruck, als führten die Computer ein Eigenleben, als wüssten sie, was sie zu tun hatten, und als verrichteten sie ihre Arbeit ohne menschliches Dazutun. Die Rechner waren durch alle möglichen Kabel miteinander verbunden. Das Ganze erinnerte mich an einen EEG-Raum, und zwar an einen besser ausgestatteten als die, die ich bisher gesehen hatte. Der Eindruck wurde noch verstärkt durch eine schmale, schwarze Liege, die den Schluss nahe legte, dass die Arbeit in diesem Raum zumindest hin und wieder mit Menschen zu tun hatte, die sich auf diese Liege legten.

»Das ist mein ganzer Stolz«, erklärte Smirnow und deutete auf die Computer. »Mein Lebenswerk, wenn Sie so wollen. Vielleicht interessiert es Sie, mehr über dieses Programm zu erfahren. Menschen in Ihrem Beruf…« Er ließ einen Augenblick verstreichen und fuhr dann fort: »… Menschen Ihres Charaktertyps finden diese Art von Arbeit häufig sehr interessant.« Er trat an einen Bildschirm, auf dem ein Oval auf blauem Grund zu sehen war.

»Hier kartieren wir das Gehirn in der Hoffnung, den menschlichen Geist dokumentieren zu können«, erklärte er. »Wir zeichnen elektrische Signale der Gehirnaktivität auf, das Programm analysiert diese Signale und zeigt uns, wie das Gehirn arbeitet. Wir versuchen, den Fokus des Bewusstseins zu verstehen, den Sitz der Aufmerksamkeit, wenn ich das so sagen darf. Wenn es uns gelingt, all das zu begreifen, wird uns das, so glauben wir, unbegrenzte Möglichkeiten eröffnen.«

Ich betrachtete den Bildschirm. Innerhalb des Ovals pulsierten einige winzige Sterne. In rhythmischem

Intervall verwandelten sich Punkte in Sterne und dann wieder zurück in kleine Punkte.

»Was Sie sehen, sind die Signalpunkte des Bewusstseins, die zuvor aufgezeichnet wurden. Das Programm hat sie analysiert und gespeichert. Es handelt sich um die Gehirnaktivität der jungen Frau in dem anderen Raum. Sie heißt Mascha. Sie hat vor einiger Zeit, in der sie eine ungewöhnliche Geistesverfassung erlebte, hier gearbeitet. Ist es nicht faszinierend, wie die Technik unsere Erfahrungen im Detail erfassen kann, indem sie Maschas Zustand speichert, die währenddessen etwas völlig anderes erlebt? Ich finde es so spannend wie die Überwindung der Zeit. Und das ist erst der Anfang dessen, was wir vorhaben. Aber sehen Sie sich diesen Bildschirm an, Olga. Fällt Ihnen nichts Seltsames auf?«

Ich betrachtete den Bildschirm. Was ich sah, war mir nicht vertraut, doch ich konnte nichts Ungewöhnliches entdecken.

»Eigentlich nicht«, sagte ich.

»Sind Sie sicher? Sehen Sie genauer hin.«

»Warum sagen Sie mir nicht einfach, was Sie meinen, Herr Smirnow? Das wird uns Zeit sparen – dann brauchen wir sie gar nicht mehr erst zu überwinden.«

Er lachte leise und schaute mich gütig an, als wäre ich eine nahe Verwandte, die er lange verloren geglaubt und endlich wiedergefunden hatte.

»Weil es uns den Spaß verderben würde. Versuchen Sie, es selbst zu entdecken«, sagte er sanft.

Die Veränderung in seinem Ton war kaum merklich, aber sie hatte eine starke Auswirkung auf mich. Die Sanftheit seiner Stimme löste eine warme Welle der Erwartung in mir aus, als verspräche sie mir die Lüftung eines bedeutungsvollen Geheimnisses.

»Wir haben es hier mit dem größten Mysterium unserer Existenz zu tun, Olga, mit unserer wundersamen Subjektivität, mit unserem kaum fassbaren Selbst, das immer da ist und das noch nie wirklich verstanden wurde. Wir unternehmen große Anstrengungen, um die Persönlichkeit und ihre unterschiedlichen Triebkräfte zu beschreiben. Aber die Persönlichkeit ist nicht das Selbst, auch wenn wir es gemeinhin annehmen. Es handelt sich um zwei qualitativ verschiedene Phänomene.« Er schwieg einen Augenblick lang und fuhr dann in einem bedächtigeren Tonfall fort. »Die Persönlichkeit ist eine Wolke, und zwar eine ziemlich kleine, trotz unserer Bemühungen, sie aufzubauschen. Und diese Wolke schwebt über dem weiten Land, dem Geist des *Homo Sapiens*. In diesem Land gibt es Blumenwiesen und dunkle Wälder, Wüsten und Berge und kleine Seen. Dieses Land möchte ich mit meinem Programm kartographieren.« Die ganze Zeit über blieb sein Blick auf den Computerbildschirm geheftet.

»Man lernt, die Wolke der Persönlichkeit auseinander zu reißen und zu sehen, was übrig bleibt. Das ist es, was wir hier aufzeichnen. Der Punkt des realen Selbst, der Sitz des Bewusstseins. Fällt Ihnen vielleicht jetzt etwas Seltsames auf?«

Seine Erläuterungen hatten dazu geführt, dass ich mich intensiver auf den pulsierenden Bildschirm konzentrierte. Irgendwie wurden seine Worte auf der erleuchteten Oberfläche widergespiegelt, und der Bildschirm mit den glitzernden Sternen schien Maschas Erlebnisse von neuem aufzuzeichnen, obwohl sie nicht mit uns im Raum war.

Die Empfindung von etwas Geheimnisvollem erfasste mich und führte zu einer unmittelbaren Erkenntnis. Mit einem Mal wusste ich, wovon er redete.

»Da sind mehrere. Auf dem Bildschirm sind mehrere Sterne zu sehen, obwohl sie nur eine losgelöste Erfahrung macht. Meinen Sie das? Es gibt mehr als ein Selbst; es gibt vielfältige Punkte der Subjektivität.«

»Ganz genau«, sagte er, offenbar erfreut über meine Antwort. Dann fuhr er fort: »Aber nicht jede Erfahrung ergibt ein solches Bild. Keiner unserer täglichen Zustände würde sich derart dokumentieren. Egal wie viel Selbstgespräche man führt, egal wie verwirrt man ist oder wie viele Zweifel einem kommen, es gibt immer nur ein dominantes Zentrum, das in dem Augenblick der Sitz des Bewusstseins ist. Was Mascha hier erlebt hat, war eine Spielart der Schlaflähmung. Es ist ein Teil ihrer natürlichen Erfahrung, und ich habe ihr geholfen, diese weiterzuentwickeln. Sie kann ihre Muskeln nicht bewegen; sie kann in diesem Zustand nicht sprechen. Lebhafte Bilder erreichen ihr Bewusstsein, und sie erlebt sie, als wären sie tatsächlich in ihrem Zimmer vorhanden und würden in Kontakt zu ihr treten. Dann zeichnet das Programm vielfache Erscheinungsformen ihres Selbst auf. Das sind Beobachtungen, die uns eine Menge zu denken geben.« Er wirkte ganz aufgeregt.

Ich dachte darüber nach, warum Mascha sich diesen Experimenten unterzog, und konnte nicht umhin zu fragen: »Wie fühlt sie sich dabei? Fühlt sie sich wohl, oder empfindet sie Angst?«

Smirnows Gesicht entspannte sich, nachdem er meine Frage gehört hatte, und er wurde wieder kühl und distanziert. »Wahrscheinlich empfindet sie Angst. Aber es bleibt uns keine Wahl. Wir müssen es tun.« Mit dieser ausweichenden Antwort deutete er auf die Tür, um mir zu verstehen zu geben, dass unser Aufenthalt in dem Raum beendet war.

Ich folgte ihm hinaus, überzeugt, dass ich keine weiteren Details von ihm zu erwarten hatte.

Wir gelangten in eine geräumige Küche mit einem großen, massiven Eichentisch in der Mitte und einem riesigen Herd, auf dem einige Töpfe standen. Anastasia stand vor einem großen Topf, dessen köchelnder Inhalt einen köstlichen Duft verströmte, und plötzlich wirkte dieses Haus mit seinen seltsamen Bewohnern gemütlich, vertraut und vertrauenswürdig.

An einem Ende des Tisches saßen zwei junge Männer, die aus großen Gläsern Rotwein tranken und dazu Würste aßen. Der gusseiserne Aschenbecher zwischen ihnen war randvoll mit Zigarettenkippen. Die beiden blickten kurz auf, als wir eintraten; offensichtlich war man in diesem Haus die Anwesenheit von Fremden gewohnt. Niemand schenkte mir besondere Beachtung.

Smirnow bedeutete mir, am anderen Ende des Tisches in einiger Entfernung von den miteinander redenden Männern Platz zu nehmen. Er nickte den beiden kurz grüßend zu und sagte leise zu mir, bevor er sich setzte: »Der Mann links von mir ist Viktor, einer unserer besten Computerfachleute. Und rechts von Ihnen sitzt unser amerikanischer Freund, der aus Kalifornien zu Besuch ist. Er heißt Phil.«

Viktor warf mir einen kurzen Blick zu und machte eine kaum merkliche Kopfbewegung, als wollte er mich flüchtig grüßen. Phil lächelte mich höflich an, nahm jedoch dann sein Gespräch mit Viktor wieder auf.

Phil sprach russisch, und er bemühte sich tapfer, schnell zu sprechen, um mit Viktor mitzuhalten. Er wollte zeigen, dass er die Sprache fließend beherrschte. Aber er musste sich häufig unterbrechen, um sich zu korrigieren oder nach anderen Worten zu suchen.

»Also, Olga ... Wie ist Ihr Eindruck bisher?«, fragte Smirnow und senkte seinen Kopf, sodass seine braunen Augen auf gleicher Höhe mit meinen waren. Er schaute mich an, ohne zu blinzeln, und sein Gesichtsausdruck verriet nicht, was er dachte.

»Mein Eindruck wovon?«

»Von unserem Haus, unserer Arbeit, unseren Leuten. Haben Sie irgendeine Meinung dazu?« Er war bemüht, seine Frage beiläufig klingen zu lassen.

»Ich glaube, ich habe noch nicht genug gesehen, um mir eine Meinung zu bilden. Dies hier ist zweifellos ein ungewöhnlicher Ort, und Ihre Leute scheinen interessante Menschen zu sein. Aber ich habe keine Ahnung, was Sie hier machen.«

Ich merkte, wie Viktor, der auf der anderen Seite des Tischs links von Smirnow saß, kurz zu mir herüberschaute. Ich wusste, dass er meine Antwort irgendwie mitbekommen hatte. Der Blick dauerte nur einen kurzen Moment, dann nahm er sein Gespräch mit Phil wieder auf.

»Wir machen verschiedene Dinge«, fuhr Smirnow etwas leiser fort. »Wir helfen Menschen, gesund zu werden.«

»Das klingt vielversprechend. Es ist dasselbe, was auch ich zu tun versuche. Also erzählen Sie mir, wie Sie vorgehen.«

Eine Weile sah er mich schweigend an, und obwohl ich spürte, dass er mich mit seinem Blick verunsichern wollte, fühlte ich mich erstaunlich ruhig. ›Wahrscheinlich habe ich mich mittlerweile an seine Art gewöhnt‹, sagte ich mir im Stillen.

»Sie haben doch Mascha in dem einen Zimmer gesehen?«

»Sie war nicht zu übersehen.«

»Sie ist eine außergewöhnlich talentierte junge Frau, die ohne unsere Hilfe verloren wäre. Vermutlich würde sie sich jetzt betrunken am Bahnhof herumtreiben, von Männern belästigt werden, wahrscheinlich wäre sie krank und würde darüber nachdenken, wie sie ihrem Leben ein Ende bereiten könnte – wenn sie uns nicht hätte, wenn sie die Unterstützung und die Zuwendung nicht bekäme, die wir ihr hier geben.«

»Sie auf die Stühle zu legen ist also eine therapeutische Maßnahme?«, fragte ich Smirnow, obwohl ich mir das schwerlich vorstellen konnte.

»Nein, das ist es nicht«, bestätigte Smirnow meine Annahme. »Sie arbeitet für mich. Sie macht eine bestimmte Art von Arbeit, die auch für sie einen therapeutischen Effekt haben kann, aber ihr Ziel ist zurzeit ein anderes. Damit will ich sagen, allein dadurch, dass sie mit uns zusammen ist, dass sie ein Mitglied unserer Gruppe ist, unsere Ziele und unsere Visionen teilt, wird sie geheilt. Und glauben Sie mir, ihr Weg zu wirklicher Heilung ist lang bei all den Wunden, auch den unsichtbaren, an ihrem Körper und ihrer Seele.«

Ich bemerkte, wie Viktor, ohne sein Gespräch zu unterbrechen, erneut kurz zu uns herüberschaute. In dem Augenblick, als sich unsere Blicke begegneten, hörte ich ihn sagen: »Du hast absolut Recht. Das ist unser Ziel und unsere Mission. Und wir glauben, dass wir jenseits des Ozeans interessierte Partner finden können, die unsere Ziele und unsere Überzeugungen teilen und die großes Interesse daran hätten, unsere Resultate zu sehen.«

Ich konnte nicht hören, was Phil darauf antwortete, da Smirnow weiterredete.

»Darum geht es uns, Menschen zu heilen und ihnen zu helfen, mit sich ins Reine zu kommen, sodass sie wiederum anderen Menschen helfen können. Wir arbeiten hauptsächlich mit menschlicher Wahrnehmung, versuchen die geometrischen Muster zu entschlüsseln, die die Wahrnehmung steuern, und dabei lernen wir, diese Muster durch bessere zu ersetzen. Dazu benutzen wir unterschiedliche Hilfsmittel, sowohl physische als auch psychische. In Maschas Fall bin ich dabei, die Verletzungen zu heilen, die ihre Familie ihr zugefügt hat. Sie hat mir Dinge erzählt, die sie noch nie jemandem erzählt hat. Sie hat mir von Erlebnissen berichtet, deren sie sich nicht einmal bewusst war, bis sie mit mir eines Tages darüber gesprochen hat. Und das ist sie heute – eine talentierte, hilfsbereite junge Frau, zufrieden und selbstbewusst und mit einer Energie, von der andere Leute nur träumen können. Ist das nicht eine wunderbare Verwandlung?«

»Ich hoffe es.«

»Zweifeln Sie daran?«

»Nein, ich zweifle nicht daran.« Ich hörte eine enthusiastische Antwort von Phil, als hätte er Smirnows Frage mitbekommen. Aber als ich ihn anschaute, sah ich, dass er immer noch in sein Gespräch mit Viktor vertieft war.

»Ich habe nicht die geringsten Zweifel«, wiederholte Phil. »Ich weiß ... ich weiß, dass du an diesem Punkt Recht hast. Ich frage nur, warum zeigst du nicht mehr?

Warum zeigst du mir nicht mehr, damit ich dich besser verstehen kann?« Seine Stimme klang unsicher, und sein Russisch wurde merklich schlechter.

»Warum erzählen Sie mir nicht ein bisschen mehr?«, fragte ich Smirnow.

»Ich kann Ihnen alles erzählen, was Sie wollen. Wissen Sie denn, was Sie wirklich wissen wollen?«

»Nun, was ist die Aufgabe dieses Hauses? Ist es ein Heilungszentrum? Ein Forschungszentrum? Eine soziale Einrichtung?«

»Wir sind das alles gleichzeitig. Auf all diesen Gebieten arbeiten wir, und zwar sehr effektiv.«

Nach kurzem Überlegen fuhr er fort: »Kommen Sie doch einfach noch ein paar Mal her, arbeiten Sie an unseren Projekten mit, dann können Sie selbst sehen, wie nützlich wir sind und wie nützlich Sie sein können, wenn Sie sich beteiligen.«

»Vielen Dank. Aber offen gesagt gefällt mir diese Idee nicht. Wahrscheinlich sollte ich Ihnen ein paar Gründe nennen. Ich weiß, dass es nicht besonders freundlich ist, jemandem, der einen einlädt, sein Gast zu sein, zu sagen, dass man sich als Gast nicht wohl fühlt, aber so ist es nun mal. Ich möchte ehrlich zu Ihnen sein, Herr Smirnow. Es ehrt mich, dass Sie mich eingeladen und mir ein bisschen von dem gezeigt haben, was Sie hier machen, aber ich sehe keine Möglichkeit, mich an Ihren Projekten und Ihrer Arbeit zu beteiligen.«

»Manche Menschen fürchten sich davor, geheilt zu werden. Das wissen Sie, nicht wahr?«

»Ja, das weiß ich. Aber bei mir ist das nicht der Fall. Ich fühle mich einfach nicht wohl bei dem Gedanken. Das ist alles. Mehr nicht. Außerdem gibt es bei mir nicht viel zu heilen.«

»Wirklich nicht?«

»Du wirst dich viel wohler fühlen mit dem, was hier passiert«, sagte Viktor. Es klang, als hätte seine Antwort mir gegolten, aber als ich aufblickte, sah ich, dass er immer noch mit Phil sprach.

»Es geht nicht darum, ob ich mich wohl oder unwohl fühle«, fiel Phil ihm ins Wort. »Es geht darum, dass ich versuche zu verstehen, wie ihr hier lebt, wie ihr arbeitet, wie ihr euch selbst erlebt und alles andere um euch herum. Ich bin kein Finanzexperte und auch nicht talentiert in der Verwaltung von Netzwerken. Die Welt der Geschäftsleute ist genau das, wovor ich geflüchtet bin. Und jetzt sitze ich hier in Sibirien, leichtgläubig und offenherzig, Herrgott noch mal, und du erzählst mir denselben Mist, der mir in Kalifornien schon auf die Nerven gegangen ist.« Phils Russisch wurde mit jedem Satz schlechter, sodass er schließlich ins Englische überwechselte.

»Okay, reg dich nicht auf, bleib ganz ruhig.« Jetzt war es Smirnow, der in perfektem Englisch mit Phil redete.

»Erfahrung ist das, worauf es uns ankommt. Das weißt du. Du hast hier in Sibirien gute Freunde gefunden, und du wirst genau die Erfahrungen machen, nach denen du hier suchst. Hier wird niemand zu etwas gedrängt. Das ist nicht unser Stil.«

Plötzlich hatte ich keine Lust mehr, dieses Gespräch fortzusetzen. Ich wusste, ich hätte Smirnow eine Menge praxisbezogener Fragen stellen können, aber ich war auf einmal so müde – ohne ersichtlichen Grund –, dass ich nicht mehr länger bleiben wollte. Am liebsten hätte ich dieses Haus so schnell wie möglich verlassen. Smirnow, der wohl spürte, was in mir vorging, wandte sich an seine Frau, die immer noch mit dem Kochen beschäftigt war. Sie sprachen leise miteinander, doch ich hatte das Gefühl, dass das, was sie sagten, für Phil und mich bestimmt war. Sie redeten über einen »wichtigen Gast«, der heute erwartet wurde. Der Gast kam mit dem Flugzeug von irgendwoher in Zentralasien, und Smirnow schien es kaum erwarten zu können, ihn endlich kennen zu lernen. Offenbar hatte Smirnow lange Zeit versucht, zu diesem Mann in Usbekistan Kontakt aufzunehmen. Als er schließlich die Hoffnung, ihn ausfindig zu machen, aufgegeben hatte, hatte der Mann sich bei ihm gemeldet und einen Besuch in Nowosibirsk vorgeschlagen. Es war nicht zu übersehen, dass Smirnow und Anastasia diesem Besuch große Bedeutung beimaßen.

»Ich bin ihm zwar noch nie begegnet, aber ich habe phantastische Dinge über ihn und seine Gruppe gehört. Der Mann soll genial sein und ein großer Heiler. Ich bin sicher, es würde Ihnen gefallen, ihn kennen zu lernen«, sagte Smirnow zu mir.

Aber irgendwie gefiel mir die Idee nicht, noch länger zu bleiben. Herzukommen hatte mir schon widerstrebt. Ich hatte das Gefühl, dass meine Erwartungen nicht erfüllt worden waren. Durch meinen Besuch in diesem Haus hatte ich nichts Neues über mich gelernt. Meine kürzlich aufgetauchten Ängste, die zu ergründen ich hergekommen war, hatten sich verstärkt, anstatt zu verfliegen, und nach den wenigen Stunden, die ich in seinem Haus verbracht hatte, kam Smirnow mir nicht länger geheimnisvoll vor. Ich beschloss zu gehen. Sie versuchten nicht mehr, mich zum Bleiben zu überreden.

Ich verabschiedete mich und verließ die Küche. Viktor, der sein Gespräch mit Phil beendet hatte, begleitete mich auf Smirnows Bitte hin zur Tür. Ohne Smirnows Gegenwart war er viel entspannter, weniger großspurig und wirkte jünger, als ich ihn anfangs geschätzt hatte. Er sah aus wie ein großer, erwachsener Junge, der immer noch seine kindlichen Spiele spielte, nachdem alle ihn als Erwachsenen anerkannt hatten.

Er sagte kein Wort, bis wir die Tür erreichten. Aber bevor ich sie öffnete, hielt er mich am Ärmel fest, sah mir mit der Direktheit eines Teenagers in die Augen und sagte hastig: »Haben Sie schon mal eine Zeit lang in die Sonne hineingeschaut? Erst wird alles rot und die Sonnenscheibe schwarz, dann aber, wenn man die Augen schließt, beginnt diese Scheibe zu pulsieren und bewegt sich auf einen zu. Wenn man ganz stillhält, dann hört man ein Geräusch, als würde sich ein Tor öffnen, und wenn man durch das Tor geht, kann man auf Pferden auf der Sonnenoberfläche reiten und sogar durch sie hindurchreisen, wohin man auch will.«

Ich verließ das Haus, ohne Viktors seltsame Frage zu beantworten und überlegte, ob Smirnow diesen jungen Leuten vielleicht Drogen oder etwas Ähnliches gab.

Dann musste ich an Mascha denken, an ihren steifen, hilflosen Körper, der zwischen den Stühlen gelegen hatte. Es kam mir beinahe so vor, als würde ich sie kennen, obwohl ich mir sicher war, dass ich ihr noch nie zuvor begegnet war. Ich hatte das seltsame Gefühl, dass es gefährlich war, sie dort in dem mit Samt ausgeschlagenen Raum allein zurückzulassen, als würde ich mich schuldig machen, wenn ich sie dieser Gefahr überließ, ohne etwas für sie zu tun.

Auf dem Weg zur Bushaltestelle plagte mich mein schlechtes Gewissen. Langsam ging ich über den schneebedeckten Weg. Plötzlich bog ein neuer, weißer Toyota-Kombi von der Straße ab und raste auf dem verschneiten sibirischen Waldweg auf mich zu, als wäre es eine trockene, asphaltierte Fahrbahn.

Ich musste zur Seite springen, um dem Auto auszuweichen. Besetzt mit mindestens fünf Leuten, schoss der Toyota an mir vorbei. Viel konnte ich nicht erkennen, aber ein Mann schaute mich durch das Seitenfenster an, und ich sah sein Gesicht deutlich vor mir. Es war das Gesicht eines Asiaten, mit dunkler Haut, die durch den schwarzen Vollbart noch dunkler wirkte, und großen, mandelförmigen Augen; auf dem Kopf trug er einen hohen, weißen Seidenturban. Unser Blickkontakt währte nur einen kurzen Moment, doch er schaute mich direkt an. Er hatte mich *wahrgenommen*, und in seinen Augen lag eine solche Intensität, dass ich sein Gesicht während der ganzen Rückfahrt in die Stadt vor mir sah, als wäre er bei mir in dem leeren Bus. Das war der Mann, den Smirnow erwartete, da war ich mir ganz sicher. Damals wusste ich die Bedeutung seiner Ankunft nicht einzuschätzen. Ich war lediglich beeindruckt von seinem exotischen Aussehen, und schon bald hatte ich ihn vergessen. Erst viel später musste ich wieder an ihn denken.

Kapitel drei

Mascha, die hypnotisierte junge Frau aus Smirnows seltsamem Haus, saß vor mir, sah sich nach einem Aschenbecher um und benahm sich, als wäre sie in meinem Sprechzimmer zu Hause oder würde es zumindest bald sein. Ich freute mich, sie zu sehen. Während ich sie beobachtete, kam das Gefühl wieder, sie zu kennen, und damit auch die Angst, die von etwas ausgelöst wurde, an das ich mich vergeblich zu erinnern versuchte.

»Hallo«, sagte sie und schenkte mir ein entwaffnendes Lächeln. Wahrscheinlich hatte sie dieses Lächeln jahrelang einstudiert, so selbstbewusst wirkte sie in ihrer jugendlichen Spontanität.

»Ich schätze, ich habe Sie gerade noch rechtzeitig erwischt.« Mit einem Kopfnicken deutete sie auf meine Tasche, die ich auf den Boden hatte fallen lassen.

In dem Augenblick, als Mascha auf einem anderen Tisch einen Aschenbecher entdeckte, überlegte sie es sich anders. Ohne erkennbaren Grund hatte sie das Interesse am Rauchen verloren, und sie steckte die Zigarette zurück in die Brusttasche ihrer braunen Lederjacke.

Ihr breites Gesicht stand im Gegensatz zu ihren dunkelbraunen Augen, die verschmitzt funkelten und auf einen Schatz an Erfahrungen schließen ließen, den ich

55

bei einer Frau ihres Alters nicht erwartet hätte. Ihre Gegenwart war sehr angenehm. Sie machte den Eindruck einer offenen, kommunikativen, liebenswerten jungen Frau, aufrichtig und ohne Vorbehalte – einer Frau, mit der man viel Spaß haben konnte, die aber auch Fürsorge und Schutz brauchte, weil sie in ihrer Offenheit zu verletzlich war. Ihre wissenden Augen sagten mir, dass die Rolle, die sie zu spielen gewohnt war, längst nicht ihre ganze Persönlichkeit preisgab. Aber was verbarg sich hinter dieser liebenswerten Tarnung?

Ich wollte es gar nicht unbedingt erraten, denn ich spürte instinktiv, dass sie dieses Territorium nicht nur mit dem charmanten Lächeln schützte, sondern auch mit Techniken, die sie sich angeeignet hatte und die sie gnadenlos gegen jeden einsetzen würde, der versuchte, in diesen verbotenen Bereich vorzudringen. Ich spürte, dass dies Smirnows Territorium war, dass er sie von dort aus beherrschte, und aufgrund dieser intuitiven Erkenntnis war ich noch weniger geneigt, ihre verborgene Seite zu erkunden. Vorerst gab ich mich damit zufrieden festzustellen, dass sie eine lebenslustige, energiegeladene Kindfrau war.

»Ich bin gekommen, um Sie in unser Labor einzuladen«, sagte Mascha, während sie mich mit einem naiven Blick aus ihren braunen Augen ansah. »Ich habe denen gesagt, Sie würden die Einladung nicht ablehnen«, fügte sie dann hinzu. Die wenigen Sätze, die sie geäußert hatte, reichten mir, um mit ihr wie mit einem Kind zu sprechen. Irgendwie lag es an ihrer Stimme, an ihrer Intonation, an ihrer übertrieben lockeren Art. Sie hob fragend die Brauen, und ihr Gesicht schien jeden Augenblick einen sorgenvollen

Ausdruck annehmen zu wollen. Selbstverständlich würde niemand es wagen, die Gefühle eines so netten, gutmütigen, unsicheren Mädchens zu verletzen.

»Mascha ... bitte ...«, sagte ich zu ihr, als würde ich sie schon lange kennen. Sie verstand mich sofort, und ihr Gesichtsausdruck veränderte sich augenblicklich, als wäre ihr Gesicht aus elastischem Material, das ich mit der Kraft meiner Worte jederzeit umformen konnte. Ich hatte nicht die geringste Absicht, noch einmal in dieses Haus zu gehen.

»Also gut. Im Ernst. Wir haben an einige Leute Einladungen verschickt. Aber es bleibt eine geschlossene Veranstaltung. Smirnow hat mich zu Ihnen geschickt, weil Sie zu ihm wohl gesagt haben, Sie hätten ein Interesse daran zu heilen. Was ja vermutlich stimmt«, sagte sie und sah sich in meinem Sprechzimmer um.

»Wladimir hält heute Abend einen Vortrag, seinen letzten, bevor er mit einer Gruppe nach Samarkand aufbricht. Als Smirnow anfangs sagte, dieser Mann sei genial, dachte ich zuerst, das sei ein neuer Trick von ihm. Ich hab ihn nicht ernst genommen, denn ich hatte noch nie gehört, dass er irgendjemanden als ›genial‹ bezeichnet hätte. Aber ich habe gemerkt, wie wichtig es ihm war, mit Wladimir zusammenzuarbeiten, und er ist wirklich genial. Die Heilerfolge, die er in unserem Labor erzielt hat, waren unglaublich, so was hab ich noch nie gesehen. Und ich habe schon eine Menge gesehen, das können Sie mir glauben.« Ich glaubte ihr.

»Hat Wladimir mit diesen Computern gearbeitet, die ich im Haus gesehen habe?«, fragte ich Mascha, denn ich hatte den Eindruck, dass ich offen mit ihr sprechen konnte.

»Mit den Computern? Sie haben sie also gesehen, was? Ich nenne die Bilder auf den Bildschirmen ›Selbstportraits‹. Haben Sie damit gearbeitet?« In ihrer Frage lag ein Anflug von Eifersucht, als fürchtete sie, jemand anders könnte ihren Platz eingenommen haben, und sei es nur für kurze Zeit.

»Nein«, antwortete ich ruhig und wartete darauf, dass sie fortfuhr.

»Ich glaube, Wladimir hat sie gesehen. Ich wette, Smirnow hat Ihnen einen kleinen Vortrag über diese kleine Wolke unserer Persönlichkeit gehalten, stimmt's?« Jetzt klang sie ironisch.

Ich nickte.

»Haben Sie ihm geglaubt?«

»Was geglaubt? Er hat eine Metapher benutzt. Eine Metapher ist nichts, was man glaubt oder nicht. Es ist nur ein Bild.« Ich verstand nicht, was sie meinte.

»Haben Sie ihm geglaubt, dass das seine Absicht ist – die Wolke der Persönlichkeit zu zerreißen, um das wirkliche Selbst zu begreifen? Gut für Sie, wenn Sie es geglaubt haben. Ich habe die Geschichte mit dieser Metapher schon oft gehört. Als ich sie zum dritten Mal hörte, hab ich mir gedacht: Er würde das nicht so oft sagen, wenn er es wirklich glaubte. Und dann habe ich ihn mir genau angesehen, und plötzlich ist mir alles klar geworden. Das Einzige, was Smirnow in diesem Raum sucht, ist genau das Gegenteil. Er kann mühelos jede Persönlichkeit auflösen – meine oder die von jemand anderem. Nur nicht seine eigene.

Worum es ihm geht, ist, die Wolke seiner eigenen Persönlichkeit so lange wie möglich intakt zu erhalten. Die Unausweichlichkeit des Todes macht ihn krank vor Angst. Er gibt vor, er sei geduldig, aber in

Wirklichkeit ist er verzweifelt. Er ist auf der Suche nach der Unsterblichkeit, und er ist bereit, alles zu tun, um den Schlüssel zur Rettung seiner Persönlichkeit zu finden. Deswegen ist Wladimirs Besuch ihm so wichtig. Nach allem, was Leute, die Wladimir begegnet sind, ihm erzählt haben, glaubt er, Wladimir besäße den Schlüssel zur Unsterblichkeit oder wüsste zumindest, wo er versteckt ist. Deswegen nimmt er Wladimir sehr ernst. Kommen Sie also mit zu dem Vortrag?« Ohne Übergang wiederholte sie ihre ursprüngliche Frage.

Ich sah sie lächelnd an, wusste nicht, was ich ihr antworten sollte.

»Sie müssen kommen, Olga. Ich habe allen dort gesagt, Sie würden die Einladung nicht ablehnen. Smirnow will unbedingt, dass Sie kommen. Er schickt mich nicht oft los, um jemanden einzuladen, wie Sie sich denken können. Außerdem bin ich mit dem Auto gekommen. Ich kann Sie also mitnehmen und nach dem Vortrag wieder nach Hause bringen, damit Sie nicht in einem überfüllten Bus stehen müssen.«

Dieses Angebot konnte ich eigentlich nicht ablehnen. Zwar spürte ich plötzlich, wie müde ich nach dem langen Arbeitstag im Krankenhaus war, aber die Aussicht, mit einem Auto statt mit dem Bus fahren zu können ließ mir den Besuch in Smirnows Labor ziemlich erträglich erscheinen.

Wir bestiegen ihren roten Jeep, ein Auto, das sich damals nur die reichsten Leute in der Stadt leisten konnten.

Mascha fuhr ziemlich draufgängerisch, überholte auf der verschneiten Straße so rücksichtslos, als wollte sie sich an jedem Autofahrer persönlich rächen.

Dennoch kamen wir zu spät. Als wir das Haus betraten, war der große Raum voller Leute, und der Vortrag hatte bereits begonnen. In der Mitte saßen die Leute auf Stühlen, an den Wänden entlang hatten sie sich auf dem Boden niedergelassen, und einige hockten auf den Fensterbänken. Obwohl der Raum überfüllt war, machte er auf mich denselben Eindruck wie beim ersten Mal: groß, aber leer.

Wladimir stand gegenüber der Treppe, an derselben Stelle, wo Smirnow gestanden hatte, als ich dieses Haus zum ersten Mal betreten hatte. Goldene Vorhänge, die bei meinem damaligen Besuch nicht zu Seiten des Fensters gehangen hatten, waren auf dessen ganzer Breite zugezogen worden, sodass sanftes Licht in den Raum fiel. Wladimir unterbrach seinen Vortrag, als Mascha und ich eintraten, und schwieg, bis wir uns gesetzt hatten.

Er war der Mann, den ich am Fenster des Toyota gesehen hatte. Auch heute trug er einen weißen Seidenturban. Er sah mich aufmerksam an, doch in seinem Blick lag nichts von der Spannung, die ich in Smirnows Blick gespürt hatte, als ich ihm zum ersten Mal begegnet war, keinerlei Absicht, mich zu beeindrucken oder zu beeinflussen. Er nahm einfach auf seine intensive Art Kontakt auf, und es war mir angenehm zumute dabei.

Sobald Mascha und ich unsere Plätze eingenommen hatten, setzte Wladimir seinen Vortrag fort. Er sprach sehr leise und mit einem ungewöhnlichen Akzent, der eher aus seinem Sprechrhythmus als aus seiner Aussprache resultierte.

Ich beugte mich zu Mascha hinüber und fragte sie flüsternd: »Wie lautet das Thema des Vortrags?«

»Dämonen des Traumas – und wie man sie heilen kann!«

Wladimir trug einen hochgeknöpften blauen Seidenanzug. Er bewegte sich kaum, doch seine aufrechte Körperhaltung strahlte Lässigkeit und Energie aus.

»Sie wissen, dass ich viel gereist bin. Was mich überall am meisten fasziniert, ist etwas, das alle Menschen gemein haben. Jeder auf diesem Planeten möchte glücklich sein. Aber ebenso verbreitet wie dieser Wunsch ist bei den meisten Menschen das Unvermögen, ihr Ziel, diesen Glückszustand, zu erreichen. Ich bin nicht der Erste, der sich fragt, warum das so ist. Aber ich habe eine andere Antwort als die meisten. Was ich Ihnen erzählen werde, ist nicht meine persönliche Erkenntnis. Ich gehöre zu einer Gruppe von Leuten, die sich einer Tradition des Heilens verschrieben haben, einer sehr alten Tradition, wie ich bereits sagte. Heute möchte ich Sie mit den wichtigsten Prinzipien unserer Arbeit bekannt machen. Soweit ich weiß, haben die meisten hier im Raum auf die eine oder andere Weise mit Heilung zu tun.

Können Sie mir sagen, was nach Ihrer Meinung und Ihrer Erfahrung die Ursache des Unglücks und des Leids in der Welt ist?«

Unter den Zuhörern entstand Bewegung. Ich schaute mich um und sah vor allem junge Leute, nur in der ersten Reihe saßen einige ältere Männer, anscheinend Akademiker. Die Leute sahen einander an, warteten darauf, dass jemand antwortete, dann hörte ich Maschas tiefe Stimme, die sich mit dem Anflug eines Kicherns zu Wort meldete: »Ist es das Böse?«

Wladimir schaute sie mit derselben ungewöhnlichen Eindringlichkeit an, die mir zuvor in seinen Augen aufgefallen war, dann fuhr er fort: »›Das Böse‹ ist ein großes Wort. Aber indem man es ausspricht, entfernt man sich von seinem Ursprung. Es ist, als würde man sich selbst oder alles Gute in sich von der Natur des Bösen lossagen, in dem Glauben, dadurch könne man geheilt und geschützt werden.

In Wirklichkeit ist es umgekehrt. Wenn Sie sich von der Quelle des Leids distanzieren, wenn Sie es als das Gegenteil dessen betrachten, was Sie sein wollen (und ich nehme an, Sie wollen alle gut sein, nicht wahr?), dann bringen Sie sich um die Chance, es zu ändern. Denn es lebt weiter in Ihnen fort, als Teil von Ihnen, der Ihre Entscheidungen beeinflusst. Aber weil Sie sich weigern, das zu erkennen, verharren Sie in naiver Ignoranz und werden weiterhin leiden.

Die Quelle von Unglück und Krankheit nennen wir ›Trauma‹. Und wir glauben, dass wir alle lebendige Verkörperungen des Traumas in uns tragen. In unserer Tradition nennen wir sie ›Dämonen des Traumas‹. Wenn etwas Sie verletzt und Sie das nicht voll und ganz als Teil Ihrer persönlichen Geschichte akzeptieren, entsteht eine Lücke in Ihrer Erinnerung; eine Lücke, die, wenn die Verletzung schlimm genug ist oder häufig wiederholt wird, von einem Dämon besetzt wird. Sie brauchen sich darunter nicht unbedingt ein altmodisches, scheußliches Monster vorzustellen, das auf Ihrem Rücken sitzt und Ihnen das Blut aussaugt.«

Erleichtertes Lachen ertönte unter den Zuhörern.

»Sie können darüber auch in Begriffen der neurokognitiven Wissenschaft nachdenken, falls Ihnen der Ausdruck ›Neurotransmitter‹ besser gefällt als ›Kreaturen der Nacht‹. Sie können Sie als andere Manifestationen von Wesen oder als nichtintegrierte Verkörperungen bezeichnen; Sie können jede Sprache oder jede Metapher benutzen, die Ihnen gefällt. Es spielt keine Rolle. Was wichtig ist, ist der Prozess. Der interne psychische *Prozess*, der sich häufig über Generationen durch die Vererbung von Traumamustern fortsetzt, die vielleicht vor sehr langer Zeit bei einem Ihrer Vorfahren durch eine unerträgliche Verletzung entstanden sind.

Menschliche Gene sind wesentlich flexibler, als wir glauben. Sie nehmen wahr in demselben Maße, wie sie agieren. Wenn sich eine Verletzung erst einmal in den Genen niedergeschlagen hat, agieren diese anders und verzerren die Erinnerung. Dadurch bleibt sie unvollständig. Es entsteht eine Lücke in der Erinnerung, und der Dämon des Traumas nistet sich ein, unbemerkt von unserem Bewusstsein.

Der Dämon eines Traumas ist am Werk, wenn ein Mann, der eine wunderbare Familie hat, ein angenehmes Leben führt und psychisch stabil ist, eines Morgens aufsteht, seiner Frau eine Nachricht hinterlässt, seinem elfjährigen Sohn einen Abschiedskuss auf die Stirn drückt und mit einem Rasiermesser in der Tasche zum Friedhof geht. Und auf dem Grab seines Vaters, der sich, als sein Sohn genau elf Jahre alt war, erhängte, schneidet er sich die Kehle durch. Er schneidet so tief, dass das Grab mit seinem Blut getränkt ist, als die Polizei ihn findet, und dass nur ein medizinisches Wunder ihn wieder ins Leben zurückbringen kann. Wenn er wieder aufwacht, kann er nicht erklären, was geschehen ist. Er kann nichts sagen, außer dass sein Vater ihm so Leid tat und dass er bei ihm sein wollte.

Das ist ein extremes Beispiel. Aber wissen Sie was? Bei manchen Menschen gibt es viel schlimmere Tragödien in der Geschichte ihrer Familien, als man es sich vorstellen kann. Sie lernen, sie vor sich selbst und vor ihren Kindern zu verbergen. Sie spielen Verstecken mit den Dämonen, und raten Sie mal, was passiert. Meistens verlieren sie das Spiel, denn selbst wenn sie sich nicht erinnern, die Gene – diese unfehlbaren Gedächtnisbausteine – erinnern sich ganz genau, und der Schmerz bleibt, bis er geheilt wird.

Derselbe Mechanismus funktioniert auch bei kleineren Dingen. Sobald wir in diese Welt eintreten, fangen wir an, im Korb unseres Gedächtnisses individuelle Verletzungen zu sammeln. Wie sich dieser Prozess weiter fortsetzt, entspricht Darwins Vorstellungen vom Überleben des Stärkeren, aber er dehnt sich aus auf die psychische Ebene. Jedes Geschöpf versucht zu überleben. Das gilt auch für die Dämonen des Traumas. Sie müssen ›essen‹. Sie sind immer hungrig. Sie schaffen ›Nahrung‹ für sich, indem sie mehr Schmerz erzeugen. Wie kommt das Paradox zustande, dass Opfer von Misshandlungen selbst zu den schlimmsten Misshandlern werden? Das ist nicht logisch, aber für die Dämonen des Traumas ist es absolut ›folgerichtig‹, in Opfern von Misshandlungen zu wachsen und sich zu ernähren, indem sie den Schmerz wieder *von neuem* erzeugen. Vielleicht kennen Sie das aus eigener Erfahrung.

Wie viele von Ihnen haben in Ihrem Leben etwas getan, das Sie bereuen, etwas, von dem Sie wussten, dass es nicht richtig war? Sie haben es trotzdem getan und sich dadurch in unangenehme Umstände gebracht? Ich wette, Sie kennen das Gefühl: ›Ich kann mir nicht erklären, warum ich das getan habe.‹ Ich höre das oft, und Sie hören es wahrscheinlich auch von den Menschen, mit denen Sie arbeiten. Man hat keine Ahnung, warum man es getan hat, weil der Impuls für die Handlung von dem Dämon eines Traumas kam. Da man sich dessen nicht bewusst ist, folgt man dem Impuls blind und verletzt andere immer wieder aufs Neue.

Der Zweig der psychologischen Wissenschaft, in dem wir arbeiten, beschäftigt sich damit, die Dämonen der Traumata zu erkennen und sie mit Hilfe spezieller Techniken zu besiegen. Es gibt unterschiedliche Dämonen, je nach dem Alter des Patienten und der Schwere des erlittenen Traumas. Die berechtigte nächste Frage würde lauten: ›Und? Was haben wir davon?‹

Die Menschen passen sich an, sie entwickeln eigene Methoden, damit fertig zu werden, warum sollte man sich also näher damit beschäftigen? Richtig?«

Einige Köpfe nickten zustimmend.

»Falsch! Falsche Fragen. Falsche Folgerungen. Es gibt drei Gründe, warum es für *jeden* lebenswichtig ist, den Kampf gegen die Dämonen des Traumas zu gewinnen. Erstens, weil der Sieg über die Dämonen Heilung bedeutet, er beseitigt das Unglück und heilt Krankheiten. Krankheiten sind das Mittel, mit dessen Hilfe der Organismus versucht, das Trauma auf eigene Faust zu bekämpfen. Wie oft habe ich erlebt, dass Menschen in ganz bestimmten Lebenssituationen krank werden und nach Hilfe verlangen, Situationen, in denen der Dämon bei einem Menschen mit lückenhafter Erinnerung plötzlich aktiv wird. Deswegen treten viele Heilerfolge dann ein, wenn der Patient in der Lage ist, die Wurzel des Traumas auszumerzen.

Zweitens glauben wir unter Berufung auf unsere Tradition, dass alles, was wir tun, mit den Generationen vor uns zusammenhängt und sich auf die Generationen nach uns auswirkt. Ich habe viele Menschen erlebt, die genau dann ihrem Trauma gemäß handelten und auf diese Weise Hilfe suchten, wenn ihre Kinder das Alter erreichten, in dem sie selbst – die Erwachsenen – die Verletzung erfahren hatten. Der Mann zum Beispiel, der sich auf dem Friedhof die Kehle durchgeschnitten hat. Sein Sohn war elf. Nur so hatte er die Möglichkeit, seine Familienlinie zu heilen, seine Ahnen zu erlösen und seine Erben zu schützen. Das war seine Chance, der Held der Familie zu werden.«

»Frage!«, rief eine Stimme aus dem Publikum. Wladimir wandte sich dem Frager zu und wartete. Als ich mich umschaute, erkannte ich Phil. Er saß neben Viktor auf dem Boden. Phil wirkte viel entspannter und zufriedener, als ich ihn in Erinnerung hatte.

»In der Tradition der nordamerikanischen Indianer gibt es die Vorstellung, dass unsere Taten für das Wohlergehen von sieben Generationen vor uns und sieben Generationen nach uns verantwortlich sind. Meinen Sie, dass es sich hierbei um dasselbe Konzept handelt?«

»Ich glaube nicht, dass man hier von einem Konzept sprechen kann«, sagte Wladimir und lächelte zum ersten Mal. Sein Lächeln war so spontan und entwaffnend, dass es alle Zuhörer ansteckte. »Es ist kein ›Konzept‹. Es ist eine Lebenseinstellung, das Wissen um dessen Grenzen und Beschränktheiten. Es hat damit zu tun, was man letztlich unter dem ›Selbst‹ versteht. Alles Wissen läuft darauf hinaus. Aber für alles Wissen gilt, dass man es nicht erlangt, indem man beschließt, es zu erwerben. Man muss seine persönlichen Erfahrungen dagegen eintauschen.

Sie alle hier in diesem Raum haben einen ganz persönlichen Erfahrungsschatz erworben. Und dieser hat Sie heute Abend hierher geführt, damit Sie dieses Wissen erlangen. Ich glaube, ohne diese Erfahrungen gemacht zu haben, hätten Sie heute Abend nicht hierher kommen können. Ihr Auto hätte eine Panne gehabt, Ihr Freund wäre zu Besuch gekommen und so weiter. Das gilt auch für diejenigen, die gar nicht vorhatten herzukommen, die scheinbar zufällig hierher gefunden haben. Glauben Sie mir, nicht Zufälle, sondern Ihre Erfahrungen, die danach streben, in Wissen umgewandelt zu werden, haben Sie heute Abend hierher geführt.«

Ich spürte dieses vertraute Kribbeln im Bauch, als er den Satz beendete.

»Und sieben ist eine gute Zahl, meine Lieblingszahl. Vielen Dank, dass Sie diese Zahl erwähnt haben.« Wladimir bedankte sich bei Phil mit einer leichten Verbeugung. Als ich mich nach Phil umschaute, sah ich Smirnow hinter den sitzenden Zuhörern an der Wand stehen, ganz auf Wladimir fixiert. Sein Gesicht wirkte ernst und konzentriert, und es war offensichtlich, dass er Wladimir als bedeutende Autorität akzeptierte – etwas, das ihm nicht leicht zu fallen schien. Ich musste an Maschas Worte denken und sagte mir, dass sie wahrscheinlich mit ihren Gedanken über seine Motivation richtig lag.

»Drittens«, sagte Wladimir und fuhr mit seinem Vortrag fort, »werde ich über den Tod sprechen. Das ist ein Thema, über das die meisten nicht gern reden. Wissen Sie, warum? Weil es eine Angst auslöst, die wir alle empfinden. Es heißt, das sei die Angst vor dem Unbekannten. Ich sage, es ist die Angst vor dem *Bekannten*, das von unserem Bewusstsein aber nicht als real anerkannt wird. Im Laufe unseres Lebens nisten sich die Traumata, die wir erleben, in uns als schmerzhafte Knoten ein, die von den Dämonen noch fester gezurrt werden. Wenn wir diese Knoten im Laufe unseres Lebens nicht lösen, wird das nach unserem physischen Tod geschehen. Und es spielt keine Rolle, ob man an ein Leben nach dem Tod glaubt oder nicht.

Denken Sie nur an die Fülle von Beweisen, dass Nahtoderfahrungen nichts anderes sind als Reaktionen auf die nachlassende Aktivität des Gehirns, wodurch das schwindende Wahrnehmungsvermögen getäuscht wird. Spielt es eine Rolle für Sie, ob diese wenigen Minuten sich zu einer Ewigkeit in der subjektiven Hölle ausdehnen? Ich glaube nicht.

Etwas, das Sie glauben müssen, ist, dass sich mit dem Tod die Erfahrung der Zeit radikal ändert. In den Tod einzutreten bedeutet in gewisser Weise, in die Zeit selbst einzutreten, und darauf sollte man lieber vorbereitet sein. Es gibt viele Berichte über Licht und Glücksempfinden, aber das ist erst ein Anfang. Über das, was danach kommt, existieren auch Berichte, aber die sind längst nicht so bekannt. Als Nächstes kommen wütende, böse Dämonen; sie kommen, um einem das Blut auszusaugen und einen auf alle erdenkliche Weise zu quälen, aber es sind die eigenen Dämonen. Sie werden Sie quälen, bis Sie die Knoten in ihrer Erinnerung auflösen und sich befreien. Auch hier spielt es keine Rolle, ob Sie an ein Leben nach dem Tod glauben oder nicht. Ich spreche von dem subjektiven psychischen Prozess, der die Erinnerung neu strukturiert. Würde es für Sie von großer Bedeutung sein, ob das alles innerhalb von Minuten nach dem Tod geschieht, obwohl Sie persönlich es als eine Ewigkeit der Qual erleben?«

»Sprechen Sie von den bösen Geistern aus dem Tibetanischen Totenbuch?«, fragte eine Frau in einer der hinteren Reihen.

Einige Leute drehten sich nach ihr um, aber es lag keine ausgesprochene Neugier in ihren Blicken. Wladimir hatte eine solch intime Atmosphäre in dem Raum geschaffen, dass wir uns alle miteinander verbunden fühlten. Jede Frage klang wie eine Frage der ganzen Gruppe, und deswegen spielte es keine Rolle, wer sie stellte.

»Ich beziehe mich nicht auf dieses Buch. Das tun Sie. Aber da Sie es tun, gebe ich Ihnen insofern Recht, als es sich um die bekannteste Beschreibung der Dämonen von Traumata handelt. Es ist ein beeindruckendes Buch, aber es ist in einer ganz bestimmten Kultur entstanden, die von Ihrer Kultur sehr weit entfernt ist und daher auch von Ihnen persönlich, nicht wahr? Ich werde die Sache jetzt mehr auf Sie persönlich bezogen darstellen.

Wir wollen über Ihre russische Kultur sprechen. Es ist eine christliche Kultur, trotz vieler Jahre des propagierten Atheismus. In der christlichen Kultur haben Sie Ihr eigenes Totenbuch; das haben Sie bisher nur nicht gewusst. Es ist das Buch der Offenbarung, die Apokalypse, das christliche Gegenstück zum Tibetischen Totenbuch und zum Ägyptischen Totenbuch. Es beschreibt denselben Prozess, nur in einer anderen Sprache. Die Apokalypse ist keine kollektive Erfahrung, sondern eine zutiefst individuelle. Die sieben Siegel, die darin beschrieben werden, werden von jedem von Ihnen entfernt, wenn die Zeit gekommen ist, und dann werden Sie den Dämonen Ihres Lebens gegenüberstehen.

Viele von Ihnen sind der Meinung, dieses Thema habe nichts mit Ihren eigentlichen Interessen zu tun. Viele von Ihnen fühlen sich vielleicht zu Magie hingezogen, in der Hoffnung, dort die Kraft und die Einsichten zu finden, die Ihr Leben für immer verändern werden. Wer möchte schon über den Tod nachdenken, wenn das Leben so viele spannende Geheimnisse bietet?

Nun, Menschen, die wirklich mit Magie umgehen, denken sehr wohl über den Tod nach und über das, was jenseits des Todes liegt. Denn sie wissen, dass sie die meisten Geheimnisse des Lebens nur dann aufdecken können, wenn sie sich mit dem Raum jenseits des Todes vertraut gemacht haben. Das Volk, das nach allem, was wir wissen, dem Reich der Magie am nächsten gekommen ist, waren die alten Ägypter. Sie faszinieren uns immer wieder aufs Neue. Mit erstaunlicher Regelmäßigkeit werfen sie ihre archaischen Bilder in unser modernes Bewusstsein, und unser modernes Bewusstsein ist hypnotisiert von der Macht ihrer Magie.«

Ich schaute über meine linke Schulter und sah Smirnow wie angenagelt an der Wand stehen. Im Kontrast zu der ungewöhnlichen Blässe seines Gesichts wirkten seine konzentrierten Augen völlig schwarz. Wladimir schaute Smirnow beim Sprechen nicht direkt an, aber ich war mir sicher, dass er genau spürte, wie aufmerksam Smirnow seinen Worten lauschte. Es war beinahe, als fände ein unsichtbarer, aber intensiver Austausch zwischen den beiden statt.

»Wenn ich über ägyptische Magie spreche, weiß ich, wovon ich rede. Das Wissen der Ägypter stammt aus einem vergleichbaren Erfahrungsschatz wie unser Wissen in Samarkand, nur dass der unsere älter ist. Ihr Wissen wurde durch Geschichtsschreibung weitergegeben, während das unsere im Verborgenen blieb. Die Welt der ägyptischen Magie entstand aus den Bemühungen, das Geheimnis des bedeutendsten Übergangs zu erfassen: man versuchte, die Geschehnisse beim Verlassen des physischen Körpers zu erkunden. Man könnte meinen, das war's, das ist das Ende; aber für die Ägypter fing mit den daraus gewonnenen Erkenntnissen erst alles an. Die entscheidenden Erfahrungen im Leben nach dem Tod und im dortigen Kampf um das Überleben waren die wichtigsten Aspekte der individuellen Existenz. Und weil so viel davon abhing, stand diese Existenz selbst auf dem Spiel.

Langer Rede kurzer Sinn: Um im Leben nach dem Tod zu überleben, musste man versuchen, die Barke des Sonnengottes Amun-Re zu erwischen. Sie fährt jede Nacht durch die Unterwelt Duat, die eine andere Seite der Realität darstellt, und kehrt mit der Morgendämmerung in diese Welt zurück. Man musste aufpassen, dass einem nichts zustieß, dass man alle Tore der Nacht passierte, ohne von den Torwächtern vernichtet zu werden. Die Torwächter waren keine Narren. Sie kannten ihre Aufgabe. Sie waren blutrünstig und zerstörungswütig.

Man konnte ihre Tore nur passieren, indem man in ihre maskierten Gesichter schaute und sagte: ›Ich kenne dich. Ich kenne deinen Namen.‹ Wenn man das tat, mussten sie einen durchlassen. Wer das nicht schaffte, den zerrissen sie und saugten ihm das Blut aus. Wenn man ihre Namen kannte, wurde man vor dem zweiten Tod gerettet, vor der völligen Vernichtung, und man konnte weiterleben. Wovon rede ich also?

Können Sie es schon erraten? Ich nehme an, dass Sie inzwischen wissen, von wem ich spreche. Von den Dämonen des Traumas natürlich, den Geschöpfen unserer Psyche, der Verkörperung der Verletzungen, die wir angesammelt haben und nicht heilen konnten. Was also können wir tun?

Nun, wir können uns wappnen. Mein Ziel ist es nicht, Sie durch diesen Vortrag mit allen praktischen Hilfsmitteln vertraut zu machen, mit denen die Dämonen geheilt werden können. Das wird erst der nächste Schritt sein; Ihre nächste Erfahrung muss Sie also zu diesem Wissen führen.

Das Einzige, was ich Ihnen jetzt sagen kann, ist, dass wir alle einen Raum in uns haben, in dem der Heilungsprozess stattfinden kann und in dem er bei jedem von uns ständig stattfindet – obwohl wir uns dessen nicht im Geringsten bewusst sind. In diesem Raum erleben wir unsere Träume. Er dient dazu, uns vor unseren Traumata und ihren Geistern zu schützen und uns von diesen zu heilen. Der Raum der Träume ist der Ursprungsort der Magie.

Weil wir auf dem Gebiet der Träume arbeiten, nennt man uns ›Traumheiler‹. Durch diese Arbeit führen wir Veränderungen und Wandlungen herbei. Wir arbeiten mit der Wiederherstellung der Erinnerung in Träumen und lassen so in der Erinnerung keinen Raum mehr für die Dämonen des Traumas, wenn sie geheilt ist. Wir bringen den Menschen bei, ihren Traumata ins Gesicht zu sehen und zu sagen: ›Ich kenne dich. Ich kenne deinen Namen‹, und sich so davor zu schützen, dass sie von den Dämonen zerstört werden. Man braucht einige Jahre intensiver Übung, um diese Technik zu erlernen, deswegen nennen wir sie eine psychologische Wissenschaft. Man kann während des Lernprozesses eine Vielzahl wichtiger Fähigkeiten erwerben, aber das Ziel bleibt immer dasselbe: sich vor dem zweiten Tod zu retten und zu lernen, wie man wiedergeboren wird.

Wir haben über die Jahrhunderte im Verborgenen gearbeitet, dabei aber unsere spirituellen Verbindungen zu Menschen in anderen Gegenden stets aufrechterhalten. Wir brauchen nicht mehr Aufmerksamkeit, um das zu tun, was wir seit Jahrhunderten tun. Aber! Es gibt ein ›Aber‹, und das ist es, was mich heute Abend hierher geführt hat, um zu Ihnen zu sprechen.

Mein Vortrag soll Ihnen nicht nur Informationen liefern. Er soll Ihnen, und damit der westlichen Kultur, einige Aspekte unserer Arbeit nahe bringen. Denn es ist höchste Zeit. Ich habe Ihnen bereits gesagt, dass nicht geheilte traumatische Erfahrungen, die ein Eigenleben entwickeln und zu Dämonen mutieren, von Generation zu Generation weitergegeben werden. Wenn sie nicht geheilt werden, wachsen sie, verbinden sich miteinander, beschleunigen und verstärken einander und entwickeln sich zu kollektiven Wesen.

In traditionellen Kulturen spielen Übergangsrituale eine große Rolle. Bevor ein Mensch in ein anderes Lebensstadium wechselt, muss er einen Initiationsritus durchlaufen, der im Prinzip alle traumatischen Knoten der Vergangenheit löst und den Weg für die Zukunft frei macht. In der modernen Zivilisation, wie Sie sie nennen, sind diese Rituale verloren gegangen. Die moderne Gesellschaft besitzt keine Mittel, um ihre Mitglieder von traumatischen Erinnerungen zu befreien. Deshalb häufen sie sich irgendwann auf einer kollektiven Ebene an und werden sehr gefährlich. Dieser gefährliche Zeitpunkt ist gekommen. Diesmal könnte er noch wesentlich gefährlicher werden als in früheren Zeiten, wo von kollektiven Dämonen Weltkriege ausgelöst wurden. Der Zweck meines Besuchs ist, Ihnen zu sagen, dass große Gefahr besteht für alle

Menschen auf diesem Planeten; dass es aber auch effektive Mittel gibt, um diese Gefahr abzuwenden.

Deswegen lade ich Sie ein, uns in Samarkand in Zentralasien zu besuchen und mehr über unsere Arbeit zu erfahren. Ich weiß, dass viele von Ihnen hier in diesem Raum mit der Welt der Magie vertraut werden wollen. Und dieser Wunsch ist sehr stark. Um an Ihr Ziel zu gelangen, müssen Sie wissen, was andere Menschen als Magie erfahren haben. Es reicht nicht zu erkennen, dass Magie sich auf einem inneren Schauplatz abspielt. Es gibt eine Vielzahl innerer Schauplätze. Man braucht eine Landkarte. Sie müssen sie von Leuten erbitten, die diese Karte seit Urzeiten benutzen. Fragen Sie uns, und wir werden Ihnen helfen.

Sie können diese Magie für sich selbst entdecken und von all Ihren Leiden geheilt werden. Dann erst können Sie zu Heilern für Ihre eigenen Leute werden, und so Heilung und die damit verbundenen Veränderungen über die ganze Welt verbreiten. Klingt doch wie eine interessante Aufgabe, oder nicht? Sie befinden sich bereits auf dem Weg zur Welt der Magie. Betreten Sie ihr Reich mit unserer Hilfe. Es ist eigentlich gar keine so weite Reise. Es liegt in Ihnen selbst.«

Wladimir schien keine Antwort zu erwarten. Er schaute eine Frau in der ersten Reihe an und begann, sich mit ihr zu unterhalten. Er sprach sehr leise, sodass die Leute im Publikum nicht hören konnten, was er sagte. Daraufhin begannen alle, miteinander zu reden. Der Vortrag schien zu Ende zu sein, doch niemand hatte es eilig, den Raum zu verlassen. Stattdessen standen alle auf und gingen aufeinander zu. Bald bildeten sich kleine Gruppen von Leuten, die angeregt miteinander diskutierten. An Wladimirs Gesicht konnte ich ablesen, dass er sich das Ende seines Vortrags genau so vorgestellt hatte. Phil und Viktor und einige andere unterhielten sich bereits mit ihm, ihre Gesichter wirkten sehr konzentriert. Wahrscheinlich besprachen sie die Einzelheiten einer Reise nach Samarkand.

Ich entdeckte Mascha in der Menge und fragte sie: »Fahren wir?«

Sie sah mich mit leuchtenden Augen an und antwortete begeistert: »Ja, ich glaube, wir fahren wirklich.«

»Na hoffentlich, Sie haben mir schließlich versprochen, mich nach dem Vortrag nach Hause zu fahren«, erwiderte ich.

Mascha runzelte die Stirn, dann lachte sie so laut, dass einige Leute sich nach uns umdrehten.

»Nein Olga, was ich glaube, ist, dass wir nach Samarkand fahren werden«, sagte sie.

»Na ja, aber da bleibt doch sicherlich noch Zeit, mich zuerst nach Hause zu bringen, oder?«

»Sie haben es immer noch nicht begriffen, richtig?« Sie lächelte mich verschmitzt an. »Sie und ich und noch ein paar Leute – wir fahren nach Samarkand.«

»Ach, wirklich? Ich glaube nicht, dass ich beschlossen habe zu fahren. Oder habe ich das etwa behauptet?«, erwiderte ich.

»Nein. Noch nicht. Aber ich weiß, dass wir fahren. Ich kann in die Zukunft schauen«, sagte Mascha.

Mir lag dasselbe ironische »Bitte...« auf der Zunge, mit dem ich sie zuvor schon einmal auf den Boden der Tatsachen zurückgeholt hatte, aber als ich ihren Gesichtsausdruck sah, wurde mir klar, dass sie ganz aufgeregt war und es ernst meinte. Plötzlich erinnerte mich ihr ernstes Gesicht daran, wie ich sie vor einigen

Wochen in demselben Haus auf den Stühlen hatte liegen sehen. Bei diesem Gedanken verflog meine Gereiztheit, und tiefe Trauer überkam mich, ohne dass ich wusste, warum.

Beim Verlassen des Raums kamen wir an Wladimir vorbei, der mit einigen Leuten zusammenstand. Er bemerkte mich und sprach mich an, als sei er ein alter Freund von mir. »Großartig, dass Sie heute kommen konnten.«

»Ich möchte mich bei Ihnen bedanken. Es war ein wunderbarer Vortrag. Ich wünschte, ich könnte mehr über Ihre Arbeit erfahren.« Ich hatte gehofft, mich mit dieser höflichen Floskel verabschieden zu können.

»Tatsächlich?« Sein Lächeln war so entwaffnend, dass ich unwillkürlich zurücklächelte. Gleichzeitig wirkte es in einer Weise befreiend auf mich, und mir wurde in diesem Augenblick bewusst, welche schwere Last ich seit langer Zeit auf meinen Schultern trug.

»Hören Sie, ich möchte Ihnen etwas geben.« Mit einer schnellen Bewegung wandt er eine Kette aus polierten schwarzen Holzperlen von seinem Handgelenk.

»Nehmen Sie sie. Sie wird Ihnen helfen.« Ich war gerührt von dieser freundlichen Geste. Er lächelte immer noch, und mir wurde ganz leicht ums Herz. Er wirkte so selbstsicher, dass ich sein Geschenk ohne Zögern annahm und ihm aufrichtig dafür dankte. Ich wickelte die Kette mehrmals um mein Handgelenk, so wie ich es bei ihm gesehen hatte. Ich spürte, dass sie mir helfen würde, nur wann und wo, das wusste ich nicht.

Bevor ich dazu kam, Wladimir weitere Fragen zu stellen, drängten sich noch mehr Leute um ihn herum und schoben mich zur Seite. Ich sah Smirnow schweigend abseits stehen. Er nickte mir zu, und ich erwiderte seinen Gruß. Es war nicht nötig zu reden. Mir war, als hätte uns dieser Abend einander näher gebracht als die stundenlange Diskussion, als hätte Wladimirs Ernsthaftigkeit und Energie alle Vorbehalte weggewischt.

Mascha fuhr mich nach Hause, blieb aber während der ganzen Fahrt verschlossen und bedrückt. Seit sie davon gesprochen hatte, dass sie in die Zukunft zu schauen vermochte, wirkte sie, als hätte jemand das Licht in ihrem Innern ausgeschaltet, als wäre sie vor Angst erstarrt. Ich wusste nicht so recht, ob ich sie nach diesem Gefühlsumschwung fragen sollte, denn schließlich kannte ich sie kaum. Aber nachdem sie wieder einmal auf der verschneiten Fahrbahn viel zu schnell in eine Kurve gefahren war, schaute ich sie an und fragte: »Wenn Sie mit Smirnow arbeiten, verlangt er dann von Ihnen, in die Zukunft zu sehen?«

»Kann sein«, erwiderte sie, aber ihre Stimme klang anders als sonst, mechanisch und verwirrt.

»Was wollten Sie in der Zukunft sehen, als ich zum ersten Mal in seinem Haus war?«

Mascha holte tief Luft, um ihren Ärger über meine Fragen zu überwinden und nicht unhöflich zu werden.

»Nichts. Er hat nicht verlangt, dass ich in die Zukunft schaue.«

Eine ganze Weile schwieg sie. Ich stellte keine weiteren Fragen mehr, aber irgendwann sagte sie nach langem angespannten Schweigen: »Er hat mich gebeten, in die Vergangenheit zu sehen. Vor einiger Zeit sind in unserer Stadt mehrere kleine Mädchen verschwunden. Smirnow arbeitet gelegentlich für die Kriminalpolizei. Er wird gut bezahlt dafür, bei der Aufklärung von Verbrechen zu helfen, und er hat mich gebeten, diese Aufgabe zu übernehmen. Die Polizei nimmt an, dass die Mädchen von einer ganzen Bande entführt, vergewaltigt und getötet wurden. Das ist es, was ich versucht habe zu sehen.«

»Und wie haben Sie das gemacht?«

»Es gibt Möglichkeiten, die eigene Zeitwahrnehmung zu verändern. Ich kann das ganz gut von Natur aus, aber Smirnow hat mir noch ein paar Tricks beigebracht. Um ein verschwundenes Mädchen zu finden, muss man sich in seinen Schmerz hineinversetzen. In diesem Fall muss man allerdings wissen, was es bedeutet, vergewaltigt zu werden. Dann entsteht eine echte Verbindung. Man muss in seine eigene Erinnerung eintauchen und von dort Kontakt zu der Wahrnehmung des anderen aufnehmen, sodass eine Brücke entsteht, über die sich die Leiche finden lässt. Bis jetzt wurde eine gefunden. Fünfzehn fehlen noch. Ich habe also noch eine Menge Arbeit vor mir.«

Mir war übel. ›Vielleicht liegt es an ihrem wilden Fahrstil‹, dachte ich mir. Doch in Wirklichkeit war eine Mischung aus Trauer und Angst die Ursache meiner Übelkeit. Sie würde sich nicht durch Äußerlichkeiten beheben lassen. Es war, als würden mich meine verschütteten Erinnerungen krank machen.

»Warum lassen Sie das mit sich machen?«, fragte ich Mascha. Ich schaute sie nicht an, sondern blickte starr geradeaus auf die verschneite Straße.

»Ich versuche zu helfen.« Ihre Stimme klang wie von weit her, als würde jemand anders antworten.

»Aber auf diese Weise fügen Sie sich immer neuen Schmerz zu. Es müsste doch andere Möglichkeiten geben.« Ich wollte die Distanz zwischen uns überwinden, doch es gelang mir nicht; Mascha war innerlich erstarrt und ganz weit weg. Sie fuhr schweigend weiter, und ich verzichtete darauf, meine Frage zu wiederholen. Plötzlich bremste sie mitten auf der Straße, vergewisserte sich mit einem Blick in den Rückspiegel, dass kein Auto hinter uns war, und schaute mich direkt an. Dann sagte sie mit vor Zorn funkelnden Augen: »Es tut so oder so weh, egal was ich mache. Sie haben ja keine Ahnung. Und ich würde alles tun, damit es aufhört. Alles.« Sie drückte das Gaspedal durch, und der Wagen raste noch schneller als zuvor über die vereiste Straße.

Ich war froh, als wir schließlich vor meiner Wohnung anhielten.

»Also, haben Sie sich entschieden?«, erkundigte sie sich, bevor ich ausstieg, aber diesmal kam die Frage in einem scheinbar gleichgültigen Tonfall. Eine Weile saß sie schweigend da und fügte dann plötzlich mit derselben Distanziertheit hinzu: »Ich fahre übrigens nur dorthin, wenn Sie mitkommen.«

Während ich ihren ernsthaften und traurigen Gesichtsausdruck betrachtete, spürte ich immer noch die körperlichen Nachwirkungen unseres Gesprächs. Ich konnte ihr jedoch nichts anderes sagen als: »Ich weiß es nicht, Mascha. Ich werde darüber nachdenken.« Doch tief in meinem Innern wusste ich, dass ich mich längst entschieden hatte. Als mir das klar wurde, verschwand meine Übelkeit, und es ging mir wieder besser.

Kapitel vier

Alles wurde so organisiert, als handelte es sich um eine Geschäftsreise. Die Tickets wurden bei einer Organisation gekauft, die einen Gruppenrabatt anbot. Wladimir war offensichtlich schon nach Samarkand abgereist und hatte genaue Reiseinformation und eine Adresse hinterlassen, bei der wir uns einige Wochen später einfinden sollten.

Vor unserer Abreise nach Samarkand traf ich Mascha fast täglich. Da sie keinen festen Tagesablauf hatte und sich häufig langweilte, holte sie mich nach der Arbeit ab und fuhr mit mir ins Stadtzentrum, wo wir in eins der Cafés einkehrten und uns unterhielten.

Auf diese Weise erfuhr ich sehr viel über sie, ihre Interessen, ihren Geschmack, ihre Freunde und über ihre Feinde. Sie sprach viel über Männer, stets mit einem seltsamen Unterton in der Stimme, und betonte immerzu, wie unbedeutend dieser oder jener Mann in ihrem Leben gewesen war.

»Ich habe mit keinem öfter als zweimal geschlafen«, verkündete sie und ließ ihren Blick in die Runde schweifen, um sich zu vergewissern, dass alle Umsitzenden es hörten.

»Bitte ...«

»Im Ernst. Vielleicht gab es auch ein paar Ausnahmen, aber ich kann mich nicht mehr an sie erinnern.

Ehrlich.« Und dann brach sie in herzhaftes Gelächter aus.

Es gehörte zu ihrer Strategie, über intime, meist erfundene Erlebnisse zu reden, und zwar in einem ganz bestimmten Tonfall, mit dem sie sich als oberflächliches, naives und unbesonnenes Mädchen darstellte, dem man bedenkenlos trauen konnte. Ich durchschaute ihre Taktik, dennoch genoss ich ihre Gesellschaft. Es fiel mir leicht, nach ihren Regeln zu spielen, und es machte mir nichts aus, so zu tun, als würde ich die Realität in dem von ihr gewünschten Licht sehen.

Nur einmal, als ich sie fragte: »Und Smirnow? Was ist mit Smirnow?«, verdüsterte sich ihr Gesicht, und in dem mechanischen Tonfall, der mir mittlerweile vertraut war, antwortete sie gereizt: »Was soll mit ihm sein? Ich habe nicht mit ihm geschlafen. Dafür gibt es keinen Grund.« Dann verfiel sie in ein langes, brütendes Schweigen und rauchte eine Zigarette nach der anderen. Ich stellte ihr keine weiteren Fragen über Smirnow, aber ich wusste, dass er nicht mit nach Samarkand fahren würde.

Wir trafen die Vorbereitungen für den Flug. Ich hatte keine Vorstellung, wie groß unsere Gruppe sein würde, da Mascha meine einzige Kontaktperson zu diesen Leuten war, und sie konnte es mir nicht sagen. Anscheinend konnten sich einige bis zum letzten Augenblick nicht entscheiden, ob sie mitkommen wollten oder nicht.

Wir sollten am späten Nachmittag fliegen und nachts in Samarkand ankommen, nach einem Zwischenstop in dem zwei Flugstunden von Nowosibirsk entfernt liegenden Taschkent. Am Tag des Abflugs packte ich meine Koffer und rief im Lauf des Vormittags bei Mascha an, um mich zu vergewissern, dass sie mich abholen würde. Sie klang ein wenig ängstlich, versicherte mir jedoch, dass sie spätestens gegen 16.00 Uhr bei mir sein würde. Um Punkt 16.00 Uhr klingelte mein Telefon, und eine mir unbekannte weibliche Stimme bat darum, Olga zu sprechen. Nachdem ich ihr erklärt hatte, dass ich selbst am Apparat war, stellte sich die Frau als Maschas Großmutter vor. Ich wusste überhaupt nicht, dass Mascha noch lebende Großeltern hatte. Sie hatte mir immer erzählt, sie lebe allein mit zwei roten Katzen, ihre Eltern seien gestorben, als sie noch klein war, und sie habe keine Angehörigen.

»Nein, ihre Eltern sind nicht tot. Sie sind bloß nicht hier. Aber das ist eine lange Geschichte«, antwortete die Frau in reserviertem Ton auf meine Frage. »Mascha wohnt auch nicht bei mir. Das stimmt. Ich wohne in ihrer Nähe. Ich rufe Sie an, weil sie mich darum gebeten hat, bevor sie eingeschlafen ist.«

»Was meinen Sie damit, dass sie eingeschlafen ist? Unser Flug geht in ein paar Stunden!«

»Sie schläft, weil ich ihr Beruhigungsmittel gegeben habe. Sie hat wieder getrunken – seit heute Morgen – und ihre Wohnung verwüstet. Die Nachbarn riefen mich an, deshalb bin ich zu ihr rübergegangen, um sie zu beruhigen. Hat sie Ihnen denn nichts von ihren Alkoholproblemen erzählt?«

In meinem Kopf drehte sich alles. Ich wusste nicht, was ich sagen oder fragen sollte, ich wusste nur, dass die Frau die Wahrheit sagte, so gern ich auch das Gegenteil geglaubt hätte. Ich war wütend auf Mascha, aber vor allem war ich wütend auf mich selbst. Ich spürte, dass ich nun gezwungen war, Dingen ins Auge zu sehen, die zu übersehen ich mir offenbar die größte Mühe gegeben hatte. Wenn mir entgangen war, dass sie trank, hatte ich mir unbewusst etwas vorgemacht. Aber was hatte ich davon gehabt, die Augen davor zu verschließen? Und was sollte ich jetzt tun?

»Lassen Sie mich mit ihr reden.«

»Ich habe Ihnen doch gesagt, dass sie schläft. Es wird Stunden dauern, bis sie wieder ansprechbar ist.«

»Wecken Sie sie, sagen Sie ihr, ich möchte mit ihr reden, oder geben Sie mir Ihre Adresse, dann komme ich selbst!« Mir platzte fast der Kragen.

»Also gut, ich versuch's«, erwiderte die Frau in einem leicht süffisanten Tonfall.

Eine Weile lang herrschte Schweigen am anderen Ende der Leitung. Ich hörte gedämpfte Geräusche im Hintergrund, und dann plötzlich dröhnte Maschas Stimme tief und heiser in mein Ohr, als säße sie direkt neben mir. »Also, Frau Doktor, ich habe meine Reise abgeblasen.« Sie sprach undeutlich und war kaum zu verstehen.

Ich schwieg, drauf und dran, in Tränen auszubrechen.

»Haben Sie verstanden, was ich gesagt habe? Ich s-a-g-t-e, ich fahre nirgendwohin. Und wissen Sie warum? Weil ich glaube, dass es ehrlicher ist, sich voll laufen zu lassen …«, kicherte sie, »… als in irgend so ein Kaff in Asien zu fahren und vor mir selbst davon zu laufen … Doktor.« Das Freizeichen beendete ihr Gebrabbel, sie hatte aufgelegt. Ich saß da wie gelähmt, den Hörer in der Hand, und wusste nicht, was ich tun sollte.

Kaum hatte ich aufgelegt, klingelte das Telefon erneut, und als ich abnahm, sagte die Großmutter vorwurfsvoll: »Es war nicht einfach, sie wieder zu beruhigen. Wollen Sie die Adresse in Samarkand? Ihr Flug geht doch schließlich bald.«

Mechanisch schrieb ich die Adresse mit. Ich ging ein letztes Mal mein Gepäck durch, um mich zu vergewissern, dass ich nichts vergessen hatte. Dann bestellte ich ein Taxi, das mich zum Flughafen bringen sollte, und warf noch einmal einen Blick auf das Ticket, um die Abflugzeit zu überprüfen. All das tat ich, ohne nachzudenken. Mein Kopf war völlig leer, auch wenn ich – oberflächlich betrachtet – normal funktionierte. Erst nachdem ich meinen Platz im voll besetzten Flugzeug eingenommen hatte, wurde ich mir meiner Situation bewusst. Mascha saß nicht neben mir. Sie lag betrunken in ihrer Wohnung, und ich, blass vor Wut, konnte nicht ahnen, dass Smirnow ihr am Morgen verboten hatte, nach Samarkand zu fahren, und sie es nicht gewagt hatte, sich ihm zu widersetzen.

Als ich mich umschaute, wurde mir noch mulmiger zumute. Neben Fluggästen aus der Region gab es nur eine kleine Gruppe europäischer Touristen, die in einem abgetrennten Bereich des Flugzeugs saßen. Verzweifelt suchte ich nach einem vertrauten Gesicht. Kein Viktor, kein Wladimir. Und als ich die ausländischen Touristen Deutsch sprechen hörte (keine Spur von Phil), ergriff mich Panik. Aber es war zu spät. Wir befanden uns bereits in der Luft, und die endlose Weite des sibirischen Tieflandes entschwand meinen Blicken, als wir in die Wolken eintauchten. Ich war allein und unterwegs zu einem mir völlig unbekannten Ort. Mein einziger Anhaltspunkt bestand in einem Zettel mit einer Adresse in Samarkand. Ich hatte keine Ahnung, was mich auf dieser Reise erwartete.

Allerdings fuhr ich nicht zum ersten Mal nach Usbekistan, und Taschkent und der dortige Flughafen waren mir vertraut. Irgendwann übermannte mich die Erschöpfung, und meine Anspannung ließ nach. Ich fand mich damit ab, dass ich unterwegs nach Samarkand war und sich alles früher oder später aufklären würde.

Ganz allmählich begann ich, mich auf den Besuch in dieser uralten Stadt zu freuen. Samarkand, eine der Perlen Usbekistans, ist weniger weit von Nowosibirsk entfernt als Moskau. Aber es liegt in einer geheimnisvollen, abgeschiedenen Gegend, und kaum jemand würde es als Reiseziel wählen. Urlaub machte man normalerweise in Moskau, Leningrad oder am Schwarzen Meer. Usbekistan ist zu exotisch und in dieser Hinsicht zu weit entfernt von Sibirien. Soweit ich wusste, handelte es sich um eine der wenigen Gegenden auf der Welt, deren Kultur von allen großen religiösen Traditionen geprägt war. Es war Heimat uralter schamanischer Kulte, der Ursprünge der zoroastrischen Lehre aus Turan und des späten Zoroastrismus. Später breiteten sich dort der Buddhismus, das Christentum und der Judaimus aus, der jahrhundertelang von der einflussreichen Gemeinde der Juden in Buchara praktiziert wurde. Obwohl das heutige Usbekistan weitgehend muslimisch ist, würden sich sicherlich noch Spuren der anderen Kulturen finden lassen. Allmählich gelang es mir, meine Sorgen abzuschütteln und mich auf Samarkand zu freuen.

Nachdem wir gelandet waren, umfing mich die Nachtluft von Samarkand mit ihrem Duft nach Blumen und frisch gebackenem Brot. Überall waren üppig blühende Tulpenbeete zu sehen – in Sibirien zu dieser frühen Jahreszeit undenkbar –, und die von Straßenlaternen hell erleuchtete Stadt wirkte wie ein exotischer Garten, der seine Besucher in einen anderen Raum und eine andere Zeit entführte.

Ich rief ein Taxi. Erleichtert stellte ich fest, dass der Fahrer die Adresse, die ich ihm zeigte, kannte. Nun fühlte ich mich schon wesentlich wohler.

Die Fahrt dauerte nicht lange und ich sah nicht viel mehr als die Schatten der riesigen Bäume, die die Straßen säumten, und die dahinter verborgenen kleinen, meist einstöckigen Häuser aus Lehmziegeln.

Plötzlich verbreiterte sich die Straße, und wir bogen in die Auffahrt zu einem großen und hohen Gebäude ein. Die Fenster waren hell erleuchtet, und aus dem Innern des Gebäudes drang laut moderne Musik. Am Eingang standen Leute in Gruppen herum, rauchten und unterhielten sich.

Ich ging davon aus, in ein Schulungszentrum zu kommen und von jemandem in Empfang genommen zu werden, der mich erwartete. Dass ich im größten Hotel Samarkands landen würde, damit hatte ich nicht gerechnet. Verwirrt kramte ich noch einmal meinen Zettel vor und bat den Fahrer zu überprüfen, ob er sich nicht geirrt hätte. Er zeigte mir auf dem Stadtplan, dass bei der angegebenen Adresse ein Hotel eingezeichnet war, und so blieb mir nichts anderes übrig, als auszusteigen und mein Gepäck zu nehmen.

Als ich die Hotellobby durchquerte, schwand meine Hoffnung, Wladimir oder jemand anderen von der Gruppe zu treffen. Meine Intuition sagte mir, dass das nicht passieren würde, und ich hatte mittlerweile gelernt, meiner Intuition zu vertrauen.

An der Rezeption nahm eine junge Usbekin meinen Pass entgegen und teilte mir freundlich mit, dass ein

Zimmer für mich reserviert sei; sollte es mir nicht gefallen, müsse ich mir eine andere Bleibe suchen, da das Hotel voll belegt sei. Sie wies in eine Ecke, wo unter einem Hinweisschild mit der Aufschrift: »Belegt« mehrere Familien auf Sofas hockten, inmitten ihrer Koffer, erschöpft und verzweifelt.

Vermutlich durfte ich mich glücklich schätzen. Ich fühlte mich tatsächlich erleichtert, auch wenn keine Nachricht für mich hinterlassen worden war. Irgendwie hatte ich nicht registriert, dass das Zimmer auf meinen Namen reserviert worden war, dass es also jemanden geben musste, der mit meiner Ankunft gerechnet hatte. Ich hatte ein Zimmer und so spät am Abend war das das Einzige, was zählte. Das Zimmer war klein, warm und gemütlich. Ich stellte mein Gepäck ab und erinnerte mich, dass unten aus der Bar laute Musik gekommen war. Meine Reise war viel zu aufregend gewesen, als dass ich jetzt schon hätte schlafen können, und so beschloss ich, hinunterzugehen, allerdings ohne die Hoffnung, jemanden von der Gruppe zu treffen. Ich wollte mich einfach nur ein wenig ausruhen.

In der Bar war einer der hölzernen Barhocker noch frei, ich setzte mich und versuchte, nicht nach links oder rechts zu schauen, um möglichst unbemerkt zu bleiben. Der Barkeeper ließ mich nicht lange warten. Er tauchte plötzlich vor mir auf und erkundigte sich nach meinen Wünschen, allerdings ohne ein Wort zu sagen. Er hob lediglich seine für usbekische Männer typischen dichten, schwarzen Augenbrauen.

»Nur einen Tee, bitte.«

Er zeigte sich überrascht. Die Leute tranken Alkohol, niemand kam zu dieser Stunde in die Bar und bestellte Tee. Doch dann nahm sein Gesicht wieder den professionellen Ausdruck der Gleichgültigkeit an, und er entfernte sich aus meinem Blickfeld. Das Nächste, was ich bemerkte, war eine weiße, mit schwarzen usbekischen Ornamenten gemusterte Keramiktasse, die vor mir auf dem Tresen stand. Vorsichtig trank ich einen Schluck von dem starken schwarzen Tee. Er war viel zu heiß, ich konnte nur daran nippen. Jeder Schluck versetzte mich tiefer in eine Art Trance. Die Bar war brechend voll, und es gelang mir nicht, auch nur einen Satz aus dem, was gesprochen wurde, herauszuhören; alles verschwamm zu einer Geräuschkulisse. Das Einzige, was ich sah, waren die Reihen bunter Flaschen in allen möglichen Formen in den Regalen hinter dem Tresen. Sie schienen im Rhythmus der Musik sanft hin und her zu wanken.

Ich betrachtete die Flaschen und hörte gedankenverloren der Musik zu. Die vergangenen Wochen waren deprimierend gewesen, und jetzt empfand ich zum ersten Mal so etwas wie Entspannung, oder zumindest die Erinnerung daran. Das war es, was ich dringend brauchte und was ich unbewusst gesucht hatte, als ich beschloss, diese Stadt in Zentralasien zu besuchen. Der Anflug von Entspannung machte mir deutlich, wie erschöpft und unglücklich ich mich die ganze Zeit gefühlt hatte, auch wenn ich keinen besonderen Grund für mein Unglück sehen konnte.

Ich war unzufrieden mit mir selbst und mit dem, was ich in jüngster Zeit mit meinem Leben gemacht hatte. Die Zielstrebigkeit, die mir bisher so vertraut gewesen war, ein Ergebnis meiner Arbeit als Ärztin, hatte mich irgendwann verlassen, und ich musste mir traurig eingestehen, wie verloren und verwirrt ich mich seit geraumer Zeit fühlte. Ich wagte nicht, mich zu bewegen, aus Angst, mein Dämmerzustand könnte sich verflüchtigen. Ich wünschte, dieses schläfrige Gefühl würde ewig andauern und mich davontragen in einen Zustand des Vergessens, in dem es nichts gab, keine Menschen, keine Angst und keine Fragen, woher diese Angst kam.

Ich war dankbar für diese lang ersehnte Entspannung. Vielleicht war es doch gar nicht so dumm gewesen, hierher zu kommen, und vielleicht würde ich ja hier jemanden finden, einen ganz realen Menschen, der mir wie durch ein Wunder aus meiner Verwirrung heraushelfen könnte. Aus irgendeinem Grund war ich mir sicher, dass Wladimir nicht dieser Mensch sein würde, dass seine Hauptaufgabe darin bestand, durch die Welt zu reisen und seine Botschaft zu verbreiten. Zwar hoffte ich immer noch, ihn zu finden, aber die Vorfreude darauf, jemand anderen kennen zu lernen, jemanden aus Wladimirs Umfeld, vielleicht den Mann im Hintergrund, erwies sich als stärker.

Plötzlich hatte ich das Bild der kleinen, hochbetagten und doch vor Energie sprühenden Altai-Schamanin Umai vor Augen, die ich vor einigen Jahren in Sibirien kennen gelernt hatte. Damals hatte sie die tiefgreifendste Transformation meines Lebens ausgelöst und mir damit unglaublich geholfen. Seitdem war sie für mich der Maßstab für alle wesentlichen Begegnungen und Erfahrungen. In ihrem Schamanengewand, eine Trommel in der einen, eine angezündete Pfeife in der anderen Hand, tanzte Umai lebhaft durch meine Erinnerung. Während ich ihr Lächeln und ihren schelmischen Gesichtsausdruck vor mir sah, wurde ich immer gelöster.

»Hallo«, sagte eine Stimme zu meiner Linken. Langsam drehte ich mich um, ich sah nur das Gesicht des Mannes, der gesprochen hatte. Vor der verschwommenen Barkulisse hob es sich deutlich ab – es wirkte so realistisch, als gehörte es einer anderen Dimension an. Es war das Gesicht eines jungen Mannes mit feinen, vornehmen usbekischen Gesichtszügen. Er war ausgesprochen schön, mit großen, schwarzen Mandelaugen. Seine Augenbrauen waren so buschig, dass sie wie aufgeklebt wirkten, und sie ließen seinen wohlwollenden Blick noch intensiver erscheinen.

Sein Gesicht sah aus wie ein gemaltes Portrait – zu perfekt, um von dieser Welt zu sein. Ich schüttelte heftig den Kopf, um meine normale Wahrnehmung wiederzuerlangen. Es funktionierte, und gleich darauf sah ich einen jungen Mann in einem schwarzen T-Shirt und Blue Jeans, der an der Bar auf einem Hocker neben mir saß.

Er lächelte freundlich und schüchtern. Er war jünger als ich, vermutlich Mitte zwanzig. Jetzt sah er aus wie die anderen Leute von hier, die aus den Nachbarstädten in diese Bar kamen. Aber dennoch hatte er irgendetwas Besonderes an sich, etwas Geheimnisvolles lag in seinen tiefschwarzen Augen. Ich versuchte, all dem keine Bedeutung beizumessen, und erwiderte höflich sein Hallo in der Erwartung, dass unser Gespräch damit beendet war. Gerade wollte ich mich wieder meinem Tee widmen und meiner Entspannung hingeben, als er mit seinem Hocker näher rückte und mich offen und gut gelaunt anschaute.

»Wissen Sie, ich bin auch Heiler«, sagte er und fixierte mich, während er einen blauen Strohhalm in seinen Händen spielen ließ. Dann ließ er den Strohhalm in sein Glas gleiten, nippte an seinem Cocktail und lächelte mich an.

›Der ist doch wohl noch ein bisschen zu jung, um Menschen zu heilen‹, dachte ich irritiert. Gleichzeitig spürte ich, dass mich meine arrogante Reaktion auf diesen unaufdringlichen Menschen verwirrte.

Wahrscheinlich las er meine Verunsicherung und meine Zweifel an meinem Gesichtsausdruck ab. Er lächelte und wiederholte: »Ich bin ein sehr guter Heiler. Und ich glaube tatsächlich, dass Sie bisher bei all Ihren Bemühungen nicht an ein Hundertstel von dem herangekommen sind, was ich über das Heilen weiß.«

Das war eine dreiste und völlig unangebrachte Bemerkung. Ich musterte ihn etwas genauer. Vor lauter Verblüffung über sein Benehmen fiel mir gar nicht auf, dass er meinen Beruf kannte, dass er also irgendetwas über mich wissen musste. Er sah mich unverwandt an, aber die Freundlichkeit war aus seinem Gesicht gewichen. Jetzt war er es, der verwirrt schien von meiner Unfähigkeit, ihn auf der Stelle zu verstehen.

»Für wen halten Sie sich eigentlich?«, schleuderte ich ihm entgegen, fast atemlos vor Zorn, der mich plötzlich überwältigte, mein bisschen Entspannung zunichte machte und mir all meine Sorgen und meinen Kummer wieder vergegenwärtigte. Dieser Fremde, der das Pech hatte, zufällig in diesem Augenblick neben mir zu sitzen, bekam all meinen Ärger ab, weil er eine Grenze überschritten hatte.

»Wahrscheinlich sind Sie ein einheimischer Geist«, fügte ich hinzu. Dabei bemühte ich mich, meinen Sarkasmus mit dem abfälligsten Gesichtsausdruck zu unterstreichen, dessen ich fähig war. Ich hatte keine

Ahnung, warum seine Bemerkung eine derart heftige Reaktion bei mir ausgelöst hatte, und das frustrierte mich noch mehr.

Er legte seine Hand auf meine, und bevor ich dazu kam, sie abzuschütteln, geschah etwas, das mich völlig verblüffte.

Sein Gesicht hob sich jetzt erneut vom Hintergrund ab. Es strahlte eine lebendige Energie aus, die alles um ihn herum verblassen ließ. Sein Gesicht schwebte in der Luft vor mir, und die Art, mit der er mir direkt in die Augen starrte, machte mich völlig willenlos. Alle Geräusche waren gedämpft und kamen wie von weit her, als wäre ich unter Narkose.

›Und wenn er wirklich ein Geist ist?‹, sprang es mich aus meinem tiefsten Unbewussten an. Gleichzeitig war mir, als würde jemand in meinem Kopf über diesen Gedanken lachen. Dieses innere Zwiegespräch spielte sich jedoch nur am Rande meiner bewussten Wahrnehmung ab; diese war völlig auf seine schwarzen Mandelaugen fixiert. Sie schwebten vor mir hin und her und versetzten mich zunehmend in einen tiefen hypnotisierten Zustand.

Dann hörte ich ein Klatschen, und – als handelte es sich dabei um einen geheimen Befehl – seine Augen wurden größer und größer und vereinigten sich schließlich zu einem einzigen riesigen schwarzen Auge auf seiner Stirn, das mich an und durch mich hindurchsah. Es schien sich aus lauter rautenförmigen Mosaiksteinen zusammenzusetzen.

Die Zeit blieb stehen. Dieser Mann war wie ein Spiegel, der meine Aufmerksamkeit gefangen nahm und alle Bewegungen nutzlos und überflüssig erscheinen ließ. Seit dieser Blick auf mir ruhte, hatte ich keinen

Willen mehr, keine Wünsche und auch kein Ziel. Ich hatte meine letztendliche Bestimmung gefunden, und selbst das Atmen ergab keinen Sinn mehr.

Plötzlich spürte ich, wie jemand heftig meine Hand schüttelte. Dann, als mir bewusst wurde, dass mein Körper verzweifelt zu atmen versuchte, kehrte meine normale Selbstwahrnehmung wieder zurück. Ich musste so stark husten, dass es mir fast die Lunge zerriss. Mein Herz raste. Er ließ meine Hand los und schob fürsorglich die Teetasse zu mir hin. Der Tee war mittlerweile kalt und schmeckte merkwürdig, aber er stillte fast augenblicklich meinen Hustenreiz, sodass ich wieder sprechen konnte.

»Wer sind Sie, und warum tun Sie mir das an?« Meine Stimme kam mir eigenartig fremd vor, als würde sie von einem Tonband abgespielt.

Er betrachtete mich schweigend mit einer schüchternen Andeutung eines Lächelns. Doch dann brach er in lautes Lachen aus, und als er erneut seine Hand nach meiner ausstreckte, wäre ich fast vom Hocker gesprungen, aus Angst, er könnte mich noch einmal anfassen.

»Ich kenne Sie«, antwortete er immer noch lachend, ergriff mein Handgelenk und legte seine langen Finger um die Perlenkette, die Wladimir mir gegeben hatte.

»Was wissen Sie über mich?« Während ich diese Frage stellte, versuchte ich hektisch, aus einigen Einzelheiten ein vernünftiges Bild dieser merkwürdigen Begegnung zusammenzusetzen. Aber es ergab keinen Sinn.

»Ich weiß nichts über Sie. Aber ich *kenne* Sie.« Seine Antwort verhalf mir nicht wirklich dazu, die Situation, die mir entglitt, in irgendeiner Weise zu verstehen.

»Ich kenne Sie«, wiederholte er. »Und ich glaube, dass ich weiß, wonach Sie suchen.« Den letzten Satz sprach er ohne jeden anmaßenden Unterton aus. Aber dieser Satz berührte mich mehr als alles andere, was geschehen war.

Ich sah ihm mit höchstmöglicher Konzentration direkt ins Gesicht.

»Sie sollten mich nicht zu lange ansehen«, sagte er so beiläufig, als würde er mir vorschlagen, noch eine Tasse Tee zu trinken.

Ich betrachtete ihn mit noch größerer Aufmerksamkeit. Es hätte sehr zur Wiederherstellung meines inneren Gleichgewichts beigetragen, wenn ich hätte entdecken können, dass er verrückt war. Das würde sein seltsames Verhalten erklären. Also strengte ich mich an, kniff die Augen zusammen, und spulte eine Liste aller möglichen Diagnosen in meinem Kopf ab, aber frustriert musste ich mir eingestehen, was ich instinktiv bereits wusste. Dieser Mann, so merkwürdig er mir erschien, war mehr bei Verstand als die meisten Menschen, die ich kannte. Trotz seiner Warnung betrachtete ich weiterhin sein Gesicht. Er wirkte sehr jung. Gleichzeitig passte er irgendwie in meine Vorstellung von jemandem, der magische Kräfte besaß. In gewisser Weise war er sogar der perfekte Kandidat: geheimnisvoll, unberechenbar, ewig jung und völlig einsam.

Ich hatte den Eindruck, dass die Erfahrung, die er mich soeben hatte machen lassen, auf eine mir unbekannte und unglaublich starke Energie zurückzuführen war, die durch ihn hindurchströmte.

»Und warum? Warum soll ich Sie nicht zu lange anschauen?«

»Das gilt nur für die ersten paar Tage«, erwiderte er. »Danach werden Sie sich daran gewöhnt haben, in meiner Nähe zu sein.« Er hatte offensichtlich keine Lust, auf die Ironie in meiner Frage einzugehen.

»Und wie kommen Sie darauf, dass es diese Tage geben wird, an denen ich mich an die Macht Ihrer Blicke gewöhnen werde?« Ich konnte mich nicht zurückhalten.

»Weil Sie sich erst eingewöhnen müssen, bevor Sie das tun können, weswegen Sie wirklich hier sind.«

»Und das wäre…?«

»Sie wissen es selbst am besten.« Er stand abrupt von seinem Hocker auf, er wirkte müde und irgendwie enttäuscht. Er nahm Geld aus seiner Hosentasche, legte es auf den Tresen und folgte dem Barkeeper mit den Augen, um sich zu vergewissern, dass der es bemerkt hatte. Mir war klar, dass er im nächsten Augenblick gehen würde, ohne ein weiteres Wort zu sagen. Plötzlich fühlte ich mich ganz elend, als hätte ich ihn verletzt, obwohl ich keine Ahnung hatte, was ich falsch gemacht hatte. All die unerwarteten Gefühle, die er in mir ausgelöst hatte, verdeutlichten mir, wie unausgeglichen ich war, und ich fühlte mich unwohl dabei. Ich wollte ihm etwas Nettes sagen, um das Gespräch auf angenehme Weise zu beenden, aber mein Kopf sagte mir, dass ich diesem Mann nicht erlauben durfte, mich noch weiter zu manipulieren.

Er wandte sich zum Gehen, zögerte, drehte sich um und lächelte mich an. Erneut berührte er mein Handgelenk, fasste die Perlenkette an und fragte: »Ihr *Tschotki* gefällt mir, meinen Sie, Sie könnten es mir geben?«

Behutsam, um die dünne Schnur nicht zu zerreißen,

wickelte ich die Perlenkette von meinem Handgelenk. Ich handelte, ohne zu überlegen. Plötzlich war ich hundemüde und wollte diese Begegnung nur noch zu Ende bringen, und zwar angenehm.

Ich reichte ihm die lange Kette, und hatte gleichzeitig das Gefühl, ihm damit meine eigene Sicherheit anzuvertrauen.

Mit einer anmutigen Bewegung legte er sich die Kette um den Hals und bedankte sich bei mir mit einem leichten Kopfnicken.

»Sie können mich morgen Mittag in der *Tschaichana* treffen, im örtlichen Teehaus. Es ist nicht weit von hier, in Fußnähe. Ich werde Ihnen einige Dinge zeigen.«

Dann wandte er sich ab und verließ den Raum, ohne sich noch einmal umzublicken.

Kapitel fünf

Den ganzen Vormittag verbrachte ich in meinem Hotelzimmer. Das Telefon weigerte sich beharrlich zu klingeln, und ich hatte keine Nummer, die ich hätte anrufen können, um der quälenden Stille und meiner Ungewissheit ein Ende zu bereiten.

Irgendwann nahm meine Nervosität überhand, und ich konnte die Anspannung nicht länger ertragen. Es war ermüdend, in diesem kleinen Zimmer auf Gott-weiß-was zu warten. Ich brauchte frische Luft, ich musste meine Ängste beschwichtigen.

Ich kann mich nicht mehr genau daran erinnern, was mich veranlasste, die *Tschaichana* aufzusuchen. Vielleicht redete ich mir selbst einen rationalen Grund für dieses irrationale Verhalten ein. Vielleicht folgte ich auch einem spontanen Impuls, der mich die hundert Meter vom Hotel zu dem kleinen einstöckigen Haus aus Lehmziegeln zurücklegen ließ. Der Hotelangestellte hatte mir auf meine Frage nach der *Tschaichana* das weiß gekalkte Haus gezeigt.

Ich weiß noch, wie ich in der Tür stehen blieb, bevor ich in den kleinen Gastraum des Teehauses trat. Daran und an alles, was danach geschah, erinnere ich mich wie an einen Traum, den ich noch immer ungewöhnlich lebendig vor Augen habe. Die winzigen Fenster waren zur Hälfte verhängt mit geblümten Vorhängen, der Raum wirkte dunkel und gemütlich. Massive Holztische standen vor Bänken mit bunten Stoffkissen, auf denen die Gäste sitzen und nach traditioneller Art ihren Tee trinken konnten. Einige alte Usbeken hockten um einen Tisch herum und unterhielten sich leise. Es gab auch eine Reihe moderner Plastiktische mit leichten Stühlen. Dieser Bruch mit der Tradition war vermutlich den häufigen Besuchen von Hotelgästen zu verdanken.

Zu dieser frühen Stunde war das Teehaus fast leer. Der Mann, den ich am Vortag getroffen hatte, saß an einem der modernen Tische, den Blick abgewandt. Als ich mich ihm näherte, drehte er sich langsam zu mir um, und ein Lächeln huschte über sein Gesicht. Er trug ein weißes Baumwollhemd mit langen Ärmeln, die er bis zu den Ellbogen aufgerollt hatte. Er hatte das Hemd bis zur Brust aufgeknöpft, und ich sah, dass Wladimirs *Tschotki* immer noch um seinen Hals hing. Das *Tschotki* erinnerte mich an den Grund meines Kommens, und ich trat selbstbewusst an den Tisch.

Er erhob sich kurz zur Begrüßung, und ich nahm ihm gegenüber Platz. Die Andeutung eines Lächelns spielte um seinen Mund, aber die dunklen Augen betrachteten mich ernst.

»Hallo«, sagte er, und bevor ich seinen Gruß erwidern konnte, fügte er hinzu: »Sie sehen heute merkwürdig aus.«

›Na großartig‹, hörte ich meine innere Stimme, ›der verrückteste Typ, der mir je begegnet ist, erzählt mir, dass ich merkwürdig aussehe.‹

Ich versuchte mir ins Gedächtnis zu rufen, welches Bild ich heute Morgen im Spiegel gesehen hatte. Ein schwarzes, langärmeliges T-Shirt, eine graue Strickhose, ein Geldgürtel, weiche Lederstiefel mit folkloristischer Stickerei, blondes Haar, zu einem Pferdeschwanz zusammengebunden, leicht gebräunte Haut und ein müdes Gesicht. Nichts Merkwürdiges.

Er sah mich an, auf irgendetwas konzentriert. Dann schaute er sich im Raum um, und ich folgte seinem Blick. Plötzlich hatte ich an diesem eigenartigen Ort mit all seinen Anzeichen usbekischer Kultur und dem leisen Gesang einer usbekischen Männerstimme im Hintergrund mein eigenes Bild im Hotelspiegel vor Augen und verstand auf der Stelle, was der Mann mir gegenüber gemeint hatte. Die Männer, die in ihren warmen Steppmänteln auf den geschnitzten Holzbänken saßen, die exotischen Gerüche, der einschläfernde Rhythmus des Liedes, die ungewöhnlich warme Luft zu dieser frühen Stunde – nichts davon war hier fremd. All dies war hier und gehörte hierher, während ich wie ein Fremdkörper wirkte. Ich sah tatsächlich merkwürdig aus, und zwar, weil ich diejenige war, die hier nicht zu Hause war. Aber diese Einsicht verunsicherte mich nicht, sie bewirkte, dass ich das Gefühl hatte, auf festem Boden zu stehen. Ich schüttelte leicht den Kopf und schaute den Mann unverwandt an.

»Ich bin Michael«, sagte er und trank einen Schluck Tee aus einer *Piala*, einer flachen Schale, die er vorsichtig mit beiden Händen hielt. »Und ich weiß, dass Sie Olga heißen«, fügte er hinzu, bevor ich mich vorstellen konnte.

Dass er meinen Namen kannte, rief mir wieder die Frage in Erinnerung, die ich mir am Vorabend gestellt hatte, nachdem er die Bar verlassen hatte. Woher konnte er von meinem Beruf wissen? Was wusste er sonst noch über mich? Das Sinnvollste wäre gewesen, ihn zu fragen, ob er mit Wladimir in Verbindung stand und von diesem Informationen über mich bekommen hatte. Aber irgendwie war mir nicht danach, schon jetzt mit ihm über Wladimir zu sprechen. Mein Gedankenaustausch mit Michael schien sich auf einer Ebene zu entwickeln, die völlig verschieden war von meiner normalen Realität (oder zumindest wollte ich das gerne so sehen). Unbewusst weigerte ich mich, einen Zusammenhang zwischen Michael und Wladimir herzustellen, um den Zauber nicht zu zerstören. Rückblickend glaube ich, dass Michael selbst auch nicht daran interessiert war, mir gegenüber die Art seiner Beziehung zu Wladimir zu enthüllen. Vielmehr ging es ihm wohl darum, meine Beklemmung und Verwirrung zu schüren, um sein Ziel zu erreichen; dieses Ziel war mir zu jener Zeit noch gänzlich unbekannt.

»Wie viel wissen Sie über mich, Michael?«, fragte ich, um einen möglichst beiläufigen Tonfall bemüht.

»Eigentlich nichts, und gleichzeitig fast alles.«

»Wollen Sie mir erklären, was Sie damit meinen?«

»Nein.« Die Sachlichkeit der Antwort ließ sie zwar weniger barsch, aber irgendwie beängstigend klingen.

»Und wenn ich Sie bitten würde, es mir zu erklären, würden Sie es dann tun?«

»Ich könnte es, aber Sie würden es nicht verstehen. Meine Erklärungen bewegen sich nicht in dem Teil der Realität, in dem nur dem äußeren Schein eine Bedeutung zugemessen wird, und Sie würden eine Antwort erwarten, die sich auf diese Realität bezieht.«

»Können Sie mir *Ihre* Art der Antwort geben?«

»Stellen Sie Ihre Frage noch einmal.«

»Erzählen Sie mir bitte mehr davon, was Sie über mich wissen.«

»Zunächst einmal kann ich Ihnen sagen, warum Sie so bestrebt sind, in unserer Begegnung einen Sinn zu sehen. Sie haben das Gefühl, noch nicht alle Teile des Bildes zu kennen, und deshalb können Sie das alles nicht als etwas Angenehmes und Bekanntes einordnen. Solange Sie nicht alle Teile kennen, fühlen Sie sich verunsichert, gestresst, womöglich sogar bedroht. Sie suchen nach den fehlenden Details, um Ihre Ängste und Ihr Unbehagen aufzulösen. Aber das ist genau das Gegenteil von dem, was Sie brauchen. Was Sie gerade durchmachen, während Sie mir zuhören, Ihre zunehmende Beklemmung und Unruhe, all das ist Ihre einzige Hoffnung, aus dem Dilemma herauszukommen. Sie müssen Ihr unangenehmes Gefühl nicht auflösen. Sie müssen es beschleunigen und ihm nachgehen.«

Ich bemerkte, dass mein Bein, das ich über das andere geschlagen hatte, immer schneller und nervöser ausschlug, während wir uns unterhielten. Mir war, als würde sich ein kleines, wütendes, katzenartiges Tier nervös in mir winden, hinter meinem Brustbein von innen an mir kratzen und jeden Augenblick herausspringen, um den Mann, der diese Welle der Verunsicherung hervorrief, zu beißen.

Ich holte tief Luft und versuchte, meine innere Unruhe zu überwinden und Michael zuzuhören, ohne ihn zu unterbrechen. Und wieder spürte ich, dass seinem durchdringenden und konzentrierten Blick keine meiner Reaktionen verborgen blieb. Michael lächelte und fuhr fort.

»Gut so. Sie werden leicht wütend. Das ist gut. Sie müssen es noch stärker empfinden. Denn wenn Sie es nicht tun, dann haben Sie nur die Alternative, wieder in dieses dunkle, stille Loch zurückzufallen, in dem Sie bis zum heutigen Zeitpunkt gehaust haben. Sie dürsten nach Sinn wie ein Erstickender nach Sauerstoff, nur damit Sie etwas haben, womit Sie wieder in Ihren tiefen Brunnen abtauchen können, der gefüllt ist mit Depressionen. Der Brunnen umgibt Sie wie eine Wolke, verschließt Ihre Augen und Ohren und betäubt ihre Gefühle, bis Sie eine ganz bestimmte, grundsätzliche Wahrheit nicht mehr zu erkennen und ein ganz bestimmtes Gefühl nicht mehr zuzulassen brauchen. Mit allen Raffinessen versuchen Sie, dieses Gefühl zu vergraben. Es ist ein ganz einfaches Gefühl: Man nennt es Schuld. Sie wollen sich nicht schuldig fühlen.«

Die dünne Membran, die meine Wut zurückgehalten hatte, zerplatzte. Meine Sicht verdüsterte sich und ich merkte plötzlich, wie unglaublich geladen ich war. Heftig keuchend sprang ich auf. Ich starrte ihn an, wie er da vor mir saß und entspannt lächelnd die *Piala* zwischen seinen Händen hielt. Ich fühlte mich beleidigt und erniedrigt, gleichzeitig war ich überwältigt von der unerwarteten Intensität meiner Reaktion, die dieser Mann ausgelöst hatte. Und ich wusste nicht, was ich als Nächstes tun sollte.

»Setzen Sie sich«, sagte er ganz ruhig. »Ich habe Ihnen noch mehr zu sagen.«

Während ich mich langsam auf die Stuhlkante setzte, bemerkte ich, wie Michael dem Koch des Teehauses etwas signalisierte. Er hatte in der Nähe gestanden und so getan, als würde er unser Gespräch nicht hören. Zum Zeichen, dass er verstanden hatte, neigte er den Kopf und ging in die Küche.

»Hören Sie mir zu. Ich kenne nicht den Grund für Ihre Depression und Ihr Schuldgefühl. Es geht mir nicht um Bedeutung und Inhalt, wenn ich mit Menschen kommuniziere. Ich spüre die Energie. Ich sehe, wie sie fließt, wo sie langsamer wird, wo Hindernisse sind, wo sie sich im Kreis dreht und Knoten in der Dynamik eines Lebens produziert – Knoten, die einen schließlich töten können. Wenn Sie sich Ihrer Depression unterwerfen, verraten Sie Ihre Energie und geben sie auf. Aber es gibt immer Kräfte um Sie herum, die diese Energie benutzen wollen. Wenn Sie sich weigern, den schmerzhaften Kloß mit mir zu erforschen, wird er sich in Ihnen verfestigen und Sie um Ihre wirkliche Gabe bringen – die Gabe zu heilen. Sie werden nicht mehr in der Lage sein, Menschen zu heilen, wenn Sie sich weigern, sich selbst zu heilen. Sie müssen mir vertrauen.«

Seine Worte klangen überzeugend. Ich beruhigte mich allmählich. Zu viele unterschiedliche Impulse stürmten auf mich ein. Ich hatte nicht die Kraft, sie zu ordnen, und war geneigt, die am wenigsten anstrengende Alternative zu wählen und ihm einfach zu vertrauen.

Der Koch, der einen langen, grauen Steppmantel trug und eine weiße Küchenschürze über seinen gewaltigen Bauch gebunden hatte, kam aus der Küche mit zwei tiefen Tellern, gefüllt mit heißem und appetitlich duftendem *Polow*, einer traditionellen Speise aus Fleisch, Reis und Kräutern, die in einem besonderen Topf gekocht wird. Er stellte jedem von uns einen Teller hin.

»Danke, aber ich habe keinen Hunger«, sagte ich.

»Sie sind eingeladen«, sagte der Koch leise, und mir war klar, dass er es als Beleidigung ansehen würde, wenn ich nicht wenigstens probierte.

»Danke«, sagte ich noch einmal und sah mich nach Messer und Gabel um.

»Nein, wir essen es so«, sagte Michael lachend und kopfschüttelnd.

Er legte seine langen, zierlichen Finger zusammen, als setzte er dazu an, ein Musikinstrument zu spielen, und nahm eine Portion Reis mit Fleisch von seinem Teller. Dann formte er daraus mit einer leichten Bewegung seiner Fingerspitzen ein Bällchen, schob es sich genüsslich in den Mund.

Mir blieb nichts anderes übrig, als seinem Beispiel zu folgen. Ich nahm den kleinsten und trockensten Reisklumpen und als ich davon kostete, entfaltete sich ein überwältigendes Aroma. Es war, als hätte ich noch nie zuvor eine Mahlzeit so intensiv genossen.

Michael fuhr beharrlich fort. »Wenn Sie es zulassen, dass Ihre Verletzungen sich in Ihrem Gedächtnis wie ein ungelöster Knoten festsetzen, wird dieser zu einem Brutkasten, in dem ein hungriger böser Dämon sich erneuert und ernährt, ein Dämon, der seit vielen Generationen in der genetischen Gedächtniskette Ihrer Vorfahren nur auf diese Chance wartet. Er wird sich aus dem kollektiven Gedächtnis Ihrer Vorfahren erheben und ein eigenes Leben als Dämon der Angst zu führen beginnen. Er wird Ihr Leben vergiften.«

Die Erwähnung der Dämonen der Angst rief mir Wladimirs Vortrag in Nowosibirsk in Erinnerung. War es möglich, dass Michael zur Gruppe um Wladimir gehörte? Meine gemischten Gefühle verwandelten sich in Erregung und Hoffnung.

»Ich kenne jemanden. Ich habe ihn in Sibirien kennen gelernt. Seinetwegen bin ich hierher gekommen, und von ihm habe ich diese Adresse. Er heißt Wladimir. Er hat mir von den Dämonen des Traumas erzählt. Kennen Sie ihn? Arbeiten Sie mit ihm zusammen?«

»Ich kenne hier niemanden dieses Namens«, war seine enttäuschende Antwort. Michael log nicht. Wladimirs usbekischer Name lautete anders. Nur auf seinen Reisen durch Russland nannte er sich so, in Samarkand kannte ihn niemand als Wladimir. Doch damals wusste ich das natürlich nicht, und ich fühlte mich von neuem verunsichert. »Und ich glaube auch nicht, dass Sie seinetwegen hierher gekommen sind. Aber eins nach dem anderen. Ich will Ihnen noch mehr erzählen.« Die Art, wie er das Gespräch über Wladimir abschloss, ließ mir keine Chance, irgendwelche Anhaltspunkte von ihm zu bekommen. Ich seufzte.

»Es geht um Folgendes. Wenn Sie kein Bewusstsein haben von den Dämonen des Traumas, wie Sie sie nennen, oder Gedächtnisdämonen, wie ich sie nennen werde, gelingt Ihnen eine Heilung nur zufällig, ohne dass Sie verstehen, was Sie tun, oder Sie verschaffen dem Patienten lediglich eine vorübergehende Erleichterung, die nicht lange vorhält. Wenn Sie tatsächlich heilen wollen, müssen Sie begreifen, was jene Dämonen antreibt. Sie müssen lernen, sie zu erkennen und zu jagen, Sie müssen stark genug werden, den Kampf gegen sie zu gewinnen. Ich kann Ihnen all das beibringen. Aber ich werde Sie um eine Gegenleistung bitten.«

Seine tiefe, leise Stimme berührte mich sehr, sie umfasste viele unterschiedliche Schwingungen. Die Art, wie er redete, wie er aß, sich mit seinen dunklen intensiven Augen umsah, war ganz anders als alles, was ich bisher kennen gelernt hatte. Er vermittelte den Eindruck von jemandem, der mit beiden Füßen fest auf dem Boden stand, reich an erdverbundener Erfahrung. Aber gleichzeitig hatte ich das Gefühl, mit jemandem zu reden, der nicht von dieser Welt war, mit jemandem, der umgeben war von starken kosmischen Schwingungen, die ihre Signale durch ihn aussandten – nur leider konnte ich diese Signale nicht verstehen.

Ich fragte mich, um was in aller Welt er mich bitten würde.

»Heilung.« Ich war mir fast sicher, dass er meine unausgesprochene Frage gehört hatte.

»Als Gegenleistung werde ich Sie bitten, an einem Heilungsritual teilzunehmen und jemandem zu helfen, der dringend darauf angewiesen ist. Es dürfte Ihnen nicht schwer fallen.«

»Also gut, ich kann meinen Aufenthalt hier um ein paar Tage verlängern. Vielleicht finde ich ja auch Wladimir.«

Michael lächelte weise, als hätte er jemanden beim Schummeln erwischt.

»Gut. Dann fangen wir an. Gehen wir zum Bazar.«

Dieser Vorschlag kam ziemlich unerwartet, aber ich wusste, dass der Bazar von Samarkand in der Nähe einer der architektonischen Sehenswürdigkeiten der Stadt lag, und ich freute mich darauf, einen einheimischen Führer zu haben. Ich willigte gern in seinen Vorschlag ein.

Von der *Tschaichana* waren es zehn Minuten zu Fuß durch sonnige grüne Straßen zu dem alten Stadtviertel, in dem der Bazar lag. Schon von weitem entdeckte ich die wunderschönen türkisblauen Kuppeln der Bibi-Khanum-Moschee, die vor langer Zeit von Timur erbaut worden war, dem König des »Spiegels der Welt«, wie Samarkand seinerzeit genannt wurde. Timur war einer der großen Herrscher Samarkands, der westlichen Welt als der stolze Tyrann Tamerlan, der Lahme, bekannt.

Ich hielt mich dicht hinter Michael, der mich durch die Menschenmenge zum Eingang des Bazars führte. Ich bemühte mich, mit seinem leichtfüßigen Tempo Schritt zu halten, um ihn nicht zu verlieren. Obwohl ich mir nicht die Zeit nahm, die Schönheit der Moschee zu betrachten, spürte ich ihre machtvolle Ausstrahlung. Ihre leuchtend blauen Kuppeln standen dem strahlenden Blau des Himmels in nichts nach, und die faszinierenden Legenden, die sich um ihren Bau rankten, schienen nicht länger phantastische Märchengeschichten zu sein, sondern Teile einer historischen Wahrheit, die im Umfeld einer solch machtvollen Moschee entstehen.

Khanum, Timurs Lieblingsfrau, einer Überlieferung zufolge eine chinesische Prinzessin, laut einer anderen Tochter des Mongolen-Khan, hatte beschlossen, diese riesige Moschee errichten zu lassen, um ihren Gatten bei der Rückkehr von der Eroberung Indiens zu überraschen. Der geniale Architekt der Moschee, ein junger persischer Sklave, konnte den Bau nicht vollenden, da er der Schönheit Khanums verfiel. Nur ein Kuss der Herrscherin würde ihm die Kraft verleihen, die Moschee rechtzeitig fertig zu stellen. Kurz vor der Rückkehr Timurs musste nur noch ein Bogen gebaut werden, und nur ein Kuss trennte Khanum von ihrem Ziel, ein Kuss, den sie dem Architekten schließlich gewährte. Aber die Leidenschaft dieses Kusses hinterließ auf Khanums schönem Mund eine Narbe, und ihr zornentbrannter Gemahl bestrafte sie in eben dieser Moschee mit dem Tode.

Als wir den Bazar betraten, fielen mir eine Reihe hintereinander hängender schwerer Orientteppiche auf. Michael ging vor mir her und bahnte uns den Weg durch die Teppiche. Mit ihren kunstvollen Mustern erschienen sie mir wie antike Vorhänge, und hinter jedem öffnete sich ein verborgener Raum. Meine Eindrücke des Bazars vermischten sich mit dem Lärm von klirrendem Metall, dem Gackern von Hühnern in rostigen Käfigen und dem Brutzeln von Fleisch in riesigen Bratpfannen. Der beißende Geruch von Kräutern, die in bunte Beutel verpackt waren, die üppige Fülle an Lebensmitteln, die heiße Luft, der entfernte Klang einer Trommel – all das zog mich tiefer in den Bann dieser faszinierenden Welt. Ich gab es auf, Michael im Auge behalten zu wollen. Stattdessen ging ich einfach weiter durch die Reihen der Teppiche und leuchtenden Stoffe, durch ein Meer von Früchten, vorbei an vergnügten Gesichtern. Irgendwann sah ich Michael auf einem kleinen Platz stehen und auf mich warten.

Inmitten der vielen anderen Gesichter und bei Tageslicht sah er auf einmal ganz anders aus. Er wirkte europäischer, schmaler, und ich entdeckte weniger mongolische Merkmale in seinen Zügen. Vielleicht hatte er tadschikisches Blut in seinen Adern. Als Nachfahren indo-europäischer Nomaden, die vor Tausenden von Jahren in das Gebiet von Samarkand eingefallen waren, wiesen die Tadschiken europäische Gesichtszüge auf, die sich nicht mit mongolischen Einflüssen vermischt hatten.

»Sie kennen doch die Geschichte von Bibi Khanum?« Es war eigentlich keine Frage. Irgendwie wusste Michael, dass ich die Geschichte kannte.

»Nicht sie hat die Moschee bauen lassen, sondern Timur selbst«, fuhr er fort. »Aber er errichtete sie nicht für seine Lieblingsfrau, sondern zu einem anderen Zweck. Es ging ihm um Ausgleich. Er wusste, dass die einzige Macht, die auf Dauer aufrechterhalten werden konnte, eine Macht war, die sich im Einklang mit der Erde befand. Und er war besessen davon, seine Macht zu erhalten. Also musste er für seine Macht einen Ausgleich herstellen. Er musste überall dort, wo er mit seinen Eroberungen die Dämonen des Traumas herbeigerufen hatte, über das Medium Erde mit diesen Dämonen arbeiten.

Aber er war nicht der Erste. Es gab zwei weitere Männer, die über die Jahrhunderte mit Samarkand und so auch miteinander verbunden waren: Alexander der Große und Dschingis Khan. Dann kam erst Timur. Dieses Land wurde zum Schlachtfeld nicht nur für deren Soldaten, sondern ebenso für die inneren Dämonen der drei Herrscher. In Samarkand hat jeder von ihnen die wesentliche Transformation durchlaufen, die das Schicksal ihres Lebens nach dem Tod bestimmen sollte. In diesem Land lernten sie ihre Dämonen kennen, und für alle drei kam hier der Wendepunkt in ihrer Geschichte.«

Eine Zeit lang sah Michael mich schweigend an.

»Das ist faszinierend. Erzählen Sie weiter.« Ich konnte es kaum erwarten, dass er mit seiner Geschichte fortfuhr.

»Die Grundvoraussetzung, um Gleichgewicht herzustellen, ist die Fähigkeit, die Beschaffenheit der Umgebung zu erkennen. Jeder Ort hat seine eigene Bestimmung. Das Haus ist ein Ort zum Leben. Das Schlachtfeld ist ein Ort zum Kämpfen. Ein Mausoleum wird gebaut, um als Haus der Toten zu dienen. Wir sind jetzt auf dem Bazar, und ein Bazar ist ein Handelsplatz. Sie können hier kaufen und verkaufen. Aber Sie können hier nicht einfach so Geschichten erzählen.

Wenn Sie möchten, dass ich Ihnen diese Geschichte erzähle, müssen Sie sie mir abkaufen. Und da heute ein guter Tag für den Handel ist, werde ich sie nicht billig verkaufen. Aber wenn Sie warten, bis wir an den Ort kommen, der für das Geschichten Erzählen vorgesehen ist, bekommen Sie sie umsonst.«

»Dann warte ich doch lieber.«

»Das habe ich mir gedacht.« Michael lächelte wieder. »Gehen wir weiter.«

Wir schoben uns noch etwa hundert Meter vorbei an bunten Verkaufsständen, bis wir unvermittelt das Ende des Bazars erreichten und ins Freie auf einen großen Platz gelangten. Dort gab ein Wanderzirkus inmitten einer großen Menschenmenge seine Vorstellung. Zwischen zwei hohen, im Boden verankerten Pfosten war ein dickes Seil gespannt. Auf einer der kleinen Plattformen, die auf den leicht schwankenden Pfosten angebracht waren, warteten zwei Artisten auf einen dritten, der gerade zu ihnen hochkletterte.

Ich schaute den Vorbereitungen für eine gefährliche Darbietung so gebannt zu, dass ich nicht bemerkte, wie ich Michael in der Menge verlor. Es gab kein Netz für die Akrobaten, und die Konstruktion der beiden Pfosten mit dem hoch über dem Boden gespannten Seil wirkte zu unstabil, um drei erwachsene Männer sicher tragen zu können.

Ein paar andere Artisten am Boden unterhielten das Publikum. Sie machten Musik, rissen Possen, erzählten Witze in der Landessprache und machten Ansagen, die ich nicht verstand. Ich fühlte mich an Kindheitserlebnisse erinnert. Zwar hatte ich noch nie einen Wanderzirkus gesehen, doch inmitten der vielen aufgeregten Kinder, die ungeduldig auf den Beginn der

Vorführung warteten, kam ich mir auf einmal selbst wie ein Kind vor.

Ich betrachtete die Gesichter der Erwachsenen um mich herum. Auch sie wirkten sehr kindlich; selbst den alten Usbeken, die auf ihren niedrigen Stühlen saßen und Pfeife rauchten, war hinter ihren blinzelnden Augen die Aufregung anzusehen.

Eine Frau mittleren Alters in einem traditionellen, gestreiften Seidenkleid, die auf der gegenüberliegenden Seite des Platzes stand, winkte mir zu. In der Hand hielt sie ein Tamburin, das sie im Rhythmus der Zirkusmusik schlug. Als ich ihr Lächeln erwiderte, bedeutete sie mir, ich solle näher kommen.

Neugierig darauf, was sie von mir wollte, ging ich zu ihr. Sie bückte sich und holte ein *Nan* aus ihrer Tasche, ein frisch gebackenes, weißes Fladenbrot. Als sie es mir reichte und der Duft mir in die Nase stieg, begriff ich, warum das Aroma von frischem Brot über dem ganzen Bazar lag. Diese Art Brot wurde an jeder Ecke verkauft, und die Luft war erfüllt von seinem appetitlichen Duft.

Ich musste an eine Geschichte denken, die von Timur überliefert ist. Er hatte ständig seine Bäcker gewechselt, um einen zu finden, der in der Lage war, ein Brot zu backen wie das *Nan* aus seinem geliebten Samarkand. Die Bäcker mussten ihn auf seinen Feldzügen begleiten. Irgendwann gab er es jedoch auf, nachdem er begriffen hatte, dass weder die Bäcker das Problem waren noch die Zutaten, die sie benutzten – es war die Luft von Samarkand, die dem Brot seinen unvergesslich köstlichen Geschmack verlieh. Von da an ließ sich Timur das Brot auf dem Schiffsweg direkt aus Samarkand in seine Quartiere schicken.

Und jetzt reichte mir die Frau aus Samarkand wunderschönes weißes *Nan*, und ich konnte weder seinem Duft noch ihrem Lächeln widerstehen.

»Wie viel kostet es?« Ich wollte schon meinen Geldgürtel öffnen, um die Rubel herauszuholen, als sie mich abrupt unterbrach.

»Nein! Nein! Kein Geld. Das Brot ist ein Geschenk für Sie. Sie sind in Begleitung des *Tschiltan*. Der *Tschiltan* ist im Bazar. Heute ist so ein großartiger Tag. So ein guter Tag für den Handel. Nehmen Sie das Brot als Geschenk.«

Verwirrt nahm ich das *Nan* an, dazu eine Plastiktüte, in der ich es tragen konnte.

»Danke.« Aber bevor ich dazu kam, sie zu fragen, was sie damit gemeint hatte, ich sei in Begleitung des *Tschiltan*, verkündeten laute Fanfaren den Beginn der Vorstellung, und alle Köpfe wandten sich gen Himmel.

Ein Mann stand auf dem Drahtseil, auf den Schultern eine lange, schwere Stange, die er mit den Händen in Balance hielt. Die beiden anderen Männer hockten in kleinen Sitzen an den Enden der Stange, die sich leicht auf und ab bewegten, als der Seiltänzer die ersten Schritte weg von seiner Plattform machte. Die Menge erstarrte. Die Kinder hörten auf herumzutollen, alle Gespräche verstummten, nur ein Tamburin und eine Flöte spielten im Rhythmus der Schritte, mit denen sich der Artist hoch über unseren Köpfen immer weiter von seinem sicheren Platz entfernte. Er machte kleine Schritte, seine Last wirkte sehr schwer, und er hatte noch fast das ganze Drahtseil vor sich, bevor er wieder sicheren Boden unter den Füßen haben würde.

Er hatte keine Eile. Ich konnte weder sein Gesicht sehen noch die Gesichter der Männer, die er trug. Ich sah nur seinen entspannten Rücken, sein goldfarbenes Seidenhemd und seine rote *Tubetejka*, eine kunstvoll bestickte Mütze. Von meinem Platz aus wirkte der zweite Pfosten höher als der erste, sodass ich den Eindruck hatte, der Seiltänzer stiege aufwärts, mit kleinen Schritten direkt in den Himmel, der mit den Kuppeln der Moschee um das schönere Blau wetteiferte.

Dieser Akrobat kannte seine Kraft. Er wusste genau, wie viel Energie er in jeden Schritt stecken musste, um das andere Ende des Seils erreichen zu können. Seine Schritte waren so präzise ausbalanciert, dass ich irgendwann das Gefühl verlor, er sei in Gefahr. Er war ein großartiger Artist. Er wusste, wie man über ein Drahtseil geht. Aber als ich meinen Blick den beiden anderen zuwandte, die mit den gleichen goldenen Hemden bekleidet ruhig am Ende der waagerechten Stange saßen, überkam mich wieder die Angst. Ich spürte, dass die Menge fasziniert war von diesen beiden, die keine Möglichkeit hatten, sich zu schützen, und demjenigen, der sie trug, vertrauen mussten. Sie konnten seine Bewegungen nicht sehen. Sie blickten starr geradeaus und warteten darauf, dass er seinen nächsten Schritt tat.

Es verging eine ganze Weile, da er sich langsam bewegte, aber als er schließlich ruhig und entschlossen auf die Plattform am anderen Ende trat, hatte ich das Gefühl, ich sei diejenige, die er sicher über das Seil zum Himmel getragen hatte. Die Menge brach in Beifallsstürme aus. Die Artisten verneigten sich schweigend, kletterten behende die Pfosten hinunter und sprangen einer nach dem anderen auf den Boden. Die Frau mit dem Tamburin stand immer noch in der Nähe. Ich nutzte die Pause, um sie zu fragen.

»Entschuldigen Sie, aber können Sie mir sagen, wer der *Tschiltan* ist?«

Sie sah mich schockiert an, als hätte ich mich in aller Öffentlichkeit für verrückt erklärt.

»Sie sind in Begleitung des *Tschiltan* und wissen nicht, wer er ist?« Sie schien ihren eigenen Worten nicht glauben zu können. »Sie sind vielleicht seltsam«, war das Einzige, was ihr noch einfiel.

Das hatte ich schon einmal gehört. Ich dachte an Michael und überlegte, ob die Worte der Frau etwas mit ihm zu tun haben könnten. Aber mir blieb keine Zeit, ihr noch etwas zu entlocken, denn plötzlich wurde mir klar, dass ich Michael in der Menge verloren hatte. Fieberhaft suchte ich ihn zwischen den vielen Gesichtern. Er war nirgends zu sehen. So sehr ich mich auch bemühte, ich konnte ihn nicht entdecken.

Wahrscheinlich war er gegangen. Er hatte vermutlich bemerkt, dass ich ihm nicht mehr aufmerksam gefolgt war, und war weggegangen. Es wunderte mich, wie traurig dieser Gedanke mich machte. Die Vorbereitungen für die nächste Vorstellung versetzte die Menge schon in Aufregung, aber ich war nicht mehr daran interessiert. Mir tat es Leid, dass ich Michael aus den Augen verloren hatte.

Die Menge applaudierte frenetisch, als ein weiterer Akrobat, ein junger Mann, fast noch ein Kind, den Pfosten hinaufkletterte. Als ich zu ihm hinüberschaute, sah ich Michael umringt von Artisten neben dem Pfosten stehen, einen kleinen Jungen auf den Armen. Er hatte seinen Blick auf mich gerichtet, und da begriff ich, dass er mich die ganze Zeit beobachtet und keinen Moment aus den Augen gelassen hatte. Erleichtert lächelte ich ihn an und blickte wieder nach oben.

Der Junge befand sich schon in der Mitte des Draht-
seils, wo er mit einer Leichtigkeit tanzte und sprang,
als hätte er festen Boden unter den Füßen.

Die Musik wurde lauter. Die Artisten tanzten unter
dem Seil gemeinsam mit dem in der Luft herumspringenden Jungen, der über das Seil zu fliegen schien, von
unsichtbaren Händen gehalten. Das Publikum sang
und klatschte im Rhythmus der Musik, die Menge
jubelte. Dann brach die Musik plötzlich ab. Ein Rau-
nen ging durch die Menge, und schließlich wurden alle
still. Schweigend standen die Leute da, die Köpfe nach
oben gereckt, den Blick starr auf den Jungen gerichtet, der regungslos auf dem Seil verharrte, das Gesicht
dem Publikum unter ihm zugewandt, die Augen
geschlossen. Die schmächtige Gestalt in dem goldfarbenen Hemd und der eng anliegenden schwarzen Hose
sah aus wie ein in den Himmel gemaltes Bild vor dem
strahlend blauen Hintergrund der hohen Kuppeln von
Bibi Khanums Moschee.

Der Junge breitete die Arme aus, öffnete die Augen,
lächelte den Menschen unter ihm zu, sprang plötzlich
mühelos und elegant vom Drahtseil ab und flog mit
dem Kopf vornüber nach unten. Die Leute hielten vor
Schreck den Atem an. Der Junge flog vorbei an den
Kuppeln, vorbei an den Mauern der Moschee, sodass
man glauben musste, er würde im nächsten Moment
am Boden zerschellen. Doch kurz bevor er mit dem
Kopf aufschlug, wurde sein Fall gestoppt; gehalten von
langen dünnen Bändern, die um seine hohen Lederstiefel gebunden waren, hing er in der Luft. Die Arme
immer noch ausgebreitet, wurde er in einem weiten
Bogen um das Hochseil herumgeschleudert. Sein gol-
denes Hemd glitzerte in der Sonne, als er vor dem

Hintergrund der Moschee und der Kuppeln auf und ab flog. Er hinterließ am Himmel Striche eines Pinsels, von der Hand eines unsichtbaren Malers geführt. Ich bahnte mir den Weg durch die erregte Menge zu Michael. Er hatte das Kind abgesetzt und sprach mit den Akrobaten.

Als ich mich ihm näherte, sah er mich an und sagte ohne Umschweife: »Das ist die Disziplin, die einen lehrt, den Raum zu verwandeln, indem man die Zeit als Verbündeten benutzt. Unsere Ängste sind in Räumen enthalten, die so angeordnet sind, dass wir sie für unbestreitbare Realitäten halten. Wenn die Artisten hier –«, er deutete mit einer Kopfbewegung auf den Jungen, der eben erst unten angekommen war, »über das Hochseil laufen, wird ihr Raum verwandelt. Sie glauben in dem Moment nicht, dass sie auf dem Boden leben; sie glauben, dass sie sich im Himmel bewegen. Sie leben im Himmel und springen auf die Erde, sie kommen aus der Zukunft an den Ort der Vergangenheit. Sie verändern die Vergangenheit der Menschen, die ihnen zuschauen, indem sie ihnen vom Himmel die Energie der Zukunft bringen.«

»Warum erzählst du ihr das alles?« Die Frage kam von dem jungen Artisten, der seine Requisiten einsammelte. Er war offensichtlich ungehalten über meine Anwesenheit und über das Gespräch, das Michael mit mir führte.

»Weil sie es wissen muss«, erwiderte Michael. Seine Antwort war weniger als Erklärung gemeint, sondern vielmehr als Aufforderung, keine weiteren Fragen mehr zu stellen. Er kannte nicht nur alle Artisten, sondern stellte auch eine Autorität für sie dar. Der Junge senkte den Kopf und entfernte sich schnell. So sehr ich auch darauf brannte, Michael noch einmal anzusprechen, um zu verstehen, wovon er redete, blieb mir nichts anderes übrig, als meine Fragen zurückzustellen und schweigend bei ihm stehen zu bleiben, um die anderen Zirkusleute, die sich in unserer Nähe befanden, nicht noch mehr zu verärgern. Während sie ihre Requisiten einsammelten, warfen mir einige im Vorbeigehen unfreundliche Blicke zu, doch niemand sagte ein Wort.

» Wir gehen mit ihnen. Es ist nicht sehr weit von hier. Sie müssen Ihnen etwas in ihrem Lager zeigen.« Michaels Feststellung verursachte bei den Zirkusleuten einiges Unbehagen. Sie versammelten sich etwas abseits und begannen, im Flüsterton miteinander zu reden. Die Aussicht darauf, Männer zu begleiten, die über meine Anwesenheit nicht besonders erfreut waren, begeisterte mich auch nicht sonderlich. Als dann aber zwei junge Frauen auf uns zukamen und in freundlichem Tonfall sagten: »Kommen Sie, wir brechen auf«, war ich erleichtert und beschloss mitzugehen. Mein sechster Sinn sagte mir, ich würde dort etwas Wichtiges erleben.

Wir waren ungefähr fünfzehn Leute, vorwiegend Männer, die den Bazar verließen und durch enge Straßen zu dem Lager gingen. Die Akrobaten, immer noch in ihren goldfarbenen Kostümen, gingen den anderen schwatzend voraus. Ich hielt mich lieber in der Nähe der beiden jungen Frauen, die sehr redselig waren. Sie trugen zwar nicht die hier üblichen langen, gestreiften Gewänder, aber ihre Kleidung wirkte auch nicht modern. Sie hatten weiße Blusen an und lange, fließende, leuchtend bunte Röcke, die von ledernen, mit weißen Fransen verzierten Gürteln gehalten wurden. Die meisten Mitglieder der Truppe trugen ähnliche Gürtel um die Taille.

Wir ließen den belebten Teil der Stadt hinter uns und erreichten nach zehn Minuten den Außenbezirk. Vor uns lag offenes Land mit sandbedeckten Hügeln und gewaltigen Ruinen, die sich bis zum Horizont erstreckten. Zu unserer Rechten, auf einem Hügelkamm, lag eine Kette miteinander verbundener schöner Moscheen. In der Nähe der Ruinen standen mehrere Filzzelte, zwischen denen kleine Kinder umherliefen. Über mehreren Kochstellen hingen große Kessel mit dampfendem Essen. Einige alte Frauen, behängt mit schwerem Goldschmuck, saßen Pfeife rauchend auf niedrigen Stühlen und musterten mich neugierig.

Mir war nicht wohl in meiner Haut. Sie sprachen kein Russisch, und ich konnte ihre Sprache, die usbekisch klang, nicht verstehen. Ich fühlte mich von allen Seiten misstrauisch beäugt. Michael war weit und breit der einzige Mensch, den ich kannte, aber gleichzeitig war er für mich immer noch unberechenbar.

»Sie muss das Bild sehen«, sagte er ein paar Männern, die um ihn herumstanden. Sie wandten sich mir wortlos zu. Sahen mich einfach nur an. Als mir das peinliche Schweigen unerträglich wurde, stellte ich die erste Frage, die mir in den Sinn kam.

»Hat das Bild etwas mit den *Tschiltans* zu tun?«

Meine Frage führte zu einer Veränderung, mit der ich niemals gerechnet hätte. Auf der Stelle entspannten sich die Männer und nickten zustimmend. Ihre Haltung mir gegenüber war von einem Moment auf den anderen umgeschlagen, statt kühler Distanz strahlten sie nun eine große Warmherzigkeit aus. Einer von ihnen, vermutlich der Älteste, öffnete das Zelt an einer Ecke und bat mich einzutreten.

Ich betrat das kleine Zelt. Dort schien niemand zu wohnen, es war ein einfacher, fast leerer Raum. An einer der Zeltwände stand ein niedriger, runder Tisch mit einer dicken, brennenden Kerze auf einem Teller. Außer einem kleinen Fenster im Zeltdach sorgte nur die Kerze für Licht im Zeltinnern. Dem Eingang gegenüber befand sich ein großer behauener Steinquader, dessen polierte Flächen von nahezu perfekter Ebenheit waren. Ein großer, von einem grauen Leinentuch bedeckter Gegenstand lag auf dem Quader. Ein Mann rückte einen Stuhl vor den Stein.

»Setzen Sie sich«, vernahm ich Michaels Stimme hinter mir. Als ich mich umdrehen und ihn ansehen wollte, hinderte er mich daran, legte seine Hand auf meine rechte Schulter und schob mich entschlossen zu dem Stuhl.

Ich setzte mich und bemerkte, dass meine Beine leicht zitterten, obwohl ich mich erstaunlich ruhig fühlte. In der stickigen Luft lag ein ganz bestimmter Geruch, als wären in dem engen Raum Kräuter verbrannt worden.

»Schließen Sie jetzt die Augen«, forderte Michael mich auf. Er stand hinter mir, die Hand immer noch auf meiner Schulter.

Meine Lider wurden schwer, und ich schloss die Augen.

»Wenn ich meine Hand von Ihrer Schulter nehme, öffnen Sie die Augen und schauen geradeaus. Wenden Sie den Blick nicht ab, egal was passiert.«

Ich hielt die Augen geschlossen und wartete auf den Augenblick, in dem Michael die Hand wegnehmen würde und ich die Augen öffnen könnte. Ich wartete lange. Seine Hand lag auf meiner Schulter wie ein schweres Gewicht, und selbst, als eine Ewigkeit vergangen zu sein schien, spürte ich es immer noch. Irgendwann hörte ich auf zu warten. Ich hörte auf, mir Gedanken zu machen. Ich vergaß sogar seine Hand. Und als ich schließlich fühlte, wie mein Körper leicht wurde, so, als würde er fliegen, öffnete ich ganz von selbst die Augen und blickte auf das, was vor mir war.

Es war ein Gesicht aus Stein, das mich anschaute. Seine perfekt geschnittenen Augen befanden sich genau auf der Höhe meiner Augen. Obwohl in Stein gehauen, war das Gesicht irgendwie lebendig und sprach mit mir. Ich wollte mich abwenden, aber es gelang mir nicht. Mein Hals gehorchte mir nicht, und ich konnte nicht verhindern, dass mich dieser steinerne Blick durchdrang. Mir wurde übel.

Das Bild tauchte in mich ein, wurde zu einem untrennbaren Teil von mir, als wäre es mein eigenes Gesicht. Meine Übelkeit wuchs, mein Herz schlug immer schneller, und das Atmen fiel mir schwer. Als diese Symptome ihren Höhepunkt erreichten, stellte ich mit Entsetzen fest, dass mich zwei identische Gesichter anschauten. Zwei Gesichter waren in den Stein gehauen, eins über dem anderen, und beide waren wie mit mir verwachsen, als wäre der Stein eine Fortsetzung meines Körpers. Die Augen des oberen Gesichts waren auf meine Augen gerichtet, während das zweite Augenpaar in mein Herz sah. Das zweite Gesicht war auf der Höhe meines Herzens in den Stein gemeißelt, und es öffnete meine Brust, zog etwas aus meinem Herzen heraus, was mir unerträgliche Schmerzen und zugleich ein tiefes Glücksgefühl bereitete.

»So sehen Magier einander an«, sagte Michael mit einer Stimme, die direkt durch meine Brust in mich einzudringen schien und durch meinen Körper hindurch zu den Augen des zweiten Gesichts sprach.

»Für jede Art von Magie braucht man zwei Gesichter. Unsere Stadt Samarkand wurde früher ›Spiegel der Welt‹ genannt. Die meisten Menschen glauben, dass dieser Name auf Timurs Wunsch zurückgeht, in seinem Land die schönsten Gebäude zu errichten, die er auf seinen Feldzügen sah, um Samarkand zum ›Spiegel der Welt‹ zu machen. Aber der Name hat noch eine andere Bedeutung.

Früher stellte diese Stadt eins von den zwei Gesichtern der Erde dar, wovon das eine das Spiegelbild des anderen war. Samarkand war eines davon. Diese Spiegelverbindung bescherte der Erde über Tausende von Jahren magische Kräfte, vor allem zu Zeiten, in denen diese gebraucht wurden. Heute weiß man kaum noch von dieser Verbindung, aber früher war sie in den Köpfen der Menschen lebendig und von großem Einfluss. Viele wichtige Dinge wurden durch sie bewirkt.

In der Geschichte hat es ruhige und auch sehr bewegte Zeiten gegeben. Dass Sie aus dem weit entfernten Norden hierher gekommen sind, scheint wieder eine bewegte Zeit anzukündigen. Also muss die Arbeit wieder aufgenommen werden, die Arbeit mit dem zweiten Gesicht, dem Gesicht des Todes. Es ist der Tod, mit dem wir uns als Nächstes auseinander setzen müssen.«

»Wo ist das zweite Gesicht der Erde?« Ich war froh, dass wenigstens meine Stimme nicht ihren Dienst versagte.

»An einem Ort mit gleichem Namen. In dem Land, das uns in geographischer Hinsicht widerspiegelt. Dieses Land liegt ebenso wie unser Land zwischen zwei Flüssen, und mit seinen Einwohnern teilen wir das

Reich der Magie seit der Zeit, als es noch keine Geschichtsschreibung gab.«

»Ein Ort mit dem gleichen Namen?« Ich konnte mir auf seine Antwort keinen Reim machen. Meine Augen waren auf den steinernen Blick vor mir fixiert, mein Kopf schien den Dienst zu versagen. Dann konzentrierte sich meine Aufmerksamkeit auf meine Brust, und ich begann, durch die Augen meines Herzens zu sehen. Und plötzlich, ganz leicht und deutlich, wuchs das Verstehen in mir genau dort, wo mein Herz zu dem zweiten Gesicht der Skulptur Verbindung aufgenommen hatte. Aus diesem Verstehen wurde ein Gedanke geboren: »Sumer.«

Natürlich, es war der gleiche Name, nur mit einer etwas anderen Aussprache. Samarkand, dessen zweiter Teil, das Suffix *kand*, »Stadt« bedeutet, hat den gleichen Namen wie Sumer, dessen Reich Tausende von Jahren zwischen den beiden Flüssen Euphrat und Tigris existierte. Ich spürte, wie mich das uralte Mysterium nahezu körperlich berührte.

»Ich denke, für heute reicht Ihnen das«, sagte Michael und legte erneut seine Hand auf meine Schulter. Als er seine Hand wegnahm, schloss ich langsam die Augen, und als ich sie öffnete, war die Steinskulptur wieder von dem Leinentuch bedeckt. Ich stand auf und verließ das Zelt, um frische Luft einzuatmen, und meine Übelkeit verflog.

»Ich begleite Sie zur Bushaltestelle«, sagte Michael, als er nach mir aus dem Zelt trat. Und ohne mir Gelegenheit zu geben, noch mit den Leuten im Lager zu sprechen, ging er voraus. Ich verabschiedete mich schnell von den Männern und Frauen und folgte Michael zur Haltestelle.

»Nehmen Sie morgen den gleichen Bus und kommen Sie um zehn Uhr hierher.«

Ich stellte ihm noch eine Frage: »Diese Zirkusartisten sind doch Zigeuner, nicht wahr? Das sind doch keine Usbeken, oder?«

»Sie sind usbekische Zigeuner, *Liuli*, vom Volk der Traumleute. Wir gehen morgen zu dem Ort, wo Geschichten erzählt werden, und dort werden Sie mehr erfahren. Seien Sie um zehn Uhr hier.«

Durch das große Heckfenster des Busses, der mich aus dieser verlassenen Gegend in das überfüllte Stadtzentrum brachte, sah ich Michael weggehen. Auch wenn seine schlanke Silhouette immer kleiner wurde, konnte ich noch ausmachen, dass er die Richtung der verlassenen Ruinen und der langen Kette der Kuppeln auf der anderen Seite des Hügels einschlug. Ich wusste, dass ich am nächsten Tag um zehn Uhr dort sein würde, auch wenn ich keine rationale Erklärung dafür hatte, warum Michael mit mir in ständigem Kontakt bleiben wollte.

Damals wusste ich noch nicht, dass Michael, Wladimir und einige andere kurz zuvor hier in der Nähe von Samarkand an den Ruinen der antiken Stätte von Afrasiab zusammengekommen waren und beschlossen hatten, gezielt mit dem Westen zusammenzuarbeiten. Ebenso wenig wusste ich, dass Wladimir im Anschluss an diese Zusammenkunft nach Nowosibirsk gefahren war, zu einem der russischen Zentren für Metaphysik, das für seine einzigartige Kombination aus überlieferten okkulten Traditionen und fortschrittlicher Wissenschaft bekannt war. Ziel seiner Reise war es gewesen, den passendsten Kandidaten auszusuchen, der hierher kommen, ihre Arbeit kennen lernen und sie im

Westen bekannt machen sollte. Ich ahnte nicht, dass ich diese Kandidatin war, dass ich bereits in jene Wirklichkeit eingetaucht war, die sie für mich vorbereitet hatten, und dass es keinen Weg zurück gab. Sie wollten nicht, dass ich zu diesem Zeitpunkt etwas von all dem erfuhr, und heute bin ich froh, dass ich nicht Bescheid wusste.

Stattdessen hatten mich meine unmittelbaren Erfahrungen in ihren Bann gezogen, sie verwirrten und überwältigten mich, und ich gab mir alle Mühe, einen Grund für meine Reaktionen zu finden. Michael war unbestreitbar ein ungewöhnlicher Mensch, aber warum machten mich selbst seine einfachsten Bemerkungen und Handlungen derart nervös und verlegen? Ich hatte schon öfter mit ungewöhnlichen Leuten zu tun gehabt. Und ich war früher in der Lage gewesen, mich relativ mühelos mit meinen tiefsten Ängsten zu konfrontieren. Was wollte Michael mir über mich selbst enthüllen und warum sträubte ich mich so sehr dagegen?

Ich spürte, dass er Zugang zu einem bisher verborgenen Teil meiner Erinnerungen hatte, nach dem ich suchte und den ich gleichzeitig von meinem Bewusstsein fern zu halten trachtete. Ich spürte, dass er den Schlüssel zu dieser Erinnerung hatte, dass mir gar keine andere Wahl blieb, als am nächsten Tag um zehn an dem vereinbarten Ort zu sein. Dann nahm der Bus eine Kurve, und ich verlor Michael aus den Augen.

Kapitel 6

Die Nacht hatte sich über die Stadt gesenkt, als ich ins Hotel zurückkam. Tagsüber war es drückend heiß gewesen, jetzt kühlte allmählich die Luft ab. In meinem kleinen Zimmer gab es keine Klimaanlage, deshalb öffnete ich das Fenster, bevor ich zu Bett ging. Die typischen Großstadtgeräusche drangen herein: menschliche Stimmen, das Hupen der Taxis, Reifenquietschen und das unvermeidlich darauf folgende Gezeter. Während ich diesen normalen und vertrauten Geräuschen lauschte, konnte ich mich allmählich wieder entspannen. Und dennoch entstand tief in meinem Innern ein neues Gefühl, das mich mit Sicherheit nicht mehr verlassen würde.

Es war das Gefühl, in ein Mysterium eingetaucht zu sein, die intensive Gewissheit, dass mir ein rätselhaftes Reich der Magie eröffnet worden war, in einer Stadt, die man den »Spiegel der Welt« nannte. Die Stadt spiegelte für mich die normale Welt wider, die ich weit hinter mir gelassen hatte. Sie spiegelte sie als eine weit entfernte Illusion, und sie begann, mir diejenigen Seiten meiner Realität zu zeigen, die ich bisher nicht hatte wahrnehmen können.

Aber ich spürte auch, dass diese Seiten der Realität eine Gefahr bargen, und allmählich begann sich hinter meiner Aufregung und Erwartung wieder Angst zu regen. Je tiefer ich in den Schlaf fiel, desto stärker wurde sie. Mein ganzer Körper war wie ein Boot, das in den Wellen eines unbekannten Ozeans trieb. Dann kam der Moment, in dem eine riesige Traumwelle mich überspülte, dieses Boot meines Körpers mit in die Tiefe riss und alle Sicherheitsleinen kappte.

Ich tauchte in den Traum hinein und versuchte, daran zu denken, dass alles, was mir jetzt geschah, nur ein Traum war und ich mir keinerlei Sorgen zu machen brauchte, dass ich mich ausruhen und entspannen konnte. Die heiße Luft in meinem Zimmer dehnte sich aus, als verwandelte sich das Zimmer zuerst in ein Rohr und dann in einen langen Tunnel, der verbunden war mit dem Raum jenseits der Hotelmauer. Überraschenderweise flog ich mit Leichtigkeit durch diesen Tunnel und ließ mein Zimmer hinter mir zurück. Ich flog durch die Luft und stellte fest, dass ich träumte und mir dennoch meiner selbst bewusst war. Solche Träume hatte ich schon früher gehabt, aber diesmal war die Qualität meiner Bewegung eine andere, als würde meine Fluggeschwindigkeit von den unsichtbaren Händen einer anderen Person gesteuert. Jemand stützte mein Bewusstsein innerhalb des Traums und half mir, die Geschwindigkeit meines Fluges zu regulieren.

Dieser unsichtbare Jemand brachte mich zu der Erkenntnis, dass ich ein ganz bestimmtes Tempo einhalten musste, um meine Konzentration aufrechtzuerhalten und weiterzufliegen. Wenn ich zu langsam flöge, würde mich die Luft nicht tragen und ich würde in den Schlaf zurückfallen. Wenn ich zu schnell flöge, würde die Wirklichkeit um mich herum zerplatzen, und ich würde mein Traumbewusstsein verlieren.

Einen Moment lang versuchte ich, meine Umgebung wahrzunehmen, und auf der Stelle wurde mein Traumbewusstsein schwächer, beinahe hätte ich es in diesem Moment verloren. Aber die unsichtbare Kraft lenkte meine Aufmerksamkeit wieder auf meinen Körper, und ich begriff, dass ich, um weiterfliegen zu können, Bewegungen mit den Händen und dem Körper machen musste. Als ich mich daran hielt, stellte sich meine Konzentration von selbst wieder ein, gestützt von den vielfältigen Wahrnehmungen meines Körpers.

Plötzlich sah ich die blaue Bergspitze. Die Farben meiner Traumbilder waren so leuchtend, dass ich mich anstrengen musste, sie einfach nur wahrzunehmen, ohne Vergleiche anzustellen oder Schlüsse aus diesem Anblick zu ziehen. Ein riesiger, prächtiger Adler flog auf, als ich mich der Spitze näherte. Er flog in einem Kreis und betrachtete mich mit fast menschlicher Aufmerksamkeit. Auf den braunen Felsen gab es nur vereinzelt Schnee und Eis, weder Bäume noch Häuser. Niemand war zu sehen. Nur der Adler zog seine Kreise über mir, als ich schließlich Boden unter den Füßen hatte. Der Schwung meiner Flugbewegung hatte mich bis an den Rand eines Steilhangs getragen. Ich blickte in ein grünes, von Flüssen und Schluchten durchzogenes Tal hinab. Die Weite, die sich vor mir auftat, übte einen starken Sog aus, und durch meinen Körper pulsierte noch immer der Drang zu fliegen. Aber um weiterzufliegen, musste ich in den Abgrund springen. Ich musste mich vom festen Boden abstoßen und mich fallen lassen.

Angst schnürte mir den Magen zu und ließ mich nicht mehr los. Ich versuchte, sie zu überwinden und mich auf das beim Fliegen empfundene ekstatische

Gefühl zu besinnen, aber mein Körper fühlte sich auf einmal ganz schwer an. Jetzt spürte ich, dass ich abstürzen könnte. »Das ist doch nur ein Traum«, sagte ich mir, und dieser Gedanke schnitt wie eine scharfe Klinge durch mein Bewusstsein, zertrennte es wieder in eine linke und eine rechte Hälfte, und ich begriff, dass sich gleich alles in Luft auflösen würde.

Das Letzte, was ich wahrnahm, bevor sich alles verflüchtigte, war die offene Linse einer kleinen Videokamera, die zu meiner Rechten auf einem Metallstativ befestigt war. Als ich mich umdrehte, entdeckte ich auf der Oberfläche der Linse die Spiegelung meines Gesichts, das eine weitere Person gleichzeitig auf der anderen Seite der Kamera durch den Sucher betrachtete. Irgendetwas zog mich zurück, mein Traum verschwand und ich fiel in tiefen Schlaf.

Am nächsten Morgen war ich um halb zehn an der Bushaltestelle, die zugleich Endstation und Wendepunkt der Buslinie war. Ich war der eizige Fahrgast, sodass der Fahrer mir erlaubte, im Bus sitzen zu bleiben, bis er wieder zurückfahren musste. Es war ein Usbeke, Ende fünfzig mit wettergegerbtem Gesicht. Er hatte die traurigen, klugen Augen eines Mannes, der zu viel in seinem Leben gearbeitet und dafür zu wenig materiellen Gegenwert erhalten hatte. Aber er hatte Einsichten gewonnen – die er für sich behielt – zum Beispiel, warum das Schicksal sich manchen Menschen gegenüber mehr, und anderen gegenüber weniger wohlgesonnen erwies.

»Dieser Ort ...« Mit einer ausladenden Geste deutete er auf eine Reihe von Moscheen weit hinten am Rande der Ruinen, »... diese Ruinen waren einmal die Stadt Afrasiab. Die Moschee heißt Shakh-i-Zindeh.

Wir nennen sie den Ort des Lebenden Königs. Der Legende nach betete der König vor langer Zeit in der Moschee zu Gott, als plötzlich die feindliche Armee in die Stadt eindrang und begann, alle Einwohner zu töten. Er beschloss – seltsamerweise, muss ich sagen –, seine Gebete fortzusetzen, obwohl mittlerweile auch sein eigenes Leben in Gefahr war. Er war ein frommer König. Niemand wunderte sich, als die Feinde auch ihn töteten. Mit einem Hieb trennten sie ihm den Kopf ab, und er starb. So glaubte man jedenfalls.

Aber da er ein frommer König war, unterbrach er seine Gebete selbst im Angesicht des Todes nicht. Sein Gott machte ihn wieder lebendig und brachte ihn an einen Ort unter der Erde, unter der Moschee, damit er seine Gebete fortsetzen konnte. Es heißt, dass er immer noch unter der Erde lebt und man ihn um etwas bitten kann, und dass er diese Bitte manchmal sogar erfüllt.«

»Wie lange ist das alles her?«, fragte ich den Busfahrer.

»Ach … wer weiß? Legende ist Legende. Vielleicht Jahrhunderte, vielleicht Jahrtausende. Niemand weiß es.«

»Zu welchem Gott hat er denn gebetet?«

»Zu seinem obersten Gott, an den er geglaubt hat, nehme ich an.« Der Fahrer lächelte stillvergnügt, zündete seine Pfeife an und betrachtete nachdenklich die Moschee.

Ich schaute mich um, konnte aber von der Haltestelle aus keinerlei Anzeichen des Zigeunerlagers entdecken. Ich wusste nicht, ob ich es nicht sehen konnte, weil es hinter einem der Hügel lag, oder weil die Zigeuner in der Zwischenzeit ihre Zelte abgebrochen hatten. Vielleicht gab es sie ja auch gar nicht, und alle Ereignisse des gestrigen Tages, mein Treffen mit Michael eingeschlossen, waren nur ein merkwürdiger Traum gewesen, der sich jetzt in Luft auflöste. Dieser Gedanke verwirrte mich, obwohl er nicht ganz ernst gemeint war, und ich schob ihn beiseite.

»Seien Sie vorsichtig«, sagte der Fahrer zu mir. Ich hatte allmählich den Eindruck, dass er absichtlich die Abfahrt hinausschob, um sich zu vergewissern, dass der Mann, mit dem ich verabredet war, keine Gefahr für mich bedeutete. Wahrscheinlich fühlte sich der Usbeke verantwortlich für mich, eine Ausländerin, die zu so früher Stunde eine gottverlassene Gegend aufsuchte.

»Hallo.« Ich hörte Michaels Stimme hinter mir. In der Erwartung, dass er aus der Richtung der Moscheen kommen würde, wohin er tags zuvor verschwunden war, hatte ich die ganze Zeit über dort nach ihm Ausschau gehalten.

»Na, dann wünsche ich Ihnen einen schönen Tag«, sagte der Fahrer, der es plötzlich eilig hatte, wieder auf seinem Sitz Platz zu nehmen. Er schien nun davon überzeugt, dass ich in Sicherheit war und er beruhigt losfahren konnte. Mir war aufgefallen, dass ein Anflug von Überraschung über sein ansonsten unbewegtes Gesicht gehuscht war, als er Michael erblickt hatte.

»Hallo. Ich warte schon eine ganze Weile auf Sie«, sagte ich. Ich hatte keine Ahnung, warum ich das sagte, denn er kam ja nicht zu spät.

»Sie wollten schon früher hier sein. Ich nehme an, dass Warten Ihnen etwas bedeutet, stimmt's?«, erwiderte Michael. Er wirkte älter heute. Er war immer noch ein junger Mann, aber seine Erscheinung strahlte nicht die jugendliche Energie aus, die er noch einen

Tag zuvor versprüht hatte. Er sah aus, als hätte er sich auf eine wichtige Aufgabe vorbereitet. Sein offenes schwarzes Haar fiel ihm über die Schultern. Er trug eine Art Anzug mit einer weiten Hose und einer übergroßen Jacke aus schwerem schwarzen Leinen und darunter ein weißes T-Shirt.

Mir war nicht danach, ihm Fragen zu stellen. In Michaels Gesellschaft fühlte ich mich wohl und sicher, und seine Bemerkungen dämpften meinen Eifer, mit dem ich ständig alles analysierte.

Schweigend gingen wir auf die Hügel zu. Der morgendlichen Landschaft haftete etwas Surreales an. Die sanft geschwungenen braunen Hügel, dazwischen die Ruinen der antiken Gebäude von Afrasiab, hoben sich kontrastreich ab gegen die Industriestadt mit ihren Schornsteinen und Hochhäusern. Hier draußen war es sehr ruhig. Die Erde war bedeckt von einer Staubschicht, und ich stellte mir vor, dass dieser Staub wohl schon seit Tausenden von Jahren dort unberührt lag.

Michaels Bewegungen waren entschlossen und dennoch anmutig. Sie erinnerten an die Bewegungen eines Tiers, eines geschmeidigen Tigers, der weiß, wie er seine Kräfte auf dem Weg die Hügel hinauf und hinunter einteilen muss.

»Wie haben Sie letzte Nacht geschlafen?« Mit dieser Frage brach Michael schließlich das Schweigen.

»Gut. Danke.« Ich wusste nicht, was ich sonst sagen sollte.

»Und wie fanden Sie die Zirkusvorstellung gestern?«, fragte er als Nächstes, während wir den Hügel erklommen.

»Aufregend. Erstaunlich, dass sie ohne Netz arbeiten. Haben die Artisten denn keine Angst?«

»Man kann nicht über das Hochseil gehen, wenn man Angst hat.« Michael erreichte den Gipfel des Hügels und blieb stehen. Von hier oben hatte man einen guten Ausblick auf die Ruinen von Afrasiab. Auf verschiedenen Ebenen zwischen den Hügeln lagen die rechteckigen Fundamente der Ruinen vor uns. Sie schienen mehr zu enthüllen, als intakte Gebäude es vermocht hätten. Die verbliebenen Mauern zu ebener Erde gaben die Eingänge und früheren Räume zur Betrachtung frei, es gab keine Aufbauten, die die Privatheit der Häuser hätten schützen können. Auch wenn in diesen Ruinen schon seit Ewigkeiten niemand mehr wohnte, hatte ich das Gefühl, in die private Sphäre von Menschen einzudringen. Ihre Häuser waren gewaltsam allen Blicken ausgesetzt worden, als man sie zerstört hatte.

»Die gestrige Vorstellung gehört zu meinen Lieblingsdarbietungen«, sagte Michael, der sich zu mir umdrehte und mir direkt in die Augen sah. »Wenn ich zusehe, wie sie auf diese Weise über das Seil balancieren, muss ich daran denken, dass wir auf die gleiche Weise unsere Lebenserfahrungen organisieren. Und sie tun es ganz bewusst. Deshalb habe ich Ihnen erzählt, dass die Akrobaten eine besondere Disziplin praktizieren. Ihren Handlungen liegt eine umfassende Philosophie zugrunde, und wenn sie sich diese erst einmal zu Eigen gemacht haben, wird sie zum wirkungsvollsten Sicherheitsnetz, das sie haben können. Keine Angst zu haben ist die Voraussetzung dafür, nicht von dem Seil abzustürzen. Das trifft für alle drei von ihnen zu, sowohl für diejenigen, die auf der Stange sitzen, als auch für den, der sie über das Seil trägt. Keiner von ihnen darf Angst haben. Genauso muss unser Bewusstsein organisiert werden, um sein volles Potential entwickeln zu können. Die rechte und die linke Seite unseres Gehirns müssen ausgeglichen sein, wenn sie vom mittleren Teil des Gehirns zu einer anderen Erfahrung getragen werden, die notwendig ist.«

»Wenn Sie das Bild der Artisten als Metapher für die Funktionsweise des Gehirns benutzen, welcher Bereich entspricht dann dem dritten Mann, dem, der über das Seil geht?« Ich spürte, dass Michael kurz davor stand, mir etwas Wichtiges mitzuteilen.

»Sie sind die Wissenschaftlerin. Sie sollten die Antwort kennen. Ich vermute, dass es der Teil ist, der verantwortlich für das Gleichgewicht ist.« Michael sah mich ohne jede Spur von Ironie an, und seine Antwort veranlasste mich, über das nachzudenken, was er sagte. Um nicht abgelenkt zu werden, bedeckte ich meine Augen mit den Händen und stand eine Weile so da, während mir die Gedanken durch den Kopf schossen. Natürlich hatte er Recht. Wahrscheinlich ohne es zu wissen, hatte Michael mir gerade einen Schlüssel in die Hand gegeben, mit dem sich viele meiner früheren Gedanken und Vorstellungen in einen Zusammenhang bringen ließen.

Die Asymmetrie zwischen den Funktionen der rechten und der linken Gehirnhälfte wurde überwunden durch das Vorhandensein einer dritten Kraft, die in der Lage war, ihre Beziehung und Kommunikation miteinander zu koordinieren. Ich dachte über die Anatomie des Gehirns nach und über ein ganz spezielles Organ, das mich seit dem Medizinstudium fasziniert hatte. Plötzlich gewann dieses Organ eine enorme Bedeutung: das Kleinhirn. Zwar laufen in diesem Teil des Gehirns die meisten Nervenenden zusammen, dennoch wird das Kleinhirn von der Schulmedizin lediglich als ein Organ für die Koordination des Bewegungsapparats betrachtet.

Ich nahm die Hände vom Gesicht, atmete tief durch und hätte fast gelacht vor Glück darüber, dass Michael mit seiner Metapher alles in die richtige Ordnung gerückt hatte. Natürlich ist das Kleinhirn zuständig für den äußeren Bewegungsapparat, aber ebenso ist es beteiligt an der Organisation innerer Prozesse. Und das beinhaltet auch die Vorstellungskraft, die Träume, die Erinnerungen. Ich musste an herumwirbelnde Derwische denken, die sich stundenlang drehten, um eine andere Bewusstseinsebene zu erreichen. Sie wussten offenbar, wie sie ihr Kleinhirn zu voller Leistung bringen konnten.

Michael betrachtete mich mit einem angedeuteten Lächeln und wartete darauf, dass ich meine Gedanken zu Ende dachte. Als er sah, dass ich seinen Blick erwiderte, hockte er sich hin und legte ein dünnes Seil in einer geraden Linie auf den Boden.

»Versuchen Sie, darauf zu laufen, als wäre es ein Drahtseil hoch in der Luft. Stellen Sie sich vor, Sie wären einer der gestrigen Akrobaten und müssten über das Seil gehen.«

Es klang albern, und ich musste lachen. Er stimmte in mein Gelächter ein, forderte mich jedoch mit einer Kopfbewegung in Richtung Seil auf, mich auf das Spiel einzulassen. Ich setzte den rechten Fuß auf das Seil, spürte es aber nicht, da es aus weichem und flexiblem Material bestand. Ich breitete die Arme aus und stellte mir vor, ich balancierte eine Stange aus, an deren Ende schwere Sitze befestigt waren. Ich setzte den linken Fuß vor den rechten. Plötzlich verlor ich das

Gleichgewicht. Ich musste meinen Körper von rechts nach links schwingen, um die Balance wieder zu finden. Jetzt stand ich aufrecht mit beiden Füßen auf dem Seil und traute mich nicht, den nächsten Schritt zu machen.

Mehrere Gedanken gingen mir durch den Kopf. Ich sagte mir, dass das Seil auf dem Boden lag und ich nirgendwo hinfallen konnte. Gleichzeitig versuchte ich, mir das Bild von der Stange mit den schweren Sitzen am Ende vorzustellen, als trüge ich sie tatsächlich über das Seil. Außerdem wusste ich, dass Michael mich beobachtete, und kam mir albern vor, weil ich nicht weitergehen konnte.

Schließlich zwang ich mich, den nächsten Schritt zu machen, und alle möglichen Gedanken schossen mir durch den Kopf, vor und zurück zwischen Selbstgespräch und Bildern, zwischen der linken und der rechten Seite meines Gehirns. Durch dieses heftige Durcheinander von Gedanken geriet mein Körper erneut aus dem Gleichgewicht. Ich konnte auf dem imaginären Seil weder aufrecht stehen noch gehen und musste eine Weile innehalten, um das Gleichgewicht wieder zu finden. Dann verlagerte ich einfach, ohne nachzudenken, meine Aufmerksamkeit in den Hinterkopf, dorthin, wo das Kleinhirn seinen Sitz hat, und versuchte, es als das Zentrum meines Bewusstseins wahrzunehmen. Dann passierte etwas Faszinierendes mit meiner Wahrnehmung.

In dem Moment, als mir die Konzentration auf das Kleinhirn gelang, wurde ein Bewegungsimpuls in mir ausgelöst, als hätte ich einen Motor gefunden, der nur darauf wartete, dass ich ihn einschaltete. Ein starker Impuls von meinem Hinterkopf her drängte mich, vorwärts zu gehen, ohne nachzudenken. Dieser Impuls war so überwältigend, dass ich ihm nicht widerstehen konnte. Mit ausgebreiteten Armen ging ich mühelos bis zum Ende des Seils. Meine Bewegungen waren so exakt und selbstverständlich, dass ich begriff, wie man hoch in der Luft über ein Seil gehen konnte und dabei keine Angst hatte. Ich sprang vom Seil, hob es auf und reichte es Michael, der mich erfreut anschaute.

»Sie haben es geschafft«, sagte er vergnügt. Er hatte den inneren Prozess, den ich durchlaufen hatte, um die von ihm gestellte Aufgabe lösen zu können, genau verfolgt. Noch immer verspürte ich einen starken Drang nach Bewegung, und so war es ganz leicht, Michael durch die Ruinenstadt Afrasiab zu folgen.

»Wenn man erst einmal das tiefere Verständnis einer unmittelbaren Erfahrung gewonnen hat«, fuhr er im Weitergehen fort, »erscheint sie einem plötzlich so einfach, dass man sich wundert, es nicht eher erkannt zu haben.« Ich nickte zustimmend.

»Nachdem Sie also jetzt den Unterschied erfahren haben zwischen einer reinen Bewegung und einer Bewegung, die durch die Last der Erinnerung kompliziert wird, wird es Ihnen leichter fallen, unsere Herangehensweise zu verstehen. Bei reinen Bewegungen steht Ihnen die notwendige Energie frei zur Verfügung. Bei komplizierten Bewegungen schleppen Sie außer Ihrem Körper ein enormes Gewicht an mentalen Konstrukten mit sich herum. Deshalb sind manche Erfahrungen schwer zu meistern. Sie kommen immer wieder zu einem zurück, weil man die Bewegung aufgrund der mit ihr verbundenen Last der Erinnerung nicht vollenden kann.

Im Falle der traumatischen Erfahrung, die einen

Erinnerungsdämon erzeugt hat, wird das Gewicht der Erinnerung zu einem aktiven Hindernis, nicht nur zu einer schrecklichen Last. Es wird zu einer merkwürdigen Kraft in Ihrem Körper, die sich Ihnen in den Weg stellt, wenn Sie durch die Erfahrung hindurchgehen und versuchen, sie zu Ende zu führen. Diese Kraft lebt in Ihnen und sorgt immer wieder für schmerzhafte Zustände. Sie zwingt Sie, diesen Schmerz zu umkreisen, anstatt einfach wegzugehen und ihn hinter sich zu lassen. Es ist beinahe so, als lebte in Ihnen ein zweites Selbst, dessen Sie sich nicht bewusst sind.«

Ich hörte ihm aufmerksam zu. Es war leicht, ihm zu folgen. Aber Michaels letzte Bemerkung erinnerte mich plötzlich an Smirnows Labor, an den Computermonitor mit den pulsierenden Sternen, und an Mascha, deren Erlebnisse von den Sternen dargestellt wurden. Was hatte sie damals gesehen und empfunden? Wie kam es, dass der Computer verschiedene Selbst-Zustände bei ihr registrierte? Unvermittelt wurde ich sehr traurig, ohne zu wissen, warum. Natürlich war mir nicht bekannt, dass fast zum selben Zeitpunkt, als ich mit Michael in Afrasiab sprach, Mascha in einer Zwangsjacke aus ihrem Appartement geholt wurde. Nach einem Trinkgelage, das nicht dazu beigetragen hatte, ihren aufgewühlten Zustand zu beenden, fand man sie völlig erschöpft und voll gepumpt mit Beruhigungsmitteln. Man wies sie in die psychiatrische Klinik ein, wo sie unfreiwillig Patientin auf meiner Frauenstation wurde.

»Sie sind traurig«, sagte Michael, der mich ansah. »Wissen Sie, warum?«

»Nein, ich habe wirklich keine Ahnung. Und wissen Sie was, Michael, in den letzten Tagen ist mir ganz seltsam zumute. Ich fühle mich unausgeglichen mit all diesen Gefühlen, die aus dem Nichts auf mich einstürmen. Normalerweise habe ich viel mehr Kontrolle über mich und kenne mich ganz gut, und es beunruhigt mich, dass ich überhaupt nicht verstehe, was mit mir zurzeit los ist.«

Er blieb stehen und sah mich aufmerksam an. Dann sagte er ruhig: »Genau das ist es, was Sie durchstehen *müssen*. Das habe ich Ihnen gestern schon gesagt. Es ist Ihre einzige Chance. Sie müssen mir vertrauen und da hindurchgehen. Sie sind schon bis hierher gekommen. Sie sind diesen Weg gegangen. Jetzt müssen Sie Ihre Angst und Ihre Depression verstärken, sie auf die Spitze treiben, um davon geheilt werden zu können. Ihre Gefühle zeigen, dass Sie begonnen haben, wirklich durch Ihre Erinnerungsräume zu gehen und die Analogie der Bewegung für die Verarbeitung Ihrer Erinnerungen zu benutzen. Und jetzt sagen Sie mir, warum fühlen Sie sich deprimiert? An was haben Sie sich erinnert?«

»An nichts Wichtiges. Es waren nur ein paar Bilder.«

»Hören Sie mir zu, Olga. Es gibt in unserer Erinnerung keine wichtigen oder unwichtigen Bilder. Sie haben unterschiedliche Bedeutungen, die unser Gedächtnis ihnen verleiht, nicht zuletzt, um uns in die Irre zu führen. Das Bild ist der Schlüssel zu einem bestimmten Raum Ihrer Erinnerung, der jeweils mit einem anderen Raum in Verbindung steht. Wir tragen Erinnerungsräume in uns, so wie Ihre russischen Matrioschka-Puppen viele kleine Puppen in sich bergen. Womöglich sind einige Räume in Ihnen infiziert von einem Erinnerungsdämon, der gelernt hat, sich hinter verschiedenen Bildern in Ihrem Gedächtnis zu verstecken, um Sie ständig verletzen zu können. Also, was haben Sie gesehen?«

»Ich hatte plötzlich den Computermonitor aus einem der Labore, die ich kürzlich besucht habe, vor Augen. Der Bildschirm zeigte die Vermessung der Gehirnaktivität einer jungen Frau, die dort arbeitet.«

»Also hat das Bild eines Computermonitors Sie traurig gemacht?«

»Nein.« Ich war mir meiner Antwort sicher.

»Und was hat Sie dann traurig gestimmt? Welches Bild war es?«

»Es war die junge Frau.« Ich war den Tränen nahe. Das Bild von Mascha machte mich todtraurig.

»Sind Sie mit ihr befreundet? Seit wann kennen Sie sie?«

»Ich kenne sie erst seit kurzem. Sie sollte eigentlich mit mir zusammen hierher fahren, aber dann ... sie hat es einfach nicht geschafft.«

Michael musterte mich eindringlich, während ich auf seine Fragen antwortete.

»Sie sind nicht wegen der Frau traurig, Olga. Und das wissen Sie. Sie stellt lediglich eine der oberflächlichen Schichten dar, die Ihren Raum des Schmerzes überlagern. Sie verkörpert etwas, das als Schlüssel zu diesem Raum in Ihrer Erinnerung dient, dem Raum, in dem Ihre Traurigkeit entstanden ist. Es ist nicht die Frau, die Sie traurig macht.«

Plötzlich löste seine Bemerkung eine Welle der Angst in mir aus. Sie überdeckte die Traurigkeit sofort, und auf einmal ging mir Michael mit seinen Versuchen, mich zu analysieren, fürchterlich auf die Nerven. Mein Stimmungswechsel blieb ihm natürlich nicht verborgen.

»Es gibt zwei Möglichkeiten, auf ein Trauma zu reagieren«, fuhr Michael fort, ohne meiner Angst Beachtung zu schenken, und das beruhigte mich ein wenig. »Sie werden häufig gleichzeitig erfahren, aber tatsächlich repräsentieren sie gegensätzliche Prozesse. Der eine ist die Depression, der andere die Angst. Es gibt zwei verschiedene Typen von Erinnerungsdämonen, die hinter diesen gegensätzlichen Gefühlen stehen, und sie erfordern zwei verschiedene Arten der Heilung.

Wenn man diese beiden Gefühle gleichzeitig erlebt, ist eines davon dominant, und es ist wichtig zu erkennen, um welches es sich handelt. In Ihrem Fall stellt die Angst, die Sie in letzter Zeit erleben, Ihren Versuch dar, Heilung für etwas zu finden, das Sie sehr traurig macht. Die Angst ist also jetzt Ihr Verbündeter, da sie Ihre Wachsamkeit schult für das, was in Ihnen vorgeht.

Diese Gefühle repräsentieren deswegen verschiedene Prozesse, weil sie sich im Ursprung ihrer Entstehung unterscheiden. Wir haben es mit zwei grundsätzlichen psychologischen Prozessen zu tun, die all unsere Erfahrungen bestimmen. Jede Erfahrung, die wir machen, setzt sich zusammen aus den Elementen Handlung und Wahrnehmung. Wenn ich Handlung sage, meine ich nicht nur körperliche Bewegungen, sondern ebenso innere Bewegung – Gedanken, Vorstellungen, Absichten. Wahrnehmung ist sowohl ein äußerer als auch ein innerer Vorgang. Beide Prozesse wirken ständig aufeinander ein und rufen durch ihre Kombination unsere persönlichen Erfahrungen ins Leben. Wenn wir verletzt werden, wird einer der beiden Prozesse ausgelöst. Wenn unsere Wahrnehmung verletzt wird, empfinden wir Angst. Das hängt sehr damit zusammen, wie wir von anderen wahrgenommen werden, und damit, was uns andere zufügen. Depressionen resultieren aus verletzenden Handlungen und entwickeln sich, weil wir annehmen, dass unsere imaginären oder tatsächlichen Handlungen oder Nichthandlungen falsch waren.

Es lässt sich einfach beschreiben, und wenn Sie Ihr Augenmerk darauf lenken, werden Sie verstehen, wie diese Prozesse aufeinander einwirken. Sie haben gerade erlebt, was eine reine Handlung ist. Und kurz darauf stellte sich Ihre Traurigkeit wieder ein. Ich sage Ihnen, der Schmerz, den Sie mit sich herumtragen, wird verursacht durch Ihre Annahme, dass irgendetwas, das Sie getan oder unterlassen haben, falsch war, und deshalb fühlen Sie sich schuldig.«

»Aber im Moment ist ein ganz anderes Gefühl vordergründig, und zwar das Gefühl, dass Sie mich irritieren und dass mich die ganze Situation völlig verunsichert.« Ich bemühte mich, ihm gegenüber ehrlich zu sein.

»Und das ist genau das richtige Gefühl«, erwiderte er. »Sie sind irritiert und verunsichert, weil ich Ihre Wahrnehmung auf etwas lenke, das Sie vergessen wollen. Meine Fragen führen zur Heilung. Was wirklich zählt, sind Ihre Traurigkeit und Ihre Schuldgefühle.«

Ich hatte nicht das Bedürfnis, weiter darüber zu sprechen, auch wenn ich spürte, dass seine Worte ein gut Teil Wahrheit enthielten. Ich hätte mich mit ihm über viele Punkte streiten können. Aber ich war mir sicher, dass er meine Argumente mit Leichtigkeit wegwischen und ich genau dort landen würde, wo er mich haben wollte – im Konflikt mit meinen unklaren, verwirrenden Gefühlen, die ich zu verdrängen trachtete.

Nachdem wir den Gipfel des Hügels erreicht hatten, hatte ich das Bedürfnis, Rast zu machen, bevor wir weitergingen. Der Boden war trocken und von der Sonne erwärmt, und ich setzte mich in das vertrocknete Gras vom Vorjahr und blickte hinab in das Tal unter uns.

Michael setzte sich neben mich und schaute eine Weile vor sich hin. Dann sagte er sanft: »Sie haben gerade erlebt, was eine reine Handlung sein kann. Jetzt können Sie versuchen zu erleben, was reine Wahrnehmung ist. Dazu müssen Sie die Augen schließen.«

Kaum hatte er die Worte ausgesprochen, fielen mir die Augen zu. Ich sagte mir, ich sollte vorsichtiger damit sein, ihm so viel Einfluss über mich einzuräumen. Doch während er weiter sanft auf mich einredete, schwanden meine Bedenken.

»Sie müssen fast das Gleiche tun wie vorhin, als Sie über das Seil gegangen sind. Sie müssen sich darauf konzentrieren, Ihr Selbst anders zu erfahren. Erinnern Sie sich an die Akrobaten? Man ist völlig ausgeliefert, wenn man derjenige auf dem Sitz ist und ein anderer einen da oben durch die Luft trägt.

Kontrolle hat nur, wer selbst über das Seil geht. Die anderen sind die anderen. Vom Sitz aus kann man nicht einfach auf das Seil springen. Sie brauchten sich nur in die Person hineinzuversetzen, die über das Seil geht. Sie haben es gut gemacht. Jetzt müssen Sie sich in denjenigen versetzen, der in der wahrnehmenden Rolle ist. Richten Sie Ihr Augenmerk jetzt nicht auf Ihren Hinterkopf, sondern auf Ihr Gesicht. Das Zentrum Ihrer Wahrnehmung befindet sich auf Ihrer Augenhöhe, und wenn Sie sich darauf konzentrieren und darauf achten, dass Ihre Aufmerksamkeit nicht wieder auf den Hinterkopf zurückspringt, können Sie vielleicht reine Wahrnehmung erfahren, ohne sich in Ihren Räumen der Erinnerung zu verirren. Versuchen Sie's.«

Während ich mit geschlossenen Augen dasaß, stürmten tausend Gedanken, Assoziationen und Fragen auf mein Bewusstsein ein. Mit enormer Anstrengung lenkte ich meine Aufmerksamkeit auf mein Gesicht, bis ich den Bereich meiner Augen mit großer Intensität wahrnahm. Als es mir gelang, diese Konzentration aufrechtzuerhalten, erlebte ich mein Selbst ganz anders als gewohnt. Ich war die Zuschauerin, das Wesen, das immer in meinen Augen lebt. Ich war mir meiner Umgebung bewusst und nahm alles so deutlich wahr, als wären meine Augen offen und als sähe ich alles um mich herum. Nichts blieb meiner Wahrnehmung verborgen.

»Gut, Sie sind sehr gut«, hörte ich Michael sagen, aber meine Reaktion auf seine Worte zerstörte das Gleichgewicht. Ich fiel zurück in meine übliche Selbstwahrnehmung. Ich öffnete die Augen und blickte in das Tal vor mir. Mir war, als hätte sich meine Sehkraft erheblich verbessert. Auf einem weit entfernten Hügel sah ich eine Schafherde, konnte sogar die kleinsten Einzelheiten der grauen, dicken Tiere erkennen, die sich beharrlich durch das Gras bewegten. Meine Augen kamen mir vor wie die Linse einer Videokamera, die endlich, nachdem sie jahrelang nicht richtig funktioniert hatte, scharf eingestellt worden war, sodass ich jetzt alles deutlich sehen konnte.

»Wenn Sie Traurigkeit erleben, ist das ein sicheres Anzeichen dafür, dass Ihr Trauma auf einem verletzenden Handeln oder Nichthandeln basiert. Um davon geheilt zu werden, müssen Sie den gegenteiligen Prozess aktivieren. Sie müssen diese Erinnerung dadurch heilen, dass Sie mit der Wahrnehmung arbeiten. Versuchen Sie jetzt noch einmal, Ihre Traurigkeit wiederherzustellen.«

Ich blieb auf dem Boden sitzen und betrachtete das Tal vor mir. Die Landschaft war friedlich und, nachdem ich den Betrachter in mir erlebt hatte, fühlte ich mich so gelöst, dass ich gar nicht auf seine Forderung reagieren konnte. So sehr ich mich auch bemühte, es gelang mir nicht. Ich schloss die Augen und versuchte, die Traurigkeit zurückzuholen, aber sie kam nicht wieder. Dann sagte Michael: »Benutzen Sie das Bild jenes Mädchens als Schlüssel zu diesem Raum. Erinnern Sie sich zuerst an sie, um Ihre Traurigkeit wieder zu finden.«

Maschas lebhaftes, schönes Gesicht erschien vor meinen geschlossenen Augen. Ich musste daran denken, wie sie in meinem Büro gesessen und mich dazu überredet hatte, sie zu Wladimirs Vortrag zu begleiten. Diese Erinnerung war mit einem warmen Gefühl verbunden. Ich spürte, dass ich nicht mehr wütend auf sie war, im Gegenteil, als ich ihr Bild vor mir sah, musste ich lächeln. Ich lächelte mit geschlossenen Augen, und dann hörte ich Michael mit sanfter Stimme sagen: »Versuchen Sie, sich das Mädchen in einer anderen Situation vorzustellen. Was hatte sie mit den Computern zu tun? Befindet sie sich im selben Zimmer wie diese? Kann sie da, wo sie ist, tun und lassen, was sie will? Kann sie jederzeit gehen, oder muss sie bleiben, bis man ihr erlaubt zu gehen? Was passiert dort mit ihr?«

Seine Fragen riefen erneut Angst in mir hervor. Meine Erinnerung konzentrierte sich jetzt auf den Computerraum in Smirnows Haus. Ich stellte mir vor, wie Mascha in Trance auf den beiden Stühlen lag, mit Kabeln an ihrem Körper, die alle äußeren und inneren Bewegungen aufzeichneten. Sie kann ihre Augenlider nicht bewegen. Ihr Körper ist gelähmt, aber ihr Geist ist wach. Ihre Wahrnehmung ist sensibilisiert, und ihre Erinnerung holt sie unausweichlich an den Ort und in die Zeit ihrer Vergewaltigung.

Unter meinen geschlossenen Lidern füllten sich meine Augen mit Tränen, und das Gefühl überwältigender Traurigkeit kehrte zurück. Ich wagte nicht, die Augen zu öffnen und den Tränen freien Lauf zu lassen.

»Jetzt«, hörte ich Michael mit sanfter Stimme sagen, »bewahren Sie dieses Gefühl der Traurigkeit und versuchen Sie, Ihr Bewusstsein auf die Höhe Ihrer Augen zu heben. Verlassen Sie den Raum Ihres Gedächtnisses, in dem Sie das Mädchen sehen, und werden Sie wieder die Betrachterin.«

Es fiel mir leicht, seinen Anweisungen Folge zu leisten. Ich gab mir Mühe und wurde wieder zu dem Wesen, das seinen Sitz in meinen Augen hat, dem Wesen, das alles wahrnimmt. Meine Traurigkeit begann nachzulassen, aber bevor sie völlig verschwand, sorgte Michaels Stimme dafür, dass sie blieb. »Lassen Sie nicht zu, dass die Traurigkeit verfliegt. Seien Sie Beobachterin und fühlen Sie gleichzeitig die Traurigkeit in Ihrem Herzen. Beachten Sie sie, so wie Sie alles andere wahrnehmen, aber ohne in sie zurückzufallen.«

Ich spürte, wie seine Worte meine inneren Abläufe beeinflussten. Er half mir, konzentriert zu bleiben und dieses gleichzeitige Erleben aufrechtzuerhalten. Das Erleben und mein Bewusstsein von Michaels Anwesenheit wurden intensiver. Ich spürte nun seinen Einfluss auf mich, ohne ihn zu hören, ohne ihn anzusehen. Allmählich überkam mich eine so intensive Traurigkeit, dass ich kaum noch Luft bekam. Ich spürte genau, wie sie zunahm. Mein Kopf senkte sich, als würde ich auf den Boden schauen. Meine Augen waren immer noch geschlossen. Und in dem Moment, als die Traurigkeit mich völlig überwältigte, sah ich den staubigen, unebenen Boden, ohne die Augen zu öffnen. Die dünnen gelben Grashalme aus dem Vorjahr peitschten mir ins Gesicht, und ich spürte einen Schmerz, als wäre ich auf den Boden geworfen worden.

Ich stöhnte. Das Bild des staubigen, trockenen Bodens kam in mein Blickfeld und erstarrte vor meinen geschlossenen Augen. Ich konnte nicht umhin, es zu sehen. Ich wusste, dass sich meine Position nicht geändert hatte. Ich saß immer noch mit geschlossenen Augen auf dem Boden. Aber das Bild vor meinen Augen erzeugte jetzt einen unbeschreiblichen Schmerz. Ich spürte Schmerzen in den Händen; sie brannten vor Schmerz, und ich spürte Schmerzen in den Lippen, und meine Zunge schmeckte salziges Blut, Blut, das sich mit meinen Tränen vermischte.

»Was sehen Sie jetzt?«, hörte ich Michaels Stimme ganz aus der Nähe.

Meine Lippen bewegten sich nur langsam, als ich ihm antwortete. »Ich habe eine lebhafte Erinnerung. Es ist eine weit zurückliegende Erinnerung an meine Kindheit. Ich war vielleicht fünf Jahre alt, aber ich erinnere mich ganz deutlich.« Ich verstummte, als die Erinnerung intensiver wurde.

Der Boden vor meinen geschlossenen Augen schwankte, als irgendjemandes Hände mir zu helfen versuchten. Mein Körper fühlte sich schwer an, als ich

mich auf den Boden fallen ließ und mich dort fest-
klammerte. Ich wollte nicht, dass mich jemand aufhob.
Ich sah die Oberfläche des Bodens mit ungewohnter
Deutlichkeit vor mir. Die Struktur jedes einzelnen Steins
vor meinen Augen nahm ich wahr. Ich wünschte, ich
hätte mich in eins der Sandkörner verwandeln und mich
unter dem Gras verbergen können, damit niemand mich
fand und in diese grausame Welt zurückbrachte.

»Mein Gott, Olga. Es war bloß eine Katze. Stell dich
nicht so an.« Ich höre die Stimme meiner Großmutter.
Mein Körper wird ganz weich vor Schwäche, meine
Muskeln können keinen Widerstand mehr leisten.
Meine Großmutter hebt mich vom Boden auf. Ich
bedecke meine Augen mit den Händen, weil Leute um
mich herumstehen. Ich spüre, wie sie mich anstarren,
und ich will ihre Gesichter nicht sehen. Als meine
Großmutter mich ins Haus bringt, halte ich mir die
Augen zu.

Jetzt spüre ich, dass ich mit Michael sprechen kann.

»Ich war fünf Jahre alt und verbrachte die Sommermonate bei meiner Großmutter in einer kleinen
Stadt namens Kursk in Zentralrussland. Zum Haus
gehörte ein Garten. Dort wuchsen Blumen und nahe
am Zaun Himbeer- und Stachelbeersträucher. Ein paar
hundert Meter vom Haus entfernt gab es einen Fluss,
an dessen gegenüberliegendem Ufer ein dichter, dunkler Wald lag. All das hatte ich in mein Herz geschlossen. Es war voller Leben und Magie.

Unsere Nachbarn hatten Hühner, jedermann hatte
einen Hund, und ich hatte eine Katze, einen schwarzen Kater mit weißer Brust. Er war groß und hatte
glänzendes Fell, er war wild und unabhängig. Für mich
war er so etwas wie eine Bezugsperson und nur mir

gegenüber zeigte er sich zutraulich. Nachts streunte er meistens herum und kam morgens nach Hause, um zu fressen, dann war er wieder weg, manchmal tagelang.

Einige unserer Nachbarn, die auf die andere Seite des Flusses zum Pilzesammeln in den Wald gingen, sahen den Kater kilometerweit weg von zu Hause, wie er durch die Büsche schlich. Aber er kam immer wieder zurück. Ich machte mir nie Sorgen um ihn. Ich wusste, dass er über magische Kräfte verfügte und sich immer zu schützen wusste. Ich war die Einzige, von der er sich streicheln ließ. Er verstand mich, wenn ich mit ihm sprach, und ich hatte das Gefühl, dass er mir antwortete. Er war mein Freund, mein Vertrauter, meine Verbindung zur Welt der Magie. Ich machte mir keine Sorgen, wenn die Nachbarn zu uns kamen und sich bei meiner Großmutter beschwerten, unser ›schrecklicher‹ Kater hätte Hühner gestohlen und gefressen. Es war schon früher passiert, und es würde wieder geschehen.

Er war ein wildes Tier. Er musste jagen. Die Nachbarn versuchten, ihre Hühner zu schützen, aber er überlistete sie jedes Mal, bis die Nachbarn immer wütender auf ihn wurden. Sie kamen zu meiner Großmutter und beschwerten sich über ihn, als wäre er ein gefährlicher Verbrecher. Ich spürte, dass er sie auf seine eigene Katzenart auslachte, und er jagte weiter ihre Hühner. Mehrmals erklärte sich meine Großmutter einverstanden damit, ihn wegzugeben. Dann sperrten die Nachbarn ihn in ein Auto und brachten ihn kilometerweit weg von zu Hause auf die andere Seite des Waldes. Einige Tage später verschwand wieder ein Huhn aus dem Hühnerstall der Nachbarn; daran erkannte ich, dass mein Kater wieder da war. Ich stellte eine Schüssel mit Milch unter einen Fliederbaum, der nah am Haus stand. Am nächsten Morgen war die Milch verschwunden, und am Abend kam der Kater zu unserem geheimen Platz im Garten und ließ sich von mir streicheln. Dieser Vorgang wiederholte sich einige Male. Die Nachbarn packten ihn wieder ins Auto und brachten ihn weg, und er kam wieder zurück. Manchmal dauerte es einige Tage, manchmal länger als eine Woche. Aber er kam immer zurück. Ich machte mir überhaupt keine Sorgen um ihn.

Ich nahm es meiner Großmutter nicht übel, dass sie den Nachbarn erlaubte, den Kater wegzubringen. Ich hatte begriffen, dass er ein wildes Tier war. Meine Großmutter musste etwas unternehmen, um die Nachbarn zu beruhigen. Einmal verschwand er für ziemlich lange Zeit. Ich wartete Tag und Nacht auf ihn, aber er kam nicht zurück. Ich war traurig, aber ich dachte mir, dass es seine Entscheidung war, wenn er im Wald leben und nicht zurückkommen wollte. Er war ein freies Wesen. Dennoch stellte ich jede Nacht eine kleine Schüssel mit Milch unter den Fliederbaum.

Eines Morgens sah die Nachbarin, die ihn am meisten hasste, wie ich die Milch in den Garten trug. Sie stand auf der anderen Seite des Gartenzauns und rief mir über den Zaun hinweg zu, die Hände in die Hüften gestemmt: ›Für wen ist die Milch, die du jeden Tag dahin stellst?‹

›Für meinen Kater.‹ Ich hatte nicht das Gefühl, es ihr verheimlichen zu müssen.

›Du hast keinen Kater mehr.‹ Sie lachte breit.

›Doch. Er kommt immer wieder‹, beharrte ich, weil ich wusste, dass es die Wahrheit war.

›Ach, wirklich? Du meinst doch nicht etwa das

schwarze, mordlüsterne Vieh, das deine Großmutter hatte, oder?‹ Sie trat näher an den Zaun heran, um mein Gesicht besser sehen zu können.

›Er kommt wieder‹, sagte ich und versuchte, nicht vor ihren Augen zu weinen, weil ich spürte, dass es genau das war, was sie wollte.

›Nein, das wird er nicht. Er kommt nicht zurück, höchstens in deinen Träumen, Herzchen. Iwan, erzähl ihr, was du mit ihrer Katze gemacht hast‹, rief sie ihrem Mann zu.

Der Mann trat aus dem Hühnerstall, blieb in der Tür stehen, um zu sehen, was sie von ihm wollte. Als er verstanden hatte, lachte auch er und rief: ›Mit dem Bastard? Ich habe ihn mit dieser Axt hier in zwei Hälften zerlegt.‹ Er hielt die Axt hoch, mit der er normalerweise den Hühnern den Kopf abhackte. ›Ich hab ihn mir geschnappt, ihn in zwei Hälften zerteilt und in den Müll geworfen.‹

Ich erinnere mich, wie die Milch langsam auf den Boden tropfte, weil meine Hand die Schüssel nicht mehr halten konnte. Wie von weit her hörte ich mich schreien: ›Nein!‹ Ich erinnere mich, dass ich wie in Zeitlupe, wie in einem Traum über den schmalen Weg, durch hohes Gras und Büsche zu unserem Haus lief. Meine Beine gaben nach. Ich wollte schneller laufen, aber sie gehorchten mir nicht. Der lange Ast eines Busches versperrte mir den Weg; ich stolperte darüber und stürzte mit dem Gesicht vornüber zu Boden. Meine Hände brannten von dem Sturz. Auf meinen Lippen schmeckte ich salziges Blut, ich hatte mir auf die Zunge gebissen. Mein Gesicht schlug auf dem staubigen, rauen Boden mit seinem dürren und gelben Gras vom letzten Jahr auf, und ich hatte nur den einen

Wunsch, dass mich niemand von hier jemals weghollen sollte.«

Ich schwieg eine Weile, und als ich meine Augen öffnete, sah ich Michael vor mir stehen. Einen Moment war sein Gesicht voller Mitgefühl, wie ich es zuvor noch bei niemand gesehen hatte. Aber sein Gesichtsausdruck änderte sich sehr schnell wieder, er wirkte wieder entspannt und lächelte mich an. Schweigend reichte er mir die Hand, um mir beim Aufstehen zu helfen. Er sagte nichts, und wir setzten unseren Weg durch die Ruinen von Afrasiab fort.

Kapitel sieben

Bald erreichten wir den Rand des Tals, und ich sah ein Haus auf dem Hügel. Es war ein typisch usbekisches Haus aus weiß gekalkten Ziegelsteinen, umgeben von schlanken Pappeln. Ein einfaches Hinweisschild mit der Aufschrift: »Museum« hing an der geschlossenen Tür. Michael suchte sich einen runden weißen Stein in der Nähe einer Pappel und setzte sich darauf.

»Dies ist ein Ort, an dem man Geschichten erzählt«, sagte er. »Sie haben angefangen, mir Ihre Geschichten zu erzählen, und jetzt werde ich Ihnen, wie versprochen, meine Geschichten erzählen.«

Ich schaute mich um, doch es gab keinen weiteren Stein, der zum Sitzen geeignet war. Dann entdeckte ich in der Nähe der Museumstür eine kleine Holzbank und setzte mich darauf, knapp zwei Meter von Michael entfernt. Die Entfernung war für ein Gespräch nicht sehr angenehm, aber da ich nichts daran ändern konnte, beschloss ich, mich nicht weiter daran zu stören.

»Die Geschichte, die Sie mir gerade erzählt haben, liegt wie eine Schicht über Ihrer Trauer. Sie sind tiefer in den Raum eingedrungen, aus dem Ihr trauriges Gefühl entspringt, und haben diese Erinnerung wiedergewonnen. Das war sehr wichtig, und Sie haben es gut gemacht. Es ist nicht die Geschichte eines Kindes über den Verlust einer Katze. Sie glauben, sich schuldig gemacht zu haben, weil Sie Ihre Katze nicht gerettet haben. Sie glauben, Sie hätten anders handeln können, und dann wäre die Katze gerettet worden. Heute wissen Sie wahrscheinlich, dass ein fünfjähriges Kind in einer solchen Situation wenig ausrichten kann, aber das spielt sich in Ihrem Kopf ab. Ihr Gefühl sagt Ihnen, dass Sie schuldig sind.«

Ich nickte zustimmend.

»Die Tatsache, dass das Trauma irreversibel ist, macht es noch schmerzlicher«, fuhr Michael fort. »Die Unumkehrbarkeit gibt Ihnen ein Gefühl der Machtlosigkeit. Es tut so weh, weil Sie sich die Schuld daran geben, den Tod nicht verhindert zu haben, und weil Sie den Tod nicht rückgängig machen können. Das ist der Faden, der zu etwas führt, das im Kern Ihres Traumes liegt und an das Sie sich als Nächstes erinnern müssen.«

Seine Worte machten mich nervös, doch ich hörte ihm zu, ohne ihn zu unterbrechen.

»Ich möchte Ihnen etwas sagen. Das Trauma ist nicht so irreversibel, wie Ihr Kopf es annimmt. Das Gefühl der Unumkehrbarkeit resultiert aus Ihrem begrenzten Verständnis von der Bedeutung des Todes. Hier brauchen Sie keine Angst vor dem Tod zu haben, obwohl dieser Ort viel mit dem Tod zu tun hat. Dieser Ort gehört zu den wenigen, wo Menschen bewusst mit dem Tod arbeiten, und sie haben im Laufe der Zeit eine Menge Erfahrungen gesammelt. Diese Menschen wissen, dass das Wesen von Traum und Tod ein und dasselbe ist, dass der Unterschied nur in der Intensität liegt. Sie haben hier vor allem mit Träumen gearbeitet, weil sie dadurch lernten, den Tod zu kontrollieren.«

»Die Menschen können den Tod nicht kontrollieren. Der Tod ist nicht kontrollierbar«, sagte ich.

»Natürlich können sie das. Der Tod ist eine subjektive Erfahrung. Wenn man Angst vor dem Tod hat, ist das nicht die Angst davor, dass einem etwas wehtut. Man fürchtet sich davor, wie man das empfindet, was man Tod nennt. Das ist eine rein subjektive Erfahrung, und subjektive Erfahrung ist etwas, das man durchaus kontrollieren kann, wenn man es gelernt hat. Dasselbe gilt für Träume. Sie glauben, Sie können sie nicht kontrollieren. Aber wissen Sie, wie man das macht? Wissen Sie, was das Wesen von Träumen ist? Wenn Sie das wüssten, würden Sie sehr schnell lernen, wie das möglich ist. Die Menschen an diesem Ort hier waren sehr erfahren darin. Sie wussten, wie man mit Träumen arbeitet. Sie verfügten über dieses Wissen.«

Michael schwieg und blickte eine Zeit lang ins Leere, als würde er in die Vergangenheit schauen. Dann schloss er die Augen. Er hob den Kopf gegen die Sonne. Seine Augen bewegten sich unter seinen Lidern, als würde er irgendwelche Bilder sehen, während sein Gesicht vollkommen reglos und entspannt blieb. Ich dachte schon, er hätte mich vergessen. Dann öffnete er die Augen und schaute direkt in die Sonne, und plötzlich wurde mir bewusst, dass bereits mehrere Stunden vergangen sein mussten, seit wir uns am Morgen getroffen hatten.

»Die einzige Möglichkeit, an diesem Ort Wissen zu erlangen, besteht im Austausch. Man muss seine ganze Persönlichkeit einsetzen. Wissen kann man nicht erlangen, indem man beschließt, es zu erwerben. Sie müssen Ihre Geschichte dafür eintauschen. Und Sie müssen die Geschichten dieses Ortes und der Menschen, die in diesem Land gelebt haben, erfahren. Das wird für Sie hier ein Teil des Austauschs sein.

Die Geschichten der Menschen, die hier transformiert wurden, müssen jetzt wieder erzählt werden, um ihre Erfahrungen zu neuem Leben zu erwecken, ihre Transformation zu Ende zu bringen und den Transformationsprozess derjenigen, die die Geschichten hören, zu beschleunigen. Dieses Land möchte die Geschichten Menschen in anderen Ländern erzählen, damit sie aus ihnen Wissen gewinnen. Die Seelen unserer Urahnen müssen wieder erweckt werden, um die Erinnerungen der heute Lebenden zu verändern.

Die Traumata vergangener Generationen leben in ihren Nachkommen fort, auch wenn die meisten Menschen sich dessen nicht bewusst sind. Die alten Geschichten zu erzählen wird dabei helfen, diese Traumata zu heilen und im Leben vieler Menschen von heute etwas Entscheidendes zu ändern. Sie müssen also diese Geschichten, nachdem Sie sie von mir gehört haben, weitererzählen, wenn Sie nach Hause zurückkehren.«

Er sah mich an, und als er an meinem Gesichtsausdruck erkannte, dass ich mich lieber zu nichts verpflichten wollte, fügte er hinzu: »Es ist eher eine Frage der Verantwortung als der Entscheidung. Ich arbeite oft für diesen Ort, auch dann, wenn ich eigentlich keine Lust dazu habe. Es ist, als würde diese Ruinenstadt mich dazu drängen. Aber ich weiß, dass ich zu den wenigen Menschen gehöre, die die Geschichten dieses Ortes erzählen können, und ich muss es tun. Für Orte ist es schwieriger, ihre Geschichten weiterzugeben, denn nur Menschen können Geschichten erfinden und erzählen, deswegen brauchen Orte uns, damit wir ihre Geschichte erzählen.«

Er ließ einen Augenblick verstreichen. »Dieser Ort ist sehr alt. Seine Geschichte besteht aus vielen Schichten. Diese Schichten sind miteinander verbunden, sie beeinflussen einander und bleiben lebendig, stehen mit uns in Kontakt durch direkte Kraftlinien. Ich stehe mit dem ältesten Gesicht dieser Stadt in Verbindung, mit dem Ursprung dessen, was man heute Afrasiab nennt. Wissen Sie, wer das ist, Afrasiab?«

»Ich weiß, dass diese Ruinenstadt so heißt. Ist es auch der Name eines Menschen?«

»Ja, es ist der Name eines Menschen. Es gibt eine alte Legende, die von ihm erzählt. Einige Teile davon gingen verloren, einige wurden absichtlich aus dem Gedächtnis der Menschen gelöscht, aber die Legende ist immer noch lebendig. Ich werde sie Ihnen so erzählen, wie ich sie gehört habe. Und auch wenn Ihnen einiges davon seltsam und verwirrend erscheinen mag, muss sie auf diese Weise erzählt werden. Es heißt, Afrasiab sei so furchtlos gewesen wie ein Tiger. Er war Herrscher dieser Stadt während der Goldenen Zeit, der Zeit, als die Welt noch eine Einheit war. Er diente seinem Gott treu und ergeben, und als Gegenleistung erhielt er große Macht.«

Michael verfiel in Schweigen; er schien zu überlegen, was er sagen konnte und was nicht.

»Wer war damals sein Gott? Das ist sehr lange her, nicht wahr?«

»Sein Gott war ein Gott der Sonne und der Lebenszeit, Herrscher über den Himmel und Herr des Donners. Sein Gott ließ heiliges Lebenswasser von der Spitze des Weltbergs fließen, das alles zum Leben erweckte.

Sein Gott war eine Frau, die Große Mutter Anachita, und Afrasiab diente ihr wie ein Tiger. Er war seiner Göttin treu und ergeben, denn er vertraute auf ihre Liebe. Frauen und Männer waren damals gleichberechtigt, und die Macht war gerecht unter ihnen aufgeteilt. Es gab sowohl männliche als auch weibliche Priester, die Anachita dienten. Afrasiab war kein Priester, aber er ließ in seinem ganzen Königreich Anachita zu Ehren Feuertempel errichten, und er sorgte für den Schutz dieser Tempel. Sie hießen *Sufa*, und man kann heute noch im Osten dieser Ruinenstadt Überreste von einigen von ihnen finden.

In den *Sufa* bewahrten die Menschen die Goldene Zeit, bis der Neid alles zerstörte. Zwei Brüder waren die höchsten Priester der Anachita. Einer von ihnen, Zarataschta, kam irgendwann zu der Überzeugung, dass er mächtiger sein sollte als sein Bruder. Er wurde zum Feind seines Bruders und zum Feind der Leben spendenden Göttin. Als er Pläne schmiedete, ihren geheimen Schatz zu stehlen, erfuhr sie von seinen Absichten und verschwand mit dem Schatz. Er verfolgte sie. Als er sie fast eingeholt hatte, riss sie sich die Kette vom Hals, die den geheimen Schatz enthielt, und warf sie auf den Grund eines versteckten Sees am Fuß des Berges. Sie ließ Milch in den See regnen, um den Schatz zu verbergen.

Machtlos und wütend schwor Zarataschta Rache.

Die Göttin verließ diese Welt, denn sie wusste, dass der Neid sich bereits in ihr eingenistet hatte. Sie versteckte sich auf dem Stern Sirius, wo sie zuvor gelebt hatte. Von dort aus herrschte sie weiterhin über die Welt. Als Afrasiab von all dem erfuhr, machte er sich auf den Weg und wanderte viele Meilen weit, ohne zu essen und zu schlafen, bis er schließlich den geheimen See fand. Mitten in dem See lag eine Insel, auf der ein *Haoma*-Baum wuchs. Dieser enthielt den Saft, mit dem Anachita die Erde mit den Sternen verband.

Afrasiab ließ sich in der Nähe des *Haoma*-Baums nieder und erfuhr alles über den See. Er erfuhr, dass der Schatz auf dem Grund des Sees verborgen lag, an den tiefsten Wurzeln des Baums. Vom weißen Vogel, der auf dem Baum lebte, lernte er, wie man die Samen des *Haoma*-Baums sammelt. Er warf die Samen in den heiligen Feuerkreis des Tempels, den er auf Weisung des Vogels auf der Insel errichtet hatte. Der Rauch des Feuers, den er einatmete, verlieh ihm Kraft.

Afrasiab legte alle Kleider ab und tauchte dreimal in den See, und beim dritten Mal erreichte er den Schatz am Grund des Sees. Der Schatz war der Schlüssel zur Unsterblichkeit. Als die Göttin Anachita das sah, war sie erfreut über seinen Mut. Von ihrer Heimat auf dem Stern Sirius schickte sie vierzig schöne Männer und Frauen, vierzig altehrwürdige Geister, die Afrasiab zu Diensten sein sollten.

Nach zweitausend Erdenjahren beschloss Afrasiab, die Erde zu verlassen. Auf Anachitas Geheiß errichtete er einen geheimnisvollen Bau: eine Tempelfestung aus glänzendem Metall, in Form einer sphärischen Kugel und hermetisch verschlossen. In diesem Tempel versteckte er sich. Drinnen gab es künstliche Sterne, eine Sonne und einen Mond. Ihr Licht beleuchtete einen wundersamen Garten. In diesem Tempel hatte Afrasiab alles, was er wollte. Da seine zweitausend Erdenjahre fast vorüber waren, war Afrasiab bereit, seinen Tempel auf den Gipfel des höchsten Berges zu versetzen, den Anachita mehrmals im Jahr aufsuchte.

Um bei diesen Besuchen in ihrer Nähe sein zu können, schuf er sieben leuchtende Säulen, die den Tempel zum Gipfel hinauf heben sollten.

Aber als er am letzten Tag seiner zweitausend Jahre durch seinen Garten ging, entdeckte er einen dunkelhäutigen Mann, dessen Gesicht er nicht erkennen konnte. Vorsichtig näherte er sich dem Mann, und als er ihn ansah, bemerkte er, dass es sein eigener Schatten war, der durch den Garten schlenderte, als wäre er ein eigenständiges Wesen.

Dies geschah, weil Zarataschtas Neid all die Jahre überdauert hatte und Zarataschta das Ende der Goldenen Zeit auf der Erde abwartete, um endlich Rache zu nehmen. Sein Gift erreichte Afrasiabs Tempel, und dadurch sah Afrasiab seinen eigenen Schatten. Doch all dies geschah nach dem Willen der großen Göttin Anachita. Sie wusste, dass sich die Goldene Zeit ihrem Ende näherte und dass eine Zeit der Rivalität folgen würde, in der die Menschen das Wissen der Göttin vergessen würden. Sie beschloss, Afrasiab das Schicksal des Opfers aufzuerlegen und ihn zum lebenden König der Toten zu machen. Denn er allein besaß den Schatz der Unsterblichkeit und konnte daher in der herannahenden Zeit, in der die Liebe der Göttin in Vergessenheit geraten würde, den Menschen bei ihrem Übergang vom Leben in den Zustand nach dem Tod helfen.

Afrasiabs sphärisches Tempelschiff erreichte nie den Gipfel des höchsten Berges. Es verschwand von unserer Welt in die Welt unserer Ahnen, wo Afrasiab der erste menschliche König der Toten wurde.

Seit jener Zeit erscheint Afrasiabs Tempelfestung als leuchtendes sphärisches Schiff über den Bergen, wenn es zwischen der Welt unserer Ahnen und Anachitas

Königreich hin und her fliegt. Afrasiab rettet diejenigen, die gestorben sind, vor dem zweiten Tod.«

Eine ganze Weile blickte Michael schweigend in den Himmel, dann, bevor ich dazu kam, ihn zu fragen, was er mit dem zweiten Tod meinte, sagte er leise: »Das war der Beginn des Kampfes. Wir tragen seine Folgen in unserem Gedächtnis, in der gleichen Art, wie wir Erfahrungen verarbeiten. Der Kampf hat sowohl das Gedächtnis jedes Einzelnen als auch das kollektive Gedächtnis verletzt. Das Gedächtnis wurde gespalten, und es entstanden viele Schatten.

Als Zarataschta Rache schwor, wusste er, dass er nicht eigenhändig Vergeltung üben würde. Er wartete auf eine andere Möglichkeit. Seine von Zorn und Angst erfüllten Erinnerungen flossen wie ein Strom durch die Erinnerungen von Generationen seiner Nachkommen, auf der Suche nach einem Ort, wo sie sich einnisten konnten. Schließlich erreichten sie einen Jungen, der immer bei allem der Zweitbeste war. Es schmerzte, nicht der Beste zu sein. Sein älterer Bruder diente Anachita als Priester, während der Junge nur ihrem Sohn, Akhura Mazda, dienen durfte. Im Leben des Jungen gab es keine Liebe. Anachitas Sohn zu dienen konnte die schmerzliche Eifersucht auf seinen Bruder nicht heilen, und so wurde er schließlich besessen von dem Streben danach, *der Erste* zu werden. Er sagte sich von seiner Tradition los, von seiner Familie und seinem Zuhause und reiste in andere Länder, um dort seinen eigenen Glauben zu predigen und der oberste aller Priester zu werden. Der Name des Jungen war Zoroaster.

Er ließ Anachitas Tempel zerstören, damit der Glaube seines Bruders nicht über seinem stand, damit sein

Bruder nicht der Erste blieb. Er würde in Zukunft der Erste sein. Um etwas anderes zu schaffen, musste Zoroaster die Tradition in ihr Gegenteil verkehren. An die Stelle der Einheit trat Spaltung. Alles wurde in zwei gespalten: schwarz und weiß, gut und schlecht, zuerst und zuletzt. Das war das Ende der Goldenen Zeit.

Zoroaster war der Erste, der neue Gesetze einführte. Um ihnen Geltung zu verschaffen, musste er das Gedächtnis der Kultur ändern. In seinen Predigten machte er Afrasiab für alle Sünden verantwortlich und sorgte dafür, dass dieser in den Augen seines Volkes als Feind dastand. Zoroaster verdunkelte Afrasiabs Namen, aber das gelang ihm nur an der Oberfläche, denn ›im Untergrund‹ ist Afrasiab immer noch der lebende König, und vierzig uralte Geister sind ihm auf Geheiß der Göttin Anachita zu Diensten.

Sie, Olga, wissen nicht viel über Zoroaster und seine Lehre, aber Ihre Psyche funktioniert nach den Regeln der Spaltung, die er eingeführt hat. Das Bewusstsein wurde aus dem Zentrum des Seins entfernt, indem alles in schwarz und weiß aufgespalten wurde, sodass auf beiden Seiten viele Schatten entstanden. Es gibt verschiedene Möglichkeiten, die Spaltung zu überwinden und die Schatten zu umgehen. Dies hier ist etwas, das Ihnen dabei helfen kann.«

Michael nahm eine kleine Scherbe von einem uralten Tontopf aus seiner Tasche und reichte sie mir. Ähnliche Scherben hatte ich auf den staubigen Wegen liegen sehen, als wir durch die Hügel von Afrasiab gewandert waren. Auf der Scherbe, die Michael mir gab, war eine simple Swastika abgebildet, sie sah genauso aus wie die anderen Zeichnungen der Swastika, die ich gestern an den Wänden der Ruinen gesehen hatte.

»Dies ist ein sehr mächtiges Symbol, das die Spaltung unserer Psyche aufheben kann«, sagte Michael, während ich die kleine Scherbe betrachtete, die gut in meine Handfläche passte. »Seine vier Arme verbinden die linke und die rechte Hälfte unseres Gehirns und stellen dadurch eine Verbindung zwischen Gegenwart und Vergangenheit her. Außerdem verbinden die Arme das Handeln und die Wahrnehmung auf eine Weise, die sich von unserer normalen Erfahrung unterscheidet, sodass im Zentrum des Symbols ein Gefühl von Einheit entsteht. Diese Erfahrung zerfällt nicht in verschiedene Erinnerungsräume, sondern dient als Tor zur Goldenen Zeit, als die Zeit noch ungeteilt war.

Das Symbol der Swastika spielt eine wichtige Rolle für die Arbeit in unserer Tradition der Traumheilung. Ihre Arme verbinden Gegenwart und Vergangenheit, Handeln und Wahrnehmung auf eine ganz besondere Weise, und ihr Zentrum steht in direktem Zusammenhang mit allen Erinnerungsebenen. Wenn man es versteht, dieses Symbol zu aktivieren und damit zu arbeiten, dient das Zentrum des Symbols als Tor zum Raum der Träume. In diesem Raum sind alle Erinnerungen, die je gespeichert wurden, miteinander verbunden, und in diesem Raum kann man sie erreichen und umwandeln. Im Zentrum existieren keine Schatten. Es steht mit jeder im Gedächtnis gespeicherten Erfahrung in direktem Kontakt.

Das Zentrum dieses Symbols ist das Tor zum Raum der Träume, und wenn man es versteht, damit zu arbeiten, ermöglicht es eine bestimmte Art von Träumen: *luzide* Träume, in denen Handeln und Wahrnehmung auf eine Weise eins sind, die sich völlig von unserer normalen Erfahrung unterscheidet. Im normalen

Leben gibt es nur eine Erfahrung, bei der Handeln und Wahrnehmung, Vergangenheit und Gegenwart eins sind wie in luziden Träumen. Das ist die Erfahrung des Orgasmus. Seine Einheit kann auch benutzt werden, um die Erinnerungsdämonen zu heilen, aber das ist nicht die Art und Weise, wie wir arbeiten. Wir arbeiten mit Träumen, und zur Heilung benutzen wir den Raum der Träume.

Luzide Träume sind die am engsten mit dem Tod verwandte Erfahrung, die man machen kann, solange man am Leben ist. Ich gehöre der Tradition von Heilern an, die Erinnerungsdämonen heilen, um Menschen vom letzten Trauma zu heilen, dem Trauma des Todes. Wie ich Ihnen schon sagte, besteht der einzige Unterschied zwischen dem Tod und dem Traumerleben in der Intensität unserer Wahrnehmung. Durch den Tod wird das, was wir subjektives Erleben nennen, vollkommen objektiviert. Luzide Träume sind eine Möglichkeit, sich darauf vorzubereiten, indem man mit der flüchtigen Traumsubstanz arbeitet und heilende Veränderungen herbeiführt, bevor die Erinnerungsdämonen sich einnisten und nach dem Tod ihr zerstörerisches Werk tun können. Luzide Träume schützen vor dem Schmerz, den uns die Erinnerungsdämonen zufügen, und in luziden Träumen kann man die nötige Kraft entwickeln, um die Dämonen zu besiegen.

Im normalen Leben gewinnen die Erinnerungsdämonen Macht über uns, indem sie Bilder aus der Erinnerung einsetzen, die Depressionen und Ängste auslösen. In luziden Träumen gibt es keine Depressionen und auch keine Ängste. Wenn das geschähe, wäre der Traum sofort vorbei. Nehmen Sie dieses Symbol mit, es wird Ihnen heute Nacht helfen.«

Ich hielt die Scherbe mit der Swastika immer noch in der Hand, doch ich war mir nicht sicher, ob ich sie mitnehmen sollte. Michael verstand meine Zweifel.

»Die Swastika wurde tausende von Jahren vor den Nazis benutzt, und zwar ausschließlich zum Zweck der Heilung und des Ausgleichs, niemals zum Schaden oder zur Zerstörung. Die Nazis haben sie missbraucht, weil es unter ihnen Menschen gab, die Verkörperungen von Erinnerungsdämonen waren. Sie waren Ausgeburten der Dämonen, und sie versuchten, die stärkste Waffe, mit der man sie hätte bekämpfen können, unschädlich zu machen. Deswegen haben sie das Symbol der Swastika umgedreht und daraus ihr Hakenkreuz gemacht, um sich vor ihrer heilenden Wirkung zu schützen. Aber sie sind unterlegen. Sie werden immer unterliegen.

Es ist nur eine Frage der Zeit, bis vollständige Heilung eintritt, aber früher oder später werden die Erinnerungsdämonen geheilt. Sie kommen jedoch immer wieder zurück, vermehren sich im Laufe der Geschichte mit Hilfe der unterschiedlichsten Persönlichkeiten und beschädigen immer wieder das kollektive Gedächtnis. Zurzeit bedarf es großer Anstrengung, um sie zu heilen. Also nehmen Sie dieses Symbol mit in Ihr Hotel und haben Sie keine Angst davor. Kommen Sie morgen gegen Mittag wieder hierher. Und machen Sie sich keine Gedanken darüber, was Sie morgen sagen sollen.

Lassen Sie es vor sich im Raum stehen, wo Ihre Gedanken es noch nicht erreichen und es nicht verändern können. Lassen Sie es zu, dass sich der Prozess, der in Ihnen begonnen hat, heute Nacht in Ihren Träumen fortsetzt. Die Swastika wird Ihnen helfen. Denken Sie nur an das, was Sie um sich herum sehen, dann werden Sie sicher zurückkehren. Wir sehen uns hier morgen Mittag wieder. Bringen Sie ein Tuch mit, um Ihren Kopf zu bedecken. Es wird ein heißer Tag.«

Kapitel acht

Ich ging allein zurück durch die sanfte Hügellandschaft von Afrasiab. Zu meiner Rechten erstreckte sich die Kuppelreihe der Shakh-i-Zindeh-Moschee. Ich erinnere mich noch gut an das Gefühl, das ich auf diesem Weg hatte – es war nicht Nachdenken und auch kein logisches Abwägen, sondern ein tiefes, umfassendes Gefühl, das meinen ganzen Körper durchdrang. Heute würde ich es beschreiben als eine Mischung aus archaischen Energien, die aus einer vergangenen Zeit herrührten, und intensiven kosmischen Kräften, die von weit her kamen. Damals hatte ich gar keine Bezeichnung dafür. Ich spürte nur, dass ich eine staubige Straße entlangging und wusste, dass ich am nächsten Tag zurückkommen würde. Nicht dass ich mich darauf gefreut hätte, es erschien mir einfach unvermeidlich.

Als ich wieder in Samarkand eintraf, war es noch nicht so spät, wie ich vermutet hatte. Hier hatte Zeit eine andere Qualität und pulsierte in einem anderen Rhythmus als an allen anderen Orten, die ich bisher besucht hatte.

Der Bazar war zu dieser späten Nachmittagsstunde voller Menschen, die nach der Arbeit einkaufen gingen. Ich fand einen kleinen Laden, über dessen Eingang ein hölzernes Reklameschild mit der Aufschrift

»Stoffe« hing. Es war ein wenig kühl in dem Laden, der aus einem winzigen abgedunkelten Raum bestand. Auf einem schmalen Tresen stapelten sich Seidenstoffe, und an den Wänden hingen Schals in verschiedenen Größen und Farben.

Mein Blick fiel auf ein schönes weißes Schultertuch aus Seide. Es wirkte schlicht und schien nicht besonders teuer. Ich bat darum, es mir ansehen zu dürfen, und ein junges Mädchen, das seinem Vater half und gerade mit einem anderen Kunden sprach, reichte es mir. Das Tuch fühlte sich so weich an wie die Haut eines Babys und war, als ich es näher ans Licht hielt, eher cremefarben als weiß. Ich kaufte es, ohne lange nachzudenken.

»Morgen wird ein heißer Tag.« Ich erinnerte mich an Michaels Worte. Dabei fiel mir auf, dass für mich alles, was er sagte, immer mehr an Autorität gewann, und es immer schwieriger wurde, mir die Frage zu stellen, warum ich ihm eigentlich vertrauen sollte. Ich tat es einfach und hatte keine Lust mehr, mir Gedanken zu machen, warum es so war.

Michael hatte die Lasten nicht von meiner Schulter genommen. Er hatte sie mir eher noch bewusster gemacht. Aber seine Gegenwart war von einer besonderen Qualität. Ich empfand ihn mehr als eine Traumgestalt denn als ein gewöhnliches menschliches Wesen. Seine Gegenwart brachte meine Erfahrung in Samarkand in die Nähe einer Traumrealität, und Michael war das Bindeglied zu dieser Traumebene – der wahre Meister der Träume, wie ich später erfahren sollte.

Immer noch war ich von dieser untergründigen Angst erfüllt, besonders als ich mein Hotelzimmer betrat. In meiner Abwesenheit war es gereinigt worden, und meine Sachen lagen in einer Ecke, als hätte ich hier nichts zu suchen. Sie wirkten fremd, als gehörten sie zu einer anderen Welt – der modernen Welt, in der die Menschen nach ihren Regeln und Gesetzen lebten und glaubten, sie könnten die Zukunft vorhersehen. Mir war klar, dass ich diese Welt hinter mir gelassen hatte, obwohl ich immer noch ihr Zeuge sein konnte, indem ich fernsah, den Inhalt meiner Taschen untersuchte oder telefonierte. Es war so einfach, eine Nummer zu wählen und mich mit irgendeinem dieser »modernen« Menschen verbinden zu lassen. Aber ich hatte keinerlei Bedürfnis danach.

Ich richtete mich gerade auf die Rolle des Beobachters in dieser Welt ein. Es war beängstigend, aber ich spürte, dass es für mich genau das Richtige war. Den Schutz, den mir die moderne Welt bot, aufzugeben und Michael voll zu vertrauen: Das war die richtige Entscheidung.

Als ich an jenem Abend in das Hotel zurückkehrte, erkundigte ich mich an der Rezeption, ob Nachrichten für mich hinterlassen worden seien. Es waren keine da, und als ich am nächsten Tag und in den folgenden Tagen nachfragte, bekam ich dieselbe Antwort. Es berührte mich nicht mehr, irgendwie waren mir Nachrichten mittlerweile gleichgültig. Was mir mit Michael widerfuhr, ließ mich Wladimir vergessen, und ich gab es auf, noch länger auf ihn zu warten.

Sehr schnell brach die Nacht über die Stadt herein. Müde von den Ereignissen des Tages ging ich zu Bett, schob das Swastika-Symbol unter mein Kopfkissen und fiel sofort in tiefen Schlaf. Ich hatte einen merkwürdigen Traum: Ich bin wieder in Russland. Ich überquere den Roten Platz in Moskau, auf dem sich zu dieser Stunde der Abenddämmerung kein Mensch befindet. Es ist kalt, und der Wind bläst mir den Schnee ins Gesicht. Ich drehe mich um und sehe ein schwarzes Auto näher kommen. Es hält zu meiner Linken an, damit ich einsteigen kann. Sobald ich auf dem Beifahrersitz Platz genommen habe, fährt es langsam an, als nähme es an irgendeiner feierlichen Prozession teil. Ich sehe das Gesicht des Fahrers nicht, aber spüre seine Anwesenheit, und ich empfinde etwas sehr Merkwürdiges, etwas äußerst Unerklärliches an seiner Anwesenheit. Ich habe das Gefühl, dass hinter mir auf der Rückbank Menschen sitzen, aber ich kann auch sie nicht sehen.

Ich betrachte das dunkle, alte Ziegelpflaster des Platzes, über den wir langsam dahinfahren.

Ich sehe eine Gruppe von Leuten, die zu der rechten Ecke des Platzes gehen. Es sind alles Kinder, die in perfekt geschlossenen Reihen nebeneinander herlaufen. Ihre Anführer schlagen Trommeln und geben den Rhythmus der Bewegung an. Ihre Gesichter sind ernst und konzentriert. Sie tragen flatternde scharlachrote Seidenschals um den Hals. Die Gruppe marschiert direkt auf unser Auto zu. Die Kinder kommen immer näher, und ich kann ihre Gesichter unterscheiden. Ich erkenne kein einziges dieser Gesichter, aber alle zusammen erwecken in mir den Eindruck, sie vor sehr langer Zeit schon einmal gesehen zu haben. Sie bemerken mich nicht und sehen auch das Auto nicht. Wir bewegen uns langsam, aber unausweichlich aufeinander zu.

Sie befinden sich jetzt direkt vor mir, nur wenige Meter entfernt. Weder das Auto noch die Kinder verlangsamen die Geschwindigkeit. Ich kann meinen Kopf noch immer nicht zum Fahrer hin drehen, um ihn zu fragen, was hier geschieht. Also sitze ich einfach da, unbeweglich, und sehe zu, wie die Kinder unerbittlich näher kommen.

Meine Unfähigkeit, an der Situation etwas zu ändern, löst Panik in mir aus. Ich bin gelähmt vor Angst, denn es ist abzusehen, dass etwas Furchtbares geschehen wird. Der schwere schwarze Wagen wird die Kinder im nächsten Augenblick erreichen, aber sie nehmen ihn immer noch nicht wahr. Nichts wird das tragische Zermalmen der Körper aufhalten. Ich versuche zu schreien, aber es geht nicht. Als ich die Augen zumachen will, um nicht Zeuge dieser blutigen Szene zu werden, habe ich keine Kontrolle mehr über meine Augenlider. Mit weit geöffneten Augen muss ich zuschauen, wie sich dieses schreckliche Szenario vor mir entwickelt. Als ich die Gesichter der Kinder in den vorderen Reihen direkt vor mir sehe, erreicht meine Panik ihren Höhepunkt.

Im nächsten Augenblick löst sich mein angehaltener Atem in einem Schrei. Zuerst sind es die Hände der Trommler, dann die Halstücher, schließlich die Körper und die Gesichter der Kinder, die ungehindert durch die Wagenfront, durch die Sitze und auch durch mich hindurchgehen. Meine Angst lässt nach, aber der Schreck sitzt mir in den Gliedern. Die Kinder bestehen aus anderer Materie als das Auto. Sie spüren meine Berührung nicht; sie können meinen Schrei nicht hören; sie marschieren stolz weiter, als wäre absolut nichts geschehen. Sie gehen durch mich und das Auto hindurch und verschwinden irgendwo hinter mir. Ich kann jetzt meinen Kopf wenden und alles erkennen.

Ich sehe den Fahrer, einen jungen Mann in einer schwarzen Wolljacke mit einem runden Gesicht und ebenmäßigen Profil. Sein Schädel ist rasiert, und sein Blick aus den hellblauen Augen ist wie gebannt auf die Straße gerichtet. Ich wende mich zum Rücksitz um. Ich weiß, dass etwas Ungewöhnliches mit mir geschieht, und ich weiß auch, dass die Personen auf dem Rücksitz wissen, was dies ist. Ich erkenne zwei kleine menschliche Figuren, die nebeneinander sitzen, die Hände auf den Knien. Sie betrachten mich und verstehen genau, was in mir vorgeht. Wieder werde ich von Panik erfasst.

Diese Figuren sind Menschen mit Vogelköpfen, mit großen befiederten Köpfen und langen Schnäbeln, und aus ihren schwarzen Vogelaugen sehen sie mich an. Die nicht zu leugnende Wirklichkeit ihrer Anwesenheit, die ich deutlich empfinde, sagt mir, dass etwas Schreckliches und Irreparables mit mir geschehen ist.

»Ist schon etwas mit mir geschehen?«, wage ich sie zu fragen, denn ich weiß, dass sie meine Worte und meine tiefsten Gefühle verstehen.

Da sie keinen Mund haben und deshalb auch nicht sprechen können, bestätigen sie meinen Verdacht durch Kopfnicken. Als sie ihre Vogelköpfe langsam bewegen, dringt die Erkenntnis in mein Bewusstsein, und ich formuliere sie, beinahe gegen meinen Willen, in meiner nächsten Frage: »Bin ich schon gestorben?«

Noch bevor sie ihre Kopfbewegung wiederholen, kenne ich die Antwort. Tiefe Traurigkeit und Melancholie erfüllen mich. Die Türen zu der einzigen Existenzform, die ich kannte, die Türen zu meinem physischen Leben, haben sich geschlossen. Ich habe nicht den Schlüssel, um sie erneut zu öffnen. Der Eingang ist mir verwehrt. Ich bin zurückgelassen worden in einer Welt, in der Menschen mit Vogelköpfen herrschen, und ich verfüge über keinerlei Schutz oder Wissen, das mir helfen könnte.

Plötzlich erwachte ich, überwältigt von Traurigkeit. Dieser Traum ergab überhaupt keinen Sinn, aber seine Bilder waren so überzeugend und ganzheitlich, dass ich die Angst nicht mehr brauchte, die mir dazu verholfen hatte, den Grund für meine Traurigkeit nicht sehen zu müssen. Der Traum eröffnete mir den Raum meines tiefsten Traumas, er zeigte mir die verdeckten Räume meiner Erinnerung, denen ich auszuweichen versuchte. Und ich begriff, dass ich mich jetzt damit auseinander setzen musste, dass ich von nun an meiner Schuld und Traurigkeit nicht mehr würde entfliehen können.

Die Halstücher der Kinder spukten immer noch in meinem Kopf. Unbewusst fasste ich mir an die Kehle und versuchte, mein Seidentuch zu lockern, als läge es nach wie vor um meinen Hals und drohte mich zu ersticken. Der Traum hatte etwas Befreiendes, und ich wusste, dass ich jetzt in der Lage sein würde, Michael zu erzählen, was mich so bedrückte.

Am nächsten Vormittag hatte ich noch etwas Zeit, ich verließ das Hotel nach dem Frühstück und machte mich auf den Weg in eine Buchhandlung. Vor dem Zusammenbruch der Sowjetunion waren auch in Usbekistan viele Bücher auf Russisch geschrieben worden, in der damaligen Amtssprache. Auf der Suche nach der Beschreibung der Tradition, die Michael lehrte, blätterte ich einige Bücher durch, konnte aber keinerlei Hinweise finden. Bücher über Sufismus kamen dem, wonach ich suchte, am nächsten, doch sie hatten andere Schwerpunkte. Ich fand nichts Spezifisches zur Tradition der Traumheiler. Bevor ich den Buchladen verließ, entdeckte ich ein umfangreiches Werk mit dem Titel »Mythologisches Wörterbuch« und schlug unter »tsch« nach. Auf der Seite gab es eine kurze Beschreibung des Wortes »*Tschiltan*«:

»Der Begriff *Tschiltan* stammt aus dem Persischen und bedeutet ›vierzig Menschen‹. In zentralasiatischen Traditionen werden sie beschrieben als vierzig unsichtbare mächtige Geister, die die Welt regieren. Ein *Tschiltan* ist meist für Menschen nicht sichtbar, aber er kann auch ein normales Leben unter Menschen führen. Nach usbekischer Legende leben *Tschiltans* auf abgelegenen Inseln, die für Menschen unerreichbar sind. Gelegentlich versammeln sie sich an geheimen Orten in der Nähe von Begräbnisstätten oder von antiken Stätten. Einige usbekische Gruppen vertreten die Ansicht, *Tschiltans* seien die ersten Schamanen und Lehrer von Schamanen gewesen. Manchmal erscheinen sie als vierzig schöne junge Männer und Frauen, die nachts tanzen.«

Aus dieser dürftigen Beschreibung konnte ich keinen Zusammenhang zu dem ableiten, was mir die Frau am Vortag im Bazar gesagt hatte. Ich klappte das Buch zu, konnte die darin enthaltenen Informationen nicht zu meiner Erlebniswelt in Beziehung setzen, und machte mich auf den Weg nach Afrasiab, um Michael zu treffen.

Er war schon vor mir dort. Ich sah ihn aus der Ferne, wie er über tiefe Spalten zwischen den Hügeln sprang. Sein Körper wirkte schwerelos. Offensichtlich war er so gut trainiert, dass ihm die Sprünge keinerlei Mühe bereiteten. Als ich näher kam, begrüßte er mich mit einem kurzen »Hallo« und sprang mit einem

Satz auf die andere Seite des tiefen Brunnens, den man in diesen antiken Grund gebohrt hatte. Die Breite des Brunnens betrug nicht viel mehr als eine normale Schrittlänge, aber er war so tief, dass ich nur die glatten, runden Wände sehen konnte, die in die Erde führten, nicht aber den Grund. Michael stand auf der anderen Seite des Brunnens, und als ich zu ihm hingehen wollte, hielt er mich auf. »Nein. Gehen Sie nicht. Springen Sie einfach.«

Ich blickte noch einmal in den Brunnen. Er wirkte wie ein dunkler Tunnel ohne Ende, und er war breit genug, dass mein Körper bis auf den Boden fallen würde, wenn ich den Sprung nicht schaffte. »Danke, aber mir ist nicht danach«, sagte ich so ruhig wie möglich, in der Hoffnung, er würde nicht darauf bestehen.

»Warum nicht?« Offenbar hatte er nicht vor, das Thema fallen zu lassen.

»Weil es nicht viel Sinn ergibt, und ich habe schlicht keine Lust dazu.«

»Haben Sie Angst davor?« Er musterte mich aufmerksam.

»Vielleicht ja, vielleicht auch nicht. Ich habe nicht einmal Lust herauszufinden, warum ich nicht über diesen dämlichen Brunnen springen will.«

»Aha, Sie regen sich ja richtig auf. Warum, Olga? Sie sind so eine nette Frau. Warum sträuben Sie sich so gegen meinen Vorschlag?«

»So wie Sie das fragen, hört es sich an, als wüssten Sie bereits, warum es mir widerstrebt. Was glauben Sie denn, warum ich es nicht tun will?«

»Ganz einfach. Weil es bedeuten würde, dass Sie von Fixierungsmustern abweichen müssten. Fixierung ist ein Mechanismus, mit dessen Hilfe die Psyche ihre

Spaltung aufrechterhält, und es ist der Mechanismus, den die Erinnerungsdämonen benutzen, um innerhalb verschiedener Erinnerungsbereiche weiter existieren zu können. Wenn Ihre Energie fließt, wenn Ihr Körper geschmeidig ist, wenn Sie leicht über einen Abgrund springen können, dann arbeitet Ihre Psyche auf andere Weise, und Ihr Gedächtnis kann alle abgetrennten und verborgenen Räume loslassen – damit Sie eins werden mit dem Rest Ihrer Psyche. Außerdem macht es Spaß, über einen Brunnen zu springen.«

Bei seinen letzten Worten sah Michael aus wie ein kleiner Junge, dem es tatsächlich Spaß macht, über Brunnen zu springen, und ich spürte, wie mein Ärger verflog. Ich schaute noch einmal in den Brunnen hinunter, aber seine Tiefe machte mich nervös.

»Ich habe einfach Angst, drüber zu springen«, sagte ich freundlich in der Hoffnung, er würde jetzt wirklich nicht weiter darauf beharren, nachdem ich meine Angst eingestanden hatte. Er lachte vergnügt. ›Nichts von dem, was in meinem Innern vorgeht, bleibt ihm verborgen‹, dachte ich.

»Sie können es als Übung betrachten«, meinte er. »Die höchste Kunst, die man sich selbst beibringen kann, ist die Kunst, die Perspektiven zu wechseln, die Position Ihres Subjekts zu verändern. Genau das haben Sie gestern mit dem Seil auf dem Boden gemacht. Während Sie über Ihr Handeln nachdenken, bleibt Ihr Gedächtnis aktiv, drängt Sie von einem Fixierungspunkt zum nächsten, und das macht Ihre Bewegungen kompliziert. Wenn Sie in diesen Brunnen schauen, gehen Ihnen zahllose Assoziationen durch den Kopf. Wenn Sie in diesem Zustand zu springen versuchen, könnten Sie tatsächlich in den Brunnen fallen, obwohl das, rein technisch gesehen, höchst unwahrscheinlich ist. Aber vermutlich würden Sie hineinfallen, weil Ihre Angst so aktiv ist, dass sie Sie zum Fallen drängen würde. Dass das passiert, möchte ich natürlich nicht. Aber ich möchte, dass Sie versuchen, Ihre Aufmerksamkeit so auszurichten, dass sie für Ihre angsterfüllte Erinnerung unerreichbar ist, und dass Sie dann mit Lust springen. Benutzen Sie so viel Raum, wie Sie brauchen, um Ihre Perspektive zu ändern. Betrachten Sie sich von hoch oben. Erfahren Sie Ihren Körper aus der Entfernung. Das könnte Ihnen helfen, auch Ihre Ängste aus der Entfernung zu erleben, als würden sie nicht zu Ihnen gehören.«

Während er redete, änderte sich meine Wahrnehmung, und ich fühlte mich wie ein Punkt, der hoch über meinem Körper schwebte, aber durch ein starkes Band mit ihm verbunden war. Dieses Band war stabil und sicher, und es kostete mich keine Mühe, hochzuspringen und meinen Körper über den Brunnen fliegen zu lassen. Es war ganz einfach, und es machte Spaß.

Nachdem ich weich auf der anderen Seite gelandet war, schaute ich Michael an und sagte: »Danke.«

»Gern geschehen«, erwiderte er lächelnd. Wir nahmen denselben Weg zum Museum wie am Vortag. Michael stellte mir keine Fragen, und ich hatte nicht das Gefühl, dass es an der Zeit war, ihm meine Geschichte zu erzählen. Er begann, seine Erzählung wieder aufzunehmen, und ich hörte ihm aufmerksam zu, als wir uns dem Museum näherten.

»Nachdem die Göttin Anachita Afrasiab hier zum Lebenden König der Toten gemacht hatte, wurde dieser Ort zu einem Schlachtfeld. Die Abspaltung des Traumas vom Bewusstsein im menschlichen Gedächtnis wurde hier eingeleitet, und aus diesem Grund birgt dieser Ort das höchste Potential für die Heilung. Über die Jahrhunderte hat Samarkand eine starke Anziehungskraft auf die Menschen ausgeübt, weil es ihnen hier leichter fällt, die endgültige Entscheidung zu treffen, ob sie geheilt und transformiert werden wollen, oder ob sie sich den Erinnerungsdämonen, die in diesem Gebiet hier besonders aktiv sind, vollständig ausliefern wollen. Dieser Ort hat viel Schmerz gesehen seit den Zeiten von Afrasiab. Menschen fügen anderen Schmerz zu, wenn sie Angst haben. Das ist das Gesetz. Je mehr ein Mensch andere verletzt, umso größer ist die Angst, die er im Innern empfindet.

Angst entsteht vor allem dann, wenn man seine Selbstbestimmung aufgibt. Das tun die Leute nicht freiwillig, aber sie tun es jedes Mal, wenn sie verletzt wurden. Wenn sie den Schmerz nicht als Teil ihrer persönlichen Erinnerung akzeptieren, lehnen sie die traumatische Erfahrung insgesamt ab. Sie akzeptieren sie nicht als vollständigen Teil ihres Selbst, und dann kommt ein Dämon, schnappt sie sich und sagt: ›Das gehört mir‹. Der Dämon bekommt die Energie, dem Selbst geht sie verloren.

Und schon ist eine Lücke im Gedächtnis entstanden, die von diesem Augenblick an immer als Angst empfunden wird. Wenn wir Angst empfinden, spüren wir die Lücke zwischen dem, was wir als unsere akzeptierte Erinnerung kennen, und dem, was zu einem dunklen Bereich in uns gehört. Die Angst kommt immer wieder und fügt uns Schmerz zu. Durch uns fügt sie anderen Schmerz zu, und dadurch nährt sie ihr geheimes Gedächtnis.

Es gab noch einen Jungen, dessen Schicksal mit dieser Stadt verbunden war. Ich werde Ihnen jetzt seine Geschichte erzählen, weil sie erzählt werden muss. Sie werden sie mitnehmen und anderen Menschen erzählen, und dadurch wird Heilung verbreitet werden. Der Name des Jungen wird den Menschen, die seinen Namen kennen, Heilung bringen. Wenn sie seine Geschichte von Ihnen hören, werden sie an der Heilung seiner Vergangenheit und an der Heilung ihrer eigenen Gegenwart mitwirken. In der Erinnerung der Menschen existieren viele Geschichten über den Jungen, aber ich werde Ihnen meine Version aus einer anderen Perspektive erzählen, aus einer Perspektive des Schmerzes, der Angst und der Transformation.

Der Junge hatte verschiedene Namen, hier in Samarkand hieß er anders als in seiner Heimat. Sein Volk erinnert sich an ihn als »den Großen«. Unser Volk erinnert sich an ihn als »den Schrecklichen«. Alexander der Große. Iskander der Schreckliche. Jungen wachsen heran und werden zu mächtigen Führern, wenn sich ihre persönlichen Gedächtnislücken und Ängste tief mit denen ihres Volks verbinden. Der misshandelte Junge, der in ein misshandeltes Volk hineingeboren wird, kann die Macht seines Traumas ausnutzen, um die Geschichte seines Volkes zu verändern. Aber wenn er keine Heilung erfährt, entwickelt er sich am Ende vom Opfer zu einem brutalen Gewaltmenschen, und er schafft mehr Angst und Leid, als er ursprünglich tilgen wollte. Diese Transformation vom Opfer zum Verwüster ist mit Alexander hier in Samarkand geschehen, als er diese Stadt erreichte.

Er stand an einem Wendepunkt seines Lebens, an dem er die Wahl gehabt hätte, innezuhalten und die Narben seiner Kindheit zu heilen. Er hätte seinem

Vater und seinem Großvater helfen können, sich von den Auswirkungen ihres frühen, gewaltsamen Todes zu befreien, sodass sie endlich Frieden gefunden hätten. Aber als er Samarkand, oder Maracanda, wie die Griechen es nannten, erreichte, hatten sich die Erinnerungsdämonen bereits bei ihm eingenistet.

Die Dämonen hatten von ihm Besitz ergriffen seit seiner Zeit in Ägypten, wo er den Glauben angenommen hatte, er sei ein Pharao, kein menschliches, sondern ein göttliches Wesen. Von Gott geboren, brauchte er seinen irdischen Vater nicht mehr. In Ägypten sagte er sich von seinem Vater und von allen Erinnerungen an ihn los. Dadurch verlor er die Chance, von seinen Kindheitstraumata geheilt zu werden und ein großer Herrscher zu werden. Nach diesem Wendepunkt war es nicht Alexander, nicht sein Ich, das die Herrschaft übernahm, es waren vielmehr die Erinnerungsdämonen, und Alexander der Große wurde zu Iskander dem Schrecklichen.

Er zerstörte Samarkand, das sich ihm friedlich unterworfen hätte, um sich zu retten. Seine Leute mordeten, brandschatzten und vergewaltigten hier in diesen Straßen. Er bebte vor Angst, die aus den Tiefen seiner Erinnerung kam. Er gab seine Selbstbestimmung auf und ersetzte sie durch eine Angst, die ihn nie wieder losließ. Die Angst aus seiner Vergangenheit folgte ihm wie ein Schatten.

Er lief zu den Priestern, zu den Wahrsagern, aber die Angst zeigte ihre Fratze in jedem Opfer, das sie für ihn darbrachten, in jedem Orakel, das sie für ihn erstellten. Denken Sie daran, wenn Menschen Angst empfinden, fügen sie anderen Schmerz zu. Alexander begann, wie ein Verrückter zu wüten.

Als seine Armee den Oxus überquerte und in unser Land einmarschierte, lief ihm eine große Menschenmenge aus der Stadt entgegen, um ihn willkommen zu heißen. Es waren schmutzige, wilde, zerlumpte Männer, Frauen und Kinder, die laut schrien und mit grünen Zweigen winkten. Als Nachkommen hellenistischer Sklaven, die Xerxes als Arbeiter an die östliche Grenze seines Reiches verschleppt hatte, sprachen sie ein veraltetes Griechisch. Sie begrüßten ihn überschwänglich, doch er stand nur stirnrunzelnd da, und dann plötzlich befahl er seinen Soldaten, sie alle zu töten. Keiner hatte Zeit zu fliehen, keiner überlebte. Aristoteles hörte von Alexanders Seelenqual und schickte seinen Schüler Kallisthenes her, um ihm beizustehen. Aber Alexander sperrte den Philosophen in einen Käfig und ließ ihn als Verschwörer hängen. Jeder kam ihm inzwischen verdächtig vor, jeder schien etwas gegen ihn im Schilde zu führen und verdiente den Tod. Seine besten Freunde, seine tapferen Krieger – sie alle fielen nacheinander seiner Angst zum Opfer.

Die letzte Chance wurde ihm hier durch Roxane gewährt. Er hatte ihren Vater getötet, trotzdem heiratete sie ihn. Sie kannte Anachitas Weisheit, und sie gab sich Alexander hin, um ihn zu heilen. Sie beruhigte ihn. Bei ihr erinnerte er sich an sich selbst. Manchmal, wenn sie seine Ängste zerstreute, so wie Anachita es sie gelehrt hatte, erlebte er glückliche Momente. Sie bereitete ihn auf den Tod vor. Manche Leute behaupten, unsere Magier hätten sich mit babylonischen Zauberern durch den Spiegel der Welt, den sie zwischen einander hochhielten, in Verbindung gesetzt und Alexanders Vernichtung beschlossen, sodass er bereits todgeweiht war, als er von hier nach Indien aufbrach.

Ich behaupte, nicht irgendeine Hexerei, sondern seine eigenen Dämonen haben ihn getötet. Sie waren seine eigenen Geschöpfe, und sie erschufen seine Ängste.

Es stimmt, dass ein Mensch, wenn er von Ängsten erfüllt ist, leicht zum Opfer jeder Art psychischer Beeinflussung wird; er verliert in diesem Moment die Verbindung zu sich selbst, die sein einziger Schutz ist. Aber Roxane hat Alexander geschützt, sie vermittelte ihm geheimes Wissen über den Tod und das, was jenseits des Todes liegt, damit er sich endlich von seinen Dämonen befreien konnte. Er war bereit zu sterben, als seine Ängste seinen Körper in Höllenqualen stürzten, als sie seinen Verstand umnachteten und er sich vor Schmerzen krümmte. Er kotzte seine Ängste aus, befreite sich von ihren Ketten. Mit Hilfe der Liebe ließ er sie los, zusammen mit seinem von Schmerzen geplagten Körper, so wie Roxane es ihn gelehrt hatte. Endlich, am Ende seines Lebens, fand er den Frieden, den er sein Leben lang gesucht hatte. Roxane starb kurz nach ihm, zusammen mit ihrem gemeinsamen Sohn.«

Als Michael seine Geschichte beendet hatte, war ich wieder traurig. Er hatte über den Tod gesprochen, und dessen Unwiderruflichkeit tat mir weh. Ich musste an seine Worte vom Vortag denken, als er gesagt hatte, man könne den Tod kontrollieren, doch es gelang mir nicht, dies zu akzeptieren. Es gab eine Lücke in meiner Wahrnehmung, einen Widerspruch zwischen dem Wunsch, ihm zu glauben, und meiner tiefen Traurigkeit über die Endgültigkeit des Todes.

»Michael, warum glauben Sie, dass die Menschen den Tod kontrollieren können?«

»Ich glaube es nicht, ich weiß es.« Er sah mich aufmerksam an. »Warum fragen Sie? Haben Sie den Kern Ihres Traumas gefunden?« Obwohl er mich freundlich fragte, wusste ich nicht, wie ich es ihm sagen sollte. Mir war klar, was er von mir hören wollte. »Erzählen Sie mir von dem Traum, den Sie letzte Nacht hatten«, sagte er.

Michael versuchte beharrlich, mich zum Sprechen zu bringen. Ich setzte mich auf die Bank, die gegenüber von dem Eingang zum Museum stand, und erzählte ihm meinen Traum, ohne ihn anzusehen. Ich berichtete ihm von einem alten, schwarzen Auto, von Reihen von Kindern und von Menschen mit Vogelköpfen. Ich interpretierte nichts, beschrieb ihm nur die Bilder.

Michael hörte aufmerksam zu. Als ich geendet hatte, erhob er sich von seinem Stein und ging vor meiner Bank auf und ab. Dann blieb er vor mir stehen, beugte sich vor, schaute mir in die Augen und sagte: »Wenn Sie sich im Traum als jemanden sehen, der gestorben ist, während Sie noch leben, dann sehen Sie jemanden, der gestorben ist, aber *in Ihnen* weiterlebt, der weiterhin ein Teil Ihrer Erinnerung ist. Das ist die nächste Ebene Ihrer Erinnerung, sie wurde im Traum aufgedeckt durch die Geschichte über den Tod Ihrer Katze, die Sie gestern erzählt haben.

Sie sind in Ihrer Erinnerung der Landkarte gefolgt, die ich Ihnen an die Hand gegeben habe, und mit Hilfe von Erinnerungsräumen als Schlüssel sind Sie an diesen Kern gelangt. Aufgrund des Weges, den Sie durch Ihre Erinnerungsräume bis zu diesem Punkt zurückgelegt haben, kann ich Ihnen jetzt sagen, was ich für den Kern Ihres Traumas halte, und ich kann Ihnen helfen, darüber zu sprechen. Ich kann Ihnen sagen, dass jemand, den Sie geliebt haben, gestorben ist, sehr wahrscheinlich eines gewaltsamen Todes. Sie fühlen sich schuldig, weil Sie nichts getan haben, um seinen Tod zu verhindern. Sie fühlen sich schuldig, weil er auf diese Weise gestorben ist, und Sie empfinden tiefe Trauer wegen der Endgültigkeit und Unumkehrbarkeit dessen, was diesem Menschen zugestoßen ist.«

Ich nickte.

»Und Sie glauben, dass Sie, weil Sie bei diesem Menschen versagt haben, niemandem helfen und deswegen niemanden mehr heilen können. Das ist genau der Punkt, an dem der Erinnerungsdämon versucht, die Macht über Sie zu gewinnen und Sie wehrlos zu machen, damit Sie weiterhin diesen Gefühlen und Überzeugungen verhaftet bleiben und Sie am Ende wirklich niemandem mehr helfen können. Sagen Sie mir, Olga, wer ist dieser Mensch? Wie lautet sein Name?«

»Ihr Name.«

Ich hatte das Gefühl, dass ich jetzt endlich in der Lage war, Michael die Geschichte zu erzählen.

Kapitel neun

Ich dachte, ich wäre jetzt bereit. Aber erst später begriff ich in vollem Maße, wie schwierig und oft sogar unmöglich es ist, darüber zu sprechen oder auch nur daran zu denken, was einem irgendwann Qualen bereitet hat. Jede Rückkehr zu dieser Erinnerung macht den Schmerz wieder lebendig und genauso unerträglich, wie er es vor Monaten oder Jahren einmal gewesen ist. Michael wusste das natürlich. Und ich glaube, dass er in mir und an dem, was in mir vorging, genau ablesen konnte, wie er den Prozess meiner Heilung lenken konnte, sodass ich genügend Kraft haben würde, ihn zu Ende zu bringen, so wie ein Chirurg eine Krankheit und die Möglichkeiten, diese zu beseitigen, in dem Körper erkennt, an dem er operiert.

Anstatt mich dazu zu drängen, mit meiner Geschichte fortzufahren, sagte er ganz unerwartet: »Wissen Sie was? Gönnen Sie sich doch eine kleine Pause, bevor Sie weitersprechen, und hören Sie mir noch ein bisschen zu. Ich werde Ihnen jetzt erzählen, was in Samarkand Jahrhunderte nach Alexander geschah. Ich werde Ihnen diese Geschichte erzählen, nicht um Sie zu unterbrechen, sondern um Ihnen zu helfen, tiefer in den Wirkungskreis ihrer Heilung einzudringen. Sie werden es brauchen. Es wird Sie außerdem dabei unterstützen, die Heilungsenergie des intensiven Prozesses, den Sie durchlaufen, zu nutzen. Sie werden dann in der Lage sein, diese Energie den Menschen der Vergangenheit und deren Nachkommen zu bringen, und ihnen so zur Heilung zu verhelfen. Sehen Sie mich nicht so an. Sie wissen, dass ich mir sicher bin, dass der Tod nicht endgültig ist. Mittlerweile sollten Sie auch wissen, dass ich ein ganz anderes Verständnis habe sowohl von der Zeit als auch davon, wie Vergangenheit, Gegenwart und Zukunft miteinander verbunden sind. Für die Heilung ist es nie zu spät.

Jahrhunderte nach Alexander wurde ein anderer Junge geboren. Er war das Licht und er wurde aus Licht geboren, wie seine Eltern glaubten, aus einem kleinen Lichtball, der durch den Willen des Großen Schamanen auf die Erde geschickt wurde. Sein Haar war blond, seine Augen waren blassgrün, er hatte helle Haut und einen feurigen Geist. Schamanen beschützten ihn als ein besonderes Kind, da er in einer vornehmen Familie geboren wurde und alles darauf hindeutete, dass ihm ein bemerkenswertes Schicksal bevorstünde.

Aber eines Tages versagte die Macht der Schamanen. Der Vater des Jungen wurde als Erster getötet. Nun war die Familie des Jungen ohne männlichen Schutz. Seine Mutter war zwar eine sehr starke Frau, aber nicht stark genug, um sich und ihren Sohn vor den marodierenden Nomaden zu schützen. Eines Tages zertrampelten die Pferde der Feinde die Trümmer des Elternhauses des Jungen. Es brannte bis auf die Grundmauern nieder. Und er, ein seltsamer bleicher Junge, der so anders war als alle anderen, geriet in Sklaverei. Seine Feinde banden ihm die Beine fest, damit er nicht weglaufen konnte. Nicht einmal gehen konnte er so. Er lebte wie ein Hund, wuchs auf wie ein Hund, wurde draußen angekettet und bekam verdorbenes Essen, fror in Winternächten und wünschte sich den Tod. Doch der verschonte ihn. Er überlebte.

Als ihm schließlich die Flucht gelang, hatte sich sein Charakter verändert. Von jetzt an würde sein Name sein Schlachtruf sein, und er würde Angst und Schrecken über jeden bringen, der es wagte, ihm nicht zu gehorchen. Er war dazu bestimmt, sein Volk zu retten und ihm die Würde zurückzugeben, die es verdiente. Wenn sein Name ausgesprochen wurde, dröhnte er wie Donnerhall über ganz Asien. Menschen hörten seinen Namen und kamen, um ihm zu dienen. ›Menschen mit zähem Willen‹ nannten sie sich, und der Name des Jungen kontrollierte und leitete ihren Willen. Alle kennen seinen Namen noch heute – Dschingis Khan.

Sein Name hallte als Schlachtruf auch über unser Land, lange nach Alexander. Er war ein großer Krieger und kannte keine Furcht. Ein alter Schamane, der ihm zur Seite stand, leitete ihn durch seine Visionen. Aber Gesetz ist Gesetz. Wenn Ihre Erinnerungslücken nicht geheilt werden, wenn Sie Ihre Vergangenheit ablehnen, nisten sich die Dämonen des Traumas ein. Früher oder später, gleichgültig wie erfolgreich Sie sind, kommen sie, um Sie zu quälen und andere durch Ihr Handeln zu quälen.

Dschingis Khans Schamane war weise. Er kannte das Gesetz. Er sah die Transformation Khans und die davon ausgehende Bedrohung kommen. Er warnte den Jungen, der mittlerweile der größte lebende Führer war, der Herrscher über die Welt auf dem Höhepunkt seiner Macht. Aber der Schamane wusste auch, dass in dem Mann immer noch der verängstigte, hilflose

Junge steckte. Es war eine gefährliche Situation, und die Warnungen des Schamanen verfehlten ihr Ziel. Die Angst hatte sich schon in Dschingis Khans Herz ausgebreitet, als der alte Mann zu ihm sprach. Angst bestimmte seine Entscheidungen. Eine Entscheidung bestand darin, alles aus der Welt zu schaffen, das sich der Angst in den Weg stellte. So tötete Dschingis Khan seinen Lehrer.

Als er nach Samarkand kam, zerstörten seine Leute die Stadt. Sie töteten fast alle Einwohner, kaum einer überlebte. Aber er glaubte an Magie, daher sprach er mit den Priestern und ließ sie am Leben, weil er das Gefühl hatte, dieser Ort könnte ihm eine Magie offenbaren, die er nie zuvor kennen gelernt hatte. Die zoroastrischen Priester wurden gerettet. Wahrscheinlich machten sie ihn auch ein wenig mit Magie vertraut; aber sie konnten ihn nicht von den Dämonen befreien, die ihn quälten. Und dennoch erhielt er – ebenso wie Alexander – noch eine Chance.

Er erblickte eine Frau, eine der wenigen, die überlebt hatten. Sie war noch jung und saß vor Entsetzen gelähmt auf dem Boden. Ihre Familie war getötet worden, ihr Haus war abgebrannt. Ihre goldene Stadt existierte nicht mehr. Aber der Tod verschonte sie noch. Sie war verstört und ahnte nicht, welches Schicksal ihr bevorstand.

Ihr wunderschönes Gesicht war von ungewöhnlichem Aussehen: Sie hatte blassgrüne Augen und helle Haut. Sie hockte schweigend auf dem Boden. Als er ihr Gesicht betrachtete, fiel ihm auf, dass sie so ähnlich aussah wie seine Mutter, bevor man diese gefoltert hatte. Der kleine Junge in ihm weinte, hörte die Schreie seines Vaters. Das Geräusch von klirrendem

Metall hallte in seinen Ohren wider. Bilder von Flammen verdunkelten seine Sicht, und er erinnerte sich daran, wie die Flammen ihm die Lippen versengt hatten. Jener Junge war immer noch am Leben und konnte nicht aufhören, Tränen zu weinen, von denen er geglaubt hatte, sie seien längst Vergangenheit und würden gar nicht mehr zu ihm gehören. Aber sie kamen wieder, zerrissen ihm die Lunge, ließen sein Blut sieden und machten ihm Angst.

Die Stimme in seinem Kopf, die ihn schon zuvor beschwichtigt hatte, die ihm zugeflüstert hatte: ›Töte den Schamanen‹, sprach wieder zu ihm und überzeugte ihn davon, dass der Junge gestorben war. ›Zerstöre einfach alles, was sich dir in den Weg stellt, und die Erinnerung an ihn wird dich nicht mehr heimsuchen. Ich werde mich darum kümmern.‹

Dschingis Khan ergriff die Frau an ihren langen Haaren und warf ihren Körper zu Boden. Sie war so biegsam wie eine Puppe. Sie leistete keinerlei Widerstand. Sie hatte ihre Augen geöffnet und schaute auf zum Himmel. Da sie jetzt ihr Schicksal kannte, fühlte sie sich besser. Der Himmel war klar und wolkenlos, die Sonne stand hoch. Er zerriss ihr Seidenkleid. Ihre Brüste waren warm und ihr Körper duftete nach Milch. Die Stimme des Jungen ertönte in seinem Kopf, brach ihm fast das Herz, und die ganze Welt erbebte bei seinem Schrei.

Unbändige Wut überkam Dschingis Khan aus den Tiefen seiner Seele und verwandelte ihn in ein wildes Tier, das nicht spürte, wie er die Frau vergewaltigte und misshandelte; wie er seine ganze Wut an ihr ausließ, damit sie endlich aufhörte zu existieren. Sie sah die Sonne und den Himmel über ihrem geschundenen

Körper. Ihre Liebe fand nicht den Weg zu ihm und konnte seine Ängste nicht auflösen.

Die Große Mutter Anachita holte die junge Frau zu sich, nachdem Dschingis Khans Angst die Liebe in ihr Gegenteil verkehrt hatte und er seine Chance, gerettet zu werden, verspielt hatte. Als die Frau tot war, nahm er das weiße Seidentuch von ihrem Kopf und bedeckte damit ihren misshandelten Körper, auf dass die Sonnenstrahlen sie nicht verbrannten. Er entfernte sich sehr langsam, da seine unerträglichen Kopfschmerzen mit jedem Schritt schlimmer wurden. Er musste häufig stehen bleiben, bevor sie nachließen und er wieder normal gehen konnte. Wahrscheinlich ging er die gleiche Straße entlang, auf der wir heute Morgen gekommen sind. Die Stadt befand sich, bevor Dschingis Khan sie dem Erdboden gleichmachte, an dem Ort, wo man jetzt die Ruinen von Afrasiab sieht. Hier stand einst Samarkand. Aber das ist eine andere Geschichte.«

»Warum wird es dann immer noch Afrasiab genannt, wenn es doch Samarkand war?«

»Weil Afrasiab immer noch in dieser Stadt lebt«, erwiderte Michael. »Ich glaube sogar, dass er daran interessiert ist, Ihre Geschichte zu erfahren.« Wie schon zuvor fiel es mir schwer zu unterscheiden, was er ernst und was er ironisch meinte. Aber seine Worte klangen plötzlich so leicht und unbeschwert nach der Geschichte, die er soeben erzählt hatte, dass auch ich jetzt das Gefühl hatte, ebenso leicht und unbeschwert über alles reden zu können, selbst über schlimme, unangenehme Dinge.

»Der Name meiner Freundin war Lara. Sie starb eines gewaltsamen Todes, und Sie hatten völlig Recht, als sie meinten, dass ich nichts unternommen hätte, um ihren Tod zu verhindern. Ich glaube, dass ich deswegen nicht mehr in der Lage bin, irgendjemandem zu helfen.«

»Warten Sie einen Moment«, unterbrach Michael mich. »Sprache ist ein zu mächtiges Instrument, man darf nicht leichtfertig mit ihr umgehen. Ich habe nicht gesagt, dass Sie nichts unternommen hätten, um ihren Tod zu verhindern. Ich habe gesagt, *Sie glauben*, Sie hätten nichts unternommen. Das ist ein gewaltiger Unterschied. Wenn Sie sprechen, überlegen Sie, was Sie sagen. Warum glauben Sie, haben Sie ihr nicht geholfen?«

»Weil mich Lara, als ich sie das letzte Mal sah, um Hilfe bat und ich sie ihr verweigerte. Sie war immer so strahlend schön gewesen, aber an jenem Tag war sie schon sehr erschöpft durch ihre Depression. Ich hatte sie eine Zeit lang nicht gesehen und erschrak, wie sehr sie sich verändert hatte. Ich kannte sie seit vielen Jahren – wir waren von der ersten Klasse an zehn Jahre lang gemeinsam zur Schule gegangen –, aber ich hatte sie nie zuvor so ausgelaugt und niedergeschlagen gesehen. Wir begegneten uns zufällig auf der Straße. Nach einigen oberflächlichen Floskeln sagte sie frei heraus, dass sie gerne mit mir zusammenarbeiten würde. Sie war immer eine sehr bescheidene und feinfühlige Frau gewesen, und wenn sie je um etwas bat, geschah dies nur in Fällen extremer Not. Und sie brauchte tatsächlich Hilfe. Wahrscheinlich war ihr längst klar, dass sie ihre Depressionen nicht aus eigener Kraft überwinden konnte, und deshalb bat sie mich um Hilfe.

Sie war ein wichtiger Mensch in meinem Leben. Wir waren uns immer nah, auch wenn wir uns nur selten gesehen hatten. Ich hielt große Stücke auf sie und dachte immer, ich würde alles für sie tun, wenn sie es bräuchte. Aber zu jener Zeit war ich zu sehr mit meinen eigenen Problemen beschäftigt. Ich hatte im Ausland zu tun und sagte ihr höflich und freundlich, dass ich bald abreisen würde, dass ich mich aber nach meiner Rückkehr glücklich schätzen würde, ihr zu helfen, so gut ich könne. Aber tief in meinem Innern wusste ich, dass das eine Lüge war. Irgendwie spürte ich, dass sie nicht genügend Kraft haben würde, mit ihrer Depression fertig zu werden, und dass es das letzte Mal sein würde, dass ich sie sah.«

»Glauben Sie, dass Vergewaltigung die Ursache für ihre Depressionen war? Und dass es ein Fehler war, sie nicht direkt danach zu fragen?«

Michaels Frage traf mich wie ein Schlag. Damit hatte ich mich nie wirklich ernsthaft beschäftigt, aber für ihn schien die ganze Situation offensichtlich zu sein, als würde er die verborgenen Tatsachen dieser Geschichte bis in alle Einzelheiten kennen. Er lag mit seiner Frage genau richtig, und im Grunde hatte sie mich seit meiner letzten Begegnung mit Lara ständig beschäftigt.

Ich war ihr begegnet, als die Depressionen schon ihr Leben bestimmten; es war abzusehen, dass das, was sie durchmachte, sie bald zerstören würde, wenn sie nicht irgendwoher Hilfe bekam. Und doch hatte ich sie weder auf ihre Depression noch auf deren Ursachen angesprochen, obwohl mir schon Gerüchte zu Ohren gekommen waren, dass sie eines Nachts von einem Fremden vergewaltigt worden war. Michael stellte keine Vermutungen an. Er wusste genau, wonach er fragte. Ich wusste nicht, was ich ihm antworten sollte, weil ich die Antwort nicht kannte.

Ihm die Geschichte zu erzählen war schwierig, weil sie einen Teil meiner inneren Realität darstellte; und während vieler schlafloser Nächte hatten sich die Tatsachen, die Umstände, meine Überlegungen dazu und die Dinge, die ich von anderen darüber gehört hatte, zu einem einzigen quälenden Schmerz gebündelt, den ich von mir fern zu halten suchte. Ich vertraute Michael mittlerweile mehr als irgendjemandem sonst. Aber ich wusste ebenso, dass es mich große Anstrengung kosten würde, ihm den Rest der Geschichte zu erzählen, vielleicht mehr, als ich aushalten konnte. Ich schwieg, weil ich einfach nicht wusste, wie ich die Frage beantworten sollte.

»Also, warum haben Sie sie nicht nach der Vergewaltigung gefragt?«, wiederholte Michael. Ich konnte ihm in die Augen sehen; stattdessen stand ich von der Bank auf, ging ein paar Schritte und blickte in den Himmel.

Ich spürte, wie meine Beine taub wurden. Vielleicht lag es am langen Fußweg durch die Hügel zu den Ruinen. Ich hockte mich auf den feuchten und kühlen Boden, um einen festen Halt zu spüren und nicht über die Frage nachdenken zu müssen.

»Michael, ich glaube, ich muss ins Hotel zurück. Ich weiß es zu schätzen, dass Sie mir zuhören. Aber ich fühle mich im Moment merkwürdig müde, fast krank. Sie sind wahrscheinlich auch schon vom Zuhören müde. Ich denke, ich sollte jetzt gehen.«

»Ich denke, Sie sollten bleiben. Und jetzt werde ich Sie nicht länger mit meinen Geschichten behelligen. Sie müssen die Ihre zu Ende bringen, auch wenn es noch so mühsam ist, und Sie müssen dabei ehrlich sein.

Die Lücke in der Erinnerung, von der ich Ihnen

erzählt habe, ist der Ort, wo ein Erinnerungsdämon sich einnistet und wächst. Er ist ein Parasit, der unaufhörlich dazu verleitet, ihn als einen Teil Ihrer selbst zu betrachten, während er Ihnen gleichzeitig Energie abzapft und Sie dazu bringt, ihn mit weiteren Ängsten zu nähren. Jedes Mal, wenn etwas Traumatisches geschieht und die betroffene Persönlichkeit nicht stark genug ist, die Erfahrung als Teil ihrer selbst zu akzeptieren, entsteht eine solche Lücke. Die Psyche nimmt sie als etwas ihr Fremdes wahr. Wenn sich solche Erfahrungen häufen, werden sie zu einem nahrhaften Substrat für ein anderes Subjekt. Und weil dieses Subjekt durch Traumata entsteht, kann man es den Dämon eines Traumas nennen. Jeder ist von einem solchen Dämon besessen.

Mehr oder weniger tragen wir alle solche abgespaltenen Erinnerungen in uns, die von Dämonen besetzt werden. Wir erben sie als Ängste und Traumata von unseren Eltern und Vorfahren. Und die Dämonen erzeugen weitere traumatische Erfahrungen, immer und immer wieder. Sie geben den Menschen Vorwände an die Hand, mit deren Hilfe sie es vermeiden können, sich diese Erfahrungen genau anzusehen. Sie sorgen dafür, dass Menschen plötzlich müde oder desinteressiert werden, das Thema wechseln wollen, bevor das Trauma erkannt ist. So wie Sie jetzt unbedingt ins Hotel zurückwollen.«

»Sie wollen mir also sagen, dass mir meine Entscheidungen von den Dämonen meines Traumas diktiert werden und dass diese Dämonen mich gleichzeitig daran hindern, es zu erkennen?«

»Ich denke, Sie sind erfahren genug, um das selbst zu erkennen. Denken Sie an Ihre Patienten, an jene, die bereit sind, alles zu tun, um wirkliche Heilung zu vermeiden. Im Augenblick verhalten Sie sich kaum anders. Und noch etwas. Ich habe mit Ihnen über Eifersucht gesprochen und darüber, wie gefährlich diese sein kann. Erinnerungsdämonen sind durch und durch eifersüchtig. Sie kämpfen um Ihre Aufmerksamkeit und wetteifern mit jeder Begabung, die ein Mensch besitzt. Sie versuchen, diese zu zerstören, damit die Person sich nur noch mit den Ängsten beschäftigt, die die Geister erzeugen. In Ihrem Fall will das Trauma Ihre Fähigkeit zu heilen stehlen und zerstören, damit Sie sich weigern, sich um Menschen zu kümmern, die Ihre Hilfe brauchen. Das ist das Ziel Ihres Dämons, und Sie würden ihm zuarbeiten, wenn Sie jetzt von hier weggingen.«

Michael stand vor der untergehenden Sonne, hinter ihm der rote Himmel und die Hügel von Afrasiab. Ich fand ihn unglaublich schön, und dennoch fühlte ich mich von ihm als Mann nicht im Geringsten angezogen. Sein Gesicht lag im Schatten, doch eine kaum merkliche Veränderung seiner Haltung sagte mir, dass er lächelte. Dann hörte ich ihn lachen, und sein Lachen war so ansteckend, dass auch ich lächeln musste.

»Alles, was abgespalten ist, vergrößert mit Sicherheit die Lücke und nährt die Erinnerungsdämonen. Da Sie gerade an Sex denken, kann ich Ihnen sagen, dass abgespaltener Sex, Sex ohne Beziehung und Verständnis, dies mehr als alles andere tut.« Voller Unbehagen wurde mir klar, dass er meine Gedanken las und auf sie reagierte.

»Deswegen fühlen sich viele Menschen nach dem Sex traumatisiert. Sie suchen nach Liebe, um ihre schmerzlichen Lücken zu füllen, aber stattdessen bekommen sie nur unvollständigen Sex, der, selbst wenn er körperliche Befriedigung verschafft, letztlich den Schmerz verschlimmert. Sie fühlen sich von mir als Mann nicht angezogen, weil ich eine andere Art von Liebe praktiziere. Aber darüber wollen Sie eigentlich gar nicht reden. Schwarz und Weiß haben wieder die Oberhand, Olga. Sie fangen an, über liebevollen Sex nachzudenken, um sich vor dem Gegenteil zu verstecken. Das Gegenteil ist Vergewaltigung, und das ist es doch, worüber Sie sprechen wollen. Lassen Sie uns keine Zeit vergeuden, Olga.«

»Also gut. Ich war mir nicht sicher bei Lara. Es hatte Gerüchte gegeben, sie sei vergewaltigt worden, aber niemand wusste Genaues. Sie blieb einfach eines Abends im Spätherbst auf dem Heimweg von der Spätschicht ein paar Stunden lang verschwunden. Als sie nach Hause kam, hatte sie ein paar blaue Flecken, und ihre Kleider waren ein bisschen zerrissen. Sie sagte nicht, ihr sei etwas Schlimmes zugestoßen, sie hat überhaupt nie ein Drama daraus gemacht. Aber es gab diese Gerüchte. Niemand glaubte so richtig daran, ihr Mann nicht und ihr Vater auch nicht.«

»Warum fürchten Sie sich so sehr davor zu akzeptieren, dass sie vergewaltigt wurde?«

»Weil ich nicht daran denken möchte, dass sie das durchmachen musste.«

»Warum wollen Sie sich das nicht vorstellen?«

»Weil ich nicht wollte, immer noch nicht akzeptieren will, dass sie gelitten hat.«

»Haben Sie mir nicht eben erzählt, dass Sie gesehen haben, wie sehr sie litt, und dass Sie sich schuldig fühlten, ihr nicht geholfen zu haben, als sie Sie darum gebeten hat?«

»Doch.«

»Sie erinnern sich also daran, dass sie gelitten hat, aber Sie weigern sich zu akzeptieren, dass sie in jener Nacht vergewaltigt wurde? Sie sind ein Profi und wahrscheinlich ziemlich gut in Ihrem Metier. Versuchen Sie nicht, mir weiszumachen, Sie könnten ein Vergewaltigungstrauma nicht erkennen. Ich wette, Sie erkennen es während der ersten Minuten eines Gesprächs mit einer Patientin. Und Sie haben es bei Lara erkannt. Ich wette, Sie haben es erkannt, aber haben sich geweigert, es zu akzeptieren, haben es in einen Bereich Ihres Gedächtnisses geschoben, von dem Sie glauben, er gehöre nicht zu Ihnen. Lara war zu gut, um vergewaltigt zu werden. So etwas passiert einer guten Frau nicht. Das ist Ihre erste Lücke, genauso wie es Laras Lücke war. Konfrontieren Sie sich jetzt damit.

Ich sehe Lara beinahe vor mir, so wie Sie sie in Erinnerung haben: eine ideale, zarte Frau, schön, frei von Schmutz. Sie lebt in Ihnen. Ihr Bild lebt in Ihrem Gedächtnis, genährt von den Jahren, in denen Sie gemeinsam aufgewachsen sind. Sie erscheint Ihnen wie eine Ikone, rein und stark, eine, an die Sie sich wenden können, wenn Sie verwirrt sind. Sie empfinden es als große Erleichterung, dass das Ideal existiert und Ihnen helfen kann, die Realität zu begreifen, wann immer Sie das brauchen. Sie therapieren sich selbst, indem Sie an diesem Ideal festhalten. Sie halten daran fest, selbst wenn es bedeutet, dass die betreffende Person leidet. Sie verschließen die Augen und Ohren vor der hässlichen Vergewaltigung. Sie tilgen sie aus Laras Geschichte. Das ist Heuchelei, Olga, eine riesige Lücke, die Sie heilen müssen. Lara war eine wirkliche Person, und ihr Leiden ist nicht symbolisch, sondern real. Sie müssen ihr helfen.«

Heiße Tränen liefen mir über die Wangen. Ich konnte nicht aussprechen, was ich sagen wollte, und nickte nur. Ich hatte kein Taschentuch, um die Tränen wegzuwischen, und so liefen sie mir in den Mund und befreiten mich von einer schweren Last, die mich krank machte. Ich fühlte mich nicht verletzt durch Michaels harte Worte. Ich spürte, dass seine Strenge sich mehr gegen etwas in mir richtete, dass nicht ich war, etwas von dem ich mich befreien wollte. Mit seinen harten, aber wahren Worten half er mir, diese Unwahrheit loszuwerden.

Als ich ihn anschaute, war die Strenge aus seinem Gesicht verschwunden und tiefem Mitgefühl gewichen. Er sah mich aufmerksam und verständnisvoll an.

»Erinnern Sie sich an unser Gespräch über die Metapher physischer Bewegung und darüber, wie man sich durch seine Erinnerung bewegt?«, fragte er.

Ich nickte.

»Die Vorstellung von reiner Bewegung und von Bewegung, die durch das Gewicht gedanklicher Konstrukte kompliziert wird, gilt auch für die Bewegung durch Erinnerungsräume. Um frei durch die Räume Ihres Gedächtnisses zu gehen, müssen Ihre Bewegungen so einfach wie möglich sein. Sie müssen frei sein von Angst, Ärger und Frustration, um die Stelle in Ihrer Erinnerung zu erreichen, die transformiert werden soll. Im Moment müssen Sie auf dem Weg durch Ihre Geschichte noch eine Menge Frustrationen überwinden. Sagen Sie mir, was Sie wirklich irritiert, bevor Sie mit Laras Geschichte fortfahren.«

Ich spürte so deutlich, wie sehr er mir helfen wollte, dass ich sofort verstand, was er meinte.

»Ich möchte nicht an diese Leute denken«, sagte ich.

Michael fragte mich nicht, wen ich meinte, sondern wartete darauf, dass ich fortfuhr.

»Es beunruhigt mich zutiefst zu wissen, dass diese Leute immer noch frei herumlaufen. Ich kann nicht akzeptieren, dass sie tot ist, und jemand, der ihren Tod auf dem Gewissen hat, immer noch lebt. Ich kann es einfach nicht akzeptieren.«

»Sie meinen Leute, die vergewaltigen, nicht wahr? Die Erinnerungen dieser Menschen wurden bestimmt durch die Verletzungen, die sie selbst in der Vergangenheit durch die Hand anderer Menschen erlitten haben. Diese Erinnerungen können über lange Zeit hinweg unbewusst aktiv bleiben und dann, an einem bestimmten Punkt, werden sie stark genug, um die Identität der Menschen zu prägen. Dann werden diese Menschen zu Verkörperungen von Erinnerungsdämonen und fangen an, anderen Menschen Schmerz zuzufügen. Solche Menschen hören auf, Menschen zu sein, und werden zu Repräsentanten des Traumas. Deswegen nehmen so viele von ihnen Drogen. Sie brauchen sie, um die Lücken in ihrer Erinnerung zu schließen, um ein Gefühl des Selbst zu rekonstruieren.

Dasselbe gilt für viele andere Menschen, die Drogenmissbrauch betreiben. Sie versuchen, die Lücken in ihrer Erinnerung zu füllen, um die Identität, die durch die Verletzung beschädigt wurde, wiederherzustellen. Aber mit Drogen können sie das nicht erreichen, und deswegen empfinden sie Angst. Wenn sie Angst empfinden, kann es sein, dass sie anfangen, andere zu verletzen.

Ich habe Ihnen von den Nazis erzählt. Dasselbe hat sich in anderen totalitären Gesellschaften abgespielt. In diesen Gesellschaften gab es Leute, deren Identität

schließlich mit der ihrer Erinnerungsdämonen über-
einstimmte. Dasselbe gilt für viele Serienmörder und
Vergewaltiger. Ihr Verhalten wird entweder dauerhaft
oder zumindest in dem Augenblick, in dem sie das Verbrechen verüben, von Erinnerungsdämonen bestimmt.
In diesem Augenblicken *sind* sie Erinnerungsdämonen,
und diese Erinnerungsdämonen gewinnen dadurch,
dass sie anderen Schmerz zufügen.

Ich verstehe, wie Sie sich fühlen. Ich verstehe Ihre
Frustration. Es gibt Möglichkeiten, diese Erinnerungsdämonen zu transformieren. Die Gesellschaft hat
ihre eigenen Methoden, um sich vor solchen Menschen
zu schützen. Die Magie hat andere Methoden entwickelt, aber die Magie kann nicht neben Zorn und Frustration existieren, denn diese führen weg von der
Magie. Um die Erinnerungsdämonen mit Hilfe von
Magie zu bekämpfen, muss man zuerst seine inneren
Räume von Dämonen befreien, damit die Erinnerung
vor ihren Angriffen geschützt ist. Das ist eine extrem
schwere Aufgabe.

Die Arbeit mit Träumen kann dabei sehr hilfreich
sein. Luzide Träume können helfen, innere Räume sehr
schnell zu reinigen, da Bewegung ein wesentlicher Teil
der Träume ist. Ich habe Ihnen eine Swastika mitgegeben, um mit ihr zu arbeiten. Die Gestalt der Swastika
beschleunigt die Bewegung durch die Räume der Erinnerung und begünstigt luzides Träumen. Dann sind Sie
auf den magischen Kampf besser vorbereitet. Das
Gedächtnis ist bevölkert von Bildern. Auch Erinnerungsdämonen können als Bilder gesehen werden, aber
sie besitzen wesentlich mehr bewusste Energie als normale Erinnerungen. Und genau deshalb verschwinden
sie nicht, wenn sie entdeckt und transformiert werden,

sondern verändern die Qualität ihrer Energie und fangen an, einem dienstbar zu werden, nachdem man sie besiegt hat. Auf diese Weise verfügen Schamanen über die mächtigsten Geisthelfer. Viele glauben, dass Schamanen ihre Helfer von älteren Schamanen durch Übertragung bekommen. Das stimmt.

Aber irgendwann einmal waren diese Geisthelfer Erinnerungsdämonen, die von einem Schamanen verwandelt, unterworfen und zu gehorsamen Dienern gemacht wurden. Es geht um die Transformation psychischer Energie. Das lässt sich am besten durch luzide Träume und schamanistische Reisen erreichen. Und jetzt erzählen Sie mir, wie Lara gestorben ist.«

Kapitel zehn

»Eigentlich habe ich keine wirklich konkrete Erinnerung an ihren Tod. Mir fallen lediglich einige Bilder ein, Szenen, die ich mir aus dem, was ich von anderen erfahren habe, zusammengereimt habe. Es sind voneinander unabhängige Situationen, die mir häufig wie Filmszenen in den Sinn kommen, als führten sie in meinem Kopf ein Eigenleben. Es gelingt mir nicht, sie zu einer schlüssigen Geschichte zu verbinden, die ich Ihnen Schritt für Schritt erzählen könnte.«

»Genau hier haben wir die traumatische Lücke«, bemerkte Michael. »Sie können jene Bilder in Ihrer Erinnerung nicht mit früheren Erfahrungen verbinden, sie bleiben isoliert und führen, wie Sie sagten, ein Eigenleben. Sie haben Macht über Ihre Aufmerksamkeit und können Sie weiterhin traumatisieren. Sagen Sie mir, woran Sie sich erinnern.«

»Ich weiß, dass Laura nach jenem Abend im Herbst ein anderer Mensch wurde. Es war, als hätte jemand in ihr das Licht ausgeschaltet und als würden Depressionen von ihr Besitz ergreifen. Ihre Familie wusste nicht, was sie mit ihrem depressiven Verhalten anfangen sollte, da Lara sich weigerte, mit irgendjemandem darüber zu reden.

Eines Tages, als ich bereits im Ausland weilte, half Laras Ehemann ihr an einem frühen Morgen in einer

sibirischen Wohnung dabei, ihren knöchellangen Nerz-
mantel anzuziehen, als wäre sie eine Puppe, die sich
nicht selbst bewegen konnte. Er führte sie hinaus in den
dunklen Flur, einige Stufen hinunter auf die Straße, wo
sein Wagen stand, dessen Motor schon zum Aufwärmen eingeschaltet war für ihre Fahrt.

Sie sollte zu einer *Babuschka* gebracht werden, einer
berühmten alten Heilerin und Wahrsagerin in einem
Dorf unweit der Stadt. Lara ging es nicht gut. Seit einigen Monaten verweigerte sie das Frühstück, sie sprach
nicht, und sie war sehr schwach. Während der Fahrt
waren ihre großen schwarzen Augen unablässig auf
die vereiste, winterliche Straße fixiert. Sie war völlig
in sich gekehrt, aber paradoxerweise ließ ihre innere
Konzentration ihre Augen besonders intensiv leuchten.
Als sie vor dem Haus der Heilerin aus dem Wagen
stieg, ließ sie die Hand ihres Mannes los und ging allein
hinein.

Es war ein typisches Dorfhaus und unterschied sich
kaum von den anderen Häusern. *Babuschka* erwartete die beiden schon und begrüßte sie an der Tür.
›Komm herein, meine Schöne, tritt ein‹, sagte sie. Lara
zog schweigend ihren Mantel aus und schüttelte den
Schnee ab, der sich auf dem kurzen Weg vom Auto
zum Haus auf dem Pelz abgesetzt hatte. Der Ehemann
nahm im Wartezimmer Platz, und die beiden Frauen
verschwanden hinter einer Tür.

In der Mitte des Zimmers stand ein großer Esstisch,
in einer Ecke hingen Ikonen an der Wand, und es roch
intensiv nach einer Mischung von Kräutern. *Babuschka* forderte Lara auf, sich an den Tisch zu setzen, und
begann mit ihrer Arbeit. Sie betrachtete Laras Hände,
dann warf sie einen Packen Karten auf den Tisch. Sie

bat Lara, diese zu mischen, und nachdem sie die Karten eine Weile angesehen hatte, stand *Babuschka* auf und verließ das Zimmer.

Sie brauchte keinerlei weitere magische Utensilien mehr, um Laras Zukunft vorherzusagen; sie brauchte nicht einmal ihre Karten. Die achtzigjährige Frau, die sich ihr Leben lang der Aufgabe gewidmet hatte, mit Menschen über ihre Zukunft zu sprechen und sie von allen möglichen Schmerzen zu befreien, brauchte nicht lange zu überlegen, mit welchen Qualen sie es hier zu tun hatte. Sie musste das Zimmer für einen Moment verlassen, um sich von dem intensiven, direkten Blick aus den dunklen Augen dieser schönen Frau, die so sehr litt, frei zu machen. Durch jahrelange Übung hatte sie sich das Wissen ihrer Großmutter, einer alten Zauberheilerin, angeeignet. Sie erinnerte sich noch siebzig Jahre später, wie man den Körper als perfekten Spiegel benutzen und genau das ablesen konnte, was er widerspiegelte. Diese junge Frau war ein seltener Fall. Sie war zu perfekt, als dass die Dämonen sie so einfach freilassen würden. Um sie zu befreien, musste man um sie kämpfen.

Die alte Frau schüttelte den Kopf, als wollte sie ihre Schultern von einer unnötigen Last befreien, und kehrte mit einem durchsichtigen Glas voll Wasser in das Zimmer zurück. Sie stellte das Glas rechts vor sich auf den Tisch, betrachtete die Karten und mischte sie langsam von neuem, wobei sie sich von Zeit zu Zeit über das Glas beugte und mit Blick auf die Oberfläche des Wassers etwas flüsterte, als spräche sie mit einer darin verborgenen Person.

Lara saß schweigend da und beobachtete *Babuschka* mit wachsender Neugier.

›Hör mir zu, Mädchen‹, sagte *Babuschka*. ›Du hast eine Macht in dich hereingelassen, die um vieles stärker ist als du. Du hast das Gefühl, du könntest damit umgehen, weil du glaubst, dass sie in dir ist, ein Teil von dir, und dass sie dich stärker macht und dir hilft zu vergessen, welche Verletzungen du erlitten hast. Aber eines Tages kann diese Macht überhand nehmen, und dann wirst du nicht mehr die Kraft haben, dich gegen sie zur Wehr zu setzen. Ich gebe dir einen Rat, meine Schöne: Überschreite nicht die Grenze. Halt dich fern davon. Bekämpfe sie. Lauf weg. Du kannst noch gerettet werden. Es ist leichter, wenn du es jetzt tust, als wenn du dich Stück für Stück aufgibst, indem du ihrem Ruf folgst. Ich kann dir helfen. Komm nächste Woche wieder. Wir werden mit der Arbeit beginnen, und es wird dir wieder gut gehen.‹

Lara verließ das Haus verwirrt, aber getröstet. Sie spürte, dass die alte Frau verstand, was in ihr vorging, und über geheime Mittel verfügte, mit deren Hilfe sie Laras Leben wieder in Ordnung bringen konnte. Auf der Heimfahrt sprach Lara sogar wieder mit ihrem Mann. Zwar plauderte sie nur über belanglose Dinge, aber es deutete darauf hin, dass dieser Tag der Wendepunkt zu ihrer Heilung hätte sein können.

Durch Sie, Michael, erfahre ich von den Erinnerungsdämonen, und je mehr ich darüber lerne, desto mehr begreife ich, was Lara durchgemacht hat. Ich akzeptiere mittlerweile die Dämonen des Traumas als eine Realität. Ich habe sie bei Laura erlebt. Ich weiß jetzt, dass es sich dabei um eine reale Dimension handelt, auch wenn sie mehr in den Bereich der Psyche gehören als in den des Körpers. Und ich glaube, dass diese Dämonen, nicht zuletzt wegen ihrer Unberührbarkeit, die Macht über unseren Willen übernehmen und die Kontrolle über uns ausüben können.

Lara wartete auf ihre nächste Begegnung mit *Babuschka*, denn, wie wir in Russland sagen, ›die Hoffnung stirbt zuletzt‹. Sie hoffte immer noch, den Schleier zerreißen zu können, der sie von der Außenwelt trennte, und glaubte daran, dass die alte Frau die Macht hatte, ihr zu helfen. Als sie *Babuschka* zum zweiten Mal aufsuchen sollte, eilte sie freudig erregt zum Auto. Aber als der Wagen dann einen anderen Weg nahm und schließlich vor einem hohen Metalltor mit der Aufschrift ›Psychiatrisches Krankenhaus Nr. 3‹ anhielt, als ein düsterer Wachposten, der über ihre Ankunft informiert schien, ihrem Mann schweigend zunickte und das Tor öffnete, fragte sie ihren Mann nicht, warum er seine Meinung geändert hatte und widersetzte sich auch nicht. Sie verhielt sich einfach ruhig und folgte den Männern in das Haus.

Jeder, der schon einmal in einem Krankenhaus war, kennt die untergründige Angst, die ein Aufenthalt dort unvermeidlich erzeugt. Man kennt sich nicht aus, außerdem ist man nicht aus freien Stücken dort, sondern weil einem eine Krankheit übel mitspielt. Es ist beängstigend. Und ich denke, Lara bekam es mit der Angst zu tun. Sie muss gedacht haben, dass sie, indem sie diese psychiatrische Einrichtung betrat, den Beweis dafür lieferte, nicht normal zu sein, und zugleich akzeptierte, dass etwas mit ihr nicht stimmte. Es gibt kaum etwas Beängstigenderes, als so etwas hinnehmen zu müssen. Obwohl das Gebäude neu und eine der ersten privaten Einrichtungen in der Stadt war, für Patienten mit minder schweren psychischen Problemen gedacht, lag es dennoch auf dem mit einem Metallzaun gesicherten Krankenhausgelände und war für die Patienten mit dem Stigma eines Irrenhauses behaftet.

›Ach, eine Neue‹, begrüßte ein Mädchen sie als zukünftige Zimmergenossin, als Lara das ihr zugewiesene Zimmer betrat.

Das Mädchen sprang von seinem ungemachten Bett auf, brachte das kurze rote Haar in Ordnung und beugte sich zu Lara vor, die stocksteif auf ihrem neuen Bett saß.

›Warwara‹, stellte sie sich vor und streckte Lara ihre Hand hin. Ihr dünner Arm war vom Handgelenk bis zum Ellbogen mit langen, tiefen Narben übersät, die die Haut durchfurchten wie violette Drähte. Sie wusste sehr wohl, welchen Eindruck ihre nackten Unterarme hervorriefen, und konnte an Laras Gesicht genau ablesen, dass sie von Cutting keine Ahnung hatte und zu taktvoll war, um zu fragen, wo die Narben herkamen.

Also beschloss Warwara zu warten, Lara nicht zu drängen oder zu ängstigen, sondern langsam, aber bestimmt von ihr Besitz zu ergreifen. Sie würde sie freundlich, aber hartnäckig unterweisen und sie unter keinen Umständen dem Ehrgeiz und den Unsicherheiten der vertrottelten Seelenklempner überlassen, die am folgenden Tag erscheinen würden, begierig darauf, diese Neue in ihre Machtspiele einzubeziehen.

Warwara hatte Besseres im Sinn. Als die Nacht hereinbrach, war sie bereit. Sie hörte das Lachen der vertrauten Stimmen auf der Pflegestation und wusste, dass die Nachtschicht vorerst damit beschäftigt sein würde, sich zu amüsieren. Sie würden sie nicht mit einer Zimmerkontrolle behelligen. Warwara spürte, wie Erregung und Vorfreude ihren Blutdruck erhöhten und ihre Venen hervortreten ließen, und sie musste sich erst einmal beruhigen.

Lara schlief reglos wie eine Puppe. Es könnte schwierig werden, sie leise zu wecken, ohne dass sie Theater macht, dachte Warwara. Vorsichtig holte sie unter ihrer Matratze eine neue Rasierklinge hervor, die sie während des Hofgangs im Austausch gegen Zigaretten erstanden hatte. Das Zimmer war von künstlichem blauen Licht erleuchtet, und sie sah genau, wo sie sich auf Laras Bett setzen musste, damit diese sie gut sehen konnte, wenn sie aufwachte.

Aber Lara wurde wach, bevor Warwara Anstalten machte, sie zu wecken. Sie öffnete die Augen und sah dieses rothaarige Mädchen, das mit seinem bläulichen, erschöpften Gesicht und den nervös leuchtenden Augen auf ihrem Bett hockte wie eine Kreatur, die aus ihrem immer wiederkehrenden Alptraum direkt in dieses Zimmer gesprungen war.

Lara hätte ohnehin nichts gesagt, aber das Mädchen legte seinen Finger an die Lippen und gab ihr zu verstehen, sie solle still sein. Lara setzte sich in ihrem Bett auf, lehnte sich mit dem Rücken an die Wand und betrachtete das Mädchen abwartend.

In der Dunkelheit wirkten Laras Augen dunkel und riesengroß, und sie ruhte mit ihrem Schweigen und ihrer Gleichgültigkeit so sehr in sich selbst, dass Warwara sich fragte, ob sie Lara richtig eingeschätzt hätte. Lara anzuschauen machte Warwara noch nervöser und erregter. Sie schloss ihre Hand noch fester um das kalte Metall der Rasierklinge, um sich in Erinnerung zu rufen, wer hier das Heft in der Hand hatte.

Das Gefühl der Macht vermischte sich mit inzwischen nahezu unerträglicher Erregung und Ungeduld.

Warwaras Gesten wurden langsam, als bewegte sie sich unter Wasser; ihre Wahrnehmung schwankte hin und her zwischen Dunkelheit und Bildfetzen von dem blauen Zimmer und dieser merkwürdigen Frau in der Ecke. Warwara hatte Mühe, ihre Atmung zu kontrollieren, und sie presste die Rasierklinge fester und fester. Abwechselnd verlor und gewann sie die Kontrolle über ihr Handeln, ihre Wünsche, ihren nicht gehorchenden Körper, den sie jedoch bald völlig beherrschen würde. Sie spürte, wie die Stahlkante ihre Haut ritzte und bereit war, in sie einzuschneiden.

Diesmal schnitt Warwara zu tief. Das Blut tröpfelte nicht, sondern lief in Strömen über ihren Arm, und sie hatte ein Gefühl der Befreiung, das um ein Vielfaches intensiver war als sonst. Sie starrte auf ihr Blut, als wäre es das Schönste, was sie je gesehen hatte. Es war ein Strom der Magie, und er befreite sie von allem, was nicht zu ihr gehörte und eine Gefahr darstellte.

Sie hob die Augen und sah Lara an. Sie wünschte sich, ihre frühere Zimmergefährtin vor sich zu sehen, die ihr Glück mit ihr geteilt und ihre Hochstimmung verstanden hatte. Leider war ihre Gefährtin einige Tage zuvor in ein anderes Zimmer verlegt worden, und diese Neue war weit entfernt von Warwaras wahren Gefühlen, auch wenn sie leise fragte: ›Tut es weh?‹

Aber darum ging es gar nicht. Lara, die Schmerz sehr gut kannte, wusste, dass es nicht wehtat. Aber sie wollte nicht wissen, warum Warwara es getan hatte, und stellte keine weiteren Fragen.

Warwara hätte sich vielleicht zu irgendeinem anderen Zeitpunkt über solche Gleichgültigkeit geärgert. Jetzt jedoch hatte sie keine Lust, sich ihr Hochgefühl durch Ärger vermiesen zu lassen.

›Du verstehst das nicht‹, sagte sie im Flüsterton, kehrte in ihr Bett zurück und versuchte, etwas von dem Blut in einer kleinen leeren Flasche aufzufangen, die sie aus der Tasche ihres Morgenmantels nahm.

›Was wehtut, ist etwas anderes. Das weißt du vermutlich selbst. Zuerst tut es weh, wenn es passiert. Wenn dein Körper missbraucht wird und du keine Chance hast, es zu verhindern. Nicht die geringste Chance, denn je mehr du dich wehrst, desto mehr Vergnügen bereitet es ihnen. Und *das* tut furchtbar weh.‹

Warwara sprach immer noch im Flüsterton, während sie ihr Blut in die Flasche tropfen ließ.

›Dann ändert sich der Schmerz. Es schmerzt von innen, von der Erinnerung, die in dir brennt, aber du bist zu schwach, um dich damit auseinander zu setzen. Du schaust dich um und willst um Hilfe rufen, aber bevor du auch nur ein einziges Wort zu irgendwem sagen kannst, verraten sie dich, und zwar alle – deine Familie, die Männer und die Freundinnen. Sie kennen dein Geheimnis, aber sie wollen sich nicht damit beschäftigen. Sie sperren deine Erinnerung weg, viel sicherer, als du selbst es kannst, und sie halten sie unter Verschluss, bis du dich schließlich selbst verrätst. Wenn dieser Moment gekommen ist, akzeptierst du, dass so etwas wie Vergewaltigung nur schlechten Menschen geschieht, nur schlechten Frauen, denn einer guten würde es erspart bleiben, und da es dir nicht erspart geblieben ist, musst du ja diejenige sein, die verdammt ist. Und ähnlicher Schwachsinn mehr. Das ist es, was am meisten wehtut.‹

Cutting bedeutet Macht. Dadurch kehrt sich alles um. Du holst dir deine Macht zurück durch den Schmerz, weil du eine Auserwählte bist und lernst, wie es geht. Seit Jahrhunderten tun die Menschen das, diejenigen, die auserwählt sind. Man findet es in Religionen, weil es etwas Mystisches ist. Wie bei Rasputin. Weißt du, was die in dieser Chlysten-Sekte gemacht haben, bevor er die Macht über ganz Russland erlangt hat? Die haben sich selbst verletzt. Und zwar ziemlich übel, haben sich Blut abgezapft, um Macht zu gewinnen. Aber man muss es am eigenen Leib erfahren, um es verstehen zu können.‹

Sie verschloss die Flasche fest, wischte ihren Arm sorgfältig ab, um die Spuren des Cutting zu vertuschen, und schaute Lara an, die immer noch reglos auf dem Bett saß.

Nachdem sich ihre Blicke getroffen hatten, wandte Lara sich ab und legte sich wieder hin. Bevor sie die Augen schloss, blickte sie noch einmal zu Warwara hinüber und sagte leise: ›Es tut mir Leid. Ich kann dir nicht helfen, Warwara. Ich kann mir selbst nicht helfen.‹

Den Rest der Nacht schwieg sie. Danach wurde sie in Ruhe gelassen. Warwara und einige andere kamen beim Hofgang zu dem Schluss, dass Lara zu seltsam sei und es sich nicht lohne, sie in ihre geweihten Riten mit einzubeziehen. Lara wurde sich selbst überlassen.

Kurz darauf wurde sie mit dem Befund ›leichte Verbesserung‹ aus dem Krankenhaus entlassen. Und einige Wochen später, an einem Sonntag im Frühling, nahm sie eine Flasche mit Säure und trank den gesamten Inhalt. Die Notärzte konnten absolut nichts mehr tun, um sie zu retten, und nach einer Stunde unvorstellbarer Qualen starb sie. Ich erfuhr davon neun Tage nach ihrem Tod, am Flughafen, als ich aus dem Ausland zurückkehrte. Sie brauchte meine Hilfe nicht mehr. Es war zu spät.«

Kapitel elf

Als ich schwieg, sagte Michael: »Sie sollen wissen, Olga, dass im Geschichtenerzählen eine unglaubliche Macht liegt. Manchmal können Menschen von den tiefsten Verletzungen geheilt werden, allein dadurch, dass sie davon berichten. Sie haben gerade die Geschichte Ihres Traumas erzählt, und das wird Ihnen helfen weiterzukommen. Machen Sie jetzt eine Pause und hören mir zu.

In unserer Tradition wissen wir die Macht des Geschichtenerzählens zu schätzen, weil darin mit Heilung gearbeitet wird. Wir glauben außerdem, dass unsere Träume die besten Geschichtenerzähler sind und dass die Geschichten unserer Träume die tiefste Heilung bewirken können. Meine Aufgabe in unserer Tradition des Heilens besteht darin, das Tor zum Raum der Träume zu bewachen und, wenn nötig, die Erinnerungen zu öffnen, die der Transformation bedürfen. Zudem ist es meine Aufgabe, dafür zu sorgen, dass die Erinnerungsdämonen, die geheilt und durch den Heilungsprozess vertrieben wurden, nie wieder zurückkehren und vom menschlichen Gedächtnis ausgeschlossen bleiben.

Es war notwendig für Sie, die Geschichten der Menschen aus der Vergangenheit zu hören. Ich habe Ihnen von dem Urschmerz erzählt, der in diesem Land aus der Eifersucht Zarataschtas geboren wurde. Ich habe Ihnen von einigen bekannten Menschen erzählt, die später in dieses Land kamen und die Dämonen vergangenen Leids mitbrachten und dadurch den Schmerz vervielfachten, während sie gleichzeitig verzweifelt auf der Suche nach Heilung waren. Ihre Erfahrungen sind Teil eines immer noch andauernden Prozesses, der in diesem Land vonstatten geht. Die Bilder dieser Menschen sind durch unsichtbare Fäden mit den Erinnerungen vieler Menschen in der Vergangenheit und in der Gegenwart verbunden. Jetzt müssen Sie von einigen anderen Menschen erfahren, die in diesem Land daran gearbeitet haben, das Leid bewusst zu heilen und durch ihre Arbeit das Feuer der großen Göttin Anachita lebendig zu erhalten.

An diesem Ort«, sagte Michael und wies auf das Gelände des Museums, »stand einmal ein Gebäude, das als Tor zu anderen Räumen diente und in dem viel Leid transformiert wurde. Zu diesem Zweck wurde es von Ulug-Beg errichtet. Es war sein Observatorium. Sein Vater hatte ihn zum Herrscher von Samarkand gemacht, als er noch ein Junge war. Er war mit großer Macht ausgestattet und eingeführt in das uralte Wissen dieses Landes. Dies hier ist sein Museum. Es wurde an der Stelle errichtet, wo die Reste seines Observatoriums entdeckt wurden.«

Michael ging ein paar Schritte nach rechts, und ich stand vom Boden auf, da ich den Eindruck hatte, dass er mir etwas zeigen wollte. Auf der anderen Seite des Museums kamen wir zu einem großen Krater, dessen Rand von Metallschienen eingefasst war. Die Schienen gehörten zu den Überresten einer riesigen kreisförmigen Konstruktion, auf der wahrscheinlich einst ein großer Gegenstand über den gewaltigen künstlichen Krater bewegt werden konnte.

»Das ist alles, was von dem Observatorium übrig ist«, sagte Michael reserviert. »Ulug-Beg war vierzig Jahre lang der Herrscher über Samarkand. Sein Großvater war Timur, einer der drei Krieger, von denen ich Ihnen ganz am Anfang erzählt habe. Sie sehen also, wir haben hier eine ganz andere Erinnerung an die Geschichte als ihr im Westen. Ihr erinnert euch an Alexander als den Großen; wir haben ihn als den Schrecklichen in Erinnerung. Ihr kennt Timur als Tamerlan, den Lahmen, den Unmenschen, der überall, wohin er kam, Angst und Schrecken verbreitete. Wir erinnern uns an ihn als den großen Meister, der Samarkand und seinem Volk das Leben zurückgegeben hat. In beiden Perspektiven zeigen sich die Lücken im kollektiven Gedächtnis, die jeweils das Gegenteil behaupten und sich gegenseitig abstoßen. Aber diese Lücken quälen die Erinnerung unserer Vorfahren, und sie quälen auch die unsere.

Indem Timur in Samarkand prachtvolle Tempel errichten ließ, versuchte er, die Erinnerungsdämonen, die er durch seine Kriege erzeugt hatte, zu beschwichtigen. Er versiegelte seine Erinnerung, indem er den Schrecken in Schönheit verwandelte, und in dieser Kunst erlangte er große Fähigkeiten. Aber eine seiner eigenen Lücken war seine Behauptung, er sei ein Nachfahre Dschingis Khans, des Mannes, der die Stadt zweihundert Jahre zuvor verwüstet hatte. Zusammen mit der Macht von Dschingis Khans Namen musste Timur dessen gestörte Erinnerungen in Kauf nehmen. Das tat er, und er fand Möglichkeiten, mit ihnen umzugehen. Als er dem Tod nahe war, wusste er, dass seine Beerdigung mit aller Sorgfalt vonstatten gehen musste, denn seine Erinnerungen waren mit diesem Land verbunden. Er wollte auf ganz bestimmte Weise begraben werden, um das Land vor seinen Ängsten und Traumata zu schützen.

Seine Leiche wurde von weit her, von einem weit entfernten Ort im Norden, wo er plötzlich gestorben war, in seine goldene Stadt, nach Samarkand, gebracht. Er hatte, nachdem er den größten Teil Asiens erobert hatte, die Invasion Chinas vorbereitet. Sein Enkel, der zehnjährige Ulug-Beg, war zusammen mit Timur im Heereslager gewesen. Er hatte schon mehrere Schlachten zusammen mit seinem Großvater durchgestanden. Niemand weiß, was der sterbende Timur seinem Enkel sagte, aber er vermied es, seine nicht geheilten Ängste und nicht aufgelösten Erinnerungen an Ulug-Beg weiterzugeben; er nahm sie mit sich ins Grab. Ulug-Beg brachte die Leiche seines Großvaters nach Samarkand, und Timur wurde in Gur Amir in einem Mausoleum beigesetzt. Vor seinem Tod hatte er Anweisung gegeben, dass sein Grab nicht angetastet werden dürfe, weil das die Lebenden in Gefahr bringen würde. Er wusste, welchen Schrecken er mit ins Grab nahm, und er wollte nicht, dass dieser Schrecken zurück in die Welt kam.

Am Anfang des zwanzigsten Jahrhunderts fand Wjatkin, ein russischer Wissenschaftler, diesen Ort, wo einst das Observatorium gestanden hat. Er führte in Afrasiab viele Grabungen durch, hinterließ jedoch kaum Informationen über das, was er fand. Die Ruinen des Observatoriums gehörten zu den wenigen Orten, die er beschrieb. Der Rest seiner Aufzeichnungen verschwand nach seinem Tod.

Wissen Sie, was passiert ist, als Timurs Grab zum ersten Mal geöffnet wurde? Der sowjetische Wissenschaftler Gerasimow, dessen ganze Leidenschaft der Rekonstruktion von Gesichtern anhand von Schädelfunden galt, kam mit Erlaubnis der sowjetischen Regierung hierher und öffnete Timurs Grab, um dessen Gesicht zu rekonstruieren. Niemand hier hätte das je gewagt, weil die Menschen in diesem Land sich an Timurs Warnung erinnerten, doch der sowjetische Wissenschaftler scherte sich nicht darum. Er öffnete das Grab am 22. Juni 1941, wenige Stunden, bevor Deutschland der Sowjetunion den Krieg erklärte. Timurs böse Vorahnung wurde Wirklichkeit.«

»Warum war es so schwierig, das Observatorium zu finden, wo doch die meisten Gebäude in Samarkand, die aus der Zeit Timurs stammten, gut erhalten waren?«

»Weil es zerstört worden war.« Michaels Miene verdunkelte sich, als hätte sich eine unsichtbare Wolke darüber gelegt. »Es war nicht etwa von fremden Invasoren dem Erdboden gleichgemacht worden, sondern von unseren eigenen Geschöpfen der Angst, die wussten, dass Ulug-Begs Werk ihre Macht untergrub. Das Observatorium, das er hatte errichten lassen, hatte in der ganzen Welt nicht seinesgleichen. Es war ein dreistöckiges, rundes Gebäude, konstruiert, um die Verbindung zu den Sternen zu erleichtern. Es gibt eine Menge schriftlicher Zeugnisse über Ulug-Begs wissenschaftliche Leistungen. Sie waren hervorragend, aber sein psychologisches Werk ist unbekannt geblieben. Ich habe Ihnen schon gesagt, dass die Menschen hier große Träumer waren, dass sie mit der Substanz des Todes und mit Träumen arbeiteten und dass sie über sehr wirksame Methoden der Transformation verfügten. Ihr Ziel war es, möglichst vielen Menschen die Unsterblichkeit zu ermöglichen.

Die hier betriebene Wissenschaft arbeitete mit einem profunden Wissen über den Prozess des Sterbens und über die Bewahrung des individuellen Bewusstseins nach dem Tod hinaus. Die Verbindung zu den Sternen spielte darin ebenfalls eine Rolle. Auf den Innenwänden von Ulug-Begs Observatorium befanden sich Zeichnungen von sieben Sternen, die als Tore zur Transformation galten. Das waren die sieben Tore zu den sieben Arten des Lebens nach dem Tod.

Unsere Lehrer aus dieser längst vergangenen Zeit wussten um die verschiedenen Stadien, die das Bewusstsein durchläuft, wenn der Körper stirbt. Der Kampf gegen die Erinnerungsdämonen ist das erste Stadium. In diesem Stadium erleiden die meisten Menschen den zweiten Tod und verspielen ihre Chance auf Unsterblichkeit, weil sie vergessen, wer sie sind. Sie lassen sich von ihren Erinnerungsdämonen in Angst und Schrecken versetzen und verlieren die Verbindung zur liebevollen Kraft der Sonne, die unserem Herzen immer nahe steht und das Gesicht der Göttin Anachita trägt.«

Als ich Michael diese Worte sagen hörte, erinnerte ich mich sofort an mein Erlebnis mit der steinernen Skulptur, zu dem er mir in dem Zigeunerlager verholfen hatte.

»Das zweite Gesicht auf der Brust der Skulptur, das ich in dem Zelt gesehen habe, hatte das etwas mit dem zu tun, was Sie jetzt sagen?«

»Es zeigte genau das. Dieses Bild wird normalerweise als Bildnis des Gottes Zurvan bezeichnet, das ist der Gott, der als Gott der Zeit und des Todes bekannt ist. Aber Zurvan ist eine spätere Maske, die die Göttin Anachita annahm, um ihr Gesicht zu schützen und ihre Macht zu erhalten. Es ist ihr Gesicht, das sich in unseren Herzen widerspiegelt. Es ist ihr Gesicht, das uns Zuflucht bietet vor schmerzenden Erinnerungen und vor den Schuldgefühlen, den Ängsten, den Sorgen und der Trauer, die sie verursachen. Sie schenkt uns Erlösung von dem zweiten Tod, wenn wir wissen, wie wir uns während des ersten Transformationsstadiums mit ihr verbinden können. Einem Sieg in diesem Stadium folgt auf der himmlischen Ebene das Durchschreiten des Sonnentors. Danach durchläuft das individuelle Bewusstsein das nächste Stadium; es durchschreitet eines der sieben Sternentore. Von einem der sieben Tore wird es angezogen, je nachdem, welche Art zukünftiger Erfahrung es braucht. Die Wahl des Tors bestimmt unser Schicksal im Leben nach dem Tod.

Hier in diesem Land wurde viel Wissen gesammelt und von Ulug-Beg zum ersten Mal seit der Goldenen Zeit veröffentlicht. Aber er selbst musste auf seine Opferrolle vorbereitet werden. Er wusste, dass die Dämonen, die sich in den Erinnerungen der Menschen sammelten, auch in denen seiner Ahnenlinie zu stark waren und früher oder später versuchen würden, ihn zu vernichten. Die Legende erzählt, dass die Linie von Shahrukh, Ulug-Begs Vater, verdammt war, seit Shahrukh in den Bergen einige heilige Männer während eines Kriegszugs hingerichtet hatte. Ulug-Beg wusste um die Gefahr, die ihm aufgrund der Taten seiner Vorfahren drohte. Für den Fall seines vorzeitigen Todes bereitete er heimlich einen besonderen Zufluchtsort vor.

Er ließ alle heiligen Gebäude in Samarkand fertig stellen und beschloss, in einem davon nach seinem Tod Schutz vor den Erinnerungsdämonen zu suchen, damit sie die Erinnerung an ihn nicht verzerren konnten und nach seinem Tod seinen Transformationsprozess nicht behinderten. Für diesen Prozess ließ er eine geheime Grabstätte errichten. Ich kenne diesen Ort, aber ich darf ihn Ihnen nicht nennen. Er ist immer noch geheim und besitzt große Macht. Und dieser Ort ist nicht Gur Amir, das heute als offizielles Grab von Ulug-Beg gilt.

Er war also vorbereitet, als der Tod ihn schließlich ereilte. Ganz in Weiß gekleidet, umgeben von vertrauten Schülern, war er unterwegs, als ein Schwert ihm den Hals durchschnitt. Mit einem Schlag wurde ihm der Kopf vom Rumpf getrennt, und er war auf der Stelle tot. Der Mörder war gedungen worden von Abd al-Latif, Ulug-Begs Sohn, dessen Blut empfänglich war für das Gift von Zarataschtas Eifersucht. Ich habe Ihnen ja schon erklärt, dass Erinnerungsdämonen sich immer wieder neu erschaffen, indem sie neues Leid verursachen. Abd al-Latif wurde wenige Monate nach dem Attentat auf seinen Vater ermordet. In der Nacht vor seinem Tod sah er, wie ihm sein eigener Kopf auf einem Tablett gereicht wurde. Die Rache traf ihn zuerst von innen, in seinen eigenen Träumen, er konnte ihr nicht entkommen. Kurz nach seinem Tod wurde sein abgetrennter Kopf über dem Eingang der *Madrasa*, der Akademie, die Ulug-Beg in Samarkand gegründet hatte, zur Schau gestellt. Dasselbe Schicksal ereilte Abd al-Latifs Nachkommen. Sein Sohn und auch sein Enkel kamen auf die gleiche Weise zu Tode.

Nach Ulug-Begs Tod zerstörten seine Feinde sein Observatorium, machten es dem Erdboden gleich und behaupteten, es habe vierzig mächtige böse Geister beherbergt.«

Michael verfiel in Schweigen und stand eine Zeit lang mit weit geöffneten Augen da, den Blick auf den Horizont gerichtet, und er schien entrückt zu sein von den Bildern seiner inneren Vision. Dann schüttelte er den Kopf, schaute mich an und sagte in ganz normalem Tonfall: »Ich musste Ihnen diese Geschichte erzählen. Das Erzählen verändert die Konsequenzen dieser lange zurückliegenden Ereignisse, die die Menschen unserer Zeit immer noch beeinflussen.

Ich habe Ihnen gesagt, was ich sagen konnte. Es war ein langer Tag. Ich muss jetzt gehen und mich um andere Dinge kümmern. Und Sie müssen sich ausruhen. Morgen wird wieder ein langer Tag sein, Ihr letzter Tag mit mir, und es wird der Tag sein, an dem Sie das tun müssen, was Sie mir zu Anfang versprochen haben: Sie müssen jemanden heilen. Wir treffen uns morgen auf dem Bazar.«

Kapitel zwölf

Am nächsten Morgen waren nicht so viele Leute auf
dem Bazar, und ich entdeckte Michael sofort. Er stand
hinter den endlosen Reihen von Teppichen und sprach
ganz liebevoll mit einer alten Frau. Sie war klein und
reichte ihm kaum bis zur Schulter. Als sie mich kommen sahen, drehten sie sich zu mir um und begannen
eine lebhafte Diskussion, die sich offensichtlich um
mich drehte. Es war mir überhaupt nicht peinlich. Ich
spürte durch und durch, wie viel weniger Angst ich
mittlerweile hatte, und fühlte mich beschwingt.

Die Frau lächelte mich an. Sie hatte tiefe Falten im
Gesicht, aber ihre Augen – schwarz, tief liegend und
mandelförmig – wirkten fast noch jünger als die von
Michael, und sie strahlte über das ganze Gesicht.

»Das ist meine Großmutter Sulema«, sagte Michael
und seine Stimme war voller Freude.

Die Hochachtung, die ich augenblicklich für diese
kleine Frau empfand, machte mir klar, wie viel Michael
mir bedeutete und welchen Respekt ich vor ihm
hatte.

»Es ist mir eine Ehre, Sie kennen zu lernen«, sagte
ich zu ihr und deutete mit meinem Kopf eine leichte
Verbeugung an. Daraufhin lachten die beiden herzhaft.

»Besuchen Sie uns«, erwiderte Sulema mit ihrer
wohlklingenden tiefen Stimme. »Kommen Sie doch mit

mir nach Hause. Michael kommt nach. Er muss noch Kräuter besorgen.«

Gemeinsam verließen Sulema und ich den Bazar. Es war ein freundlicher Tag, und die Morgensonne wärmte uns sanft. Süßer Blumenduft lag in der Luft. Die Menschen lächelten mich an, und ich hatte mein Vergnügen daran, mit dieser Frau durch die alten Straßen von Samarkand zu schlendern.

An einer Ecke bog Sulema in eine Gasse ein, wo hinter einem weißen Zaun halb verdeckt von einem ausladenden Baum ein kleines Haus aus Lehmziegeln stand.

»Kommen Sie herein. Wir haben eine Menge zu erledigen«, sagte Sulema und entriegelte die Tür mit einem großen Schlüssel.

Ich folgte ihr durch einige kühle, abgedunkelte Zimmer direkt in den Garten hinter dem Haus. Alles hier erinnerte mich an das Haus meiner Großmutter in Russland: alt, warm, freundlich und Schutz bietend. Mitten im Garten befand sich eine Feuerstelle. Das Feuer schwelte noch, und Sulema legte einige trockene Äste nach. Die Feuerstelle bestand aus kreisförmig angeordneten weißen Ziegelsteinen. Während Sulema geschäftig hin und her eilte, große Töpfe aus dem Haus holte und auf den Holztisch im Garten stellte, wirkte sie in ihrem schwarzen Baumwollkleid wie eine ganz normale Großmutter. Irgendwie überraschte mich das, als hätte ich erwartet, dass alles, was mit Michael zu tun hatte, etwas Außergewöhnliches sein müsste. Aber dann, als wollte sie meine Gedanken bestätigen, sah sie mich einen Augenblick lang schweigend an, und ich spürte das Vorhandensein einer außergewöhnlichen Macht. Ich war ernst und konzentriert. »Michael hat hier von seinem zehnten Lebensjahr an gewohnt.« Wahrscheinlich spürte sie, dass alle Einzelheiten seines Lebens für mich bedeutsam waren, und ich hörte aufmerksam zu, ohne Fragen zu stellen oder ihre Erzählung zu unterbrechen.

»Vorher glaubte ich schon, ich hätte ihn verloren. Seine Eltern und er waren nach Afghanistan gezogen. Ich sah ihn zum letzten Mal, als er sechs war. Sie schickten mir natürlich Fotos. Aber was sagen schon Fotos darüber, wie ein Kind größer wird? Ich vermisste ihn so sehr. Aber ich wusste, dass er eines Tages zurückkehren würde. Was ich nicht wusste, war, dass dieser Tag so schmerzhaft sein würde. Sein Vater und seine Mutter hatten eine wichtige Arbeit in Afghanistan. Neuigkeiten von ihnen konnte ich nur per Post erhalten. Ich habe ja nicht einmal ein Telefon. Aber eines Tages klopfte ein Mann an meine Tür. Er trug einen großen Briefumschlag bei sich. Ich wunderte mich, dass sie mir einen Brief nicht wie sonst per Post, sondern durch einen Boten zustellen ließen. Es war gar kein Brief von ihnen. Doch er handelte von ihnen. Und von der Bombe, die dort, wo sie arbeiteten, eingeschlagen war und alle getötet hatte.

›Herzliches Beileid‹, sagte der Mann und verschwand. Ich fragte ihn nicht nach Michael. In dem Brief stand, die Familie sei getötet worden, und tief in meinem Herzen wusste ich, dass seine Mutter und sein Vater gestorben waren. Ich wusste es, weil ich über sie trauern konnte. Aber ich konnte Michael nicht betrauern. Ich konnte es einfach nicht. Das Einzige, was ich tun konnte, war, auf ihn zu warten. Ich fragte niemand, schrieb keine Briefe.

Eines Tages, es war Frühling, hörte ich, dass eine

Zigeunertruppe in der Stadt war. Ich ging zum Bazar und sah mir ihre Zirkusvorstellung an. Sie waren wirklich gut. Mutig und lustig. Als ich nach Hause kam, hatte ich das Gefühl, nicht länger auf Michael warten zu können. Mein Herz konnte es nicht länger ertragen. An genau diesem Tag klopfte ein alter Zigeuner an meine Tür, und als ich öffnete, sah ich Michael neben ihm stehen. Er wollte die Hand des Zigeuners gar nicht loslassen. Sein Gesicht war braun gebrannt und sehr ernst. Aber ich sah, dass er Frieden mit dem Tod seiner Eltern gemacht hatte. Die Zigeuner hatten ihn geheilt. Er hatte seit mehr als einem Jahr bei ihnen gelebt und war mit ihnen herumgezogen. Sie hatten ihn in Afghanistan aufgegriffen und seine Wunden geheilt. Anfänglich, nachdem sie ihn bei mir abgeliefert hatten, hatte ich es schwer mit ihm.

Er hat nie mit mir über seine Zeit bei den Zigeunern gesprochen, aber ich bin sicher, dass er sich noch an jede Einzelheit erinnert. Nur ab und zu hat er einen Mann erwähnt, den er ›Großvater‹ nannte. Und dieser Zigeuner-Großvater war garantiert nicht mein Mann.« Sulema musste wieder lachen. Sie nahm eine braune Tasse, wischte sie mit einem sauberen Leinentuch ab und gab sie mir.

»Ich möchte, dass Sie meinen *Polow* probieren. Ich glaube, ich kann mit gutem Recht sagen, dass ich, zumindest hier im Viertel, den besten *Polow* mache.« Schmunzelnd blickte sie um sich, als wollte sie nachsehen, ob jemand sie hörte. »Aber trinken Sie erst etwas, bevor Sie essen.«

»Was macht Michael jetzt? Hat er die Schule abgeschlossen?«

Sulema lachte. »Er könnte Lehrer sein, wenn er wollte. Er hat an der Universität Chemie und Astronomie studiert. Ihr Russen glaubt wahrscheinlich, dass hier bei uns alle ungebildet sind. Schon gut, schon gut, Sie natürlich nicht. Aber viele Ihrer Landsleute denken so. Einige meiner Landsleute glauben das Gleiche übrigens auch von Ihrem Land«, fügte sie hinzu. »Was er jetzt macht? Ich dachte, er hätte es Ihnen gesagt. Er lebt nur für die Magie. Er wurde in unserem Klan ausgebildet, nachdem er sich von den fahrenden Leuten getrennt hatte. Wie er das macht, das müssen Sie ihn schon selber fragen. Aber eins weiß ich: Er bleibt hier bei uns, um mir auf meine alten Tage zu helfen. Mir und seinem Zigeuner-Großvater, den er immer noch trifft.

Ah, da ist er ja«, rief sie erfreut, und als ich mich umdrehte, sah ich Michael in der Tür zum Garten stehen. Mit seinem hochgewachsenen, gut gebauten Körper füllte er beinahe den ganzen Türrahmen aus. Wie er so da stand, den Kopf leicht zurückgeneigt, die Arme entspannt, strahlte seine Haltung eine solche körperliche Harmonie aus, dass man meinen konnte, ein perfektes Bild sei wie durch ein Wunder lebendig geworden. Eine Weile blieb er schweigend stehen. Dann schaute er mich an, und als sich unsere Blicke trafen, durchströmte mich eine solche Welle der Traurigkeit, dass ich beinahe in Tränen ausbrach.

Es war kein persönliches Gefühl. Nach all diesen Tagen, die ich in seiner Nähe verbracht hatte, kannte ich ihn immer noch nicht »persönlich«. Das meiste an ihm war mir immer noch ein Geheimnis, und ich wollte dieses Geheimnis nicht zerstören. Andererseits löste seine Anwesenheit ein intensives Gefühl in mir aus. Die Ursache dafür war mir nicht ganz klar, aber ich spürte, dass es zum Teil damit zusammenhing, dass ich ihn sehr bald verlassen würde. Ich wusste, dass ich nirgendwo sonst wieder dieser Präsenz begegnen würde, die ich bei ihm spürte, der Urpräsenz des Seins. Ich wusste, mir würde die Art fehlen, wie er sich selbst und die Menschen in seiner Umgebung erlebte.

»Ich habe Ihnen bei unserer ersten Begegnung geraten, sich langsam an meine Blicke zu gewöhnen«, sagte er. »Aber Sie haben natürlich nicht auf mich gehört. Deswegen fühlen Sie sich jetzt so. Trauer ist ein Preis für die Beschleunigung von Erfahrungen. Wenn man über etwas traurig ist, akzeptiert man es schneller. Eine der Funktionen von Depressionen besteht darin, einem beim Akzeptieren einer Erfahrung zu helfen, die andernfalls dem Selbst fremd und weiterhin von Erinnerungsdämonen besetzt bleibt.«

Michael kam um das Feuer herum und setzte sich neben mich auf eine alte Decke, die auf dem Boden lag.

»Ich habe Sie gebeten, mit dem Symbol der Swastika zu arbeiten, um Ordnung in den Raum Ihrer Träume zu bringen. Es hat Ihnen geholfen. Sie erinnern sich vielleicht nicht bewusst an all die Erfahrungen, die der Einfluss des Symbols Ihnen in Ihren Träumen ermöglicht hat, aber Ihr innerer Raum ist jetzt viel ausgeglichener und offener. Indem ich Ihnen geholfen habe, Klarheit in den Raum Ihrer Träume zu bringen, habe ich Sie darauf vorbereitet, das Wissen aufzunehmen, das Sie an diesem Ort erlangen können. Vieles von diesem Wissen ist nicht nur mit dem Raum der Träume verbunden, sondern wurde absichtlich dort gespeichert.

Die wichtigste Aufgabe unserer Träume besteht darin, unsere Erinnerungslücken zu schließen. Das

Problem ist, dass die Erinnerungsdämonen, falls sie sich bereits in der Erinnerung eingenistet haben, alles daransetzen, sie zu verteidigen. Und das Problem ist, dass sie in unseren Träumen wesentlich lebendiger, aktiver und mächtiger sind als in unserem Wachzustand. Und leider hat das zur Folge, dass die Träume, wenn der ihnen gebührende Raum nicht aufgeräumt ist, häufig den Schmerz des Traumas verstärken, anstatt einen davon zu heilen. Um die Erinnerungsdämonen zu besiegen, muss man über Wissen verfügen, mit dessen Hilfe man innerhalb des Traums arbeiten kann. Es ist die Mühe wert, denn vollständige Heilung erfolgt, wenn man nicht nur die Bedeutung der Bilder verändert, sondern auch ihre Struktur. Und das geht leichter, wenn man mit Träumen arbeitet.

Schwieriger ist es, die Muster zu verändern, die einen im Wachzustand bestimmen, Muster, die auf Überzeugungen beruhen, die man in der Kindheit übernommen hat. Überzeugungen, die einem klipp und klar sagen, was richtig und falsch ist, was Lob und was Strafe verdient. In Träumen ist es viel leichter, weil in Träumen nicht alles in Gut und Schlecht, Falsch und Richtig aufgeteilt ist. Das würde gar nicht ihrem Wesen entsprechen. In Träumen ist alles erlaubt.

Und nun schauen Sie ein bisschen in sich hinein und sagen Sie mir, welche die wichtigste Veränderung ist, die in Ihren Träumen stattgefunden hat, seit Sie hergekommen sind.«

Die Frage war schwer zu beantworten. In erster Linie deshalb, weil meine Erfahrungen in Samarkand so neu waren, so ungewohnt, dass mir alles vorkam wie ein einziger, unglaublicher Traum. Ich versuchte mich zu konzentrieren. »Ich würde sagen, es ist die

Art und Weise, wie ich angefangen habe, mich selbst im Traum zu erleben. Ich habe angefangen, die Person, die den Traum sieht, wesentlich intensiver wahrzunehmen. Die Träume, die ich in den vergangenen Nächten hatte, waren sehr intensiv und vielfältig. Es würde mir schwer fallen, Einzelheiten zu beschreiben. Aber ich würde sagen, die grundlegendste Veränderung besteht darin, dass das Gefühl des Selbst, das ich hinter all den Traumbildern spürte, viel präsenter und stärker war.«

»Können Sie versuchen, sich jetzt genau an das Gefühl zu erinnern?«

Ich sah, wie Sulema auf der anderen Seite des Feuers stehen blieb und mich ebenso eindringlich anschaute wie er. Offenbar wartete sie auf meine Antwort.

»Ich weiß nicht. Ich träume ja jetzt nicht.«

»Aber genau das sollen Sie jetzt noch einmal erleben. Sehen Sie sich um, nehmen Sie jede Einzelheit in sich auf, und versuchen Sie dann, sich vorzustellen, alles, was Sie sehen – mich, meine Großmutter, das Feuer –, dass all das Ihr Traum ist. Stellen Sie das Gefühl wieder her.«

»Ich möchte das aber nicht. Ich möchte Sie nicht als bloßes Traumbild wahrnehmen.«

»Olga, wann werden Sie mir endlich voll vertrauen?« Er lächelte mich so liebevoll an, dass meine Weigerung, seinen Anweisungen zu folgen, mir irgendwie unnatürlich vorkam.

»Dies ist einer der wichtigsten Mechanismen, mit deren Hilfe die Dämonen die Macht über unser Gedächtnis aufrechterhalten. Indem sie uns glauben lassen, Erinnerungen und Träume seien unwichtig. Sie lassen uns denken: Es ist ja *nur* ein Traum. Das ist ein

Beispiel dafür, wie raffiniert sie die Kunst der Spaltung beherrschen. In Wahrheit ist keine Erfahrung weniger bedeutungsvoll als die andere. Träume sind nicht weniger wichtig als andere Erfahrungen. Sie sind anders, aber sie sind Teil der ganzen Psyche. Also, versuchen Sie es.«

Bei diesen Worten legte Michael seine Hand auf mein Handgelenk, genauso, wie er es an dem Abend getan hatte, als wir uns zum ersten Mal begegnet waren.

Ich schaute mich um, und nach allem, was er gerade gesagt hatte, fiel es mir leicht, mich an das Gefühl zu erinnern, mitten im Traum zu sein. Es bestand kaum ein Unterschied zwischen dem, wie ich meine Nachtträume erlebt hatte und dem, wie ich mich jetzt fühlte. Die Flammen des Feuers auf dem Boden mitten im Garten wurden ein bisschen größer, angefacht durch einen warmen Wind, der durch den Zaun wehte. Sulema, immer noch einen Ausdruck vollkommener Konzentration im Gesicht, setzte sich neben dem Feuer auf den Boden. Ich spürte die Berührung von Michaels Hand, die Wärme der Sonne in meinem Gesicht. Alle Klänge, Farben und Empfindungen waren jeweils verschiedene Fäden, die meine Wahrnehmung mit der Welt verbanden. Alle diese Empfindungen gelangten durch unterschiedliche Kanäle in meinen Körper und wurden eins in meinem Herzen, das von einem intensiven und wunderbaren Gefühl erfüllt wurde.

»Und jetzt sind Sie so weit, dass Sie mit der Arbeit der Heilung beginnen können«, sagte Michael.

Ich hatte mich am Vormittag schon gefragt, mit wem ich arbeiten würde. Es hatte nicht den Anschein, als warteten wir auf jemanden. Durch die Flammen hindurch sah ich Sulema an und dachte, dass ich wahrscheinlich bei ihrer Heilung assistieren sollte. Sie lächelte, doch ihr Lächeln bestätigte meinen Gedanken nicht.

»Es ist nicht Sulema, die Sie heilen sollen«, sagte Michael und nahm seine Hand von meinem Handgelenk. Das veränderte meine Wahrnehmung ein wenig, doch es gelang mir, weiterhin mein Traumselbst zu empfinden. »Es ist Lara, die Sie heilen sollen«, fuhr er fort.

Ich sah ihn verwundert an, versuchte zu verstehen, was er meinte.

»Es ist nur Ihr Bewusstsein, das dem, was ich gesagt habe, noch eine Bedeutung geben muss. *Sie* wissen bereits, was ich meine, denn es ergibt sich aus dem, was Sie in den vergangenen Tagen erlebt haben. Sie lebt in Ihrer Erinnerung, und deswegen können Sie echte Veränderungen bewirken, indem Sie mit Ihrer Erinnerung arbeiten. Vor ein paar Tagen habe ich Ihnen gesagt, dass sie eine lebendige Person ist und von den Erinnerungsdämonen geheilt werden muss, die sie in ihrer Gewalt haben. Ich habe mich nicht geirrt. Ich wusste damals bereits, dass sie sich das Leben genommen hat, aber ich weiß auch, dass unsere Existenz nicht mit dem physischen Tod endet. Ich glaube, dass es nie zu spät ist, jemanden zu heilen.«

»Aber wie? Wie kann ich das tun, Michael?«

»Was Sie gleich tun werden, nennen die Schamanen die Seele der Toten begleiten. Sie können es auch transpersonelle Transformation nennen oder mit einem anderen Ausdruck bezeichnen, der Ihnen weniger Angst macht. Der Prozess wird derselbe sein. Der Prozess der Transformation findet nur in jener Wirklichkeit statt, wo interne und externe Räume identisch sind, wo es keine mentalen Barrieren mehr gibt, die die beiden Bereiche voneinander trennen. Es ist nicht unbedingt ein Traumzustand. Es ist ein ganz besonderer Zustand, in den Sie eintreten können, wenn Ihr Raum der Träume und Ihr Raum der Erinnerungen offen und klar sind und wenn Sie sich in beiden Räumen frei bewegen können. Es ist Ihrer Erinnerung überlassen, welche Bilder sie heraufbeschwört, um die Heilung herbeizuführen. Ihre Erinnerungsbilder werden die Träger der Transformation sein, aber die Auswirkungen der Veränderung werden weit über Ihre persönliche Erinnerung hinausgehen. Ich werde über Sie wachen und Ihnen helfen, wenn Sie Hilfe brauchen. Um mit der Heilung beginnen zu können, müssen Sie das hier trinken.«

In seiner Hand hielt er dieselbe braune Tasse, die mir Sulema zuvor gegeben hatte. Sie enthielt jetzt eine dickflüssige Substanz, die aussah wie mit gerebelten Kräutern gemischte Milch.

»Was ist das?« Wieder bemächtigte sich die Angst meines Körpers.

»Es ist keine Droge, falls Sie das befürchten. Drogen gehören zu den Werkzeugen, die die Dämonen benutzen, um den Schmerz aufrechtzuerhalten. Wir benutzen sie nicht. Das hier sind besondere Kräuter, die in der Nähe des nördlich von uns liegenden Berges wachsen. Sulema hat sie mit Milch zubereitet, damit sie nicht so bitter schmecken. Ihre Wirkung besteht hauptsächlich darin, dass sie die Muskeln entspannen. Die Kräuter halten Sie beim Träumen wach, während sie gleichzeitig Ihre Muskelverspannungen lösen, die körperlichen Symptome Ihrer Erinnerungsknoten. So wird Ihr Gedächtnis vorübergehend befreit, und Sie sind vor Ihren üblichen Ängsten geschützt, sodass Sie Ihre Erinnerungen viel bewusster als sonst erleben können.

Sie werden eine ganz besondere Erfahrung machen, auf deren Gehalt es aber nicht in erster Linie ankommt. Worauf es ankommt, ist der Prozess der Veränderung. Und darauf, dass Sie den Erinnerungsdämon finden und ihn besiegen, damit er Ihnen dient und in Zukunft zu Ihrer Heilung beiträgt.«

Er reichte mir die warme Tasse, die ich widerstrebend entgegennahm. Dann stellte ich sie auf den Boden, und Angst machte sich in mir breit.

»Olga, wann werden Sie mir vollständig vertrauen?«

Ich schaute ihn wieder an, und plötzlich überkam mich ein ganz neues Gefühl. Das Gefühl, dass ich ihn schon seit ewigen Zeiten kannte, dass mir seine Gegenwart früher vertraut gewesen war, dass ich das jedoch vergessen hatte, indem ich mir einredete, es sei nur ein Traum gewesen. Das Gefühl war so stark, so echt, dass meine Angst unbedeutend wurde. In diesem Augenblick hätte ich ihm mein Leben anvertraut.

Ich nahm die Tasse und trank sie langsam aus. Der cremige Milchgeschmack überlagerte das Bittere der Kräuter. Nichts passierte.

Derselbe warme Wind strich mir sanft über die Haut. Sulema saß immer noch vor mir und legte Holzscheite auf das Feuer. Ich sah Michael nicht, aber ich spürte ganz deutlich seine Gegenwart zu meiner Rechten.

Ich hatte keine Erwartungen. Ich saß einfach da und schaute ins Feuer, bis ich kaum noch etwas anderes wahrnahm. Nur Sulemas Gesicht tauchte hinter den

Flammen ab und zu auf. Ich hörte sie sagen: »Hier erzählt man sich gern Geschichten. Können Sie mir eine erzählen? Erzählen Sie mir die rätselhafteste Geschichte, die Sie kennen.« Sulema hatte diese Bitte sicher nur ausgesprochen, weil sie wollte, dass ich mich wohlfühlte, und dafür war ich ihr dankbar.

»Jetzt?«

»Ja, warum nicht.«

Einen Augenblick lang sann ich über ihren Vorschlag nach, dann fiel mir plötzlich die Geschichte von Hamlet ein, eine Geschichte, die mir seit meiner Schulzeit zu denken gegeben hatte.

»Also gut, ich kenne eine solche Geschichte. Sie beschäftigt mich schon seit Jahren, weil es mir nie gelungen ist, einen endgültigen, erschöpfenden und unzweideutigen Sinn darin zu finden. Diese Geschichte hat sich vor langer Zeit abgespielt.

Es war einmal ein Prinz, der in einem weit entlegenen Land lebte. Der Vater des Prinzen war erst vor wenigen Monaten gestorben. Seine Mutter hatte wenig später seinen Onkel geheiratet, der Onkel wurde König, und der Prinz lebte in dessen Königreich. Er war kein ausgesprochen trauriger Prinz, und er fühlte sich auch nicht besonders einsam. Auf jeden Fall war er nicht verrückt. Doch dann änderte sich eines Tages alles und auch der Prinz begann, sich zu verändern.

An jenem Tag, genauer gesagt, in jener Nacht, begegnete er dem Geist seines verstorbenen Vaters, der ihm erzählte, wie der derzeitige König, sein eigener Bruder, ihn vergiftet hatte, um das Königreich und die Königin an sich zu reißen. Der Geist des Vaters verlangte Rache, und nachdem der Prinz diese Geschichte gehört hatte, gab es keinen Frieden mehr für ihn.

Er dachte sich einen schlauen Trick aus: Er lud fahrende Schauspieler ein, die dem König und der Königin ein von ihm selbst geschriebenes Theaterstück vorspielen sollten. Das Stück erzählte die Geschichte des Mordes an seinem Vater, und die Schauspieler führten es für die Mutter und den Onkel des Prinzen auf. An der Reaktion des Onkels erkannte Hamlet dessen wahre Schuld, und ihm blieb keine andere Wahl, als fortan verrückt zu spielen.«

»Er wurde getötet, stimmt's? Der Prinz wird am Ende des Stückes getötet, nicht wahr?«, unterbrach mich Sulema, ohne das Ende abzuwarten.

»Ja, das stimmt. Kennen Sie die Geschichte?«

»Dieser Geist hat ihn getötet, der Geist seines Vaters.«

»Eigentlich nicht ...«

»Oh doch. Der Prinz hat angefangen, nach den Erwartungen des Geistes zu handeln. Er hat sich dem Dämon des väterlichen Traumas überlassen, ihn in sich aufgenommen. Er hat es zugelassen, dass der Dämon seine eigenen Erinnerungen mit dem Schmerz seines ermordeten Vaters vergiftete und zu einem Teil des Prinzen wurde. Der Prinz begann, auf Befehl des Geistes zu handeln, und deshalb musste er getötet werden. Er ist nicht wirklich verrückt geworden. Er hat nur mit den Mächten des Traumas gekämpft. Ich nehme an, er hat verloren. Er hatte keine Frau, nicht wahr?«

»Nein. Aber er hatte eine Verlobte, die er zärtlich liebte. Als der Prinz immer liebloser und verrückter tat, hat sie sich das Leben genommen.«

»Oh! Gibt es noch mehr Tote in der Geschichte?«

»Ja. Der Vater der Braut und ...«

»Oh! Das war ja wirklich ein unersättlicher Geist,

dieser Geist des Vaters. Eine gute Geschichte. Der, der sie geschrieben hat, kannte sich in dem Kampf aus.«

Sulema fiel in Schweigen, und ihre zusammengekniffenen Augen schienen durch mich hindurchzublicken. Über dem Feuer sah ich ihren freundlich lächelnden Mund, bis die Flammen wieder höher schlugen und ihr Gesicht verdeckten.

Ich spürte, wie meine körperlichen Empfindungen sich veränderten. Es war, als würde eine unsichtbare Kraft in meine angespannten Muskeln eindringen und die alten, schmerzhaften Knoten lösen, die sich dort gebildet hatten. Gleichzeitig spürte ich, wie sich meine Erinnerung befreite. Sie verwandelte sich in die Substanz, aus der die Träume sind, und schon bald überfluteten Bilder meinen Kopf. Es waren Bilder im Überfluss, doch nicht in planlosem Chaos; die Bilder waren alle durch eine unsichtbare, tiefgründige Ordnung miteinander verbunden, und meine Wahrnehmung ließ sich von dieser Ordnung leiten.

Das Feuer flackerte vor sich hin, aber es hatte eine vollkommen runde Form angenommen, als würde, wie durch ein Wunder, ein Abbild der Sonne vor mir erglühen. Eine Zeit lang starrte ich in sie hinein, bis sich alles rot färbte und die Sonnenscheibe schwarz wurde. Ich schloss die Augen und spürte, wie diese kleine Sonne vor mir pulsierte und sich auf mich zubewegte. Ich versuchte, ruhig zu sein, ganz ruhig. Dann vernahm ich ein Geräusch, so, als öffnete sich ein Tor, und Michaels Stimme sagte:

»Fürchten Sie sich nicht und denken Sie daran, dass es der Vater ist, der straft, und die Mutter, die vergibt. Ich werde bei Ihnen sein, wenn Sie mich brauchen.«

Kapitel dreizehn

Mein Körper vibriert und wächst. Alle Spannungen, die sich angestaut haben, lösen sich plötzlich, und ich spüre, wie Energie zu fließen beginnt. Mein innerer Raum dehnt sich aus. Luft strömt in mich hinein, und mein Körper, der bis vor einer Minute noch stabil und fest war, scheint aus vielen breiten Luftkanälen zu bestehen, die sich immerfort weiten. Ich hätte mir niemals vorstellen können, dass so viel Raum in mir ist.

Die inneren Kanäle sind lebendig und bewegen sich, und einer von ihnen wird mit einem Mal größer und zieht meine ganze Aufmerksamkeit auf sich, als enthielte er einen Magneten. Ich bin nur noch Raum, weit und offen, und in meiner Mitte ertönt, etwas gedämpft, Michaels Stimme. Ich sehe ihn deutlich in meiner Nähe, in weißer Kleidung, die Haare im Nacken zusammengebunden. Er sitzt ganz still mit über der Brust gekreuzten Armen. Er schaut mich an, und ich weiß, dass er weiß, was mit mir geschehen ist und was geschehen wird, und ich höre ihm aufmerksam zu.

»Das ist ein Land Ihrer Erinnerung. Es ist so real wie Ihr Heimatland. Es gibt auch Irrwege dort, deshalb müssen Sie entschlossen Ihr Ziel verfolgen, egal was passiert. Bewegen Sie sich durch diesen Raum, und fürchten Sie sich vor nichts.«

Zuerst sehe ich einen langen Korridor, einen engen, grauen Tunnel. Zwei hohe massive Steinblöcke, die an einigen Stellen von frischem, üppig-grünem Moos bedeckt sind, bilden die seitliche Begrenzung des Korridors. Nur aus einer Richtung, von oben, fällt ein schwacher blauer Lichtschein herein, und es ist schwierig, den Boden zu erkennen. Ich hebe den Kopf und sehe direkt über mir gerade Reihen senkrechter Röhren von der Decke hängen. Das Licht schimmert aus den Rohrenden, und voller Angst entdecke ich, dass die Rohre aus menschlichen Knochen bestehen, die als Lampen für diesen Korridor dienen.

Hunderte dieser Lampen hängen nebeneinander, sie schwanken leicht über meinem Kopf, und mit ihnen bewegt sich das blau-graue Licht, während ich unter ihnen hindurchgehe. Hin und wieder erzeugt diese Bewegung ein Geräusch, das mich an tiefe Seufzer erinnert. Mir bleibt nicht die Zeit, mich daran zu gewöhnen, da sich urplötzlich die Szenerie verändert und die Lampen verschwinden. Ich gehe durch den nächsten Korridor, der von den Seiten her beleuchtet wird. Die Lichtquelle kann ich nicht entdecken, da sie hinter alten ausgeblichenen, grau-weißen Laken verborgen liegt, die als Wände des Korridors dienen. Diese Laken trennen mich von Unmengen von Körpern, die sich hinter ihnen bewegen. Ich weiß nicht, ob diese Wesen, die sich hinter dem Stoff hin und her schieben, Menschen oder große Tiere sind. An den Geräuschen, die sie von sich geben, lässt es sich nicht ausmachen. Sie sprechen nicht. Sie atmen einfach nur schwer, schnaufen und schieben, drehen sich und stoßen gegeneinander, und all das geschieht ganz in meiner Nähe.

Ich spüre, dass sie zu Hunderten sind, eingepfercht in jenen winzigen Raum hinter den Laken, und offensichtlich bemerken sie, dass ich durch den Korridor gehe. Sie spüren meine Anwesenheit ebenso deutlich wie ich ihre. Manchmal werden ihre großen Glieder von einem anderen Körper angestoßen, und sie berühren mich durch das schmutzige Laken, wenn ich an ihnen vorbeigehe. Die Wellen ihrer Bewegung, die sie zu vermeiden scheinen, finden ihre Entsprechung in den Wellen der Übelkeit, die mich überkommen. Ich beschleunige meine Schritte.

Ich erahne schon den Ausgang aus dieser schrecklichen Galerie und versuche, ihn so schnell wie möglich zu erreichen. Doch gleichzeitig weiß ich, dass ich nicht laufen darf. In jeder Zelle meiner Haut spüre ich, dass sie, sobald ich losrenne, durch die Laken hindurchkommen werden, dass nichts mehr ihre Bewegungen aufhalten wird und sie mich mit ihren riesigen, schweren Körpern auf der Stelle zermalmen werden. Ich gehe schnell weiter. Kurz darauf ist es vorbei. Mit einem Seufzer der Erleichterung verlasse ich den Korridor und gelange in eine große Halle.

Das schwere Schnaufen der schiebenden Körper geht über in ein rhythmisches mechanisches Geräusch in diesem neuen Raum. Zuerst sehe ich keine Körper. Der Raum erinnert mich mit seinen hohen Decken und den Betonböden an ein verlassenes Fabrikgebäude. Alle Arbeiter sind gegangen, nur die Maschinen laufen noch. Hier herrscht Chaos: gesplitterte Holzrahmen, Glasscherben, die unter meinen Füßen knirschen, das Gequieke von Ratten, die zwischen Stapeln von Papier, das in eine Ecke geworfen wurde, herumlaufen. Überall sind Anzeichen des Verfalls sichtbar, und dennoch bleibt das mechanische Hintergrundgeräusch immer gleich und deutet darauf hin, dass hier irgendetwas in Gang gehalten wird.

Vorsichtig bewege ich mich zwischen Haufen von alten, zerbrochenen Dingen. Ich stolpere über Reste von Möbeln, über zerrissene, vergilbte Zeitungen, die in einer fremden Sprache gedruckt sind. An einigen Stellen muss ich ausweichen, um mir meinen Weg durch all den Müll, der im ganzen Raum verstreut liegt, zu bahnen. Manchmal streift ein Luftzug meine Haut, was mich vermuten lässt, dass irgendwo ein Fenster oder eine Tür offen steht. Als ich mich fast bis zur Mitte des Raums vorgearbeitet habe, erkenne ich, dass der Luftzug und das andauernde mechanische Geräusch von einer riesigen, schwarzen hölzernen Windmühle verursacht werden. Ich verstehe nicht, warum ich sie nicht schon vorher bemerkt habe. Sie ist so riesig, dass ich ihre Spitze hoch unter der unerreichbaren Decke nicht sehen kann. Die ständige Vibration der Mühle erzeugt ein mechanisches, unangenehmes Geräusch. Diese Vibration nimmt gewaltig zu, denn die Mühle ist dabei, ihre riesigen Flügel in Bewegung zu setzen. Ein unheilverkündendes Stöhnen setzt um mich herum ein, wie von unerträglichen Qualen erzeugt.

Ich erstarre, bin vor Angst wie gelähmt. Ich senke den Blick, ohne meinen Kopf zu wenden. Die nächste Szene erschüttert mich bis ins Mark, und der Schrecken, den ich eine Sekunde zuvor empfand, ist nichts gegen das Entsetzen, das mich jetzt packt. Zerbrochene Teile, die ich für Reste von Möbelstücken hielt, ändern ihr Aussehen und werden zu menschlichen Gliedmaßen und Körperteilen, die umherfliegen. Sie sind lebendig. Sie bewegen sich. Einige von ihnen versuchen zu kriechen.

Das Stöhnen, das ich höre, stammt von ihnen, zum Beweis ihres extremen Leidens. Ich erkenne ein menschliches Bein, das mit dem Fuß nach oben neben mir steht; an seinem Knie nagt eine schwarze Ratte. Absichtlich quält sie das menschliche Fleisch mit ihren widerwärtigen Zähnen. Das Bein hat nur bis zum Knöchel eine menschliche Form, darunter sind Haut und Muskeln und Knochen an eisernen Figuren befestigt.

Während ich gegen meine Übelkeit ankämpfe, erkenne ich noch mehr Körperteile, an denen eiserne Tierfiguren befestigt sind, als wären sie einer wilden Phantasie entsprungen. Sie versuchen zu kriechen, aber das Eisen ist sehr schwer. Es wäre leicht und es ist sehr verlockend, meine Angst und mein Unbehagen zu beschleunigen und auf die Spitze zu treiben; wenn ich das Bewusstsein verlöre, müsste ich diese abstoßenden Bilder nicht mehr sehen. Aber als ich spüre, wie mir der kalte Schweiß ausbricht und mein Mund sich mit Speichel füllt – ich stehe kurz vor dem rettenden Zusammenbruch –, erinnere ich mich an die Regel, die ich einzuhalten gelobt habe. Ich werde mich vor nichts fürchten. Ich kann nicht in die Bewusstlosigkeit flüchten. Ich muss der Angst ins Auge sehen. Ich muss sie erfahren. Damit habe ich mich zu Beginn einverstanden erklärt, und deshalb muss ich sie in ihrer Totalität erleben. Meine Übelkeit lässt nach, und meine Sicht wird wieder klarer.

Ein lauter, schriller Pfeifton kommt von irgendwoher über mir. Die riesige Mühle beginnt, sich zu drehen. Bevor ich vor Panik die Flucht ergreife, bemerke ich, dass die Flügel der Windmühle aus Lichtstrahlen bestehen. Sie leuchten hell und intensiv, aber sie bestehen nur aus Licht. Also bleibe ich, wo ich bin, ohne irgendeine Gefahr wahrzunehmen. Als der breite Lichtflügel mich berührt, fühlt es sich auf meiner Haut nicht anders an als Sonnenstrahlen an einem warmen Tag.

Den menschlichen Überresten um mich herum allerdings ergeht es ganz anders. Beim ersten Anzeichen, dass die Windmühle sich in Bewegung setzt, bricht Angst und Schrecken unter ihnen aus, verzweifelt versuchen sie, sich von der Last der eisernen Tiere zu befreien, und ihr Heulen und Stöhnen gipfelt in einem unmenschlichen Schrei, der die massiven Wände des Zimmers erschüttert.

Die Strahlenflügel gehen langsam durch die Körperteile hindurch, beleuchten sie einen nach dem anderen. Sobald das Licht sie berührt, fangen die eisernen Tierfiguren an, rot zu glühen, versengen das menschliche Fleisch, mit dem sie verbunden sind, und verursachen schreckliche Schmerzen. Diese eisernen Tiere jagen den Schmerz durch die Gliedmaßen. Mich überkommt tiefes Mitleid mit diesen menschlichen Überresten. Ich hätte nie gedacht, dass man Mitleid für abgetrennte menschliche Gliedmaßen empfinden kann, aber mir bleibt fast das Herz stehen, als ich den Schmerz spüre, der ihre immer noch menschlichen Zellen durchzuckt. Diese Gliedmaßen haben keine Persönlichkeit, sie sind nicht verbunden mit irgendwelchen Gesichtern, ihr Stöhnen hat nichts Menschliches. Es sind Schreie von gequältem Fleisch.

Die schreienden menschlichen Glieder erfüllen mich mit Trauer. An diese Bilder werde ich mich noch lange erinnern.

Ich wende mich ab von den rotierenden Mühlenflügeln, doch ich habe wenig Hoffnung, von meiner Trauer befreit zu werden. Als Nächstes erblicke ich eine riesige Höhle, die einem um ein Vielfaches vergrößerten menschlichen Rachen gleicht, der aus einem Körper herausgetrennt wurde und an Schnüren von der Decke hängt. Ich sehe eine rot entzündete Schleimhaut, als wäre dieser Mund zu einem Schrei aufgerissen. Aber der Schrei kann sich nicht befreien, da ihm der Weg versperrt ist durch eine scharfe Rasierklinge, die sich in dem Fleisch vor und zurück bewegt; sie zerfetzt es nicht und verursacht dennoch furchtbare Schmerzen.

Ich kann es nicht mehr ertragen, ich kann es nicht länger allein durchstehen. Ich muss Michaels Stimme hören und wissen, dass er bei mir ist.

»Michael, warum sehe ich das? Warum muss ich mir das ansehen?«

Ich höre ihn antworten: »Damit Sie sich besser fühlen, denken Sie einfach daran, dass es weder der Inhalt noch die Form ist, die eine Rolle spielt, sondern der Prozess der Veränderung. Was Sie jetzt gerade erleben, wird manchmal die ›Halle der Spaltung‹ genannt. Es ist nicht der erste Ort, an den die menschliche Wahrnehmung nach dem Tod gelangen kann. Es gibt Hunderte verschiedener Wege der Erfahrung, die die individuelle Persönlichkeit eines Toten nehmen kann.

Was Sie hier sehen, sind Überreste menschlicher Formen und somit Überreste individueller menschlicher Wahrnehmung, denn Wahrnehmung und Form sind eng miteinander verbunden. Weil die meisten Menschen im Laufe ihres Lebens nichts über das Leben nach dem Tod erfahren, ist für sie der physische Tod gleichbedeutend mit der Auslöschung der individuellen Wahrnehmung. Dabei darf man Wahrnehmung nicht mit Seele verwechseln. Wenn spirituelle Überlieferungen behaupten, dass die Seele unsterblich ist, dann stimmt das. Aber wie viele Menschen lernen ihre Seele im Laufe ihres Lebens kennen? Wie viele sind in der Lage, ihre Seele zu erkennen? Nur sehr wenige. Für die anderen ist der Körper das Medium ihrer Wahrnehmung, und die körperliche Wahrnehmung endet mit dem Tod.

Da die uralten Mysterien, die die Heilung im Leben nach dem Tod und den richtigen Übergang des Bewusstseins ins Leben nach dem Tod lehrten, in Vergessenheit geraten oder verborgen sind, müssen die meisten Menschen im Tod einen sehr schmerzvollen Prozess der Zerstückelung durch ihre Erinnerungsdämonen erdulden. Was Sie in diesem Raum sehen, ist das letzte Stadium einer solchen Zerstückelung, bei der die Empfindungen von der Erinnerung, die Gefühle von den Gedanken, die Gesichter von den Gliedmaßen getrennt wurden. Dieses letzte Stadium ist die grundlegende Manifestation all dieser Empfindungen.

In dieser Halle ist die Empfindung Schmerz. Sie müssen diese Halle durchqueren, um Ihr Ziel zu erreichen. Aber es gibt noch weitere Hallen, in denen andere Empfindungen erlebt werden. Lassen Sie sich nicht von Ihrem Verstand verwirren. Das Leid, das Sie gesehen haben, hat nichts mehr mit irgendeiner bestimmten Person zu tun. Aber es besitzt eine persönliche Geschichte. Es hat mit dem zu tun, worauf die Aufmerksamkeit der Menschen während ihres Lebens in erster Linie gerichtet war.

Das sind die physischen ›Inseln der Erinnerung‹,

Körperteile, in denen die Erinnerungsdämonen sich eingenistet hatten. In Ihrer Kultur würde man es Bestrafung für Sünden nennen. Das Hauptmerkmal der Sünde, wenn wir diesen Begriff überhaupt verwenden wollen, ist nicht ihre moralische Beschaffenheit, sondern ihre Fähigkeit, die weitere Entwicklung zu verhindern und Wege zur Veränderung zu blockieren. Alle ›großen‹ Sünder handelten als Personifikationen ihrer Erinnerungsdämonen, und worin ihre Sünde auch immer bestanden hat, sie hatten eines gemeinsam: Ihre Wahrnehmung war auf den *Gegenstand* ihrer Sünde fixiert, ob es nun Gier, Lüsternheit, Neid oder Zorn war.

Diese unterschiedlichen Eigenschaften bildeten einen Damm, der die Entwicklung und die Transformation des jeweiligen Menschen verhinderte. Und das hat den Prozess der Spaltung und der Verwirrung in Gang gesetzt. Als diese Menschen starben und ihre Körper zerfielen, war ihre Wahrnehmung in ihrer Sünde und in ihrem Trauma gefangen, und so starben sie einen zweiten Tod, der ihre individuelle Wahrnehmung schließlich auslöschte. Nach dem zweiten Tod hörte ihr individuelles Selbst auf zu existieren.«

Ich blicke um mich und versuche, die soeben gehörten Worte mit den Bildern, die ich sehe, in Verbindung zu bringen. Abgetrennte Körperteile und das Gefühl fürchterlichen Leidens überlagern mein Denken. Ich komme zu keinem Ergebnis, aber ich weiß, dass die Worte, die ich gehört habe, Einlass in mein Bewusstsein gefunden haben, und früher oder später werden sie zu mir zurückkommen, und ich werde sie besser verstehen.

Erst jetzt fällt mir auf, dass die Luft in diesem Raum

eine ganz besondere Dichte hat, dichter als die Luft, die ich normalerweise atme. Aber vielleicht erzeugt auch meine verzerrte Empfindung der Schwerkraft die Illusion dichter Luft. Einige Objekte levitieren langsam, heben vom Boden ab und bleiben im Raum hängen. Ich sehe eine merkwürdige Figur näher kommen, die sich bemüht, durch diese dichte Luft auf mich zuzufliegen. Es ist ein Mensch mit dem Gesicht eines jungen Mannes, aber dieses Gesicht ist völlig verzerrt von der enormen körperlichen Anstrengung, die er aufbringen muss, um sich mir zu nähern. Er hängt in der Luft, und sein Körper besteht nur aus Rumpf und Kopf. Die Gliedmaßen fehlen, und er schlängelt sich vorwärts durch die Luft.

Ich fürchte mich, etwas zu sagen oder ihn zum Reden zu veranlassen, denn ich finde ihn abstoßend und möchte nicht einmal daran denken, dass er mit mir sprechen könnte. Aber er kommt mir immer näher mit der eindeutigen Absicht, mit mir zu kommunizieren. Ich bleibe ruhig stehen, obwohl die Versuchung wegzulaufen groß ist.

Er schwebt jetzt direkt vor mir. Ich sehe deutlich sein schmales Gesicht. Er hat regelmäßige Gesichtszüge, die aber verzerrt sind von ständiger Qual und einer Wut, die sich in tiefen Falten niedergeschlagen hat.

Seine Gesichtsmuskeln zucken nervös, während er mich zornig anblickt. Trotz der zahllosen Falten gehört dieses Gesicht einem ziemlich jungen Mann um die Vierzig. Sein hellbraunes Haar ist kurz geschnitten, und mit ein wenig Phantasie könnte man ihn für einen normalen Mann halten, der wahrscheinlich einen langen schwarzen Mantel trägt, sich in seinem Beruf durchsetzt und in einer schicken Wohnung in einer

Metropole lebt. Dieses Bild hilft mir, mich darauf vorzubereiten, dass ich mit ihm reden werde.

Um diesen unverwandten Blick, mit dem er mich
anstarrt, zu unterbinden, wage ich es, ihn vorsichtig
zu fragen: »Wer sind Sie?«

»Ich bin der, der versucht, ein menschliches Wesen
zu bleiben.« Seine Stimme klingt eher traurig als
wütend, was mich ein wenig erleichtert. »Aber, wie Sie
sehen, ist das nicht leicht«, fügt er mit unverhohlenem
Sarkasmus hinzu. »Ich bin unvorbereitet aus dem
Leben geschieden. Ich war unterwegs zu einem Mittagessen mit einem sehr wichtigen Geschäftspartner,
als die Polizeisirenen immer näher kamen und ich ganz
in der Nähe Schüsse hörte. Ich weiß, dass ich damals
gestorben bin, aber weiß bis heute nicht, ob ich
erschossen oder von einem zu schnell fahrenden Auto
überfahren wurde.«

Ich finde es merkwürdig, wie er über sein verhin-
dertes Mittagessen spricht, als würde er es immer noch
bedauern, diese Chance auf ein gutes Geschäft verpasst
zu haben. Aber ich höre ihm weiter zu.

»Wissen Sie, ich darf Ihnen nicht sagen, wie ich
gemerkt habe, dass ich tot bin. Und selbst wenn ich es
erzählen dürfte, ich würde es niemals tun, denn die
Angst und der Schrecken, die damit einhergingen, sind
zu quälend, als dass ich sie mir wieder in Erinnerung
rufen möchte. Ich sage Ihnen nur so viel, dass nichts
von dem, was ich mir in meinem kurzen Leben über
mein mögliches Ende vorgestellt hatte, eingetreten ist.
Ich habe nie daran geglaubt, dass es etwas jenseits dieses Lebens geben könnte, und fand es lächerlich, meine Zeit und Energie mit Gedanken an so etwas
Abstraktes wie den Tod zu vergeuden. Wie lächerlich.

Kein ewiger Traum, keine unendliche Dunkelheit, kein plötzliches Verschwinden, nichts davon wurde mir gewährt.

Ich musste Tausende von Jahren ertragen, in denen ich Fragen stellte, suchte und kämpfte, und ich übertreibe nicht – ich hatte wirklich das Gefühl, dass es so lange gedauert hat. Jetzt endlich bin ich hier, hänge fest an diesem Ort der Schmerzen und der Erniedrigung, der nie innehaltenden Maschinerie im Königreich der Schmerzen. Warum bin ich hier? Wozu? Ich habe keine Ahnung. Ich weiß nur, dass ich nach all den Jahren meiner Todeserfahrungen gezwungen bin, meine menschliche Identität aufzugeben, meine Gliedmaßen in alle Winde verstreut zu sehen und jedes einzelne für sich leiden zu lassen. Aber ich werde es nicht zulassen. Ich werde diese Arschlöcher bekämpfen, und ich werde gewinnen! Hören Sie mich? Hören Sie mich, Sie dämliches Nichts? Sie glauben wohl, Sie wären der Mittelpunkt der Welt! Ich gebe einen Scheißdreck auf Ihre guten Absichten! Ich werde meinen Körper zurückbekommen, koste es, was es wolle, und ich werde gewinnen, Sie Niete.«

Er schreit hysterisch, scheinbar ins Leere, denn der Raum bleibt unverändert, und der mechanische Lärm hält an, und nichts und niemand außer mir schenkt ihm Beachtung. Dann werden seine Gesichtszüge weicher, seine Lippen zittern, und Tränen der Verzweiflung laufen ihm über die Wangen. Paradoxerweise fehlen ihm die Hände, um sich die Tränen abzuwischen.

Fast weine ich mit ihm. Ich verstehe nicht, warum dieser Mann solches Leiden ertragen muss. Ich strecke meine Hand nach ihm aus, wische ihm die Tränen ab, wobei ich die weiche, kühle Haut seiner eingefallenen Wangen spüre. Er seufzt tief und beruhigt sich. Er bedankt sich bei mir mit einem Kopfnicken, während er immer noch mit den Tränen kämpft. Und dann wende ich mich um und sage in den Raum hinein: »Warum? Warum muss er das durchmachen?«

Aber die Antwort ist nicht an mich, sondern an ihn gerichtet. Er kann sie hören, und tatsächlich lauscht er ihr begierig.

»Du, Viktor, weißt nicht viel von dir selbst. Du hast die Realität deiner Seele nie für so wichtig erachtet wie irgendein dummes Geschäftsessen, dem du immer noch nachtrauerst. All die Dinge, die hier mit dir passieren, sind Versuche, deine Aufmerksamkeit in eine andere Richtung zu lenken und dir zu helfen, dir schließlich deiner selbst bewusst zu werden. Wofür du kämpfst, ist nicht dein wirkliches Selbst, sondern lediglich ein Bild, das du dafür hältst. Halte nicht länger daran fest. Lass es los. Du hast die Fähigkeit, die Wahrheit jetzt zu erkennen, also setze dich nicht weiterhin unnötig dem Leiden aus. Und es ist nicht dein Fehler. Du bist das Produkt der Zeit, in die du hineingeboren wurdest.

Du warst ein Wesen ohne jedes Gespür für dein wirkliches Selbst oder für wirkliche Freiheit, eingeklemmt zwischen den Ideen und Idealen der Menschen um dich herum, denen du entsprechen wolltest, und dabei hast du dich immer weiter von dir selbst und *deinen* Zielen entfernt. Aus diesem Grund hast du nicht gelernt, Dinge anders als durch Wut und Hass zu verändern. Du hast Gewalt in deiner Stadt verabscheut, aber dir fiel nichts Besseres ein, als diejenigen, die sie ausübten, zu hassen. Du warst müde und erschöpft von der endlosen Konkurrenz in deinem Job, aber du hast keinen anderen Weg gesehen, als immer wütender zu werden und andere zu verletzen. Du warst ein ignorantes menschliches Wesen, aber es war wirklich nicht dein Fehler.

Du kannst ein anderes Schicksal erfahren. Du musst es nur sehen und akzeptieren. Es ist schwierig, denn dein Leben lang hast du nur gelernt, dass weich zu sein und Mitgefühl zu zeigen bedeutet, eine Niete zu sein, und das wolltest du auf keinen Fall. Aber die Zeit ist vorbei. Dreh dich jetzt um. Sieh dir diese menschlichen Überreste an. Versuche zu empfinden, dass mit ihnen menschliche Schicksale verbunden sind, Fehler, Leiden, Verletzungen, Unnachgiebigkeit. Versuche, Mitgefühl zu spüren. Sobald du das empfindest, wirst du deinen aussichtslosen Kampf vergessen.«

Viktors Gesicht entspannt sich. Wieder laufen ihm Tränen über die Wangen, aber diese Tränen sind anders. Er wird transformiert in ein freundliches, sanftes Wesen. Die Stimme spricht weiter zu ihm.

»Folge mir jetzt. Du warst in der Lage, deine Vorstellungen zu ändern, deshalb kann sich jetzt auch deine Erfahrung verändern. Folge mir.«

Offenbar sieht Viktor seinen Führer, der für mich nur eine Stimme ist. Die Stimme klingt nicht wie die von Michael, aber ich habe keine Zeit, sie zu erkennen. Viktor schwebt durch die Luft zum Ende des Raums und verlässt ihn durch eine massive Metalltür, die sich öffnet, als er sich nähert. Ich folge ihm und versuche, mit ihm, der jetzt ganz leicht dahinfliegt, Schritt zu halten. Ich gehe schnell, und ohne jedes Bedauern verlasse ich den traurigsten Raum, den ich je betreten habe.

Wir stehen jetzt am Ufer eines blauen Sees. Er ist nicht groß, aber man kann durch das kristallklare Wasser hindurch keinen Grund ausmachen. Viktor lässt sich mit seinem verstümmelten Körper am See nieder. Sein Gesicht wirkt erleuchtet, seine tiefen Falten sind fast vollständig verschwunden.

Ich höre ihn ruhig sagen: »Zum ersten Mal seit meinem Tod höre ich, wie jemand meinen Namen ausspricht.«

»Dir wird Erlösung gewährt«, fährt sein Führer fort. »Dies hier ist ein See des Vergessens. Das ist die größtmögliche Form der Erlösung, die dir jetzt zuteil werden kann. Du hast eine lange Reise durchgestanden, um sie zu erreichen. Aber seit dem Moment, als dich dieser betrunkene Fahrer überfahren hat, war dir diese Form der Erlösung immer nahe. Alles hat sich nur in deinem Kopf abgespielt, dein eigenes Muster von Widerstand und Zurückschlagen, das dich davon abgehalten hat, von einem Raum zum nächsten zu gehen, bei deinem endlosen Streben nach dem Sieg in einem Kampf, den du ganz allein mit dir selbst ausgefochten hast. Trink dieses Wasser und löse deine Erinnerung in ihm auf. Trenne dich von allem und sei frei. Das ist die höchste Gnade, die dir zuteil wird, denn du hast nie nach etwas anderem gestrebt und nie gelernt, darüber hinaus Fortschritte zu machen. Tu es. Adieu, Viktor.«

Viktor lächelt freundlich, und seine Lippen flüstern ein lang erwartetes »Danke«. Er bewegt sich zum Wasser hin und beugt seinen Kopf hinab.

Dann trinkt er mit gierigen Schlucken von dem Wasser. Die klare Flüssigkeit strömt sanft in seinen Körper. Sie füllt ihn ganz aus, reinigt und wäscht seinen

Körper, löst seine Empfindungen auf, verwischt seine Konturen, macht ihn undeutlicher, bis ich nur noch klares blaues Wasser sehe, in dem noch leicht die Umrisse seines Körpers zu erkennen sind. Er erzeugt noch eine sanfte Welle, als er in den See eintaucht und sich in dem Wasser auflöst. Und dann höre ich seinen letzten Seufzer, der wie ein leichter Windstoß über das Ufer streicht. Die Oberfläche des Sees wird wieder ruhig und glatt.

Ich stehe da, fasziniert von diesem Wunder. Ich fühle mich stark angezogen von dem See, der in der Lage zu sein scheint, Leiden so einfühlsam aufzulösen, dass ich mich kaum zurückhalten kann, meine Hand auszustrecken und vor Dankbarkeit das weiche Wasser zu berühren.

»Wagen Sie nicht, es zu tun.« Das ist Michaels Stimme. Er klingt beinahe zornig. »Sie dürfen es nicht berühren. Bitte, tun Sie es nicht«, wiederholt er etwas sanfter, als ich mich vom Ufer entferne. »Sie haben nicht mehr viel Zeit. Sie müssen sich beeilen, wenn Sie Ihre Aufgabe erfüllen wollen.«

Kapitel vierzehn

Das Nächste, das ich wahrnehme, ist eine Mauer mit einer niedrigen Eisentür. Als sich die Tür öffnet, muss ich mich bücken, um eintreten zu können. Die verrosteten Türangeln quietschen laut, wahrscheinlich war die Tür seit ewigen Zeiten verschlossen.

»Hallo. Wie geht es dir?« Unwillkürlich grüße ich ein kleines, merkwürdiges Tier, dass sich im Raum befindet. Anscheinend wartet es schon lange auf mich, so lange, dass es erschöpft und unruhig ist. Aber es scheint auf dem Sprung zu sein, mir vorauszueilen, um mir den Weg zu weisen.

Das Tier ist eine eigenartige Kombination aus einem kleinen schwarzen Hund mit einem langen Schwanz und einem fremdartigen Wesen. Sein Kopf ist im Vergleich zum Körper sehr klein und ähnelt mit seinem langen Schnabel dem eines Vogels. Ich habe keine Angst vor diesem Tier. Seine freundlichen Absichten kommen in jeder seiner schnellen Bewegungen zum Ausdruck.

Es ist ungeduldig, kann es kaum erwarten loszugehen, aber als ich ihm folgen will, taucht unvermutet ein Hindernis auf. Die Eisenplatten, die den Boden fast vollständig bedecken, heben sich plötzlich mit einem pfeifenden und krachenden Geräusch. Sie verwandeln sich mit unglaublicher Geschwindigkeit in dreidimensionale Ungeheuer, in zwei gewaltige Eisenpferde, so groß, dass sie fast den ganzen Raum ausfüllen. Auf ihren dünnen, langen Hälsen sitzen sehr kleine Köpfe mit Schnäbeln aus massivem Eisen. Die Pferde stürmen mit unvorstellbarer Wucht aufeinander los, rammen sich mit ihren Köpfen, Funken sprühen aus ihren sich wetzenden Schnäbeln. Im nächsten Augenblick fallen sie genauso schnell, wie sie entstanden, in sich zusammen und bedecken wieder als leblose Eisenplatten den Boden.

Im gleichen Moment begreife ich, dass es für mich keine Möglichkeit gibt, diesen Raum zu durchqueren. Ich weiß, dass jede noch so kleine Bewegung die Pferde wieder zum Leben erwecken wird und dass sie mit ihren Eisenschnäbeln alles zerschlagen werden, was versucht, ihr Revier zu durchqueren. Wie zum Beweis, dass sie selbst auf die winzige Bewegung eines Insekts reagieren, springen die Giganten wieder auf. Einen Augenblick lang bin ich ratlos. Ich weiß, es gibt keinen Weg zurück für mich, ich kann nicht umkehren. Gleichzeitig sehe ich keine Möglichkeit, den eisernen Schnäbeln auszuweichen und den Raum zu durchqueren.

Ich verharre reglos, weiß nicht, was ich tun soll, als das kleine schwarze Tier durch sein Hüpfen meine Aufmerksamkeit auf sich lenkt. Dieses entspannte Hüpfen löst keine Reaktion der schlafenden eisernen Wächter aus, und das Tier kann ungehindert umherspringen. Es mustert mich mit seinen klugen Augen, die selbst zu hüpfen scheinen. Allmählich dämmert mir, dass ich, falls es mir gelingt, dem Muster seiner Bewegungen zu folgen, auch von den Wächtern unbeachtet bleiben werde.

Ich beobachte den herumwirbelnden Hund und versuche, seinen Bewegungsablauf zu erfassen. Dann wird mir klar, was das Besondere an seinen Bewegungen ist, was es ist, das das Tier in dieser Situation unverwundbar macht. Es ist die pure Verspieltheit seiner Bewegungen. Das Tier kümmert sich einfach nicht um die Riesen. Jeder Muskel seines Körpers signalisiert, dass es dem Tier egal ist, was mit ihm passiert. Es fürchtet sich vor nichts, und sein sorgloser, geschmeidiger und ruheloser Körper drückt genau das aus.

Mit dieser Ruhelosigkeit kann ich mich leicht identifizieren. Es ist noch weit bis zu meinem Bestimmungsort, der mir wichtiger ist als alles andere. Dieser Gedanke hilft mir, meine Angst loszulassen und mich in Bewegung zu setzen. Anfänglich versuche ich, mich in sicherer Entfernung von den schlafenden Pferden zu halten. Aber die freudige Reaktion des Hundes auf meine halb tänzelnden, halb staksenden Bewegungen ermuntert mich, ich werde gelöster und nähere mich den schlafenden Eisenfiguren, ohne sonderlich auf sie zu achten. Das Tier begreift das als Spiel und lockt mich weiter in die Mitte des Raums. Es macht keine Geräusche, aber ich bin sicher, dass es auf seine eigene Weise lacht und dass sich dieses Lachen und seine Sorglosigkeit auf mich übertragen werden. Irgendwann vergesse ich die eiserne Gefahr. Ich laufe einfach hinter dem Tier her, das mich neckt und immer schneller rennt und mir jedes Mal entwischt, wenn ich nach ihm greife.

Dann lässt mich ein fürchterliches Krachen hinter mir erstarren, und ohne mich umzudrehen, weiß ich, dass es die eisernen Pferde sind. Aber der Gedanke, dass ich außer ihrer Reichweite bin, lässt mich aufatmen. Ich kann weitergehen und sie vergessen, als wären sie ein Alptraum gewesen. Das Tier läuft vor mir her, und ich folge ihm in den nächsten Raum.

Ich spüre, dass das ein Ort ist, an dem ich etwas Wichtiges tun soll, und zwar schnell. Ich fühle, dass meine Zeit an diesem Ort begrenzt ist und ich sie klug einteilen muss, um meine Aufgabe zu Ende zu bringen. Der Raum erinnert mich an eine Kunstgalerie, die ich bei einem meiner Auslandsaufenthalte einmal besucht habe. Ihr Besitzer war im Begriff, das Geschäft aufzugeben. Er lief herum zwischen Bildern, die an den Wänden lehnten, Skulpturen, die auf dem Boden standen. Der launische Touristenmarkt hatte ihn in dieses Chaos gestürzt, und er versuchte zu retten, was noch zu retten war. In diesem Raum hier ist aber kein Eigentümer zu sehen. Gemälde in alten, schweren Rahmen, teils aus Holz, teils aus schwarz lackiertem Metall, stehen hintereinander gegen die Wand gelehnt, sodass ich nur die Rahmen, nicht aber die Bilder sehen kann.

Einem spontanen Impuls folgend, gehe ich zu den Bildern und wähle Rahmen aus, ohne den Gemälden Aufmerksamkeit zu schenken. Aber aus den Augenwinkeln nehme ich meine Umgebung wahr, wie immer, wenn ich mich von meiner Intuition leiten lasse. Ich sehe die Umrisse von Gesichtern, und mir wird bewusst, dass meine Hände durch Portraits blättern.

Irgendwie spüre ich, dass dieses zittrige Gefühl in meinen Händen nur daran liegen kann, dass sich Laras Portrait unter den verborgenen Leinwänden befindet. Ich ziehe einen silberfarbenen Rahmen hervor. Er ist schwer, kunstvoll verziert, die Leinwand ist teilweise eingerissen. Ich werfe keinen Blick auf das Bild und bin auch nicht in Versuchung, es zu tun. Das Portrait zu betrachten ist verboten, aber das stört mich nicht. Ich halte es in der Hand und überlege, was ich als Nächstes tun soll.

Auf keinen Fall werde ich Laras Portrait in dieser endlosen Reihe von Gesichtern stehen lassen. Ich ziehe es so weit wie möglich von der Wand weg und sehe mich nach Hilfe um. Den schweren Rahmen kann ich nicht allein tragen. Mein kleines schwarzes Tier ist da und gibt mir zu verstehen, dass ich nach rechts schauen soll, wo ich einen Esel entdecke. Er sieht mich mit großen Augen ein wenig überrascht an und wartet darauf, dass ich ihn als Lasttier für das Bild benutze.

Behutsam lege ich den Rahmen auf den Rücken des Esels, und während ich das Bild im Gleichgewicht halte, verlassen wir eilig den Raum. Nachdem wir eine offene Ebene durchquert haben, gelangen wir in einen Wald. Der Schatten, den die Bäume spenden, ist erfrischend, und so macht es mir nichts aus, dass noch ein langer Weg vor uns liegt und ich den Horizont nicht sehen kann. Ich versuche, den Sinn dieser Wanderung zu verstehen. Es entgeht mir nicht, dass die Luft in diesem Wald ganz eigenartig ist und dass wir von merkwürdigen Geräuschen umgeben sind, die mich an nichts erinnern, was ich je in einem Wald gehört habe. Auch das Licht ist hier ungewöhnlich. Es schimmert auf eine Art und Weise zwischen den Bäumen hindurch, wie ich es noch nie in einem Wald gesehen habe. Ich überlege, was an diesem Weg so besonders ist und warum es so wichtig zu sein scheint, diesen Weg zu verfolgen.

Ich spüre jetzt wieder sehr deutlich Michaels Anwesenheit, als würde er neben mir herlaufen. Ich merke, dass ich mich in einem anderen Bereich meines Traums befinde, wo ich Michael nicht sehen kann. Aber er kann mich sehen und weiß alles, was mit mir geschieht.

Dann höre ich ihn sagen: »Es ist nicht nur ein Wald, durch den Sie gehen. Es ist ein Land des Übergangs. Dem einen mag es wie ein Wald erscheinen, dem anderen vielleicht wie ein Fluss oder ein riesiger, endloser Ozean. Die Form, die es annimmt, hängt von der subjektiven Wahrnehmung ab. Aber die Form spielt keine Rolle, wie ich Ihnen bereits sagte. Das individuelle Bewusstsein sieht das, was es zu sehen bereit ist.

Dieses Land des Übergangs hat eine besondere Bedeutung, weil es als Brücke zwischen verschiedenen ›Räumen‹ und ›Korridoren‹ dient, wo bestimmte Eigenschaften der menschlichen Natur herausgearbeitet werden. Es gibt unendlich viele verschiedene solcher Räume, wo der individuellen Wahrnehmung diese oder jene Eigenschaft vorgeführt wird, um festzustellen, welche davon sie annehmen wird. Wenn ein Teil der Erinnerung eines Menschen zu sehr auf diese Eigenschaften fixiert und nicht in den Rest der Psyche integriert war, besteht eine hohe Wahrscheinlichkeit, dass dieser Mensch in einem der Räume den Erinnerungsdämonen erliegt, und dann wird seine Entwicklung und seine Befreiung für lange Zeit verzögert werden.

Übergänge wie dieser Wald haben einen großen Vorteil. Sie sind Verbindungstunnel zwischen verschiedenen Dimensionen, und als solche besitzen sie das höchste Potential, die Toten von ihrer ewigen Wanderung zu befreien und ihnen dabei zu helfen, das nächste Stadium im Leben nach dem Tod zu erreichen. Das ist ziemlich schwierig, denn die Angst vor dem Tod ist die eine Urangst, in der alle anderen Ängste vereint werden, wie die Teile eines Puzzles, die am Ende ein Gesamtbild ergeben. Jede Angst, egal wie groß und fundamental sie einem erscheinen mag, wenn man sie erlebt, ist unvollständig, ist immer ein Teil des Puzzles. Jede Angst – außer der Angst vor dem Tod – weist auf eine Grenze hin, auf eine Kreuzung. Jedes Mal, wenn ein Mensch eine Grenzlinie zwischen unterschiedlichen Zuständen erreicht, empfindet er Angst, und Angst ist die erste Reaktion auf die Möglichkeit, einen Zustand zu verändern. Die Angst vor dem Tod ist immer die letzte Angst. Sie befällt einen nicht in Erwartung des Todes, sondern im Tod selbst.

Lara war tapfer, aber als sie starb, war sie nicht vorbereitet auf diese letzte Angst. Je mehr Lücken man hat, die mit Ängsten besetzt sind, umso schwieriger ist es, im Leben nach dem Tod Befreiung zu finden. Sie haben die erste Lücke, die Ihr Verhältnis zu Lara und Ihr bisheriges Handeln bestimmt hat, erkannt; Sie entstand aus der irrigen Annahme: ›Eine gute Frau wird nicht vergewaltigt‹. Das war Ihre erste Lücke und auch Laras, und diese hat Ihre Erinnerung immer weiter zerstört. Jetzt müssen Sie die zweite Lücke erkennen.

Es ist Ihre Überzeugung, dass Selbstmord eine Sünde ist und dass es daher sündhaft ist, einen Menschen in Erinnerung zu behalten, der Selbstmord begangen hat. Deswegen haben Sie versucht, Lara aus Ihrem Gedächtnis zu tilgen. Aber in Ihrem Herzen wissen Sie, dass Ihnen diese Überzeugung wehtut und Sie daran hindert zu trauern, wie Sie es gern tun würden. Machen Sie sich Ihre Überzeugung bewusst und lassen Sie sie los, denn Sie müssen jetzt etwas anderes lernen. Sünde, so wie Ihr Kopf sie versteht, ist ein Begriff. Selbstmord ist Leid. Urteilen Sie nicht darüber. Helfen

Sie dabei, den Schmerz, den er verursacht hat, zu heilen. Befreien Sie sich von Ihren persönlichen Lücken und machen Sie sich bereit zu hören, was ich Ihnen jetzt sagen werde.

Ich werde Ihnen etwas über Opfer erzählen müssen. Um ein echtes Opfer zu bringen, muss man wissen, wann der richtige Zeitpunkt dafür gekommen ist. Das ist sehr wichtig, also konzentrieren Sie sich vollkommen darauf zu verstehen, was ich Ihnen sage. Der richtige Zeitpunkt ist gekommen, sobald man erkannt hat, dass der Tod eingetreten ist. Niemand kann dieser Erkenntnis entrinnen, wenn der Tod erst gekommen ist. Und Sie wissen, dass er auch zu Ihnen kommen wird. Sie sollten also jetzt sehr gut aufpassen, damit Sie etwas lernen, was Ihnen dann helfen kann.

Sobald man erkennt, dass es der Tod ist, dem man ins Auge sieht, hat man Zeit, das letzte Opfer zu bringen und sich selbst von allen Ängsten zu befreien. Man muss alles von sich aufgeben, alles aus dem bisherigen Leben, jede einzelne Erinnerung, auch die, die einem gerade in diesem Augenblick unglaublich teuer ist – und dem *wirklichen* Selbst opfern, dem göttlichen Wesen, das schon immer im Herzen existiert hat, und das jetzt bereit ist, dieses Opfer anzunehmen.

Man muss seine Persönlichkeit mit all seinen Gewohnheiten, seinen Sorgen und Ängsten, seinem Wunsch, alles umzukehren und in der sich entfernenden Welt zu bleiben, alles, was man über sich selbst in Erinnerung hat, zusammenfassen und der wunderbaren und liebevollen Kraft schenken, die das Herz erfüllt. Und die Große Mutter, die im Herzen jedes Menschen lebt, weil sie allen das Leben geschenkt hat, wird jeden mit ihrer liebevollen Gegenwart umfangen, und niemand wird mehr Angst haben, in den Tod einzutreten. Wenn der Mensch sich im Tod an ihr Gesicht erinnert und sie bittet, ihn zu erlösen, wird sie seine Existenz ewig währen lassen. Lara hat diesen Schritt noch nicht getan, aber sie hat die Chance, ihn zu tun.

Ihnen bleiben nur noch wenige Stunden. Denken Sie daran, Sie tragen eine große Verantwortung. Bewahren Sie die Ruhe und setzen Ihren Weg fort.«

Ich gehe weiter und sehe schon bald das Ende des Waldes und direkt dahinter den Gipfel eines hohen Berges. Wir – der Hund, der Esel und ich – nähern uns dem Berg, auf dessen Straßen ich zu meiner Überraschung viele Lastwagen fahren sehe, die etwas aus dem Berg herauszutransportieren scheinen. Dieses Bild der Lastwagen ist so erstaunlich, dass ich eine ganze Weile dorthin starre, anstatt weiterzugehen.

Schließlich folge ich meinem Tier und dem braven Esel, der Laras Portrait trägt. Der Berg ist baumlos, bedeckt von uralten weißen Steinen. Er ist so hoch und steil, dass ich im Steigen kaum den Gipfel sehen kann. Ich befreie den Esel von seiner Last und lehne den Rahmen, ohne einen Blick auf das Portrait zu werfen, an eine der großen Aufschichtungen weißer Gebirgssteine. Der Esel verschwindet spurlos. Das kleine schwarze Tier hält sich immer noch in meiner Nähe auf, aber ich ahne schon, dass es nicht mehr lange bleiben wird. Als es sich mit einem Blick verabschiedet, weiß ich, dass sein Abschied nicht für immer ist und dass ich das Geschöpf irgendwann wiedersehen werde. Jetzt bin ich erneut auf mich allein gestellt.

Vom Berg her ertönt ein Lärm, als würde sich eine Lawine lösen. Ein Strom aus glitzerndem Licht ergießt sich mit hoher Geschwindigkeit ins Tal. Als der Lichtstrom auf das Portrait zufließt, weiß ich, dass meine Aufgabe darin besteht zu warten, geduldig zu sein und mich nicht einzumischen. Das Licht hüllt den Rahmen ein und umschließt ihn mit einer gefrierenden, glänzenden Eisschicht wie mit einem kristallinen Schutzschild. In Sekundenschnelle ist der Lärm vorüber, und alles ist wie zuvor. Die Eisschicht reflektiert das Licht wie ein wundersamer Spiegel.

Der in das Eis gehüllte Metallrahmen wirkt jetzt noch größer. Plötzlich bewegen sich die beiden Steine über dem Portrait zur Seite und geben einem noch gewaltigeren Felsen, der zwischen ihnen erscheint, Raum. Der Felsen verwandelt sich in das Gesicht eines alten Mannes. Seine Augen sind verdeckt von grauen Lidern. Sein regloses Gesicht kündet von Weisheit und Konzentration. Das Gesicht verharrt direkt über dem Rahmen. Eisstücke zerplatzen. Als zerbräche eine starke Hand das Eis, blättert es in Splittern ab. Das Gesicht zieht sich langsam zurück, die beiden Steine nehmen wieder ihre vorherige Position ein, das Gesicht ist verschwunden. Was vorher ein rechteckiger Metallrahmen war, hat sich jetzt in eine eher ovale Form verwandelt. Der größte Teil des Rahmens hat sich aufgelöst. Dann geschieht alles noch einmal. Die Steine geben den Weg frei für das Gesicht. Es richtet den Blick auf den vereisten Rahmen, und noch mehr Eisstücke platzen ab. Die Form ähnelt jetzt der eines Menschen. Derselbe Prozess wiederholt sich fünfmal.

Dann schließt sich das Steintor und verbirgt das Gesicht im Berg. Eine schlanke junge Frau steht vor mir. Ihr Körper ist noch von einer dünnen Eisschicht bedeckt, aber es lassen sich schon Einzelheiten ihres langen weißen Kleides erkennen, das gewellte schwarze Haar, das von ihrer hohen Stirn zurückgekämmt ist, ihre schmalen Handgelenke und ihre weißen Hände, die vor der Brust gefaltet sind. Ich vermeide es, ihr ins Gesicht zu sehen. Ich muss mich abwenden, denn ich weiß, dass ich sie nicht anschauen darf. Unter keinen Umständen darf ich ihren Blick erwidern oder mit ihr sprechen. Es fällt mir schwer, mich abzuwenden, da ihre Anwesenheit so lebendig ist.

Ich zwinge mich, mich nicht einmal an ihren Namen zu erinnern, und bleibe in der abgewandten Position stehen. Trotzdem spüre ich ihre Anwesenheit mit allen Fasern meines Körpers. Im nächsten Augenblick sehe ich ihr Gesicht, aber es kommt aus meiner Erinnerung, aus einer dieser merkwürdigen Ecken des Geistes, wo sich alles finden lässt. Sie ist ein junges Mädchen in einem weißen Pelzmantel und steht da gegen eine Trauerweide gelehnt. Sie blickt in den Himmel und schluckt bittere Tränen.

Sie fließen in Strömen aus ihren weit offenen Augen, laufen ihr über die Wangen und verwandeln ihr Gesicht in eine von einer dünnen, leuchtenden Eisschicht bedeckte Maske aus Porzellan. Es ist Lara. Sie steht in unserem Winterschulhof. Ich erinnere mich daran, dass sie gerne Ski gefahren ist, dass sie die beste Skiläuferin in der Klasse war, die immer den ersten Platz belegte, gleichgültig, welche Strecke sie lief. Es war so leicht für sie, als wären ihre Skier mit geheimen Flügeln versehen und als wüsste sie genau, wie man sie zum Fliegen bringt. Auch an jenem Tag war sie sicher, den Lauf zu gewinnen. Wie alle anderen holte sie ihre Skier aus dem Schulmagazin und ging, nachdem sie sich die Skischuhe angezogen hatte, hinaus in die Kälte. Es war ein strahlender Morgen. Der Trainer gab die Strecke bekannt, die zurückzulegen war, forderte alle auf, sich bereitzumachen und die Plätze einzunehmen. Lara schnallte als Erste ihre Skier an und glitt leichtfüßig auf einen kleinen Schneehügel zu, der nicht besonders hoch war, aber hoch genug, um ihn mit Spaß hinunterzufahren. Sie stand auf dem Gipfel des Hügels, stieß sich mit ihren Skistöcken kraftvoll ab und fuhr los.

Ich sah nicht, wie sie stürzte. Als ich zum Hügel hinüberschaute, lag sie bereits auf dem Boden. Ihr flauschiger weißer Mantel und der Schnee ließen sich auf den ersten Blick gar nicht auseinander halten. Ihre blaue Strickmütze rutschte ihr vom Kopf, ihr offenes schwarzes Haar war voller Schnee. Ein Stück des zerbrochenen Skis ragte aus dem Schnee hervor, während der andere sich von ihrem Fuß gelöst hatte und einige Meter von ihr entfernt lag.

Ich sah, wie einer der übelsten Jungen aus unserer Klasse, derjenige, der irgendwann später wegen Vergewaltigung ins Gefängnis kam, vor Lara herumsprang und sich über ihre Tränen lustig machte. Ich sah, wie sie aufstand und sich an eine Weide drückte, den verweinten Blick zum Himmel gerichtet, um dem Spott zu entgehen. Weinte sie vor Schmerz? Waren es Tränen der Kränkung, weil sie ihre Chance, den wichtigsten Wettbewerb des Jahres zu gewinnen, vertan hatte? Denn ihr Trainer hatte keine Zeit gehabt, ihr andere Skier zu geben, sondern bloß gemurmelt, sie würde sowieso eine gute Note in ihrem Semesterabschlusszeugnis bekommen. Oder lag es an dem Jungen, der vor ihrer Nase herumsprang und sie verhöhnte?

Ich weiß nicht, warum sie weinte. Ich wäre so gerne zu ihr hingegangen und hätte ihr etwas Tröstendes gesagt, aber als ich mich gerade in Bewegung setzen wollte, kam Rita, eine meiner anderen Freundinnen, auf mich zu. Als hätte sie meine Absicht erkannt, forderte sie mich heraus, in die entgegengesetzte Richtung mit ihr um die Wette zu laufen.

Rita gehörte wahrscheinlich zu den wenigen Menschen, die Lara aus irgendeinem Grund nicht leiden konnten. Rita war ein sehr attraktives Mädchen, mit dunkler Haut, glattem schwarzen Haar, und großen braunen, stets perfekt geschminkten Augen. Mit ihrer lebhaften und spöttischen Art war sie viel beliebter an unserem Gymnasium als Lara. Ständig versuchte sie, sich zwischen Lara und mich zu drängen. »Mein Gott, was für eine Heulsuse«, sagte sie immer. »Weißt du, wie leicht ich sie zum Weinen bringen kann? Das weißt du ganz genau. Ich will mir lieber nicht vorstellen, was die mal macht, wenn wir die Schule hinter uns haben. Die ist doch ein richtiges Treibhausgewächs. Die ist doch schuld an dieser gekünstelten Atmosphäre in unserer Klasse! Und keiner stört sich daran. Was wird sie wohl machen, wenn sich unsere Wege trennen? Sie wird untergehen, und das geschieht ihr recht. Wieso muss sie auch immer ihre eigenen Wege gehen, anstatt sich anzupassen? Und weißt du was, man kann sie gar nicht richtig mögen; dafür ist sie viel zu hochnäsig. Ich verstehe nicht, warum du dich so gut mit ihr verstehst.« Auch an jenem Tag lockte Rita mich von Lara weg. Von weitem sah ich Lara an der Trauerweide stehen, ihr Gesicht zum Himmel gerichtet.

Ich sehe diese Situation jetzt wieder vor mir. Ich weiß, dass ich mich ihr jetzt nähern, sie anschauen und mit ihr reden kann, denn es ist nur ein Bild aus meiner Erinnerung, und mit meiner Erinnerung darf ich sprechen. Während ich auf Lara zugehe, nehme ich aus dem Augenwinkel wahr, wie Ritas verwundertes Gesicht verblasst. Ich hebe Laras blaue Mütze vom Boden auf und schüttle den Schnee ab. Die Bewegungen des herumspringenden Jungen werden mit jedem meiner Schritte langsamer; er scheint zu spüren, dass ich näher komme, obwohl er mich nicht sehen kann. Ich lege dem Jungen meine Hand auf die Schulter. Ich weiß, dass er sich gut an einen meiner Wutausbrüche erinnert.

Er hatte einmal versucht, sich in Gegenwart meiner Freundinnen über mich lustig zu machen, um zu testen, wie weit er in Zukunft gehen konnte. Wahrscheinlich erinnert er sich noch sehr gut an meinen Gesichtsausdruck, mit dem ich auf ihn zuging und ihn gegen die Wand des Schulflurs schubste. Er lachte immer weiter und beobachtete seine Freunde hinter mir in der Erwartung, dass sie alle gleich was zu lachen hätten. Ich erinnere mich noch gut daran, wie mich die kalte Wut packte, als ich ihn gegen die Wand stieß, wie meine langen, leuchtend roten Fingernägel sich in die Haut seines dünnen Halses gruben. Seine Augen weiteten sich vor Schreck, als er bemerkte, dass er weder etwas sagen noch Luft holen konnte.

Ich weiß noch, dass meine Freundinnen versuchten, mich von ihm wegzuziehen. Aber ich würgte ihn so lange, bis ich mir sicher war, dass ich ihm eine bleibende Narbe zugefügt hatte und er mich in Zukunft in Ruhe lassen würde. Als ich ihn schließlich losließ, starrte er mich noch immer voller Entsetzen an. Dann drehte ich mich um und ließ ihn stehen, aber ich hörte noch, wie er zu seinen Freunden sagte: »Die ist verrückt. Lasst sie ihn Ruhe.«

Ich brauchte mich nur umzudrehen und ihn anzusehen. Sofort senkte er seinen Blick, murmelte: »Tut mir Leid«, und schlug die Augen nieder. Er hat mich nie wieder belästigt.

Als er jetzt meine Hand auf seiner Schulter spürt, erscheint in seinen Augen das gleiche Entsetzen wie damals im Schulkorridor. Ich erkenne die Narbe auf seiner Haut, die meine Fingernägel vor langer Zeit hinterlassen haben, und im gleichen Augenblick weiß ich, dass ich Macht über ihn habe. Er verzieht das Gesicht zu einem entschuldigenden Grinsen und versucht wegzulaufen, zu verschwinden, aber ich spüre, wie mein Wille ihn am Platz festnagelt und dass seine Energie mir gehört. Im selben Tonfall wie damals sagt er leise: »Tut mir Leid.«

Ich sehe ihm direkt in die angsterfüllten hellblauen Augen. Ich spüre seine Angst wie einen direkten Kanal, durch den mein Wille Macht über ihn erlangt, spüre, dass ich mit ihm machen kann, was ich will. Sein Blick ist starr auf mich gerichtet, und er zittert am ganzen Körper. Nach einiger Zeit bemerke ich, wie sich seine Augen verändern und sein Körper sich völlig in den eines Wolfs verwandelt hat. In seinen Wolfsaugen liegt keine Angst mehr, nur noch Unterwürfigkeit und Gehorsam. Ich weiß, dass er von nun an bereit ist, mir zu dienen. Jetzt lasse ich ihn los.

Ich reiche Lara die blaue Mütze und sage: »Lara, weine nicht, bitte.«

Sie sieht mich mit ihren großen Augen überrascht an und rührt sich nicht. Nach und nach verschwinden die Tränen aus ihrem Gesicht. »Du musst diesen Lauf nicht gewinnen. Du bist auch so die beste Skiläuferin. Da bin ich mir ganz sicher.« Sie lächelt und nickt zaghaft. Ich sehe, wie sich ihr Gesicht verändert und der Ausdruck der Verzweiflung schwindet.

Ihre Augen leuchten, sie lächelt und nickt immer wieder, als wäre sie bereit, mir bei allem, was ich sage, zuzustimmen. Ich spüre, dass das, was jetzt geschieht, meine Erinnerung an sie verändert.

Ich fühle Laras Gegenwart, mit all ihren Sorgen, ihrem Kummer, ihrer Überzeugung, ein Opfer bringen zu müssen, mit ihrer Hoffnung und ihrer Liebe. Erinnerungen kreisen um ihren Namen, Bilder von allem und jedem in ihrem Bewusstsein. Ich weiß, dass die vom Eis befreite Frau im weißen Kleid eins wird mit dem jungen Mädchen auf dem Schulhof. Ich spüre, wie jede neue Erinnerung ihre Sorgen und ihre Qual wachsen lässt, in dem gleichen Maß, in dem ihre Liebe und ihre Hoffnung wachsen.

Dann höre ich, wie jemand zu ihr spricht. Eine sehr eindringliche Stimme sagt zu ihr: »Die Türen zu deinem früheren Haus wurden durch fremde Hand vor dir versteckt. Deine Kleider wurden von der Innenseite her zugeknöpft, sodass du nicht mehr in sie hineinschlüpfen konntest. Und Wind kam auf und zerstörte alles, was gepflanzt war. Welches Problem hast du noch? Die Angst, die tief in deiner Ahnenreihe verborgen ist, ist immer noch am Werk. Spuck sie jetzt aus in diesen Eimer, in dem alles Fremde zurückbleiben wird.

Das ist deine Vergangenheit, die zur Gegenwart des Fremden wird. Du weißt jetzt deinen Namen wieder, und dein Name nimmt die Gestalt eines Vogels an. Gewinne deine Sprache wieder und lass das Schweigen zusammen mit der alten Gestalt zurück. Du siehst immer noch, was es heißt, im Dunkeln zu sein. Du trägst immer noch das Gewicht, das längst nicht mehr da ist, und immer wieder versuchst du zu sterben, dich vom Gestern ins Morgen zu bewegen. Erst wenn Gestern und Morgen, Gewicht und Erwartung für dich nicht mehr existieren, wirst du in einen anderen Raum fliegen. Sobald du das alles loslässt, wird die Sonne dich höher und höher tragen. In weiter Ferne und weniger gefährlich findest du eine Tür, hinter der der gierige zweite Tod auf dich lauert. Lüge ihn an, gib ihm deine Kleider, schleudere ihm deine Ringe und Armreifen und auch deine innigsten Wünsche ins Gesicht; gib das alles auf, und gib deinen Tod auf, denn die alte Welt existiert nicht mehr für dich.«

Lara dreht sich um und zieht ihre Skistöcke kraftvoll aus dem Schnee. Ihre Skier tragen sie mit hoher Geschwindigkeit zu dem weißen, von der Sonne erleuchteten Raum, der vor ihr liegt. Sie ist wirklich eine gute Skiläuferin. Es ist die beste Fahrt, die sie je gemacht hat, und nichts, was sie aufhalten oder verletzen könnte, stellt sich ihr in den Weg. Sie fliegt direkt auf die riesige Sonnenscheibe zu, deren Strahlen sie sanft umfangen. Ich weiß, dass meine Aufgabe erfüllt ist. Ich weiß, dass Lara sich jetzt an einem Ort befindet, an dem sie sich frei bewegen kann. Nichts wird sie mehr zurückhalten. Ich sehe den von der Sonne erleuchteten Horizont und spüre, dass irgendwo dort hinten auch ein Raum für mich ist. Ich kann ihn so deutlich wahrnehmen, als hätte ich mich schon früher in einigen seltenen Momenten meiner Kindheit darin aufgehalten, als die Welt aus Licht zu bestehen schien und es keine Angst gab.

Diese Erkenntnis lässt mein Herz höher schlagen, und als Michaels Hand sich wieder sanft von meiner

Schulter löst, sehe ich das Gesicht des Gottes der Zeit, der direkt in mein Herz schaut, genauso wie ich es vor einigen Tagen in jenem Zelt in Afrasiab schon einmal erlebt habe.

Die Flammen in der Mitte des Gartens schlagen hoch, und Sulemas freundliches Gesicht, das mich sehr an meine Großmutter erinnert, bewegt sich jetzt auf die andere Seite des Feuers. Ich begreife, dass das Feuer und die Sonne Erweiterungen meines Herzens sind, dass sich hier der wahre Sitz des Gottes der Zeit befindet. Hier hat die Göttin ihren Sitz. Die Große Mutter lebt hier, in der Sonne, und es ist ihre Liebe, die alle abgetrennten Erinnerungen vereint. Sie hat die Macht, alles zu verzeihen, weil sie jedem Wesen das Leben geschenkt hat. Sie füllt allen Raum mit ihrer Großmut, und in ihrem Gebiet duldet sie weder Angst noch Schuld. Angst und Schuld, abgetrennte Erinnerungen, die Schmerz wieder aufleben lassen, löscht sie aus, und sie fügt das Leben zu einem Ganzen zusammen. Ihr gehört die ganze Welt wie zu Anbeginn, und das Leben vollzieht sich nach ihrem Willen.

Zum ersten Mal erkenne ich, dass die Gottheit kein gedankliches Konzept ist, sondern ein lebendiges, mächtiges, pulsierendes Wesen, das uns alle in seinen Händen hält. Das begreife ich jetzt. Als ihre allmählich verschwindende Gestalt schließlich mit der Sonnenscheibe verschmilzt, weiß ich, dass Lara ihren Weg zur Großen Mutter gefunden hat, und dass meine Erinnerung an sie geheilt und vollständig ist.

Auch die anderen damit verbundenen Erinnerungsknoten lösen sich auf, und ich sehe, wie Warwara, das Mädchen aus der Klinik mit den geröteten Augen und dem aggressiven Lächeln, unentschlossen auf das Feuer in Sulemas Garten zugeht. Die Wärme berührt sie, und endlich kann auch sie zu sich selbst zurückkehren, zu dem kleinen Mädchen, dem wehgetan wurde und das hinter dem hohen, grünen Busch im Garten der Familie bis zum Sonnenuntergang leise geweint hat.

Die warmen Strahlen der Sonne berühren die Narben auf Warwaras Handgelenken und heilen sie, so wie sie ihre Härte und ihre Angst heilen. Endlich fühlt sie sich uneingeschränkt in Sicherheit und kann sich erlauben, wieder weich zu werden. Als Nächstes erinnere ich mich an Mascha. Sie steht jetzt direkt neben mir, voller Verwunderung und ganz offen, aber sie zögert immer noch, an sich selbst zu glauben.

All diese Erinnerungen erlebe ich beinahe gleichzeitig, und durch die Veränderung, die dieses Erleben in mir auslöst, wird mir meine eigene folgenschwerste Erinnerungslücke bewusst. Die Lücke, die alle Menschen meiner Zeit in sich tragen, die größte Lücke in unserem Gedächtnis, die die mächtigste Angst hervorbringt: die Angst, dass wir das Gesicht und den Namen der Großen Mutter vergessen haben.

Dieses Bewusstwerden füllt meine Erinnerung, und alles Schmerzhafte darin wird gemildert und transformiert. Ein süßes Gefühl erfüllt mein Herz mit Dankbarkeit, und ich möchte all diese Erinnerungen der Großen Mutter geben, die immer liebt und immer vergibt.

Ich empfinde große Dankbarkeit gegenüber Michael, der mir diese Erfahrung ermöglicht. Der Gedanke an ihn richtet meine Wahrnehmung wieder auf das Feuer. Ich sehe Sulemas aufmerksames Gesicht jenseits der Flammen. Als sich unsere Blicke begegnen, steht sie auf und kommt auf mich zu, in der Hand eine Tasse mit Wasser. Ich trinke das kalte Wasser. Es stärkt meine Wahrnehmung des Augenblicks, und ich komme allmählich wieder ganz zu mir. Ich sitze in Sulemas Garten auf dem Boden, und tief in meiner Erinnerung spüre ich all die heilenden Veränderungen, die das Feuer mir beschert hat.

Ohne aufzuschauen weiß ich, dass Michael gegangen ist und ich ihn nicht mehr sehen werde. Ich bin nicht traurig darüber, weil ich verstehe, dass es so vorherbestimmt war. Er weiß, was gut und richtig ist, und ich vertraue ihm und seinen Entscheidungen. Ich sage nichts zu Sulema, bedanke mich jedoch bei ihr mit einem Kopfnicken. Mein Mund ist immer noch trocken, ein bitterer Nachgeschmack bleibt auf meiner Zunge, aber mein Körper ist sehr entspannt. Sulema löst Michaels *Tschotki* von ihrem Handgelenk und legt die Kette um meinen Hals. Die Perlen sind ganz leicht und fühlen sich so warm an, als trügen sie etwas von der Sonnenwärme in sich.

Ich blicke um mich und sehe das Gras. Ich rieche seine Frische. Ich höre das Rascheln der Sträucher. Meine Sinne nehmen alles so klar und unbeschwert wahr, wie ich es von meiner Kindheit her kenne. Es gibt keine Grenze zwischen mir und dem Leben. Ich muss nichts beweisen, habe nichts zu fürchten. Ich muss einfach nur sein und mich als Teil des Ganzen fühlen.

Sulema hebt die Tassen vom Boden auf. Wir schütteln die Decke aus und bringen sie ins Haus. Sulema schweigt. Das Einzige, was sie sagt, bevor wir gehen, ist: »Er ist wieder auf die Insel zurückgekehrt, wo er meistens lebt. Zumindest nehme ich es an. Er hat nichts gesagt. Vielleicht ist er aber auch in die Berge gegangen, um seinen Zigeuner-Großvater zu treffen. Jedenfalls warte ich auf ihn, bis er wiederkommt.«

Danach begleitet sie mich denselben Weg zurück zum Bazar, den wir gekommen waren, nachdem ich sie und Michael am Morgen getroffen hatte.

Kapitel fünfzehn

Zurück im Bazar umarmte mich Sulema, wie es auch meine Großmutter getan hätte. Dann verabschiedete sie sich. Sie müsse noch Gemüse einkaufen, sagte sie und da kurz vor der Schließung des Bazars alles billiger werde, müsse sie sich beeilen.

Ich blieb noch eine Weile mitten auf dem Bazar in der Nähe der Bibi-Khanum-Moschee stehen. Die Farben, das Stimmengewirr, das Lachen, die Streitereien, der Geruch nach heißem Fett vermischt mit dem würzigen Aroma der zahllosen Kräuter, die von überall her ihren Weg zum Bazar von Samarkand gefunden hatten – all das wirkte wie ein starker Magnet, der meine neu gewonnene Wahrnehmung anzog und beflügelte. Erneut dachte ich, wie weise Sulema gewesen war, mich zum Bazar zu bringen und nicht gleich zurück ins Hotel zu schicken.

Ganz in der Nähe hörte ich ein Tamburin. Ich entdeckte einen großen Pfau, der inmitten einer Gruppe von Männern, die um seinen Preis feilschten, stolz sein Rad schlug. Der Vogel schien zum Klang des Tamburins zu tanzen, als bereite er sich darauf vor, in einem verborgenen Palast als Schmuckstück zu dienen.

Einer der Männer, die um den Pfau herumstanden, kam selbstbewusst lächelnd auf mich zu. Er sah aus wie ein Usbeke mittleren Alters. Er trug das schwarze

Haar kurz und war mit einer dunklen Hose und einem über der Brust aufgeknöpften Seidenhemd bekleidet. Erst als er schon einige Schritte näher gekommen war, erkannte ich, dass es Wladimir war.

Ich hatte ihn so vieles fragen wollen in jenen ersten Tagen in Usbekistan, als ich noch gehofft hatte, ihn zu finden. Jetzt aber freute ich mich einfach nur, ihn zu sehen, ich hatte keine Fragen mehr.

Er begrüßte mich freundlich und bat mich, ihm sein *Tschotki* zurückzugeben, denn es sei Zeit für mich aufzubrechen, und die Perlenkette müsse in Samarkand bleiben. Ich berührte die warmen Perlen und hielt sie noch eine Weile in der Hand, bevor ich sie Wladimir überreichte, der das *Tschotki* über sein rechtes Handgelenk streifte.

Auf dem Weg zu meinem Hotel erzählte er mir, dass er gerade erst von Nowosibirsk zurückgekommen sei. Er meinte, Viktor und Phil würden wahrscheinlich im kommenden Monat nach Samarkand fliegen. Er sagte auch, dass Mascha nicht kommen werde, zumindest vorläufig, da sie einen schweren Nervenzusammenbruch erlitten habe.

»Sie musste in die Klinik eingewiesen werden. Ich kenne die Einzelheiten nicht, außer dass sie verlangt hat, in Ihr Krankenhaus eingeliefert und von Ihnen behandelt zu werden. Sie wartet also schon auf Sie. Behandeln Sie sie gut, wenn Sie nach Hause kommen.«

»Das werde ich.« Ich wusste, dass ich das tun würde.

Nachdem er mir das alles erzählt hatte, ging er eine Weile schweigend neben mir her. Schließlich sagte er: »Olga, ich weiß, dass Sie sich früher oder später eine Frage stellen werden. Die Frage, die Ihre westliche Kultur seit Jahrhunderten beschäftigt: War es wirklich oder nicht? War es subjektiv oder objektiv? Ich will Ihnen erzählen, was wir hier von dieser Frage halten. Betrachten Sie es als das Ende meines Vortrags, das ich damals offen gelassen habe.«

Er lächelte. Während wir vom Bazar zum Hotel gingen, sprach er mit mir in einem belehrenden Tonfall, aber es irritierte mich nicht, da ich spürte, dass ihm einzig daran gelegen war, mir sein Wissen zu vermitteln. Ich empfand ihn als einen sehr weisen Mann und wollte hören, was er mir zu sagen hatte.

»Der einzig wirkliche Unterschied zwischen so genannten subjektiven und objektiven Erfahrungen besteht in der unterschiedlichen Perspektive der Betrachtung. Für normale Menschen gibt es einen riesigen Unterschied zwischen inneren und äußeren Erfahrungen, und als ›objektiv‹ betrachten sie allein das, was sich auf der äußeren Ebene abspielt. Das ist so, weil diese Menschen nicht darin geschult sind, die innere Wirklichkeit zu erkennen, zu der auch Träume gehören.

Ein Kind entwickelt nur diejenigen Wahrnehmungsmuster, die in der Gesellschaft üblich sind. Im Laufe ihres Lebens lernen die Menschen, ihre Wahrnehmung derjenigen ihrer Mitmenschen anzupassen und die Wirklichkeit auf dieselbe Weise zu sehen wie die anderen. Wenn sie sich schlafen legen und in den Traumzustand eintreten, sind sie allein gelassen, und wenn sie keine spezielle Schulung erfahren haben, bleibt ihre Traumwahrnehmung sehr schwach. Ihre Traumerfahrungen sind weniger greifbar, weil ihnen weniger Aufmerksamkeit zuteil wird. Sie nennen sie subjektiv und halten sie für nicht wirklich.

Wenn Ihnen also gesagt würde, dass andere Menschen dieselben Bilder gesehen und dieselbe Wirklichkeit erfahren haben wie Sie, dann würden Sie erleichtert aufatmen und anfangen, Ihre Traumerfahrungen als wirklich zu betrachten. Man braucht viel Kraft, um zu begreifen, dass die Bedeutung von Wirklichkeit und von Erfahrung nicht davon abhängt, dass andere sie auch so sehen, sondern dass sie mit der Fähigkeit verbunden ist, die ganz tief liegenden Muster der Transformation in Ihnen zu erreichen und zu aktivieren.

Man kann seine inneren Erfahrungen, vor allem seine Träume, ›objektivieren‹, indem man übt, sich vollkommen auf sie zu konzentrieren und sich dadurch von den anerzogenen kollektiven Interpretationsmustern zu befreien.

Ich weiß, dass Sie meine Worte nicht nur intellektuell, sondern auch auf einer tieferen Ebene verstehen, auf der Sie jederzeit die Wahrheit spüren und erkennen können. Mit Hilfe vieler Menschen, die hier seit Generationen arbeiten, hat sich in Samarkand ein großer Wissensschatz über die Träume und ihre Realitätsebene gebildet. Dadurch wird alles, was Sie hier erlebt haben, wirklich und objektiv. Sie sind jetzt Teil dieser Arbeit geworden, die hier seit Urzeiten geleistet wird, und es wird von nun an Ihre Aufgabe sein, diese Arbeit unter den Menschen in Ihrer Welt bekannt zu machen. Ich weiß, dass Sie alle erforderlichen Fähigkeiten besitzen, um diese Aufgabe erfolgreich zu bewältigen. Sie sind in beiden Wirklichkeiten fest verankert. Sie haben schon früher bedeutsame Erfahrungen gemacht, und Sie haben Respekt vor Traditionen.

In der Zukunft warten noch weitere wichtige Aufgaben auf Sie. Aber Ihr Erfolg bei deren Bewältigung hängt weitgehend davon ab, ob Sie in der Lage sind, das, was Sie hier in Samarkand gelernt haben, an andere Menschen weiterzugeben, die dieses Wissen ebenfalls brauchen. Das größte Hindernis dabei könnten Ihre eigenen Zweifel sein. Denken Sie immer daran, was ich Ihnen gesagt habe, und lassen Sie nicht zu, dass die Dämonen des Traumas Sie mit ihren Zweifeln vergiften: Verändern Sie nicht die Erinnerung an das, was Ihnen hier widerfahren ist.

Wir sind Traumheiler. Es ist an der Zeit, dass die Verbindung zwischen den Traumheilern rund um die Welt wiederhergestellt wird. Nicht nur in Usbekistan gibt es Traumheiler, sondern auch anderswo auf der Welt. In erster Linie sind sie verbunden durch das Volk der Traumleute, die zwischen weit entfernten Ländern, zwischen Vergangenheit und Gegenwart, zwischen dem Hier und dem Jenseits hin und her wandern. Ich weiß, dass Sie einigen Menschen vom Volk der Traumleute begegnet sind, den *Liuli*, den Zigeunern Zentralasiens.«

Sein letzter Satz lässt mich abrupt stehen bleiben. Ich sehe ihn an, und jetzt wird mir einiges klar.

»Sie kennen Michael, nicht wahr?«

Er betrachtet mich schweigend und schenkt mir ein freundliches Lächeln, ein Lächeln, das mich an unsere erste Begegnung in Nowosibirsk erinnert. »Natürlich kenne ich ihn. Was haben Sie denn gedacht? Ich habe Sie schließlich hierher eingeladen.«

Sein Lächeln ist so entwaffnend und aufschlussreich, dass sich all meine Fragen in Luft auflösen. Jetzt verstehe ich alles, was ich wissen wollte. Die einzige Frage, die noch bleibt, ist die nach Michael.

»Wladimir, glauben Sie, ich werde ihn noch einmal wiedersehen?«

»Michael ist ein ganz besonderer Mensch. Er führt ein ungewöhnliches Leben und man weiß nie, was er tun wird. Er lebt anders als die meisten Menschen. Und er lebt in der Welt der Träume. Er ist der Meister der luziden Träume, und dort, in Ihren Träumen, können Sie ihn finden, wann immer Sie ihn brauchen.« Wladimir fuhr lachend fort: »Und auch wenn Sie nicht danach gefragt haben, jawohl, Sie werden auch mich wiedersehen. In einigen Monaten werde ich wieder nach Nowosibirsk fahren. Die Menschen in Ihrer Stadt gefallen mir.«

Ein paar Stunden später brachte mich ein Taxi zum Flughafen. Als wir an Afrasiab und den Kuppeln der Shakh-i-Zindeh-Moschee vorbeikamen, drehte sich der Fahrer zu mir um und sagte: »Wir nennen diesen Ort den Ort des Lebenden Königs. Ich kann Ihnen erzählen, warum er immer noch am Leben ist. Oder wissen Sie es bereits?«

»Danke. Ich weiß es schon.«

Kapitel sechzehn

An einem der Tage, als ich mit Michael in Samarkand zusammen war, wollte Mascha in Nowosibirsk gerade die Tür zu ihrer Wohnung öffnen, als sie auf dem unteren Treppenabsatz laute Schreie hörte und ein Geräusch, als würde jemand geschlagen. Sie lief die Treppe hinunter und sah eine Gruppe schwarz gekleideter Männer, die einen jungen Mann am Eingang zu seiner Wohnung umringten. Der Mann war seit langer Zeit Maschas Nachbar. Sie kannte ihn ziemlich gut, obwohl ihre Bekanntschaft nie über ein nachbarschaftliches »Hallo« hinausgegangen war. Er war schmal und klein, und er sah einem nie direkt in die Augen, so, als hätte er vor irgendetwas Angst. Er wirkte völlig verloren bei seinen hilflosen Versuchen, sich gegen die Männer zu wehren, von denen einer bereits dabei war, ihm Handschellen anzulegen.

»Was machen Sie da?«, schrie Mascha, ohne über die möglichen Konsequenzen nachzudenken. Die Männer in schwarzer Zivilkleidung waren womöglich Kriminelle, aber sie scherte sich nicht um ihre eigene Sicherheit. Sie wollte nur ihrem Nachbarn beistehen.

»Es ist alles in Ordnung, beruhigen Sie sich«, sagte der älteste der Männer, während seine Begleiter Maschas Nachbarn, der sich immer noch wehrte, zur Treppe drängten.

»Wir gehören zu einer Spezialeinheit der Polizei. Das ist eine Festnahme. Sie brauchen sich keine Sorgen zu machen. Freuen Sie sich, dass dieser Bastard aus Ihrem Haus verschwindet und Sie wieder ruhig schlafen können.«

»Was hat er denn getan?«, fragte Mascha beinahe flüsternd, weil sie sich vor der Antwort fürchtete.

Doch der Mann hatte sie verstanden, und bevor er mit seinen Leuten die Treppe hinunter zu zwei vor der Eingangstür wartenden schwarzen Autos ging, sagte er: »Es ist endlich vorbei. Er war der Letzte der drei Männer, die die ganze Stadt so lange terrorisiert haben. Sie haben sicherlich die Horrorgeschichten über die verschwundenen Frauen hier in der Stadt gehört. Alle wissen davon. Diese verdammten Ungeheuer haben die Mädchen entführt, in einem Haus außerhalb der Stadt gefangen gehalten, vergewaltigt und gequält und sie schließlich getötet. Eine der jungen Frauen tat so, als wäre sie tot, und sie begruben sie im Wald. Aber sie lebte und entkam. Sie führte uns zu der Bande. Die anderen beiden haben wir schon. Er hier ist der Letzte. Er ist Medizinstudent, ob Sie es glauben oder nicht. Er kann schon mal anfangen, zu seinem Gott zu beten, dass er die Todesstrafe bekommt. Er wird nicht erpicht darauf sein zu erfahren, was sie mit ihm im Gefängnis anstellen, falls man ihn am Leben lässt. Aber es ist vorbei. Sie können wieder ruhig schlafen, junge Frau.«

Der Mann verließ das Haus, aber von dem Augenblick an konnte Mascha nicht mehr schlafen. Noch am selben Tag fing sie an zu trinken, betrank sich drei Tage lang, konnte aber immer noch nicht schlafen. In diesem Zustand fand ihre Großmutter sie. Mascha lief in ihrem Zimmer umher, das in einem verwahrlosteren Zustand war als je zuvor. Sie hatte die ganze Zeit weder gegessen noch geschlafen und war auch nicht ans Telefon gegangen. Sie war so aufgewühlt, dass es unmöglich war, mit ihr zu reden. Sie rannte immer weiter hin und her, ohne ihre Großmutter zu beachten, die auf der Stelle einen Krankenwagen rief. Der einzige Satz, den Mascha ständig wiederholte, wobei sie abwechselnd in Flüstern und in Schreien verfiel, war: »Er hat in meinem Haus gelebt.« Niemand konnte mit diesem Satz etwas anfangen. Sie wurde mit der Erstdiagnose einer Alkoholpsychose in mein Krankenhaus eingewiesen.

Einen Teil dieser Geschichte entnahm ich an meinem ersten Arbeitstag ihrer Krankenakte. Den Rest erfuhr ich später von Mascha selbst. Ich las die Akte in meinem Büro, während Mascha auf dem Stuhl vor mir saß, genau da, wo sie auch bei unserer ersten persönlichen Begegnung gesessen hatte. Sie weigerte sich, mit irgendjemandem im Krankenhaus zu sprechen und wollte keine Besucher sehen, auch nicht Smirnow, der, wie ich von meinen Mitarbeitern erfuhr, jeden Tag versuchte, mit ihr Kontakt aufzunehmen. Sie schluckte anstandslos ihre Medikamente und wirkte schläfrig. Sie war sehr ruhig – wie versteinert. Ohne Schminke wirkte ihr Gesicht sehr jung und blass.

Sie sah mich nicht an, aber ich hatte den Eindruck, dass unsere Verbindung sich trotz ihrer seelischen Verfassung nicht geändert hatte. Ich hatte das deutliche Gefühl, mit ihr verbunden zu sein, sogar noch stärker als zuvor.

»Sie sind wahrscheinlich zu müde, um jetzt zu sprechen, Mascha. Vielleicht sollte ich Ihnen lieber zuerst erzählen, wie es mir in Samarkand ergangen ist, da Sie nicht die Möglichkeit hatten mitzukommen. Es könnte Ihnen helfen, wenn Sie es sich anhören. Interessiert es Sie?«

Zum ersten Mal sah sie mich an und erwiderte leise: »Natürlich interessiert es mich. Ich hatte ja wirklich nicht die Möglichkeit, mit Ihnen zu fahren.«

Erleichterung zeigte sich in ihrem Gesicht, als sie begriff, dass ich es ihr nicht übel genommen hatte, mich nicht nach Samarkand begleitet zu haben. Hinter dieser Erleichterung erkannte ich auch, wie viel Schuldgefühle und Scham sie immer noch mit sich trug.

»Bevor ich Ihnen von meiner Reise erzähle, möchte ich eins sagen, Mascha. Das Wichtigste, was ich in Samarkand begriffen habe, besteht darin, dass wir keine Schuld an den Verletzungen tragen, die andere Menschen uns zugefügt haben. Es ist nicht unser Fehler, dass wir verletzt wurden, und nicht wir sollten deswegen Scham empfinden.«

Sie betrachtete mich jetzt ganz aufmerksam. Sie sagte kein Wort, aber offensichtlich begriff sie ziemlich gut, was ich ihr sagen wollte. Als ich Wladimir versprochen hatte, sie zu heilen, wusste ich noch nicht genau, wie ich das anstellen würde. Ich hatte mir keinen Plan zurechtgelegt. Aber ich spürte, dass mein Wunsch zu heilen durch Michaels Lektionen und meine Erlebnisse in Samarkand großen Auftrieb bekommen hatte. Plötzlich wusste ich, dass ich Mascha heilen konnte, indem ich ihr von meiner Reise nach Samarkand erzählte. Ich begann also, von meinen Erlebnissen zu berichten.

Ich wählte dafür die Form einer therapeutischen Geschichte. Ich erzählte sie Mascha Schritt für Schritt, ließ sie an allen wichtigen Stationen meines Aufenthalts teilhaben und erklärte ihr bis in die Einzelheiten die Erfahrungen, die ich dort gesammelt hatte. Für sie stellte ich jene Umgebung wieder her, wählte bewusst und sorgfältig meine Worte, benutzte sie als eine verbale Brücke, über die ich sie aus ihrer Verzweiflung heraus zu dem Ort geleiten konnte, an dem sie die nötige Heilung erfahren würde. Ihre natürliche Fähigkeit, sich in einen Trancezustand zu versetzen, wurde jetzt noch verstärkt durch die Wirkung der Medikamente. Bald schon hatte sie ihre Umgebung vergessen und saß mit weit geöffneten Augen vor mir, reglos und verzaubert. Ihre vergrößerten Pupillen zuckten jedes Mal leicht, wenn sie etwas Wichtiges hörte, und dann nickte sie.

Sie lauschte meiner Erzählung, als würde sie sich einen Film ansehen, und ihr entrückter Zustand war so ansteckend, dass ich Michael vor mir sah, wie er hinter Mascha stand, eine Hand auf ihrer linken Schulter, und mich anlächelte. Er wirkte beinahe real, so stark war seine Präsenz. Dann, kurz bevor ich zum Ende meiner Geschichte kam, war mir, als würde Michael vorsichtig die Hand von Maschas Schulter nehmen, und genau in diesem Augenblick schüttelte sie den Kopf und erwachte aus ihrer Entrückung. Sie war jetzt wach, konzentriert und ernst, und schien mir unbedingt etwas sagen zu wollen.

»Sie müssen mich gehen lassen, *jetzt sofort*«, drängte sie, als ginge es um Leben und Tod. Über meine Geschichte verlor sie kein Wort. Offenbar hatte die Geschichte etwas in ihr ausgelöst, das sie auf der Stelle in die Tat umsetzen wollte, und das schien das Einzige zu sein, was für sie im Moment wichtig war.

»In Ordnung. Aber wozu die Eile? Warum muss das

jetzt sofort sein? Hat das nicht Zeit bis morgen oder übermorgen?«

»Das kann ich Ihnen nicht sagen. Ich muss nach Hause. Und ich muss allein sein. Ich will duschen und muss einige Dinge erledigen. Sie haben hier keine anständige Dusche. Und ich habe außerdem seit Tagen nichts Richtiges gegessen. Ich muss mich um meine Sachen kümmern, aber ich komme heute Abend zurück.«

Ich betrachtete sie schweigend. Irgendetwas, worüber sie nicht reden wollte, hatte sie völlig aufgewühlt. Sie war erst vor einigen Tagen in einer Zwangsjacke ins Krankenhaus eingewiesen worden, und sie wirkte noch sehr labil. Sie jetzt zu entlassen war eine schwere Entscheidung, und es widerstrebte mir, sie zu treffen.

Sie schien zu verstehen, was in mir vorging, sah mich an und sagte: »Ich hatte nie Selbstmordabsichten. Deswegen müssen Sie sich keine Sorgen machen.« Dann schwieg sie in Erwartung meiner Antwort.

Wieder spürte ich Michaels Anwesenheit im Zimmer. Ich hörte ihn lachen, und mir wurde klar, dass alle meine Zweifel nichts als meine eigenen Ängste aus der Vergangenheit waren. Sie hatten nichts mit Mascha und ihrer Situation zu tun, und für Mascha war es genau das Richtige, jetzt nach Hause zu gehen. Ich atmete erleichtert auf und lächelte sie an.

»Also gut. Gehen Sie nach Hause und duschen Sie. Ich hoffe, Sie können mir irgendwann erzählen, was Sie bewegt. Seien Sie um acht wieder hier.«

»Mach ich. Um es Ihnen leichter zu machen, werde ich Smirnow bitten, mich zu begleiten. Er wartet schon seit heute Morgen.«

»Ich weiß nicht, ob das es mir leichter macht, aber wenn Sie mit ihm nach Hause gehen wollen, ist es Ihre Entscheidung.«

Mascha ging. Durch das Fenster beobachtete ich, wie sie in Smirnows schwarzen Wagen stieg. Smirnow wirkte plötzlich gealtert und hilflos, aber gleichzeitig glücklich, dass sie schließlich doch eingewilligt hatte, ihn zu sehen, und ich war überrascht zu erleben, wie er sich um sie kümmerte und wie sehr ihn ihr kürzlich erlittener Zusammenbruch mitgenommen hatte.

Mein Tag verging ziemlich schnell. Nachdem ich so lange fort gewesen war, hatte ich viel zu tun und dachte nicht an Mascha. Erst als die Krankenschwester kurz vor Feierabend in mein Büro kam und mich fragte, ob ich vorhätte, die ganze Nacht dazubleiben, wurde mir klar, dass ich auf Mascha wartete und bleiben würde, bis sie auftauchte. Ich machte mir überhaupt keine Sorgen um sie, dennoch wollte ich mich vergewissern, dass sie wohlbehalten wieder in die Klinik kam.

Um Punkt acht Uhr hielt ein weißes Taxi vor dem Eingang zur Station. Smirnow stieg zuerst aus und öffnete die hintere Tür für Mascha.

Ich stand von meinem Stuhl auf und trat ans Fenster, um sie besser sehen zu können. Sie trug einen weißen Frühlingsmantel, ein hübscher Kontrast zu dem langen schwarzen Haar, das ihr über die Schulter fiel. Der Himmel war grau, und ich hatte ganz vergessen, dass schon längst Frühling war. Es war Mascha in ihrem weißen Mantel, vorsichtig ihre Schritte im schmelzenden Schnee setzend, die mich an den Frühling erinnerte. Sie wirkte wie die Verkörperung des Frühlings, so lebendig und schön, so voller Energie.

Sie sah mich am Fenster stehen und winkte mir fröhlich zu. Smirnow nahm draußen im Wartezimmer Platz, während sie schnurstracks in mein Büro marschierte und sich auf denselben Stuhl wie immer setzte. Sie wirkte verändert. Ihr Blick war direkt und offen, und sie strahlte.

»Danke, dass Sie auf mich gewartet haben. Sie sind wahrscheinlich müde nach so einem langen Arbeitstag«, sagte sie besorgt, und auch das war anders. Nicht dass sie sich früher nicht um andere Leute gekümmert hätte, aber sie war so sehr mit ihren eigenen Problemen beschäftigt gewesen, dass sie in der Vergangenheit einfach nicht genug Energie hatte, mitzubekommen, wie es anderen Leuten ging. Jetzt war ihre energiegeladene Ausstrahlung nicht zu übersehen.

»Sie wirken ja ganz verändert, Mascha. Wie haben Sie das angestellt?«

»Ich habe getan, was Sie mich gelehrt haben«, antwortete sie lächelnd.

Schweigend wartete ich darauf, dass sie fortfuhr.

»Ich habe ein Ritual vollzogen. Indirekt haben Sie es mir beigebracht. Sie haben mir zwar keine Anweisungen gegeben, aber Ihr Wunsch zu helfen und die Geschichte, die Sie mir erzählt haben, haben in mir die Einsicht geweckt, was ich tun musste, um mich selbst zu heilen. Als Sie über ihre Erinnerungen gesprochen haben und über Ihre Freundin, wusste ich genau, wie sie gelitten hat. Ich kenne die Qual und die Scham, wenn man vergewaltigt wurde. Aber in ihrem Fall war es nur ein einzelnes Ereignis, das ihr Leben erschüttert hat, und sie hat sich umgebracht, um diese Erinnerung auszulöschen. In meinem Fall wäre Selbstmord die leichteste Entscheidung gewesen, und ich hätte es längst getan, wenn meine Erinnerung und meine Scham nicht so sehr Teil meines Lebens wären.

Ich bin damit aufgewachsen, sexuell missbraucht zu werden, und zwar von meinem Onkel, der mich vom siebten Lebensjahr an vergewaltigt hat. Damals gingen meine Eltern ins Ausland und gaben mich zum Bruder meines Vaters. Sie konnten mich nicht mitnehmen – zumindest haben sie das behauptet. Ich nehme an, dass der Staat ein Kind, das im Land blieb, als Sicherheit betrachtete, damit sie sich nicht absetzten.

Als ich zehn war, kamen sie für einen Monat zu Besuch, aber das war eher peinlich. Meine Mutter war sehr schön und freundlich, aber völlig reserviert. Vielleicht tat sie aber auch nur so. Ich empfand sie gar nicht mehr als meine Mutter, sie war ganz anders, als ich sie in Erinnerung hatte. Mein Vater ärgerte sich dauernd über alles, auch über mich. Vielleicht lag es daran, dass wir mit dem Lebensstandard, an den er sich im Westen gewöhnt hatte, nicht mithalten konnten, und dass ihm die Konfrontation mit seiner russischen Vergangenheit peinlich war. Er war stolz darauf, jetzt im Westen zu leben, und betrachtete sich als Mitglied einer anderen Klasse. Sie brachten mir einen Haufen Zeug mit – Jeans, Kassettenrekorder, Schminksachen. Damals habe ich mich noch gar nicht geschminkt, und ich traute mich nicht, meine Mutter danach zu fragen, wie man so was benutzt. Immer, wenn sie mich ansah und ausrief: ›Mascha, du bist so ein hübsches Mädchen‹, wäre ich am liebsten weggelaufen und hätte mich versteckt.

Ich sah, wie mein Onkel meine Mutter jedes Mal anschaute, wenn sie so etwas sagte, und es machte mir Angst. Ich sah, wie er sich von ihr angezogen fühlte und wie viel Hass und Neid er meinem Vater entgegenbrachte. Und mit meinen zehn Jahren begriff ich, dass sie bald wieder abreisen würden. Dann würde er nachts wieder in mein Schlafzimmer kommen, nicht nur, um mich zu vergewaltigen, sondern auch, um dadurch meinen Vater zu demütigen und an meine Mutter heranzukommen. Bei ihrem ersten Besuch erzählte ich meinen Eltern noch nichts davon.

Mit fünfzehn hatte ich meinen ersten Freund, Sergej, der mich nahezu völlig betrunken machen musste, damit ich das erste Mal bereit war, mit ihm zu schlafen. Ihm gefiel es. Ich benutzte ihn, um dadurch die nächtlichen Besuche meines Onkels abzuwehren. Ich sagte meinem Onkel, dass Sergej ihn umbringen würde, sollte er noch einmal mein Zimmer betreten. Anscheinend hat er das ernst genommen, denn er beschimpfte mich als ›verdammtes Flittchen‹. Aber er warf mich nicht aus dem Haus. Er war hinter dem Geld her und all dem Zeug, das meine Eltern regelmäßig aus dem Ausland schickten. Im Vergleich zu den meisten anderen Leuten waren wir ziemlich reich, und viele Kinder in der Schule meinten, ich hätte unwahrscheinliches Glück, dass ich meine Eltern gegen all die schönen Sachen eingetauscht hätte. An meinem achtzehnten Geburtstag bin ich aus der Wohnung meines Onkels ausgezogen.

Am Tag darauf rief ich meine Eltern an. Sie arbeiteten damals in Spanien. Ich erzählte ihnen alles. Meine Mutter flog hierher und brachte mich in einem Hotel unter. Vor lauter Angst, meine Geschichte könnte ihr Ansehen in der Öffentlichkeit schädigen, beschloss sie, mir nicht zu glauben. Sie war wieder sehr höflich und distanziert und meinte dauernd, was geschehen sei, sei geschehen, und jetzt müssten wir uns Gedanken machen über meine zukünftige Disposition. Sie verwandte genau diesen Begriff ›Disposition‹, als wäre ich ein Gegenstand, der möglichst sicher verwahrt werden muss, damit er keinen Verdruss bereitet.

Ich hasste sie nicht. Ich glaube, ungefähr zu der Zeit entwickelte ich meinen Spaß daran, das Verhalten von Menschen von außen zu beobachten und nicht darauf zu reagieren. Meine Mutter war die Erste, die ich auf diese Weise beobachtete, und ich mochte sie einfach nicht. Aber ich stellte fest, wie leicht es ist, Menschen zu manipulieren, und von da an wurde es mir beinahe zur Gewohnheit. Meine Mutter kehrte bald wieder nach Spanien zurück, aber bevor sie abreiste, ›disponierte‹ sie, ich solle bei meiner Großmutter leben. Das ist die, mit der Sie vor einiger Zeit telefoniert haben. Sie hat schon immer hier in Nowosibirsk gelebt, aber ich kannte sie überhaupt nicht. Sie war eigentlich gar nicht meine Großmutter, sondern die Mutter der ersten Frau meines Vaters, die sich zu Tode getrunken hatte. Ich wusste bis dahin gar nicht, dass er schon einmal verheiratet gewesen war, aber nachdem ihre Mutter sich bereit erklärt hatte, sich um mich zu kümmern, erfuhr ich eine Menge über seine erste Frau. Meine Großmutter tauschte ihre Zwei-Zimmer-Wohnung in der Stadt gegen zwei kleine Appartements, und seitdem wohnen wir im selben Haus.

Sie zeigte mir Fotos von ihrer Tochter und erzählte mir von ihr. Sie machte meinen Vater nie für den Alkoholismus und den Tod ihrer Tochter verantwortlich, aber ich wusste, dass sie dasselbe dachte wie ich – dass mein Vater ein Schwein war und dass er den frühen Tod dieser Frau verschuldet hatte. Seitdem er von dem sexuellen Missbrauch wusste, hat er nie wieder mit mir geredet. Er hat mich einfach aus seinem Leben getilgt, weil ich jetzt nicht mehr bloß ärgerlich, sondern auch noch gefährlich war, gefährlich für sein Bedürfnis nach Macht und Sicherheit. Er würde nie zugeben, dass sein jüngerer Bruder es geschafft hatte, ihm so übel mitzuspielen. Er hat mir ein Auto geschickt – einen roten Jeep zu meinem zwanzigsten Geburtstag – und das war's.

Ich hatte nie irgendwelche Hoffnungen für meine Zukunft. Ich konnte mir überhaupt keine Zukunft vorstellen. Bis heute nicht. Bis ich Ihre Geschichte gehört habe. Sie hat mir eine Dimension in mir selbst offenbart, von deren Existenz ich keine Ahnung hatte. Als Sie von der Großen Mutter erzählt haben, hatte ich das Gefühl, als hätten Sie über meine wirkliche Mutter gesprochen, nicht im biologischen Sinne, nicht als Ersatz für die Mutter, die mir in meinem Leben gefehlt hat, sondern über die Mutter, die mir durch ihren Willen tatsächlich das Leben geschenkt hat, und zum ersten Mal habe ich Hoffnung empfunden. Ich spürte eine ganz starke Verbindung zur Großen Mutter. An einem ganz bestimmten Punkt Ihrer Geschichte ist mir klar geworden, dass die Tatsache, dass ich lebe und atme, ein deutlicher Beweis dieser Verbindung ist, und dass ich mich nur dadurch selbst heilen kann. Als man mich hierher gebracht hat, habe ich mich so beschmutzt gefühlt von all der Scham, die ich mit mir herumgetragen habe. Aber nachdem ich Ihre Geschichte gehört hatte, wusste ich, dass es eine Möglichkeit gab, mich von all diesem Schmutz zu reinigen und dass mir die Große Mutter dabei helfen würde.

Aber ich brauchte eine Dusche oder ein Bad. Als wir in meine Wohnung kamen, bat ich Smirnow, in der

Küche zu warten, was er tat. Er war sehr freundlich und ruhig den ganzen Tag heute. Ich ging ins Bad und ließ Badewasser einlaufen, ohne eine Vorstellung zu haben, was ich tun würde. Ich folgte nur meinem Bedürfnis nach Reinigung. Ich warf meine Kleider auf den Badezimmerboden, tauchte ein in das warme Wasser und verharrte so eine ganze Weile. Ich weiß nicht, wie lange. Ich war traurig, aber entspannt. Und dann begann ich zu weinen. Ich schluchzte nicht; die Tränen liefen mir einfach so über die Wangen. Ich versuchte, zu lächeln und nicht mehr traurig zu sein, aber ich konnte nichts machen; die Traurigkeit war zu stark.

Ich erinnerte mich daran, wie Sie erzählt haben, dass wir, wenn wir traurig sind, eigentlich Schuldgefühle haben. Mir wurde klar, dass ich all die Jahre die Vorstellung mit mir herumgetragen hatte, mir sei das alles nur passiert, weil ich ein schlechter Mensch bin; und wenn ich ein braves Mädchen gewesen wäre, hätten mich meine Eltern nie verlassen, und niemand hätte mir je etwas angetan. Plötzlich wurde mir klar, dass das nicht stimmte. Es ist nicht meine Schuld, dass ich verletzt wurde, und es gibt keinen Grund, mich zu schämen. Dann, in meinem Herzen, habe ich die Mutter angerufen und sie angefleht, mich zu heilen von diesem Schmerz und ihn von mir wegzunehmen.

Das Wasser war ganz ruhig. Ich konnte nicht einmal meinen Atem spüren. Wahrscheinlich befand ich mich in einer Art Trance, aber es war nicht so beängstigend wie sonst. Wenn ich mich früher in Trance versetzt habe, habe ich jedes Mal meinen Onkel auf mich zukommen sehen, während meine Eltern zuschauten und lachten. Diesmal war alles ganz ruhig. Niemand außer mir war im Wasser.

Dann plötzlich war mir, als würde sich die Zimmerdecke über mir teilen. Der Himmel tat sich auf, sank zu mir herab, und eine unsichtbare Hand reichte mir eine wunderschöne rote Blume. Die Blume vibrierte und drehte sich, und als sie näher kam, sah ich, dass es eine sich drehende Swastika war.

Im ersten Augenblick erschrak ich, weil ich mich seit meiner Kindheit vor diesem Zeichen fürchte. Ich habe jüdisches Blut in mir, und mir war in diesem Moment, als würde mir dieses Blut in den Adern erstarren. Aber dann fiel mir ein, was Michael Ihnen über dieses Symbol gesagt hatte, und meine Angst verschwand. Die Swastika drehte sich weiter und näherte sich meiner Brust. Sie drang durch die Brust in meinen Körper ein und ich empfand unbeschreibliche Freude in meinem Herzen. Ich schloss die Augen und dachte an gar nichts mehr. Ich wusste, es war die Kraft, die mich von innen her reinigen würde.

Smirnow hatte mir einige Techniken beigebracht, um mit dem Thema Missbrauch umgehen zu können, aber das war nur oberflächlich. Diese Techniken haben nie etwas in meinem inneren Raum verändert, den ich immer als widerlich und schmutzig empfand. Ich habe nie Verhütungsmittel benutzt, weil ich davon überzeugt war, ohnehin unfruchtbar zu sein. Aber in diesem Moment wurde mir klar, dass ich nie schwanger geworden bin, weil ich kein Kind in einen Teil meines Körpers lassen wollte, der vom Fleisch meines Onkels besudelt worden war. Seine Zellen waren immer noch irgendwie in mir. Sie hatten nicht aufgehört, mich zu vergiften, und ich merkte, dass ich unbewusst auf Krebs oder etwas Ähnliches wartete, um meine inneren Geschlechtsorgane loszuwerden. Die Swastika drehte sich durch meinen Körper vom Kopf aus zurück zu meiner Brust, und von dort weiter hinunter und reinigte jede Zelle meines Körpers. Das Wasser in der Badewanne umschloss mich wie die liebevollen Hände einer Mutter, die mich sanft hielt und davor bewahrte, laut zu schreien vor all dem in meiner Vergangenheit angesammelten Schmerz, der jetzt so offensichtlich wurde. Ich lag ganz ruhig im Wasser und versuchte, mich nicht zu bewegen.

Dann spürte ich so etwas wie eine starke Explosion in meinem Inneren, tief in meinem Unterleib. Ich hatte das Gefühl, beinahe zerrissen zu werden. Ich schrie laut, weil es solch ein schrecklicher Schmerz war, und mit dem Schrei jagte die Swastika in meinen Uterus, schoss aus meinem Körper hinaus ins Wasser und nahm alles mit sich, was nicht zu mir gehörte. Die Bilder meines Onkels, meiner Mutter und meines Vaters wurden mit hinausgespült und lösten sich im Wasser auf.

Ich lachte, als Smirnow an der Badezimmertür klopfte. Ich fühlte mich so glücklich. Ich sagte ihm, ich würde gleich aus dem Bad kommen, und bat ihn, Teewasser aufzusetzen. Ich stellte mich in die Badewanne und drehte die Dusche auf. Das Wasser lief über meinen Körper, und ich fühlte mich so frisch und schön wie eine antike Gottheit, die soeben aus dem Wasser geboren worden war.

Mich überkam ein ganz normales und entspanntes Gefühl, keine Ekstase und auch kein Erregtsein. Es war ein Gefühl, das mich auf die Erde zurückbrachte, das Gefühl, dass es endlich vorbei war, dass ich endlich mein eigenes Leben führen konnte. Ich bekam eine unglaubliche Lust auf die Zukunft. Es war, als läge das ganze Universum offen vor mir. Alles wurde so deutlich. Ich war gereinigt.

Ich ging in die Küche, und wir tranken Tee. Er stellte mir keine Fragen, aber an seinen Augen konnte ich erkennen, wie sehr er sich über meine Veränderung freute. Er bat mich, ihm zu verzeihen, aber er sagte nicht, weshalb. Ich erwiderte, ich würde ihm verzeihen, und dann unterhielten wir uns über praktische Einzelheiten. Ich bat ihn, einen Käufer für den Jeep zu finden, und er hat auch schon deswegen telefoniert. Ich werde ihn wahrscheinlich morgen verkaufen. Damit werde ich genügend Geld haben, um ins Ausland zu reisen. Wissen Sie, bis heute habe ich mir immer geschworen, dieses Land nie zu verlassen und niemals die Orte aufzusuchen, wo meine Eltern gewesen sind. Aber jetzt werde ich es tun. Ich bin so weit, dass ich in die Welt hinausgehen und sie mir selbst erschließen kann. Sie gehört mir genauso wie jedem anderen. Also werde ich in ihr leben. Ich glaube, als Erstes fahre ich nach Spanien.«

Ich begleitete Mascha ins Wartezimmer. Smirnow erhob sich von seinem Stuhl und begrüßte mich ziemlich förmlich. Erneut überraschten mich die vielen verschiedenen Gesichter dieses Mannes. Seine Ironie, seine Psychotricks, all das war spurlos verschwunden, und er wirkte sehr ernst, als hätte er endlich etwas unglaublich Wertvolles gefunden. Ich wusste, dass es sich dabei um Mascha und ihre Genesung handelte, aber ich hatte nicht den Eindruck, als hätte es irgendetwas mit Verliebtheit zu tun. Er behandelte sie wie eine Tochter, die gerade eine schwere Krankheit überstanden hatte. Vielleicht hatten ihn die jüngsten Erfahrungen dazu veranlasst, einiges zu überdenken, was er bisher für absolut und unverrückbar gehalten hatte. Er wirkte glücklicher und nicht mehr so abwesend und strahlte Kraft und Energie aus.

Er bedankte sich bei mir, schüttelte mir die Hand und begleitete Mascha nach draußen. An der Tür drehte sie sich noch einmal um, winkte mir zu und fragte mich fröhlich: »Ich bin doch jetzt offiziell entlassen, oder?«

Als ich schweigend nickte und lächelte, sagte sie: »Danke, Frau Doktor«, und dann gingen sie.

Auch für mich wurde es Zeit, nach Hause zu gehen. Ich wollte gerade die Tür öffnen, als sie aufgestoßen wurde und zwei Pfleger hereinkamen, zwischen ihnen eine schmale Frau in einem Krankenhausnachthemd, die nur kleine zaghafte Schritte machte, als wollte sie das Unvermeidliche hinausschieben – in eine psychiatrische Klinik eingewiesen zu werden. Als ich im Korridor stehen blieb, um sie vorbeizulassen, hob sie den Kopf, und ich erkannte sie auf der Stelle. Es war Katherine, die Frau, die ich vor meiner Fahrt nach Samarkand aufgenommen hatte. Anscheinend war sie vor nicht allzu langer Zeit entlassen worden, und jetzt kam sie wieder. Sie sah überhaupt nicht gut aus. Sie erkannte mich, sagte aber kein Wort. Sie wandte sich ab, und ihr Gesicht verhärtete sich.

»Hallo, Katherine«, sagte ich so freundlich wie möglich, und sie antwortete leise: »Hallo«, schaute mich aber immer noch nicht an.

»Von jetzt an werde ich Ihre behandelnde Ärztin sein. Heute ist es schon zu spät. Ich muss jetzt nach Hause. Aber morgen früh bin ich wieder hier, dann können wir miteinander reden. Versuchen Sie, gut zu schlafen. Wir sehen uns morgen.«

Sie sah mich an und nickte. Ich trat zur Seite, um sie und die Pfleger vorbeizulassen. Die Tür zur Station schloss sich hinter ihnen. Eine Weile stand ich im Flur und versuchte, meine Gedanken und Gefühle zu ordnen. Ich empfand keinerlei Verwirrung und auch keine Angst. Ich war nicht mehr machtlos. Ich hatte das Gefühl, dass noch eine ganze Menge Arbeit vor mir lag. Und dieses Gefühl gefiel mir.

Michael Degen
Nicht alle waren Mörder

Eine Kindheit in Berlin.
www.list-taschenbuch.de
ISBN 978-3-548-60051-2

Elf Jahre war Michael Degen alt, als seine Mutter und
er beobachteten, wie ihre jüdischen Nachbarn abtrans-
portiert wurden. Seine Mutter handelte schnell, nahm
nur das Nötigste mit, und dann ging sie, mit dem Jungen an der Hand, an den Uniformierten vorbei. Es folgte ein Leben im Untergrund mit der ständigen Angst,
entdeckt und deportiert zu werden. Aber in dieser Welt,
die aus den Angeln gehoben war, gab es Menschen, die
nicht fragten, sondern wortlos halfen.

»Ein ebenso anrührendes wie spannendes Stück deutscher Geschichte, das man atemlos verschlingt.« *TZ*

»Es fällt schwer, das Buch aus der Hand zu legen, so
lebendig treten seine Darsteller aus der Erzählung hervor.« *Der Tagesspiegel*

»Ein lebendiger und spannend gehaltener Erzählfluss,
der furios vorangetrieben wird.« *Die Welt*

List Taschenbuch

L258

Christina von Braun
Stille Post

Eine andere Familiengeschichte.

www.list-taschenbuch.de
ISBN 978-3-548-60810-5

Eine Familie in Deutschland – zwischen Kaiserreich, Weimarer Republik, NS-Diktatur und Nachkriegszeit. Während die Männer »Geschichte machten«, führten die Frauen Tagebücher oder schrieben Briefe. Diese »Stille Post« ist es, der Christina von Braun in ihrem einfühlsamen Familienporträt nachspürt. Dabei gelingt es ihr auf subtile Weise, eigene Erinnerungen, innere Zwiesprache mit den Verstorbenen und die reichen Quellen des Familienarchivs zu einem facettenreichen Gesamtbild deutscher Geschichte in der ersten Hälfte des 20. Jahrhunderts zu verknüpfen.

»Meisterhaft, anrührend, ein glänzendes Werk.«
Die Welt

»Fesselnde Lektüre.« *Die Zeit*

List Taschenbuch

L345

Daniela Strigl
»Wahrscheinlich bin ich verrückt ...«

Marlen Haushofer – die Biographie
www.list-taschenbuch.de
ISBN 978-3-548-60784-9

Marlen Haushofer ist für ihre Leser lange ein Geheimnis geblieben. Daniela Strigl verfolgt ihren Lebensweg von der wilden Freiheit der Kinderjahre und der strengen Erziehung im Internat in die schwierige Ehe, der die zweifache Mutter immer wieder in die Welt der Schriftstellerkreise Wiens zu entfliehen suchte ...

Die einzige, autorisierte Biographie der Autorin von *Die Wand*

»Genau recherchiert und voller unbekanntem Material«
Süddeutsche Zeitung

»Eindrucksvoll« *BR*

List Taschenbuch

L317

Richard David Precht
Lenin kam nur bis Lüdenscheid

Meine kleine deutsche Revolution
www.list-taschenbuch.de
ISBN 978-3-548-60696-5

Als Kind westdeutscher Linker im provinziellen Solingen lernt Richard David Precht schon früh, zwischen Gut und Böse zu unterscheiden: zwischen Sozialismus und Kapitalismus. Er wächst mit einem klaren Feindbild, den USA, auf, und natürlich ist Coca-Cola ebenso verpönt wie Ketchup, »Flipper« oder »Raumschiff Enterprise« – dafür gibt es das GRIPS-Theater und Lieder von Degenhardt und Süverkrüp ...
Prechts Kindheits- und Jugenderinnerungen sind eine liebevolle Rückschau auf ein politisches Elternhaus – amüsant, nachdenklich und mit Gespür für die prägenden Details.

»Ein lesenswerter Insiderbericht über die politische Macht von blutigen Illusionen.« *DeutschlandRadio*

»Das revolutionäre Gegenstück zu *Generation Golf*«
Berliner Morgenpost

List Taschenbuch

L282

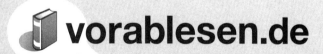